SUR LE LIVRE...

Diffusé chaque jour sur l'antenne de France Inter, entre septembre 1965 et décembre 1969, *Noële aux Quatre Vents* a rencontré un succès immédiat. La France entière s'est attachée pendant quatre ans à son histoire. Succès qui s'est prolongé, entre 1971 et 1972, sur la seconde chaîne de télévision. Les livres, écrits et publiés au fur et à mesure, ont permis aux amis de Noële de l'accompagner jusqu'à aujourd'hui.

NOËLE
AUX QUATRE VENTS

DU MÊME AUTEUR
CHEZ POCKET

1. NOËLE AUX QUATRE VENTS

DOMINIQUE SAINT-ALBAN

NOËLE AUX QUATRE VENTS

* *

PYGMALION

Édition définitive revue par l'auteur.

ISBN : 2-266-14856-7

Première Partie

CONCERTO
POUR LA MAIN GAUCHE

I

— Et ici ? interroge le médecin.

— Rien.

La petite aiguille s'enfonce dans la paume ouverte.

— Vraiment rien ?

Ugo sourit.

— Vraiment.

Le médecin repose l'aiguille dans une coupe de verre.

— De quand date exactement la blessure ?

— Du 8 novembre.

— Près d'un mois.

Le médecin appuie sur le bouton d'un Interphone, dit quelques mots, en grec. Ugo comprend qu'il donne des instructions à une infirmière.

— Près d'un mois, répète-t-il, en lâchant le bouton de l'Interphone. Ce n'est pas à moi de le dire. Mais on vous a soigné n'importe comment. Je ne vous demande rien. Ni qui, ni quoi. Pourtant...

Il tourne le dos, regarde par la fenêtre. Ugo ouvre sa main. Il voudrait s'intéresser à cette cicatrice. Il ne peut pas s'empêcher de sourire. Il y a une heure à peine, avant de quitter le palais Karrassos, il a longé le couloir sur la pointe des pieds. Il a ouvert doucement la porte de la chambre. La lumière éclairait le visage de l'enfant qui dormait, avec de petits froncements du nez et des paupières, comme si tout ce soleil...

Une infirmière les rejoint :

— Si vous voulez bien me suivre.

Ils sortent du cabinet de consultation. L'infirmière les précède jusqu'à la salle de radiographie. Elle fait asseoir Ugo sur une chaise, devant une longue table de verre dépoli. Un homme en blouse blanche met une plaque dans l'appareil suspendu au plafond. L'infirmière a éteint les lampes. Une lumière paraît sortir de la plaque de verre.

L'infirmière maintient le poignet de Ugo pendant que l'homme prend le premier cliché. Puis elle modifie légèrement la position des doigts. L'homme prend un second cliché, un troisième. Le médecin est venu s'asseoir en face de Ugo.

— Il m'arrive d'écouter de la musique, dit-il. Je me souviens d'un concert que vous avez donné il y a deux ans, à Athènes, et qui m'avait fait une si forte impression qu'en sortant du théâtre, j'étais rentré chez moi, à pied, lentement. Cela vous paraît peut-être ridicule, mais je voudrais que vous compreniez ceci : devant cette main blessée, je pense à tous les concerts que vous allez donner dans l'avenir, et auxquels j'ai bien l'intention d'assister. En vous soignant, en faisant tout ce qui sera en mon pouvoir pour vous guérir, c'est à moi que je pense, égoïstement.

L'infirmière lâche le poignet de Ugo. La lumière revient. Le médecin se lève. Il montre une direction :

— Par ici.

Il quitte la pièce derrière Ugo, l'accompagne jusqu'à la porte d'entrée.

— J'aurai les clichés demain matin. Pouvez-vous revenir à la même heure ?

— Entendu, dit Ugo.

Le médecin lui tend la main.

— Au revoir, monsieur Luckas.

Ugo tend la main à son tour.

— Quand je vous serre la main, vous avez mal ?

— Non.

— Et ainsi ?

— Vous serrez fort, mais je n'ai pas spécialement mal.

Sans lui lâcher la main, le médecin examine une fois encore la blessure.

— Avec des éperons, m'avez-vous dit ?

— Oui.

— Comment peut-on s'ouvrir la main avec des éperons ?

— En jouant, répond Ugo.

Il voudrait ne pas se souvenir. Mais il y a, pendant une brève seconde, la jambe de Josef, la haute botte de cuir fauve, le mouvement brusque du talon.

— En jouant, répète-t-il. Avec mon frère.

Il réussit à sourire.

— Pour savoir qui était le plus fort.

Son sourire s'accentue.

— C'est moi qui ai gagné ! affirme-t-il.

Il marche lentement. C'est comme une journée de printemps. Les femmes ont encore des robes légères. Il y a des reflets de soleil sur chaque fenêtre. Il se sent comme étourdi par ce bruit, cette lumière, cette chaleur soudaine. Il lui semble parfois qu'il n'est jamais parti, qu'il n'a jamais fait ce voyage sur les chemins de Hongrie.

La cave du frontalier, la maison de Josef, la porte de l'asile qui se referme, le visage de sa mère derrière la fenêtre, n'était-ce pas dans une autre vie ? Pour y croire, il est obligé d'ouvrir sa main, de regarder sa blessure. Dans une autre vie, oui. Avec des orages, des coups de feu, des courses entre les arbres, le visage d'un homme en sang. Dans une autre vie, plus lointaine encore, avec un bateau qui chavire, une petite fille qu'il faut tirer jusqu'à la rive, le cri d'une femme qui n'accepte pas.

Trop lointaine... Ce qui est vivant, aujourd'hui, c'est le visage d'un bébé qui fronce les sourcils à cause du soleil.

— Comme ça !

Ugo fronce le visage à son tour. Et il rit tout haut. « Me ressemble-t-il vraiment ? » Noële l'affirme, et Delpina, et Yannis. Lui, il ne sait pas. Il voudrait les croire. Mais, chaque fois qu'il regarde son fils, il s'étonne. Il s'était attendu à éprouver des sentiments nombreux : l'émotion, la fierté, la tendresse... Mais non. Il ne connaît que l'étonnement. Un étonnement qui le rend maladroit. Il n'ose pas le prendre dans ses bras. Il ne l'a fait qu'une ou deux fois, très vite, le temps de sentir ce petit corps ramassé sur lui-même, cette peau trop neuve, de découvrir cette odeur de lait, de penser à un animal qui veut s'échapper.

— Ugo !

Une voiture s'arrête à sa hauteur. Noële est au volant.

— Je m'inquiétais. Tu ne revenais pas !

Il monte à côté d'elle.

— Alors ?

— On a fait des radios. J'aurai le résultat demain.

— Qu'a dit le médecin ?

— Il attend les radios pour se prononcer.

Elle le regarde. Elle voudrait comprendre pourquoi cette blessure à la main le laisse presque indifférent. C'est elle qui a insisté pour qu'il aille voir un médecin. C'est elle qui se demande s'il pourra jouer du piano comme avant. C'est elle qui s'inquiète.

— On rentre ?

Il a envie de rester un moment au soleil. Il pense aux terrasses de Lefkas, aux rochers rouges.

— Allons respirer les jardins.

Ils roulent en silence, sortent de la ville, se trouvent parmi les oliviers. Sur la terre rouge, les branchages dessinent des ombres noires. Noële arrête la voiture contre un mur de pierres, sous un figuier.

— Viens, dit Ugo.

Il lui prend la main, l'entraîne au hasard. Il aime ce temps clair, cette main dans la sienne, cette impression de ne pas savoir où il va. Il se souvient soudain de ce qu'a expliqué le médecin dans la pénombre de la salle de radiographie.

Sur le moment, il n'avait pas compris. Mais les mots sont en lui, et il les répète à Noële, pour qu'elle ait confiance, qu'elle sache qu'il sera bien soigné. Tout en parlant, il se demande, pour la première fois depuis son retour, s'il pourra encore jouer du piano.

Il s'arrête :

— Si je ne peux plus jouer, commence-t-il, en prenant dans ses mains le visage de Noële, si je ne peux plus jouer tu ne m'aimeras plus.

— Tu pourras, Ugo !

— Tu ne m'aimeras plus. Réponds !

— Si je t'aime, tu crois que c'est à cause de la musique ?

— Tous ces soirs de concert, l'an dernier, où je te parlais en jouant, où je ne jouais que pour toi... Si je ferme mon piano, tu ne voudras plus de moi pour mari.

— Pourquoi dis-tu ça ?

— Réponds. Tu ne voudras plus de moi pour mari ?

— Je t'aime, déclare-t-elle très bas.

Ils sont au milieu du sentier, accrochés l'un à l'autre, et cette matinée de novembre, qui tourne le dos à l'hiver, les emporte vers des images de sable clair, de plages désertes, d'île perdue.

— Rentrons, propose Ugo brusquement.

Il prend le volant, conduit très vite, sans un mot. Arrivé au palais Karrassos, il entraîne Noële vers le salon de musique, va droit au piano, ouvre le couvercle.

— Je ne savais plus comment c'était fait.

Il pose sa main gauche sur le clavier.

— Elle a tout oublié, dit-il à mi-voix.

Il reste longtemps immobile, Noële comprend que sa main tremble trop pour qu'il commence à jouer. Il fait un violent effort pour obliger cette main à se calmer, attaque une gamme très rapide, s'interrompt soudain, et rageusement, de sa main droite, sa main blessée, plaque un accord, les doigts crispés.

Il tient l'accord aussi longtemps qu'il peut, le corps penché vers cette main qui perd sa force, s'oblige encore, finit par céder. Il la laisse retomber, paume ouverte, sur son genou.

— Tu as mal ?

— Oui.

Elle vient vers lui, se penche, pose ses lèvres sur la blessure.

— Il ne faut pas en vouloir à mon frère, dit Ugo.

De sa main libre, il caresse le visage de Noële.

— Il avait ses raisons. Si je me suis battu contre lui, c'est que mes raisons me semblaient plus fortes que les siennes. Tu sais, même enfermés dans cette chambre, même prisonniers, même sans jamais en sortir, mon père et ma mère sont ensemble. Quand je pense à eux maintenant, je me dis que c'est comme autrefois dans la maison du lac Balaton. Ils avaient une chambre. La chambre des parents. Les matins d'hiver, nous montions tous les quatre leur dire bonjour. Maria se couchait dans leur lit parce qu'elle était la plus petite. Aussi nue que soit celle où ils vivent actuellement, c'est de nouveau la chambre des parents.

Il ferme le piano.

— Tu crois qu'il m'aimera ? demande-t-il avec une sorte d'étonnement.

— Qui ?

— Mon fils.

Elle ne répond pas. Depuis qu'il est revenu, elle a remarqué sa gêne, sans la comprendre. Elle s'attendait à ce qu'il ne voie que lui, qu'il ne parle que de lui. Mais il tourne autour sans oser s'approcher.

— Toi, dit Ugo, comme s'il entendait ce qu'elle pense, toi tu l'as porté, tu l'as senti grandir. Tu sais qu'il est à toi. Moi, non. C'est quelqu'un qui me regarde, qui a l'air de me dire : « Qui es-tu ? » J'ai envie de répondre : « Et toi ? » Si M. Vaindrier était là, je suis sûr qu'il me comprendrait. Lorsqu'il est rentré chez lui, et qu'il t'a regardée pour la première fois, il a dû se dire la même chose.

— Mais je n'étais pas sa fille, Ugo.

— Tu l'es devenue peu à peu. Maintenant tu sais très bien que ton vrai père, c'est lui. Si tu le lui disais, Yannis serait d'accord. Lui, lorsqu'il t'a vue pour la première fois, tu avais vingt ans. Il t'a aimée comme une jeune fille, comme s'il allait te demander en mariage, comme si c'était sa femme Ariana qui revenait.

— Comment sais-tu cela ?

— Dans la cave du frontalier, j'ai eu tout le temps de penser à tes parents. A mes parents. A nos enfances.

Une fois encore il se souvient du petit visage dans le soleil, du pli sur le front. Puis, il regarde sa paume ouverte.

— Tu crois qu'il m'aimera ? demande-t-il de nouveau, à voix basse.

II

— Aujourd'hui, je t'accompagne. Comme ça, je saurai en même temps que toi ce qu'il y a dans tes radios.

Il est debout au milieu de la chambre, prêt à partir.

— Ecoute...

Il y a ce rêve qu'il a fait. Mais comment en parler ? Il y a cette douleur à la main, qui s'est réveillée dans la nuit. Sûrement rien de grave. En s'obligeant, la veille, à plaquer un accord, il a dû forcer sur un nerf encore fragile. Ce matin, il y voit une menace. Il entend le médecin répéter, comme dans son rêve : « Je ne peux rien pour vous, monsieur Luckas. Rien pour vous. Votre main est perdue. Est perdue... »

— Je te dirai tout. Absolument tout. Mais laisse-moi y aller seul.

— Tu préfères ?

— Oui.

Jusqu'ici, il ne semblait pas préoccupé par cette main. Mais quelque chose s'est passé, chez le médecin sans doute, quelque chose que Noële ne connaît pas exactement, et qui a tout changé. Lorsqu'il lui a dit entre les oliviers : « Tu ne voudras plus de moi pour mari », elle a cru qu'il plaisantait. Mais l'angoisse était déjà en lui. Depuis, elle n'a cessé de grandir. Ce matin, elle a tout envahi, jusqu'au regard.

Elle pense à la nuit où Tomas est mort. Elle n'était pas avec Ugo dans la maison du passeur, près de la rivière, mais elle sait : il y avait, dans son regard, la même angoisse. Parce qu'il se trouvait seul au bord d'une frontière, abandonné par celui qui lui servait de guide, se demandant s'il parviendrait quand même à la franchir.

Pour la première fois, Ugo a mis des gants.

— A tout à l'heure.

Il quitte la chambre rapidement. Noële l'entend descendre l'escalier. Il court presque, comme s'il voulait savoir le plus vite possible. Par la fenêtre, elle le voit traverser les jardins. Le ciel est clair, avec un peu de vent qui s'est levé dans la nuit.

— Je n'irai pas, dit-elle à mi-voix.

Comme un ordre qu'elle se donne. Aujourd'hui, il ne faut pas céder à l'impatience, et aller au-devant de lui. Il faut attendre qu'il revienne. Elle sort de sa chambre, traverse le couloir, frappe à la porte de Delpina.

Ensemble, elles attendent. La porte-fenêtre s'ouvre sur la terrasse. Un jardinier, penché sur les massifs, taille les hibiscus.

— A Pisticci, je n'ai pas voulu d'un jardin comme celui-ci. Il est trop dessiné. J'ai conservé le désordre, tout ce qui a poussé sur les ruines, depuis vingt ans, toutes les plantes qui ont grandi, qui sont devenues des arbres. J'ai installé la maison au milieu, en obligeant certains murs à s'ouvrir devant les branches trop longues.

Delpina est assise devant la fenêtre. Elle brode une taie d'oreiller pour le bébé avec une sorte de surprise amusée, comme si elle retrouvait de sa propre enfance des habitudes transmises par sa mère, qu'elle avait cru oubliées.

— Peut-être est-ce à cause de mon âge, mais je me prends à aimer les arbres. Ils me protègent. Maintenant, j'ai besoin de beaucoup d'ombre.

Elle lève les yeux, regarde Noële.

— Souris, demande-t-elle doucement.

Noële est assise près d'elle, sur un petit tabouret bas, les bras autour des jambes. Elle poursuit son idée :

— Il ne pourra pas. Si le médecin affirme que sa main est perdue, il ne pourra pas. Sans la musique, Ugo n'est plus Ugo.

Delpina reprend son ouvrage. Elle a tendu l'étoffe sur un petit tambour de bois et brode avec une aiguillée de soie bleue. Elle cherche d'abord à éloigner l'angoisse.

— Je ne t'ai pas dit que j'avais retrouvé Marietta ? Il y a vingt ans, c'était une petite fille, toute noire, qui me volait mes figues. Aujourd'hui, c'est une femme mariée, qui a une quantité d'enfants, un beau corps épanoui, et qui me monte, chaque matin, un pot de lait de chèvre. En la regardant, je mesure le temps passé, et je pense à toi.

Elle tend la main, caresse doucement les cheveux de Noële.

— Il rejouera, assure-t-elle.

— Comment le savez-vous ?

— Je l'ai entendu hier.

— Quand il a ouvert le piano ?

— Oui.

— Il a eu très mal. Il ne vous l'a pas dit. Mais il a souffert toute la soirée.

— Ce n'est pas le mal qui compte.

— Quoi d'autre ?

— La force de son poignet et de ses doigts. Elle y est toute. Au premier accord, je l'ai su.

Noële se lève, va s'asseoir dans le fond de la chambre, loin de la fenêtre. Pour ne pas regarder la rue.

— Si vous l'apercevez, ne me le dites pas. Je ne veux pas interroger son visage de loin. Je veux attendre qu'il soit là.

Elle se sent inutile. Son fils dort encore. Ce n'est pas l'heure de sa toilette. Elle se demande si elle ne va pas le réveiller plus tôt. Mais elle risquerait de lui communiquer sa nervosité. Pour lui aussi, il est préférable d'attendre.

— A Pisticci..., continue Delpina.

Elle parle des travaux, des maçons, du charpentier qui a refait le toit avec des poutres chevillées les unes aux autres, comme une immense toile d'araignée. Elle parle du puits, de la fontaine au fond du jardin, des lions de pierre qui se dressaient de chaque côté du portail, et que le père de Marietta est venu lui rendre, après les avoir gardés chez lui pendant vingt ans.

— Je ne voulais pas les reprendre. Après tant d'années, ils étaient à lui. Mais il a insisté, et Marietta, et le mari de Marietta, et tous leurs enfants autour d'eux. J'ai fini par céder. Ils sont beaux ! Tu verras. Si tu trouves le temps de venir jusque là-bas.

Elle s'arrête de broder, brusquement immobile. Elle vient d'apercevoir Ugo.

— C'est lui ? demande Noële.

Delpina ne répond pas.

— Dites-moi seulement s'il marche vite.

Delpina se lève, pose son ouvrage.

— Viens voir toi-même. Il ne marche pas. Il danse.

— Il faut opérer. Ouvrir la main au même endroit, et me refaire une autre cicatrice, parce que celle-ci s'est refermée n'importe comment. Mais c'est une opération très simple, qui ne m'immobilisera que quelques jours. Et je retrouverai une main normale.

Il est essoufflé d'avoir couru, d'avoir monté l'escalier quatre à quatre, et d'avoir eu si peur, d'avoir cru que tout était perdu.

— Je voulais qu'il m'opère tout de suite. Mais ce n'est pas possible. Il faut attendre que la cicatrice ne travaille plus. Un mois. C'est terriblement loin, mais c'est nécessaire. Il m'a montré les radios. La chance que j'ai eue. Tu n'imagines pas. Les os n'ont pas été touchés. Il y en a, dans une main ! C'est incroyable ! Et rien. Pas la moindre fêlure. C'est ce qui lui faisait le plus peur. Il me l'a avoué, ce matin.

Il va et vient, dans la chambre de Delpina, s'arrête devant Noële, lui montre sa main, la regarde avec elle, comme s'il ne l'avait jamais vue, puis repart, va jusqu'à la terrasse, parlant toujours, le bras tendu devant lui, paume ouverte.

— Ce sera un vrai travail de couturière. Il m'a expliqué. Il va couper tout autour de la cicatrice, avec un petit ciseau, pour enlever ce bourrelet de chair qui s'est formé, qui a durci, qui m'empêche d'ouvrir la main. Puis il me fera une jolie couture, et on ne distinguera plus rien. Il en profitera pour essayer de renouer le petit filet nerveux.

— Quel filet nerveux ? demande Noële.

C'est la première fois qu'elle l'interrompt. Elle a tout écouté, sans rien dire, et la joie de Ugo est si évidente qu'elle croit tout, sans arrière-pensée. Cette phrase, brusquement...

— C'est vrai. J'oubliais...

Ugo s'est arrêté au milieu de la chambre.

— C'est le seul point délicat. L'éperon a sectionné un petit filet nerveux. C'est pour ça que j'ai une partie de la paume insensible. Je t'ai raconté qu'il m'avait enfoncé une aiguille, hier, à certains endroits, et que je ne sentais rien. Il faut essayer de le renouer ce filet. Mais s'il n'y parvient pas, ce n'est pas grave ! Je retrouverai une main pratiquement normale.

— Pas tout à fait ?

Ugo vient vers Noële :

— Pas tout à fait. Mais je te jure qu'il faut me croire. Que ce n'est pas grave. Que je pourrai jouer comme avant.

Il ajoute, à mi-voix :

— Tu me crois ?

Noële fait signe qu'elle le croit. Une dernière force en elle se débattait contre l'espérance. Mais elle cède enfin. Elle sourit. Devant ce sourire, Ugo cède à son tour. Le rire qui était en lui se libère. Ils savent qu'ils ont franchi la frontière ensemble. Devant la porte-fenêtre, assise, sans bouger, Delpina regarde et attend. Ugo continue :

— J'ai des projets. De grands projets.

De nouveau il se met à marcher dans la chambre.

— La date de l'opération est déjà fixée : le 16 janvier. D'ici là, je ne vais pas m'asseoir et attendre. Tu ne me vois pas dormir pendant un mois et demi ? Je ne le supporterais pas. Toi non plus. Alors, je vais aller à Paris.

— A Paris ?

— Voir maître Forestier. Tu te souviens, sur le bateau, je t'ai dit qu'il y avait des œuvres écrites pour la main gauche seule. Une surtout, très belle, de Maurice Ravel : le *Concerto pour la main gauche.* Je vais demander à maître Forestier de m'aider à travailler ce concerto, puis de l'enregistrer avec moi. Ce sera difficile, car je ne l'ai jamais déchiffré. Et j'ai peu de temps devant moi. Mais j'y parviendrai.

— Tu veux dire que tu vas faire cet enregistrement avant ton opération ?

— Comme ça, si je ne retrouve pas une main normale, j'aurai quand même été vivant quelques semaines.

— Ugo...

C'est la voix de Delpina, très douce, qui semble venir de très loin.

— Oui ?

Il se retourne. Delpina est immobile dans son fauteuil les mains croisées sur les genoux, à contre-jour.

— Avant ton départ, je demande quelque chose. Personne n'y a pensé encore. Mais il faut le faire. Ton fils. Il faut le baptiser.

L'enfant se débat en hurlant. Delpina d'un mouvement implacable le plonge dans l'eau jusqu'au cou, ne laissant affleurer qu'un petit visage écarlate de fureur. Il a de l'huile dans les cheveux.

« Gloire à Dieu ! » psalmodient les chantres, dans les vapeurs d'encens, en tournant autour du baptistère. Dans l'ombre des chapelles, les icônes brûlent d'un éclat assourdi. Le pope a pris de la cendre et du sel. Il frotte les paumes et le front, vigoureusement. Le démon, chassé par l'eau du baptême, s'affole et tourne au-dessus du petit corps immergé, cherchant par quelle faille il pourra reprendre sa place. Mais le sel et la cendre sont comme une armure. Le regard immobile de Delpina, son sourire lointain semblent défier celui qui s'effraie d'avoir perdu cette âme encore neuve, et qui mêle sa voix à celle de l'enfant, hurlant avec lui sa colère et son désarroi.

« Gloire à Dieu ! » répètent les chantres, couvrant ces deux cris confondus. Le pope récite les exorcismes, chaque parole jetée devant lui comme un ordre, repoussant peu à peu l'ange déchu, qui comprend qu'il a perdu la bataille, et dans un dernier sursaut tente de s'engouffrer par la bouche grande ouverte. Mais le pope, étendant la main, crie :

— Je te baptise Yan.

Alors le démon s'enfuit, avec un grand bruit d'ailes. Dans l'église, il y a comme un soupir étonné. Puis l'enfant s'abandonne, pris par une sorte de sommeil, et Delpina le sort lentement de l'eau, l'enveloppe dans une longue étoffe de lin blanc, qui est à la fois la serviette dont on l'éponge après le bain et le drap dans lequel il s'endort.

Un peu à l'écart, dans l'ombre d'un pilier, Yannis Karrassos ferme les yeux.

— Je te baptise Yan, répète-t-il à mi-voix.

Son petit-fils, la branche nouvelle de ce tronc qu'il croyait desséché.

Ces cris, ce souffle, cette vie qui s'affirme et triomphe...

« Qu'il grandisse vite, pense-t-il en lui-même. Qu'il devienne vite un homme. »

Il s'appuie au pilier, trompant son impatience, revoyant en un éclair toutes ces années de silence et d'attente, retrouvant, comme une image éblouissante, le sourire d'Alexandra lorsqu'elle est entrée pour la première fois dans la chambre de Lefkas. « *Ef karisto...* », a-t-il dit, ce jour-là. Il a envie de le crier de nouveau pour saluer cet enfant qui porte le même prénom que lui.

— Tu ne viens pas, Yannis ?

Ugo s'est approché. L'église est vide. Tout le monde est à la sacristie.

— Écoute, Ugo...

Il saisit Ugo par le bras, se met à parler à voix haute, dans le silence de l'église.

— Je lui donne tout. Tout ce que j'ai, tu m'entends. Et tout ce qu'il désirera, je le lui obtiendrai. Je croyais n'être plus bon à rien, ni à personne. Mais pour lui, je suis capable de recommencer ma vie. Toute ma vie, oui. Tu verras, Ugo, il y a tant à faire. Tant de choses. L'enfant vient d'ouvrir les yeux sur un monde neuf, et, ce monde, je le lui offrirai.

Il fait quelques pas dans l'église, pris par ce vertige des mots qui est celui de son espérance.

— Yannis...

Il s'arrête, se tourne vers Ugo.

— Oui ?

— Cet enfant a un père, Yannis...

Ugo sourit, mais sa voix est grave.

— ... et son père est revenu.

— Pourquoi me dis-tu cela, Ugo ?

— Je ne suis pas très sûr de savoir faire mon métier de père. Et si je n'y parviens pas, je te demanderai de m'aider. Mais laisse-moi d'abord essayer seul.

III

— Moi, si j'étais Madame, je ne ferais pas tout ces embarras.

Cela fait trois jours. Une humeur comme on n'en avait jamais vue. Pas dans la colère, dans le ronchonnement, ou dans l'impatience. Plutôt dans l'ironie. Madame Marie, depuis trois jours, lève les yeux au ciel chaque fois qu'elle entend parler de Ugo. Et, pour elle, lever les yeux au ciel, c'est exactement hausser les épaules.

— Quels embarras ? demande Nicole Vaindrier qui coud des anneaux de cuivre à une paire de rideaux neufs.

— Le retour de M. Ugo aux Quatre Vents, on finirait par croire que c'est comme le couronnement d'un roi d'Angleterre. C'est tout juste si on ne repeint pas les volets, les murs et les fenêtres.

D'une voix perchée, presque de biais, comme l'œil dans la paupière qui ne regarde que de côté.

— Je refais simplement une paire de rideaux. Ils sont tellement usés, depuis des années, qu'ils ont des trous. Vous le savez. Si je les remplace, ce n'est pas en l'honneur de M. Ugo, c'est parce qu'ils en ont besoin.

Nicole Vaindrier pose son aiguille.

— Soyez gentille, madame Marie, aidez-moi à les plier pour que je leur donne un coup de fer.

— Ils sont très bien comme ça.

— En posant les anneaux, j'ai tout froissé, vous ne voyez pas ?

Madame Marie a un petit soupir méprisant. Elle ne refuse pas de plier les rideaux avec Nicole, mais elle le fait du bout des doigts, sans avoir l'air d'y toucher, et si elle osait (si elle savait aussi) elle siffloterait.

— Si Madame ne branche pas son fer, je vois mal comment elle pourra les repasser, ces rideaux du couronnement.

Elle est ainsi depuis trois jours. Gilles et Nicole Vaindrier ne la reconnaissent pas. Ils pensaient qu'elle serait contente, comme eux, d'apprendre qu'en allant à Paris, Ugo s'arrêterait aux Quatre Vents. Cette nouvelle leur avait causé une vraie joie. Ils se disaient qu'un jour ou l'autre, ils auraient l'occasion de revoir Ugo, et dans leur esprit ils pensaient vaguement aux fêtes de Noël, sans savoir encore ce qui serait possible.

— Vous l'aimez bien, pourtant, M. Ugo ? Au printemps, souvenez-vous, quand vous prépariez des petits plats, il n'y en avait que pour lui.

Madame Marie ne répond pas. Mais, d'un geste volontairement maladroit, elle lâche le rideau, et tout est à recommencer.

— C'est bien, madame Marie. Je finirai sans vous.

Un bref haussement de sourcils, le même petit soupir, et dignement madame Marie regagne sa cuisine. Ce qu'elle ne comprend pas, c'est que Ugo voyage seul. Elle a demandé pourquoi. Gilles Vaindrier lui a expliqué qu'il s'agissait d'un simple aller et retour, et qu'il n'était pas question pour 48 heures de déplacer toute la famille. Madame Marie a écouté, a eu l'air de comprendre, mais, un peu plus tard, comme si rien de ce qu'elle avait entendu ne lui restait en mémoire, elle a redemandé pourquoi. Nicole Vaindrier lui a répété, mot pour mot, ce qu'avait dit Gilles. Peine perdue.

— Alors, ça recommence !

C'est ce qu'elle répète depuis trois jours. Voilà un homme, ce Ugo, qui, au printemps dernier, est parti en laissant derrière lui sa femme et un enfant à naître, pour donner un concert à Londres. Là-bas il rencontre son frère aîné qui l'emmène on ne sait où, et il part sans donner de nouvelles. Il reste absent six mois, tout le monde le croît mort, sa femme en devient malade, son fils naît comme un orphelin. M. Karrassos d'abord, M. Vaindrier ensuite sont obligés de prendre des avions et de se perdre jusqu'en Hongrie pour retrouver sa trace ! Ce Ugo réapparaît une nuit, comme par miracle, à des frontières. Et quelques jours plus tard, comme si tout le monde avait oublié, on le voit repartir seul, en laissant de nouveau derrière lui sa femme et son fils ? Comment croire qu'une pareille histoire soit vraie ? Elle a posé la question deux fois, trois fois, dix fois. Dix fois la réponse a été la même : « Oui, madame Marie, M. Ugo voyage seul. » C'est à se fatiguer d'être la seule à avoir la tête sur les épaules. Et plutôt que la colère, qui est mauvaise pour le sang, il vaut mieux choisir l'ironie, pas vrai ?

Pour Gilles Vaindrier, cette route de Lyon n'en finit pas. Il conduit vite, mais tous ces tournants, toutes ces côtes... Il voudrait bien ironiser, lui aussi, comme madame Marie, chantonner pour avoir l'air d'être calme. Ces petits mensonges ne lui ressemblent pas. Il est ému. Revoir Ugo, après tant de mois, lui parler, il en est à la fois heureux et troublé. Il repense à ce voyage en Hongrie, qui lui paraît, aujourd'hui, n'avoir été qu'une longue course dans les ténèbres. Il ne voudrait pas se prendre pour M. Karrassos, et faire siennes des légendes qui n'appartiennent qu'à la Grèce, mais l'histoire de cet homme qui est descendu aux Enfers pour rechercher celle qu'il croyait morte, et qui le faisait sourire autrefois au cours de littérature, il s'en est souvenu dans les rues de Budapest, en interrogeant les façades silencieuses le long du Danube. En soulevant la main de cuivre sur la porte d'une maison vide. Ce qu'il pressentait au cours de ce voyage, ce qu'il sait aujourd'hui avec certitude, c'est qu'il n'avait pas agi seulement pour Noële. Ce garçon perdu, qu'il appelait en vain, qu'il refusait de croire mort, c'était aussi son fils.

Gilles Vaindrier regarde sa montre.

— Je vais finir par être en retard.

Il accélère, double un poids lourd dans un tournant, se rabat juste à temps pour ne pas accrocher une voiture qui vient en sens inverse. Le conducteur, furieux, klaxonne en levant les bras.

— Je prends des risques, dit Gilles en souriant malgré lui.

Il n'est plus très loin de l'aéroport. Il pense, très vite, à ce baptême qui a eu lieu à Athènes, mais ne s'y attarde pas. Il y aura toujours des distances, des voyages. Bien sûr, Nicole et lui auraient aimé qu'on attende un peu pour baptiser leur petit-fils, au moins jusqu'aux fêtes de fin d'année. Mais il ne faut en vouloir à personne, et surtout ne rien dire à Ugo qui puisse laisser croire à un certain désappointement. L'important n'est pas là.

— L'avion d'Athènes est arrivé, mademoiselle ?

— Pas encore, monsieur.

Il achète un journal, va boire un café, s'absorbe dans la lecture du journal, laisse passer l'heure, découvre soudain que les passagers en provenance d'Athènes sont en train de franchir la douane.

— Monsieur Vaindrier...

Ugo, de loin, lui fait signe. Pendant quelques secondes, Gilles Vaindrier se sent arraché à lui-même. Tout, brusquement, bascule et s'inverse. Son regard ne reconnaît plus rien. Il lui semble que c'est lui qui arrive à Budapest, que c'est le soir, qu'il descend d'avion, et que celui qu'il est venu chercher l'attend, en souriant, la main levée.

— Ugo.

Il répond à son geste, maladroitement, s'oblige à sourire. L'émotion trop forte s'apaise. Il retrouve peu à peu son calme, et, pour lutter contre lui-même, prend le parti de parler pour ne rien dire.

— Bon voyage ?

— Oui, merci.

— Beaucoup de valises ?

— Une seule.

— C'est ce qui est agaçant, les bagages. On attend beaucoup trop longtemps. Ce qu'on a gagné, on le reperd devant les guichets. Vous savez que j'ai failli vous rater ? Je n'ai pas entendu l'annonce de votre arrivée. Les haut-parleurs fonctionnent très mal. Ils déforment les voix. J'ai bien envie d'aller signaler à l'hôtesse qu'on ne comprend pas un mot de ce qu'elle raconte.

Il parle vite, sans regarder Ugo. Il s'étonne seulement de l'avoir reconnu si facilement. Comme s'ils s'étaient quittés la veille.

— Voilà ma valise, dit Ugo.

Gilles tend la main pour saisir la poignée. Mais Ugo est plus rapide que lui.

— Non, monsieur Vaindrier.

— Donnez-moi votre valise.

— Elle n'est pas lourde.

— Raison de plus.

Son visage s'est fermé. Il a la voix brève, presque sèche. Ugo finit par céder. Ils sortent de l'aéroport, vont rapidement jusqu'à la voiture.

— Toujours la même, vous voyez, dit Gilles. C'est une bonne voiture. Je ne m'en séparerai que si elle refuse définitivement de rouler.

Il a hâte d'être aux Quatre Vents. Ce long tête-à-tête avec Ugo lui paraît plus difficile qu'il l'avait cru. Il regrette de ne pas être venu avec Nicole. Au moment où il met le moteur en route, Ugo prévint doucement :

— Vous savez, monsieur Vaindrier, j'aurais très bien pu la porter de la main gauche, cette valise.

Il enlève son gant. Gilles aperçoit la blessure, hésite quelques secondes.

— Vous avez toute confiance en votre médecin d'Athènes ?

— Oui.

— Puisque vous allez à Paris, vous ne chercherez pas à en voir un autre ?

— Non.

Gilles Vaindrier joue avec son levier de vitesse, comme s'il ne savait plus exactement comment passer la première.

— Quand vous nous avez affirmé, par téléphone, qu'il avait l'espoir de réussir l'opération, c'était pour rassurer Noële qui était à côté de vous, ou c'était la vérité ?

— J'ai dit la vérité à Noële, comme je vous l'ai dite à vous. Désormais je ne dirai plus que la vérité.

Gilles comprend qu'il se trompait. Si le visage est le même, puisqu'il l'a aussitôt reconnu, la voix, la façon de parler, une sorte de calme et de gravité qui s'y devine, montrent qu'au fond de cette nuit hongroise le temps a compté.

— Vous allez pouvoir rejouer ?

Ugo tourne brusquement la tête.

— Est-ce important pour vous, monsieur Vaindrier ?

Gilles tourne la tête à son tour. Pour la première fois, leurs regards se croisent.

— Ça vous étonne ?

Quelques secondes, très brèves, à comprendre qu'ils se sont rejoints. Puis Gilles passe la première vitesse. Ils ne disent rien pendant le voyage. Le temps est instable, avec, dans les cols, des écharpes de brume. La pluie menace. Ugo découvre un pays qu'il ne connaissait que sous le soleil et qu'il s'étonne de voir si vert encore. Il aperçoit un café sur le bord de la route.

— On s'arrête ? dit-il.

— D'accord.

Ils entrent dans une petite salle à rideaux rouges. Le poêle qu'on vient d'allumer fume un peu.

— Et pour ces messieurs ? demande le patron.

— Deux bières.

Il n'y a personne. Dans l'arrière-salle, un appareil de télévision diffuse des images de chevaux.

— Nous allons arriver aux Quatre Vents, dit Ugo, debout près du comptoir, et nous ne serons peut-être plus jamais seuls. Pardonnez-moi cet arrêt un peu trop voulu. J'avais besoin de vous dire merci.

Gilles Vaindrier fait un geste pour l'interrompre.

— Merci, oui. D'être venu en Hongrie me chercher. Yannis l'a fait, lui aussi. Avant vous. Je sais. Mais ce n'est pas la même chose. Il l'a fait pour Noële. Vous...

Il boit une petite gorgée, très vite.

— Vous, reprend-il, je me trompe peut-être, mais vous l'avez fait aussi pour moi.

Gilles Vaindrier ne répond pas. Quelque chose, en lui, aurait sans doute préféré que rien ne soit dit, pour éviter tout ce qui ressemble à une émotion. Mais il sait aussi que les paroles de Ugo lui font profondément plaisir.

— Quand j'ai appris que vous étiez à Budapest, j'ai cru que je n'aurais plus la force de rester enfermé dans la maison du frontalier. J'aurais fait n'importe quelle folie pour vous voir, même une minute. Mon professeur de piano m'en a empêché. Mais il m'a dit : « On ne peut pas laisser cet homme repartir ainsi. Il faut qu'il sache quelque chose. »

Gilles Vaindrier dit à mi-voix :

— Ugo est vivant...

— Ce message, oui. Ce trop court message. Le seul que nous avions le droit de vous donner. Pour ça aussi, parce que vous avez accepté de ne poser aucune question, je voulais vous dire merci.

Il repose son verre sur le comptoir.

— Maintenant, nous pouvons repartir.

Gilles Vaindrier s'est approché du poêle. Il regarde la petite fumée qui sort du tuyau, avance une main vers le foyer. Il pense une fois encore à ces longues journées dans les rues de Budapest, avec Françoise, la femme de l'attaché culturel français, qui connaissait Ugo elle aussi, qui pensait que le vieux professeur de piano savait quelque chose. Il se souvient de la première visite au professeur, de la main de cuivre sur la porte, de la grande pièce sombre, aux lourdes tentures.

— Quand je suis arrivé chez votre professeur, la première fois, dit-il à mi-voix, j'ai eu la sensation physique de votre présence. Il y avait le piano où vous aviez appris à jouer. Les rideaux de velours qui devaient déjà être là dans votre enfance. Votre professeur, sa voix, la façon dont il prononçait votre nom. Et vous, enfant, puis jeune homme, toutes ces images de vous dans cette pièce. J'ai eu envie, brusquement, de soulever les rideaux, persuadé que vous étiez caché derrière. La seconde fois, lorsque je suis revenu seul, et que votre professeur m'a dit : « Ugo est vivant... », je n'ai pas été étonné.

Derrière les vitres, les champs, traversés de lignes d'arbres, se rejoignent au pied des collines.

— Je n'ai pas vu grand-chose de votre pays, Ugo. Quelques rues de Budapest. Je le regrette maintenant. Je me dis que j'aurais dû partir avec le groupe des cavaliers, faire les étapes prévues, aller d'une ville à l'autre. Je crois avoir compris que les domaines de votre père étaient très vastes.

— Très vastes, oui.

— Si j'avais suivi les itinéraires j'aurais fini, sans même le savoir, par me trouver chez lui, à un moment ou à un autre. Et connaître les terres d'un homme; c'est déjà le connaître.

Il frotte brusquement ses mains l'une contre l'autre.

— Venez. Ma petite terre vous attend.

Déjà le crépuscule. Ugo s'inquiète de cette nuit qui vient si vite. Il craint de se perdre dans un pays qu'il connaît mal. M. Vaindrier lui a expliqué la route pourtant, lui a même dessiné un plan au crayon. Mais dès que l'ombre descend des arbres, tout change d'aspect. Il revient de l'école d'Ouches. Il y a trouvé Denis rêvant sur des géographies. Il voulait le remercier de s'être occupé de la sortie de son disque avec maître Forestier. Il voulait aussi lui transmettre une invitation de Noële à venir passer les fêtes de fin d'année à Athènes.

— Je suis chargé d'inviter tout le monde. J'en ai déjà parlé à M. et Mme Vaindrier. En vous quittant, je vais aller inviter Marie-Hélène et Jean-François. Je crois même que madame Marie se décidera à faire le voyage.

Mais Denis a refusé en souriant.

— Je serai sans doute parti.

Il a expliqué qu'il avait déposé une demande de congé illimité. La réponse ne lui était pas encore parvenue officiellement. Mais il avait bon espoir qu'elle soit acceptée.

— Où pensez-vous aller?

— J'ai gardé de mon adolescence une sorte d'émerveillement pour le jeune garçon des Ardennes qui, un jour, s'est mis en route vers l'Afrique. Les raisons qui me poussent à partir ne sont pas les siennes, je le sais. Mais depuis que j'ai lu les lettres de Rimbaud, je rêve de ces déserts des Somalies, brûlés de soleil, où les petits chevaux vous conduisent vers des villes couleur de sable. Vous pensez sans doute que je suis puéril. Mais celui qui porte ses rêves en lui ne devient un homme qu'au jour où il les a rejoints.

En accompagnant Ugo jusqu'à sa voiture, il avait ajouté :

— Quand je reviendrai de ces pays de solitude, j'aurai sans doute la force d'aller voir Noële à Athènes. Celui qui frappera alors à sa porte, le reconnaîtra-t-elle ?

— Vous n'avez pas eu trop de mal à trouver ?

Marie-Hélène était venue au-devant de lui, dès qu'elle a aperçu la lumière des phares.

— C'est qu'il fait nuit de bonne heure en ce moment. Et ce pays est plein de petites routes.

Elle est contente que Ugo ait trouvé le temps de venir jusqu'au moulin. Cette visite la touche d'autant plus qu'il n'est là que pour vingt-quatre heures.

— Jean-François est là ? demande Ugo.

— Je l'attends d'une minute à l'autre. L'usine est au bout de cette route. Les lumières, là-bas, vous voyez ? Comme il sait que vous devez venir, il a dû guetter, comme moi, les phares de la voiture.

Ils sont arrivés à l'entrée du moulin. Marie-Hélène fait un geste vers la porte. Mais Ugo secoue doucement la tête.

— Je crois que je vais aller au-devant de lui.

Il s'éloigne, le long de la Loire.

— Ugo...

Marie-Hélène n'est plus qu'une ombre au seuil de sa maison.

— Merci.

Elle lève la main, très vite, avant de disparaître. Ugo reprend sa marche. Il lui semble qu'on approche, qu'un pas répond au sien. Brusquement, il y a quelqu'un devant lui, si près qu'il fait un geste pour ne pas le heurter.

— Jean-François ?

Un silence. Très long, comme si le fleuve lui-même s'était arrêté.

— C'est vous, Ugo ?

— Oui.

Ils se regardent.

— Vous avez changé, affirme Ugo.

— Vraiment ?

— Depuis Seine-Port, oui.

De nouveau, le silence, avec, très loin, derrière les collines, un chien qui se plaint.

— C'était il y a très longtemps, n'est-ce pas ? dit Jean-François.

— Très longtemps.

— J'ai souvent pensé à vous. Je me souvenais du dîner à Seine-Port, justement. Ce soir-là vous avez disparu brusquement. Vous vous êtes perdu dans la forêt de Fontainebleau. M. Karrassos ne vous a retrouvé qu'au matin.

Ugo sourit.

— J'avais Marie-Hélène pour me guider. Elle connaît les forêts.

Jean-François s'étonne d'entendre, derrière la voix de Ugo, une autre voix qui dit les mêmes mots et qui est peut-être la sienne.

— C'est vrai, reprend-il. Elle connaît les forêts. Elle marche sans rien dire. On a l'impression qu'elle ne fait pas attention à vous. Mais on est obligé de la suivre. Et on retrouve son chemin.

Pour la première fois, il a le sentiment que, malgré ce qui les rend étrangers l'un à l'autre, malgré les familles, les langages, les enfances, il y a entre eux comme une amorce de compréhension.

— J'ai cru longtemps que ma vie d'homme avait commencé avec Noële. Je me trompais.

Il ne pensait pas qu'il pourrait prononcer devant Ugo le nom de Noële.

— Avec Noële, c'est ma vie d'enfant qui se prolongeait. En se séparant de moi, elle m'a permis de devenir adulte. Maintenant je peux l'affirmer : il y a ma vie avant Marie-Hélène. Et ma vie depuis.

Ugo a écouté attentivement. Depuis qu'il est en France, chaque voix qui s'élève a la couleur de l'amitié. Celle de M. Vaindrier, d'abord, puis celle de Denis, et maintenant celle de Jean-François. Il se dit qu'en Hongrie, seule la voix de son professeur avait cette couleur. Son père et sa mère ne parlent plus que pour eux-mêmes, ses amis le croient mort, et son frère Josef, d'un coup de talon, l'a jeté hors de sa maison. Ce pays qui s'endort dans l'ombre efface en lui, peu à peu, l'impatience des exilés.

— Marie-Hélène voulait que j'entre chez vous. J'ai préféré vous demander d'abord si j'en avais le droit.

Cette fois le silence est très bref.

— Venez, dit Jean-François.

C'est la chaleur du feu, la nuit derrière les vitres, le silence des Quatre Vents. Ils se sont installés tous les trois devant la cheminée. Gilles fume sa pipe. Nicole tricote pour son petit-fils. Ils écoutent Ugo, qui leur parle de cet enfant, justement. De ce qu'il sait et de ce qu'il ne sait pas, la façon dont il s'endort, ses mains qu'il commence à découvrir, ses yeux très noirs, presque fixes, dont le regard ne se détourne jamais, accroché à ce qu'il découvre jusqu'à l'épuisement.

Ugo avoue, en souriant, qu'il s'est assis plusieurs fois en face de son fils, pour essayer de lui faire baisser les yeux, mais qu'il a toujours été obligé de céder le premier. Ce qui touche Gilles, dans ce qu'il dit, c'est qu'il n'y a aucune émotion facile, aucun attendrissement. Il est comme un étranger, attentif à ce qu'il découvre, qui s'interroge. Nicole est rassurée. Elle craignait qu'il lui reproche d'être allée chercher Noële, l'été dernier, d'avoir fait naître son fils aux Quatre Vents. Mais il en parle avec tant de naturel, qu'elle sait que tout est bien.

Ugo s'est tu. Gilles Vaindrier remet du bois dans le feu. Nicole pose ses aiguilles :

— Madame Marie est déjà couchée ?

Aucun bruit ne vient de la cuisine.

— Vous croyez qu'elle acceptera de faire le voyage ? demande Ugo. Elle m'a dit non avec une telle obstination...

— C'est un jeu qu'elle joue. Elle dit non, mais au fond d'elle-même, elle a déjà dit oui.

— Ce qui l'effraie, c'est l'avion, explique Gilles. Elle prétend qu'à son âge ce n'est pas convenable de s'asseoir sur une chaise qui vole. Elle me l'a dit tout à l'heure : « Monsieur ne pense pas que je vais passer la tête au-dessus des nuages. J'ai quand même ma dignité. »

L'attitude de madame Marie n'est plus du tout à l'ironie. Elle était persuadée que Gilles Vaindrier reviendrait de Lyon sans Ugo. Mais lorsqu'elle a vu qu'il était bien là, qu'à sa descente de voiture il l'avait embrassée, qu'il avait toujours ce même beau visage, qu'il se souvenait encore de son nom, elle s'était sentie sans défense. Emue, heureuse, pour un peu la larme à l'œil. Elle s'était réfugiée dans sa cuisine, honteuse d'un déjeuner qu'elle avait préparé sans invention. Ugo était venu l'y rejoindre, et, sans attendre, l'avait invitée à Athènes pour Noël.

— Moi, monsieur Ugo ?

— Vous, madame Marie.

Elle s'était assise. Tout d'un coup, la cuisine basculait.

— Non, monsieur Ugo.

Elle avait dit : non, et non, et encore non. Mais son regard n'était plus le même. Elle s'était mise à rêver. Elle avait servi le dîner, en silence, évitant de faire tinter une assiette, de heurter un couvert. Et si Nicole s'étonne du silence qui règne dans la cuisine, c'est qu'elle a pris les mêmes précautions pour faire sa vaisselle.

— Je vais voir ce qui se passe.

Elle trouve madame Marie, assise sur une chaise, près du fourneau, les yeux fermés :

— Eh bien, madame Marie, vous ne seriez pas mieux dans votre lit ?

Madame Marie sursaute, ouvre les yeux. Elle regarde autour d'elle. Où sont les terrasses qu'elle voyait dans ses rêves ?

— Madame..., dit-elle.

D'une voix douce, lointaine, comme une petite fille.

— Madame, comment je vais faire pour partir en voyage, puisque je n'ai pas de valise ?

IV

— Comme c'est étrange ! Cet enregistrement du *Concerto pour la main gauche,* que vous souhaitez faire, tout le monde déjà le demande...

Maître Forestier sourit, avec un visage de jeune homme.

— Vous savez que votre *Concerto en sol* obtient chez les disquaires un succès incroyable. Il y a une expression française qui dit : ça se vend comme des petits pains. C'est exactement ça. Vous pensez bien que l'éditeur rêve devant ces chiffres. Il me supplie tous les jours de faire avec vous ce concerto pour la main gauche. Incroyable, non ? Et en même temps...

Le sourire s'efface lentement.

— En même temps, c'est un peu effrayant. On dirait que votre blessure avait été prévue.

— Attention, maître...

Ugo devient grave.

— Attention, je ne veux pas enregistrer un disque d'infirme. Je ne veux pas qu'on dise : « Quel courage ! Il avait une main blessée. Il a voulu jouer quand même. » Personne ne doit savoir. Personne, en dehors de vous. Ni le directeur de la maison de disques. Ni les musiciens. Il faut que vous me promettiez le secret. Cette blessure est à moi seul.

Maître Forestier lui touche le bras, sans répondre, comme un geste d'excuse, et va chercher la partition.

— Au début, c'est la nuit, explique doucement maître Forestier. Toutes les cordes ensemble, pianissimo, comme une forêt. Votre forêt hongroise, Ugo. Peu à peu, la lumière va naître. Regardez. Voici les cuivres, qui scintillent longtemps, voici l'éclatement de l'orchestre entier, comme le soleil qui monte dans le ciel. Alors, vous sortez de la forêt, face à la lumière, et le piano joue seul.

Ugo, d'un geste bref, referme la partition.

— Je vais la lire cette nuit, maître. Je reviendrai demain matin et nous l'analyserons, mouvement par mouvement.

Il a brusquement besoin d'être seul, dans un endroit auquel il pense depuis qu'il a débarqué à Paris, et qui l'attire étrangement. En sortant de chez maître Forestier, il fait signe à un taxi, donne l'adresse du petit appartement où il a vécu avec Héléna, dans l'île Saint-Louis. A peine arrivé, sans même prendre le temps d'enlever son manteau, il ouvre la fenêtre, s'avance sur le balcon. Il a plu toute la journée. Sur les quais de la Seine, les réverbères allument tant de reflets que la ville semble s'enfoncer dans la mer. Indifférent à la pluie, Ugo regarde et se souvient.

— Tomas, dit-il, à voix basse.

Il se penche, aperçoit la maison qui fait l'angle, le coin du quai. C'était au printemps. Il faisait très doux. Tomas, son frère, marchait lentement, comme un promeneur. En arrivant sous le balcon, il avait levé la tête. Ugo recule instinctivement. Pourquoi les morts reviennent-ils ainsi ? Il quitte le balcon, ferme la fenêtre, allume une lampe. Il se dit qu'il va redescendre, chercher un café ouvert. Il y a trop longtemps que cet appartement est vide. Il dégage une odeur de chambre fermée, de sommeil trop lourd. Il ouvre toutes les portes, en faisant du bruit, exprès, allume toutes les lampes. Puis il s'assied devant le bureau, saisit la partition, s'oblige à lire les premières mesures. Il se souvient de ce que lui a dit maître Forestier : « Au début, c'est la nuit... Votre forêt hongroise... » Il lève la tête.

— Tomas...

Il revoit Tomas, cette forêt nocturne où ils s'étaient cachés, en attendant l'heure de franchir la frontière, assis dans la bergerie, côte à côte, et Tomas ne savait pas que sa mort l'attendait le long de la rivière. Il pensait à Elizabeth, à cette longue attente des fiançailles qui allait finir, à la maison qu'ils allaient partager. Sur le visage de Tomas, à cet instant, il n'y avait que le sourire des frères aînés qui connaissent la route à suivre et passent les premiers. Une heure plus tard, sur son visage mort, le même sourire s'attardait. La mort. Jamais Ugo n'en a eu peur. Cette nuit, pour la première fois...

Il se lève, retourne sur le balcon. La rue est déserte. Une heure sonne à une église proche. Il pleut toujours. En été, autrefois, lorsqu'il faisait beau, il venait dormir sur ce balcon. Il se réveillait au petit matin, et Notre-Dame était déjà blanche, saluée par le glissement des premières péniches. Autrefois... Il a le sentiment que c'est très ancien, dans une autre vie. Et pourtant, s'il cherche les dates, deux ans à peine. Au cours de cet été très chaud, sur le pont d'un navire entre ciel et mer, avec des horizons toujours semblables et des villes apparues de loin en loin, où il fallait descendre et donner un concert.

Alors, sans qu'il l'ait entendue approcher, il découvre l'ombre d'Héléna, accoudée près de lui.

Habillée de vert, ou de rouge, il ne sait pas. Avec son visage attentif, ses cheveux lisses. Elle regarde le fleuve. Elle dit : « Déjà l'hiver... » Elle a des lèvres blanches. Est-ce vers Héléna qu'il est revenu ce soir, lorsqu'il a donné au chauffeur l'adresse de l'appartement ? Tout ici parle d'elle, de sa patience, de son autorité silencieuse. Elle était la raison, le courage. Elle était la seule femme qui ait su lui faire oublier le cri de sa mère, le regard de sa mère, lorsqu'elle l'avait chassé. Héléna avait été ses volets fermés, son toit tranquille, son travail. Il l'en remercie en secret.

Sur ce balcon qui domine le fleuve, comme celui de Budapest d'où l'enfant Ugo, la nuit venue, interrogeait le Danube, il comprend pourquoi ces morts se sont mis en route pour le rejoindre. Tomas d'abord, puis Héléna. C'est à l'enfant Ugo qu'ils sont venus faire signe. A celui qui avait dix ans, à peine, lorsqu'une voiture noire s'était arrêtée devant la villa du lac Balaton. Ce jour-là, il avait perdu, en même temps, son père et sa mère. Il y avait eu deux coups contre la porte. Dans la villa, c'était le silence. Ugo et ses frères n'osaient pas sortir de leur chambre. Maria dormait. Ils avaient attendu. On avait frappé deux autres coups, un peu plus forts, et quelqu'un avait essayé de forcer la serrure. Alors, la porte de la chambre des garçons s'était ouverte. Leur père les avait regardés, l'un après l'autre, sans un mot. Il avait encore des moustaches très noires. De longs favoris lui encadraient le visage. Mais son regard avait changé. Il brillait d'une lueur sourde, que Ugo revoit brusquement, avec une précision qui le fait trembler. Puis la porte s'était refermée. Ils avaient entendu leur père descendre l'escalier et monter dans la voiture noire. Ugo et ses frères l'avaient regardé s'éloigner, par la fenêtre de leur chambre. Jusqu'à la dernière seconde, ils avaient espéré que leur père se retournerait vers eux, leur ferait un signe, leur crierait un mot d'adieu. Mais ils n'avaient vu qu'un dos droit, une tête haute, qui n'avait consenti à s'incliner légèrement que pour pénétrer dans la voiture. Très vite, ils avaient entendu le moteur, et comme la route tournait pour s'éloigner du lac, en quelques secondes le silence était revenu. Alors, Ugo avait levé les yeux vers son frère Tomas, comprenant qu'il était devenu le chef de la maison.

La mort... Dans son imagination d'enfant, il avait découvert, ce jour-là, que c'était un voyage, que quelqu'un frappait à votre porte, et qu'il fallait le suivre. Il n'avait jamais cru ce que disaient les autres : la vie qui s'en va, le cœur qui ne bat plus, ces trous qu'on creuse dans le sol pour y jeter les corps. Il regardait les cimetières comme des réserves, de petites maisons où les prêtres venaient chercher des croix. Quelques années plus tard, lorsqu'il avait tiré par les cheveux, jusqu'aux rives du lac, le corps de Maria, il savait que ce n'était qu'un sommeil dans lequel elle était plongée, et qu'un jour, elle lèverait la main, ouvrirait les yeux, et se mettrait debout.

Maria, à son tour... Tous les trois, en silence, à le

regarder. Tous les trois partis l'un après l'autre. Mais les routes de la mort leur ont permis de se rejoindre, à cette heure de la nuit où Ugo est seul, pour lui faire comprendre qu'il n'avait plus besoin d'eux. L'image qu'ils forment est celle d'une famille : Tomas y tient la place du père, Héléna celle de la mère, et Maria, entre eux, celle de l'enfant. Longtemps Ugo s'était accroché à cette image. Aujourd'hui, il peut s'en détacher.

— Non, dit-il doucement.

Il comprend qu'il est délivré. Il quitte le balcon, referme la fenêtre.

— Non, répète-t-il aussi doucement.

Avec toute la tendresse qui est en lui. Avec la certitude que ces trois visages réunis l'ont enfin rendu à lui-même. Il revient s'asseoir devant la partition du *Concerto pour la main gauche* et dit à haute voix :

— Je suis sorti de mes forêts.

Puis, la tête dans les mains, avide de comprendre et de déchiffrer, décidé à faire de cet enregistrement une victoire sur la nuit et la mort, il se lance avec passion à la recherche des chemins qui traversent cette musique nouvelle. Il sait déjà que, de l'autre côté, comme une récompense de son voyage, il se réchauffera au sourire de son fils.

V

— Oui ou non, ils viennent à Athènes ?

— Qui ?

— Marie-Hélène et Jean-François.

— Je ne sais pas, Gilles. Ça fait plusieurs jours que je suis sans nouvelles d'eux.

— Il faudrait savoir.

— Pourquoi ?

— Parce que les avions sont toujours pleins, en fin d'année, et si je ne prends pas les billets dès maintenant, on risque de ne plus trouver de place.

— Alors, prends-les.

— Si Marie-Hélène et Jean-François viennent aussi, ce serait trop bête de ne pas voyager par le même avion.

Les fêtes de fin d'année, les billets d'avion, la valise de madame Marie. On en parle du matin au soir, avec des phrases, toujours les mêmes, des sourires, des mouvements d'impatience. Comme si Gilles et Nicole Vaindrier n'avaient jamais quitté les Quatre Vents. Dans sa cuisine, madame Marie ne tient plus en place. Elle a laissé Nicole lui offrir, en cadeau, une grande valise en cuir noir. Mais elle a tenu à faire elle-même un certain nombre d'achats personnels. Car, chez les Karrassos, on ne peut pas se permettre d'arriver les mains vides. Elle refuse que Gilles la conduise à Roanne. Le matin, elle prend un car, coiffée d'un chapeau de paille noire, malgré le temps pluvieux, le seul qui lui ait paru suffisamment « habillé » pour aller dans les magasins. Elle revient à la nuit tombée, cachant dans son dos un sac plein de paquets mystérieux.

— Mais il va vous falloir deux valises, madame Marie. Comment allez-vous emporter tout ça ?

Madame Marie ne répond pas. Mais il est évident que, si on l'empêche d'emporter ce qu'elle vient d'acheter, elle préférera renoncer au voyage.

— Toujours rien des petits Saulieu ? demande Gilles, un peu plus tard.

— Toujours rien.

— Demain soir, avant de rentrer, j'irai faire un tour au moulin.

— Tu vas à Roanne ?

— A Roanne, non. Je...

Gilles hésite une brève seconde.

— J'ai à faire pas très loin de chez eux.

Jean-François mange rapidement.

— J'ai eu une longue discussion avec Burion, ce matin. Nous avons esquissé un programme de production pour l'année prochaine. Et nous sommes arrivés à la conclusion qu'il faut acheter des machines neuves. Et les acheter le plus vite possible.

Il regarde Marie-Hélène.

— Qu'est-ce que tu dirais d'un petit voyage en Suède ?

— En Suède ?

— Attention ! Il s'agit d'un voyage d'affaires. Tu seras seule toute la journée, obligée de faire un petit peu de tourisme. Mais le soir, on se retrouvera.

— Oh ! Jean-François...

Il ne peut pas savoir le plaisir qu'il lui offre. Les images de leur voyage de noces reviennent — la pluie sur la plage, les feux de bois, la tendresse apprise jour après jour.

— Tu as fixé une date ?

— 15 janvier.

— Si tôt ?

— C'est urgent.

Marie-Hélène se lève brusquement.

— Je vais chercher le café.

Elle attend d'être dans la cuisine pour élever la voix.

— Si nous partons pour la Suède le 15 janvier, il est difficile d'aller à Athènes deux semaines auparavant. Tu ne crois pas ?

Elle revient avec le café, remplit deux tasses, répète :

— Tu ne crois pas ?

— Ce serait peut-être plus raisonnable d'y renoncer, en effet, répond Jean-François, mais...

Il hésite. Il sent comme une réticence chez Marie-Hélène, depuis que l'invitation leur a été faite.

— Mais quelle raison va-t-on donner à Noële et Ugo, si on refuse ?

Marie-Hélène répond nerveusement :

— La plus simple ! Je m'étonne que tu n'y aies pas pensé en même temps que moi.

— C'est-à-dire ?

— Un premier Noël de jeunes mariés, on peut avoir envie de le passer en tête-à-tête.

Aux Quatre Vents, on s'étonne en apprenant la réponse.

— Ils ne viennent pas, annonce Nicole.

— Comment le sais-tu ?

— Jean-François m'a téléphoné ce matin.

Gilles Vaindrier semble surpris.

— Il t'a expliqué pourquoi ?

— A cause de son usine, qui marche très fort, paraît-il, et qui a besoin de machines neuves. Il est obligé d'aller en Suède début janvier, ce qui lui ferait deux voyages de suite.

— Dans ce cas...

Gilles va jusqu'au petit bureau, range dans un tiroir les papiers qu'il gardait dans sa poche.

— Inutile d'attendre davantage. J'irai prendre les billets d'avion demain matin.

Il revient s'asseoir près de la cheminée, sort sa pipe, regarde Nicole. Il brûle d'envie de lui raconter sa visite au cadastre, mais il préfère attendre quelques jours afin que ses projets se précisent. Il a appris que le terrain dont lui avait parlé M. Karrassos, il y a plus d'un an maintenant, était à vendre. Le propriétaire venait de faire savoir qu'il le céderait volontiers. Gilles s'est demandé, pendant un moment, s'il n'était pas préférable de lui envoyer d'abord un intermédiaire. Mais ce genre de ruse ne lui ressemblait pas. Il attaquait de front, sans cacher son jeu. La franchise lui avait toujours réussi. Il avait donc pris rendez-vous aussitôt. La rencontre devait avoir lieu le lendemain matin.

Gilles regarde de nouveau Nicole, qui tricote avec application. Il imagine le regard qu'elle aura, tout le plaisir, d'un coup, sur le visage, lorsqu'il lui dira :

« Tu sais, le terrain, sur la route de Pouilly, près du petit ruisseau ? Celui dont m'avait parlé M. Karrassos à Pâques, pour y construire une laiterie moderne, il est à vendre, figure-toi. Et j'ai décidé de te l'offrir en cadeau de Noël. »

VI

— Toutes les fêtes ! Pendant des jours et des jours ! Je veux que ça dure, et que ça dure, et que la ville d'Athènes ait les yeux fixés sur le palais Karrassos, qui flambera d'une nuit à l'autre, comme l'étoile des Rois Mages. Ah ! ma petite fille, ce sera toutes ces fêtes de Noël que nous n'avons pas vécues ensemble, et qu'en une seule nuit, nous allons réinventer.

Yannis Karrassos éclate de rire, comme un enfant.

— Il faut que tu m'expliques... Pour que...

Debout, les bras écartés, comme s'il voulait repousser les murs, il achève :

— Que ce soit la France, ici.

Depuis une semaine à ne penser qu'à ces fêtes, à en rêver la nuit. Il refuse d'entendre la voix de ses hommes d'affaires qui le pressent d'étudier des dossiers, de signer des contrats. « L'année prochaine !... » répond-il. Et c'est vers sa fille qu'il revient toujours.

— Les Noëls de France, comment les fête-t-on ?

— Mais vous étiez aux Quatre Vents, l'an dernier, père. Vous l'avez bien vu.

— L'an dernier, aux Quatre Vents, il n'y avait que des grandes personnes. Je n'ai rien vu du tout. Cette année, il faut que ce soit un Noël d'enfant. Tous les Noëls où tu étais une enfant sans moi, et le premier Noël du petit Yan.

Lorsqu'il parle ainsi, impatient, le regard brillant, il ressemble à son petit-fils.

— D'abord, c'est très simple : il faut un sapin.

— Un sapin ?

Yannis Karrassos ferme les yeux. Toutes les forêts du Nord, avec leurs brouillards de décembre, et leur tapis de neige, apparaissent soudain aux fenêtres du palais Karrassos, dans un grand bruit de branches froissées.

— Le plus grand sapin possible, continue Noële, pour y suspendre toutes sortes d'étoiles en papier, de guirlandes, de lumières et de cheveux d'anges.

— Un sapin, répète Yannis Karrassos.

Des odeurs de forêt, des profondeurs de sous-bois où les personnages de légende parlent à voix basse, et dans la nuit un éclair soudain, entre les arbres, la lanterne d'un promeneur égaré, ou l'œil fiévreux d'un cerf qu'on éveille ?

— C'est un arbre de neige et de froid. D'Allemagne, de Norvège, de Hongrie peut-être. Il faut en faire chercher par avion spécial.

Il ouvre brusquement la porte, appelle :

— Messara !

Il revient vers Noële :

— Puisque j'envoie un avion vers le Nord, je vais en faire venir toute une forêt.

Messara passe la tête. Yannis Karrassos donne rapidement ses ordres. Qu'on frète un avion sans attendre, qu'on l'envoie en Allemagne, qu'on le remplisse de sapins de toutes les tailles. Qu'il fasse l'aller et retour en une journée, et qu'on prévoie déjà les camions qui transporteront cette forêt jusqu'au palais Karrassos. Messara semble ne pas croire à ce qu'il entend. Il jette un regard un peu angoissé vers Noële. Mais Yannis le bouscule, s'impatiente qu'il n'ait pas déjà donné les ordres nécessaires.

— C'est de la folie, père !

Yannis referme la porte.

— De la folie. Parfaitement !

Il saisit sa fille dans ses bras.

— Laisse-toi prendre à mes folies ! Il y a eu trop de jours difficiles. Trop de jours où le bonheur tournait le dos à ce palais. Alors, pendant ces fêtes, laisse-toi éblouir. Nous vivrons sur une planète qui tournera peu à peu sur elle-même, et nous emportera vers des espaces où la mémoire est effacée.

Il la serre contre lui, avec une sorte de tristesse.

— Mon amour pour toi...

Quelque chose comme une plainte sourde :

— Mon amour a cette force. Permets, pour la dernière fois, que je te le prouve.

Noële sent que son rêve d'enfant a des couleurs plus sourdes qu'il ne le laisse voir.

— Pour la dernière fois ?

— Ugo me l'a dit, le jour du baptême. Le père, maintenant, c'est lui. Mais, pour ces quelques jours, accepte que je sois encore le chef de la maison. Que j'ouvre les bras, que je vous prenne tous, que je vous emporte dans mes rêves. Une fois, une dernière fois, comme si c'était moi qui inventais Noël...

Les rêves deviennent vrais. La forêt descend des pays du Nord. A l'aéroport d'Athènes, personne n'en croit ses yeux. Lorsque l'avion se pose, qu'on ouvre les cales, et que sur les camions rangés autour de la piste, s'abat soudain cette avalanche de sapins, il y a des visages à toutes les vitres, et personne ne sait plus son âge. Un des camionneurs se met à rire, et les autres lui font signe de se taire, car, dans le mystère de ces fêtes, les rires doivent être silencieux. Les cales de l'avion sont bientôt vides. Les camions quittent la piste l'un derrière l'autre, et prennent la route d'Athènes. Messara, qui est venu surveiller le déchargement, reste longtemps immobile, tandis que s'éloignent ces arbres endormis, dont les branches remuent doucement, comme surprises par ce pays où l'hiver n'existe pas.

Debout au seuil de son palais, Yannis Karrassos attend sa forêt. Les équipes d'ouvriers sont prêtes. Il veut que tout soit installé très vite. Que les arbres se redressent et réinventent leurs symétries. Il sent déjà les ombres, les allées, le silence des voûtes. Les premiers camions apparaissent. Les ouvriers s'avancent vers le portail.

— Alexandra ! cria Yannis.

Elle guettait de sa fenêtre. Elle le rejoint.

— Les voilà...

Elle sait que c'est pour elle. Tout ce domaine d'enfance, si naïvement recréé, qui s'ouvre déjà, elle est prête à s'y perdre. C'était trop de fatigue, trop de sécheresse, dans les pierres de cet été brûlant. Maintenant, elle s'abandonne. Elle joue à tout croire. Cette main, à laquelle elle s'accroche, a tant de pouvoirs. « Laisse-toi éblouir... », lui a-t-il demandé. Elle accepte. Elle n'est plus qu'une petite fille, qui retrouve la chaleur de l'édredon rouge, dans la chambre des Quatre Vents, lorsque venaient les premiers froids, qu'il fallait se lever pour aller en classe, et que madame Marie l'obligeait, pour marcher dans la neige, à mettre des galoches dont elle avait honte.

— Il y en a soixante-deux ! annonce Yannis.

Il rit. Noële rit avec lui, et lui embrasse la main.

Deux jours de marteaux, de scies, de clous qu'on enfonce. Yannis Karrassos donne des ordres. Et la forêt, peu à peu, envahit la maison.

— Attention ! Redressez ! Redressez vers la gauche.

Le plus grand, le plus haut, le plus large, celui qui monte droit vers le ciel, dressé au milieu du hall, géant à cent bras étendus. Vingt ouvriers l'ont mis en place, et lui cherchent son équilibre.

— Il faudrait des haubans, dit un contremaître.

— Sûrement pas ! Je ne veux pas qu'il ait l'air d'un vieillard qu'on soutient. Je veux qu'il soit comme chez lui, comme dans sa terre. Planté profond. Où avez-vous vu que, dans sa forêt, il avait des haubans ?

Il s'approche d'un ouvrier.

— Donne-moi ton marteau.

Déjà, il est à plat ventre, perdu sous les branchages.

— Apportez-moi une planche.

Sa voix sort du tronc, comme si l'arbre se mettait à parler.

— C'est le pied qu'il faut consolider, en élargissant la charpente de bois.

Il cloue à grands gestes, le corps attaché au tronc, puis se relève et, cherche une autre planche.

— Il faut en mettre là, là, et là. Et ça tiendra.

Les voix ont changé. Elles s'assourdissent peu à

peu dans cet univers de ramures. La lumière du jour hésite à chaque fenêtre. C'est déjà la pénombre des sous-bois. L'impatience de Yannis Karrassos est si forte qu'il n'attend pas que l'arbre soit en place, et, sautant d'une échelle à l'autre, se hisse jusqu'au faîte, suspend, à la dernière branche, l'étoile des bergers.

— Alexandra !

Il est debout dans le ciel. L'étoile de papier se met à flamber, en tournant sur elle-même. Noële, accourue à l'appel de son père, s'émerveille qu'il ait tenu sa promesse, et que la planète lumineuse l'entraîne déjà vers des espaces « où la mémoire elle-même est effacée... ».

— Merci, Alexandra.

Debout sur son échelle, les bras tendus, comme s'il ne savait plus que vingt ouvriers le regardent et l'écoutent :

— Comme au premier jour, à Lefkas, tu te souviens ? Merci d'être vivante et d'être si belle.

Il redescend lentement, comme glissant de branche en branche, avec la souplesse de ses vingt ans retrouvés. Pour les équipes, c'est l'heure de la pause. On l'entraîne vers les terrasses. Noële reste seule devant l'arbre.

Derrière une porte lointaine, elle entend Ugo travailler. Une longue phrase, toujours la même, depuis deux jours. Une phrase obstinée, sinueuse, comme la marche des caravanes dans le désert. Les autres thèmes lui sont vite devenus familiers, mais celui-ci a des mystères devant lesquels il s'interroge. Sa main tâtonne. Comme si l'image oubliée des voyages refusait de réapparaître.

Le piano s'est tu. Pendant quelques instants la

maison semble endormie. Il y a eu toutes ces fièvres, le sang qui battait trop vite, mais la forêt a pris racine, et le silence recouvre tout.

— Je n'en avais jamais vu d'aussi grand.

Ugo est derrière elle.

— Quand il sera couvert de lumières, ce sera un miracle.

Quelles images retrouve-t-il en lui, si loin qu'il les distingue à peine, et que le mot « miracle » soit si difficile à prononcer ?

— Viens, dit-il à Noële.

Il l'entraîne vers la chambre de l'enfant.

— Il faut qu'il le voie en même temps que nous.

— Tu n'attends pas qu'il y ait les lumières ?

— Qu'il le voie d'abord comme un arbre vivant. Après, il le verra comme un arbre de féerie.

Il se penche vers le berceau.

— Viens, garçon ! Viens voir quelque chose que tu n'as jamais vu. Un arbre. Pas un arbre comme il y en a dans les jardins d'ici. Un arbre qui vient de loin.

— On dirait qu'il te comprend, dit Noële.

L'enfant regarde son père, les yeux grands ouverts, sans étonnement, impatient déjà de savoir pourquoi on l'a réveillé.

— Bien sûr qu'il me comprend.

Il marche vite, longe le couloir, arrive dans le hall.

— Regarde...

Il parle à voix basse, en serrant l'enfant contre lui.

— Un sapin.

Les lèvres contre l'oreille de son fils.

— Il pourrait venir de chez moi.

Avec un peu de brume dans la voix.

— Lorsque j'avais ton âge, peut-être un peu plus

âgé, trois ou quatre ans, mon père, au moment de Noël, nous emmenait, Tomas et moi, dans ses forêts. Nous mettions des bottes, à cause de la neige. Et je me souviens d'un grand passe-montagne de laine rouge, que ma mère m'obligeait à porter à cause du froid qui brûlait les oreilles. Mon père prenait une hache et des cordes, et nous partions en carriole.

Il semble que l'enfant écoute.

— C'était le matin, très tôt, parce que la route était longue. J'entends les grelots du cheval. Arrivés devant la forêt, nous descendions de carriole, nous nous avancions entre les arbres. C'était à nous de désigner celui qui nous paraissait le plus beau. Tomas, parce qu'il était l'aîné, savait mieux que moi, et je le laissais faire. Nous hésitions entre plusieurs. Mon père attendait, la hache sur l'épaule. Lorsque nous nous étions décidés, mon père dégageait la neige autour du tronc et levait sa hache. Il était très fort, le sapin était vite abattu. Alors nous déroulions les cordes, nous les attachions à l'arbre, et nous le tirions jusqu'à la carriole.

Ils regardent toujours l'arbre dressé jusqu'aux verrières, et l'immense étoile de papier doré qui le couronne.

— Ce n'est pas un conte de fées, garçon, c'est mon enfance. Et celle de ton oncle Tomas.

Noële est restée à l'écart.

— C'est la première fois, remarque-t-elle à mi-voix, la première fois que tu le tiens naturellement, sans avoir peur qu'il t'échappe. C'est la première fois que vous êtes ensemble.

Ugo serre l'enfant davantage.

— Peut-être est-ce à cause de cette maison qui ressemble à une forêt...

Un sourire éclaire son visage.

— ... Je viens de comprendre que ce fils est mon fils !

VII

On croit qu'on a le temps. On ne regarde pas le calendrier. Les jours passent, et brusquement...

— Mon Dieu, madame ! On ne part pas vraiment dans trois jours ?

— Mais si, madame Marie. Vous n'allez pas me dire que vous n'êtes pas prête ?

Les bras au ciel, à quoi bon expliquer, comme si on ne savait pas qu'à son âge les idées nouvelles il faut du temps pour les apprivoiser, et que prendre l'avion ce n'était pas très difficile, si on avait le temps de se faire à l'idée de le prendre. Mais en trois jours... Elle tourne le dos, disparaît dans ses casseroles.

Pendant ces trois jours qui restent, elle décide de ne plus dire un mot. Si elle ouvre la bouche, ce sera simplement pour murmurer : Mon Dieu ! Comme une prière. Parce que sans Lui...

— Madame Marie !

Elle ne répond pas. Nicole s'inquiète :

— Que se passe-t-il ? Elle est devenue muette ?

— J'en ai l'impression.

— Pourquoi ?

— Parce qu'elle pense. Elle a beaucoup à penser avant le départ.

Gilles Vaindrier sourit.

— Moi aussi.

Il voudrait que tout soit largement amorcé avant son départ. Il a vu le propriétaire du terrain. La discussion a tourné court. Il a trop vite laissé voir son impatience. Devant un acheteur pressé les prix montent. Un notaire, consulté, a conseillé d'attendre. Gilles se plie mal à ce conseil.

— Viens le voir, puisque c'est un cadeau que je te fais.

Il y conduit Nicole Vaindrier, un matin. C'est un jour de beau froid sec. Tout semble tiré au cordeau, les arbres bien droits sur le ciel, les cheminées, les toits d'ardoise.

— Tu sais que Brémont est fou ! Quand je lui ai annoncé la nouvelle, il s'est mis à sauter à pieds joints par-dessus les seaux.

— Je ne saute pas aussi haut, parce que j'ai passé l'âge, mais je suis encore plus folle que lui.

— Je sais, dit Gilles. Ça se voit dans tes yeux.

Ils ont passé le petit pont.

— Voilà.

Il arrête la voiture. Dans le silence, il y a un oiseau, tout seul, qui les accueille.

— Bon Noël ! prononce Gilles à mi-voix. C'est un peu en avance, mais...

Nicole descend de voiture. Elle va jusqu'au terrain, se baisse, y pose les deux mains, comme pour en prendre possession.

— Merci, dit-elle en se relevant.

Elle voudrait trouver d'autres mots, tous ceux qui sont en elle, à propos de cet avenir, de ce travail qui se prépare, du courage qu'il faut, et de la confiance, et de ce qui lui apparaît comme une preuve de jeunesse. Mais à quoi bon ? Entre Gilles et elle, depuis tant d'années, les mots sont inutiles. Merci les remplace tous.

Elle fait quelques pas, lentement. Elle ne cherche pas à imaginer la future laiterie. Elle regarde la terre. Elle se dit que dans quelques mois cette terre va se creuser, s'ouvrir, se transformer, à l'image d'une vie qui n'est pas fixée une fois pour toutes. Elle se demandait parfois si quelque chose pouvait encore arriver. Noële mariée, mère de famille, installée en Grèce, c'était la fin d'un chapitre de leur existence. Un long et beau chapitre de vingt ans, mais fini. Qu'espérer d'autre, dans une maison désormais trop grande ? Des passages rapides, des instants de rencontre, séparés par de longues attentes ?

Et Gilles était arrivé un jour, en disant : « J'achète le terrain sur la route de Pouilly ! », et tout avait changé.

— Tu retournes voir le propriétaire avant notre départ ?

Elle est remontée en voiture.

— Avec les fêtes de fin d'année, je suis obligé d'attendre. Le notaire a raison. Rien ne peut se faire. Mais ça m'agace. Quand j'ai décidé quelque chose, j'aime que ça aille vite.

— Ça se fera.

— Comment le sais-tu ?

— Il est à moi, ce terrain, maintenant. Quoi qu'il advienne... je le sens.

En arrivant aux Quatre Vents, ils entendent des cris dans la laiterie. Gilles Vaindrier va voir. Il revient en se frappant le front :

— C'est Brémont. De plus en plus fou. Il veut absolument que je lui montre le terrain, lui aussi. Ce n'est plus par-dessus les seaux qu'il cabriole, mais par-dessus les vaches.

Le déjeuner se passe en silence. Madame Marie, l'air absent, présente des plats cuisinés au hasard.

— Et cette valise, madame Marie ? Elle est assez grande pour tout emporter ?

Elle ne répond pas, perdue dans ses pensées.

— Peut-être prie-t-elle..., suggère Gilles.

Le téléphone. Nicole va répondre.

— Marie-Hélène, dit-elle en revenant. Elle propose de nous conduire à l'aéroport, après-demain. C'est très gentil.

C'est gentil, c'est vrai. Nicole pense au cadeau qu'elle n'a pas eu le temps d'acheter, et qu'il faudra lui rapporter de Grèce. Les petits paquets rouges de l'an dernier... Comme cela paraît loin. N'y a-t-il vraiment qu'un an ?

— Je vais montrer le terrain à Brémont.

Il sort. Tout s'accélère. Une journée qui ressemble aux autres mais, si l'on regarde l'heure, on ne comprend pas. La nuit, déjà. Les volets qu'on ferme, les lampes qu'on allume, le feu dans la cheminée, pour la veillée. Pourtant, Gilles et Brémont viennent à peine de rentrer. Dans la laiterie, de l'autre côté de la cour, il y a le bruit assourdi des seaux et des bêtes, mais les cris ont cessé. Brémont est grave. Lui aussi va s'enfermer dans le silence.

— Je lui ai demandé d'établir un projet de laiterie idéale, explique Gilles. De laisser aller son imagination, et de mettre sur ses croquis ce qui lui passera par la tête. Moi, de mon côté, je vais faire la même chose. A mon retour, nous essaierons de nous mettre d'accord.

— Tu as l'intention de travailler à Athènes ?

— Bien sûr. Mais, tu te souviens de ce que je t'ai dit : que M. Karrassos ne se doute de rien. S'il demande ce que je fais, tu réponds, comme moi, que j'ai des formulaires très compliqués à remplir pour la Sécurité Sociale. Ou quelque chose comme ça.

— Et Noële ?

Gilles hésite un moment.

— Ça m'ennuie beaucoup de lui mentir.

— Alors fais-lui promettre le secret.

On ne compte plus en jours, mais en heures. L'odeur des voyages... Avant de se coucher, il faut sortir les valises, qui sont sous l'escalier, dans le petit réduit. Et demain matin, au réveil, commencer à les faire. Sans perdre de temps.

— Les passeports...

Puisqu'on y pense, pourquoi attendre ? Ils sont dans tiroir du secrétaire. La pendule sonne. Minuit, déjà ?

— Mon Dieu !

Comme madame Marie, on s'affole ! Demain... Il ne reste plus que demain pour tout préparer. On se laisse toujours surprendre. « Je n'ai pas vu passer les jours. Si j'avais été raisonnable... » Des phrases qu'on répète, en s'endormant, comme des remords. Le sommeil vient. Les Quatre Vents reposent dans la nuit, feux éteints, comme un navire à quai. Les rêves tirent doucement sur son amarre, lui font prendre la mer. Les îles fleurissent au ras de l'eau. C'est rouge, avec du soleil. Madame Marie tend la main. L'île se rapproche, toute petite. C'est un jeu de la cueillir, de la porter à son corsage, avec ses chèvres sautant d'un rocher à l'autre. Une figue. Encore verte. Sur la queue tremble une goutte de lait. Les rêves deviennent blancs. Il y a des baptêmes, des fumées d'encens, une pluie de dragées qui frappe les vitres, avec des fureurs de bourdons prisonniers.

— Mon Dieu !

C'est le matin. La journée recommence. La même journée, plus rapide encore, plus impatiente, qui rend folle la pendule, dérègle les horaires, met la nuit à la place du jour. Les valises sont faites. Presque faites. Ouvertes encore, mais pleines aux trois quarts. Trop pleines. « Si je veux emporter ce chapeau, je suis obligée de renoncer à cette paire de chaussures. A moins de glisser l'une dans l'autre. Non. Et comme ça ? Non plus. Alors ? Je reprends : si je veux emporter ce chapeau... »

— Madame Marie !

C'est M. Brémont.

— Vous avez pensé à moi, madame Marie ?

— Pensé à vous ?

— Pour cette semaine où je vais être seul.

— Ah !

Avec Brémont, elle sort de son silence. Parce qu'il appartient à un univers différent, solide, planté dans le sol des Quatre Vents.

— Je vous ai rempli le réfrigérateur, monsieur Brémont. Avec tout ce que j'ai pu. J'avais autre chose à penser, croyez-moi, mais je n'allais quand même pas vous laisser mourir de faim. Et puis, dans les placards, vous prenez tout ce que vous voulez. Les conserves, les bocaux, les confitures, vous en avez pour un moment. Le seul problème, c'est le pain. J'ai prévenu le boulanger. Il doit vous en livrer tous les deux jours. Mais sa mémoire est un peu en désordre. Alors, si vous voyez qu'il vous a oublié...

Elle s'interrompt soudain, effrayée. Ce qu'elle est en train de faire, elle vient de le comprendre, c'est ce qu'on appelle : dicter ses dernières volontés. Comme sur un lit de mort, avec les enfants tout autour, qui écoutent et hochent la tête. M. Brémont écoute de la même façon, hoche la tête de la même façon. Elle fait un geste, pour lui faire entendre qu'elle a tout dit et qu'elle a besoin d'être seule. Elle s'assied sur son lit.

Pour la première fois, elle comprend qu'elle va quitter les Quatre Vents. Qu'elle va tout laisser derrière elle, toute sa vie, tous ses souvenirs, tout ce qu'elle possède. Ce rêve, avec des îles comme des pivoines, et des figues vertes, était clair. Il voulait dire que l'impossible devient vrai. Elle ferme sa porte à clef, éteint sa lampe, tire son fauteuil contre la fenêtre. Si elle doit ne plus revoir les Quatre Vents, elle veut ne s'en détacher qu'au dernier moment. Elle regarde, et elle prie, par habitude. Il y a la nuit, puis les lueurs incertaines de l'aube, les champs qui se déplient avec des gestes lents, le dessin confus des bois sur l'horizon, la première lanterne autour des étables de la ferme voisine, un camion sur la route. Et puis, tout près, le premier bruit. Quelqu'un, dans une chambre, qui marche doucement. Madame, sans doute. Elle descend l'escalier, entre dans la cuisine. Ne pas bouger. Ne pas entendre. S'absorber dans la contemplation de ces derniers instants. Le ciel est mauve, puis rose. Il va faire encore plus froid. La gelée blanche brille sur les toits. Un second pas dans l'escalier. Cette fois, c'est Monsieur. Bientôt, il y aura le bruit d'un moteur, la voiture de Mlle Marie-Hélène entrera dans la cour. Ce sera fini. Un oiseau. La barrière le long du ruisseau. Le ciel presque blanc. Regarder. Regarder jusqu'à ne plus rien voir. Jusqu'à en avoir mal, et...

— Madame Marie !

La voix de Madame, de l'autre côté de la porte.

— Vous êtes réveillée, madame Marie ?

Un cycliste sur la route, tout petit, tout noir, avec sur la jambe cette lumière rouge qu'ils s'attachent maintenant comme des bracelets, et qui va et vient.

— Madame Marie...

La serrure qui bouge doucement, puis de plus en plus vite.

— Vous vous enfermez à clef ? Mais qu'est-ce qui vous arrive ? Répondez-moi, madame Marie. C'est bientôt l'heure de partir.

La serrure, toujours.

— Mais enfin, madame Marie, dites quelque chose. Ou je vais être obligée de faire venir un serrurier !

— Ah ! ça, non, par exemple.

Le cycliste a disparu. La route est vide. C'est fini. Il faut se relever, s'approcher de la porte.

— Madame n'oserait quand même pas !

— Et pourquoi non ?

— Parce que c'est mon indépendance que Madame mettrait en cause.

Un silence. Nicole Vaindrier ne sait manifestement que penser.

— Expliquez-moi pourquoi vous vous enfermez dans votre chambre.

— Je fais une neuvaine.

Un silence encore.

— C'est très méritoire, madame Marie. Et je vous approuve absolument. Mais êtes-vous obligée de vous enfermer pour la faire ? Vous pourrez très bien la faire dans la voiture de Marie-Hélène, la continuer à l'aéroport, et la terminer dans l'avion.

— Je voudrais arriver au bout du premier chapelet avant le départ.

— Vous êtes loin de la fin ?

— Si Madame ne m'obligeait pas à parler, j'y serais déjà.

— Alors, dépêchez-vous. Et dès que vous avez fini, vous ouvrez votre porte ? Promis ?

— Promis.

Le pas s'éloigne. Dans la chambre, il y a du soleil entre les rideaux. Un soleil pâle, au bord d'un ciel presque trop clair. Jusqu'à l'arrivée à Athènes, ce sera le silence. Le vrai. Sans un mot prononcé. Il faut mettre pour la dernière fois son manteau, son chapeau, fermer sa valise, la poser devant la porte. Une voiture entre dans la cour. Madame Marie tourne sa clef, ouvre sa porte. Le rire de Marie-Hélène, la voix de Gilles Vaindrier.

— C'est gentil de nous accompagner jusqu'à Lyon.

Dans l'escalier, Nicole Vaindrier :

— Ah ! voilà madame Marie.

Marie-Hélène vient vers elle.

— Quelle belle valise vous avez, madame Marie. Une vraie valise de voyageuse. Vous allez voir. Quand vous aurez goûté aux voyages, vous ne pourrez plus vous en passer.

Nicole, toujours dans l'escalier :

— N'attends pas qu'elle te réponde. Elle fait une neuvaine.

Ils sortent de la maison. Marie-Hélène ferme le coffre de la voiture :

— Personne n'a rien oublié ?

Toutes ces voix comme des ombres. Madame Marie les entend à peine. Elle s'est assise dans le fond de la voiture. Quelque chose, en elle, du côté du cœur, fait un petit bruit régulier. Comme un ongle qui gratte contre une porte. Quelque chose qui est peut-être la petite fille qu'elle était, dans les temps très anciens, qui regardait passer les voitures à chevaux.

— Je peux faire mon demi-tour ? demande Marie-Hélène.

La voiture recule, en tournant sur elle-même, repart. Au moment où elle va s'engager dans l'allée des tilleuls, Brémont sort de la laiterie en courant :

— Monsieur... Monsieur...

Marie-Hélène freine.

— J'ai oublié de vous souhaiter un joyeux Noël, monsieur.

Il se penche, vers la portière, tout essoufflé.

— Et à vous aussi, madame.

De nouveau, Marie-Hélène passe sa première vitesse. Alors, comme quelqu'un qui s'éveille en sursaut, madame Marie se redresse en ouvrant les yeux. Elle voit la maison, les arbres, les champs bouger derrière les vitres. Elle a l'impression qu'elle est déjà dans l'avion à Athènes. Elle appelle, d'une voix effrayée :

— Monsieur Brémont !

Il est encore là, près de la portière.

— Oui, madame Marie ?

Elle se penche vers lui, le visage tout rouge.

— Ecoutez-moi, surtout, écoutez-moi bien ! Les

Quatre Vents, à partir de maintenant, c'est vous qui les avez sur vos épaules. Portez-les bien droit, monsieur Brémont. Je vous les confie. Promettez-moi que vous tiendrez jusqu'à mon retour.

— Je vous le promets, madame Marie.

VIII

Elle se promène dans l'émerveillement. Le palais, d'abord. D'une chambre à l'autre, étage par étage, ouvrant toutes les portes, longeant tous les couloirs, respirant à chaque terrasse. Delpina la précède, ayant pour un temps repris le trousseau de clefs. Athènes, ensuite, rue par rue, caressant les vieilles pierres, s'adossant aux colonnes de l'Acropole. Noële lui tient la main pour qu'elle ne tombe pas. Elle dit :

— C'est la distribution des prix...

Les sapins flambant dans la nuit, les musiciens sur les terrasses, des cadeaux au pied du plus grand arbre, trop de cadeaux, dans de grandes boîtes, avec le même papier rouge que l'an dernier, et, dans les cuisines, l'odeur des agneaux qu'on grille, des beignets à l'orange amère. Elle note dans un carnet des recettes pour plus tard, quand elle sera revenue aux Quatre Vents et qu'elle voudra faire des surprises en jouant sur le souvenir des parfums.

« Dans les herbes, au moins, la langue se reconnaît », pense madame Marie.

Elle passe devant la porte du salon où Ugo travaille. Elle écoute un moment. Elle trouve qu'il ne joue pas assez vite, que le piano ça doit faire plus d'effet, avec des trilles, comme les oiseaux. Un jour, peut-être le dernier de l'année, lorsque la vérité est possible, elle osera le lui dire. Elle se regarde dans une glace, en passant. Pourquoi cette idée lui vient-elle d'une robe rouge, elle n'en a jamais porté, même lorsqu'elle était petite fille ? Tout ce noir, toujours. Elle rit. C'est l'ouzo, cette boisson de soleil, qui la pousse ainsi vers des nostalgies. En rouge, avec un chapeau de paille, des gants blancs. Elle se souvient. C'était l'hiver. Noële avait une bicyclette neuve. Elle essayait de rouler dans la neige. Et la petite sonnette, très stridente, sautait d'arbre en arbre. Madame Marie secoue la tête. Il ne faut plus boire de l'ouzo. Dans les familles, ce sont les enfants qui s'amusent dans la neige avec des bicyclettes, et les grandes personnes regardent, en soulevant le rideau des fenêtres. Si les enfants tombent, les grandes personnes se précipitent et les empêchent de pleurer.

— Tant de chambres...

Le premier jour, lorsque Delpina lui a fait visiter le palais, elle n'a pas compris pourquoi il y avait tant de chambres.

— Nous avons été une grande famille, madame Marie. Au siècle dernier. Beaucoup d'enfants, de petits-enfants. De quoi remplir toutes ces chambres.

— Qu'est-il arrivé ?

— C'est comme les arbres : à une époque, les branches ne poussent plus. Mon père n'a eu que deux enfants : mon frère et moi. Mon frère n'en a eu qu'un : Alexandra.

Les murs, les portes se souviennent. Les glaces

aussi. Les reflets s'y devinent encore des enfants d'autrefois. Prisonniers des pierres. Comme dans ces monuments que Noële lui fait visiter, où les ancêtres lointains vous regardent entre les colonnes. Elle ne savait pas que c'était ainsi, les voyages : des amitiés possibles avec d'anciens morts, aimables et patients.

— Alors, madame Marie ?

Elle sursaute, se retourne. C'est Ugo qui est là et qui l'interroge :

— Racontez-moi vos promenades dans Athènes.

— Il n'y a pas grand-chose à raconter, monsieur Ugo. J'ai vu des rues, des places, des maisons, comme dans toutes les villes.

— Rien ne vous a étonnée ?

— Ce qui m'a étonnée...

Elle ne sait pas si elle est capable de bien l'expliquer.

— ... c'est Noële qui marchait à côté de moi et qui me disait des choses que je ne pouvais pas seulement imaginer. Du genre : « Tu vois, cette rue, il y a cent ans, elle appartenait tout entière à mon arrière-grand-père. Il a construit les maisons l'une après l'autre pour les ouvriers de son arsenal. » Devant d'autres maisons, ou d'autres rues, elle me parlait de sa mère, ou de ses grands-oncles, et moi j'avais la tête perdue.

Ugo écoute, les yeux à demi fermés, fixés sur des images, au loin, qu'elle ne connaît pas.

— Au début, je croyais que ça me ferait de la peine de découvrir qu'elle est une étrangère. Mais comme elle continue à regarder Monsieur et Madame comme son père et sa mère, comme elle est heureuse d'être aux Quatre Vents, et que vous y êtes venu, tout seul, comme dans une maison de famille, je ne vois pas pourquoi j'aurais de la peine. Au contraire. Quand je serai de nouveau assise dans ma cuisine, près de mon fourneau, je penserai à cette grande ville, et je me dirai : tous ces gens d'autrefois qui ont fait sa famille, maintenant ils font un peu partie de la nôtre.

Brusquement, elle a honte de s'être laissée aller. L'ouzo, encore. Elle tourne le dos, s'en va très vite vers sa chambre. Et elle a comme une fatigue dans les jambes, parce que toutes ces promenades ont fini par lui rendre son âge.

La grue s'élève lentement. Gilles Vaindrier s'accroche à la rambarde. Il trouve que c'est un peu haut, et qu'il aurait aussi bien vu sur un échafaudage.

— Avec les fêtes de Noël, le travail est très ralenti. C'est plus intéressant en pleine activité.

Yannis Karrassos tend le bras vers la mer.

— Ah ! si vous étiez venu en été ! Avec les marteaux, la flamme des soudeurs, les plaques de métal, l'éclat du soleil, c'est comme un univers en feu.

— Il y a longtemps que vous dirigez ces chantiers ? demande Gilles qui s'oblige à regarder en bas.

— Depuis la mort de mon père. Trente ans l'an prochain. Mais j'ai l'impression d'y être né. Tous mes souvenirs d'enfance se rattachent à des coques de navire. A seize ans, j'ai interrompu mes études et je suis venu travailler ici.

Il y a un coup de sifflet. La grue s'immobilise au centre du ciel.

— Voilà, conclut Yannis Karrassos.

Il se penche, se dit que ce n'est pas pour M. Vaindrier qu'il a voulu mesurer ses chantiers de si haut.

— C'est très grand, constate Gilles.

Il ne veut pas s'avouer qu'il est déçu. Cette visite des chantiers Karrassos, il l'avait sollicitée dès son arrivée, espérant en tirer une confirmation de ses propres projets. Mais il pénètre dans un univers qui ne le concerne en rien. Il voit des bateaux, des jetées, des cales, la mer avec ses îles. Il essaie de comparer avec son terrain sur la route de Pouilly. Ce n'est pas seulement une question de mesure. C'est... Il ne parvient pas très bien à comprendre.

— Très grand, en effet, répète Yannis Karrassos en se redressant. Par moments je pense même : trop grand.

— Pourquoi ?

— C'est en moi. Quelque chose...

Il hésite.

— ... quelque chose qui se désintéresse. J'aurais voulu avoir un fils près de moi, l'associer à ce travail, et peu à peu me reposer sur lui. Mais il faut attendre que le petit Yan ait au moins vingt ans. C'est bien loin.

Sa voix est basse, et le ciel de décembre l'efface vite entre ses brumes lointaines.

— Alors ? Prendre un associé ? Je crois plutôt que je vendrai tout.

Gilles commence à comprendre ce qui le déconcerte. Ce royaume n'est qu'un souvenir, l'image d'un temps d'autrefois qui se prolonge de père en fils, comme une tradition. Rien n'a changé, sans doute, depuis que l'arrière-grand-père de Noële, il y a bientôt cent ans, a fondé ces arsenaux. Ce sont les mêmes cales, les mêmes jetées. Le sang, peu à peu, s'est appesanti. Dans la voix de Yannis Karrassos, une lassitude se devine, qu'il ne cherche pas à cacher. Et qu'importe que le petit Yan, lorsqu'il aura l'âge de décider, refuse de prendre la relève ? Ces forêts de poutrelles rouilleront d'un hiver à l'autre, les mouettes s'y cacheront, la mer y déposera ses poignées de sable, effaçant jusqu'au souvenir des anciennes frontières.

— Nous redescendons ?

Yannis Karrassos se penche, fait un signe. La grue se remet en marche. Gilles Vaindrier s'accroche de nouveau à la rambarde.

— Dites-moi la vérité, dit-il soudain.

— Sur ?

— Sur la blessure de Ugo.

— Je n'en sais pas plus que vous.

— Vous n'avez pas été voir le chirurgien ?

— J'attends que les fêtes soient passées, et que Ugo parte pour Paris enregistrer son disque. Vous êtes inquiet ?

— Oui.

— Pourquoi ?

Gilles regarde la mer, à travers les poutrelles métalliques.

— Parce qu'il ne pourra pas se passer de jouer. Ce n'est pas un métier, pour lui. C'est une vocation.

— Lisette !

Elle débarque, sans prévenir, dans l'après-midi du 31 décembre. C'est Noële qui l'aperçoit la première, et traverse les jardins en courant.

— Lisette ! Ah ! tu es incroyable !

Habillée tout en cuir couleur tabac. Jusqu'au chapeau à larges bords, qui ressemble à une grande feuille sèche dont on pourrait tirer une quantité de cigares. Elles s'embrassent, sans y croire tout à fait, parce que c'est trop beau, cette arrivée inattendue, comme le bouquet d'un feu d'artifice.

— Je savais que vous étiez ici, tous ensemble, explique Lisette en riant. J'ai eu envie d'être avec vous. Tu sais comme je suis ! Les avions, pour moi, ce sont des taxis. Je leur fais signe et ils m'embarquent.

Elle a deux grandes valises, du même cuir que ses bottes.

— Tu aurais dû télégraphier. Je serais allée te chercher à l'aéroport.

— Mon vrai plaisir, c'est de surprendre. Quand je te vois traverser les jardins, en criant : Lisette ! je sais que ça vient du fond du cœur, que tu n'as pas eu le temps de te préparer. C'est ma récompense.

Elles remontent vers le palais. Sur les terrasses, toute la famille a envie d'applaudir. Il y a de nouvelles embrassades, des questions, des courses de servantes pour lui préparer une chambre.

— Et Miguel ? Et Carlo ? Pourquoi ne sont-ils pas venus avec toi ? Et Diego ?

Lisette répond à tout, s'assied, se relève, parle, fume, heureuse d'être là, délivrée de ses hommes muets. Tous les mots qu'elle garde en elle, depuis des mois, sortent avec tant de force et de rapidité, qu'il faut parfois lui demander de répéter. Elle s'arrête devant Yannis Karrassos.

— Vous ne m'aimiez pas beaucoup, cet été.

Il sourit.

— Vous non plus ! Je vous appelais la raisonneuse, et tout ce que vous disiez me faisait souffrir, car je savais que vous aviez raison.

Lisette touche un mur, comme une caresse.

— Il fallait que je me réconcilie avec cette maison, que je lui voie un visage de fête, qu'on soit en paix l'une avec l'autre.

On l'entraîne. On lui fait visiter les jardins. Elle interroge, admire, soupire en pensant à ses déserts de pierrailles. Nicole Vaindrier la rejoint dans sa chambre, l'aide à défaire ses valises.

— Nous repartons après-demain, tu sais.

— Si vite ?

Nicole explique que Ugo doit enregistrer son disque à Paris, avant d'être opéré, et que Gilles, de son côté, a des choses importantes à faire.

— Il t'en parlera lui-même. Mais tu nous accompagnes aux Quatre Vents, bien sûr. Tu n'as pas fait tout ce voyage pour quarante-huit heures.

Lisette est immobile. Quelque chose, en elle, se plaint doucement. Peut-être la fatigue du voyage...

— Parle-moi de l'enfant, dit-elle à mi-voix.

Nicole écarte les mains, hésite.

— Que te dire ? Qu'il est beau ? Ça, oui. Enfin, je trouve qu'il est beau. Mais, peut-être...

— Tu te sens grand-mère ?

— C'est quoi, se sentir grand-mère ? Avoir envie de le prendre dans mes bras, de le faire rire, de rire avec lui ? Si c'est ça, alors oui. Mais ce qui est curieux... Je t'en parle à toi, parce que tu peux comprendre mieux que personne... Noële, j'ai tout de suite oublié qu'elle n'était pas ma fille. Cet enfant... Je ferais n'importe quoi pour lui, je m'attendris, je suis un peu gâteuse, mais je sais qu'il n'est pas à moi !

Lisette écoute, les yeux baissés.

— Ça ne me rend pas triste du tout. Je suis sûre que nous aurons une affection très particulière, lui et moi, très différente de ce qui se passe normalement entre une grand-mère et son petit-fils. Et, d'avance, j'aime cette affection.

D'un geste rapide, Lisette prend une robe sur le lit.

— Il faut que je me change, dit-elle.

— Moi aussi.

Lisette reste seule. Elle va s'asseoir devant la coiffeuse, passe une main sur son visage. On frappe à la porte.

— Oui ?

C'est Ugo.

— Madame Andrieux...

Il est debout, dans l'ombre. Lisette distingue à peine ses traits.

— Je veux vous dire merci. Parce que, si vous n'étiez pas venue cet été...

Lisette lève une main, doucement. Elle n'a pas besoin qu'il achève sa phrase. Elle sait déjà. Mais Ugo veut aller jusqu'au bout.

— Si vous n'étiez pas venue, Noële n'aurait pas eu la force de vivre. C'est vous qui la lui avez rendue. A mon retour, si j'ai retrouvé ma femme et mon fils, c'est à vous que je le dois.

Lisette se penche vers la glace de la coiffeuse. Elle devine les dernières lueurs du couchant, les lumières qui s'allument dans la pénombre des jardins.

— Ceci encore, continue Ugo lentement. Ce n'est pas pour le plaisir de faire des phrases. Votre arrivée ici, dans ces dernières heures de l'année, me paraît comme un signe. Le signe que, dans les mois qui viennent, nous trouverons toujours près de nous ceux que nous aimons.

Lisette ne tourne pas la tête. Elle a l'impression

d'avoir entendu la porte se fermer. De nouveau, elle est seule. Devant le miroir qui la regarde, elle se dit qu'elle n'a pas fait tout ce long voyage pour rien.

Les dernières heures de l'année. Arrivées si vite que personne n'y croit. La ville entendra bientôt sonner les horloges, et, sur chacun des coups de minuit, s'inscriront les visages des mois à venir. Yannis Karrassos tourne sur lui-même. C'est la dernière fête. Il voudrait qu'elle soit plus éclatante encore que les autres. Mais son imagination s'essouffle. Il lui semble qu'il a déjà tout inventé : les sapins, les repas, les musiques. Cette nuit, il y ajoutera un grand feu d'artifice. A l'aube du 1er janvier, n'en restera-t-il que des cendres ? Il va sans bruit jusqu'à la cuisine. Madame Marie est seule, penchée sur les fourneaux, un petit carnet à la main.

— Ah ! madame Marie !

Elle sursaute, cache dans son tablier le carnet où elle était en train de noter ses recettes.

— Monsieur ne devrait pas m'arriver dessus, comme ça, sur la pointe de la chaussure. Le sursaut, à mon âge, c'est dangereux.

Yannis Karrassos la prend par le bras, l'entraîne vers la fenêtre.

— Regardez, madame Marie. C'est l'hiver, à Athènes. Et le soleil est encore là. Dites-moi que vous aimez le soleil. Dites-moi que vous restez ici, avec nous. Dans cette maison. Il y manque quelqu'un comme vous. C'est le désordre, ici. La vie va et vient. Quand vous serez partie, avec votre tête bien droite sur les épaules, comment allons-nous faire ? Restez, madame Marie. Au printemps, nous irons à Lefkas. Vous verrez la maison dans l'île. Elle est plus belle que celle-ci, avec ses rochers rouges et la mer tout autour. Là-bas, vous serez pour nous la sagesse, la raison, la vérité. Vous vous promènerez avec le casque d'Athéna sur la tête.

— Le casque de qui ?

Il se détache brusquement d'elle.

— Pardonnez-moi, dit-il à mi-voix.

Il découvre qu'il est malheureux.

— Vous croyez peut-être que je me moque de vous. Mais non, si vous saviez...

Madame Marie est immobile, au milieu de la cuisine. Elle regarde Yannis Karrassos, et ne comprend pas ce qu'il dit.

— Ça tourne, madame Marie. Ça tourne dans ma tête. Comme une machine qui cherche, qui tâtonne, qui ne trouve pas. Ce n'est pas seulement pour la fête de tout à l'heure. C'est pour demain. C'est pour l'année nouvelle.

Il parle sans la regarder.

— Un moyen, madame Marie ! Je cherche le moyen de tout effacer, de tout réunir, pour qu'il n'y ait plus qu'un pays, qu'une maison, qu'une famille.

IX

Aux Quatre Vents, ils retrouvent l'hiver. Un hiver sans grand froid, avec des bourrasques, des humeurs. Un hiver d'instabilité. Certains matins, on dirait le printemps venu, et les arbres s'étirent avec étonnement. Puis, le gel étend sa main, et tout s'immobilise. Pour le terrain de Pouilly, les hésitations sont les mêmes. Parfois, le propriétaire paraît d'accord sur les propositions faites. Deux jours plus tard, il remet tout en cause. Gilles Vaindrier perd patience. Mais Brémont le réconforte.

— Ce n'est pas le terrain qui compte d'abord, monsieur Vaindrier, c'est ce qu'on va construire dessus.

Il a crayonné, nuit et jour. Les plans qu'il présente à Gilles sont surprenants d'invention. Il y a mis tout ce qu'il avait en tête. C'est à la fois grandiose et dément. Tout se fait par ordinateur et programmation. Le lait, l'herbe, les vaches elles-mêmes ne sont plus que des pièces détachées d'une vaste horlogerie, abstraite et silencieuse, où tout fonctionne par relais. Gilles est séduit. Mais effrayé en même temps. Le projet va beaucoup plus loin qu'il ne souhaite aller. Le problème qui se pose est un problème de principe. Brémont pousse pour l'industrialisation absolue. Gilles, par tradition, se retranche vers des solutions de qualité. Produire beaucoup moins, mais beaucoup mieux. Le lait, dans la future usine rêvée par Brémont, se transforme en d'innombrables sachets de poudre qui inondent l'Europe entière. Dans l'esprit de Gilles, et pour lutter précisément contre ces montagnes de poudre, il reste un produit frais, le plus frais possible, constamment surveillé, contrôlé avec une extrême précision, et livré au consommateur dans les plus brefs délais.

Brémont est déçu :

— Tous ces plans, alors, je les déchire ?

Les discussions sont passionnées. Dans la vieille laiterie, les moteurs s'essoufflent, certains demandent grâce. Brémont passe sur eux ses colères. Mais Gilles Vaindrier, calmement, développe ses théories.

— Ce n'est pas de l'entêtement, Brémont, simplement le résultat de longues réflexions. Avant de venir ici, les problèmes du Marché commun agricole ne vous préoccupaient guère. Moi, j'y pense depuis des années. Je veux bien reconnaître que j'ai tort. Mais ce n'est pas en donnant des coups de pied dans les vieux moteurs que vous me le prouverez.

Des jours et des jours se passent à discuter ainsi. Nicole Vaindrier s'en étonne. Elle n'imaginait pas son mari capable d'une telle patience. « Je connais mon Gilles. Lorsque sa décision est prise rien ne l'en fait changer. Alors, pourquoi ? » Elle se sent un peu lasse, comme si ces fêtes de Noël avaient duré trop longtemps. En fait, cette fatigue ressemble à de la mélancolie, mais elle refuse de l'admettre. Elle dit :

— Les voyages, c'est vraiment le contraire de moi.

Elle met tout sur le compte de l'avion. Mais, le soir, lorsqu'elle allume les lampes, cette lourdeur dans les jambes, qui l'oblige à s'asseoir un moment devant la cheminée, elle aimerait pouvoir en accuser les longues marches dans Athènes avec Noële, ou les promenades dans les jardins avec l'enfant. Elle a un peu peur de son visage, et le matin, lorsqu'elle se coiffe, elle le fait en fermant les yeux.

— Il faut que j'aille à Nice, annonce Lisette un soir.

— Tu es tellement pressée de nous quitter ?

— Juste un aller-retour. Mes parents savent que je suis en France. Ils ne comprendraient pas que je n'aille pas les embrasser.

Elle le dit sans trop y croire. Elle se sent bien aux Quatre Vents. Depuis son arrivée, elle marche. Très tôt le matin, quel que soit le temps, elle chausse des bottes, et part devant elle, au hasard.

— Déjà levée ? s'étonne Gilles lorsqu'il la croise dans la cour.

— J'ai toujours été matinale. Et puis, ce froid-là n'existe pas au Brésil. Un petit froid sec qui vous gerce les mains et vous fait les joues rouges.

Elle regarde Gilles. Elle trouve qu'il ne vieillit pas, que son visage a toujours des clartés d'enfance au coin des yeux.

— Vous travaillez bien avec Brémont ?

— On discute toujours.

— La décision n'est pas encore prise ?

Il secoue la tête.

— J'aime assez ce garçon de vingt ans qui ne dit pas oui à tout. A sa place, beaucoup laisseraient faire.

Il sourit avec un certain plaisir.

— Chez vous, Miguel et Carlo discutent aussi avec leur père, j'imagine ?

— Chez moi ?

Lisette, pendant un bref instant, s'interroge. Chez elle ? N'est-elle pas ici chez elle ? Où, alors ? Ah ! oui, ces déserts de pierrailles...

— Vous savez, pour les moutons, il n'y a pas matière à beaucoup discuter.

Elle s'éloigne à grands pas. L'air est vif. Elle pense à Jean-François, de l'autre côté de ces collines, qui doit ouvrir sa fenêtre, regarder le temps qu'il fait. La fatigue se lit-elle encore sur son visage ? Elle se souvient d'un regard mort, dans l'ombre de la voiture près du bâtiment des douanes. Il semblait, ce jour-là, ne pas entendre ce qu'elle disait, dévoré par ses souvenirs. Marie-Hélène avait-elle la patience d'attendre que la vie reprenne ?

— Diego..., murmure Lisette.

Elle revoit les dunes le long de la mer, où venait la rejoindre, vingt ans plus tôt, un homme aux cheveux déjà gris, qui montrait d'un doigt l'horizon, et parlait des déserts du Brésil où sa maison trop vide respirait mal. Il portait un chapeau de paille légère, un costume d'alpaga blanc, et sa voix sortait de ses lèvres en même temps que la fumée d'un petit cigare. Lisette fermait les yeux. Derrière elle, de l'autre côté des dunes, il y avait les vastes forêts des Landes. L'été trop chaud les menaçait sans cesse. Des guetteurs, du haut des miradors, soufflaient dans une trompe dès que s'élevait, au-dessus des pins, une fumée suspecte. Chaque nuit se fermait sur des incendies. Diego parlait toujours. Lisette écoutait. Elle savait déjà qu'elle monterait un jour sur un bateau qui la conduirait au Brésil. Mais quelque chose en elle se défendait encore. Le soir, en rentrant à l'hôtel, elle cherchait des yeux dans son casier la lettre que Gilles ne pouvait pas écrire. Elle prolongeait ses vacances, passait la nuit à sa fenêtre, regardant le ciel où dansait la lueur des arbres en feu, attendant le matin avec impatience, pour retrouver, dans les dunes, l'homme au petit cigare qui lui proposait de partager sa solitude.

— Il faut que j'aille voir Jean-François.

Elle parle en marchant. Ces souvenirs ne la font pas souffrir. Jamais, au Brésil, elle n'y pense, comme s'ils appartenaient à une autre femme. Mais dès qu'elle est aux Quatre Vents, cette autre femme la rejoint. Elle l'aperçoit au bord des routes. C'est une Lisette qui ne s'habillait pas en homme, qui ne montait pas à cheval, qui n'avait jamais tiré un coup de feu. Elle était blonde et timide, jouait au tennis, tenait un journal, et restait assise le soir dans un grand fauteuil d'osier qui lui venait de son père, le regard perdu vers les images d'une vie qui n'en finissait pas de se faire attendre. Lorsqu'elle rencontre cette Lisette d'autrefois, elle s'arrête, la regarde, et murmure : « Je t'aimais bien... » Avec une sorte de mélancolie. Puis, très vite, elle tourne le dos et s'éloigne, sachant que même si elle reste absente plusieurs années elle retrouvera ce double d'elle-même, au bord de la route, chaque fois qu'elle reviendra aux Quatre Vents.

— Je ne savais pas que vous veniez en France ! dit Marie-Hélène, surprise.

— Je ne le savais pas moi-même, répond Lisette en souriant. Ça m'a pris brusquement, il y a huit jours. Je me suis dit : j'ai envie d'aller embrasser Noële à Athènes. Quatre heures plus tard j'étais à l'aéroport. Et je suis revenue avec votre oncle et votre tante.

Tout de suite elle a su qu'elle ne se trompait pas. Dans le regard de Marie-Hélène, il y a comme de la méfiance.

— Votre tante Nicole voulait m'accompagner. Mais depuis son retour, elle est débordée. Votre oncle aussi. Vous êtes au courant de ses projets ?

— C'était à moi d'aller les embrasser en leur souhaitant une bonne année. Je m'en veux beaucoup. Mais nous partons pour la Suède dans quelques jours, et d'ici là...

— Vous aurez quand même le temps de venir dîner aux Quatre Vents ? Nicole m'a chargée de vous inviter.

Elle pense qu'elle aurait dû aller directement à l'usine et demander à voir Jean-François. C'est pour lui qu'elle est venue. Devant Marie-Hélène, elle se sent maladroite. Que savent-elles l'une de l'autre ? Et comment lui faire comprendre qu'à vingt ans d'intervalle, leurs deux visages se ressemblent ?

— Entrez, dit Marie-Hélène brusquement.

Elle s'anime, sourit.

— Vous ne connaissez pas encore notre moulin. C'est très en désordre, mais tant pis. Je n'attendais pas de visite.

Par les fenêtres, on voit la Loire, très grise sous un ciel bas. Lisette s'assied près de la cheminée.

— On vous a beaucoup regrettés, à Athènes.

Marie-Hélène souffle sur les braises. Le feu reprend difficilement, en fumant un peu.

— Noële m'a écrit une longue lettre, très gentille. Moi aussi, j'ai regretté, mais...

Elle souffle encore, un peu nerveusement.

— Nous avons passé des fêtes très calmes. Ici, au moulin. Le soir de Noël, nous avons dîné à l'usine avec mes beaux-parents. Ils étaient contents. Nous aussi. Pour le 1er janvier, c'était la même chose.

Il y a une petite flamme courte entre les bûches.

— Et là-bas ?

Elle se relève, s'assied en face de Lisette, un peu de biais sur un fauteuil bas.

— C'était somptueux !

Lisette raconte le grand sapin au milieu du hall, et les autres un peu partout dans la maison, avec leurs étoiles. Elle raconte les cuisines, les musiques. Elle raconte madame Marie, et Delpina, et le dernier dîner en tenue de soirée, avec toutes les bougies allumées qui se reflétaient dans les miroirs. Marie-Hélène écoute. Ce n'est pas le regret qui donne à son regard cette fixité attentive. Il semble plutôt que le récit de Lisette la rassure. Comme si elle mesurait un danger évité.

— Jean-François va bien ? demande Lisette après un silence.

— Il travaille trop. Vous n'imaginez pas la vie qu'il mène. Je suis contente de l'emmener quelques jours en Suède.

— Des vacances ?

— Du travail, hélas ! Mais je pourrai l'aider un peu. Ici, c'est impossible. Du moins pour le moment. Comme il veut s'agrandir et acheter des machines neuves, il me confiera peut-être la responsabilité des installations : discuter avec les entrepreneurs, surveiller les travaux. Un peu ce que tante Nicole a fait l'an dernier pour votre maison des Jeunes.

Elle parle vite, le regard presque fixe.

— Ça vous occupera, dit Lisette doucement.

De nouveau, de façon très sensible, la méfiance s'installe entre elles deux.

— Sinon, les journées au bord de la Loire...

Marie-Hélène se lève, fait quelques pas vers la fenêtre, le dos tourné.

— C'est un sentiment que je connais bien, continue Lisette. Chez moi, au bord de mes déserts, les journées sont aussi très longues. Et le sable ne bouge pas. Ici, au moins, les eaux de la Loire sont vivantes.

Il fait très sombre, comme si la nuit était tombée en quelques secondes. Dans la cheminée, les flammes éclairent à peine.

— Ce n'est pas du tout la même chose, dit Marie-Hélène.

— Vous croyez ?

Un long silence, avec le vent qui tourne soudain autour du moulin, gronde au-dessus du fleuve, comme en colère, et la voix de Marie-Hélène s'élève avec lui :

— Vous avez deux fils ? Ne me dites pas qu'ils n'ont pas occupé vos journées. Ne me dites pas que votre maison était vide. Ou alors c'est que...

Elle s'interrompt brusquement. Le vent s'éloigne. Lisette regarde cette ombre devant la fenêtre, qui secoue la tête, murmure :

— Pardon.

C'était ainsi, lorsqu'elle avait dit oui à Diego, la même colère, chaque nuit, en regardant brûler les pins. Elle se répétait, jusqu'à l'obsession : « Un fils, un fils... » Pour réapprendre à sourire. Et elle avait été récompensée très vite. Dans les premières semaines de son mariage, Carlo lui avait été accordé. Faut-il l'expliquer à Marie-Hélène ? Il y a entre elles deux trop de distance. Mais elle ne peut pas s'en aller en la laissant ainsi. Il faut l'obliger à ouvrir les yeux. Elle se lève et dit d'une voix très calme :

— C'est pour ça que vous n'êtes pas venue à Athènes, n'est-ce pas ? A cause de l'enfant ?

Marie-Hélène se retourne. Pendant un moment, elles se regardent. Puis Marie-Hélène lève une main, comme un réflexe de défense, mais venu si tard qu'il ressemble plutôt à une prière.

— N'en parlez jamais plus, dit-elle à voix basse.

X

— Lorsqu'on arrive à l'âge que j'ai, on vit au milieu des objets, des livres, des tableaux qui marquent le parcours d'une vie. Et ce parcours est trop avancé pour qu'on le change.

Maître Forestier ne cache pas son plaisir. Recevoir Noële et Ugo, dans son petit appartement, c'est comme si tout s'effaçait de ces mois difficiles.

— Vous êtes là, de nouveau, ensemble. Vous vous réveillez chez moi comme deux enfants que je retrouve. Je suis heureux.

L'hiver est sur Paris, comme une lumière. Tout est clair et vif dans le froid. Le ciel ressemble à un mouchoir sans pli. Noële mord dans une tartine de pain grillé.

— Avez-vous confiance, maître ?

— Dans le disque que nous allons faire ? Une totale confiance, ma petite fille. Je n'ai pas entendu le travail de Ugo, mais dès le premier jour, lorsque nous avons déchiffré ensemble la partition, j'ai su qu'il réussirait un très bel enregistrement.

Il va ouvrir un tiroir, y prend un grand dossier.

— J'ai reçu les maquettes de la pochette. Je crois qu'elles vous plairont.

Il déplie les feuilles de bristol.

— Comment les trouvez-vous ?

Elle ne sait pas dire. Toutes lui paraissent réussies. En réalité, elle ne parvient pas à s'y intéresser. Pour elle, ce qui compte c'est l'enregistrement. Le travail de Ugo va commencer dans moins d'une heure, au studio. La pochette du disque, plus tard. Et quelle importance ? Si le disque est aussi bon qu'il doit l'être, la pochette ne lui ajoutera rien.

— Etes-vous inquiète ?

— Un peu.

Il lui prend la main, doucement.

— Est-ce seulement le disque, ou l'opération ?

Et comme Noële ne répond pas :

— Avez-vous discuté avec le chirurgien ?

Elle secoue négativement la tête.

— Pourquoi ? Ç'aurait été plus rassurant.

Maître Forestier parle à mi-voix, sans quitter des yeux la porte de la salle de bains, où Ugo finit de s'habiller.

— Je ne pouvais pas, maître, vis-à-vis de Ugo. Je ne veux rien faire sans qu'il le sache. Yannis a eu la même réaction que vous. Pendant notre séjour à Paris, il a décidé d'aller voir le chirurgien.

Elle se penche, et très vite, comme une supplication :

— Mais surtout, surtout, que Ugo n'en sache rien !

La porte de la salle de bains s'ouvre.

— Je suis en retard ?

Ugo semble avoir quinze ans. Mince, très blond, le visage encore ensoleillé.

— Avez-vous pu avoir le même piano que la dernière fois, maître ?

— Le même, oui. C'est comme s'il vous appartenait. Les musiciens, entre eux, l'ont surnommé : *le luckas.*

Ugo sourit, regarde Noële.

— Bonjour, dit-il à mi-voix. J'ai deux minutes encore. Montons sur la terrasse.

Ils trouvent les rosiers emmitouflés dans des paillons.

— Il fait froid, constate Ugo, mais tout est pareil. Les rues, les maisons, la banlieue, Paris.

Ils restent un long moment immobiles, oubliant le froid, suspendus au-dessus de la ville, écoutant la rumeur d'une respiration invisible, qui est celle de leur espérance.

— Tu penses à ton fils ? demande Noële à mi-voix.

— Je n'ai pas besoin d'y penser. Il est toujours avec moi.

— Je ne vous connais pas, docteur. Je préfère vous l'avouer franchement. Plusieurs de mes amis, que j'ai interrogés, m'ont dit grand bien de vous. Et j'ai décidé de leur faire confiance.

Yannis Karrassos n'a pas voulu s'asseoir. Sa nervosité est trop grande. Et ce cabinet de consultation le glace. Pourtant, dans Athènes, où qu'il aille, il a d'ordinaire le sentiment d'être chez lui. Les portes s'ouvrent, les visages s'éclairent d'un sourire, on l'appelle par son nom. Ici, il ne sait pas où il est. Et son inquiétude se mêle d'un peu d'irritation : pourquoi Ugo, avant de choisir un chirurgien, ne lui a-t-il pas demandé conseil ?

— Si je vous ai prié de me recevoir aujourd'hui, docteur, c'est pour vous parler en ami, pour vous dire exactement ce que j'ai dans le cœur, et pour que vous m'aidiez à y voir clair. Il s'agit de mon gendre, Ugo Luckas. Et plus précisément de cette opération à la main droite qu'il doit subir la semaine prochaine...

Le médecin ne répond pas. Il se sent irrité, lui aussi. Pourquoi ce secret exigé, cette façon de préciser, en demandant le rendez-vous, que personne ne devait être au courant ?

— Je me pose des questions, docteur. Beaucoup de questions. Et je ne suis pas le seul. Ma fille, sans vouloir le montrer, s'en pose autant que moi. Et ma sœur Delpina. Et les Vaindrier, des amis français, qui sont un peu les parents de ma fille et, par conséquent, ceux de Ugo.

Il se tient debout près de la porte, assez loin du médecin.

— Quel genre de questions vous posez-vous, monsieur Karrassos ?

— Elles se réduisent à une : lui rendrez-vous sa main ?

Le docteur ne bouge pas. Cette attaque n'est pas assez nette pour savoir comment y faire face.

— Comprenez bien ceci, docteur.

Yannis Karrassos s'avance brusquement vers le bureau, s'y appuie, et tout cède en lui. Son angoisse est la plus forte.

— Ugo ne vous a sûrement pas raconté tout ce qui s'est passé l'an dernier. Il vous a dit les choses, mais très vite. De votre côté, vous avez peut-être entendu raconter certains faits. Je ne suis pas venu vous faire un récit détaillé de ce drame. J'emploie le mot drame exprès, pour que vous compreniez le sens de ma visite. Ma fille a vécu un vrai drame. Ugo était perdu. Pendant des mois. Aujourd'hui il est revenu. Blessé à la main. Et toute sa vie est enfermée dans cette main. Sans vous demander de trahir un secret professionnel, je vous supplie de me dire si cette blessure s'effacera, si Ugo retrouvera l'usage de sa main.

Sa voix est tendue, presque trop haute. Pendant un temps, ils se regardent. Puis le médecin secoue la tête.

— Je ne peux pas vous répondre, monsieur Karrassos.

— Pourquoi ?

— Parce que je n'en sais rien moi-même.

— Vous n'avez jamais rencontré de cas semblable ?

— Plusieurs fois.

— Quel pourcentage de réussites avez-vous obtenu ?

— J'ai déjà réussi cette opération deux fois à cent pour cent.

— Alors...

— Il ne s'agissait pas de Ugo Luckas.

Le médecin se lève, regarde le ciel au-dessus d'Athènes.

— Ce qui fait de Ugo Luckas un grand virtuose, connu du monde entier, c'est son sens de la musique bien sûr, c'est l'analyse qu'il sait faire d'une partition, c'est la façon dont il la recrée, mais...

Il se retourne.

— Mais c'est d'abord, c'est avant tout, le toucher, la souplesse, l'agilité de ses mains. Je crois pouvoir affirmer que je rendrai à M. Luckas une main normale. Je ne sais absolument pas, et personne ne peut le savoir, si je lui rendrai sa main.

Yannis Karrassos écoute encore, attend encore, espérant que tout n'est pas dit, que quelque chose va modifier ce qu'il a compris.

— Il pourra de toute façon rejouer ? C'est bien ce que vous voulez dire, docteur ?

— Il pourra rejouer, oui. Aussi bien qu'avant ? Jc l'ignore...

Yannis Karrassos se redresse lentement. Sur son visage une ombre est passée, qu'il efface d'un geste.

— Sa vie, celle de sa femme, celle de son fils, tout est en jeu, docteur. Si Ugo n'est plus ce qu'il était, s'il devient un pianiste parmi d'autres, la vie n'aura plus de sens pour lui. Et l'amour de ma fille, aussi grand soit-il, ne pourra rien.

XI

— C'est grave ?

— Juste un peu de fièvre. Elle n'a pas voulu que je fasse venir un médecin. Mais, comme il faut qu'elle soit sur pied la semaine prochaine pour notre voyage en Suède, elle a trouvé plus sage de rester dans son lit ce soir. Elle est désolée.

— Moi aussi.

Il ne reste plus qu'à enlever un couvert. Il y a si longtemps que Marie-Hélène n'était pas venue dîner aux Quatre Vents !

— On aurait pu reculer d'un jour ou deux ? suggère Nicole.

— J'y ai pensé, dit Jean-François. Mais Marie-Hélène n'a pas voulu. Ce qui m'ennuie c'est de l'avoir laissée seule. Vous ne m'en voudrez pas si je pars assez vite après le dîner ?

Nicole Vaindrier le fait entrer dans le salon.

— Très entre nous, Jean-François, si cela ne tenait qu'à moi, je vous mettrais à la porte sur-le-champ et je vous renverrais auprès de Marie-Hélène. Mais mon mari veut absolument vous voir. Il a des plans à vous montrer. Il y travaille avec Brémont depuis notre retour, et compte beaucoup sur vos réactions pour y mettre un peu d'ordre.

La soirée est grise. Depuis deux jours, il semble que la neige menace, mais elle s'enferme dans des nuages lourds et ne se décide pas à tomber.

— Je vais dire à Gilles que vous êtes là.

Nicole sort du salon, s'arrête au pied de l'escalier :

— Lisette ! Tu peux descendre ?

— Bien sûr.

Lisette sort de sa chambre. Elle s'est enveloppée dans une couverture à longs poils roux. Nicole lui explique que Marie-Hélène est souffrante.

— Il faut dîner très vite pour libérer Jean-François. Je préviens madame Marie, je vais chercher Gilles. Sois gentille : tiens-lui compagnie en attendant.

Lisette serre la couverture autour de ses épaules. Elle a froid. Depuis qu'elle est revenue de Nice. Comme si l'hiver était en elle.

— Bonjour, Jean-François.

— Bonjour, madame.

— Pardonnez-moi d'être ainsi déguisée en chèvre tibétaine. Mais je ne sais pas ce qui m'arrive : je ne parviens pas à me réchauffer. Je vous sers quelque chose à boire ?

— Volontiers.

Lisette ouvre un placard, prend deux verres.

— Ce sont mes parents, dit-elle. Je deviens comme eux. A chercher la chaleur d'autrefois. Assis toute la journée, sur leur balcon, au soleil, devant la mer, et se couchant dès que la nuit tombe.

Elle va et vient, un peu maladroite, cherchant la

bouteille de whisky, le plateau, comme si la maison lui était étrangère.

— On dirait qu'ils ne voient pas passer le temps. Ils ont cessé de vieillir. Ils recommencent toujours la même journée.

Elle tend un verre à Jean-François.

— Vous êtes restée longtemps ?

— Vingt-quatre heures.

— Ils doivent être tristes de vous voir si peu.

— Tristes ?

Elle s'arrête, regarde Jean-François. Elle revoit brusquement la voiture fermée, près de la maison des Jeunes, et le geste qu'elle avait eu pour effacer avec son gant la buée sur le pare-brise.

— C'est curieux que vous me posiez cette question. Car je me la pose, moi aussi, pour la première fois. D'habitude, quand je leur dis au revoir, j'ai le sentiment qu'ils ne savent pas que je m'en vais. C'est comme si j'allais faire une course d'un quart d'heure. Mais, hier, quand j'ai embrassé ma mère, elle m'a regardée. Elle avait l'air étonnée, comme si elle ne comprenait pas ce que je faisais là, et pourquoi je me penchais vers elle, et peut-être même se demandait-elle qui j'étais. Elle paraissait effrayée. Elle m'a pris le bras. Elle m'a dit, très vite : « Tu t'en vas ? », d'une voix si bouleversée, que pendant une seconde j'ai cru qu'il fallait que je reste.

Lisette est immobile, son verre à la main, regardant la fenêtre, la nuit au-dehors, et cette image lointaine d'un visage où l'oubli se lisait déjà.

— Pardon de vous raconter tout ça.

Elle boit une gorgée de whisky.

— Dites-moi plutôt comment vous êtes.

— Je travaille.

Jean-François fait tourner son verre entre ses mains. Lisette s'assied, croise la couverture sur ses jambes. Dans la cuisine, une sourde agitation semble naître. La voix de madame Marie répond à celle de Nicole. Des odeurs d'épices viennent du couloir. Jean-François lève brusquement la tête :

— Qu'avez-vous dit à Marie-Hélène l'autre jour ?

— L'autre jour ?

— Quand vous êtes venue au moulin, dans l'après-midi. En rentrant le soir je l'ai trouvée bouleversée.

— Nous avons parlé de tout et de rien. D'Athènes, de Noële et Ugo, des fêtes de fin d'année, de vos projets. Rien d'autre.

— Cherchez bien.

Lisette sent en elle comme une soudaine lassitude. Pendant une seconde, elle pense au balcon de Nice, aux fauteuils de paille face à la mer.

— Il y a ceci, qui me revient. Mais je ne vois pas en quoi Marie-Hélène pouvait en être bouleversée. J'ai parlé des journées un peu longues du Brésil, dans ma maison toujours vide, en lui disant qu'elle devait parfois se sentir seule, elle aussi, au moulin. Elle m'a répondu, avec un peu de véhémence, que j'avais deux fils.

Jean-François la regarde un moment, puis s'enfonce dans son fauteuil, boit une gorgée de whisky.

Gilles Vaindrier entre dans le salon.

— Ah ! Jean-François.

Avec Gilles la lumière revient. Ses projets sont en lui comme un sang neuf. Tout de suite, il déplie ses plans, oblige Jean-François à s'y plonger avec lui. Brémont, arrivé peu après, se joint à eux. Le dîner se passe en discussions passionnées. Les merveilles grecques que madame Marie a cuisinées avec patience passent inaperçues. Nicole Vaindrier elle-même, entendant pour la première fois un exposé complet des travaux prévus, écoute attentivement. Tandis que Lisette, silencieuse, enfermée dans sa toison de chèvre rousse, se demande pourquoi le visage de sa mère, suspendu dans la nuit, ne cesse de l'interroger.

Deux jours encore, et le beau temps se lève, comme par erreur. Tout de suite, il fait chaud. Les arbres bougent, le bétail cogne aux portes des granges, la Loire s'éblouit d'un ciel trop bleu. Mais c'est une fausse promesse, et Lisette ne s'y laisse pas prendre. Elle ne quitte plus la maison. Ses marches du petit matin ont cessé. Assise dans un fauteuil, elle reste de longues heures à regarder le feu.

— Tu es souffrante ?

Nicole s'inquiète. Cette immobilité lui paraît dangereuse.

— J'ai l'impression que tu n'es plus la même. A Athènes, je ne m'en étais pas rendu compte. Depuis que nous sommes ici, je te regarde vivre, et je ne te reconnais pas.

— Moi non plus, je ne me reconnais pas.

Lisette lève la tête.

— Rends-moi un service, Nicole.

— Lequel ?

— Mets-moi à la porte.

Elle voudrait plaisanter, mais n'y parvient pas.

— Oblige-moi à m'en aller. A retourner au Brésil. De moi-même, je ne m'y décide pas. Je ne comprends pas ce qui se passe. Une sorte d'engourdissement. Tu me demandes si je suis souffrante. Au contraire ! Je suis trop bien. J'ai le sentiment d'être dans une maison que j'aime, et je n'ai plus envie d'en partir.

— Mais reste, Lisette, reste autant que tu voudras.

— Ma vraie maison est au Brésil, avec un mari et des fils qui m'attendent, qui ne doivent pas comprendre pourquoi je ne reviens pas. Mets-moi à la porte, Nicole ! Renvoie-moi chez moi !

Comme une prière, à mi-voix.

— Je veux bien essayer. Mais je voudrais d'abord savoir ce que tu as.

— Je pense peut-être un peu trop à mes parents, immobiles sur leur balcon de Nice. En découvrant en moi le même désir d'immobilité, je me dis que je suis devenue vieille, d'un coup.

— Vieille ? Mais nous avons le même âge. Et je t'assure que je ne me sens pas vieille du tout.

— Parce que tu as quelque chose à faire, parce que Gilles t'intéresse à ses projets. Tu me diras que je pourrais travailler avec Diego. Mais non. Il ne sort pratiquement plus de la maison. Depuis trois mois, il a donné toute la responsabilité du domaine à Miguel et Carlo. Il s'assied sous la véranda, il fume la pipe, il lit. Rien d'autre. Comme mes parents.

Derrière les vitres, le beau temps trompeur s'impatiente. Il promène de petits nuages trop blancs, comme on fait signe avec un mouchoir.

— Ce qui te fait peur, dit Nicole après un temps, c'est de t'asseoir à côté de Diego et de t'endormir à ton tour. C'est pour ça que tu as envie de rester aux Quatre Vents ?

— Oui.

— Pourtant ici, tu le reconnais toi-même, tu ne bouges pas.

— C'est vrai. Mais...

Elle a de la difficulté à expliquer ce qui est en elle, caché, lointain.

— Si le temps est venu de ne plus rien faire, de laisser la place à mes enfants, d'être une vieille femme immobile comme ma mère, alors je suis obligée de reconnaître que le Brésil n'est pas mon pays. On ne peut pas vieillir loin de chez soi. Dès mon arrivée là-bas, je vais être obligée de me battre contre Diego, de lui dire : « C'est fini, Diego. Il est temps de faire nos bagages et de rentrer en France. »

Elle regarde toujours le feu.

— Il ne voudra pas, dit-elle enfin à voix basse.

Elle se retourne brusquement vers Nicole.

— Tu le sais comme moi. Diego ne voudra pas. Mes fils non plus.

— Alors ?

— Alors, je me déciderai peut-être à les quitter.

Elle a parlé avec étonnement, comme si elle refusait de croire aux mots qu'elle prononce. Pendant un moment, elle en écoute l'écho au fond d'elle-même. Puis elle se lève, va prendre son sac sur le petit bureau, l'ouvre.

— Tiens, dit-elle en revenant vers Nicole.

Elle lui tend son billet de retour.

— Retiens-moi une place dans un avion, le plus vite possible.

— Patiente au moins jusqu'à l'opération de Ugo. J'aimerais que tu sois là pour m'aider à attendre les nouvelles.

— D'accord.

Elle a moins froid. Elle regarde la lumière fragile, sur le mur de la laiterie, de l'autre côté de la cour. Elle ne veut pas penser à Gilles. A tout ce qui va disparaître. A la laiterie nouvelle, à cet avenir qui n'est pas le sien. Elle veut simplement penser à Jean-François et à Marie-Hélène, à leurs silences, à leur moulin près de la Loire, et se dire qu'elle ne peut plus rien pour eux.

— Merci, dit-elle à Nicole, en souriant un peu.

— Je te mets à la porte de chez moi, et tu me dis merci ?

Lisette sourit davantage. Sa voix s'est raffermie. Elle sent que l'engourdissement se dissipe.

— C'est une preuve d'amitié que je te demandais, la plus grande, et tu viens de me la donner.

XII

— Il pleure ?

— Je crois, oui.

Noële se lève, cherche sa robe de chambre. Mais Ugo est plus rapide qu'elle.

— Ne bouge pas, dit-il.

— Non, Ugo. Tu as besoin de dormir. N'oublie pas que, demain matin, tu entres en clinique.

— Et après ? Rendors-toi.

Il traverse le couloir, pénètre dans la chambre du petit Yan.

— Eh bien ?

La veilleuse allumée près du berceau éclaire un visage convulsé.

— Garçon, voyons...

Ugo le prend dans ses bras. Aussitôt, dans l'arc entrouvert des paupières, surgit, à travers les larmes, un regard satisfait. Tout est encore bouleversé, le nez, la bouche, avec des ombres de colère, mais déjà la voix baisse d'un ton, cherche à reprendre souffle. Les mains se déplient. Le dos parvient à se redresser. Ugo regarde autour de lui. Où sont les mouchoirs ? Il ouvre une armoire, fouille les étagères. Il ne sait rien des rangements du linge. L'enfant porte son poing gauche à sa bouche.

— Laisse-moi t'essuyer d'abord.

Il entre dans le cabinet de toilette, trouve une serviette près du lavabo. Il en frotte longuement le visage encore rouge. L'enfant proteste. La colère n'est pas loin, prête à reprendre. Mais Ugo ne se laisse pas impressionner. Il faut effacer tout ça, tout ce mélange de larmes, de salive, de transpiration. Parce que c'est sale.

— Très sale !

Il le dit tout haut. L'image des enfants toujours frais, toujours propres, souriants dans des berceaux immaculés, avec des parfums de talc et d'eau de Cologne, l'a pourtant toujours irrité. Elle rejette ces petits animaux au-delà de certaines barrières, où ils cessent d'être dangereux, comme dans les parcs zoologiques, et l'on peut leur faire des sourires amusés. Ce sont pourtant des animaux. Des vrais. Avec des instincts, des fureurs, des exigences et des odeurs d'animaux.

— Toujours prêts à mordre...

Maintenant Ugo a envie de rire. L'enfant suce son poing gauche, avidement. Peut-être faudrait-il le recoucher ? Il s'endormirait assez vite. Sa colère l'a détendu. Mais c'est la première fois que le père et le fils se trouvent seuls ainsi, au milieu de la nuit, dans le silence de la maison. Et Ugo n'a pas sommeil.

« Demain... », pense-t-il.

Il s'assied dans un fauteuil, près de la fenêtre, allonge l'enfant contre lui, et ferme les yeux. Il voudrait que le matin les surprenne ainsi, sans qu'ils le sachent, et que ce soit l'heure de partir pour la clinique. De nouveau, il a envie de rire. Parce qu'il revoit le visage furieux de tout à l'heure. Tant de force, tant de violence, tant de sincérité. Yan s'exprime comme il peut : « J'ai mal, je ne supporte pas d'avoir mal, et je crie. Je crie jusqu'à ce que quelqu'un vienne et fasse que je n'aie plus mal. Je crie de toutes mes forces. Je suis écarlate. Et après ? Dans quelques années, ce sera fini. J'aurai appris à me taire, à obéir aux conventions qui veulent qu'un homme ne crie pas, ne pleure pas, refuse d'avouer qu'il a mal. J'aurai appris à mentir. Pour le moment, j'en profite. J'ai mal aux dents. Je le dis comme je sais le dire : en criant. » Voilà ce que son père comprend.

— Et tu as raison ! reconnaît Ugo, mais demain, après l'opération, si je me réveillais en criant comme toi, et en pleurant comme toi, tout le monde aurait honte de moi. Et moi, sans doute, le premier ! Pourquoi ? Parce qu'il y a une image d'homme tracée pour toujours, et à laquelle il faut ressembler, comme il y a une image d'enfant.

Il parle à mi-voix, dans le silence de la chambre. Son fils, le visage levé, semble suivre, au bord du sommeil, le dessin de cette musique étouffée.

— Une image.

Pendant un instant, Ugo cherche à travers des brumes lointaines à se souvenir d'une nuit semblable, dans la villa du lac Balaton. Son père le prenait-il ainsi contre lui lorsqu'il ne parvenait pas à dormir ? Mais il ne faut pas penser à son père. Le passé n'a plus de sens. Il se redresse. Une brusque tendresse le fait trembler. Il serre l'enfant contre lui de toutes ses forces.

— Parle, marche, appelle-moi par mon nom.

Il comprend l'exaltation de Yannis Karrassos le

jour du baptême. Vingt ans, c'est trop long. Tous ces jours. Toutes ces années. Quand me connaîtras-tu ? J'ai besoin de toi. Besoin de te parler. Nous aurons des chiens. Nous partirons vers les bois, le dimanche, en courant entre les arbres, et les chiens aboieront. Nous aurons des bateaux, des rivières à nous. Nous aurons un langage. Nous aurons le monde à découvrir. Tout ce que je sais je te l'enseignerai, mais je ne sais rien, devant toi je ne sais rien, tu vas tout m'apprendre. Jamais autrefois, jamais je n'ai su que j'aurais un fils. Jamais je n'y ai pensé. C'était pour les autres. Pour ceux qui ont le droit d'être père. Pas pour moi. Moi...

Pendant une longue minute, immobile, Ugo écoute le battement du sang, dans ce corps endormi, un sang qui est le sien, un cœur qui vient de lui. Il se sent vieux, très vieux, avec une grande fatigue dans les jambes, comme s'il avait marché longtemps à la recherche de ce fils inconnu.

— Lorsque tu auras vingt ans, et que nous serons face à face, et que tu poseras sur moi ton regard d'homme...

Quelqu'un qui sera lui, la même taille, les mêmes cheveux clairs, et dans le regard l'image des forêts silencieuses.

— ... si tu me dis que ce monde, où je t'ai fait naître, ne te convient pas, que pourrai-je te répondre ? Moi, depuis que je suis enfant, je vis dans un monde que je porte avec moi, et j'y vis seul. Je suis resté à jamais celui qui est entré, un matin, dans le salon d'un professeur de musique, et qui était si petit que ses pieds, lorsqu'il s'asseyait devant son piano, ne touchaient pas les pédales. Je n'avais pas le droit d'être père. Je sais seulement que dans les salles de concert, pendant que je joue, ceux qui sont là et qui écoutent oublient leur nom. Et ils sont heureux. Car c'est ce qu'ils sont venus chercher. Mais toi ? Ce nom que tu portes et qui est le mien, qu'en feras-tu ? Cette nuit, tu as tellement crié que je suis venu. Continueras-tu à crier, chaque fois que tu auras besoin de moi, pendant les vingt ans qu'il te faudra pour devenir un homme ? Peut-être pas. Et même si tu le fais, même si, chaque fois, je t'entends et te rejoins, saurai-je toujours te répondre ? Un temps vient où les pères et les fils, même s'ils se ressemblent comme nous nous ressemblons, se découvrent étrangers l'un à l'autre.

La porte s'ouvre sans bruit :

— Ugo ?

Noële passe la tête.

— Je m'inquiétais.

Elle voit le père et le fils ensemble.

— Il s'endort, dit Ugo. J'ai eu un peu de mal. Mais il s'endort.

— Et toi ?

— Je vais venir.

Elle regarde son fils. Il a toujours le poing dans la bouche, mais ses lèvres s'y posent à peine, entrouvertes, et il respire calmement.

— Quelle heure est-il ? demande Ugo.

— Bientôt trois heures.

— Si c'était l'été, il ferait jour.

Noële les embrasse doucement l'un après l'autre et s'éloigne. La porte se referme.

— Ecoute..., continue Ugo.

Très loin, dans les jardins, il y a comme une branche qui se rompt, une pierre qui tombe. C'est le vent.

— Ecoute..., dit-il encore, dans quelques heures, moi aussi je m'endormirai. Le médecin me fera une piqûre, et le sommeil me prendra. Je n'ai pas peur. J'attends cette journée qui vient comme si je devais la vivre tout entière, et beaucoup d'autres derrière elle, en te regardant grandir. Non, je n'ai pas peur. Mais, je te le dis à toi, à toi seul, parce que tu as le droit de le savoir. J'ai peur de l'opération. Tu as bien entendu. J'ai peur qu'elle soit inutile. Que demain, en m'éveillant de ce sommeil, je ne retrouve plus *ma* main.

Il faudrait porter l'enfant jusqu'à son lit. Il y dormirait mieux. Mais un engourdissement gagne Ugo, comme si l'aiguille s'enfonçait déjà dans son bras.

— Sans *ma* main, je serais jeté hors de moi-même, toute la peau arrachée. Sans ma main...

Il serre doucement l'enfant contre lui.

— Si je dois me réveiller sans *ma* main, je préfère ne pas me réveiller du tout. Tu es trop petit encore pour garder une image de moi. Plus tard, on te montrera des photographies, mais elles ne te rappelleront rien. Je n'existerai que dans le souvenir de quelques autres. Tu seras libre de moi. Libre de me réinventer, de te créer le père dont tu as envie. Ce jour-là, à mon tour, je prendrai naissance de toi.

Il semble à Ugo que l'enfant bouge. Il tourne lentement la tête, rencontre un regard fixé sur lui. A travers les paupières mi-fermées, cette lumière noire est brusquement attentive, comme si chaque mot prononcé avait été compris.

DEUXIÈME PARTIE

LES BROUILLARDS DE VENISE

I

Elle voudrait qu'il ne marche pas ainsi, d'une fenêtre à l'autre, qu'il ne regarde pas sa montre toutes les minutes, qu'il s'asseye, comme elle, et qu'il attende.

— Tu ne trouves pas que c'est long ?

— Le chirurgien nous a prévenus, père. Ça peut durer plus d'une heure.

— Tu crois ?

Tout est blanc : les murs, les rideaux, les fauteuils. Blanc et silencieux. A travers les vitres, on voit parfois une porte qui s'ouvre, une infirmière, blanche elle aussi, qui traverse le couloir.

— Il pourrait au moins nous envoyer quelqu'un, pour nous dire comment ça se passe.

— Ça se passe très bien.

— Comment le sais-tu ?

— Je le sais.

Derrière ces couloirs, ces portes fermées, le cœur endormi continue de battre, surveillé par l'anesthésiste, et le chirurgien recoud lentement la blessure. Quelle était la phrase de Ugo, le premier jour ? « Un vrai travail de couturière... » En riant. Noële voit l'aiguille et le fil, les points l'un après l'autre. Elle entend le bruit des ciseaux qui coupent le fil, et, sous les draps blancs, le cœur endormi de Ugo qui marque le temps. Yannis Karrassos s'est arrêté devant elle.

— Comment fais-tu pour être si calme ? C'est à croire qu'ils t'ont donné un cachet pour dormir, à toi aussi.

— Voilà le chirurgien.

Elle se lève, très vite, sort de la salle d'attente.

— Alors, docteur ?

— C'est terminé, madame.

— Comment est mon mari ?

— Le mieux possible.

Il ouvre une porte, fait signe à Noële d'entrer. Yannis Karrassos les a rejoints.

— Avez-vous réussi, docteur ?

C'est un vestiaire, où l'attend une infirmière qui l'aide à enlever sa blouse.

— En incisant, j'ai constaté que le filet nerveux avait été pris dans la cicatrice. Il a fallu le dégager, ce qui a été assez long. J'ai pu faire une ligature. Il est encore trop tôt pour savoir si elle aura un résultat positif. Le nerf doit retrouver lui-même sa propre vie.

Il parle d'une voix précise, comme s'il faisait un cours à des étudiants. Derrière sa moustache très noire, son visage avoue une grande fatigue. Penché sur le lavabo, le dos tourné, il se lave longuement les mains. Noële se souvient des phrases qu'il a prononcées, dans la pénombre de la salle de radiologie, et que Ugo lui a répétées un peu plus tard. Sans qu'il ait besoin de l'avouer, elle comprend qu'au moment de commencer cette opération, qu'il avait déjà faite plusieurs fois pourtant et réussie, il a dû se sentir maladroit comme un débutant.

— Je voudrais voir mon mari. Est-ce possible ?

Il s'essuie les mains avec une serviette que lui tend l'infirmière.

— Bien sûr. Mademoiselle va vous accompagner. Mais il dort encore.

L'infirmière range la serviette, fait signe à Noële de la suivre.

— Ne vous laissez pas impressionner par le bandage qui lui entoure la main, ajoute le chirurgien. Il est énorme. Votre mari le gardera deux jours.

Des couloirs, des escaliers, des portes. Elle suit l'infirmière sans regarder autour d'elle.

— Ici, madame, dit l'infirmière en ouvrant une porte.

Le pansement... Le chirurgien l'a prévenue, mais elle a un mouvement de recul. Il a la forme d'une sphère blanche, soutenue par une courroie de cuir, comme si la main de Ugo était devenue un univers à part, hors du temps.

L'infirmière se penche vers le lit :

— Il va dormir encore une petite heure.

Elle vérifie la courroie de cuir.

— C'est pour alléger le poids du pansement, dit-elle. Et pour qu'il ne remue pas sa main en dormant. Je vous laisse, madame. Je reviendrai dans un moment. S'il y a la moindre chose, la sonnette est ici.

Elle sort sans bruit. Noële est debout contre le lit. Pendant quelques secondes, elle se met à trembler de froid. Un grand froid, tout le sang qui se retire du cœur. Elle tend la main. « Ugo... » Ce nom éclate en elle comme un cri. Elle pleure. Très vite, elle se calme. Ce n'est rien. Elle aperçoit une chaise près du lit, s'assied. C'est l'attente, la trop longue attente, et son père qui marchait, qui parlait, qui regardait sa montre. C'est trop de jours à ne rien dire, à prendre sur elle-même. Maintenant, c'est fini. Ugo respire. Avec un petit bruit rauque, comme s'il cherchait à parler en dormant. Il remue un peu. Il suffit d'attendre. Il ouvrira les yeux, la reconnaîtra, l'appellera par son nom.

— Il ne va pas tarder à s'éveiller.

Noële sursaute. L'infirmière est revenue, se tient debout près du lit.

— Il respire plus vite.

Noële se lève.

— Va-t-il avoir mal en se réveillant ?

— Pas encore. Mais ne vous imaginez pas qu'il va se réveiller vraiment. Il reprendra conscience quelques instants, et c'est tout. Il ne vous reconnaîtra peut-être même pas. Ne vous inquiétez surtout pas.

Ugo s'agite. Sous les draps, ses jambes se plient. Il semble vouloir se redresser. Mais sa tête penche sur le côté, comme si tout le poids de son corps l'entraînait.

— Il remue le bras, mademoiselle. On dirait qu'il veut se débarrasser de son pansement.

— C'est parce qu'il commence à sentir le poids.

Ugo ouvre brusquement les yeux, regarde devant lui.

— Des chiens, garçon... Nous aurons des chiens...

D'une voix lointaine, avec une sorte de colère parce que les mots ne lui obéissent pas. L'infirmière redresse les oreillers. Ugo ferme les yeux, les rouvre aussitôt, aperçoit Noële. Parfaitement réveillé, d'une voix normale, il demande :

— Tu es là ?

— Je suis là, Ugo.

— C'est fini ?

— Depuis une heure.

— Alors...

Il cherche sa main. Sa tête retombe.

— Il s'est rendormi, dit l'infirmière.

Yannis Karrassos l'attend dans le jardin.

— Il t'a parlé ?

— Quelques mots.

Ils montent en voiture.

— Tu reviendras tout à l'heure ?

— Dans la soirée.

La voiture s'engage dans une rue qui monte.

— J'ai interrogé le chirurgien, pendant que tu attendais le réveil de Ugo. Il dit qu'il faut deux jours pour savoir quelque chose. Jusque-là, il ne peut pas défaire le pansement.

Il prend sa fille par l'épaule, la serre brusquement contre lui.

— Pardon, dit-il tout bas.

— Pourquoi ?

— Je n'ai pas été très courageux.

Elle sourit. Elle aime ces mouvements d'humeur. Lorsqu'il est ainsi, désemparé et maladroit, elle ne sait plus mesurer sa tendresse.

— Avez-vous téléphoné aux Quatre Vents ? demande-t-elle.

Parce qu'elle ne peut pas s'empêcher de penser à Gilles Vaindrier.

— J'ai eu la communication très vite. C'est

Mme Vaindrier qui m'a répondu. Elle paraissait un peu déçue que ce ne soit pas toi qui appelles. Je lui ai dit que tu étais avec Ugo.

— Je la rappellerai tout à l'heure.

Elle est bien contre l'épaule de son père. Le ciel est clair. Sur les façades des maisons, il y a des reflets de soleil. Elle a l'impression de traverser Athènes pour la première fois. Malgré les fêtes et le feu d'artifice, l'année nouvelle n'a pas commencé le 1er janvier, mais il y a quelques instants au moment où Ugo a ouvert les yeux. A peine arrivée, elle monte jusqu'à la chambre du petit Yan.

— Ton père va bien. Tu m'entends ? Il va bien.

Elle a pris son fils dans ses bras. Elle le regarde. Il est beau. Il ressemble à Ugo.

— Il pensait à toi, dans son sommeil. Je n'ai pas très bien compris ce qu'il a dit en s'éveillant, mais je suis sûre qu'il te parlait. Il a dit : garçon...

L'enfant semble écouter.

— Il a parlé de chiens. Il a dit : nous aurons des chiens...

Elle a l'impression qu'il est tout neuf, lui aussi, qu'il vient de lui être donné. C'est maintenant qu'elle le comprend : pendant tout ce temps où Ugo dormait, sous le masque de l'anesthésie, elle a cru qu'il ne se réveillerait pas.

Dans la soirée, Ugo se plaint. Noële est assise près du lit. Cette chambre trop blanche l'impressionne. Elle ne comprend pas pourquoi Ugo est enfermé ici, attaché au plafond. Elle voudrait couper la courroie. Elle voudrait qu'il soit libre.

— Ne reste pas, dit-il.

Il a du mal à ouvrir les yeux.

— Tu n'es pas bien ici. Rentre.

Il essaie de sourire. Mais plus rien n'obéit en lui. Son corps n'est qu'un poids mort, accroché au pansement. Noële raconte qu'elle a téléphoné aux Quatre Vents, que ses parents étaient anxieux d'avoir des nouvelles. Que Lisette elle-même n'avait pas voulu rentrer au Brésil avant que l'opération ait eu lieu. Elle ajoute qu'elle a télégraphié à maître Forestier, et au signor Peretti. Elle a l'impression que les mots n'arrivent pas jusqu'à lui.

— A-t-il de la fièvre ? demande-t-elle à l'infirmière.

— Quelques dixièmes, madame. Rien d'inquiétant.

Ugo tend la main.

— Je t'écoute, tu sais ! Ne crois pas que je dorme. Mais je n'ai pas la force de te répondre. Et puis, ces yeux. Je n'arrive pas à les garder ouverts.

Noële se décide à rentrer. Elle dort mal. Elle se débat avec des rêves. Elle ne sait pas de quelles images ils sont faits, mais, au petit matin, elle a les jambes lourdes. Elle téléphone à la clinique. La standardiste de nuit ne parle pas français. Elle ne parvient pas à se faire comprendre. Il lui semble que quelque chose est arrivé, quelque chose qu'on ne veut pas lui dire.

— Passez-moi la chambre de M. Luckas. Je veux lui parler. Vous entendez, mademoiselle ? Je veux lui parler.

Elle crie dans le téléphone. La standardiste s'impatiente. Noële raccroche, s'habille rapidement. Il est à peine six heures et demie. Elle monte en voiture, roule très vite. Les rues sont désertes. Arrivée devant la clinique, elle a honte, brusquement. Si elle entre, si elle demande à voir Ugo, on ne comprendra pas cette panique qui s'est emparée d'elle. Il y a sûrement dans d'autres chambres de grands opérés, dont la vie est peut-être en danger, des femmes qui ont des raisons de trembler. Pas elle. L'opération de Ugo n'est pas grave. C'est une petite opération. De son succès dépend, bien sûr, tout son avenir. Mais Noële doit être raisonnable. Elle gare sa voiture, découvre une taverne ouverte dans une rue voisine, demande un café très fort, s'oblige à retrouver son calme. A huit heures, elle revient à la clinique. On la laisse entrer. En arrivant dans la chambre de Ugo, elle le surprend assis dans son lit, bien éveillé.

— Je t'attendais, dit-il. Je t'aime.

Comme chaque matin. S'il n'y avait pas cette courroie qui retient le pansement, et ces murs trop blancs, tout serait oublié.

— Comment as-tu dormi ?

C'est lui qui interroge, parce qu'il remarque son visage.

— Sans toi, répond-elle.

— Tu me cherches ?

— Je t'attends.

Il lui caresse les yeux, les joues, les tempes, de sa main libre.

— Je vais revenir. Demain, peut-être. Après-demain sûrement.

— Demain ?

— Oui.

— Alors tu vas bien ?

Il l'embrasse. Il a des lèvres douces. L'infirmière entre, avec un plateau.

— J'ai très faim, dit Ugo.

— C'est bon signe, monsieur !

Noële déjeune avec lui. Elle a très faim, elle aussi. Ils partagent le pain, les morceaux de sucre. Elle lui répète tout ce qu'elle a raconté la veille et qu'il écoutait si mal : les téléphones, les télégrammes. Le chirurgien arrive à neuf heures.

— Alors, monsieur Luckas ?

Il regarde la fiche de température, examine l'œil de Ugo, sa langue.

Il a l'air grave, parle à peine. Il désigne le pansement :

— Vous avez mal ?

— C'est supportable.

Le chirurgien vérifie la courroie, la détend un peu.

— Ce n'est pas trop lourd ?

— Si je réponds oui, vous me l'enlevez ?

— Non, monsieur Luckas. Demain seulement.

Il sort rapidement.

— Je vais te laisser, Ugo.

Noële s'est levée.

— A cette heure-ci, on ne doit pas beaucoup aimer les visites. Je reviendrai dans l'après-midi. Tu n'as besoin de rien ?

— De toi.

— Ça y est ! dit Ugo.

Il lève sa main droite.

— Je suis délivré.

La courroie a disparu. Le pansement aussi. Il a encore la main bandée. Mais c'est comme une sorte de gant qui lui maintient les doigts immobiles sans l'empêcher de bouger.

— C'est une infirmière qui t'a défait le pansement ?

— Non. Le médecin.

— Alors, il a vu ta main ?
— Oui.
Elle voudrait ne pas avoir besoin d'interroger. Que Ugo lui dise tout, de lui-même.
— Qu'a-t-il dit ?
— Que la cicatrice se refermait très bien.
— Et puis ?
— C'est tout.
— Il est encore là ?
— Pourquoi veux-tu le voir ?
— Il a dû examiner ton doigt, essayer de savoir si le nerf recommençait à vivre.
— C'est beaucoup trop tôt.
Il l'observe. Il sourit. Mais, dans son regard, dans son sourire, elle découvre une hésitation.
— Il t'a dit autre chose ?
Ugo regarde sa main.
— Un détail qui s'arrangera sûrement. Parce que la nouvelle cicatrice se ferme et que la peau tire un peu trop. Il semble...
Il cherche ses mots. Comme s'il avait peur de la blesser. Mais elle comprend qu'en parlant c'est d'abord à lui qu'il craint de faire mal.
— Il semble que l'index tire un peu vers la gauche.

II

— Tu as des nouvelles de Ugo ?

— Noële m'a téléphoné avant d'aller à la clinique.

— Alors ?

— Il sort aujourd'hui.

Depuis trois jours, les Vaindrier vivent au ralenti, attendant, matin et soir, le téléphone de Noële, Le premier jour, ils ont eu l'impression que l'opération s'était passée le mieux possible. Mais une complication pouvait toujours surgir. Le second jour l'impression se confirmait. Aujourd'hui, si Ugo est autorisé à rentrer chez lui, c'est que tout va bien.

— On lui a défait son pansement ?

— Oui.

— La cicatrisation ?

— Pour l'instant tout a l'air normal. Mais il a encore un pansement, qu'on doit lui refaire deux fois par semaine. Dans une quinzaine de jours environ, ce sera tout à fait fermé. Il commencera sa rééducation.

— Donc, de ce côté-là, tout va bien ?

— Ça a l'air. Et de ton côté ?

Gilles Vaindrier hausse les épaules. Il revient d'un rendez-vous avec le remplaçant de François Gallart. Ayant achevé les plans de sa laiterie, il a estimé le moment venu de les soumettre à un architecte. Il a donc tout naturellement téléphoné à M. Grindot, qui a accepté de le recevoir.

— Ça s'est mal passé ?

— Oui.

Dès la première minute, Gilles Vaindrier a su qu'il ne s'entendrait pas avec ce jeune homme aux mains longues, au regard ironique, qui n'a jeté qu'un coup d'œil rapide sur les plans.

— J'avoue que vous m'étonnez, monsieur Vaindrier.

Presque allongé dans son fauteuil, jouant d'une main avec un basset à poils fauves couché sous son bureau.

— Pourquoi m'apportez-vous ces plans ? Pour que je les corrige ? Vous avez une curieuse conception de mon métier. Vous allez acheter un terrain pour y construire une laiterie électronique. Parfait. Reprenons donc les choses au début. Allons voir ce terrain ensemble, dites-moi de quel budget vous disposez, et laissez-moi dessiner les plans moi-même. Vous avez mis, comme on dit dans vos milieux agricoles, la charrue avant les bœufs.

Gilles se lève, reprend ses plans.

— Excusez-moi.

Il se dirige vers la porte.

— Un instant, monsieur Vaindrier. Nous nous sommes sans doute mal compris. Je...

Gilles a déjà quitté le bureau. La porte refermée, il entend le basset aboyer avec irritation.

En racontant la scène à Nicole, il a un peu de remords.

— J'ai eu tort, je le sais ! Je n'aurais pas dû me mettre en colère. Mais cette façon méprisante de me parler, avec des images empruntées aux bœufs, comme si j'étais un demeuré. Si François Gallart pouvait revenir...

C'est ce qu'il pense depuis qu'il a quitté le bureau de Grindot. Et il finit par le dire tout haut.

— Ecris-lui, répond Nicole. Pour avoir son adresse, c'est très facile. J'appelle la secrétaire, en lui disant qu'il reste un problème à régler pour la Maison des Jeunes. Ou quelque chose comme ça.

Elle revoit la silhouette longue et mince, la veille de l'inauguration du bâtiment. Debout contre la vitre ensoleillée. Ils avaient tout visité avant les officiels, parce que c'était quelque chose qu'ils avaient construit ensemble, et ils en étaient contents. C'est ce matin-là, juste avant de la laisser partir, qu'il lui avait parlé de sa femme et de son fils qui étaient en Espagne, et qu'il avait envie d'aller rejoindre. C'était une matinée très belle et très lumineuse, avec les reflets bleus et verts de la piscine sur les verrières. En repensant à François Gallart, Nicole ne sait pas encore si elle souhaite son retour. Elle sait seulement que Gilles ne travaillera bien qu'avec lui.

— Tu es prêt, Ugo ?

— Oui.

Il est debout, au milieu de la chambre.

— On peut partir ?

— Je voudrais dire au revoir au chirurgien.

Deux semaines encore avant que la cicatrice soit

refermée. D'ici là, il faut qu'il revienne le lundi et le vendredi pour qu'on lui refasse son pansement.

— Et à l'infirmière. Elle a été très gentille.

Il parle à mi-voix, en regardant autour de lui. Cette chambre l'étonne. De son lit, elle paraissait plus grande. Il a le sentiment d'étouffer.

— Tu viens ?

Noële est déjà dans le couloir, une petite valise à la main. Parviendra-t-il à la rejoindre ? Il ne comprend pas cette angoisse soudaine. Tout était simple. Il s'était levé, il s'était habillé. Le ciel était clair. Il se sentait heureux. Il pensait à son fils. Il se disait : « Noële va venir me chercher. Aujourd'hui, je rentre chez moi. » Il l'attendait, assis sur une chaise près de la fenêtre. En la voyant, il avait cru que ce mouvement brusque, en lui, qui l'avait fait trembler quelques secondes, était un mouvement de plaisir. Mais non. Il le comprend maintenant. C'était un mouvement d'angoisse. Noële revient vers lui.

— Tu ne te sens pas bien ?

— Si, si.

Il sort de la chambre. Le couloir est très long, très blanc. Il faut aller jusqu'au bout, jusqu'à cette porte qui ouvre sur le jardin. Il lui semble que les murs s'allongent, que la porte recule.

— Voilà l'infirmière, dit Noële.

Elle vient vers eux en souriant.

— Vous allez nous manquer, monsieur Luckas. Des malades comme vous, on aimerait qu'il y en ait plus souvent. Je suis très contente que vous soyez déjà sur pied. Mais je peux vous assurer qu'on vous regrettera.

— Merci, répond Ugo.

Il voudrait sourire. Il regarde la porte qui recule

toujours. Quoi qu'il fasse, quelque chose de lui restera prisonnier de ces murs trop blancs, de cette chambre qu'il croit avoir quittée, mais qui garde en elle l'ombre de ce qu'il était.

— Savez-vous si le docteur est encore là, mademoiselle ?

— Certainement.

— Pouvez-vous lui signaler que nous partons ?

L'infirmière s'éloigne.

— Allons l'attendre dans la voiture, propose Noële.

C'est trop tard pour que tout recommence, et que l'opération n'ait pas encore eu lieu. Le chirurgien a fait son devoir. La cicatrice travaille.

Il la sent, sous le pansement, qui tourne sur elle-même, comme une poignée de fourmis. Bientôt, elle se refermera, comme l'autre. Il n'aura plus besoin de pansement. Il ouvrira sa main, il la posera sur un clavier. Et il s'apercevra...

— Méfie-toi en sortant, dit Noële.

Ils sont devant la porte du jardin.

— Tu es enfermé depuis trois jours. Le grand air risque de te surprendre.

— C'est bon, le grand air.

Ils sortent. Il y a des arbres, des pelouses, des oiseaux. Les rues de la ville, derrière les grilles. Le bruit des voitures, les gens qui vont et viennent, les voix qui se répondent. Tous ces bruits qu'il reconnaît, qui ont continué, pendant qu'il était plongé dans le silence, à marquer le temps des vies inchangées.

— Je vous fais attendre, monsieur Luckas.

Le chirurgien porte un complet bleu marine, des

lunettes noires. C'est la première fois que Ugo le voit sans sa blouse.

— Comment vous sentez-vous ?

— Très bien, docteur.

— Vous avez un bon visage. Rentrez vite, et reposez-vous. Je vous attends lundi. Si, d'ici là, il y a la moindre chose, n'hésitez pas à me téléphoner.

Il les accompagne jusqu'à la voiture. Noële met la petite valise dans le coffre.

— A lundi, docteur.

Le chirurgien fait un geste rapide. Il a l'air de quelqu'un qui prend congé de ses invités, à la fin d'un week-end.

— Quelle a été votre impression en refaisant le pansement ce matin ? demande Noële.

— La cicatrisation se poursuit normalement.

Ugo est monté en voiture. Il s'est assis. La tête lui tourne un peu.

— Et l'index ?

Le chirurgien hésite. Noële ne voit pas son regard derrière ses lunettes noires.

— Il faut attendre. J'ai mis des attelles de métal.

Il esquisse un geste, remonte l'allée en direction de la clinique. Noële rejoint Ugo.

— Maître Forestier m'a appelée, ce matin. Pour me dire qu'il t'envoyait les épreuves du disque.

— Déjà ?

Ugo a tourné la tête. Quelque chose s'éveille en lui.

— Tu les recevras lundi au plus tard. Il veut que tu les aies très vite.

Ugo la regarde. Il voudrait qu'elle comprenne. Mais comment expliquer ? Il ne sait pas lui-même pourquoi son angoisse disparaît soudain, pourquoi, en pensant à ces épreuves qu'il va recevoir, il a l'impression de recommencer à vivre.

— A quelle heure, notre avion ?
— On va nous appeler dans dix minutes.
— J'ai le temps d'aller acheter des journaux ?
— Bien sûr.

Marie-Hélène retrouve l'aéroport avec plaisir. Toutes les images de leur premier départ le soir de leur mariage s'y inscrivent. A quelques mois d'intervalle. Comme si tout recommençait. Ce soir-là, il y avait son oncle et sa tante, M. Saulieu, Denis et Odile, leurs visages souriants. Aujourd'hui, ils sont seuls. Depuis longtemps, elle ne s'étonne plus de s'appeler « madame Saulieu ». Mais elle a, au moment de s'embarquer pour Stockholm, la même appréhension et la même espérance.

— Je t'attends ici, dit Jean-François.

Il est fatigué. Il est content que l'usine marche bien, que ses efforts soient récompensés. Mais des vacances, de temps en temps, ne lui feraient pas de mal. Ce voyage en Suède, il le ferait avec plus de plaisir encore, s'il pouvait rêver d'une maison au bord de la plage, de silence, de nuits immobiles.

— Pardonnez-moi, monsieur...

Il ouvre les yeux. Un homme le regarde.

— Vous n'êtes pas Jean-François Saulieu ?

Tout de suite, il reconnaît ce visage.

— Lambert !

Il se lève, tend la main.

— Qu'est-ce que tu fais là ?
— J'attends l'avion de Tunis. Et toi ?
— L'avion de Stockholm.

Ils se serrent la main. Ils ont envie de sourire. Et

en même temps ils ne savent pas comment se parler. C'est récent, pourtant. Trois ans. Même pas. Depuis qu'ils ont quitté la caserne, ils ne se sont jamais revus.

— Toujours dans l'aviation ? demande Lambert.

Il est très grand, très maigre, avec des gestes maladroits, comme si ses bras étaient trop longs pour lui. Ses camarades de régiment le surnommaient la potence. Il jouait très bien aux échecs.

— Non, répond Jean-François. J'ai repris l'usine de mon père. Je fabrique du papier.

— Intéressant ?

— Ça marche. Je vais en Suède acheter de nouvelles machines.

— Félicitations.

C'était ça, le langage de Lambert. Un mot, de temps en temps, prononcé avec nonchalance. Jean-François se souvient. On le surnommait aussi le héron.

— Et toi, tu as continué ?

— Quand on est mordu...

Deux ans de rêveries, d'air pur. Deux ans à se dire : je respire au-dessus des nuages, j'ai trouvé ma vraie vocation. Et à fermer les yeux lorsque le soleil vous sautait au visage.

— Pilote d'essai ?

— J'aurais bien voulu. Mais...

Lambert lève une main.

— Je m'occupe d'aéro-clubs.

— Alors, tu es heureux ?

— Très.

Une voix, dans le haut-parleur, annonce le départ de l'avion pour Stockholm. « Porte 27. Embarquement immédiat. » Jean-François prend le sac de voyage de Marie-Hélène.

— Et toi ? demande Lambert. Tu es heureux ?

— Oui, dit-il. Et voilà qui en est responsable.

Marie-Hélène revient en courant.

— Ils ont annoncé notre avion.

— Je te présente un camarade de régiment, rencontré par hasard, Gérard Lambert.

— Monsieur...

— Ma femme.

Gérard Lambert tend la main. Mais Marie-Hélène n'a pas le temps de s'attarder.

— Excusez-moi, monsieur. Notre avion va partir.

Ils se dirigent vers la porte de départ. Lambert les accompagne.

— Tu ne viens jamais du côté de Lyon ? demande Jean-François.

— Ça m'arrive.

— Il y a un aéro-club qui marche assez bien, je crois.

— Très bien, même.

Ils sont arrivés devant la porte 27.

— Fais-moi signe quand tu seras dans la région. Ça me fera plaisir. Tu as quelque chose pour noter mon téléphone ?

Il donne son numéro, lève la main.

— A bientôt.

Il rejoint Marie-Hélène. Ils passent ensemble les contrôles de police et de douane.

— C'est curieux..., dit-il.

Il a un petit rire. Cet homme devant lui, brusquement. La potence...

— Jean-François, les cartes d'embarquement.

Il les tend à l’hôtesse. Ils entrent dans la salle de départ, vont s’asseoir près de la porte.

— C’est curieux d’avoir rencontré ce garçon, après trois ans. On était très amis. Et puis, le service militaire terminé, on ne sait pas pourquoi on cesse de penser aux gens. Il est très sympathique, tu verras.

Il est penché vers la vitre, le visage attentif.

— Que regardes-tu ?

— Rien, dit-il. Simplement cet avion.

III

— Je suis venu vous présenter Germain Chataigneau, qui me remplace.

Le garçon est très brun, court et trapu, avec un regard un peu voilé.

— Quelle surprise, Denis !

Nicole Vaindrier les fait entrer dans le salon. C'est un jeudi. L'hiver hésite toujours au bord des grands froids.

— Nous nous demandions, mon mari et moi, si tu n'étais pas parti sans nous dire au revoir.

— Pardonnez-moi.

Denis a le visage de quelqu'un qui compte ses valises. Il a changé. Plus grave, plus secret, le sourire refermé sur lui-même.

— J'avais beaucoup de travail. Chataigneau est arrivé le 2 janvier. Il a fallu le mettre au courant de tout. Maintenant je peux le laisser seul. Il me restait une chose à faire : vous le présenter.

— Enchantée, monsieur.

Nicole tend la main. Chataigneau s'incline sans sourire. Denis regarde autour de lui, va rapidement vers l'un des murs, y appuie la main.

— Cette maison est une vraie maison, Chataigneau. Une maison qui a ses racines. Lorsque vous la connaîtrez mieux, vous comprendrez ce que je veux dire.

Il parle un peu trop vite, un peu trop fort, parce que c'est la dernière fois qu'il vient aux Quatre Vents. Et toutes les images du passé sont là. Noële, assise, et le feu, et les arbres contre les fenêtres, et les jeux des enfants en hiver.

— Tu pars quand, Denis ?

— Samedi matin.

— Et tu sais où tu vas ?

— Je pars au hasard. Ma première étape est Marseille. Après, les bateaux. Sans doute l'Afrique.

Il voit déjà le port et les quais. Il entend les ancres qu'on lève. Il est assis sur ses valises, et il regarde.

— Je vais vous chercher du café, dit Nicole.

— Ne vous donnez pas de mal pour moi, madame.

Germain Chataigneau est debout, au milieu du salon, encore étranger.

— Ne refusez pas, Chataigneau, conseille Denis. Il y a, dans cette maison, quelqu'un de tout à fait étonnant, qui a son royaume dans la cuisine et qui se nomme madame Marie. Quant à son café, il est meilleur que dans vos pays.

Il se souvient de tout, brusquement. Du goûter de quatre heures, du pain grillé, du chocolat fondu. « Dans ce livre que j'ai déchiré... », pense-t-il. Mais ce n'est pas le temps des livres. C'est le temps des voyages. Il pense à des tentes dans le désert, à des villages dans le sable.

— Bonjour, monsieur.

Gilles Vaindrier est entré. Il regarde Chataigneau

avec curiosité. Un garçon si jeune... Comment supportera-t-il la solitude de l'école d'Ouches ?

— Vous êtes de cette région ?

— Pas du tout.

Chataigneau se détend soudain. Il se sent en confiance avec Gilles Vaindrier. Il vient de la Côte d'Azur, de Cannes très précisément, où ses parents se sont installés lorsqu'ils ont quitté l'Afrique du Nord. En fait, il est né à Oran. Son père était représentant en voitures. Il allait d'une ville à l'autre. Un an ici, deux ans là. Germain Chataigneau a grandi dans des maisons toujours différentes.

— Ouches va vous sembler bien triste, après Cannes et l'Algérie. Surtout si vous en gardez la nostalgie.

— La nostalgie ?

Chataigneau s'en défend tout de suite.

— A mon âge, on ne construit pas sa vie sur des nostalgies, monsieur. En s'installant à Cannes, mes parents ont voulu retrouver une atmosphère, un climat, des couleurs aussi proches que possible de ce qu'ils avaient connu. Pas moi. J'avais dix-sept ans lorsque je suis arrivé en France. Je n'avais pas assez de souvenirs pour m'y enfermer. Au contraire. J'ai besoin de choses nouvelles. J'aime qu'il fasse froid, qu'il y ait de la neige, un long hiver, un poêle dans la salle de classe, du givre sur les vitres. J'aime...

Il s'interrompt brusquement.

— Quand je me laisse aller à parler...

— Devant M. Vaindrier, vous pouvez tout dire, Chataigneau. Il a une patience surprenante.

Denis voudrait ne pas s'émouvoir. Mais il a trop de souvenirs. Il pense : samedi. Nicole Vaindrier revient avec le plateau du café.

— Ne vous étonnez pas s'il a un petit goût de Grèce. Depuis son voyage, madame Marie mélange des herbes à tout ce qu'elle fait.

Elle ajoute, sans regarder Denis :

— Noële t'a beaucoup regretté, Denis. Elle aurait voulu que toute la famille soit là. Et la famille, tu en fais partie.

Ils boivent en silence. Gilles Vaindrier observe les deux jeunes gens, debout l'un à côté de l'autre, si différents, et pourtant...

— C'est étrange de vous voir ainsi, dit-il en reposant sa tasse.

— Pourquoi ? demande Denis.

— Parce que vous êtes pris dans le même mouvement, mais à l'inverse. M. Chataigneau a quitté l'Afrique, il y a quelques années. Il a dû débarquer à Marseille, j'imagine...

— Exact.

— Le hasard, peu à peu, l'a conduit jusqu'à Ouches, au moment précis où tu t'en vas, toi, Denis, vers ce pays qui a été le sien.

Gilles Vaindrier entend à son tour le bruit des ancres, sur le port et plus loin, comme estompé par la brume, le martèlement des chantiers Karrassos. Cette force qui les pousse, l'un après l'autre, vers des navires à construire, des maisons à édifier, des horizons à atteindre, on peut lui donner plusieurs noms. N'est-ce pas simplement le battement d'un cœur ?

Les enfants sont assis, attentifs, les bras croisés. Ils ne savent pas encore ce qui va se passer, mais ils sentent bien que ce n'est pas une matinée comme les autres. Denis est debout devant le tableau noir. Il n'a pas sa blouse grise. Pour la première fois, il fait la classe avec une veste et une cravate, comme s'il voulait ressembler à M. l'Inspecteur, celui qui, deux fois par an, vient de la ville.

— Mes enfants...

La voix de Denis est différente, elle aussi. Elle est plus haute et plus claire. Elle semble passer au-dessus de leurs têtes, et s'adresser à quelqu'un qui est très loin, au-delà des murs de l'école, et qui n'entend peut-être pas.

— Mes enfants, depuis la rentrée vous avez eu le temps de bien connaître M. Chataigneau. Lui, de son côté, a pu se rendre compte que vous n'étiez pas des élèves très instruits et que vous aviez encore beaucoup à apprendre.

Ils ne savent pas s'il faut rire. D'habitude ils n'hésiteraient pas. Mais ce matin, ce n'est pas comme d'habitude.

— Beaucoup à apprendre, mais oui. Sinon, pourquoi viendriez-vous matin et soir dans cette école ? Vous êtes encore très jeunes. Vous avez de longues années de travail devant vous. Et je sais que lorsqu'on a quitté l'école, et qu'on est devenu un homme, on garde toujours l'esprit ouvert, on a toujours envie d'apprendre quelque chose.

Denis descend de l'estrade. Il avance lentement entre les pupitres. Il regarde les élèves, un à un, comme s'il ne les connaissait pas.

— Mes enfants, je voudrais vous demander une chose. La dernière. Je voudrais que vous preniez vos cahiers de dictée.

Il y a un silence dans la classe. Les élèves regardent Denis. Ils se demandent s'ils ont bien entendu. L'un d'eux se décide enfin. Il lève la main.

— Qu'y a-t-il, Péchérand ?

— Vous avez dit : la dernière, m'sieu.

— En effet.

— Alors ça veut dire que...

Péchérand n'ose pas poursuivre.

— Mais oui, mes enfants, ça veut dire que je pars.

Le silence est plus lourd encore.

— Vous savez très bien que si M. Chataigneau est ici depuis la rentrée, c'est qu'il va me remplacer. Je pars, mes enfants. Je pars demain.

Il est arrivé au fond de la classe. Il se retourne. Tous les visages sont là, dirigés sur lui.

— Vous allez en Grèce, m'sieu ? demande Péchérand à mi-voix.

— Non, Péchérand. Je vais sur un autre continent. En Afrique.

Il y aura une mer à traverser et il sait qu'il tournera le dos, qu'il regardera vers le sud, vers cette ligne au bord de l'horizon, apparue un matin, et sur laquelle il prendra appui. Cette mer, entre elle et lui, entre Noële et lui, comme...

Il se redresse.

— Prenez vos cahiers, mes enfants.

Les élèves ouvrent leurs pupitres. Avec des gestes très lents, comme à regret. En se parlant à mi-voix.

— Que dis-tu, Lamarche ?

Le plus jeune. Celui qui est entré en novembre, et qui ne sait pas encore écrire.

— Je dis que sans vous, m'sieu, l'école ne sera plus l'école.

Denis s'immobilise. Cette phrase, comme un adieu, qu'il n'attendait pas.

— Monsieur Chataigneau...

Il ne pourra pas. Sa voix ne lui obéit plus.

— Oui ?

Germain Chataigneau est assis près de la porte. Il se lève. Denis va rapidement jusqu'à la chaire, y prend un livre, l'ouvre à une page marquée d'un signet.

— Pouvez-vous faire la dictée vous-même ?

— Certainement.

— C'est une lettre d'Arthur Rimbaud à sa famille, lorsqu'il était en Afrique, à Harrar.

Il retourne dans le fond de la classe, s'adosse au mur.

— Vous êtes prêts ?

Chataigneau commence à dicter :

— « Chers amis, vous êtes en été, et c'est l'hiver ici, c'est-à-dire qu'il fait assez chaud. Mais il pleut souvent... » Je ne vais pas trop vite ?

Les élèves font signe que non. Denis écoute le bruit des cahiers, comme une voix dangereuse, une voix d'enfance lointaine, avec tous les hivers ensemble, les engelures aux mains, les pèlerines mouillées, les galoches.

— « Mais il pleut souvent. La récolte du café aura lieu dans six mois. Il y a un grand lac à quelques journées... » Je répète : « à quelques journées, et c'est en pays d'ivoire. »

Les ruisseaux gelés, la glace au bord des routes, la neige. Pourquoi les hivers, toujours les hivers ? Pourquoi, dans ses souvenirs, jamais de soleil, jamais de sieste dans les prairies ?

— « C'est en pays d'ivoire », reprend Chataigneau. La dernière phrase : « Je vais acheter un cheval, et m'en aller. »

— Mes enfants...

Denis écarte les bras. Il voudrait les prendre tous, les serrer contre lui.

— Si vous pensez à moi, dans les mois qui viennent, vous pourrez vous servir des mêmes mots : « Il fait assez chaud. Il y a un grand lac. Je vais acheter un cheval. » Maintenant, fermez vos cahiers, et filez en récréation. Allez vite.

Avec un grand geste, comme s'il voulait les chasser. Et les enfants comprennent. Ils sortent, sans bruit, mais dès qu'ils sont dans la cour, ils se mettent à crier plus fort que d'habitude, à courir plus vite pour que celui qui s'en va emporte avec lui l'image d'une amitié bien vivante. Denis approche son visage de la fenêtre, les regarde longtemps.

— Pardon, dit-il enfin.

Chataigneau a toujours le livre à la main.

— Je croyais que je pourrais leur dire au revoir calmement.

Il s'assied sur un banc.

— J'ai eu leur âge, Chataigneau. Six ans, sept ans, huit ans. D'une année à l'autre, je changeais de place. Tous les bancs. Je crois que je me suis assis sur tous les bancs.

Il appuie ses deux mains sur le pupitre.

— Il faut tout changer ! J'ai eu tort. J'ai voulu tout garder. Mais non. Il faut du neuf. Déjà, je sais que vous ne ferez pas la classe comme moi. Vous avez vos méthodes à vous. C'est bien.

Il frappe du poing le pupitre.

— Il faut tout changer. Les bancs. Les pupitres. Quand je reviendrai, dans un an, dans deux ans, je ne sais pas, il faut que ce pupitre-ci ait brûlé. Celui-ci. Avec ces initiales...

Il écoute la voix des enfants dans la cour. Un jour,

deux jours, et ils oublieront. L'hiver passera. En sortant des armoires les vêtements d'été, les mères découvriront que leurs enfants ont grandi.

— Parlez-moi de Marseille, Chataigneau.

— Comme un professeur de géographie ?

— C'est un port, je le sais, chef-lieu des Bouches-du-Rhône. Mais l'image que vous en avez gardée ?

— Du bruit. Un grand bruit où tout se mêle. La mer, les sirènes des navires, les grues, les voix, le soleil. C'est peut-être absurde. Mais pour moi, à Marseille, le soleil faisait partie du bruit. Et puis des rues et des valises. Mon père et ma mère marchant au hasard. Par fierté, ils ne voulaient pas demander leur chemin. Pour ne pas avoir l'air d'étrangers. Une de mes tantes habitait Marseille. C'est chez elle que nous allions. Mon père était venu la voir une dizaine d'années plus tôt. Il disait : « Je me souviens très bien de la rue. Je peux y aller les yeux fermés. » Nous avons marché deux heures. En traînant nos valises. Marseille est une ville très étendue.

Il sourit doucement. Denis le regarde, répond à son sourire.

— Demain, je marcherai comme vous dans Marseille. Mais j'irai droit au port. Je regarderai les navires. Je pense à eux comme à des villes.

Chataigneau tourne la tête vers la fenêtre.

— Quelqu'un est là, Maréchal.

Denis regarde à son tour, et se lève.

— Madame Vaindrier.

Nicole reste dans la cour, appuyée à la grille.

— Je voulais t'embrasser, Denis.

Matin et soir, les mères attendaient ainsi, devant la grille. Sous le préau lorsqu'il pleuvait. Noële et

Denis partaient ensemble. Nicole les emmenait aux Quatre Vents. Ils faisaient leurs devoirs, apprenaient leurs leçons. Souvent, Denis restait dîner. Puis, Gilles Vaindrier le reconduisait chez Mlle Maréchal, sa tante, qui travaillait dans un magasin de chaussures et rentrait tard. Si le temps était trop mauvais, Denis passait la nuit chez les Vaindrier. Sa tante ne s'inquiétait pas.

— C'est pour elle que je suis venue, Denis. Pour elle que je t'embrasse. Pour elle que je te dis : sois heureux.

C'était un peu son fils. Un garçon qui grandissait, qui travaillait bien. Elle en était fière. Elle se disait qu'un jour il se marierait, qu'il aurait des garçons à son tour, que dans le jardin des Quatre Vents, ce serait comme des récréations. Mais il s'en va. Comme Noële est partie.

— Je ne viendrai plus ici, dit-elle. Explique-le à M. Chataigneau. Qu'il vienne aux Quatre Vents tant qu'il voudra. Mais Ouches, pour moi...

Elle regarde la cour, les salles de classe, les platanes le long du mur.

— Sans toi, cette école n'est plus l'école.

— Oh ! madame Vaindrier...

Denis cache son visage dans ses mains. Il ne veut pas qu'on voie. Personne. Il avait dit qu'il ne pleurerait pas. Il avait juré...

— Lamarche, tout à l'heure, le petit Lamarche a dit exactement la même phrase.

Nicole Vaindrier regarde les enfants qui s'arrêtent de jouer, et se mettent en rang devant la porte de la classe. Germain Chataigneau a sonné la fin de la récréation. Elle semble chercher quelqu'un, qui devrait être là, et qui n'est pas venu.

— C'est qu'il t'aime, dit-elle.

Et elle s'en va, seule, parce qu'elle n'a plus d'enfant à reconduire à la maison.

IV

Ce sont des boules de bois, de plus en plus grosses, qu'il faut serrer avec un doigt contre la paume.

— Douze fois, dit la monitrice.

Elle commence à compter. Noële est assise à côté d'elle, et regarde. Le chirurgien lui a demandé d'assister, pendant une semaine, aux séances de rééducation.

— 8... 9... 10...

Ugo lâche la boule, qui roule sous la table. La monitrice la ramasse.

— Vous avez mal ?

Il reprend la boule sans répondre. Sa main tremble.

— Encore deux fois, dit la monitrice.

« C'est le dernier exercice », pense Noële. Elle est contente d'avoir accepté la proposition du chirurgien. Ugo ne pourra pas continuer longtemps avec cette monitrice. Efficace, précise, patiente, c'est vrai, et faisant parfaitement son métier. Mais Ugo ne la supporte pas. Il n'en supportera aucune autre.

— Votre mari n'a aucune patience. Il voudrait

que sa main soit déjà guérie. Je lui ai dit qu'il fallait plusieurs semaines de rééducation. Plusieurs mois, peut-être. C'est trop long pour lui. Dans huit jours, il cessera de venir. Et ce sera très grave. Il faut donc que vous preniez en charge ce travail de rééducation.

— Moi ?

— Vous êtes la seule à pouvoir obliger votre mari à le faire.

— C'est une trop grande responsabilité, docteur. Vous savez comme moi...

— ... ce que cette opération représente pour M. Luckas, oui madame. C'est en cela justement que votre intervention est nécessaire. Les exercices de rééducation n'auront leur pleine efficacité que s'il accepte de les croire nécessaires. A travers vous, il y croira.

— 11... 12...

Ugo repose la boule.

— Voilà, monsieur Luckas. Terminé pour aujourd'hui.

La monitrice se tourne vers Noële.

— Avez-vous des questions à me poser, madame ?

— Je crois que j'ai bien compris cet exercice. Merci.

La monitrice se lève.

— A demain.

Elle sort de la pièce. Ugo regarde sa main blessée.

— Sens-tu un progrès ? demande Noële doucement.

Il secoue la tête.

— Depuis que j'ai cinq ans, dit-il, je vis pour mes mains, par mes mains, avec mes mains. Je les connais bien. Je les fais travailler. Je leur donne des ordres. J'écoute ce qu'elles me répondent. Je les connais mieux que personne. Mieux que cette monitrice. Mieux que le chirurgien.

Il parle avec une violence sourde.

— Je sais exactement ce qu'il faut leur demander, et comment il faut le leur demander. Ces boules...

Elles sont encore sur la table, dans une petite boîte où la monitrice les a rangées.

— Douze fois, quinze fois, vingt fois. Et après ? Ce qu'il leur faut, à mes mains, c'est un piano.

Il sort rapidement. Noële le suit. Il monte en voiture, prend le volant.

— Tu ne veux pas que je conduise ?

Il serre ses deux mains sur le volant.

— Maintenant, je peux.

Il conduit vite. Noële le regarde. D'un jour à l'autre il devient méconnaissable. A Paris, sur la terrasse de M. Forestier, il avait dit : « Tout est pareil. » Qui est celui qui a repris conscience quelques jours plus tôt, dans la chambre de la clinique ? Parfois, la nuit, Noële s'éveille en sursaut. C'est un étranger qui dort à côté d'elle. Son sommeil lui-même est différent. Elle découvre un homme qu'elle n'a jamais vu, les lèvres serrées, respirant à peine. Un homme âgé. Oui ! Qui avoue sa fatigue et l'envie soudaine de ne pas se réveiller.

Elle se souvient des trois jours passés sur le bateau, au retour de Hongrie. En regardant Ugo, en l'écoutant parler, elle découvrait que ces longs mois de solitude l'avaient marqué. Plus rien ne restait en lui de l'adolescent qu'elle avait connu. Il s'était réconcilié avec son pays, avec sa famille, avec lui-même. Mais c'était le même Ugo. Celui des rochers de Lefkas et celui de Capetown, celui du bateau dans la tempête, celui du premier concert à Athènes. Le même, ayant enfin trouvé son visage d'homme. Aujourd'hui...

— Il faut que je rejoue, dit Ugo.

Il conduit plus doucement, comme si la brusque décision qu'il vient de prendre l'avait apaisé.

— Il faut que je découvre une nouvelle technique de jeu. Une nouvelle façon d'attaquer les notes. Mon index ne sera plus jamais droit, je le sais. Le chirurgien le sait comme moi. Il n'ose pas me le dire. Il a peur que je l'accuse d'avoir raté l'opération. Mais c'est une épreuve nouvelle. Je n'accuse personne. J'accepte l'épreuve. C'est tout.

Aussi loin qu'elle cherche dans sa mémoire, elle n'a jamais entendu cette voix.

— Je ne retournerai pas à l'hôpital. Je perds mon temps avec ces boules. Je vais m'asseoir devant mon piano, et tout recommencer, depuis la première gamme. Et le signor Peretti organisera un concert le plus vite possible, pour que j'aie une date, que je sois obligé d'être prêt.

La voiture franchit la grille, monte à travers les jardins, s'arrête devant le perron.

— Tu dois penser que je suis difficile à vivre. Et c'est vrai. Mais... comment te dire ?... je suis un peu à côté de moi-même. Je vais commencer à travailler tout de suite.

Il monte le perron en courant. Noële le regarde. Un homme âgé. La même impression que dans son sommeil. Une façon de courber les épaules, comme si la fatigue l'empêchait de se tenir droit. Elle descend de voiture à son tour. Elle ira voir le chirurgien. Elle lui expliquera que Ugo renonce aux exercices de rééducation, et qu'elle ne se sent pas la force d'agir sur sa décision. Ce qu'il a dit est vrai : il connaît ses mains mieux que personne.

Elle monte les marches, entre dans la maison. Sur la petite table où l'on dépose le courrier, elle aperçoit une lettre. Elle s'approche, reconnaît l'écriture. C'est Denis.

« *Noële. Je pars dans un quart d'heure. Il fait encore nuit. Pour t'écrire, je me suis installé dans la salle de classe. Ne crois pas que ce soit par romantisme. C'est simplement parce que Chataigneau, mon remplaçant, dort encore, et je ne veux pas le réveiller. Je ne suis plus chez moi dans cette école. Tout, désormais, lui appartient. Ce soir, je serai à Marseille. Après... Je n'en sais rien encore. Je sais seulement que je m'embarquerai vers l'Afrique. C'est la dernière fois que je t'écris. Je ne fais pas un voyage. Je m'en vais. Ne t'étonne pas de mon silence. Accepte-le comme la seule marque de respect que je puisse te donner. De respect pour ce que nous avons été dans notre enfance, et que rien ne doit détruire. Ce n'est pas Chataigneau qui veillera sur ces images d'autrefois. Au contraire. Je lui ai demandé de tout remettre à neuf. C'est toi, et c'est moi, chacun dans notre silence. J'écris très vite. L'autocar va passer pour me conduire en ville. Au revoir, Noële. Je reviendrai. C'est certain. Mais quand ?... Je regarde mes bagages, posés à côté de moi, contre le pupitre où j'écris. Ils sont bien légers. Ne crois pas que je n'emporte rien. Mais le plus lourd de ce que j'emporte est en moi. Denis.* »

Elle a lu la lettre debout dans le hall d'entrée, près

d'une fenêtre. Elle la replie, la remet dans l'enveloppe. Elle pense très vite à la mer, à un navire. Trois jours. Denis doit être déjà loin. Pendant quelques secondes, elle a le sentiment d'être tout à fait seule, et froide, comme si plus rien ne vivait en elle. Elle regarde les murs, les fenêtres, les jardins derrière les vitres. Elle ne sait pas où elle est. Sa forêt, les arbres de sa forêt, les voix des bûcherons, la porte de la vieille maison... Elle secoue la tête. Très vite, elle recommence à respirer. Elle écoute. Le piano ! Elle écoute mieux. Deux mains. Deux mains ensemble. Elle s'approche. Ugo a commencé à travailler. La première gamme.

Elle ouvre la porte sans bruit. Il est penché vers le clavier. Elle ne voit pas son visage. Mais elle l'entend respirer avec peine, parce que l'effort est grand. Pour lui aussi c'est un voyage. Et lui aussi ne peut le faire que seul.

— En fait, il ne dit ni oui ni non.

— Il m'écrit qu'il arrive. C'est déjà une réponse. Comment veux-tu qu'il accepte, sans même savoir de quoi il s'agit ?

La lettre de François Gallart est entre les Vaindrier, sur la table de la salle à manger.

— Il arrive même très vite. Puisqu'il prend l'avion samedi.

Nicole ne cache pas qu'elle est déçue. Elle pensait sincèrement que François Gallart répondrait : « J'accepte, quoi qu'il arrive. Nous trouverons toujours une solution. Mais je ne peux pas refuser de travailler avec vous. » C'était un peu naïf, sans doute. C'est pour Gilles qu'elle est impatiente. L'épisode Grindot a déjà provoqué du retard. Il a fallu écrire en Espagne, attendre une réponse. Et cette réponse oblige à attendre encore.

— On voit au ton de sa lettre qu'il a envie d'accepter. Mais j'imagine qu'il doit avoir quelques problèmes à résoudre. Aussi bien professionnels que personnels.

Nicole s'étonne :

— Par rapport à sa femme et à son fils ?

— Certainement.

Gilles Vaindrier se lève de table, gratte le fourneau de sa pipe avec une allumette.

— L'important, c'est qu'il n'ait pas dit non.

Nicole se lève à son tour. A quoi bon s'impatienter ? Les jours ne passent pas plus vite. Ils se retrouvent dans le salon. Le café est servi.

— Et pour les Saulieu, tu as décidé quelque chose ?

Au même courrier est arrivée une lettre de Stockholm. Jean-François est malade. Gravement. Une pleurésie. Impossible de le mettre dans un avion et de le ramener en France. Il est à l'hôpital. Pour plusieurs semaines. Marie-Hélène ne se plaint pas. Elle écrit seulement qu'elle est un peu isolée dans ce pays dont elle ne comprend pas la langue. Heureusement, l'ingénieur qu'ils sont venus voir est extrêmement dévoué. Elle demande à son oncle et à sa tante d'aller chez les Saulieu qui doivent être inquiets. Elle pense qu'il est préférable de ne pas dire toute la vérité à Mme Saulieu. Par contre, il faut que M. Saulieu reprenne sa place à l'usine, à côté de Burion, en attendant le retour de Jean-François.

— Tu veux que je t'accompagne ?

— Ce n'est pas la peine. Pour parler à Mme Saulieu, il vaut mieux que je sois seule. Mais demain ou après-demain, si tu vas voir M. Saulieu, ça lui fera sûrement plaisir.

Gilles Vaindrier boit son café lentement. Il n'aime pas savoir Marie-Hélène si loin. Il se sent curieusement responsable d'elle. Il a envie de prendre un avion, d'aller jusqu'en Suède, de s'assurer que Marie-Hélène leur a écrit toute la vérité. Il regarde Nicole. Peut-être pense-t-elle la même chose que lui.

— Une pleurésie, c'est grave, dit-elle, mais ça se soigne très bien. Ce n'est pas comme...

Elle s'interrompt. Il ne faut pas comparer. Les opérations à la main ne sont pas des maladies. Penser à Ugo, ce n'est pas penser à quelqu'un qui se débat contre la fièvre, mais à quelqu'un qui est seul et qui se bat contre lui-même.

Nicole trouve M. Saulieu dans le bureau de Jean-François, penché sur des dossiers.

— Madame Vaindrier !

Il s'incline, en se soulevant légèrement.

— Vous connaissez la mauvaise nouvelle ?

— C'est pour cela que je viens vous voir. Marie-Hélène nous a écrit, en même temps qu'à vous. Une lettre très courageuse, mais qui laisse entendre un certain désarroi.

— Oui, oui...

— Je me suis dit que Mme Saulieu devait être bien inquiète.

— C'est elle que vous êtes venue voir, n'est-ce pas ? Vous connaissez l'appartement. Pardonnez-moi de ne pas vous accompagner. Mais...

Il y a comme un sourire sur son visage.

— Incroyable, madame Vaindrier ! Je savais que Jean-François avait réussi. Mais à ce point ! De vous à moi, je comprends qu'il soit tombé malade. Il a fourni un effort considérable. Des mois et des mois sans aucun repos, sinon quelques jours en avril dernier, au moment de son mariage. C'est trop ! Voyez-vous, chère madame, je ne devrais peut-être pas le dire...

Il sourit franchement :

— ... cette maladie va lui faire beaucoup de bien. Un repos forcé. Des médecins qui le soignent. Il nous reviendra en meilleure forme qu'avant.

Elle quitte le bureau sans répondre, monte l'escalier qui conduit à l'appartement.

— Qui est là ?

— Nicole Vaindrier.

Elle pousse la porte à demi ouverte, entre dans le salon. Mme Saulieu est assise devant ses fenêtres, regardant la Loire.

— Je pensais à vous, justement.

— A moi ?

— Je sais que vous aimez beaucoup Marie-Hélène. Je me disais que vous deviez être aussi triste que moi.

Elle a des cheveux bien coiffés, une robe neuve. Nicole ne veut pas se souvenir de l'étrange malade qui refusait de parler, vivait devant ses fenêtres ouvertes, et prenait, par dérision, une voix de petite fille.

— Je vous reçois mal. J'aurais dû aller au-devant de vous. Mais je n'ai pas encore retrouvé toutes mes forces.

Elle désigne un fauteuil, tout près.

— Que vous écrit Marie-Hélène ?

— La même chose qu'à vous, sûrement. Que

Jean-François est à l'hôpital, que les médecins ne veulent pas qu'il rentre avant d'être guéri.

— Vous dit-elle ce qu'il a ?

— Il a attrapé froid. L'hiver est très dur en Suède. Jean-François n'a pas dû se méfier. Il était assez fatigué au moment de son départ, et...

— Vous êtes comme mon mari. Vous ne voulez pas me dire la vérité. Je vous comprends. L'an dernier, lorsque je jouais les malades, vous m'avez interrogée plusieurs fois. Moi non plus je n'ai pas voulu vous dire la vérité.

Elles se regardent.

— Vous l'avouez ? dit Nicole, à mi-voix.

— Jean-François n'en pouvait plus de chagrin, de fatigue, de solitude. Il fallait que je le pousse hors d'ici, que je l'oblige à s'en aller. Sinon, il serait devenu fou. J'ignorais comment faire. Jean-François ne m'aime pas...

Elle fait un geste vers Nicole.

— Vous le savez comme moi. Je n'ai jamais su lui parler. Je l'ai élevé en lui donnant des ordres, en le forçant à obéir. Je n'avais pas d'autre moyen que le mensonge pour obtenir ce que je voulais. Alors, j'ai joué les malades. Jusqu'à ce qu'il découvre Marie-Hélène.

Elle se penche, pose sa main sur celle de Nicole Vaindrier.

— Je suis contente que cette explication ait eu lieu. Dites-moi la vérité, maintenant. C'est une pleurésie, n'est-ce pas ?

— Oui, répond Nicole.

— Ah !

Mme Saulieu ferme les yeux un instant. D'instinct

elle retrouve les prières qu'elle disait autrefois, lorsque son petit garçon était malade.

— Promettez-moi de tout me dire. Marie-Hélène veut me ménager. Mais à vous, elle ne sait pas mentir. Elle vous donnera les vraies nouvelles.

— Je vous le promets.

Nicole Vaindrier se lève. Elle n'a pas envie de s'en aller. Pour la première fois, cet appartement ne lui semble pas hostile. Elle n'avait jamais remarqué les rideaux à grandes fleurs vives. Ni les meubles. Très simples et très beaux. Les mêmes, pourtant, que dans l'appartement de Roanne. Mais ils étaient perdus dans la pénombre des pièces mal éclairées. Ici, avec ces larges fenêtres donnant sur le fleuve, ils prennent toute leur importance.

— Vous ne m'avez pas parlé de ces fêtes de fin d'année, à Athènes.

— C'était le bonheur !

— Et votre petit-fils ?

— Ce n'est pas mon petit-fils.

— Il vous appartient beaucoup plus que si vous étiez sa vraie grand-mère. Quel âge a-t-il ?

— Bientôt sept mois.

— Déjà un homme !

— Il se tient assis, très droit. Il regarde tout. Il connaît ses mains. Il écoute.

Nicole Vaindrier s'interrompt, un peu confuse. Elle pourrait parler de Yan pendant des heures. Mme Saulieu la regarde longuement.

— Si vous saviez..., dit-elle à mi-voix.

Elle a un geste de la main vers les murs, les portes, les autres pièces de l'appartement.

— Si vous saviez comme cet appartement était vide le jour de Noël.

— Le voilà.

— Gallart ?

Une petite voiture tourne dans l'allée des tilleuls.

— Pourvu qu'il ne vienne pas avec Grindot...

— Tu vois bien qu'il est seul, réplique Nicole.

Elle a tout de suite reconnu ce visage derrière le pare-brise. La voiture s'arrête dans la cour. François Gallart descend. Le même. Très grand. Très large d'épaules. Avec une canadienne. Comme s'il revenait des sports d'hiver. Gilles Vaindrier est allé au-devant de lui. Ils se serrent la main. L'Espagne... Nicole s'étonne. Il vient pourtant d'y vivre plusieurs mois. Rien ne le prouve. Le teint, peut-être, plus hâlé. Mais sur les chantiers en plein air...

— Bonjour, madame Vaindrier.

— Bonjour, monsieur Gallart.

Ils se sourient.

— M. Gallart ne reste pas, annonce Gilles Vaindrier. Il est juste venu chercher mes plans, nous serrer la main, et s'assurer que les Quatre Vents sont toujours à la même place. Il repart tout de suite.

— Pour l'Espagne ?

— Non, madame Vaindrier. Je suis obligé de redescendre à Roanne très vite. Mais je serai encore là demain. J'aurai étudié les plans de votre mari, nous irons voir le terrain ensemble, et je lui dirai ce que j'en pense.

— Les plans sont dans ma chambre, déclare Gilles. Je vais les chercher.

Il sort rapidement.

— Voilà, prononce François Gallart.

Comme à la Maison des Jeunes, le dernier jour. Le même mot.

— Oui, acquiesce Nicole.

Il avait quitté Roanne brusquement, sans prévenir personne. Elle l'avait appris par hasard. Elle n'en avait pas été triste. Elle s'était dit que c'était mieux ainsi. Elle gardait le souvenir d'un travail difficile, d'un printemps où elle avait eu peur de se perdre. Le souvenir aussi d'une amitié un peu secrète, qui n'avait pas eu le temps de s'affirmer. Et *voilà*...

— L'Espagne ? demande-t-elle.

— Sans intérêt.

— Vous avez du travail ?

— Oui.

Il regarde le jardin, les haies, la rangée d'arbres à l'horizon. Il se souvient. Il se souvient d'une lumière sur la Loire, d'un chantier en hiver, d'une voiture qui dansait sur le verglas.

— Des immeubles bon marché, pour touristes. Des sortes de casernes d'été. C'est une grande société qui les construit. Elle emploie plusieurs architectes. Comme je suis Français, et que la clientèle se recrute beaucoup parmi les Français, on m'a demandé d'entrer dans la société.

Nicole évoque leur rencontre dans un chantier, près de Montagny. Un entrepôt frigorifique, avec de la pierre, du verre et de l'ardoise. Un bâtiment révolutionnaire, qu'il avait inventé, d'un coup, comme on rêve, parce qu'il regardait l'avenir et qu'il avait envie de le modeler à son ambition. C'était l'an dernier. Il faisait aussi froid. Dans le coffre de la voiture, il y avait une paire de bottes.

— Vous vous souvenez ? dit-il.

— Oui.

Nicole Vaindrier contemple le jardin, elle aussi. Dans un mois, le printemps s'annoncera. Ce sera le bon moment pour commencer les travaux.

— Vous allez accepter, n'est-ce pas ? demande-t-elle.

Il ne répond pas.

— Sans vous, Gilles ne pourra pas réaliser ce qu'il souhaite. Et il faut qu'il le réalise.

François Gallart hésite :

— Accepter, cela veut dire : revenir ici. Donc : quitter l'Espagne. Et quitter l'Espagne...

Il voudrait que Nicole comprenne d'elle-même.

— ... c'est quitter de nouveau votre femme et votre fils ?

— Mon fils, répète-t-il. Il a dix ans. Je crois qu'il est content de m'avoir retrouvé. Mais surtout...

Il sourit d'un coup, franchement.

— ... surtout, j'ai découvert qu'il me manquait beaucoup.

V

— Toutes ces agitations, madame, est-ce que j'ai le droit de savoir vers quoi ça nous mène ?

Comment lui expliquer ? Madame Marie sent bien que quelque chose se prépare. Ces va-et-vient, ces plans que dessine Gilles Vaindrier, la brusque arrivée de François Gallart qui semble tomber du ciel, et y retourner aussi vite, elle n'est pas assez au courant des choses pour en comprendre le sens, mais elle s'en inquiète. Le téléphone n'a jamais tant sonné et, comme par un fait exprès, ce sont toujours des hommes de banque qui appellent. Lorsque Gilles Vaindrier répond, ce n'est pas que madame Marie écoute aux portes, non, bien sûr ! elle ne se le permettrait pas, mais on ne peut pas toujours se boucher les oreilles. Elle entend sans le vouloir, le mot terrain qui revient comme un refrain, avec le mot « propriétaire », et le mot « acheteur ».

— Ne vous posez pas de questions, madame Marie. Tout ça ne concerne pas la maison.

Nicole Vaindrier préfère ne pas entrer dans les détails. Non que la situation soit compliquée. Au contraire. Elle se clarifie de jour en jour. L'achat du terrain est pratiquement réglé. Le notaire avait raison. Il suffisait de ne pas montrer trop de hâte. Le propriétaire, sentant l'affaire moins bien engagée qu'il ne le pensait, a de lui-même provoqué la relance. L'accord est virtuellement signé, à un prix qui ménage les deux contractants. Pour les plans, François Gallart les a longuement étudiés avec Gilles Vaindrier et Brémont, pendant son court séjour à Roanne, puis les a emportés pour y réfléchir encore, et proposer des aménagements. « De toute façon, a-t-il dit, même si je ne peux pas prendre la responsabilité complète des travaux, je suis prêt à faire des voyages éclairs, aussi souvent qu'il le faudra pour les superviser avec vous. » Les projets sont donc bien près d'entrer dans une phase de réalisation concrète. Mais comment l'expliquer à madame Marie ?

— Madame dit la vérité vraie ?

— Oui, madame Marie.

— Parce que je préfère le dire tout franchement à Madame, s'il s'agit de quitter les Quatre Vents, moi je refuse. Que Monsieur et Madame vendent la maison s'ils veulent, mais qu'ils me vendent avec. Pour moi, c'est une question de poumons. Ailleurs, je n'ai pas mes respirations.

— Vendre la maison ? Qu'est-ce que vous racontez là, madame Marie ?

— Quand on entend Monsieur téléphoner aux banques pour acheter un terrain, et qu'on voit les architectes qui dessinent des maisons sur des grandes feuilles, on n'a pas beaucoup de choix dans les suppositions. Et comme Monsieur et Madame ne me disent jamais rien...

— C'est la laiterie, madame Marie. Simplement la laiterie.

Nicole Vaindrier lui explique très vite ce qui se prépare. Puis, elle sort de la cuisine, met son manteau.

— Je descends en ville, madame Marie. Je serai rentrée vers cinq heures.

En sortant, elle se retourne. Vendre les Quatre Vents... Elle voudrait hausser les épaules. Mais c'est une phrase qui l'accompagne en sourdine, pendant qu'elle monte en voiture et prend la route de Roanne. Est-ce le départ de Denis ? Le souvenir de Lisette, et cette fatigue qui lui est venue brusquement, avec le désir de quitter le Brésil ? Et Marie-Hélène, perdue dans Stockholm ? Et Ugo, qui, de nouveau, va donner un concert à Venise, en avril ? Elle voudrait pouvoir lever la main, et que les voyages soient suspendus pour un temps. Tous les visages tournés vers elle. Alors, elle dirait : « Vous avez des maisons. Chacun votre maison. Même toi, Denis. Demeurez-y un temps. Fermez vos portes. Les animaux le font, en hiver. Ils se cachent et s'endorment. Nous en avons tous besoin. D'un instant de repos, de silence au fond des maisons fermées. Après, le printemps vient, les glaces fondent, les ruisseaux recommencent à courir, et vous ouvrez vos portes parce que les routes sont dégagées. Mais pour ce temps de l'hiver... »

— Voilà que je fais des discours ! se reproche Nicole à mi-voix, avec un petit sourire ironique.

Elle arrive à Roanne. Elle a quelques courses à faire. Pas grand-chose. Une liste de provisions pour madame Marie. Une montre en réparation chez le bijoutier. Peut-être une paire de chaussures à acheter. Des chaussures solides, à talons plats, pour aller sur le chantier de Gilles, lorsque les travaux commenceront. L'an dernier elle en avait usé deux paires pour la Maison des Jeunes. Elle a mis sa voiture au parking. Elle continue à se parler à elle-même en marchant, parce que les mots qui s'enchaînent l'un à l'autre sont comme les pierres d'une digue que l'on élève contre les inondations.

Ses courses faites, Nicole Vaindrier s'aperçoit qu'il est très tôt. En remontant aux Quatre Vents, elle décide d'aller voir Mme Saulieu. Tous les deux jours, Burion téléphone à Stockholm pour prendre des nouvelles de Jean-François et en donner de l'usine. Comme Marie-Hélène n'a pas beaucoup le temps d'écrire, c'est à Burion qu'il faut demander ce qui se passe.

— Ça suit son cours, dit-il.

— Il y a quand même du mieux ?

— Du nettement mieux, oui. Jean-François s'est levé aujourd'hui pour la première fois. Une petite demi-heure dans un fauteuil. A partir de demain, j'ai la permission de lui téléphoner directement à la clinique.

Lorsqu'elle arrive dans l'appartement, Nicole découvre un sourire sur le visage de Mme Saulieu.

— Il m'a écrit ! La première lettre depuis son départ. Une longue lettre, vous savez. Pas seulement trois petites lignes.

Elle glisse la main dans la poche de sa robe de chambre, y prend une enveloppe.

— Il me dit que son médecin suédois est très prudent et ne veut pas le laisser partir avant qu'il ne soit tout à fait guéri. Il me dit aussi qu'il n'a pas complètement perdu son temps, que Marie-Hélène a pu traiter les affaires à sa place. Vous pouvez être fière de votre nièce.

Elle tourne et retourne l'enveloppe.

— J'ai examiné son écriture. Elle est comme avant. Bien dessinée. Bien régulière. Je suis sûre qu'il m'écrit la vérité.

Comme si elle était seule, se parlant à elle-même.

— Vous savez ce que je lis dans cette lettre ? Il commence à se réconcilier avec moi. Je ne dis pas encore qu'il m'aime. Mais il a cessé de m'en vouloir. C'est la première fois qu'il m'écrit. Quand il était enfant, nous n'étions jamais séparés. Pendant son service militaire, il m'envoyait quelques lignes, de temps en temps, très sèches, très impersonnelles. « *Je vais bien. La cuisine n'est pas fameuse.* » Et aujourd'hui...

Elle tient la lettre dans ses mains, avec une sorte de respect.

— Pauvre Marie-Hélène, dit-elle. Elle va avoir besoin de vous.

— De moi ?

Nicole Vaindrier s'étonne. Jusqu'ici Mme Saulieu semblait ignorer sa présence. Elle a tourné la tête.

— Depuis combien de temps étiez-vous mariée, lorsque vous avez adopté votre fille ?

— Quelques mois. Pourquoi ?

Mme Saulieu ne répond pas.

— Dix mois, exactement, Gilles s'est engagé en juillet, et...

Elle revoit tout, avec une force inattendue : la gare de Grenoble, l'Italienne et ses trois enfants assis sur leurs valises, la salle d'attente transformée en cantine, avec les gamelles de l'armée où l'on faisait chauffer du bouillon.

— Lorsque votre mari est rentré du front, à sa première permission, il n'a pas trouvé sa maison vide.

Nicole Vaindrier se souvient toujours. Comme si, à travers la voix de Mme Saulieu, c'était elle-même qui s'était mise à parler. La petite fille qui criait, qui avait faim, qui n'avait pas mangé depuis deux jours. Le poêle qui chauffait si mal, parce que le charbon manquait. Lorsqu'elle l'avait déshabillée pour la changer, ses jambes étaient violettes.

— Pourquoi m'en parlez-vous ? demande-t-elle.

— Marie-Hélène va rentrer. La seule personne qui pourra la comprendre et l'aider, la seule, c'est vous.

Elle ferme les yeux, comme l'an dernier, lorsqu'elle voulait montrer qu'elle avait besoin d'être seule. Nicole quitte l'appartement. La nuit n'est pas encore venue. En voiture, elle prend la route qui longe la Loire. Devant le moulin, elle s'arrête, regarde les volets fermés. Elle croit entendre, dans le silence, la voix de Marie-Hélène. Une voix heureuse. Mme Saulieu se trompe. C'est une maison faite pour le bonheur. Un bonheur un peu secret. A l'image de Marie-Hélène et de Jean-François. Après un an — presque un an c'est vrai, puisqu'ils se sont mariés le 31 mars — leur entente s'est affirmée. Ils ont découvert patiemment un chemin où l'affection et la tendresse les conduisent, peu à peu, vers l'amour. Ils l'ont avoué, l'un et l'autre à Noële, quelques mois plus tôt. Cette entente ne peut qu'avoir grandi. Nicole se le répète : Mme Saulieu se trompe. Elle remet sa voiture en marche, rejoint la route des Quatre Vents.

La maison est vide. Pas de lampe allumée. Sauf dans la cuisine.

— Monsieur n'est pas rentré, madame Marie ?

Madame Marie est devant son fourneau, le dos voûté.

— Si, madame.

— Où est-il ?

— Madame ne s'imagine pas que Monsieur me tient au courant de tout. Je sais seulement qu'il y avait une enveloppe au courrier. Une grande enveloppe. Et Monsieur l'a ouverte. Et, depuis, je ne sais pas où il est.

— Vous l'avez vue, cette enveloppe, madame Marie ?

— Bien sûr. C'est à moi que le facteur l'a remise.

— Vous ne savez pas d'où elle venait ?

— Je ne me serais pas permis de m'aventurer dans les indiscrétions. C'est le timbre seulement. Je l'ai remarqué parce qu'il avait toutes sortes de couleurs. Un timbre espagnol.

François Gallart. Les plans de la laiterie. Gilles est allé revoir son terrain, et les déchiffrer sur place avec Brémont. Ils vont revenir puisque la nuit est tombée. Une petite flambée, en les attendant. Un fauteuil, toujours le même, devant la cheminée, des murs, des fenêtres, le ciel très noir, et les bruits lointains, comme une respiration familière, d'une soirée qui ressemble aux autres soirées, qui s'achèvera comme les autres soirées. Son petit discours, dans la voiture, Nicole y repense en souriant. Vous avez des maisons. Chacun votre maison. Fermez vos portes. Les animaux...

Quelqu'un.

— C'est toi, Gilles ?

Elle ne l'a pas entendu arriver.

— Bonsoir.

Tout de suite, elle sait.

— Je suis fatigué.

Il l'embrasse, très vite, sur le front, se laisse tomber dans un fauteuil. Ses chaussures. D'habitude, le soir, lorsqu'il rentre, il les enlève. Il met son veston d'intérieur. Il allume sa pipe en attendant le dîner.

— Tu as beaucoup travaillé ?

— Beaucoup marché surtout.

Il regarde le feu. Sa bête familière. Comme s'il avait un chien. Le soir, lorsqu'il a fini de travailler, il joue avec son feu.

— Gallart m'a écrit, dit-il brusquement.

Il se lève, va chercher sa pipe.

— Il me renvoie les plans. Corrigés, modifiés, en détail. Il a fait un travail étonnant. Tu n'imagines pas le temps qu'il a dû y passer.

Il allume sa pipe, reste debout, près du petit bureau.

— Avec les plans, il m'envoie tout un rapport très long. J'ai été un peu étonné, je l'avoue. Je l'ai lu et relu. Et puis, j'ai eu besoin de marcher pour y réfléchir, pour savoir ce qu'il fallait faire. Il accepte de se charger des travaux. Il en a non seulement envie, mais besoin. Il en a assez de perdre son temps en Espagne. Il prétend qu'en retrouvant la France, il a compris qu'il étouffait là-bas. Il va donc revenir. Mais...

Une bouffée de tabac, très brève.

— ... mais pas avant l'été. A cause de son fils. Il m'explique très bien les raisons. Depuis quelque temps, le gosse est ballotté d'une ville à l'autre. Il n'a jamais réussi à passer une année complète dans une école. Et il a dix ans. Ça commence à compter. En Espagne, pour la première fois, il travaille régulièrement. Gallart ne veut pas interrompre ses classes maintenant. Et il ne veut pas revenir en France sans lui. Tu me diras que les classes d'un gosse...

Nicole ne dit rien. Elle écoute. Ce sont des chemins un peu sinueux. Mais ils vont bientôt déboucher sur la vérité.

— En juin, donc. Pas avant. Bien entendu, il m'écrit que si je ne peux pas attendre, il le comprendra parfaitement. Mais il insiste beaucoup pour que j'attende. J'ai vraiment l'impression que cette laiterie est aussi importante pour lui que pour moi.

Le feu toujours. Gilles s'en approche, remet une bûche. Nicole le regarde.

— Tu as décidé de l'attendre ?

— Oui.

— Tu as eu besoin de réfléchir aussi longtemps, et de marcher tout seul autour de la maison, pour prendre cette décision ?

— Comment sais-tu que j'ai marché ?

— Tu me l'as dit.

— C'est vrai.

Il va vers la fenêtre. Il voudrait répéter tout haut ce qu'il s'est raconté tout bas, dans la boue et le froid, pendant que les idées tournaient autour de lui.

— J'ai beaucoup marché, c'est vrai. J'ai beaucoup réfléchi. Et je n'ai pas encore pris de décision. Il fallait que je t'en parle avant. Dans son rapport, François Gallart insiste sur un point capital. Tu vas me dire que ce point, j'en ai déjà discuté avec Brémont pendant des semaines, et que mon opinion est faite. Mais en constatant que Gallart reprenait les mêmes arguments que Brémont, ça m'a ébranlé. Je me suis dit que je faisais peut-être une erreur. En bref, il me parle du Marché commun. Il me dit qu'on n'a pas le droit de mettre sur pied un projet aussi ambitieux que le mien sans être sûr de soi, et il me conseille très fortement d'aller faire un voyage d'études dans les pays d'Europe.

Voilà. Elle savait sans savoir. Maintenant, elle sait. Elle regarde le feu fixement. Elle pense : madame Marie avait raison.

— Qu'en dis-tu ?

Elle voudrait dire très fort : « Non, Gilles. Ne pars pas. Les autres, tous les autres déjà, sur les routes. Pas toi. Si tu pars, toi aussi... » Mais elle n'a pas le droit.

Elle répond, très calmement :

— C'est peut-être un très bon conseil.

— Si je fais ce voyage, il faut que ce soit un vrai voyage d'études. Sinon, c'est inutile. Il faut que j'aille un peu partout, que j'étudie les choses en détail. Ça peut durer un bon mois, peut-être plus. Et ça représente pas mal d'argent. Est-ce un investissement utile ? Tout est là.

Sur le pas de la porte, madame Marie :

— Le dîner est prêt, madame.

Il faut qu'elle ait la force de se lever, que Gilles ne remarque rien de cette panique qui est en elle. C'est absurde, elle le sait. Mais comment lutter ?

— Il faut que je réfléchisse encore, dit-il. Pour le moment, n'en parlons plus.

Elle réussit à se lever, à se diriger vers la salle à manger. Mais elle sait. La décision est déjà prise. Il partira.

VI

— Tu n'es pas trop fatigué ?

— Pas trop.

C'est un long voyage. L'avion, de Stockholm à Paris. Le train de Paris à Roanne. Et maintenant la voiture, jusqu'au moulin.

— Pas si vite, Burion. Soyez gentil.

C'est le jeune ingénieur qui est venu le chercher. Il ralentit. Le jour est maussade. Plus d'un mois qu'ils sont partis pour la Suède. Ils avaient quitté un pays hésitant au bord de l'hiver. Ils le retrouvent détrempé par les pluies, immobile sous un ciel de nuages grisâtres.

— La neige, au moins, c'est plus franc.

La voiture tourne dans de petits chemins glissants.

— Ça n'a pas été trop dur, Burion ?

— On est arrivé à tenir le coup, je crois. Et quand je vous mettrai au courant, j'espère que vous ne serez pas trop mécontent. La production a un peu baissé, évidemment. Mais les pourcentages ne sont pas trop catastrophiques. Je dois dire que M. votre père a été parfait. Je me suis aperçu qu'on pouvait compter sur lui.

— Si je comprends bien, vous n'avez plus aucun besoin de moi ?

Jean-François voudrait plaisanter. Mais, dans sa voix, Marie-Hélène sent quelque chose qui sonne faux. Ils ne disent plus rien jusqu'au moulin.

— M. Saulieu a fait aérer votre maison depuis deux jours. Et hier, il a fait allumer le chauffage. Pour que ce soit habitable.

— J'irai le remercier tout à l'heure, dit Marie-Hélène.

Elle sort les clefs de son sac, ouvre la porte.

— Merci, Burion. Vous avez été très gentil.

La voiture s'éloigne le long de la Loire. Marie-Hélène referme la porte. Jean-François entre dans la grande pièce.

— Voilà, dit-il.

Il reste debout, les mains dans les poches de son manteau. Il regarde la Loire.

— Je porte les valises dans la chambre, déclare Marie-Hélène.

Il l'entend monter l'escalier, lève la tête. Ce pas au-dessus de lui, qui résonne. Comme elle marche bruyamment. On dirait qu'elle fait exprès de frapper le plancher. Il va lentement vers la fenêtre, l'ouvre. Le bruit de la Loire couvre le bruit des pas. Il a beaucoup plu ces derniers jours. Les eaux ont monté.

— Pourquoi ouvres-tu ? demande Marie-Hélène en redescendant.

— Il fait trop chaud. A la clinique j'avais l'air conditionné.

Depuis qu'ils ont quitté Stockholm, il est d'une humeur difficile. La fatigue, bien sûr. Le trop long voyage. Peut-être auraient-ils dû rester quelques jours de plus ? Mais Jean-François avait hâte de rentrer : « Je ne peux pas laisser mon usine plus longtemps. Ils ont besoin de moi, là-bas. »

— C'est drôle, dit-il.

Il regarde toujours la Loire.

— J'ai l'impression que quelque chose a changé.

— C'est que tu ne connais pas encore le moulin en février.

Elle ne peut se retenir de fermer la fenêtre. Les médecins ont assuré qu'il était guéri. Mais elle préfère multiplier les précautions. Il sort du salon, monte dans la chambre. Les valises sont au milieu de la pièce. C'est comme dans un hôtel, le premier soir, lorsque le bagagiste vient de s'en aller. Jean-François s'assied sur le lit.

— Elle faisait tant de bruit, la Loire ?

— En hiver, c'est normal.

Il s'allonge, brusquement. Quelqu'un frappe à la porte du moulin.

— Ton père, annonce Marie-Hélène.

— Dis-lui que je dors. Que j'irai le voir demain. Oui, j'irai à l'usine demain.

Il ferme les yeux. Il entend la porte de la chambre qui se ferme doucement. Il remonte les jambes, se roule en boule sur le lit. Comme un chien. Il dit à mi-voix : un chien, oui... Il s'endort d'un coup. Marie-Hélène revient une heure plus tard. Elle n'ose pas le réveiller. Peut-être a-t-il faim ?... Elle s'est aperçue que son réfrigérateur était vide. Ce soir, ce n'est pas grave. Il lui reste quelques biscuits dans un sac. Mais demain matin ? Il faudrait, au moins, du beurre et du café. Elle prend un papier sur le petit secrétaire, écrit rapidement : « *Je reviens* », pose le papier sur l'oreiller, quitte la chambre sans bruit, va jusqu'au garage, sort la voiture. Bien sûr, ce serait plus simple d'aller à l'usine et de demander à Mme Saulieu de lui prêter ce qui lui manque. Mais elle n'a pas envie de raconter la maladie de Jean-François. Elle préfère qu'il le fasse lui-même. Déjà, elle vient de passer un long moment avec son beau-père. Elle lui a dit tout ce qu'elle pouvait lui dire. Elle ne va pas recommencer pour sa belle-mère. Elle n'a qu'une envie : aller embrasser son oncle et sa tante aux Quatre Vents.

— Que c'est gentil ! Que ça me fait plaisir !

Elles s'embrassent de toutes leurs forces. C'est bon. C'est ce qu'elle voulait.

— Ma petite tante...

Elle le répète parce qu'elle n'a plus de raison de faire attention à ce qu'elle dit, en se demandant si on va la comprendre. Elle n'est plus étrangère. Elle est ici chez elle.

— Ma petite tante...

Elles se sont assises, l'une à côté de l'autre, devant la cheminée. Le même salon. La même cheminée.

— Je vais pouvoir séjourner aux Quatre Vents, de temps en temps, pour me reposer.

Elle se renverse dans son fauteuil, étend les jambes, s'étire.

— J'ai bien fait de venir tout de suite. En principe, je voulais te demander de me prêter un peu de beurre et du café, pour notre petit déjeuner de demain matin. En fait, j'avais besoin de toi. Et de l'oncle Gilles.

Elle se redresse brusquement.

— Où est-il ? Encore à la laiterie ?

— Oui. Mais tu as bien failli le manquer. Tu serais revenue trois jours plus tard...

— Que dis-tu ?

— Il part.

— Quand ?

— Après-demain.

— Pour longtemps ?

— Un mois. Peut-être plus. Il va faire un voyage d'études, avant de mettre définitivement au point ses projets. Ce genre de voyage, ça peut durer plus longtemps qu'on ne pense.

— Oh ! non !

Marie-Hélène cache son visage dans ses mains.

— Je rentre à peine. Je suis épuisée par ce mois à Stockholm, par cette journée de voyage, et voilà les nouvelles que tu m'apprends.

— J'aurais préféré...

Elle n'achève pas. Gilles Vaindrier vient d'entrer.

— Mon oncle !

Marie-Hélène se lève d'un bond, se jette sur lui.

— Tu ne pars pas, tu m'entends ? Tu vas me donner tes billets d'avion, je vais les déchirer, et on ne parlera plus de rien.

Il tente de se dégager.

— Comment ? Tu es là, toi ?

— Oui.

— Et c'est comme ça que tu me dis bonjour ?

Elle le dévisage. Elle est rouge, les yeux très noirs.

— Bonjour, je veux bien ! Mais au revoir, en même temps... Ce n'est pas vrai, oncle Gilles. Tu ne pars pas après-demain ?

— Mais si.

Il s'exprime doucement, avec une retenue qui ne

lui ressemble pas. Tout de suite, elle comprend. Ce départ, il ne faut pas en parler. Pour son oncle et sa tante, c'est une séparation. Et ils l'acceptent mal. Les Vaindrier, on les regarde toujours comme des parents qui n'auraient pas de vie pour eux-mêmes, disponibles pour les plus jeunes, ayant passé depuis longtemps l'âge des émotions. Mais cet homme et cette femme s'aiment. Et lorsqu'ils se séparent, quelque chose en eux se déchire, qui a la violence et la cruauté de l'amour.

— Il faut que je rentre, dit-elle. Jean-François est peut-être réveillé.

Elle discute encore quelques minutes, pour ne pas avoir l'air de fuir, accompagne Nicole dans la cuisine, où madame Marie tient absolument à lui remplir tout un panier de confitures, de pain brioché, de fruits. Marie-Hélène remercie, promet de revenir, remonte en voiture. La nuit est noire. Elle conduit lentement, parce qu'elle a l'impression qu'il y a des ombres partout. Elle retrouve Jean-François endormi, le visage tourné vers le mur, les genoux remontés, dans la position même où elle l'avait laissé.

— Je suis fatiguée, dit-elle.

Les valises. Le lit. Ce manteau qu'il faudrait lui enlever. Ses chaussures, au moins. Et pourquoi? Une gare. Un étranger qui attend un train. Elle va vers la fenêtre. C'est vrai qu'elle fait beaucoup de bruit cette Loire. Les chambres d'hôtel de Stockholm étaient insonorisées. Elle appuie son visage contre la vitre. Elle ne voit rien. Pas même cet arbre qui se penche, qui est comme un homme intrigué, cherchant à savoir ce qu'on découvre au fond du fleuve. Elle écoute les eaux furieuses, la respiration trop lourde de Jean-François.

— Il faut que je dorme...

Lorsqu'elle aura dormi, tout reprendra sa place. Oui. Il faut qu'elle dorme. Mais où ? Elle se retourne. Cet homme endormi, ce voyageur... Le secouer, l'obliger à lui faire une place ? Elle descend dans la grande pièce. Le canapé. Avec une couverture et un oreiller. Pour cette nuit. Elle garde son manteau, elle aussi, pour faire comme Jean-François. La Loire est comme le grondement d'un train. Des paysages de nuit, des villages sans lumière, des champs dans l'ombre, et des tunnels qui ouvrent en deux les montagnes. Demain... Il y a toute la nuit à traverser, dans le bruit des rails et des aiguillages. Demain, elle sera chez elle.

VII

— Mais c'est à vous de me l'expliquer, monsieur Vaindrier !

Yannis Karrassos est debout au milieu de la cour des Quatre Vents. Il vient de descendre de voiture. Il y a une grande colère dans sa voix. Cette colère, il la porte avec lui depuis le matin. Déjà, lorsque Noële, qui venait de recevoir une longue lettre de France, lui a dit : « Papa s'en va en voyage », il a été un peu étonné. Mais un voyage, M. Vaindrier avait bien le droit d'en faire un. Yannis Karrassos a simplement pensé qu'après ces fêtes de Noël et la grande amitié qui liait désormais les deux familles, c'était bien du mystère, et qu'on apprenait vraiment les choses à la dernière minute. Peut-on savoir où il va ? C'est là que la colère avait commencé. Lorsqu'il avait appris que tout était en train depuis des mois : l'achat du terrain, la laiterie, les plans, les travaux de l'architecte. Avant les fêtes de fin d'année. Lorsque Gilles Vaindrier était arrivé à Athènes, le 23 décembre, il avait déjà pris sa décision. Alors ?... Alors, cela demandait une explication. De vive voix. Sans hésiter, lorsqu'on s'appelle Yannis Karrassos, on saute dans le premier avion. On sent la colère qui monte. On ne prévient pas. On loue une voiture à l'aéroport de Lyon. On conduit à toute vitesse, on entre dans la cour des Quatre Vents, Gilles Vaindrier, stupéfait, demande : « Mais que se passe-t-il ? », on libère d'un coup sa colère.

— Comment : que se passe-t-il ? Mais c'est à vous de me l'expliquer, monsieur Vaindrier !

Deux visages derrière les fenêtres. Celui de madame Marie, et celui de Nicole Vaindrier.

— Lorsque je suis venu ici pour la première fois, il y a deux ans, j'ai été me promener, un matin, au hasard. En revenant, je vous ai parlé d'un terrain que j'avais découvert pas très loin d'ici. Je vous ai dit : « Sur ce terrain-là, vous pourriez construire une grande laiterie toute neuve. » Vous ne pouvez pas l'avoir oublié, monsieur Vaindrier. Vous avez autant de mémoire que moi. J'ai même ajouté...

Il ne crie plus. Toute sa tristesse est dans sa voix maintenant. Comme un ami trahi.

— J'ai même ajouté qu'avant de vous décider, il fallait que vous connaissiez ce que font les autres pays producteurs de lait. Je vous ai proposé d'organiser pour vous un grand voyage d'études à travers l'Europe. Ici même. Dans cette cour. L'un en face de l'autre. Comme en ce moment. Vous avez refusé. C'était votre droit. Deux ans ont passé. Et brusquement j'apprends que le terrain dont je vous ai parlé, vous êtes en train de l'acheter. Que cette laiterie moderne dont je vous ai donné l'idée, vous allez la construire. Et que ce voyage d'études que je rêvais de faire avec vous, vous le commencez demain. Alors, je saute dans un avion et je viens vous demander : pourquoi ?

Gilles Vaindrier ne sait pas encore s'il rêve, ou si ce qui se passe est vrai. Il était en train de déjeuner avec Nicole. Il entend une voiture. Il va au-devant du visiteur. Et...

— Ne restez pas dans la cour, monsieur Karrassos. Entrez.

— Pas avant de savoir si j'en ai encore le droit, si je suis pour vous un ami ou non.

— Mais...

— Non, monsieur Vaindrier.

Le visage de madame Marie a disparu. Il n'y a plus que celui de Nicole immobile, qui attend.

— Comment vous répondre ? avance Gilles avec hésitation.

— Par la vérité.

Ils se regardent. Il y a des mots, entre eux, qui tournent, et qu'ils voudraient entendre l'un et l'autre.

— Je ne me méfie pas de vous, dit enfin Gilles, d'une voix ferme. L'amitié que nous avons sentie les uns et les autres, pendant les fêtes de fin d'année, était sincère. Mais vous êtes Karrassos et je suis Vaindrier, voilà tout.

— Une seule famille, monsieur Vaindrier. Sans différence, sans frontière. C'est ce que nous avons réussi à créer.

— Une seule famille, oui. Sur le plan des sentiments, sur le plan de l'affection. Pas sur les autres plans.

Pour Yannis qui ferme les yeux, c'est une blessure. Il ne pensait pas qu'elle le ferait souffrir ainsi.

— Monsieur Vaindrier..., commence-t-il.

Il regarde la maison, la porte, les fenêtres.

— Lorsque je suis venu, il y a deux ans, vous ne

me connaissiez pas. Vous aviez toutes les raisons de vous méfier de moi. J'arrivais avec ma légende, tout ce que les journaux racontaient sur moi d'absurde et d'odieux. Avec tout mon argent. Disons-le, oui. Toute cette fortune qui est la mienne. Si vous avez dit : non, il y a deux ans, c'était à cause de cette fortune, n'est-ce pas ?

Il parle à mi-voix. Ce qu'il confie est difficile.

— Vous avez cru que je voulais vous faire la charité, que je voulais vous offrir une belle laiterie toute neuve pour vous remercier d'avoir si bien élevé ma fille pendant vingt et un ans. Et vous ne vous étiez pas trompé. Ce désir était en moi, c'est vrai. Je venais de vivre un rêve. Ma fille perdue était retrouvée. Alors je voulais que tous les rêves, de tout le monde, se réalisent. J'avais un besoin effrayant de faire plaisir. Vous voyez, je l'avoue. Mais, maintenant...

Il passe sa main sur son visage. Il est très las. Il se demande si jusqu'à la fin de sa vie, on se méfiera ainsi de lui.

— Je vais vous raconter quelque chose, monsieur Vaindrier. Le jour du baptême du petit Yan, à l'église, j'étais si bouleversé que j'ai dit à Ugo : « Tout ce qui est à moi je le lui donne. Toute ma fortune, tout mon empire. Je ferai de lui le plus grand. » Savez-vous ce que m'a répondu Ugo ? « Tu n'es pas son père, Yannis. Tu n'es que son grand-père. Le père c'est moi. » Ugo avait raison. Il m'a ouvert les yeux. C'était une poussée de fièvre. La dernière. Je suis guéri maintenant.

Brusquement, il s'aperçoit qu'une petite pluie fine tombe depuis qu'il est arrivé, que son manteau est mouillé, que Gilles Vaindrier n'a rien d'autre que sa veste d'intérieur.

— Oh ! Pardon. Je ne me rendais pas compte. Abritons-nous au moins sous le porche.

Mais c'est Gilles qui l'empêche de s'éloïgner.

— Monsieur Karrassos...

Il l'a pris par le bras.

— Je vais me sentir un peu maladroit dans ces pays d'Europe. Un peu perdu. Je n'y connais personne. Je suis un mauvais voyageur. Ce voyage d'études risque d'être moins efficace que je ne le souhaite. Si vous étiez avec moi...

Ils se regardent, un temps.

— Je n'étais pas venu dans cet espoir, s'exclame enfin Yannis Karrassos. Mais du fond du cœur, je vous dis merci !

Ils sont partis ensemble. Nicole Vaindrier les a accompagnés à la gare. Ils étaient comme deux collégiens en vacances. Première étape : Paris. Un avion pour la Hollande. Ils doivent être à Amsterdam le soir même. M. Karrassos s'amusait à parler néerlandais, pour prouver qu'il était un guide sur lequel on pouvait compter. Si différents l'un de l'autre ! Et pourtant si parfaitement accordés. Nicole riait avec eux. Elle avait redouté ce départ, mais dans cette ambiance...

Elle le raconte à Noële, un peu plus tard, au téléphone.

— Cela me fait plaisir qu'ils soient partis ensemble. Tu n'imagines pas, affirme Noële.

Pour elle, c'est ce qu'elle n'osait pas espérer.

— Et toi, mon chéri ? M. Karrassos est resté si peu de temps que nous avons à peine parlé de toi.

— C'est qu'il n'y a rien de neuf, maman. Ugo travaille. Il travaille sans arrêt, comme s'il recommençait tout. Tu n'imagines pas l'effort qu'il fournit. Moi, j'écoute, j'attends, je ne dis rien.

— Tu t'occupes quand même de ton fils ?

— Heureusement qu'il est là.

Nicole Vaindrier sent que Noële fait un effort pour sourire.

— Qu'y a-t-il, mon chéri ? Je te sens un peu inquiète.

Elles sont trop loin, et elles ne se voient pas. Sur un visage que l'on connaît, que l'on aime, on lit si facilement ce qui n'est pas exprimé.

— C'est ce concert du mois d'avril ?

— J'ai peur, oui. Mais ma peur à moi ne compte pas. Celle de Ugo est beaucoup plus grave. Il ne raconte pas grand-chose. Mais ce qui se passe en lui...

— Sa main va mieux ?

— Elle va mieux. Elle va même bien. Le signor Peretti est venu passer trois jours avec nous. Mon père ne te l'a pas dit ?

— Non.

— Pendant trois jours, il s'est enfermé avec Ugo, il l'a écouté jouer. C'est de lui que tout dépendait. Finalement, il a décidé que le concert aurait lieu. C'est un homme qui n'organise pas des concerts pour faire plaisir aux interprètes. Il y voit d'abord sa réputation. S'il a pris cette décision, c'est qu'il a confiance. La date est fixée : le mardi 2 avril. A la Fenice, à Venise. Comme l'an dernier.

Il y a un silence, la voix s'éloigne, quelque chose bourdonne sur la ligne, puis tout redevient net.

— Tu dois te sentir bien seule, mon chéri, maintenant que ton père est parti.

— J'attends Delpina. Elle doit revenir de Pisticci ces jours-ci. La maison est très grande, c'est vrai. Mais il fait beau. Et les jardins...

Elles parlent un moment encore. Du temps. Simplement du temps, des arbres, des massifs, du jardinier. Pour être encore ensemble. Mais il faut bien finir par raccrocher.

— Je t'embrasse, mon chéri. Très fort. A bientôt.

Nicole repose le combiné. Elle voulait le dire, mais elle ne l'a pas dit, et elle a eu raison. Elle voulait dire : « Puisque nous sommes seules toutes les deux, veux-tu que je vienne te rejoindre ? » Mais elle ne l'a pas dit. Parce que c'était une lâcheté. La solitude, on l'apprivoise.

— Je vais faire...

N'importe quoi. Pour s'occuper. Des rangements. Les fameux rangements de printemps. C'est encore un peu tôt. Février se traîne. Mais il suffit de ne pas regarder le calendrier. Et d'attendre, en déplaçant des cartons, des étagères, des piles de draps. Le téléphone finit par sonner.

— Allô ?... C'est moi, oui... Oh ! comme je t'entends bien.

Gilles Vaindrier téléphone d'Amsterdam. Il raconte qu'il va tous les jours dans une vaste propriété, à vingt-cinq kilomètres d'Amsterdam. C'est passionnant ! Grâce à M. Karrassos on l'a reçu comme un grand industriel français. Il a l'intention de rester là au moins quinze jours pour avoir le temps de tout étudier en détail, et déjà on lui conseille d'aller visiter d'autres usines laitières.

— En Norvège, peut-être. Et même en Suède.

Il ne dit pas qu'il va y aller. Mais il en a très envie. C'est un autre homme, avec une autre voix, une autre façon de parler.

— Et toi ?

— Moi ? J'ai beaucoup à faire. Les journées sont trop courtes. Qu'est-ce que je fais ? Mais, je ne sais pas, des quantités de choses. Je... Je range.

Gilles demande des nouvelles de Noële, de Ugo. Il en a, car M. Karrassos téléphone tous les jours à Athènes, et souvent il passe l'appareil à Gilles. Mais il aime bien que Nicole lui en donne. Pour être sûr que la famille est toujours unie.

— Et Jean-François ?

Nicole ne sait pas. Il y a longtemps que Marie-Hélène n'est pas venue. Depuis le soir de leur retour.

— Tu devrais t'en inquiéter.

Nicole va au moulin le lendemain, n'y trouve personne. Elle laisse un mot sur la porte : « Ma petite fille, tu es bien silencieuse. Je passais par hasard. Je voulais avoir des nouvelles de Jean-François. Téléphone, ou viens me voir. Je ne bouge pratiquement pas. » Elle remonte sans hâte vers les Quatre Vents. Elle n'est pas pressée de retrouver sa maison vide. Elle regarde autour d'elle. Un pays qu'elle connaît depuis toujours, et pourtant il lui arrive de s'étonner. La lumière qui bouge, un toit, au loin, qui vient d'être refait, un arbre abattu, tout change. Les visages sont ainsi. Les visages de ceux qu'on aime. Celui de Gilles, certains matins, lorsqu'il dort encore, et qu'elle se penche pour l'observer. Maintenant encore, après tant d'années de mariage, de vie commune, il lui arrive de regarder dormir son mari, et de se demander qui est cet inconnu. Simplement parce que le volet est mal joint, qu'un peu de jour passe. Et sa vie devient celle d'une autre. Une autre vie.

Elle a quarante-quatre ans. Elle est grand-mère, avec une longue partie de sa vie derrière elle, et elle prononce le nom de son mari, à mi-voix, comme une jeune mariée. Elle rentre aux Quatre Vents, trouve madame Marie assise près de son fourneau, les mains croisées.

— Oh ! madame...

Sans bouger, d'une voix un peu irritée :

— L'absence de Monsieur, on a beau se raisonner, c'est comme une pierre dans la chaussure. On boite.

VIII

— Que vas-tu faire aujourd'hui ?

— Je vais rester couché toute la journée.

Ce qui est difficile pour Marie-Hélène, c'est de trouver ça parfaitement naturel.

— Excellente idée.

Elle s'en veut d'avoir posé la question. Ce qu'il faudrait, c'est vivre ses journées comme si de rien n'était, aller et venir sans se demander pourquoi, depuis leur retour, Jean-François s'abandonne à cette étrange faiblesse. Le premier jour, il s'était levé très tôt, il s'était habillé en surveillant sa montre, pour être sûr d'arriver le premier à l'usine. Marie-Hélène l'avait regardé partir. Il marchait vite, le col de sa canadienne relevé. Une demi-heure plus tard, il revenait. Il ne savait pas expliquer pourquoi. En s'asseyant à son bureau, en consultant les dossiers que son père avait préparés, il avait eu le sentiment que ce n'était pas possible, qu'il allait perdre son temps. Il s'était recouché. Le lendemain, comme Burion avait du mal à masquer son impatience, il avait fait un effort. Il avait écouté, pendant plus d'une heure, le rapport de son ingénieur. Du moins, avait-il tenté de l'écouter. Mais c'était comme des mots à la suite, dont il ne comprenait pas le sens. Au bout d'une heure, il avait fait un geste : « Pardon, Burion... » Il s'était levé. Marie-Hélène, en le voyant revenir au moulin et s'allonger sur le lit, s'était un peu affolée.

— Les médecins suédois voulaient que tu prennes quelques jours de convalescence. C'est toi qui as insisté pour revenir. Mais tu n'as pas la force.

— Ce n'est pas une question de force.

Il se sentait très bien, l'esprit très clair, le corps dispos, mais il ne comprenait pas ce que Burion lui disait.

— Fais-moi plaisir. Laisse-moi appeler le Dr Berthelin.

— Si tu y tiens...

Berthelin était venu le soir même. Il avait confirmé que Jean-François avait été très bien soigné. Sa tension, ses réflexes, son cœur, tout était normal. Sans doute n'avait-il pas encore éliminé complètement les remèdes qu'on lui avait prescrits pour le guérir. Mais c'était sans rapport avec cette indifférence dont il s'étonnait lui-même.

— Si cela se prolonge, j'essayerai de lui donner un petit coup de fouet. Mais pour l'instant...

Trois jours, quatre jours. Marie-Hélène ne savait que faire. Burion se plaignait. Il avait eu l'usine sur les bras pendant plus d'un mois. Il commençait à trouver ça bien lourd.

— Veux-tu que je te remplace, en attendant ?

— Si tu veux.

Elle allait à l'usine. Elle essayait de se mettre au courant, d'aider son beau-père et Burion. Le soir, elle rentrait avec une liste de questions urgentes à poser à Jean-François. Il écoutait, répondait très vite, sans réfléchir. Les réponses qu'elle rapportait le lendemain ne satisfaisaient personne.

— Le contrat pour les machines neuves, vous l'avez signé, oui ou non ?

Burion ne contrôlait plus ses éclats de voix.

— Si ça continue comme ça, moi...

Il avait bien fallu en parler à Jean-François. Si Burion menaçait de s'en aller, cela devenait sérieux. Sans lui, l'usine aurait du mal à tourner.

— Qu'il vienne me voir ici. Peut-être que j'entendrai mieux ce qu'il me dit.

Il commençait à se rapprocher de la fenêtre, à interroger le fleuve.

— Alors, Burion, il paraît que vous vous impatientez ?

C'est le matin. Jean-François est encore en robe de chambre. Il s'habillera plus tard. Peut-être même ne s'habillera-t-il pas. A quoi bon ? Puisque le soir arrive toujours, et que le moment de se coucher revient.

— Vous trouvez que j'aurais dû signer le contrat ?

— J'ai dit ça parce que j'étais un peu nerveux. Mettez-vous à ma place.

— Je comprends très bien.

Ils se sont assis l'un en face de l'autre. Burion n'a apporté aucun dossier. Il vient comme un ami, comme s'il voulait seulement prendre des nouvelles. Mais il est tendu.

— Souvenez-vous qu'en faisant les prévisions pour l'année prochaine, nous avions compté sur les machines neuves. Plus elles mettent de temps à arriver, plus nous aurons de mal à tenir nos promesses.

— Nous avons trop de commandes, c'est ça ?

— Oui.

— Alors fixons-nous une limite, et dirigeons le reste des demandes vers nos concurrents.

Burion sursaute.

— Vous plaisantez ?

— Je suis très sérieux, Burion. Ce que je vous propose, c'est une mesure de sécurité. Pour vous, comme pour moi. Nous travaillons trop. Regardez-vous ! Vous n'en pouvez plus de fatigue. De mon côté, je me suis complètement ruiné la santé en deux ans. Résultat ? Le moindre refroidissement, et c'est la pleurésie. Croyez-vous vraiment que ça en vaille la peine ? L'usine tourne, elle produit un certain nombre de tonnes de papier. Cela nous permet de payer les ouvriers, et de vivre, mes parents, vous, ma femme et moi. Alors ?

Jean-François s'est levé. Il s'approche de la fenêtre.

— Pêcher à la ligne, Burion. Aller à la chasse. Refuser d'être dévorés par nos machines. Ce n'est pas mieux que tout ? Si ça continue, vous allez devenir une machine vous-même. C'est un danger. Très grave. Ça ne vous fait pas peur ?

— Non, dit Burion.

Jean-François le regarde, et cette fois, il y a une sorte de frayeur dans ses yeux.

— Moi, si, avoue-t-il à mi-voix.

Marie-Hélène n'a pas assisté à l'entretien. Elle est restée dans la chambre. Par la fenêtre, elle regarde Burion qui s'éloigne en courant. Jean-François remonte dans la chambre.

— Que vas-tu faire aujourd'hui ?

Il ne faut pas lui demander ce qui s'est passé.

— Je vais rester couché toute la journée.

— Excellente idée.

Elle fait le lit, rapidement.

— Et toi ?

— Ton père m'attend. Nous avons des factures à classer. A tout à l'heure.

Il entre dans l'appartement.

— Où êtes-vous, mère ?

Mme Saulieu s'est endormie dans son fauteuil. Il s'approche sans bruit. Elle laisse aller son visage, la bouche entrouverte, avec toute sa vie inscrite dans les petits plis autour des yeux, comme une écriture. Jean-François se met à genoux, regarde de plus près.

— Pourquoi ? demande-t-il.

Mme Saulieu s'éveille brusquement.

— C'est toi ?

Elle a un peu peur. Ce visage si près du sien...

— Il faut me dire, mère. Pourquoi êtes-vous assise devant cette fenêtre ?

— Parce que je suis bien.

— Que faites-vous ?

— Je contemple le fleuve. La petite île avec un pêcheur qui accoste de temps en temps.

— Et puis ?

— La nuit vient peu à peu. Et je ne vois plus rien.

— Et puis, mère ?

Ils se parlent à voix basse, avec une intensité qui les fait trembler l'un et l'autre, parce que jamais encore ils ne se sont regardés de si près.

— A mon âge, mère, quand vous aviez mon âge, étiez-vous ainsi ?

— Oui.

— Dans un fauteuil, devant une fenêtre, à attendre ?

Mme Saulieu serre la main de son fils.

— A attendre, oui. Mais debout, en marchant sans arrêt dans ma chambre, d'un mur à l'autre. A ton âge, j'étais enfermée. Mon père m'envoyait des jeunes gens, toutes sortes de jeunes gens, très riches, très beaux, qui frappaient à ma porte. Je disais : non. Ils voulaient m'épouser. Je disais : non. Je regardais par la fenêtre. La nuit venait. C'était un jour de moins.

— Qu'attendiez-vous ?

— Le droit d'épouser l'homme que j'aimais.

Elle est blanche, tout son sang descendu vers le cœur.

— Vingt ans ! dit-elle. En marchant. C'est pour cela que je suis sans forces, maintenant, que je reste assise. J'ai trop marché.

Elle n'a pas lâché la main de son fils.

— Mes dernières forces, c'est toi qui me les as prises. Je t'ai porté, mis au monde, élevé, à un âge où la plupart des femmes ont fini leur métier de mère.

Ils restent un long moment silencieux. Puis Jean-François se relève, va vers la fenêtre. La Loire est plus belle d'ici, plus large, avec ce mouvement de collines. Plus tard, lorsqu'il sera vieux, il viendra s'asseoir dans cette pièce.

— Lorsque vous vous êtes mariée, après vingt ans, demande-t-il à mi-voix, pensiez-vous encore avoir un enfant ?

— Je l'espérais. De toutes mes forces.

— Et si je n'étais pas venu ?

— J'aurais quand même songé à toi. Comme à un enfant qui m'aurait quittée.

Jean-François lève une main, l'appuie contre la vitre.

— Comme à un mort.

Il se retourne. Sa mère ne dit rien. Elle voit pour la première fois le visage de son fils à nu. Il quitte l'appartement sans un mot, sort de l'usine, va lentement vers ce qui était, il y a deux ans encore, le potager du père Victor. C'est là que Marie-Hélène le retrouve, un moment après.

— Il fait froid, dit-elle.

— Je suis bien couvert.

Elle n'ose pas lui prendre le bras.

— Tu ne l'as pas connu, c'était avant toi.

— Qui ?

— Le père Victor.

Il revoit tout, et d'abord la grande poche de son tablier, où les trésors s'accumulaient : les pierres, les fleurs séchées, les petites grenouilles...

— Rentrons.

Ils suivent la route qui conduit au moulin.

— Je m'inquiète, dit Jean-François. Parce que je m'attendris. Je repense à ce vieux jardinier, je recherche la trace du potager, j'examine les hangars trop neufs que j'ai fait construire à la place, et je m'attendris. Les médecins suédois ont dû me donner une sorte de drogue qui vous oblige à regarder en arrière.

Il marche lentement.

— Ecoute, dit-il. Ce n'est pas toi. Il ne faut pas que tu le croies. Non, je suis bien avec toi, rien n'a changé. Mais... comment expliquer ?

Ils sont arrivés au moulin. Le fleuve gronde avec

force. Il n'a pas le courage d'élever la voix pour dominer ce bruit. Il se couche, sans attendre. Il est incapable de rester debout.

— Pardon, dit-il le lendemain matin.

Il prend la main de Marie-Hélène et l'embrasse doucement.

— Je t'ai déclaré des choses qui t'ont fait mal.

Il a dormi longtemps, sans bouger. Il ne sait pas les rêves qu'il a faits. Il sait seulement qu'il a été heureux, en s'éveillant, d'entendre Marie-Hélène marcher dans la maison.

— Quand j'ai raconté que je regardais en arrière, ne crois pas que ce soit à cause de Noële. Ce n'est pas elle. Pas seulement elle...

Il est assis sur le bord du lit, le visage reposé. Fragile. Personne ne croirait à le voir ! C'est un homme grand et fort. Le monde est à sa dimension. Mais c'est une apparence. Marie-Hélène répète pour elle-même : fragile. Elle pense à Mme Saulieu, sur son fauteuil, immobile pendant des mois. A M. Saulieu, enfermé dans sa chambre. De leur sang, quel fragment d'humeur a glissé vers celui de leur fils ?

— Quand on reçoit un coup très violent, on commence par ne rien sentir. C'est au bout d'un moment seulement qu'on souffre. Un très long moment, parfois. Pour Noële, c'est ce qui s'est passé. J'ai reçu un coup. Je suis tombé. J'ai réussi à me relever. J'ai cru que c'était fini. J'ai commencé à travailler sans m'arrêter. C'est comme ça que je me suis défendu. En allant jusqu'au bout de mes forces. Mais, je le répète, ce n'est pas seulement Noële. C'est aussi cette usine, qui s'endormait, que j'ai voulu réveiller. C'est tout ce temps que j'ai passé à faire du neuf. Je ne me rendais pas compte que je m'enfermais. Maintenant, j'étouffe.

Il parle sans chercher ses mots comme si, dans la nuit, quelqu'un lui avait tout fait comprendre.

— Toi aussi, tu étouffes.

— Moi ?

— Tu aurais mérité que je t'offre une vie neuve, une vie que nous aurions choisie ensemble. Mais non. Je t'ai dit : il faudra habiter l'usine, il faudra m'accepter comme je suis, il faudra avoir de la patience. Je t'ai posé toutes mes conditions. Tu as répondu : oui.

Il la regarde. Au moment où elle a répondu : oui, il n'était pas question de répondre autre chose. Si elle avait répondu : non...

On frappe à la porte. C'est Burion. La poste vient d'annoncer un appel téléphonique de Suède, avec préavis d'un quart d'heure.

— Je viens, dit Marie-Hélène.

Mais Jean-François refuse.

— C'est à moi d'y aller.

Il s'habille, très vite.

— Des machines neuves. Des nouveaux locaux. Du nouveau personnel. De plus en plus de papier fabriqué et vendu, de plus en plus d'argent. Et après ? Monsieur le Directeur et Madame la Directrice, avec des voitures, des maisons, un bateau pour les croisières d'été, des voyages, des tours du monde...

Il regarde Marie-Hélène. Il n'est pas en colère.

— Est-ce vraiment ce dont tu rêvais quand tu avais vingt ans ?

Un moment, très long, à s'observer, sans répondre. Puis Jean-François détourne les yeux.

— Je vais rater la communication.

Il sort de la chambre, descend l'escalier. Marie-Hélène reste sur le palier.

— Ce dont je rêvais lorsque j'avais vingt ans, dit-elle, c'était d'une vie partagée. D'un homme qui m'accepterait comme je suis, que j'accepterais comme il est. Cet homme je l'ai rencontré. C'est toi.

Jean-François ne revient pas. Il a pris la voiture, sans qu'elle l'entende. Il est allé répondre au coup de téléphone puis il est parti. Elle a commencé à s'inquiéter. Elle est allée voir M. Saulieu. Il ne savait rien. Burion non plus. Elle a pensé à sa tante Nicole. Mais elle n'a pas voulu aller aux Quatre Vents demander du secours. Elle a préféré attendre. En s'inventant des choses à faire, qui n'avaient pas de sens, mais qui l'occupaient. Jean-François est revenu dans l'après-midi.

— Je me suis promené, dit-il. Ce pays, je croyais le connaître par cœur. Mais non.

Il a déjeuné seul, dans un petit bistrot de Saint-Haon.

— J'avais l'impression d'être en vacances.

Il ne croit pas qu'elle s'est inquiétée, qu'elle l'a attendu. Est-ce un jeu ? Marie-Hélène pense qu'il y a des limites, qu'elle n'acceptera pas tout.

— Tu as eu raison, dit-elle. Enfermé ici la journée, ce n'est pas bon pour toi. Prends l'air. Change-toi les idées. Mais préviens-moi avant !

Il en acquiert l'habitude. Chaque jour, il part ainsi pour quelques heures. L'hiver s'étire. Il y a des journées de vent. La Loire grossit toujours. A l'usine, M. Saulieu cherche à comprendre. Burion déclare ouvertement que Pâques n'est plus très loin, qu'il a l'intention d'aller à Paris, et que si il trouve une autre situation... Marie-Hélène laisse dire. Le temps fera son œuvre. C'est une phrase facile. Mais pour Jean-François, elle a peut-être un sens. Il revient de ces randonnées avec le visage de quelqu'un qui remonte vers la lumière, et se dit que les jours du calendrier vont reprendre leur ordre.

— Tu m'emmènes ? demande Marie-Hélène un matin.

— Oui.

Il a répondu sans hésiter, comme s'il attendait qu'elle le propose.

— Mais sois gentille. Ne m'oblige pas à parler. Ce que j'aime dans ces promenades, c'est le silence.

Ils montent en voiture.

— Conduis, pour une fois ! propose Jean-François. Sans demander la route qu'il faut prendre. Va où tu veux. Et lentement, surtout. Ce qui est bon dans les promenades, c'est qu'on perd son temps.

Elle suit la Loire un moment, puis s'engage dans les collines. Il y a de petits chemins très étroits. Les branches des haies griffent les portières. Bientôt elles auront des feuilles, la chaleur s'allongera sous les arbres, et tout sera neuf.

— Tu ne m'as jamais dit ce que tu pensais de Lambert, dit Jean-François.

— De Lambert ?

— Oui, Gérard Lambert. Ce garçon que nous avons rencontré à l'aéroport.

Pourquoi ce besoin de parler, alors qu'un moment plus tôt, il avait réclamé le silence ?

— Je l'ai à peine vu, dit-elle.

Jean-François allonge les jambes, laisse aller sa tête contre le dossier de son siège.

— Il a l'air heureux. Je l'ai vu tout de suite. Il gagne sûrement moins d'argent que moi. Mais il est resté fidèle à lui-même. Le matin, lorsqu'il se rase, il ne se demande pas à qui appartient ce visage dans la glace.

Marie-Hélène arrête la voiture.

— Prends le volant, dit-elle.

— Pourquoi ?

— Il fait peut-être trop froid. J'ai les mains qui tremblent.

Il lui saisit les mains.

— C'est vrai.

Il les serre dans les siennes, mais elle se dégage brusquement, ouvre la portière.

— Marie-Hélène !

Elle se met à courir, sans savoir.

— Où vas-tu ?

Jean-François est sorti de la voiture à son tour. Il la rejoint.

— C'est absurde. Pourquoi ?

C'est absurde, elle le sait. Mais par moments, quand on étouffe, on frappe la vitre, dans un geste qu'on ne comprend pas, et la vitre casse.

— Ne t'occupe pas de moi. Continue ta promenade.

Elle fait encore quelques pas. Il y a des champs tout autour, gorgés d'eau.

— Ne fais pas attention, dit Jean-François. Je dis les choses comme elles viennent. Ce qui était bon avec toi, c'est qu'on pouvait tout dire, justement, c'est que tu acceptais tout.

— Une chose, Jean-François. Une seule ! Explique-moi ce que tu as. Depuis notre retour je ne comprends rien. Tu es quelqu'un d'autre. Quelqu'un que je ne connais pas. Je n'ose plus te parler. Je n'ose plus te regarder. Pourquoi, Jean-François ?

— Calme-toi, dit-il, doucement, calme-toi...

Mais elle se révolte :

— Moi non plus, je n'en peux plus ! Quand nous nous sommes mariés, tu m'as précisé que tu ne m'aimais pas. Je le savais. Nous étions d'accord sur tout. Y a-t-il quelque chose de changé ? Peut-être n'as-tu plus la force de supporter notre vie ? Peut-être préfères-tu vivre seul ?

Elle a tout dit. Et elle attend. Il ne peut pas ne pas répondre. Seuls, l'un en face de l'autre, dans ce chemin étroit, avec les champs, la pluie qui menace, des bruits de vent.

— En ce moment...

Il la regarde. Il n'a pas peur de lui faire de la peine. Ce sont les mots qui lui manquent.

— En ce moment, je n'ai plus le goût de vivre. Si tu n'étais pas là...

Il fait un geste vers la voiture.

— Parfois, quand je conduis, j'ai envie de lâcher le volant, de...

Il la regarde toujours. Il achève :

— Mais tu es là. Je pense à toi. Je rentre.

IX

Tout le long de la route, je me répétais : pourvu qu'elle soit là, pourvu qu'elle soit là...

Marie-Hélène est repliée sur elle-même, le visage caché, comme un animal, et Nicole Vaindrier avance la main, lui caresse lentement les épaules, l'oblige peu à peu à se dénouer, à se redresser, comme une infirmière, très lentement. Comme autrefois dans les gares, lorsque les blessés arrivaient et qu'ils n'acceptaient pas qu'on pose la main sur eux, et pourtant il fallait que la blessure apparaisse pour qu'on puisse la soigner.

— Oh ! ma tante...

Marie-Hélène le répète deux fois, trois fois. C'est sa respiration, le seul mot qu'elle sache.

— Tu veux quelque chose ? Un café bien chaud ?

— Non. Rien. Seulement toi. Que tu sois là. Que tu m'écoutes.

— Je suis là, mon chéri.

Elle lui masse toujours les épaules et le dos, pour que les muscles se relâchent.

— C'est de la folie d'avoir conduit dans cet état. Tu aurais dû me téléphoner. Je serais venue te voir.

Marie-Hélène se laisse enfin aller contre le dossier du fauteuil.

— C'est ici que je suis bien. Ici, aux Quatre Vents. Je vais me ressaisir, rassure-toi. Je vais prendre sur moi. Il le faut. Pour Jean-François. Pour moi. Depuis trois jours, je n'ai plus de forces. Mais je suis venue en retrouver ici.

Elle raconte la promenade en voiture. Ce qui s'est dit. Jusqu'à la phrase sur le volant qu'on a envie de lâcher.

— Lorsque tu aimes quelqu'un de toutes tes forces, et que tu entends ces mots-là... Depuis, nous ne parlons plus. Nous ne dormons plus. Je n'ai que toi, ma tante. Mes beaux-parents, je ne peux rien leur dire. Je n'ai que toi.

Nicole Vaindrier se penche, attentive.

— Ecoute...

Elle va d'abord donner des conseils. C'est peu de chose. Mais...

— Il faut commencer par ne pas pleurer. Et puis, essayer de retrouver une vie normale. Ce silence que vous gardez depuis trois jours, c'est absurde. Fais un effort. Ce qui compte, c'est que vous ayez une vraie explication, Jean-François et toi. Mais, dans le climat de fatigue et de tension où vous êtes, cette explication serait plus dangereuse qu'autre chose. Alors, efforce-toi de rétablir un climat normal.

Elle parle de tout son cœur, parce qu'elle croit à ce qu'elle raconte. Elle voudrait faire davantage. C'est déjà un premier pas. Marie-Hélène n'a pas bougé. Il semble qu'elle n'ait pas tout dit, qu'il reste encore, au fond d'elle-même, deux ou trois mots dont elle a peur.

— Peut-être..., convient-elle à mi-voix.

Elle se décide.

— Ce Lambert. Il m'en a parlé l'autre jour. Je ne sais pas. Il pourrait peut-être...

Elle raconte leur rencontre, la promesse de téléphoner, l'insistance de Jean-François pour donner son numéro. Si Marie-Hélène savait où le joindre... Mais il n'a rien dit. Simplement son nom : Gérard Lambert. Et qu'il travaillait pour les aéro-clubs.

— Tu veux que je le retrouve, c'est ça ?

Déjà elle pense aux aéro-clubs de la région. Il suffit d'y aller, d'interroger. L'enquête est assez simple.

— Mais attention. Il y a un danger. Si Jean-François découvre brusquement qu'il est fait pour l'aviation, s'il décide de tout abandonner, tu accepteras ?

Marie-Hélène a le visage qui s'éclaire.

— Tout, dit-elle. J'accepterai tout, pourvu qu'il cesse d'être ce qu'il est devenu.

Deux jours. Il n'en a pas fallu davantage. Nicole Vaindrier a pris sa voiture un matin. Elle a été à Lyon. A l'aéro-club, on connaissait Gérard Lambert. Il avait même une sérieuse réputation de « playboy ». Qu'une femme le cherche n'étonnait personne. Nicole a obtenu un numéro de téléphone et une adresse à Paris. Rentrée aux Quatre Vents, elle a appelé le numéro. Une dame, assez agressive, a répondu que Gérard Lambert était absent. Toute voix féminine et inconnue l'exaspérait manifestement. Nicole avait réussi à lui faire promettre que Gérard Lambert la rappellerait dès que possible. Le lendemain, elle arrive au moulin triomphante :

— Je lui ai parlé.

— Tu es merveilleuse.

— Attends. Je ne t'ai pas dit le principal. Il vient à Saint-Etienne, après-demain.

— Tu lui as tout raconté ?

— Je lui ai expliqué que tu aimerais le voir. Qu'il s'agissait de Jean-François. Il a l'air très sympathique.

Saint-Etienne. Après-demain. Marie-Hélène sait déjà qu'elle va y aller, mais comment ? Il faut que Jean-François ne se doute de rien.

— On va s'y rendre toutes les deux, déclare Nicole Vaindrier. Dis à Jean-François que j'ai besoin d'acheter une pièce de rechange pour un moteur de la laiterie, ou quelque chose comme ça, que Brémont ne peut pas s'absenter, et que ça m'ennuie de faire seule la route jusqu'à Saint-Etienne. Ça te paraît plausible ?

— Tout à fait.

— Alors, après-demain, dix heures, je passe te chercher. D'accord ?

L'aéroport de Saint-Etienne est facile à trouver. Nicole arrête la voiture.

— Gérard Lambert t'attend au bar de l'escadrille. J'ai quelques courses à faire. Je te rejoins dans un moment.

Marie-Hélène se fait indiquer le bar par le gardien.

— Près du hangar, à gauche.

C'est une petite baraque en planches, avec un comptoir de cuivre, quelques tables. Au mur, une hélice, des photographies de groupe, des drapeaux, une coupe en métal argenté. Marie-Hélène s'assied près d'une fenêtre. Le barman s'approche.

— J'ai rendez-vous avec M. Lambert.

— Ah ! Vous êtes madame Saulieu ? Il m'a prévenu, en effet. Il sera là dans une minute.

Marie-Hélène retient un haussement d'épaules. Ce Lambert est un garçon à bonnes fortunes, comme on dit. Il doit jouer les don Juan. Chaque fois qu'il a rendez-vous avec une femme, l'aéroport entier est au courant, et s'amuse d'avance. Pourquoi pas, si ça lui permet d'exister ? Elle regarde le terrain. Très plat, avec des herbes brûlées, des plaques de métal rouge et blanc, marquant la limite des pistes. Le ciel est gris, très bas. Les nuages immobiles. Où est la lumière ? Plus haut, mais à peine. Il suffit de monter dans l'un de ces petits appareils pour la retrouver. Marie-Hélène voudrait ne pas se laisser aller à des comparaisons trop faciles, mais tout ce que ne dit pas Jean-François, tout ce qui est en lui, qu'elle cherche à deviner sur son visage lorsqu'il finit par s'endormir, c'est peut-être ça simplement : échapper à ces herbes brûlées, à cette vie monotone et, pour une heure ou deux, à travers les nuages, atteindre le soleil...

— Bonjour.

Gérard Lambert est devant elle.

— Je vous ai fait attendre. Pardon.

Il s'assied.

— Vous prenez quelque chose ?

Et faisant signe au barman :

— Gaston, deux grands !

Il a un long visage, avec beaucoup de cheveux, qui descendent jusqu'aux oreilles. Le barman apporte deux whiskies.

— J'ai très soif.

Il boit, en regardant Marie-Hélène. Ce rendez-vous l'amuse. La tante, au téléphone, a raconté n'importe quoi. La vérité, c'est que la femme de ce brave Saulieu avait envie de le revoir. Il a l'habitude. Il est même un peu las de cette facilité.

— Vous êtes heureux ? demande Marie-Hélène brusquement.

— Pardon ?

— Je vous pose cette question, parce que Jean-François me l'a posée, il y a quelques jours. Et je n'ai pas su lui répondre.

Elle a préféré attaquer tout de suite. Elle connaît ce genre de garçons. Il va lui parler de sa vie solitaire, des chambres d'hôtel où personne ne l'attend. Inutile de lui laisser croire ce qui n'est pas.

— Je sais que ma tante vous a mis au courant. Jean-François a été gravement malade à Stockholm. Depuis son retour, il n'a plus de goût à rien. Et il parle de vous. Je suis certaine qu'à travers vous il se pose des questions sur lui-même, sur l'aviation, sur les projets qu'il avait faits autrefois. Alors, j'ai pensé que vous pourriez peut-être l'aider. Puisque les aéro-clubs existent, il pourrait voler le samedi et le dimanche. Ça lui rendrait un certain équilibre.

Gérard Lambert n'a pas l'air de comprendre.

— Pour s'inscrire dans un aéro-club, Jean-François n'a pas besoin de moi. Avec son brevet de pilote militaire, on l'inscrira n'importe où sans difficulté.

— Je sais. Mais de lui-même, il ne le fera pas.

— Pourquoi ?

— Il aura l'impression de revenir en arrière. Il faudrait qu'une occasion lui soit offerte. Qu'il se trouve entraîné. A Paris, en vous quittant, il a insisté pour que vous lui téléphoniez. Faites-le ! Et proposez-lui de l'emmener sur un terrain.

Lambert a fini par comprendre. Il boit une gorgée de whisky, repose son verre. Quelque chose l'intéresse, manifestement. Peut-être l'image d'une complicité d'autrefois.

— J'ai une tournée à faire en Afrique du Nord. Algérie, Tunisie, Maroc. J'ai besoin d'un assistant. J'avais quelqu'un à emmener. Mais je peux très facilement proposer la place à Jean-François.

Marie-Hélène hésite à peine :

— Vous partez quand ?

— Le 26.

— Et vous restez combien de jours ?

— Quinze.

Ils se regardent.

— Je rentre à Paris demain. Je peux appeler Jean-François lundi, lui parler de cette tournée, et voir sa réaction. S'il accepte, je passerai le prendre dans la journée du 25. Nous nous envolerons de Marseille.

Marie-Hélène a un bref sourire.

— Merci, dit-elle. C'est un service d'amitié que vous me rendez.

Gérard Lambert sourit à son tour. Il l'avait mal regardée. Elle est jolie, quand le visage s'anime. Très jolie, même. Jeune encore, du genre qu'il préfère : des femmes qui ont cessé d'être naïves, de croire que la vie est en jeu pour une simple aventure, mais qui gardent encore des vivacités.

— Vous me demandiez si j'étais heureux, tout à l'heure...

Il a baissé la voix, se rapproche d'elle.

— J'aimerais vous répondre oui. Mais une vie

comme la mienne, toujours en voyage, d'un hôtel à l'autre, et personne pour vous attendre...

Marie-Hélène n'évitera pas le couplet. Elle est décidée à l'écouter jusqu'au bout. Peu lui importe, maintenant. Elle a obtenu ce qu'elle voulait. Elle guette Nicole par la fenêtre. Dès qu'elle l'aperçoit, elle se lève.

— On vient me chercher. Pardonnez-moi.

Gérard Lambert s'interrompt au milieu d'une phrase, la plus touchante, à propos d'amies qu'on croit avoir et qui vous oublient si vite.

— Une dernière chose, dit Marie-Hélène en lui tendant la main. Que Jean-François ne sache pas que je suis venue vous voir. Je le lui dirai moi-même plus tard.

X

De Grèce, Noële vient de téléphoner aux Quatre Vents. Nicole Vaindrier transmet les nouvelles.

— Le petit Yan est malade ?

— Oui, madame Marie. Mais ce n'est pas grave. Pas grave du tout. Ce qu'on appelle une otite dentaire. Aucune raison de s'inquiéter. En quelques jours, tout doit être terminé. Mais Noële ne veut pas quitter son fils tant qu'il n'est pas guéri. Elle n'assistera donc pas au concert de Ugo.

— Alors, je ne joue pas.

C'est la première réaction de Ugo. Pendant quelques heures, il pense très sérieusement à annuler le concert. Le signor Peretti, maître Forestier réussissent à le convaincre que c'est impossible.

— Alors, on change la date.

Egalement impossible. Après Pâques, le théâtre de la Fenice n'a plus une soirée libre. Et comment faire admettre aux organisateurs que tout était remis en question ? Ugo Luckas n'a pas joué depuis près d'un an. Son dernier concert, à Londres, remontait au mois de mai. En revoyant son nom sur une affiche, les passionnés de musique ont eu comme un coup de fièvre. De partout, ils ont loué leurs places. Même d'Amérique.

— On ne peut pas, Ugo. On ne peut pas reculer.

Alors, il a fallu modifier les projets. C'est Delpina qui accompagnera Ugo à Venise. Et, pour que Noële ne reste pas seule à Athènes, Yannis Karrassos, laissant Gilles Vaindrier continuer seul son voyage d'études, a décidé de rejoindre sa fille.

— Monsieur ne revient pas ?

— Non, madame Marie.

Nicole Vaindrier l'espérait un peu, sans le dire. Gilles est absent depuis un mois. Il a eu le temps d'en apprendre beaucoup sur les laiteries modèles. Pas assez sans doute, puisqu'il continue. Les industriels danois qu'il a connus grâce à Yannis Karrassos lui conseillent d'aller en Suède.

— Qu'est-ce qu'il a de plus que le nôtre, le lait de ces pays-là ? Ce n'est pas les vaches qui le font ?

— Si, madame Marie.

— Alors ? Les vaches de Suède, je ne vois pas pourquoi Monsieur passe tellement de temps à leur tourner autour. Elles doivent bien être faites comme ici.

Par moments, Nicole serait tentée de lui donner raison. Mais elle a confiance en Gilles. Il sait ce qu'il fait, et pourquoi il le fait. Depuis son départ, les journées sont un peu plus lentes, les nuits plus fragiles. Elle l'accepte. Ce qui est en jeu a trop d'importance. Un avenir qui est comme une vie nouvelle, ça mérite bien quelques solitudes.

« Toutes les trois ensemble... », pense-t-elle. Toutes les trois solitaires : Noële, Marie-Hélène, et elle-même. Qui, des trois, le supportera le mieux ?

Jean-François est parti le 25. La petite voiture noire de Gérard Lambert s'est arrêtée devant le moulin, vers onze heures.

— Vous avez le temps de déjeuner ?

— Merci, non. Il faut qu'on soit à Marseille avant la nuit.

Marie-Hélène préfère. Elle n'a pas envie de s'attarder autour de ce départ.

— Ta valise est prête, Jean-François ?

Il est encore dans la chambre. Au dernier moment, il paraît hésiter. Elle monte le rejoindre.

— Ton ami Lambert est pressé.

— Attends...

Il est assis sur le lit.

— Tu es triste ? demande-t-il.

— Si tu es heureux, tout est bien.

Il tend la main, mais elle a déjà pris la valise.

— J'espère que cela se passera au mieux à l'usine, pendant mon absence.

— Ne pense plus à l'usine. Pendant ce voyage, oublie tout. Vis sur une autre planète. C'est la seule façon de te reposer.

— Comment veux-tu ?...

— Tu dis ça parce que tu es encore ici. Mais dès que tu auras pris la route, dès que tu auras aperçu les ailes d'un avion, tu verras comme ce sera facile.

Il y a un coup de Klaxon sur la route.

— J'arrive..., crie Jean-François.

Il prend Marie-Hélène par les épaules.

— Au revoir, dit-il.

— Au revoir.

Ils s'embrassent. Comme si, depuis des mois, ils étaient séparés. Comme s'ils retrouvaient soudain leur tendresse.

Marie-Hélène s'écarte.

— Pars, dit-elle à voix basse.

Elle lui tend sa valise.

— Vite.

Il saisit la valise, descend l'escalier en courant. Marie-Hélène entend le coffre de la voiture qui se referme, le moteur qui tourne. Elle ne bouge pas. La voiture prend la route, s'éloigne. Très vite, c'est le silence.

— Voilà, murmure Marie-Hélène.

Elle croit entendre la voiture qui revient. Peut-être a-t-il oublié quelque chose ? Mais non. C'est une autre voiture, plus loin, sur une autre route. Jean-François est bien parti.

Ugo part le 28. Le petit Yan n'a plus de fièvre. Avec les antibiotiques, ces maladies s'en vont comme elles étaient venues.

— Tu pourrais venir avec moi, puisqu'il est guéri.

— Il ne sera vraiment guéri que dans quelques jours. Et tu sais bien que je ne peux pas le laisser seul ici.

— Je sais bien.

Ils sont dans la chambre de l'enfant, qui dort, les traits tirés.

— Je pars seul, dit Ugo. Toujours seul. Les longs voyages que j'ai à faire, tu ne les fais jamais avec moi.

A voix basse, avec une sorte de lassitude et d'étonnement, comme si les choses étaient injustes.

— Ne crois pas que le courage me manque, continue-t-il, ce qui me manque, c'est toi. A Venise, je vais retrouver le signor Peretti, et maître Forestier. Ils me soutiendront. Ils seront comme deux pères, pour moi. Mais ils ne savent pas vraiment ce que représente ce concert. Toi, tu sais. Si je suis rejeté, si la musique ne veut plus de moi...

Noële se sent prise entre ses deux enfants. Tirée de l'un à l'autre. Ce soir, brusquement, Ugo est un enfant. Il se plaint, comme se plaignait le petit Yan, en se battant contre la fièvre.

— Si je suis rejeté, tu ne m'aimeras plus, prononce-t-il si bas qu'elle l'entend à peine.

Mais, soudain, il a honte.

— Oublie ce que j'ai dit. Il ne faut pas que tu t'inquiètes. Il faut que tu penses à moi doucement, calmement.

— Doucement, calmement, répète-t-elle. Je te le promets.

Il y a des images, en elle, la place Saint-Marc, les pigeons, les géants de bronze sur une horloge, la chambre du palazzo Peretti et, verte et grise, avec ses boiseries, la Fenice.

Ugo l'embrasse.

— Je t'aime.

Un coup léger contre la porte. La voix de Delpina.

— C'est l'heure de l'avion, Ugo.

— Je ne t'accompagne pas à l'aéroport, déclare Noële. Je préfère te dire au revoir ici. Comme si tu partais simplement pour une promenade.

Ugo l'embrasse encore, effleure le front, les yeux, les tempes. Puis il sort de la chambre. Delpina l'attend dans le couloir. Ils descendent ensemble. Sous les fenêtres, une voiture commence à rouler vers la grille. Noële n'écoute pas, ne veut pas écouter. Elle n'écoute que la respiration de l'enfant.

— Tu es là, soupire-t-elle à mi-voix.

Mais elle sait qu'elle est seule.

XI

On ne voit pas la ville. Elle est dans le brouillard. Tout est gris, effrangé. Le vent s'est endormi, au loin. La mer se souvient d'avoir été la mer. Dans le mouvement de ces vagues, l'impatience apparaît de ces maisons qu'il lui faut supporter. Elle se soulève, donne de l'épaule contre les marches des palais. Les Vénitiens sont des marins. Dans le brouillard ils s'en souviennent. A San Giorgio Maggiore, une corne de brume répond par intervalles. Delpina ne connaît pas Venise. Elle marche. Elle se perd dans les ruelles. Lorsque la fatigue est trop forte, elle s'assied au bord d'un quai, pour écouter la mer. Elle a refusé d'assister aux répétitions. Si Noële était là, elle y assisterait. C'est sa place. Mais Delpina n'est pas venue pour remplacer Noële. Elle est venue pour que Ugo ne soit pas seul.

Le soir du concert, elle sera dans la salle. Elle écoutera avec les autres. D'ici là, elle découvre Venise. Dans les Giardini, au-delà de l'Arsenal, les enfants jouent, mais leurs voix sont étouffées. Il y a comme un temps suspendu. Il faudrait que le vent se lève, que les brouillards se dissipent, et toutes les maisons ouvriraient leur porte.

Ugo répète depuis deux jours. Sans savoir ce qu'il fait. Le premier jour, il n'a pas pu aller au-delà de la vingtième mesure. Il a fallu interrompre la répétition. Maître Forestier est venu s'asseoir à côté de lui, sans un mot. Il a ouvert la partition. Il a commencé à jouer la ligne mélodique. Ugo regardait sa main blessée. Maître Forestier a été jusqu'au bout du premier thème.

— A vous, Ugo, a-t-il dit.

Ugo regardait toujours sa main.

— Elle ne m'obéit plus, maître. Elle va de son côté.

Il a posé sa main sur le clavier, mais il n'a pas pu jouer.

— Ecoutez-moi, Ugo. Ecoutez-moi bien. Je vous parle du fond du cœur. Tout est dans votre tête. Une main ce n'est rien que des muscles et des nerfs. Ils doivent obéir. S'ils n'obéissent pas, c'est que quelque chose dans votre tête accepte qu'ils n'obéissent pas. Alors, il faut penser aux notes, seulement aux notes. Pas à votre main. Votre seul ennemi, Ugo, c'est vous.

Ugo s'est levé. Où était-il ? Cet homme, près de lui, qui parlait, cette voix qu'il entendait, qui était la raison... A Budapest. Dans la maison de son vieux professeur. Oui. C'était autrefois.

— Depuis que j'ai cinq ans, maître.

Il s'est avancé jusqu'au bord de la scène. Il a parlé vers la salle, vers ce trou d'ombre où sont cachés les juges.

— Ma nourriture, ma vie, mes jours, mes nuits. Depuis que j'ai cinq ans ! Les autres enfants vivaient dans des villes, dans des maisons, dans des écoles. Ils jouaient à des jeux. Ils apprenaient à lire dans des livres. Moi, j'étais assis sur le tabouret d'un piano. On le dévissait pour qu'il soit le plus haut possible. Mes pieds ne touchaient pas les pédales. Je lisais les notes. Je jouais les notes. Ma maison, ma ville, c'était la musique. Mon frère Tomas, qui était l'aîné, venait me chercher à la fin des leçons avec sa bicyclette. Il m'asseyait sur le porte-bagages. Je posais mes mains sur son dos. Je regardais mes mains. Les gants de laine rouge que m'avait tricotés ma mère. Il y a toujours en moi cet enfant que j'étais, celui qui a pénétré un matin dans une maison de Budapest où il n'était jamais venu. Une maison qui avait une main de cuivre sur la porte. Dans cette maison vivait un homme âgé qui a conduit l'enfant dans une grande pièce très sombre, avec des rideaux devant les fenêtres. Il a assis l'enfant devant un piano. L'enfant a posé sa main sur le clavier. Il a appuyé sur une touche d'ivoire. La porte de son pays s'est ouverte.

Ce que dit Ugo, c'est comme une prière. Parce qu'il n'a pas démérité de ce pays, pourquoi l'empêcherait-on d'y revenir ?

— Aujourd'hui, maître, je suis exactement comme cet enfant.

Maître Forestier s'est levé à son tour.

— Aujourd'hui, Ugo, il y a encore un vieil homme à côté de vous. Un vieil homme qui vous aime de tout son cœur. Ce n'est pas votre professeur d'autrefois. C'est un vieil homme qui vous connaît depuis peu de temps, mais qui a le droit de vous dire : oublie tes mains, enfant, et travaille.

Pendant un instant Ugo a écouté cette voix qui lui donnait un ordre.

— Il y a quelques années, Ugo, votre mère vous a chassé de chez elle. De la maison où vous étiez né, du pays qui était le vôtre. Vous avez trouvé la force d'y retourner. C'est la même chose aujourd'hui. Cette blessure à la main vous a chassé de votre maison, de votre pays qui est la musique. Il faut trouver la force d'y retourner.

Maître Forestier est revenu s'asseoir devant le piano, il a recommencé à déchiffrer le premier thème. Ugo a écouté. Il a rejoint maître Forestier. Il s'est assis à son tour. Très doucement, comme pour lui seul, il a murmuré :

— Si je n'y parviens pas, où sera ma vie ?

D'un geste brusque, il a posé sa main sur le clavier. Il a commencé à jouer. Ils ont travaillé, jusqu'au soir, avec une sorte de fureur. Maître Forestier a repris confiance. Le lendemain, la répétition s'est mieux déroulée. Ugo a hésité, deux ou trois fois, mais il a été jusqu'au bout. A la fin, les musiciens ont applaudi, discrètement, comme pour l'encourager. Puis ils ont quitté le théâtre en silence. Ces applaudissements, tout à fait inhabituels, surtout après une répétition aussi hésitante, ont étonné Ugo. Il s'est tourné vers maître Forestier.

— Leur avez-vous parlé de ma main blessée, maître ?

— Absolument pas, Ugo. Vous m'avez prié de ne rien dire. Je vous ai obéi.

— Alors, qui ? Le signor Peretti ? Je le lui ai demandé, pourtant, à lui aussi. Vous savez qu'il voulait prévenir la presse ? Il n'a pas osé, bien sûr. Mais, faire courir l'histoire parmi les musiciens de l'orchestre, c'est une façon détournée de mettre les journalistes au courant. Il y aura toujours quelqu'un qui finira par parler.

Maître Forestier n'a pas répondu. Faut-il donc le considérer comme un ennemi ?

En fait, le signor Peretti ne dort plus. Ce concert, qu'il était si fier d'avoir organisé, lui fait peur. Il n'assiste plus aux répétitions. Il tourne en rond dans son *palazzo.*

— Signora Karrassos...

Il voit sortir Delpina, la rejoint.

— *Permesso...*

Delpina l'écoute. Elle ne semble pas comprendre. De quoi faut-il convaincre Ugo ? De prévenir les journalistes ?

— Jamais.

— *Ma, signora...*

— Ce serait une insulte.

Le signor Peretti lève les bras au ciel : les grands mots, tout de suite les grands mots !

— Ah ! si Noële était venue...

Noële aurait compris. Noële aurait dit oui. Avec Noële on pouvait avoir des conversations raisonnables. Elle ne se dressait pas comme la statue de la dignité outragée.

— *Madonna...*

Maître Forestier, peut-être ? C'est un professionnel. Il sait ce qu'est un concert, un article dans un journal, une critique. Et c'est lui qui dirige. Il a intérêt à ce que tout se passe bien.

— Je peux parler à vous un moment, maestro ?

C'est l'après-midi dans une loge de la Fenice, pendant une pause de l'orchestre. Maître Forestier est seul. Ugo est resté sur le plateau. A son tour, maître Forestier écoute.

— Il faut dire à moi la vérité, maestro.

— Quelle vérité ?

— Sur la main de Ugo.

Maître Forestier comprend l'inquiétude de cet homme, sur qui repose la responsabilité du concert. Mais il sait que Ugo a besoin d'être protégé.

— Sa main va très bien, signor Peretti. Elle obéit très bien. C'est Ugo qui a peur d'elle. Le premier jour, il y a trop pensé, et la main n'a pas obéi. Hier, il y a moins pensé, et la répétition s'est déroulée sans problème. Aujourd'hui, il n'y pense presque plus. Demain soir, pendant le concert, Ugo aura retrouvé toute sa confiance. Il jouera comme avant. Peut-être mieux qu'avant. Car il a eu le courage extraordinaire de s'inventer en deux mois une nouvelle technique.

— C'est la vérité, maestro ?

— C'est la vérité.

Un long soupir. Ce n'est pas par lâcheté. C'est à cause de New York, du concert aux Nations unies.

— Vous n'étiez pas à New York, maestro...

La salle pleine, l'homme qui a crié, Ugo qui n'a pas pu aller jusqu'au bout, qui a repris trois fois, avec les caméras de télévision branchées sur son visage, le monde entier qui regardait, et dans les coulisses, le signor Peretti qui pleurait — mais oui — parce que c'était trop d'injustice. Jamais plus... Ni pour Ugo, ni pour lui.

— Je vous répète que tout ira bien, signor Peretti.

— Venez à la répétition.

— Non, Ugo.

C'est le dernier matin. Plus que quelques heures avant le concert.

— J'ai besoin de vous.

— Non, Ugo.

Delpina met ses gants. La ville est toujours dans les brumes.

— Pourquoi non ?

— J'ai à marcher dans Venise.

— Vous n'êtes pas venue visiter Venise. Vous êtes venue parce que je donne un concert. Je n'en peux plus d'être seul.

— Il le faut pourtant, Ugo. Tu le sais.

La chambre est longue, avec des murs où le reflet des canaux ne joue plus.

— Il y a quatre ans, tu disais : « Je voudrais que Maria soit là... » Tu n'acceptais pas d'être seul. Il le fallait pourtant. Tu crois que je refuse de t'aider.

Elle est debout près de la porte. Elle va partir, elle va marcher, elle va se perdre dans la ville, elle ne reviendra qu'à la nuit pour mettre sa robe noire et se rendre à la Fenice.

— Je suis venue pour te dire non. Personne ne peut t'aider Ugo. Tu vas te battre seul.

Très vite il pense à la maison du frontalier. Il était seul de la même façon.

— C'est beau, Venise ? demande-t-il doucement.

— Très beau.

— Vous y retrouvez notre image ? Noële et moi, sur les ponts, sur les places ?

— Je ne vois que toi. Pour moi, cette ville, c'est un défi. Il n'y avait que la mer, des canaux ensablés, des bras morts. Pour qu'il y ait une ville, il a fallu se battre. Longtemps. Durement. Comme tu vas te battre ce soir. Marcher dans cette ville, Ugo, c'est ma façon de prier pour toi.

Elle s'éveille, regarde l'heure. Elle a juste le temps de s'habiller. Elle a apporté sa robe du premier soir, à Athènes, lorsqu'elle a conduit Alexandra au concert : en lourde étoffe noire, sans un pli, fermée au col et aux poignets. Pas un bijou, mais pour tenir les cheveux, une petite chaîne d'or. Lorsqu'elle est prête au moment de quitter sa chambre, il lui semble qu'elle entend bouger de l'autre côté de la cloison.

— C'est toi, Ugo ?

Elle va voir. Il est assis dans un fauteuil, près de la fenêtre.

— Tu es encore là ?

— J'attends maître Forestier.

Delpina prend sur le lit la cravate blanche.

— Finis au moins de t'habiller.

Elle l'oblige à se mettre debout, lui boutonne son col, noue rapidement la cravate.

— Le gilet, maintenant.

Elle l'aide comme un malade.

— Tu n'attends pas maître Forestier. Ce n'est pas vrai.

Elle parle durement. Il le faut. Il faut que sa voix l'atteigne, touche le cœur et que les mouvements de la vie reprennent.

— Voilà pourquoi je suis venue à Venise. Je le sais maintenant. Je suis venue pour te conduire à la Fenice.

Il tente de se défendre, d'échapper, mais elle ne se laisse pas surprendre. Il y a encore l'habit à mettre. Un bras, un autre bras...

— J'aime Noële, dit Ugo. Je n'ai qu'elle. Toute ma vie est en elle. Et je vais la perdre. En jouant, ce soir, je vais la perdre.

— Viens, Ugo.

Ils sont l'un en face de l'autre. Entre eux, c'est, pendant une seconde, tout à la fois, tout ce qui a été, tout ce qu'ils n'ont jamais regardé ensemble. Puis Ugo montre ses mains ouvertes.

— Je viens.

XII

— Yannis sera là ce soir, dit Delpina.

— Seul ?

— Oui.

Il est assis dans le fauteuil, les jambes allongées. Il n'a pas enlevé son habit. Seulement sa veste.

— Noële a essayé de vous parler ?

— Non.

Le plastron est fripé, la cravate défaite. Ils s'expriment à mi-voix, comme si quelqu'un dormait dans la chambre voisine.

— Yannis a précisé l'heure de son arrivée ?

— Non.

Par moments, il ferme les yeux. Mais tout de suite, il s'oblige à les ouvrir. Pour ne pas entendre. Quand il ferme les yeux, il entend. Les volets sont entrouverts. Le jour est venu. Sur le petit balcon, il y a un bruit d'ongle, de quelque chose qui gratte. Peut-être un pigeon.

— Et vous ?

— J'attends Yannis. Dès qu'il sera là je partirai.

— Et s'il fait nuit ?

— Je partirai quand même.

Ugo sourit sans la regarder. Un sourire qu'il ne comprend pas lui-même. Qui lui vient comme une grimace.

— Vous n'avez pas la force de rester un jour de plus ?

— On m'attend.

— A Pisticci ?

— Oui.

— Qui ?

— Mes arbres.

Elle dit : mes arbres, comme si elle parlait d'un homme qui a de l'amour pour elle, et qui la prendra dans ses bras. Elle sent l'ombre des feuilles. Petites encore. A peine déroulées, parce que le printemps est tout neuf. Mais pour faire de l'ombre sur un visage il suffit de quelques feuilles, comme une main.

— Vous allez vous asseoir dans votre jardin.

— M'asseoir, oui.

Elle est debout, contre la porte. Elle ne veut pas que Ugo puisse quitter son fauteuil. Elle a promis à Yannis de le surveiller.

— Je voudrais connaître votre maison de Pisticci. Je pense qu'elle vous ressemble. Une maison qui vous ressemble, c'est une maison avec beaucoup de volets fermés contre la chaleur. Quand on entre dans cette maison, il y a de l'ombre. On sent la fraîcheur de l'ombre, la tendresse de l'ombre, et, au milieu, la seule flamme vive, vos yeux.

Il parle toujours à mi-voix, comme si les mots étaient des petites pierres, l'une au-dessus de l'autre. S'il réussit à parler ainsi jusqu'à l'arrivée de Yannis, il aura fermé sa prison.

— Ne viens pas à Pisticci, Ugo. Plus tard, peut-être. Pour le moment, j'ai besoin d'être seule.

Elle a gardé sa robe noire. Elle a seulement détaché la petite chaîne d'or autour de ses cheveux. Ils sont retombés autour de son visage, très gris, comme cette brume qui étouffait Venise tous ces jours, et qui s'est levée avec le matin.

— Je ne pourrai pas, dit Ugo doucement.

Il replie ses jambes, comme s'il allait se lever. Mais il ne bouge pas. Quelqu'un est derrière la porte. Quelqu'un qui frappe.

— Ugo...

La voix de maître Forestier.

— Oui, dit Ugo.

Delpina ouvre. Maître Forestier est sur le seuil, en manteau de voyage.

— Je ne savais pas si j'avais le droit...

A voix basse, lui aussi.

— Vous embrasser simplement.

Ugo s'est levé.

— Pardon pour tout, maître.

— Pardon ? Mais, mon enfant...

— Je sais que vous m'aimez, maître. Je sais votre chagrin. Pardon pour ce chagrin.

— Nous nous reverrons, Ugo.

— Non, maître.

— Ce matin, vous dites non ! Dans quelques jours, vous comprendrez que vous avez tort. Vous reviendrez sur votre décision.

Ugo écoute-t-il ? Il s'est immobilisé, le visage tourné vers la fenêtre, vers ce bruit léger du pigeon qui gratte.

— Je vais vivre le moins possible, continue

maître Forestier, pour économiser le temps. Pour être là le jour où vous déciderez de rejouer.

Delpina referme la porte.

— Il a raison, dit-elle.

Ugo s'avance vers le balcon. Le pigeon s'envole, effrayé.

— La musique, c'est l'air que tu respires. Tu ne pourras pas t'en passer.

— Vous m'aviez promis qu'on n'en parlerait pas.

Il déboutonne son col. C'est au moment où le mur s'achève que, brusquement, il suffoque.

— Sortons, propose-t-il. Le temps de me changer.

Delpina quitte la chambre. Elle doit se changer, elle aussi. Elle ne peut pas marcher dans Venise avec cette robe longue. Elle regarde son lit. S'y allonger, dormir. Mais il ne faut pas. A Pisticci, seulement. D'ici là... C'est la main fermée, la patience, Ugo sans forces qu'il faut retenir. Sur la scène, pendant le concert, elle a vu la vie s'en aller de lui lentement. Dans la salle, des robes vives, des coiffures laquées et, à chaque geste de chaque main, des feux de pierreries. Pour le *Concerto pour la main gauche,* une ovation, un délire, des femmes debout, le visage tendu vers Ugo, tant le plaisir était fort. Et c'était juste. Il avait joué comme on invente, avec la lumière de l'amour en lui. A l'entracte, Delpina était allée dans sa loge. Il était tassé contre le mur, le visage fermé. Elle était repartie très vite. Déjà, elle croyait sentir, dans l'ombre des coulisses, une présence attentive. Le concert avait repris.

Tout de suite, dès l'attaque du piano, dès la première note du *Concerto en sol,* Delpina avait su que c'était perdu. Ugo n'avait plus sa main. Il avait une main, qui jouait, qui jouait très bien, avec des élans, de la force, de la tendresse, mais ce n'était plus *sa* main. Celle qui avait fait de lui l'un des quatre ou cinq plus grands pianistes du monde. Celle que les musiciens reconnaissaient entre cent autres, et qui faisait dire : « C'est Ugo Luckas. » Celui qui jouait n'était plus Ugo Luckas. C'était un pianiste anonyme. Delpina le savait. Ugo le savait. Maître Forestier le savait. Les musiciens de l'orchestre commençaient à le savoir. Et, dans la salle, le public s'étonnait sans comprendre. Il avait été jusqu'au bout du concerto. A la dernière note, il s'était levé. La salle avait applaudi sourdement. Il ne saluait pas. Il restait debout contre le piano. Une ombre. En une seconde Delpina avait déchiffré les écritures secrètes, le destin de cette famille où chacun portait en lui la mort des autres, jusqu'au dernier fils, Josef le fermier, qui, d'un coup d'éperon, avait tué son frère Ugo. La terre brûlée, la plaine hongroise, les forêts. Delpina voyait tout. Elle voyait aussi sa propre solitude. Elle s'interrogeait sur les enfants qu'elle n'avait pas eus, sur ce que font les mères lorsque leur fils vient de mourir. Elle ne savait pas. Elle regardait Ugo. Elle ne le quittait pas des yeux. S'il tenait debout, s'il respirait, c'était grâce à ce regard. Il fallait tenir, jusqu'à l'arrivée de Yannis. Après, dans le silence de ses arbres, elle pourrait fermer les yeux.

— Je suis prêt, dit Ugo.

Ils sortent du palazzo.

— Il faudra prendre de petites rues sombres. Je ne veux pas que quelqu'un, qui était hier soir à la Fenice, me reconnaisse et se retourne.

La lumière est vive. Comme un feu. Où sont les

palais, les canaux ? Ugo marche dans des prairies brûlées. L'herbe. La terre sèche. Il s'arrête sur un quai. Il y a des hors-bord amarrés, qui servent de taxis.

— Les rochers rouges, dit-il. Il y a deux ans, lorsque Noële est venue à Lefkas pour la première fois, je suis monté dans un hors-bord. Je me suis mis à tourner autour de l'île. Je me suis jeté sur les rochers rouges.

— Tu es lâche, Ugo !

Il ne bronche pas. Le sang ne court plus en lui. Il aperçoit un kiosque où l'on vend des journaux. Il achète tous ceux qu'il trouve, les tend à Delpina.

— Lisez-les pour moi.

Elle lit le premier titre : « *Malgré son infirmité, Ugo Luckas a eu la force d'aller jusqu'au bout de son concert. Le public, touché, lui a témoigné son admiration.* » Elle ouvre un second journal : « *A la Fenice, hier soir, nous avons eu le cœur serré.* » Elle en ouvre un troisième : « *Peut-être Ugo Luckas a-t-il voulu rejouer trop vite. Le chirurgien grec, qui l'a opéré, et que nous avons pu joindre cette nuit au téléphone, nous a déclaré...* »

— Je continue ? demande-t-elle.

— Oui.

Ils sont debout, sur une place. Chaque mot est une poignée de terre. Lorsque Delpina a lu tous les articles, elle replie les journaux, les rend à Ugo. Ils repartent, au hasard. Les heures passent. Lorsqu'ils reviennent au palazzo, Yannis Karrassos est là. Delpina va vers l'escalier, parvient à gagner sa chambre. La porte fermée, elle dit : « Mes arbres... » Elle est enfin rendue à sa solitude. En bas, Yannis Karrassos interroge :

— Que se passe-t-il, Ugo ? Pourquoi m'as-tu fait venir ?

— Je vais tout t'expliquer, Yannis. Mais promets-moi de ne pas m'interrompre. Ce que j'ai à dire est difficile. Ne le rends pas plus difficile encore. Tu promets ?

— Oui.

— Alors, écoute. Ugo Luckas est mort, cette nuit. Il a joué pour la dernière fois.

— Mais...

— Non, Yannis. Tu as promis ! Jusqu'à l'entracte, Ugo Luckas a cru qu'il franchirait la frontière, qu'il rentrerait dans son pays. Après l'entracte la frontière s'est refermée. Ugo Luckas est mort. Celui que tu viens chercher, pour le reconduire à Athènes, est un autre. Que tu ne connais pas. Que je ne connais pas. Si tu acceptes de regarder cet autre comme ton fils, comme le mari de ta fille, il te suivra. Si tu refuses, il comprendra. Tu rentreras seul à Athènes. Tu annonceras là-bas la mort de Ugo Luckas.

Yannis Karrassos penche la tête, lentement.

— Mais qu'est-ce que tu racontes, Ugo ? dit-il à mi-voix.

Il ne comprend pas ce qu'il vient d'entendre. Il a fait le voyage d'une traite. Il est à Venise depuis moins d'une heure, et voilà comment on l'accueille ? Il ne sait que répondre, pris entre la colère et quelque chose comme un rire.

— Qu'est-ce que tu racontes, avec cette mort ?

Il choisit la colère, brusquement.

— Tu as moins bien joué ? Et alors ? Ce n'est qu'un concert. Le prochain sera réussi. Tu travailleras, voilà tout. Il n'était pas raté, d'ailleurs. J'ai lu la presse, en t'attendant. Peretti m'a montré les journaux. Les articles sont excellents. Ta femme t'attend. Ton fils t'attend. On rentre.

— Tais-toi, Yannis !

Ugo a crié, lui aussi.

— Que tu ne comprennes rien, d'accord. Mais tais-toi !

Blanc de honte et d'humiliation, Yannis se tait aussitôt.

— Ecoute, dit Ugo, après un long silence. Ma femme m'attend. Mon fils m'attend. Tu viens de le dire. Et toi, tu es Yannis Karrassos, l'un des hommes les plus puissants du monde. Alors, écoute bien. C'est à cet homme-là que je parle. C'est à cet homme-là que je dis : « Monsieur Karrassos, j'ai une femme et un fils. J'ai besoin de travailler pour les nourrir. Pouvez-vous me trouver du travail ? »

— Du travail ?

— Oui, monsieur Karrassos.

Cette fois, Yannis se met à rire. Parce qu'il continue à ne pas comprendre.

— C'est pour me dire ça que tu m'as fait venir ?

— Ne ris pas, Yannis.

— C'est la seule chose à faire.

— Hier soir, à la Fenice, j'ai été humilié, comme peu d'hommes ont été humiliés. Ne m'humilie pas à ton tour.

— Pardonne-moi, Ugo.

Ils peuvent se parler, maintenant, s'expliquer complètement.

— J'ai vingt-quatre ans, Yannis. Je ne vais pas passer le reste de ma vie à écouter mes anciens disques, et à relire mes coupures de presse. Je t'ai dit que Ugo Luckas était mort. Mais moi, je vis. Je répète donc ma question : peux-tu me trouver du travail ? Prends ton temps. Depuis que je suis enfant, je n'ai appris que la musique. Mon frère Tomas travaillait dans une imprimerie. Mon frère Josef élève des chevaux. Moi, il faut que j'apprenne tout.

— Tu veux travailler avec moi ?

— Avec toi, si tu l'acceptes. Avec d'autres, si tu préfères.

Yannis se souvient de ce qu'il pensait, depuis des années : Ce serait si bon d'avoir un fils, de tout partager avec lui. Ce fils est venu, mais dans quel dessèchement...

— Je t'emmènerai sur mes chantiers, dit-il enfin. Tu regarderas. Tu t'informeras. Nous verrons bien, au bout d'un temps, ce qui t'attire le plus.

Ils repartent dans l'après-midi. Delpina s'est fait conduire à une voiture, qui l'emporte vers Pisticci. A l'aéroport d'Athènes, Ugo craignait que Noële ne l'attende. Il lui a fait dire de ne pas venir. Elle a obéi. Ils quittent l'aéroport. C'est un soir de printemps, très clair, avec des odeurs d'herbes. Lorsqu'ils arrivent devant la grille, Ugo aperçoit Noële sur le perron.

— Laisse-moi seul, Yannis.

Il s'avance à travers le jardin. Noële ne bouge pas. Elle sait. Son père lui a longuement parlé au téléphone. Elle est très calme. Ugo s'arrête au bas des marches. Lui aussi est très calme maintenant.

— Les autres n'ont pas voulu comprendre. Toi, il le faut. Si tu m'aimes comme je t'aime, il le faut. Je suis mort ! Si tu pouvais m'ouvrir le corps, tu verrais que tout est brûlé. Mais mon cœur est celui de Ugo. Il me l'a laissé. Dans ce cœur, j'ai trouvé son amour pour toi. Si violent, que je viens quand même. Que j'ai le courage de te demander si tu veux recevoir cet amour.

Le soir, avec ses ombres et sa fraîcheur. Noële descend les marches du perron.

— Tu es chez toi.

Troisième Partie

LES CHANTIERS KARRASSOS

I

Elle a décidé de vivre cette journée comme si c'était une journée semblable aux autres. La première journée. Ugo est parti, tôt le matin, pour les chantiers, avec Yannis Karrassos. Noële lui a dit au revoir simplement. Elle a pensé : ce sera long jusqu'à son retour. Mais elle a eu beaucoup à faire. Son fils l'a bien occupée. Maintenant elle vient d'entendre une voiture s'arrêter devant le perron. C'était déjà le soir. Elle sort de la chambre.

— C'est toi, Ugo ?

Yannis Karrassos est debout au milieu du hall.

— Il arrive, ma petite fille. Il range la voiture au garage.

— Tout s'est bien passé, père ?

— Très bien.

Ugo arrive à son tour.

— Je te dirai bonsoir tout à l'heure. Je suis sale. Le soleil, la poussière. J'ai besoin de prendre une douche.

Il a une voix sourde, enrouée, comme s'il avait crié toute la journée. Il monte l'escalier, très vite. Il est mince, nerveux. Comme à Lefkas, deux ans plus tôt, lorsqu'il sautait sur les rochers pour la rejoindre.

— Viens, dit Yannis en prenant sa fille par les épaules. J'ai besoin d'un grand whisky.

— Qu'a-t-il fait aujourd'hui ?

— Il s'est promené partout. Dans les bassins, dans les cales, dans les entrepôts. En fait, il ne connaissait pas mes arsenaux. Il n'y était venu qu'une ou deux fois, très vite, sans chercher à comprendre.

Noële lui tend un verre.

— Il avait l'air content ?

— Il le sera peut-être un jour. Aujourd'hui...

Yannis Karrassos se renverse dans son fauteuil. Ce sentiment d'impuissance qu'il a ressenti, en écoutant Ugo à Venise, et qui lui a semblé si amer à découvrir, il l'a retrouvé plus fort encore pendant cette journée. En ouvrant à Ugo la porte de ses chantiers, en les lui offrant, il avait la gorge serrée. Il se souvenait du jour de ses seize ans, lorsque son propre père lui avait dit, après l'avoir hissé en haut d'une grue : « Maintenant, cet empire est à toi autant qu'à moi. » Il se souvenait de la fierté de son père. De la lumière qu'il y avait sur son visage à cet instant. De l'impression de vie qui les avait bouleversés, en même temps. Une vie transmise, une vie comme une flamme qui ne s'éteignait pas. Avec Ugo, c'était la cendre et le silence.

— En revenant dans la voiture, que vous a-t-il dit ?

— Rien. Je regardais son visage. Je songeais que dans quelques jours il serait brûlé de soleil, et que nous ne le reconnaîtrions plus.

— Pardonnez-moi. Je vais le rejoindre.

Elle monte l'escalier. En arrivant sur le palier, elle entend un bruit d'eau. Elle entre dans la salle de bains.

— Ugo, la douche...

Elle ferme le robinet.

— Où es-tu, Ugo ?

Elle entre dans la chambre. Il est assis sur le bord du lit, les yeux fermés.

— Viens, demande-t-il à mi-voix.

Elle s'assied près de lui.

— Tu sais...

Cette voix enrouée, qu'il n'avait pas ce matin en partant.

— Je m'étais dit d'avance que ce serait difficile. Mais je ne pensais pas que ce serait à ce point-là. Et j'y suis arrivé.

Il ouvre les yeux, regarde la fenêtre. Le soir vient.

— J'ai vécu ma première journée.

— Il ne pourra pas, affirme Nicole Vaindrier à mi-voix.

Elle reste longtemps debout près du téléphone. Elle espère qu'il va sonner de nouveau, que Noële recommencera tout et que ce sera différent. Elle ne peut pas croire. Ugo sur les chantiers Karrassos !... Elle se dit : c'est un garçon très courageux, très volontaire. Elle sait qu'il renoncera. Pas tout de suite, peut-être. Il luttera jusqu'au bout. Mais un moment viendra...

— Il ne pourra pas, répète-t-elle.

La voix de Noële, c'est ce qui l'étonne le plus. Une voix détachée, indifférente, racontant ce qui s'est passé à Venise avec calme. Comme si ce concert n'avait eu aucune importance. Nicole avait répondu de la même façon. Elles étaient trop loin, pour parvenir à se rejoindre. Elles n'avaient échangé que quelques phrases. « Tu comprends, maman ? — Je comprends très bien, mon chéri. » Que dire d'autre ? Les seuls mots que Nicole avait envie de prononcer, c'était : « Veux-tu que je vienne ? » Parce qu'elle avait besoin de voir le visage de Noële, pour savoir exactement ce qui se passait. Sa voix n'était pas sa vraie voix. Elle cachait quelque chose. Mais il fallait attendre. Quand Gilles serait revenu, peut-être...

Elle voudrait ne pas penser à ce terrible concert des Etats-Unis. Si Ugo avait mal joué, ce soir-là, c'était pour d'autres raisons. Mais, sur l'écran de télévision, Nicole avait aperçu un visage. Au fond d'une loge. Un visage très blanc, les yeux agrandis de frayeur. Madame Marie s'était levée. Elle avait crié : « C'est Noële ! », en posant le doigt sur l'écran. Nicole avait refusé de la croire. Ce n'était pas sa fille. Non. Ce n'était pas le visage de sa fille. Pourquoi s'en souvient-elle aujourd'hui, avec une telle précision ? Parce qu'elle se demande — elle ne devrait pas se le demander, mais comment se défendre contre ce qui est en vous ? — si la voix qu'elle vient d'entendre au téléphone, la voix détachée, indifférente de Noële, n'est pas la voix de ce visage effrayé.

Elle prononce tout bas le mot courage. Ugo en aura. Elle en est sûre. Du courage, oui. Tout le courage nécessaire. Mais le bonheur ? Simplement le bonheur ? Un jour viendra-t-il enfin où il n'y aura plus besoin de parler de courage, mais simplement de bonheur ?

— Qui joue ?

— Toi, Ugo, répond Yannis Karrassos.

Ils reviennent des chantiers. C'est le second soir. Tout de suite, en entrant, Ugo a entendu de la musique.

— Pourquoi ? dit-il à mi-voix.

Il entre dans le salon. Noële, assise sur le tapis, écoute un disque. Ugo arrête brutalement le pick-up.

— Chaque jour, c'est ça ? Pendant que je suis sur les chantiers, tu écoutes mes disques. Et tu te dis : Voilà l'homme que j'aime. Où est l'homme que j'aime ?

— Jamais, Ugo. Jamais.

Tous les dangers, pendant qu'elle est seule, elle les prévoit. Tout ce qui peut arriver. Tout ce qu'il faut dire et ne pas dire. Mais, ce danger-là, elle ne l'avait pas prévu.

— Jamais, répète-t-elle. Je te le jure.

« C'est le second jour », se dit-elle. La poussière, le bruit, l'éclat du soleil, comme la veille. Mais, à côté de cette fatigue, une flamme noire dans le regard, qui ressemble à de la colère, qui est autre chose, que Noële ne connaît pas encore : le souvenir d'une humiliation. Il suffirait peut-être, comme à son fils lorsqu'il se plaint, de poser la main sur son visage, de l'attirer contre elle, pour qu'il s'apaise. Mais cet homme, devant elle, qui a passé sa journée sur les chantiers, qui est comme ivre d'épuisement et de bruit, ce n'est pas la tendresse, ce n'est pas la caresse d'une main qui l'apaisera. C'est... Elle ne sait pas encore. Elle cherche. C'est trop tôt. Deux jours à peine. C'est peut-être la patience.

— Je t'aime, Ugo. Je ne pense jamais à toi autrefois, en me disant : C'est l'homme que j'aimais. Je pense à toi aujourd'hui. A toi cette nuit, dormant avec moi, te réveillant demain avec moi.

Peu à peu, la flamme noire s'éteint. Il y a comme une respiration profonde, quelque chose qui se détend en lui.

— C'est encore trop tôt, dit-il. Entendre un disque de moi, je n'en ai pas la force. Pas encore. Plus tard, peut-être... Je te dirai. Pour le moment, enferme-les. Si tu m'aimes, enferme-les.

Son visage est déjà brûlé par le soleil. Depuis qu'il a cinq ans, il vit dans des salles fermées, des salles de concert, des studios d'enregistrement, des loges, des coulisses, avec, de loin en loin, quelques jours de vacances sur des plages ou sur des navires. Maintenant, sa vraie vie, c'est le plein air, le vent, le reflet de la mer sur les plaques de métal. Brûlé. Ce qu'il attend.

Il enlève le disque du plateau, le remet dans sa pochette. Sur la couverture, il y a une grande photographie de ses mains. Il la regarde un long moment, répète :

— Enferme-les.

II

Le contrat d'achat des machines neuves, négocié à Stockholm avec l'ingénieur Axel Lund, est arrivé depuis plus d'une semaine. Quatre exemplaires à signer. Ignorant combien va durer l'absence de Jean-François, Marie-Hélène finit par en parler à M. Saulieu, qui se récuse.

— Ça s'est discuté en dehors de moi, mon enfant. Vous devez comprendre que je m'abstienne.

Burion, de son côté, est franchement hostile. Il a contacté une maison concurrente, qui fait des offres plus intéressantes. Et à Stockholm, on s'impatiente. Elle a constamment Axel Lund au téléphone qui ne comprend pas ce temps perdu et finit par dire qu'il suffit de signer *Saulieu* pour que tout soit en ordre.

— Vous voulez dire que je signe à la place de mon mari ?

— Pourquoi pas ? A Stockholm, pendant qu'il était à l'hôpital, vous participiez à nos discussions. Il sera sûrement d'accord.

Pourquoi pas, en effet ? Marie-Hélène attend un jour encore, pour laisser à Jean-François une dernière chance de rentrer, puis signe les contrats *Sau-*

lieu, en renvoie deux exemplaires en Suède, emporte les deux autres à la papeterie.

— Bonsoir, père. Burion n'est pas là ?

— Si, mon enfant. Il doit être dans l'usine.

Elle ouvre la porte du bureau voisin, demande à la secrétaire de prévenir Burion. M. Saulieu a l'air surpris.

— C'est Jean-François ? Il lui est arrivé quelque chose ?

— Non, dit-elle, ce n'est pas Jean-François.

M. Saulieu garde ses lunettes à la main. Tous ces jours lui paraissent bien agités. Depuis le départ de Jean-François, c'est sans cesse qu'il faut se poser des questions, s'inquiéter, chercher à comprendre ce qui se passe.

Burion entre.

— Vous m'avez fait demander ?

— Oui, Burion.

Elle explique, en quelques mots, ce qui s'est passé, montre les contrats signés, les pose sur le bureau, devant M. Saulieu. Il y a un silence assez long. Burion dit enfin :

— Je pense qu'il n'y a pas à y revenir ?

— Ce qui est signé est signé.

— Dans ce cas...

Burion se dirige vers la porte.

— Ne réagissez pas ainsi, Burion, dit Marie-Hélène. Vous n'êtes pas content, je le sais. Vous n'aimez pas les machines fabriquées par Axel. Vous préférez celles d'un de ses concurrents. Vous avez vos raisons. Je suis sûre qu'elles sont bonnes. Mais Jean-François veut traiter avec Axel. A notre retour de Stockholm tout était décidé. J'ai signé à sa place, parce qu'il l'aurait sûrement fait s'il était là. Vous réclamez des machines neuves, Burion. Vous allez enfin les avoir.

— Non, répond Burion.

— Pourquoi non ?

— Parce que je m'en vais.

M. Saulieu a sursauté.

— Burion, c'est de l'enfantillage. Vous n'allez pas...

— Ce n'est pas de l'enfantillage.

Il regarde toujours Marie-Hélène.

— J'avais été chargé de suivre ce contrat. En le signant Mme Saulieu me fait comprendre qu'elle me désavoue. Sur un plan professionnel, ce désaveu n'est pas acceptable. La seule chose qu'il me reste à faire est de partir. J'ajoute que sur un plan personnel, j'étais heureux ici, j'avais de l'amitié pour tout le monde. Mais ces sentiments ne peuvent pas jouer dans ma décision. Vous me direz jusqu'à quand vous souhaitez que je travaille. Pour moi, plus vite je partirai, mieux ce sera.

Marie-Hélène le regarde s'éloigner. Elle est très calme, elle aussi. Elle se dit que Jean-François ne la désavouera pas. Et même s'il la désavouait ? On ne peut pas rester assise sur le bord de la route, à attendre son bon plaisir. Il faut que les décisions soient prises, que les jours aient leur compte d'heures, que la nuit vienne, et que tout garde sa place. Sinon, c'est la prison.

— Marie-Hélène !

Elle se lève d'un bond, c'est le matin très tôt. Elle regarde l'heure. Six heures vingt. Elle descend, très vite, ouvre la porte. Jean-François est là, avec un gros chandail à col roulé qu'elle ne lui connaît pas.

— Tu dormais ? dit-il.

Derrière lui, elle aperçoit la voiture, Gérard Lambert au volant.

— Nous nous sommes posés à Marseille hier soir. Trop tard pour te prévenir. Nous avons tout de suite pris la route. La voiture a besoin d'une vidange et d'un graissage. Lambert va les faire faire à Roanne, pendant que je prends une douche et que je me rase. Nous repartons pour Paris dans une heure.

Il se tourne vers la voiture.

— Tu es sûr que tu ne veux pas boire un café ?

Lambert se penche par la portière.

— J'en boirai un pendant que le garagiste travaillera. On est pressés, n'oublie pas.

Il repart en direction de Roanne.

— Tu te souviens du garage que je t'ai montré ? crie Jean-François.

Lambert agite la main et disparaît au premier tournant.

— Je ne pensais pas qu'on s'entendrait aussi bien, dit Jean-François. J'avais gardé de lui un souvenir assez vague. Il est sympathique et connaît son métier.

Il entre dans le moulin.

— Ce n'est pas vrai, Jean-François... Tu ne repars pas pour Paris tout à l'heure ?

Il va vers les fenêtres, écarte les volets. Le jour est très bleu déjà, au bord de l'horizon.

— Il y a un grand meeting d'aviation pour Pâques, en Moselle. Lambert y va. Il m'a demandé de l'accompagner. Nous formons une très bonne équipe. Ça durera deux jours. Si tout va bien, je serai revenu mardi.

— Si tout va bien ? répète Marie-Hélène.

— Oui.

— Ça veut dire ?

— Ce que ça veut dire.

Il se dirige vers l'escalier. Elle le suit.

— Tu restes absent plus de quinze jours sans donner de nouvelles. Ici, j'ai eu des problèmes à résoudre, avec les contrats suédois notamment, que j'ai fini par signer. Burion ne l'a pas accepté. Il s'en va. Tu reviens sans même dire bonjour. Tu me parles comme si j'étais une patronne d'hôtel, et...

Jean-François enlève son chandail.

— J'aurais dû te prévenir avant, pour éviter une discussion que je n'ai pas envie d'avoir. Je veux simplement savoir une chose : pourquoi m'as-tu menti ? Ce voyage à Saint-Etienne, ce petit complot avec ta tante Nicole. Pourquoi ?

Il n'est calme qu'en apparence. Ce qui est au fond de lui, c'est le sentiment d'être de nouveau trahi.

— Ne crois pas que Lambert me l'a raconté exprès. Je l'ai su, c'est tout. Pourquoi ? répète-t-il.

— Parce que je voulais que tu décides seul. Parce que si c'était moi qui t'avais dit de le faire, tu aurais répondu non, et je voulais que tu répondes oui. Je voulais que tu sois heureux. Que tu remontes dans un avion pendant quelques jours, et que tu sois heureux.

Ce qui rend tout si difficile, c'est le calme de Jean-François. S'il était en colère, ce serait plus clair. Mais ce calme c'est comme si quelque chose en lui s'était rompu.

— Ce n'est pas important, Jean-François. C'est maladroit, je sais. Mais tu dois comprendre. Tu ne peux pas ne pas comprendre !

Il est assis sur le bord du lit, aux prises avec les lacets de ses chaussures.

— Il ne fallait pas, dit-il. Toute notre entente repose sur un pacte que nous avons passé ensemble : la sincérité à tout prix. Tu t'en souviens ?

— Mais, Jean-François...

— Tu t'en souviens ?

Elle fait oui de la tête.

— J'ai cru à ce pacte. Maintenant, je n'y crois plus.

Il se relève. Il a enlevé ses chaussures. Il attend qu'elle quitte la chambre. Comme si, brusquement, il ne pouvait pas finir de se déshabiller devant elle.

— Je pars pour Paris avec Lambert. Le meeting durera jusqu'à lundi soir. Après...

— Après ? répète Marie-Hélène.

— C'est ce que je te disais tout à l'heure : si tout va bien... Si je peux m'habituer à cette idée que tu m'as menti. Si je parviens à vivre avec cette idée. Si je m'aperçois qu'elle ne me fait pas trop souffrir, alors je reviens. Sinon...

Il écarte les bras. Il regarde autour de lui, cette chambre qui n'est plus la sienne.

— Sinon, je ne sais pas.

III

Paques, à Athènes. Des voix de cloches et des œufs peints. Parce que c'est la tradition. Mais sans joie profonde. L'agneau grillé, les odeurs d'herbes. Comme dans toutes les maisons d'Athènes. Mais sans que tournent aussi les odeurs de fête. Yannis Karrassos le sent. Il se souvient du premier matin de Pâques, il y a deux ans, à Lefkas, avec les portes de la maison grandes ouvertes, le village entier regardant avec curiosité et émerveillement la petite Alexandra retrouvée. Le passé a perdu son pouvoir.

— Yannis.

C'est Ugo.

— Il faut que nous parlions, Yannis.

— De quoi, Ugo ?

— Ça fait une semaine que je travaille avec toi, que je découvre tes chantiers, que je me mets au courant de leur fonctionnement. Je crois que j'y vois clair. Il faut décider de ma situation.

— C'est jour de fête, aujourd'hui. Nous parlerons demain.

Ugo tourne le dos aux jardins. Il regarde Yannis

Karrassos, comme à Venise le lendemain du concert. Avec la même gravité.

— Il n'y a pas beaucoup de jours de fête dans une année. Profitons de celui-ci. Vivons-le comme il le mérite. Un jour de fête, on contemple le soleil, on danse lorsque les musiciens sont là, on écoute la rumeur de la ville, qui est faite de rires, de cris, de cloches lointaines.

Yannis entraîne Ugo sur la terrasse.

— On respire cette odeur d'agneau et d'herbes grillées, qui tourne autour des maisons. Un jour de fête, on remercie Dieu et on se souvient.

Il tient Ugo par les épaules. Il l'oblige à se pencher vers les jardins, déjà fleuris, avec des couleurs étagées.

— Il y a deux ans, Ugo...

Depuis qu'il est entré dans cette journée de Pâques, il porte en lui ces images, et il a besoin de s'en délivrer.

— Il y a deux ans, à Lefkas... Nous aurions dû y aller cette année. La maison était ouverte. Les gens entraient et sortaient. On venait voir la fille Karrassos. Les garçons dansaient. Il y avait un joueur de lyre. Laisse-moi m'en souvenir aujourd'hui. Ce sont les plus belles images de ma vie.

Ugo s'écarte. Ces fêtes de Lefkas, cette jeune fille retrouvée, c'était dans une autre vie, qui n'est plus la sienne. Sa vie à lui vient de commencer. Le soir du concert de Venise. Elle est trop courte encore pour s'embarrasser de souvenirs.

— Il faut que nous parlions, Yannis.

Yannis Karrassos comprend qu'il ne cédera pas.

— Alors parlons, dit-il.

Il est déjà prêt à dire : oui, parce que la seule

façon d'aimer Ugo, en ce moment, c'est de dire oui à tout.

— Il y a deux possibilités pour moi. Le chantier lui-même, ou les bureaux. Le travail ou l'administration. J'ai hésité. Je sens bien que tu me pousserais plus volontiers vers les bureaux, parce que j'y serais plus proche de toi. Je pourrais aider Messara, et peu à peu le remplacer. Mais je m'aperçois que je n'aime pas les bureaux. Je préfère les travaux. Les vrais. Ceux qu'on fait sur les chantiers.

— Tu veux être ingénieur ?

— Si j'avais seize ans, je te répondrais oui, parce que j'aurais le temps de faire des études et d'obtenir un diplôme.

— Le diplôme n'est pas nécessaire. Si tu travaillais sur un autre chantier avec un autre patron, on exigerait un diplôme avant de t'engager. Mais c'est chez moi que tu travailles. Tu me dis : je veux être ingénieur. Je t'engage comme ingénieur.

— Yannis...

Ugo ferme les yeux une seconde. Il croyait que tout était clair. Pourquoi faut-il tout recommencer ?

— Ce n'est pas la charité que je te demande. Ce n'est pas un engagement pour rire. C'est un engagement vrai, qui doit avoir un sens pour toi et pour moi, pour les ouvriers, pour les ingénieurs du chantier. Je ne veux pas qu'on me regarde comme celui à qui on a donné une place qu'il ne mérite pas, uniquement parce qu'il a épousé la fille du patron.

Il aurait voulu garder sa patience. Mais les mots l'ont entraîné.

— On ne peut plus te parler, Ugo. Chaque fois qu'on dit quelque chose, ce n'est jamais ce qu'il faut dire.

— Parce que tu crois toujours parler à Ugo Luckas. Je suis un homme qui te demande du travail, qui ne sait rien faire, et qui cherche sa voie.

Dans le lointain, derrière les jardins, des rumeurs de fête, avec des pétards qui éclatent, et des cris d'enfants. Une cloche. Quelque chose comme un piaffement de cheval. Il faudrait sortir de la maison, se mêler à la foule, rire avec elle. Cet isolement, dans un jour où la joie est à tous, a quelque chose d'inhumain.

— Que veux-tu devenir, Ugo ?

— Contremaître.

— Ça ne s'improvise pas.

— J'apprendrai.

— Il faut commencer par le début. Pendant un temps, deux mois environ, il faut que tu sois ouvrier.

— Embauche-moi comme ouvrier.

— Ce sera dur.

— Je n'ai pas peur.

Yannis Karrassos regarde autour de lui. C'est la maison de sa famille. Dans les temps d'autrefois, toutes les chambres étaient occupées. Il y avait des enfants partout. Et le jour de Pâques, c'était dans ces jardins qu'éclataient les pétards. Il se sent seul. Une impression de solitude qu'il n'a jamais ressentie avec autant de force, et qui lui serre la gorge.

— Mardi, lorsque les chantiers ouvriront, je te présenterai à ton chef d'équipe.

Il espère qu'il a bien répondu cette fois, que Ugo va enfin se sentir satisfait.

— Merci, dit Ugo doucement

La gorge serrée, lui aussi, brusquement. Parce qu'il est plus seul encore.

L'après-midi rampe le long des murs. La Loire s'endort. Il y a une petite barque amarrée au milieu du fleuve, un homme qui pêche à la ligne, immobile, avec un chapeau très large et très plat. Marie-Hélène a déjeuné chez ses beaux-parents. Sans parler ou à peine. L'absence de Jean-François était si lourde à supporter que M. Saulieu lui-même, après avoir dit tout le bien qu'il pensait de Burion et le regret qu'il avait de son départ, s'était senti maladroit, et n'avait plus osé parler. Il fait un temps doux. Marie-Hélène est revenue dans son moulin. Elle écoute. Peut-être, sur la route... Mais non. C'est ainsi depuis deux jours, même la nuit. Elle se réveille en sursaut. Elle croit entendre une voiture.

La porte-fenêtre est ouverte. Sur la terrasse, les premières jacinthes embaument. Marie-Hélène se penche vers les pots. Elle s'était dit, pendant les travaux, qu'il y aurait des fleurs à toutes les fenêtres, des plantes qui grimperaient le long des murs, que ce serait très vert, avec des glycines, ou de la vigne vierge. Elle avait planté quelques oignons de jacinthe. Ils ne l'ont pas trahie. Ils fleurissent. Pendant un moment, elle s'oblige à ne penser qu'à cette promesse. Elle se dit qu'il reste des pots, dans un vieux hangar. Elle ira les chercher. Elle plantera d'autres oignons. Elle s'achètera un sécateur pour ses rosiers, car elle aura des rosiers. Un grimpant, contre la terrasse, qui s'allongera le long du fleuve. Elle voit son rosier. Elle s'oblige à le voir. Pour que la voix s'éloigne. « Si tout va bien. » Que la voix se taise. « Si je m'habitue à l'idée que tu m'as menti. »

Elle se redresse. Tout recommence. Les mots. Les mêmes mots, qui tournent, au rythme d'une respiration de plus en plus haletante. Si je parviens à vivre avec cette idée. Elle rentre dans la grande pièce. Pâques. Elle ne sait pas ce qui se passe dans les meetings aériens. Elle n'y a jamais assisté. Elle ne sait pas ce que Jean-François y fait exactement. Elle espère qu'il est très occupé, qu'il n'a pas le temps de penser à elle, qu'il y a des cris, des foules, qu'il aura besoin de silence, qu'il reviendra. Sinon...

Il a dit sinon...

Elle sort, court jusqu'au garage, prend la route de Renaison. Elle a entendu parler d'une colonie de vacances qui s'est installée dans la région pour Pâques. Elle ne sait pas où, mais elle trouvera. Déjà, chez ses beaux-parents, pendant le déjeuner, quelque chose en elle s'éveillait, qu'elle connaît bien, qu'elle réussit à dominer le plus souvent possible, mais dont la force inattendue la surprend parfois. Maintenant, elle se laisse faire. Elle obéit. Elle conduit vite. C'est dimanche. Les petites routes sont désertes. Elle entend déjà ! Elle voit déjà des courses, des ballons, une rivière peut-être. Elle conduit si vite que, dans un tournant, la voiture dérape. Elle se retrouve contre une haie, coupe le contact. Ses mains tremblent. Ce n'est pas la peur. C'est la honte ! Honte d'avoir cédé. Elle appuie son visage contre le volant. Si quelqu'un l'avait vue... « Tiens, la jeune madame Saulieu... »

Elle se calme, remet le moteur en marche, manœuvre lentement pour se dégager, s'aperçoit qu'elle n'est pas loin des Quatre Vents, hésite quelques secondes, mais l'angoisse de se retrouver seule au moulin est trop forte.

— Comment ? Tu es seule ?

— Oui, ma tante.

— Jean-François n'est toujours pas revenu ?

— Revenu et reparti.

Ici, elle n'a pas peur de parler. Elle raconte ce qui s'est passé, le retour de Jean-François, son second départ. Elle ne dit pas la vraie raison. Elle raconte simplement que Gérard Lambert avait encore besoin de lui, et qu'il a accepté. Elle raconte aussi le départ de Burion, l'histoire du contrat signé avec Axel Lund, les inquiétudes de M. Saulieu.

Nicole Vaindrier n'aime pas beaucoup la voix de Marie-Hélène. Trop tendue. Elle n'aime pas non plus son visage. A peine coiffée, pas maquillée. Comme si elle renonçait.

— Je vais m'occuper de la papeterie. Me jeter à corps perdu dans les factures, dans les commandes, dans les problèmes de T.V.A. Ce sera très bon pour moi. J'aurai quelque chose à faire. Et ce sera peut-être une façon de rejoindre Jean-François. Dans quelques mois, lorsqu'il reprendra une vie normale, s'il trouve tout en état, il m'en sera peut-être reconnaissant.

— Sûrement, dit Nicole.

L'après-midi s'achève.

— On se fait du thé ?

— Volontiers.

Nicole Vaindrier va jusqu'à la cuisine, met de l'eau à chauffer, prépare un plateau.

— J'espérais un peu que Gilles serait là pour les fêtes de Pâques, mais il a trois réunions très importantes la semaine prochaine à Göteborg. C'était déraisonnable de revenir pour repartir. Et, puisqu'il a voulu que son voyage soit le plus efficace possible, il n'allait pas renoncer à ces trois journées, uniquement pour que je ne sois pas seule.

C'est à son tour de parler, de dire ce qui est en elle, pour que Marie-Hélène continue à se sentir en confiance.

— Tu crois qu'il vole, en ce moment ?

Marie-Hélène lève la tête, regarde le ciel.

— J'ai peur, dit-elle tout bas.

Elle se met à trembler. Nicole Vaindrier pense très vite : c'est aussi ma fille. Et cette fille-là a besoin qu'on la réchauffe. Marie-Hélène se laisse faire. Elle dit enfin la vérité. Que Jean-François est au courant du voyage de Saint-Etienne, du mensonge. Qu'il ne l'accepte pas. Elle rapporte tout ce qu'ils se sont dit, jusqu'à la dernière phrase : sinon, je ne sais pas.

— Son visage, pendant qu'il parlait... S'il lui arrive quelque chose, dans ce meeting d'aviation, ce sera la dernière image que j'aurai de lui.

Nicole Vaindrier perd patience.

— Tout est à cause de moi, dit-elle. Le coup de téléphone à Lambert, c'est moi. Le voyage à Saint-Etienne, c'est moi. Le mensonge aussi. Dès que Jean-François revient, je m'explique avec lui. Et il m'écoutera. Vous n'allez quand même pas tout mettre en jeu, pour un simple malentendu ?

C'est une colère qui monte peu à peu.

— Il ne va quand même pas nous faire vivre dans le drame, lui aussi ! Qu'est-ce qui vous prend aux uns et aux autres ? Ton oncle et moi, pendant vingt-cinq ans, est-ce que nous avons passé notre vie dans le drame ? Nous n'avons pas eu une existence bien exceptionnelle, c'est vrai. Mais au moins, si on nous demande ce qu'est le bonheur, nous savons de quoi nous parlons.

— Ne te mets pas en colère.

— Ce n'est pas contre toi que je suis en colère, ni contre Jean-François, ni contre Noële, ni contre Ugo. Et pourtant, en ce moment, eux aussi... Non. Je suis en colère contre Gilles.

Nicole écarte les bras.

— Parce que c'est trop long, trop long et trop long ! J'ai besoin de lui. Besoin qu'il soit là. J'ai fait tout ce que j'ai pu pour ne rien laisser voir. Mais c'est trop. Je ne passe pas mon temps à dire : les femmes ci... les femmes ça... Mais vraiment, en ce moment, entre Noële, toi et moi, nous avons trop de patience !

IV

— Tu vas à l'usine ?

— Oui, Jean-François.

Il est arrivé au début de l'après-midi, sans prévenir. En taxi. Il est entré dans le moulin. Marie-Hélène, debout dans la cuisine, buvait une tasse de café.

— Ton père m'attend. Nous avons beaucoup de travail. Burion est parti. Tu n'as pas eu l'air de le comprendre, l'autre jour, quand je t'en ai parlé. Mais il est parti.

— J'ai très bien compris que Burion était parti. Je n'ai pas très bien compris pourquoi, mais peu importe.

Il est revenu très las, très voûté, avec le visage de quelqu'un qui n'a pas dormi pendant plusieurs jours.

— Puisque tu t'en vas, je vais me coucher. Tu n'imagines pas le retard de sommeil que j'ai.

Il parle sans la regarder. Il ne l'a pas embrassée en arrivant. Il a posé sa valise dans l'entrée.

— Alors, je te laisse, dit Marie-Hélène. Ce soir, quand je rentrerai, tu seras un peu reposé.

— Sûrement, oui.

— Nous pourrons parler tranquillement.

— Ne compte pas trop sur moi.

— Pourquoi ?

— J'ai de moins en moins envie de parler.

Elle ouvre la porte.

— Si mon père te demande de mes nouvelles, dis-lui que je dors. Qu'il ne vienne surtout pas m'entretenir des problèmes de l'usine.

Elle sort, referme la porte, écoute un instant. Jean-François ne bouge pas. Elle se dirige vers l'usine. Elle marche vite. Elle ne sait pas ce qui est en elle. Une sorte de soulagement. De force aussi. Parce qu'il est revenu. C'est vrai. Mais surtout parce qu'elle ne le laissera pas repartir sans avoir été jusqu'au bout de la vérité.

Il se réveille en sursaut. La chambre est dans le soleil. Il reste ébloui un instant, regarde sa montre. Neuf heures vingt.

— Je n'ai quand même pas dormi tout ce temps-là ?

Il ne se souvient pas de s'être couché. Il revoit très bien le fauteuil dans la grande pièce, Marie-Hélène sur le pas de la porte. Puis un trou noir. Il sort de la chambre, descend l'escalier.

— Tu as fini par te réveiller ?

Marie-Hélène est dans la cuisine. Le café est prêt sur la table.

— Ça fait combien d'heures que je dors ?

— Une quinzaine.

Il ne peut pas s'empêcher de rire.

— C'est la première fois que ça m'arrive.

Marie-Hélène le regarde.

— Ça me fait plaisir de t'entendre rire.

Elle ne sourit pas. Mais il y a un grand calme en elle.

— Bonjour, Jean-François.

— Bonjour.

Il boit son café. Elle s'assied en face de lui, et le regarde. La veille, en rentrant de l'usine, elle l'avait trouvé endormi dans le fauteuil, dans la position même où elle l'avait laissé. Elle avait commencé à préparer le dîner, en faisant du bruit, exprès, pour qu'il se réveille. Mais il n'entendait rien. Il dormait, le visage à la renverse, immobile. Elle avait attendu encore un moment. Puis, elle s'était décidée. Elle l'avait secoué, l'avait obligé à se mettre debout, à monter dans la chambre. Il marchait en dormant, ivre de fatigue. Il était lourd. Mais elle se sentait très forte. Pour qu'il gravisse les dernières marches, elle l'avait presque porté. Arrivés près du lit, elle l'avait fait basculer sans effort. Puisqu'il était aussi englué de sommeil, elle n'avait plus de précaution à prendre pour le coucher. Elle l'avait fait, très vite, à grands gestes, en pensant à certaines femmes dont les maris boivent et qui, le soir, les mettent au lit. Peut-être avait-il bu ! Mais non. Ce sommeil, c'était comme s'il tombait d'un avion. Une chute libre dans un trou noir. Il allait se réveiller brutalement. Il comprendrait que c'était fini, qu'il avait déserté le ciel. Comment l'accepterait-il ? L'entendre rire la rassure.

— J'ai faim, dit-il.

Il avale de grandes bouchées, avec une sorte de voracité qu'elle ne lui connaissait pas. Il se verse une seconde tasse de café.

— Tu dois te faire des tas d'idées sur Lambert et sur moi, à cause de tout ce sommeil en retard. Il a une solide réputation de play-boy, dont tu as sûrement entendu parler, et tu dois t'imaginer...

— Je n'imagine rien.

C'est vrai. Elle constate ce qui est. L'important, c'est de savoir ce qu'il va faire, maintenant qu'il est là, qu'il lui a dit bonjour.

— Ces nuits blanches, c'était...

Il hésite, promène sa main sur son visage.

— J'ai besoin de me raser.

Il se lève. Ce n'est pas encore pour maintenant. Mais ils finiront par parler. La matinée passe. Marie-Hélène va à l'usine, travaille avec M. Saulieu. Elle n'est pas inquiète. Elle travaille sans penser que Jean-François est au moulin, qu'il l'attend. Ce grand calme qu'elle avait découvert en elle, la veille, en le voyant arriver, s'est élargi encore. Lorsqu'elle revient, à l'heure du déjeuner, il est en train de regarder les pots de jacinthe.

— Je ne pensais pas que ça pousserait aussi bien.

Il pose les mains sur ses épaules.

— Je ne te considère pas comme une ennemie. Mon affection pour toi...

Il cherche ses mots.

— Je n'ai jamais très bien su parler. Mon affection pour toi est entière. Peut-être plus grande encore, parce que je sais que tu es malheureuse. A cause de moi. Cette histoire avec Lambert m'a blessé. Je te l'ai dit l'autre jour. Je n'ai pas compris que tu puisses me jouer cette comédie avec la complicité de Mme Vaindrier. Je le répète aujourd'hui : il ne fallait pas de mensonge entre nous. Il fallait que tout soit toujours vrai.

Il appuie ses mains de tout son poids, comme s'il

cherchait sa force en elle, et elle accepte ce poids, sans courber les épaules.

— Ce n'est pas grave ce qui s'est passé avec Lambert. Je sais dans quelle intention tu l'as fait. Mais ce mensonge sans gravité a fait apparaître l'autre. Le grand. Et c'est ce qu'il ne fallait pas.

Il se sépare d'elle, va vers la fenêtre qui est restée ouverte, la ferme à cause du bruit de la Loire.

— Le grand mensonge, répète Jean-François.

Il reste près de la fenêtre.

— Ma vie. Et la tienne, depuis que tu partages ma vie. Je mentais ! Je fermais les yeux. Je refusais d'entendre. Et puis, il y a eu ce petit mensonge que tu as fait, et tout s'est déchiré.

Il garde le silence, un long moment. Sans doute se souvient-il de toutes ces heures où il a mûri sa décision, où il s'est dit : en rentrant, je lui dirai la vérité. Il pensait que ce serait très difficile, et il s'étonne d'y être parvenu.

— Comprends bien ceci : je ne t'ai pas menti volontairement. Je t'ai menti sans le savoir. Quand je t'ai demandé de partager ma vie, je croyais vraiment que c'était ma vie.

— Ce n'était pas ta vie ?

— Non.

— L'usine ?

— Ni l'usine ni...

Il ne sait pas aller jusqu'au bout. Mais elle entend. Dans le silence de sa voix, elle entend.

— Ni moi ?

Il la prend brusquement dans ses bras, la serre contre lui avec désespoir, parce qu'il aurait voulu qu'elle ne souffre pas, et il se demande s'il ne vaudrait pas mieux qu'elle pleure, mais c'est trop de sécheresse pour les larmes. Pendant longtemps, il écoute son cœur qui bat très vite. Peu à peu, elle se détend. Il écarte les bras. Elle recule.

— Je suis vieille, dit-elle à mi-voix.

— Je peux rester avec toi ?

— Non.

— Tu as besoin d'être seule ?

— Oui.

Elle l'entend monter l'escalier, entrer dans la chambre. Ce qu'elle aime dans ce moulin, c'est qu'on peut se séparer, vivre chacun à des étages différents, avoir l'impression d'être isolés. L'eau est verte. Elle reste un long moment à regarder la Loire. Puis elle se dit qu'elle n'a pas le droit. Cette décision d'aller jusqu'au bout, elle vient d'y renoncer. Elle a voulu être seule. Tout n'est pas dit pourtant. Il faut continuer. Elle rejoint Jean-François dans la chambre. Il l'attendait.

— Ce n'est pas Noële, dit-il. Quand j'avoue que j'ai menti, ce n'est pas à son sujet. Tu imagines que je voudrais la voir dans ce moulin à ta place. Mais ce n'est pas ça.

— C'est quoi ?

— Il faut que je remonte jusqu'à mon enfance pour que tu comprennes. Jusqu'à cet appartement de Roanne, que tu n'as pas connu, où j'étais prisonnier d'un père et d'une mère qui m'aimaient avec maladresse. Et puis, à vingt ans, je me suis senti libre. Les avions, c'est une image de la liberté. Un peu naïve, bien sûr. Mais à vingt ans, j'étais naïf. J'ai découvert le ciel. Et je suis revenu. J'ai retrouvé mes parents, leur appartement sombre. J'ai su que je ne pouvais pas l'accepter. Ma vérité, c'est ça. Il fallait que je parte.

— Tu es parti.
— Non.
— Si, Jean-François. Tu es parti ! Tu as fait deux stages.
— Chaque fois, je suis revenu.
— Pour Noële, Jean-François.
— Pour Noële, oui. C'est là le vrai mensonge.
— Tu ne vas pas dire que tu n'aimais pas Noële ?
— Je vais dire que j'ai commencé à mentir par amour pour Noële.

Jamais il n'a parlé si longtemps. Sauf à Tokyo, pendant ces deux jours où Noële lui a dit qu'elle ne l'aimait plus. Mais à Tokyo, il se débattait. Aujourd'hui, il confesse. Pendant tous ces jours, où il s'est retrouvé sur les terrains d'aviation avec Gérard Lambert, il n'a pas perdu la tête, il n'a pas joué à se fondre une fois encore dans le ciel. Il a cherché à comprendre. Il a voulu que tout soit clair. Et s'il est revenu avec tant d'heures de sommeil en retard, c'est qu'il voulait trouver les mots exacts, et se les dire d'abord un à un, avant de les dire à Marie-Hélène.

— J'ai menti par amour pour Noële. On venait de découvrir sa vraie famille. J'ai eu peur qu'elle ne s'évade, elle aussi. Alors, j'ai décidé de rester ici, de m'enfoncer dans ma terre, pour que Noële s'y enfonce avec moi. Je savais que c'était le contraire de moi. Mais j'ai cru que son amour exigeait ce mensonge. Quand je me suis retrouvé seul, il était trop tard.

Il vient vers Marie-Hélène. Il ne supporte pas de lui parler de si loin. C'est leur chambre. Le lieu de leur tendresse. C'est leurs nuits partagées.

— Le plus grave, c'est que je me suis servi de ton amour.

Il sent cette chaleur, qu'il connaît en dormant. Ce corps contre le sien.

— Si j'avais été courageux, j'aurais tout détruit, tout ce que j'avais construit pour garder l'amour de Noële, tout ce mensonge autour de moi. A ce moment-là seulement, j'aurais eu le droit de venir vers toi. Mais je n'ai pas été courageux. Je t'ai demandé de me rejoindre dans un univers qui n'était ni le tien ni le mien.

Un long silence. La Loire elle-même est lointaine, étouffée.

— Pendant ces trois semaines, je suis resté coupé de tout. Sans nouvelles de toi, sans lettre, sans téléphone. C'est ce qui m'a permis de comprendre. Tu devrais...

Il hésite quelques secondes.

— Tu pourrais faire la même chose. Mettre une distance assez grande entre toi et moi. Il n'y a pas d'autre façon d'y voir clair.

Marie-Hélène le regarde.

— C'est un risque, dit-elle.

— Je l'ai pris. Prends-le à ton tour.

Quelque chose s'est éveillé en elle. Quelque chose qui a la force d'une décision. Tout plutôt que cette attente ! Prendre de la distance, c'est agir.

— Tu accepteras que je garde le même silence que toi ? Que je n'écrive pas, que je ne téléphone pas ?

Elle pense à Odile, à l'appartement d'Asnières.

— Oui.

— Et si je découvre que je respire mieux loin d'ici ? Que je n'ai pas envie de revenir ?

Il relève la tête :

— Je respecterai ta décision.

Elle a l'impression que le ciel est noir derrière les vitres. Peut-être est-ce la dernière fois qu'ils sont ensemble. Elle dit, d'une voix très calme, parce qu'elle a cessé d'avoir peur de la vérité :

— C'est comme une crue de la Loire qui aurait emporté le moulin. Pour le retenir, il aurait fallu le poids d'un enfant.

V

— Et alors ? On ne me reconnaît plus ?

Cet homme, devant elle, sur le quai de la gare...

— Gilles... Mais qu'est-ce qui m'arrive ?

Elle l'attend depuis une heure, épiant à chaque instant la pendule. Elle a dévisagé l'un après l'autre tous les voyageurs. Cet homme avec ses valises, elle l'avait laissé passer, sans le voir.

— J'ai changé à ce point-là ?

— Non, c'est... Je ne sais pas. C'est ce chapeau !

Il a un drôle de chapeau, c'est vrai, en toile, avec une sorte de visière transparente.

— La dernière mode en Suède. Il ne te plaît pas ?

Elle rit. Parce qu'avec ce chapeau, il ne s'en rend peut-être pas compte, mais il est tout simplement ridicule.

— C'est gagné, dit-il. Je l'ai mis pour te faire rire. Et tu as ri. C'est la première chose que je voulais entendre en arrivant.

Il la regarde comme s'il sortait d'une longue nuit.

— Bonjour, Nicole.

— Bonjour, Gilles.

A mi-voix. Dans le bruit du train qui repart.

— C'était long, reprend Gilles.
— Pour moi.
— Pour moi aussi. J'étais aussi seul que toi.
— Je suis contente que tu sois revenu.

Ils restent sur le quai, avec les valises autour d'eux.

— Les nouvelles ? demande Gilles.
— Je te dirai en route.

C'est déjà passé, cet instant hors du temps où ils se retrouvaient. Tout de suite il interroge et il faut qu'elle réponde.

— Mauvaises ?
— Viens. On parle mieux dans la voiture.
— Dis-moi au moins si ce sont de mauvaises nouvelles ?
— Pas bonnes.
— L'enfant ?

Il est brusquement inquiet.

— Il va très bien.
— Alors ?

Elle comprend qu'il ne quittera pas la gare avant de savoir quelque chose.

— Noële ?
— Noële, oui, et Ugo. Et Marie-Hélène et Jean-François. Et tout, tout et tout...

Cette colère qui revient, cette colère contre lui, contre tous ces kilomètres qui les séparaient. Mais il est là. Maintenant il est là. Elle va tout lui raconter. Et son bon sens répondra. Son bon sens dira ce qu'il y a à dire. Parce que le bon sens, elle le sait, malgré ce petit chapeau suédois ridicule, le bon sens, c'est lui.

Il écoute, très attentivement. Ce qu'il ne

comprend pas, c'est que Nicole ne lui ait rien dit par téléphone. Ils avaient pourtant des contacts réguliers.

— Par téléphone, c'est difficile. On ne se comprend pas toujours. Et puis, il ne se passait rien de vraiment grave. Pour un accident, par exemple, ou une maladie, je t'aurais tout de suite demandé de revenir. Mais là...

Ce sont des situations sérieuses, auxquelles on finit par penser beaucoup, surtout lorsqu'on se trouve devant des journées un peu vides. Mais il n'y a pas de décision à prendre. De toute façon, pour Gilles et pour Nicole, que faire ? On ne leur a pas demandé d'intervenir. Ils ne peuvent qu'attendre. En espérant que tout s'apaisera sans trop de mal. Ce qui est bon, c'est de ne plus être séparés.

Ils arrivent aux Quatre Vents. Madame Marie est sur le seuil. Avec des coquetteries de tablier blanc et de chaussures vernies, comme pour un hôte de marque. Brémont jaillit de la laiterie en dansant. Il fait beau. Le lilas du petit mur est en fleur. Gilles calme Brémont, embrasse madame Marie, sort de ses valises des cadeaux suédois, déjeune de grand appétit, annonce tout de suite que ses idées sur l'avenir ont été entièrement balayées par le voyage qu'il vient de faire, et, pour Brémont qui s'étrangle de joie, développe les grandes lignes d'un projet qui sera en avance de dix ans sur tout ce qui existe : une grande laiterie en étoile, dominée par une tour, où tout fonctionnera par programmateur électronique. Nicole écoute. Elle pense à Ugo et à Jean-François. Gilles n'est-il pas plus jeune qu'eux ? Cette façon de construire un avenir sans renoncer à ce qu'il est, de se développer en restant lui-même... Elle écoute tout ce qu'il dit, et que Brémont s'émerveille d'entendre, mais elle y devine une arrière-pensée. Quelque chose freine son plaisir de raconter. Sans doute ce qu'elle a été obligée de lui apprendre.

Il y revient, lorsqu'ils se retrouvent seuls après le déjeuner, dans leur chambre où il défait ses valises. Ce n'est pas à Noële qu'il semble penser d'abord, mais à Marie-Hélène.

— Pourquoi est-elle partie ?

Nicole lui répète le peu qu'elle sait. Marie-Hélène est à Paris, chez son amie Odile. Elle n'est pas venue lui dire au revoir. C'est Jean-François, en remontant de la gare où il avait été l'accompagner, qui s'est arrêté aux Quatre Vents. Il a seulement dit que Marie-Hélène demandait à sa tante de ne pas lui en vouloir de ce qui ressemblait à une fuite, qu'elle lui expliquerait le moment venu. Il a ajouté qu'elle ne voulait pas qu'on lui téléphone ou qu'on lui écrive, qu'elle ne répondrait pas.

— Ça m'a paru tout à fait incroyable. J'ai demandé à Jean-François : « Pas même à vous ? » Il m'a répondu : « Pas même à moi. » J'étais... Tu ne peux pas savoir. Angoissée, impatientée. Mais surtout furieuse. Oui, de tout ce gâchis. Je n'ai pas pu me retenir de le dire à Jean-François. « C'est vous, Jean-François. Je le sais. D'elle-même, elle n'aurait pas pris cette décision. Vous êtes en train de faire une erreur grave. Très grave. Comprenez-le avant qu'il ne soit trop tard. » Il avait le visage de quelqu'un qui ne sait plus où il est. Il m'a répondu très doucement : « Je ne suis pas venu discuter avec vous d'une décision que nous avons prise d'un commun accord, Marie-Hélène et moi. Je suis venu, sur sa demande, vous en informer. J'ai accompli ma mission. Pardonnez-moi. Je repars. » Il a fait un pas vers la porte. Je me rendais compte que j'avais été injuste. Avant de partir, il a dit, sans se retourner : « Si vous avez un peu d'amitié pour moi, vous devez comprendre que cette séparation m'est difficile à supporter, et qu'il m'est impossible d'en parler calmement. »

Gilles reste un moment immobile.

— Je veux quand même en avoir le cœur net, dit-il soudain.

Il sort de la chambre. Nicole le suit. Il va rapidement jusqu'au téléphone.

— Tu l'appelles ?

Il compose un numéro, attend un moment.

— Ça ne sonne pas ?

— Si.

— Elle est peut-être sortie.

— Ah !... Allô, c'est Gilles Vaindrier. Bonjour Odile... Je suis rentré, oui, il y a quelques heures. J'apprends que Marie-Hélène est chez vous, et j'ai envie de lui dire bonjour. Elle est là ?... Alors, passez-la-moi... Mais si, Odile. Dites-lui que c'est moi, elle répondra sûrement... J'attends...

Nicole demande à mi-voix :

— Elle refuse de venir ?

— Odile est allée la chercher.

— Elle ne viendra pas, Gilles.

— Mais si... Ah ! allô... Bon, je n'insiste pas. Au revoir, Odile. Embrassez-la pour moi.

Il raccroche.

— C'est absurde !... dit Gilles.

— Monsieur est déjà levé ?

— Vous voyez, madame Marie.

— Je pensais qu'après des voyages pareils, Monsieur aurait besoin de dormir pendant des jours.

— J'ai l'air tellement fatigué ?

— Fatigué n'est pas le mot. Si j'osais, je dirais que Monsieur a l'air européanisé.

Gilles Vaindrier s'est assis dans la salle à manger. Il est très tôt, c'est vrai. Il pensait dormir longtemps. Mais au petit matin, il a commencé à s'agiter dans son lit. Il lui semblait qu'un travail urgent l'attendait.

— Je veux dire qu'à force d'avoir été belge et hollandais, et suédois, et danois, et norvégien, Monsieur ne sait plus très bien où il en est, et que pour comprendre qu'il est rentré chez lui il faudrait qu'il dorme longtemps. A cause de l'odeur du bois.

Gilles écoute à peine. Il sait. Ce qui était confus la veille est devenu très clair. Il a passé l'après-midi avec Brémont, et la soirée. Il a ouvert tous ses dossiers. Il a montré les documents, les photographies, les brochures. Il a reparlé de François Gallart, des nouveaux plans à établir, de tout ce qui était devant eux, cette masse de terre à remuer, cette montagne de problèmes à résoudre. Très tard dans la soirée. Puis il s'est couché. Il savait que quelque chose bougeait dans le noir, qu'il ne distinguait pas encore. C'est en se réveillant qu'il vient de comprendre.

— Monsieur veut son café maintenant ?

— Oui, madame Marie.

Un petit matin bleu et jaune, au-dessus des arbres, avec de l'air encore vif lorsqu'on ouvre la fenêtre, et un peu trop d'oiseaux. Gilles sort de la maison, fait le tour du jardin. Il reprend la mesure de sa terre. Puis il revient. Le café est servi. Il en boit une grande tasse. Il entend Nicole descendre l'escalier.

— Ça fait plaisir, dit-elle.
— Quoi ?
— D'entrer dans cette salle à manger et de t'y trouver.
Elle l'embrasse, s'assied en face de lui, se sert du café à son tour.
— Profites-en bien, dit-il.
— Pourquoi ?
— Ça ne va pas durer longtemps.
Elle repose la cafetière.
— Tu vas repartir ?
— Pas moi.
— Qui alors ?
— Toi.
Nicole regarde Gilles. Son visage est reposé. Pour la première fois depuis des semaines, elle a dormi profondément.
— Où veux-tu que j'aille ?
— A Athènes.
Il y pensait obscurément. Maintenant il est sûr que c'est la seule chose à faire. Au fond de lui, tout au fond, son angoisse pour Noële et Ugo est trop forte. Il a voulu l'apaiser, en s'occupant d'abord de Marie-Hélène et de Jean-François, mais c'est vers Athènes que son instinct est en éveil. Il veut savoir ce qui se passe vraiment. Les lettres, les téléphones, ce n'est pas assez précis. Il faut aller sur place, interroger, se rendre compte.
— Séparés de nouveau.
— Oui.
Elle y avait pensé. Elle s'était dit : « Quand Gilles reviendra, peut-être... »
— Quand veux-tu que je parte ?
— Laisse passer quelques jours. Il ne faut pas

leur donner l'impression que tu attendais mon retour pour les rejoindre. Ecris à Noële. Dis-lui que je vais avoir beaucoup de travail ces temps-ci. Que tu ne me verras pratiquement pas. Que tu n'as pas embrassé ton petit-fils depuis longtemps. Que tu avais ce vague projet. On verra bien comment elle réagira.

— Tu es inquiet ?

— Je n'aime pas ce qui s'est passé. C'est trop absolu. On ne renonce pas ainsi, d'un jour à l'autre, à ce qui est votre vie. On peut cesser d'aimer un être, se séparer de lui, et continuer de vivre aussi bien, mieux même. Mais une vocation. Ugo n'est pas musicien pour le plaisir de monter sur une scène, pour le succès, pour l'argent. Il est musicien par vocation. Sans la musique, il ne peut pas vivre. Il faut donc découvrir ce qu'il y a dans sa tête, dans son cœur. Noële est trop mêlée à ce drame pour pouvoir le faire. Et M. Karrassos, que je connais bien maintenant, a souffert trop longtemps d'être séparé de sa fille, pour supporter près de lui quelqu'un qui soit malheureux. Il a dit oui à tout. Sans discuter. Moi...

Nicole Vaindrier écoute. Tout ce qu'elle a envisagé, depuis le concert de Venise, tout ce qu'elle n'a dit à personne, elle l'entend enfin.

— Moi, reprend Gilles à mi-voix, je ne pense pas seulement à Ugo. Je pense à ce que dira son fils lorsqu'il aura vingt ans.

VI

— Je ne comprends pas très bien cette lettre de maman.

— Pourquoi ?

— Elle n'écrit pas exactement ce qu'elle pense. Et ça ne lui ressemble pas.

Les journées sont longues, les soirées difficiles. La vie ressemble à une rivière gelée. Très loin peut-être, dans les profondeurs, les eaux continuent-elles à courir. Mais rien ne le laisse deviner. Ugo part le matin, rentre le soir. Son corps se durcit. Il a des gestes nouveaux. Des attitudes. Sa voix elle-même retrouve des accents qui doivent être ceux de son frère Josef lorsqu'il fait obéir ses chevaux. Dans son regard, la petite flamme noire brûle toujours. Mais ce n'est plus en signe d'humiliation. C'est un défi. Après un mois passé sur les chantiers, Ugo sait que l'épreuve qu'il s'est imposée n'était pas au-dessus de ses forces. Il tient. « Je suis un autre », a-t-il dit à son retour de Venise. Et c'est vrai. Un autre. Même la nuit, lorsque l'amour leur fait perdre jusqu'à la mémoire, le langage qu'ils inventent n'est plus celui de la passion, mais comme le souvenir d'une vie espérée.

Dans ce silence, les Quatre Vents paraissent très loin. Noële ne cache rien à sa mère, mais elle n'a que peu de chose à lui dire. Par lettre, par téléphone, comment expliquer ce qui se passe ? Parfois, lorsque le courage lui manque, elle pense : « Je vais écrire à maman de venir. » Mais elle ne le fait pas. A cause de Ugo. Il aurait l'impression qu'on l'observe. S'il en parlait lui-même, si un jour il disait : « Pourquoi Mme Vaindrier ne viendrait-elle pas te voir ? »...

La lettre arrive. Qui demande sans demander. Noële la fait lire à Ugo.

— Je pense beaucoup à ta mère, ces temps-ci, dit-il.

Il rend la lettre à Noële.

— Elle t'aiderait, si elle était là.

Il n'en dit pas davantage. Mais le lendemain matin, avant de partir, il lui conseille :

— Si tu as envie que Mme Vaindrier vienne, ne t'occupe pas de moi. Ecris-lui de venir.

— Ecoute-moi, toi !

Dans la chambre de l'enfant, au moment où il se réveille de sa sieste. C'est le milieu de l'après-midi.

— Ta grand-mère va venir te voir. Toi, oui. Elle m'a écrit qu'elle venait pour toi, je lui ai répondu que tu l'attendais. En réalité, ce n'est pas vrai. C'est ton père qu'elle vient voir. Mais il ne faut pas le dire. Alors, il faut que tu m'aides. Toi, oui...

Elle lui parle, comme elle le fait chaque jour, parce qu'il n'y a qu'avec son fils qu'elle puisse parler. Elle lui dit tout. Lorsqu'elle manque de courage, elle le lui dit, et lorsqu'elle a envie de ne pas se lever le matin, de ne pas vivre sa journée, elle le lui dit. Et lorsqu'elle a tout dit, elle se sent mieux.

— Il faut que tu m'aides, oui. Il faut que tu sois si drôle, si vivant, si intéressant, que ta grand-mère ne regarde plus que toi, ne s'intéresse plus qu'à toi, qu'elle oublie qu'elle est venue pour ton père. Tu comprends ? Ce n'est pas difficile. Tu en es tout à fait capable, et...

La femme de chambre ouvre la porte.

— Le téléphone, madame.

— Qui appelle ?

— M. Karrassos. Du chantier.

Noële met une seconde à comprendre. Du chantier.

— Occupez-vous de l'enfant, pendant que je réponds. Merci.

Elle va jusqu'à l'appareil.

— Oui, père, c'est moi.

Elle écoute. Elle n'entend pas vraiment. Elle entend seulement un mot. Elle le fait répéter à son père.

— Une chute ?

Elle écoute encore. Elle tient l'appareil un peu écarté parce que son père parle très fort et très vite. Elle dit enfin :

— Je viens.

Elle raccroche, rentre dans la chambre.

— Il faut que j'aille au chantier, dit-elle.

Elle se penche vers l'enfant, le prend dans ses bras. Tout bas, pour lui tout seul, à l'oreille, elle murmure :

— Ce n'est rien. Ton père n'a rien. Nous allons revenir tous les deux. Ce n'est rien.

Et elle sait bien que c'est à elle qu'elle parle. Pour

se rassurer. Pour ne pas trembler dans le taxi. Pour ne pas avoir l'air effrayée devant les plantons qui guettent son arrivée. Pour que les ouvriers qui s'écartent devant elle ne la regardent pas. Pour que Ugo ne lui reproche pas d'être venue.

— Je n'ai rien. Absolument rien.

Il n'a pas voulu rester à l'infirmerie.

— J'ai lâché un hauban auquel je me tenais. La grue était arrêtée. Je me suis rattrapé à une poutre. Regarde ma main.

Il la tend, ouverte.

— Je ne suis même pas blessé.

Ils sont dans le bureau de Yannis Karrassos.

— Je ne voulais pas que Yannis te téléphone. Je ne voulais pas que tu viennes. Si c'était arrivé à n'importe quel ouvrier, on n'y aurait pas fait attention. Mais comme ça m'arrive à moi, on en fait une affaire d'Etat ! Pour un peu, les chantiers s'arrêtaient, on appelait une ambulance, on déclenchait les sirènes d'alarme.

Noële le regarde. Cette colère, c'est encore une marque d'humiliation. C'est pourtant normal que son père l'ait prévenue. C'est normal qu'elle soit venue tout de suite. Pour n'importe quelle autre femme d'ouvrier, on aurait fait la même chose. Ce qui complique tout, c'est qu'elle est la fille du patron.

— Tu es capable d'être raisonnable ?

Il est penché vers elle, les deux mains sur les accoudoirs du fauteuil.

— Cela ne nous ressemble pas beaucoup d'être raisonnables, je sais. Mais pour le moment c'est le seul mot qui compte.

— Oui, Ugo.

— Je retourne travailler. Je reprends ma place

dans la même équipe. Exactement la même place, pour le même travail. Toi, tu ne penses pas à ce qui est arrivé, à ce qui aurait pu arriver. Tu es raisonnable.

— Oui, Ugo.

— Je t'en demande beaucoup depuis un mois. Je m'en rends compte. Mais je sais que je peux te le demander.

Dès que Nicole Vaindrier descend d'avion, dès qu'elle aperçoit le visage de Noële, elle sait qu'elle a eu raison de venir. Elles s'embrassent sans un mot, se dirigent vers la douane. Cet aéroport d'Athènes... Que d'images y sont enfermées depuis trois ans ! Nicole reconnaît certains employés. Ce sont les mêmes qu'au moment des fêtes de fin d'année. Cinq mois, à peine. Et le plaisir de ces journées-là semble disparu.

— Laisse-moi te regarder.

— Pas trop, maman.

— Pourquoi ?

— Je n'ai pas très bon visage.

— Meilleur que je ne craignais.

Elles ne disent plus rien jusqu'à l'arrivée des valises, les portent jusqu'à la voiture, montent, se trouvent seules. Noële se penche, alors, pose son front sur le bras de sa mère.

— J'ai tellement besoin de toi.

Nicole lui caresse les cheveux.

— Je te dirai tout, peu à peu. Mais il y a ceci, qui fait que je ne sais plus où j'en suis. Ugo croit que je ne l'aime plus. Il croit que j'aime encore celui qu'il était avant. Que je ne peux pas aimer celui qu'il est devenu. J'espère que ta présence lui fera du bien. En te voyant, en te parlant, il se souviendra de toutes les images où tu étais avec nous. Il comprendra peut-être qu'il se trompe.

— Il se trompe vraiment? Tu l'aimes comme avant?

Nicole la sent tendue, brusquement, surprise par une question qu'elle n'attendait pas.

— Devant les autres, j'aurais répondu oui, tout de suite, dit-elle enfin. Mais devant toi...

Elle se redresse, regarde sa mère.

— Devant toi, je ne sais plus.

Trois jours à profiter des terrasses, à jouer avec son petit-fils, à respirer au même rythme que Noële. Trois jours à faire comme si de rien n'était. A guetter Ugo, qui se dérobe. Il ne reste jamais en tête à tête avec elle plus d'une minute. Il trouve toujours une raison pour s'esquiver, sans brusquerie, sans éclat, mais très clairement. Au bout de trois jours, elle perd patience.

— Ça mène à quoi, toutes ces fuites? Je n'ai pas fait ce voyage pour m'allonger sur des chaises longues.

Elles sont dans le jardin. C'est l'après-midi. Le petit Yan joue sur la pelouse.

— Ugo a peut-être peur de moi. Moi, je n'ai pas peur de lui.

Cette brusque colère étonne Noële qui se redresse.

— Mais, maman...

— J'ai raison. Tu le sais. Tu es coupable, toi aussi. Si tu avais le courage de t'expliquer avec lui, une bonne fois, je n'aurais rien à faire ici. Puisque tu te dérobes, je prendrai ta place. Je lui parlerai ce soir même.

— Oh ! non !

Elle saisit le bras de Nicole.

— Laisse-moi y croire encore un jour. Un seul jour.

Elle se plie sur elle-même, le visage dans les genoux.

— Où est Ugo ? Où est-il ? Ce n'est pas Ugo qui est revenu. Je m'oblige à le croire. Je me dis : c'est lui. Mais non. Où est-il ? Je l'aimais, je l'aimais, tu ne sais pas à quel point je l'aimais. Et, tu vois, je ne voulais pas l'avouer, mais maintenant...

Elle ne sait plus contrôler sa voix.

— Qu'on me rende Ugo ! Je ne comprends pas. Pourquoi ce chantier ? Toute la journée, ce chantier, et le soir, cet inconnu qui parle avec la voix d'un autre ! Quand il est revenu de Venise, quand il s'est arrêté devant le perron, et qu'il m'a dit : « je suis mort », je ne l'ai pas cru. Mais c'était vrai, maman, c'était vrai !

Elle lève le visage, regarde l'enfant sur la pelouse.

— Même son fils, il ne le regarde plus comme son fils. Il ne va plus jamais dans sa chambre. Ni le matin ni le soir. Comme s'il n'existait pas. Son fils. L'amour qu'il avait pour son fils. C'est un étranger, maintenant. Quelqu'un qui n'est plus qu'à moi. A moi seule.

Elle pleure longtemps. Nicole la laisse pleurer, parce que c'était trop long pour elle, ce mois à ne plus pouvoir respirer. Lorsqu'elle se calme enfin, Nicole lui essuie le visage, lui arrange les cheveux, avec des gestes très lents, comme pour un enfant. Puis elle dit :

— J'irai lui parler demain. Sur les chantiers. Là, il ne pourra pas m'éviter.

VII

— Ça vous intéresse vraiment ?

— Je n'en ai pas l'air ?

— Vous regardez à peine. En fermant les yeux.

— Le soleil...

Yannis Karrassos fait visiter ses chantiers à Nicole. C'est elle qui le lui a demandé. Il n'a pas très bien compris pourquoi. Il y a, dans Athènes, toutes sortes de musées et de monuments susceptibles d'intéresser une femme. Mais des chantiers...

— Voulez-vous que nous prenions cette grue, pour que vous ayez une vue d'ensemble ?

— Il faut monter très haut ?

— Assez, oui. Mais c'est très impressionnant, avec la mer, les îles...

— Je crois que je n'aurai pas le courage.

— Alors ?

— Rentrons.

Ils se dirigent vers les bâtiments.

— Vous voulez retourner à Athènes tout de suite ?

— Je préfère attendre un peu.

Une porte métallique, un long couloir, une autre porte.

— Voici mon bureau.

Un brusque silence. Nicole respire longuement.

— Ça fait du bien.

Elle s'assied dans un fauteuil, près de la fenêtre.

— Ce bruit, ce soleil, je ne pensais pas que c'était aussi difficile à supporter.

— Je suis désolé. Mais c'est vous qui avez insisté pour venir.

Ils sont seuls, pour la première fois depuis quatre jours.

— Vous savez pourquoi ? demande Nicole.

— Non.

— Je voulais savoir dans quelle atmosphère vivait Ugo depuis un mois. Maintenant, je suis certaine d'une chose. Il ne la supportera pas longtemps. On ne peut pas vivre pendant vingt ans dans la musique et se retrouver ici.

— J'ai tout fait pour qu'il renonce à son idée. Mais il s'est obstiné. Alexandra aussi. Si vous aviez été là, vous n'auriez pas pu le convaincre.

— Il faut que j'y parvienne. Pas seulement pour lui. Pour Noële. Si les choses continuent ainsi, je n'ose pas penser à ce qui arrivera.

Elle se relève, s'approche de la fenêtre.

— Où travaille-t-il ?

— Sur le grand navire, là-bas, dans la dernière cale.

— Jusqu'à quelle heure ?

— Six heures.

Elle regarde sa montre.

— Comment rentre-t-il à Athènes ?

— Avec moi. Il vient me chercher dans ce bureau.

Nicole se retourne.

— Pouvez-vous me laisser l'attendre seule ?

C'est donc pour ça qu'elle est venue ? Il a mis longtemps à comprendre. Elle veut parler à Ugo. Et lui parler seule. Il hésite quelques secondes.

— Alexandra est au courant ?

— Oui.

— Vous avez encore près d'une demi-heure à attendre.

— Je suis patiente.

Yannis Karrassos reste encore un moment dans son bureau, signe le courrier, donne quelques ordres par téléphone, tourne sur lui-même pour ne pas avoir l'air de céder si vite. Nicole est revenue s'asseoir dans le fauteuil. Il sent qu'elle le regarde. Il y a deux ans, lorsqu'il était arrivé sans prévenir aux Quatre Vents pour les surprendre tous dans leur vie quotidienne, il avait senti, entre Mme Vaindrier et lui, comme une complicité. Elle s'amusait de le voir parcourir son pays, à grands pas, avec étonnement. Elle ne bougeait pas, à cette époque-là. Elle prétendait qu'elle n'aimait pas les voyages, qu'elle n'était heureuse que dans le salon de sa maison, assise devant la cheminée. Et elle regardait cet homme qui traversait le monde chaque semaine, avec dans l'œil un sourire qui semblait dire : « Maintenant que votre fille est à côté de vous, vous n'aurez plus besoin de tous ces voyages pour occuper votre temps. Elle vous tiendra lieu de navire. » Mais cette complicité, peu à peu, avait disparu. Peut-être parce qu'il n'avait pas su retenir Alexandra, parce qu'elle s'était laissé prendre à son tour par les fièvres du sang Karrassos.

Mais pourquoi le lui reprocher ? En est-il responsable ? Il sait qu'un jour, lorsque le temps sera venu, il demandera qu'on fasse les comptes. Aujourd'hui, pour échapper à ce regard, il ne peut que quitter son bureau.

Nicole reste seule. Elle ne pense pas à ce qu'elle va dire. De temps en temps, elle regarde sa montre. Bientôt, elle entend une sirène, tout près d'elle. C'est la fin du travail. Elle ne veut pas guetter Ugo par la fenêtre. Elle est assise face à la porte. Elle attend encore une dizaine de minutes, puis la porte s'ouvre.

— M. Karrassos vient de partir, Ugo. C'est moi qui vous attends.

Il n'a pas l'air étonné.

— Je vous avais reconnue, dit-il. Tout à l'heure, quand Yannis vous faisait visiter. Au début, je ne voulais pas croire que c'était vous. Mais...

Il passe une main sur ses yeux.

— Vous voulez me parler ?

— Oui, Ugo. J'ai essayé de le faire depuis quatre jours. Mais je n'ai pas réussi. Alors, je suis venue jusqu'ici.

— Bien.

Il est resté debout contre la porte. Très droit. Très fort. Beaucoup plus fort et droit qu'il y a deux mois. Nicole ne s'en était pas rendu compte. Sans savoir pourquoi elle songe à M. Luckas, le père, avec ses bottes.

— Il faut me dire ce qu'il y a au fond de vous, Ugo.

Il s'avance vers la fenêtre. Les chantiers sont déserts.

— Vous avez vu, tout à l'heure. Vous avez visité. Ce qu'il y a au fond de moi, c'est ça.

— Le bruit ?

— Surtout le bruit, la fatigue, le travail, l'impossibilité de réfléchir à autre chose. Même si je le voulais, je ne pourrais pas. Les voix d'avant, les musiques d'avant, je ne peux plus les entendre. Je suis sourd. C'est ça que je suis venu chercher.

Il reste longtemps le visage contre la vitre. Un reflet de soleil s'accroche encore aux charpentes métalliques, et les ombres des navires en construction s'allongent le long des grues.

— Et Noële ? demande Nicole à mi-voix.

— Au milieu de cette mort qui est en moi, je ne pense qu'à elle. Ce que je lui demande est inhumain. Elle avait le droit de le refuser. Ses forces sont plus grandes que les miennes. Mais, depuis l'accident, elle a peur. Je ne peux rien contre sa peur.

Nicole s'est redressée :

— Quel accident ?

— Je ne voulais pas que vous le sachiez. Mais, puisqu'il faut aller jusqu'au bout... J'étais sur une plate-forme de grue. J'ai lâché le hauban. Je suis tombé. Ma main a pu s'accrocher à une poutrelle. Je n'ai rien eu. Une heure plus tard, j'avais repris mon travail. Mais Noële sait comme moi. Ce n'est pas ma main qui s'est accrochée. C'est la sienne. C'est elle qui m'a obligé à me retenir, parce qu'elle est plus forte que moi. Sans Noële, je ne l'aurais pas fait. Vous devez être étonnée que je dise : sans Noële. Je devrais dire : sans mon fils. Mais non. Mon fils...

Sa voix se fait plus sourde encore.

— Je voudrais qu'il n'ait rien de moi. Rien de ces exils. De cette recherche qui n'en finit pas. Je voudrais qu'il prenne tout à sa mère. Plus tard, lorsqu'il aura l'âge de me regarder en face, j'espère que Noële, en lui donnant tout, lui aura donné un peu de son amour pour moi.

Il serre ses mains l'une contre l'autre.

— Madame Vaindrier...

Il semble ne pas pouvoir détacher les yeux de ce chantier endormi.

— Il faut que vous les emmeniez avec vous.

— Qui ?

— Noële et son fils.

— Pourquoi ?

— Pour qu'ils soient loin de moi. Pour que je sois loin d'eux. Alors, nous saurons.

— Vous saurez quoi, Ugo ?

Il fait face à Nicole Vaindrier.

— Ce que nous sommes.

Le bureau est dans la pénombre. Nicole ne veut pas allumer de lampe. S'il y avait de la lumière, ils ne pourraient pas se parler.

— Vous n'allez peut-être pas comprendre, Ugo, mais, en vous écoutant je pense à Marie-Hélène et à Jean-François. Ils se sont séparés, il y a quelques jours. Marie-Hélène est à Paris, chez une amie. Jean-François est resté à l'usine. Ils ne s'écrivent pas, ne se téléphonent pas. Ils ont voulu qu'il y ait une vraie distance entre eux. Pour savoir. Vous voyez, je reprends vos propres mots. Ne dites pas : « ça n'a rien à voir. Entre Jean-François et moi... » C'est peut-être vrai en apparence. En fait, vous êtes semblables.

Ugo écoute. Il y a dans la voix de Nicole Vaindrier quelque chose qui le surprend. Une sagesse paisible.

— Jean-François avait une vocation. Il l'a découverte à vingt ans, en faisant son service militaire dans l'aviation. Mais il a renoncé à cette vocation. Il s'en est détourné. Par amour pour Noële. Oui, Ugo. Pardon de vous dire les choses ainsi. Mais c'est la seule façon. Par amour pour Noële. Il s'est enfermé dans son usine. Il a cru que sa vie était là. Il l'a cru si profondément qu'il a proposé à Marie-Hélène de partager cette vie. Aujourd'hui, il s'aperçoit qu'il s'est trompé. Il veut retourner vers sa vocation. Mais il est trop tard. Et l'amour de Marie-Hélène ne peut plus rien pour lui.

Ugo écoute attentivement, les yeux fixés sur ce visage dans l'ombre.

— La musique n'est pas un métier pour vous, Ugo, mais une vocation. Je vous ai vu et entendu jouer, l'an dernier à Venise. Et je l'ai compris. Mon mari aussi. Pardon si je vous parais maladroite, mais... comment dire?... Si Gilles était là, il l'expliquerait mieux que moi...

Elle secoue la tête.

— Je ne suis rien, Ugo. Simplement quelqu'un qui écoute, une femme parmi d'autres, dans le public. Et ce que je dis doit vous sembler dérisoire à côté des critiques, et des musiciens, et des gens dont c'est le métier de savoir. Mais sur ce chantier, cet après-midi, ce n'est pas tellement à vous que j'ai pensé. C'est à moi. A tous ceux, comme moi, qui aimaient vous entendre.

La nuit est tout à fait venue. Ugo ne bouge pas. Immobile, la tête baissée, il semble écouter encore. Une voix en lui. Une voix pour lui seul. Elle finit par dire :

— Noële va peut-être s'inquiéter si nous ne rentrons pas ?

— Alors, vous m'enlevez mon petit-fils ?

— Ce n'est pas honnête de dire ça.

— Pourquoi ?

— Parce que, sans vouloir compter les jours, il est plus souvent chez vous que chez moi.

Depuis que la décision est prise, Yannis Karrassos ne cache pas son désarroi. Mme Vaindrier, de nouveau, lui reprend sa fille. Et cette fois, en accord avec Ugo. C'est lui qui l'a voulu. Alexandra s'est laissé convaincre. L'annonce de ce départ a tout changé dans la maison. Ugo parle. Ugo se détend. Ugo joue avec son fils. Il le prend dans ses bras, le lève au-dessus de sa tête, et l'enfant crie de plaisir. Et Ugo dit, comme quelqu'un qui reprend souffle :

— Les enfants comme des rivières...

Comme des rivières, oui, comme des fontaines, comme des cascades, et la fraîcheur remonte jusqu'à la mémoire. La soif est étanchée. « Ma source. » La vie entre ses mains. Rapide, impatiente, impossible à saisir, avec des mouvements si vifs que la tête tourne à vouloir les suivre. Chaque soir, maintenant, en rentrant, tout de suite, son fils. Il dit : « Pour la première fois, je n'ai plus entendu les bruits du chantier. » Depuis Venise, c'est vrai qu'il n'osait plus croiser son regard, à cause de cette nuit, avant l'opération, où il lui avait parlé de sa mort. Mais c'est fini. Maintenant, il le prend, s'allonge dans l'herbe avec ce poids sur lui, et toute sa fatigue s'en va d'un coup. « Ma rivière... » La vie qui court, le cœur qui bat, toute cette vie violente, cet arbre, jour après jour, mois après mois, bientôt debout, bientôt de la même taille que lui, et ils marcheront comme deux frères jumeaux. « Mon fils. » Noële ne croyait plus que c'était possible. Elle regarde ce qui se passe entre eux, ces jeux bruyants chaque soir, et le fils plus heureux encore que le père, qui attend maintenant, qui guette, et qui, du plus loin qu'il reconnaît son père, rit déjà de tout son visage.

Noële respire. Que s'est-il passé, dans le bureau, sur les chantiers ? Elle a interrogé sa mère. Elle a su que Ugo voulait qu'elle aille aux Quatre Vents. Elle a pensé que c'était raisonnable. Mais ce mot-là perd son sens. Ugo n'est plus raisonnable. Ugo a le visage des rochers de Lefkas, des plages de Capetown. Il s'ébroue parfois, en riant, toute sa vivacité revenue. Il n'obéit plus aux horaires. Un soir, il n'a pas envie de descendre dîner.

— Si on s'échappait ? dit-il.

— S'échapper ?

Ils sont dans leur chambre.

— Si on quittait la maison, sans prévenir personne ? Tu te souviens ?

Il la prend dans ses bras.

— La voiture volée, la plage, la nuit, le sable encore chaud, et comme tu dormais au petit jour ? Viens.

Ils descendent l'escalier sur la pointe des pieds, passent devant le salon où Yannis Karrassos et Nicole Vaindrier les attendent.

— Ils vont s'inquiéter, dit Noële tout bas.

— Nous avons passé l'âge où les parents s'inquiètent.

Ils sortent par les jardins, courent vers un petit mur, le franchissent en s'aidant l'un l'autre, et se retrouvent dans une avenue bordée de villas.

— Ça conduit où ? demande Ugo.
— A un grand boulevard.
— Qui conduit où ?
— A une porte de la ville.
— Et après la porte ?
— La campagne.

Ils courent presque.

— Si on marche tout droit, pendant toute la nuit, et le jour suivant, et la nuit suivante, et des jours et des jours encore, sans jamais s'arrêter, on finira bien par atteindre une clairière, ou une plage, ou une maison. Je t'y cacherai. Tu m'y attendras.

Ils ont franchi la porte de la ville. Ils sont dans la campagne. Le soir les précède, avec l'ombre des oliviers, très bleue.

— Cette maison existe, dit Ugo. Et tu vas bientôt la retrouver, et tu vas m'y attendre.
— T'y attendre ?
— Oui. Je viendrai.
— Quand ?
— Pour la Pentecôte.

Elle s'arrête.

— C'est vrai, Ugo ? Tu me jures que c'est vrai ?
— Je te jure que c'est vrai.

Elle se serre contre lui. Elle entend la vie qui bat en lui, le mouvement du cœur, qu'elle n'entendait plus la nuit, lorsqu'il dormait replié sur lui-même.

— Je vais te dire autre chose. A toi seule. Quand je serai aux Quatre Vents, j'appellerai maître Forestier. S'il est à Paris, j'irai le voir.

Elle ne sait pas si ce qu'elle entend est vrai. Pour la première fois, il a prononcé le nom de quelqu'un qui vivait dans l'univers d'avant, dans son univers.

Il l'a prononcé à mi-voix, avec tendresse, sans en avoir peur.

— Je ne sais pas encore ce qu'il me répondra, mais je sais la question que je lui poserai.

Il fallait qu'il vienne jusqu'ici, qu'il se perde avec elle dans le silence de la campagne, pour avoir la force d'avouer ce qui est en lui, cette résurrection soudaine, cette vie retrouvée.

— Je n'ai pensé qu'à ma main. J'ai cru que tout était fermé. Mais non ! Maître Forestier me dira. Cela représente des études à faire, de longues études, peut-être aussi longues que pour le piano, mais j'aurai la patience, et toi aussi, je le sais. Il y a la musique qu'on interprète, d'autres instruments, où ma main blessée n'empêchera rien. Mais il y a aussi la musique qu'on écrit ! Et la musique qu'on enseigne ! Et la musique qu'on dirige ! Il y a beaucoup de chemins.

Ils marchent longtemps, au hasard. Ils pensent à Nicole Vaindrier, sans savoir qu'ils pensent la même chose. Ils entendent tous les deux sa voix. Ugo soudain s'arrête.

— Je voudrais..., dit-il.

Il ne sait pas expliquer. Quelque chose en lui, comme l'effroi devant tout ce temps perdu.

— Je voudrais que ce soit demain !

VIII

Elle va à Versailles deux fois par semaine, et toute sa vie est changée. Odile lui prête sa petite voiture. Marie-Hélène part après le déjeuner. Elle traverse le bois de Boulogne, prend l'autoroute. Les arbres sont superbes. Elle s'attarde à les regarder. Il y a parfois des échappées vers une prairie où jouent des enfants. Elle a appris à leur sourire. La première chose obtenue par le médecin de Versailles : qu'elle ne se considère plus coupable. C'est un homme très froid en apparence. Mais Marie-Hélène préfère ça. Il l'écoute. De temps en temps, il dit : « Je comprends. » Comme si c'était parfaitement naturel.

Lorsqu'elle s'était trouvée devant lui, la première fois, elle s'était sentie ridicule. Cet homme recevait chaque jour des femmes vraiment malades, qui avaient de graves problèmes, qui demandaient de l'aide et qui en méritaient. Mais elle ? Tout était dans sa tête. Une idée, qui s'était installée, qui avait pris de telles proportions qu'elle avait parfois l'impression de perdre la raison. Mais si elle l'expliquait en quelques mots, comment ce médecin se retiendrait-il de sourire ? Il allait lui demander : « Depuis combien de temps êtes-vous mariée, madame ? » Elle répondrait : « Un peu plus d'un an. » Et tout serait fini. Il se lèverait, la reconduirait vers la porte en disant : « Votre inquiétude est pour le moins prématurée. » Et il aurait raison. Mais non. Il avait écouté. Il avait pris des notes, posé des questions. C'est ce qu'elle avait dit à Odile, en rentrant, le premier soir : « Il m'a prise au sérieux. » Il avait agi tout de suite. Il lui avait fait faire des radios. Cinq jours plus tard, elle était revenue le voir. Elle se répétait : « Il n'y a rien, sûrement rien. Il va me dire qu'il ne peut rien pour moi. » Elle hésitait à sonner. Cet espoir qui lui était venu, l'impression d'être prise en charge, fallait-il y renoncer si vite ? Le médecin l'avait fait entrer dans son cabinet. Les radios étaient sur son bureau.

— Je vous rassure tout de suite. Ce que vous avez n'est pas grave. Mais vous avez quelque chose.

Le médecin lui montrait les radios, lui expliquait. Il employait des mots qu'elle ne comprenait pas. Il parlait d'obturation d'une des trompes, de trace d'affection salpingienne. Elle ne posait pas de questions, à lui de savoir, et il savait. Elle lui faisait confiance. Puisqu'elle avait quelque chose, il allait la soigner. Elle était enfin sortie de cette période d'attente passive. Il indiquait maintenant le traitement à suivre. Deux fois par semaine, le lundi et le jeudi, elle viendrait à Versailles, pour qu'il lui fasse des insufflations intratubaires.

— Avec du gaz sous pression, qui doit, peu à peu, venir à bout de votre obturation.

Elle avait commencé son traitement le lundi suivant. A la fin de cette première séance, le médecin lui avait remis une courbe, tracée à la plume sur un papier millimétré.

— Voici le tracé de la pression du gaz carbonique. Pour le moment, il n'est pas normal. Mais vous allez voir. Dès la seconde séance, il s'améliorera.

Le jeudi, le tracé était différent. Le lundi suivant, il lui avait demandé :

— Avez-vous mal à l'épaule ?

Comme elle ne comprenait pas, il avait expliqué :

— Le jour où vous aurez mal à l'épaule, c'est que l'air passera librement. Ce sera le signe de notre victoire.

Ainsi, il suffisait qu'elle réponde : « Oui, j'ai mal à l'épaule », une phrase aussi simple, aussi banale, pour que tout soit fini ? Elle ne voulait pas se laisser prendre par un trop grand optimisme, mais elle pensait à Jean-François. Elle aurait voulu pouvoir tout lui dire. C'était trop tôt. Elle voulait attendre que le traitement soit terminé et qu'elle ait gagné la bataille.

— Vous êtes là, Jean-François ?

La porte s'ouvre, au bout d'un moment.

— Ah ! monsieur Vaindrier...

— Je vous dérange ?

— Pas du tout. Entrez.

Le moulin est en désordre. Des papiers, des journaux, un peu partout. Par la porte de la cuisine, Gilles aperçoit des piles d'assiettes sales.

— Je travaille ici, explique Jean-François. Au bureau, on est toujours dérangé. Les allées et venues, le téléphone. Ici, c'est calme.

— J'ai pensé à vous, tout à l'heure, à la banque, en signant les papiers pour mon emprunt, dit Gilles. Il y a deux ans, vous avez signé les mêmes papiers, à la même banque. Vous avez emprunté, pour transformer votre usine. Je m'en suis souvenu. J'ai voulu vous le rappeler.

Jean-François s'est assis, dans un fauteuil, les jambes repliées. Malgré le temps chaud, il porte un gros chandail.

— A cette époque, vous veniez souvent aux Quatre Vents. Vous m'avez demandé des conseils. Si j'en juge par les résultats obtenus, je vous en ai donnés qui n'étaient pas si mauvais. Je viens de voir votre père. Il m'a appris que vous aviez repris votre place, que tout allait bien.

Jean-François regarde la Loire.

— Vous avez des nouvelles de Marie-Hélène ?

— Oui, réplique Jean-François sans tourner la tête. J'ai appelé Odile deux ou trois fois.

— Vous ne voulez pas aller la rejoindre ?

— Ce n'est pas à moi de décider. Même si j'allais à Asnières, même si je sonnais à sa porte, elle n'ouvrirait pas.

Il répond d'une voix lointaine.

— Ce n'est pas vrai, Jean-François. Je connais Marie-Hélène. Je connais les sentiments qu'elle a pour vous. Si...

— Vous êtes comme Mme Vaindrier. Vous allez m'accuser d'être responsable de tout. Je me rends compte de mes responsabilités. Elles sont grandes. Mais...

Il se lève, fait quelques pas.

— Parlez-moi plutôt de vos projets, de votre laiterie, de vos emprunts. C'est votre vie. La seule qui compte. Est-ce François Gallart, finalement, qui est votre architecte ?

Il remue quelques papiers sur une table, ferme un dossier.

— Ecoutez-moi, Jean-François.

Ce sera difficile, parce que jamais encore il n'a eu de tels mots à prononcer. Même devant sa femme. Mais il le faut.

— Il y a des pères et des fils, qui transmettent la vie l'un après l'autre, dans les familles, pendant des générations. Et puis, sans qu'on sache pourquoi, il arrive qu'un fils... Que la vie s'arrête avec lui. Pour un homme c'est une épreuve terrible. Il sait que sa mort est en marche, et, lorsque sa mort l'aura rejoint, personne ne continuera à respirer pour lui, à témoigner du temps de sa vie. Je suis ce fils, Jean-François. J'ai trois frères. Tous les trois ont des enfants. Tous les trois continueront de vivre à travers leurs enfants. Pas moi.

Jean-François écoute. Gilles Vaindrier a vu son dos se redresser.

— Aujourd'hui encore, après tant d'années, il m'arrive de me révolter. Parce qu'on se révolte. On pense que c'est injuste. Et c'est injuste. On voudrait s'en prendre à quelqu'un, demander pourquoi... Aujourd'hui encore, oui. Et surtout quand je songe au petit Yan, le fils de Noële, et à M. Karrassos. Vous voyez, je ne vous cache rien.

Il avait peur que Jean-François l'interrompe très vite. Mais non. Il peut continuer.

— Vous allez peut-être croire que ces projets que je fais, cette laiterie que je me décide à construire, c'est pour compenser ce que je n'ai pas. Pour faire comme si je remplaçais l'enfant que je n'ai pas eu par une construction qui durera longtemps après moi. Ce n'est pas ça. Si je me décide à construire, c'est parce qu'il faut faire son métier. Et le faire bien. Pour vous, Jean-François, l'usine c'est la même chose. Dites-vous bien que l'aviation ne remplacera rien. Car rien ne remplace. Ni personne. Vous pouvez fermer l'usine demain, et reprendre votre métier de pilote. L'absence d'un fils sera la même...

Jean-François se retourne. Il est blême. A travers la souffrance de Gilles Vaindrier, c'est la sienne qu'il reconnaît, avec cette phrase de Marie-Hélène : « Pour retenir ce moulin, il faudrait le poids d'un enfant. » Et depuis qu'il est seul il a le sentiment de partir à la dérive : la papeterie, le moulin, lui-même.

— Encore un mot, Jean-François. Et je m'en vais. Ce qui me reste à dire, c'est le plus grave et le plus vrai pour moi. Lorsque je suis revenu du front, à ma première permission, j'ai trouvé une petite fille aux Quatre Vents. J'ai été très heureux. Parce que cette maison n'était pas faite pour être vide. Mais jamais, vous m'entendez bien, jamais je n'ai confondu les vérités. Jamais je ne me suis permis de croire que Noële était ma fille. Elle m'a aidé à moins penser que je n'en avais pas une à moi. Parce que, je l'ai dit et je le répète : rien ne remplace. Ni personne. Alors ? Que reste-t-il, pour ces fils qui n'ont pas pu transmettre la vie ? Il reste celle qui partage ce dessèchement, qui en souffre de la même façon, qui accepte et qui continue. Ma vie n'aurait pas de sens, Jean-François, il faut que vous le compreniez, si je ne l'avais pas tournée tout entière vers Nicole. Si je n'avais pas construit avec elle la seule chose qui nous était accordée : une vie partagée.

Sa voix n'a pas su tenir jusqu'au bout. Devant le visage bouleversé de Jean-François, il a laissé paraître son émotion. Il sort très vite, sans ajouter un mot.

— Allô, Odile ?... C'est Jean-François. Je suis à Paris. Depuis une heure. J'ai pris une chambre dans un hôtel, rue de la Convention. Il faut que je vous parle, Odile... Où vous voudrez... Aux Champs-Elysées ? Bon... Je vois, le grand café à la sortie du métro. Quelle heure ?... Entendu.

Il raccroche. Il ne défait pas sa valise. Peut-être va-t-il repartir le soir même. Tout dépendra de ce que lui dira Odile. Il sort seulement son rasoir, sa trousse de toilette. Il a le temps de prendre un bain. Il a roulé très vite, cette nuit. Il ne se sent pas fatigué. Pour la première fois, depuis le départ de Marie-Hélène, il a l'impression d'être réveillé.

Il arrive très en avance au rendez-vous d'Odile, s'assied à la terrasse, commande un café. Il fait beau. Il y a longtemps qu'il n'est pas venu à Paris. Depuis le jour de son mariage. Si longtemps, et pourtant...

— Je suis en retard ?

Odile arrive, vêtue d'une sorte de pyjama blanc, serré aux chevilles, de longs colliers de métal autour du cou.

— J'ai décidé de ne plus porter de montre. Ce temps qui vous grignote le poignet c'est comme un cancer.

Elle s'assied, sourit.

— Vous me reconnaissez ?

— Bien sûr, dit Jean-François.

Il se demande s'il pourra lui parler sérieusement. Un garçon s'approche. Odile commande de l'eau minérale.

— C'est la seule boisson purifiante, commente-t-elle.

— Marie-Hélène sait ? demande Jean-François.

— Que ?

— Que je suis à Paris.

— Vous ne m'aviez pas précisé s'il fallait qu'elle le sache. J'ai préféré attendre de vous avoir vu.

Le garçon apporte le verre d'eau minérale. Odile boit une gorgée, lentement, les lèvres tremblantes, comme au bord d'une source miraculeuse.

— Comment est-elle ?

— Bien.

— Que fait-elle ?

— Elle visite.

— C'est-à-dire ?

— Elle a une passion pour les monuments. Elle grimpe à l'Arc de triomphe. Elle va au Louvre. A Versailles, aussi. Surtout à Versailles. Elle semble avoir une grande fascination pour le château et les jardins. Elle y est aujourd'hui. Elle part le matin, revient le soir.

— Et puis ?

Odile boit une seconde gorgée d'eau.

— Et puis rien.

— Elle vous parle de moi ?

— Jamais.

— Pas un mot ?

— Non.

— Ce n'est pas possible, Odile. En un mois, jamais un mot...

— Calmez-vous, Jean-François.

— C'est facile de dire : calmez-vous. Essayez de vous mettre à ma place.

— Et moi ? Essayez de vous mettre à la mienne. Vous croyez que c'est facile ?

— Pardon, dit Jean-François.

Il sait qu'elle a raison.

— Ecoutez, Odile. En principe, je suis venu à

Paris pour essayer de trouver un remplaçant à Burion. J'en ai pour deux heures au maximum. Après, je rentre à l'hôtel, et j'attends. Lorsque Marie-Hélène sera revenue de Versailles, dites-lui que je suis à Paris. Rien d'autre. Vous verrez sa réaction. Voici le téléphone de l'hôtel. Appelez-moi, quelle que soit l'heure.

Le téléphone sonne à huit heures du soir.

— Odile ? Alors ?

Il écoute.

— Il faut combien de temps pour aller chez vous ?... Très bien. Je pars tout de suite.

Il prend sa valise, quitte la chambre, règle sa note, monte en voiture. C'est une heure assez facile pour circuler. Lorsqu'il s'arrête devant l'immeuble d'Odile, il lève la tête. Les fenêtres sont éteintes. Il attend. La porte s'ouvre. Odile vient vers lui.

— Voilà, dit-elle.

Elle lui remet une lettre.

— Elle est là-haut ? demande-t-il.

— Oui.

— Elle sait que je suis dans la voiture ?

— Oui.

Jean-François tourne la lettre entre ses mains.

— Vous allez peut-être me trouver ridicule, Odile. Mais tant pis. Allez lui dire qu'elle peut être tranquille, je ne bougerai pas, je ne sortirai pas de la voiture, mais je voudrais qu'elle vienne à la fenêtre. C'est tout. Après, je reprendrai la route.

Odile rentre dans l'immeuble. Jean-François décachète l'enveloppe.

« Jean-François, je voudrais repartir avec toi, mais c'est encore trop tôt. Donne-moi quinze jours. Et tout ira mieux. Je suis contente que tu sois venu. Je t'embrasse. »

Il lève les yeux. Une des fenêtres de l'appartement s'est allumée. Quelqu'un approche de la vitre. Il voit un visage, une main qui se lève, qui reste longtemps levée. Il lève la main à son tour.

Depuis, Marie-Hélène répond au téléphone. Elle parle à Jean-François, longuement, presque chaque soir. Elle ne veut toujours rien lui dire sur ce qui se passe à Versailles, mais elle est contente d'entendre sa voix. Parce qu'il est venu. Parce qu'il lui a prouvé qu'il avait besoin d'elle, et elle en a été touchée. Ils respectent leurs conventions. Jean-François ne cherche pas à savoir ce qu'elle fait. De temps en temps, pourtant, il laisse échapper une certaine impatience.

— Quand reviens-tu ?

— Bientôt.

— Tu ne peux pas fixer de date ?

— Pas encore.

— Mais tu reviendras ? Sûr ?

Elle a devant les yeux la courbe que lui a remis le médecin la veille. C'était la sixième séance. La courbe s'est nettement améliorée. Elle a même cru, un moment, qu'elle avait mal dans l'épaule. Une illusion. Mais elle sait qu'elle est sur la bonne voie.

— Absolument sûr.

Un soir, elle demande :

— As-tu des nouvelles des Quatre Vents ?

— Je suis passé en prendre, après déjeuner. Noële est là, avec son fils. Elle espère que Ugo pourra venir la rejoindre pour la Pentecôte.

Marie-Hélène l'entend marcher, en parlant. Il doit

être dans leur chambre. Il tient l'appareil d'une main et va d'une fenêtre à l'autre.

— Le fils de Noële, tu l'as vu ?

— Le petit Yan ? Oui, je l'ai vu.

— Comment est-il ?

— Très beau.

Elle est contente d'elle-même. Elle a pu parler de l'enfant sans arrière-pensée.

— Viens le voir, continue Jean-François. Qu'est-ce que tu attends ?

— J'attends...

Elle ne sait pas le dire. Répondre : « J'attends lundi. » Et le lundi soir :

« J'attends jeudi », ça n'a de sens que pour elle.

— Où es-tu ? demande Jean-François, qui s'impatiente.

— Ici. Je t'écoute.

— Pourquoi ne réponds-tu pas ? Il y a quelqu'un avec toi ?

— Odile, oui. Bien sûr.

— Et qui ?

— Qui veux-tu d'autre ?

— Personne. Je ne sais pas. J'ai l'impression...

Il garde le silence, à son tour. Ils ont tout oublié, l'un et l'autre. Le retour de Stockholm, l'arrivée de Gérard Lambert, leur séparation en gare de Roanne. Ils savent seulement qu'ils sont séparés, et qu'ils le supportent de plus en plus mal.

— Une semaine, Jean-François. Dix jours, peut-être, et je rentre.

— Promis ?

— Promis.

Elle peut le promettre. Le médecin est formel. Le traitement est sur le point de réussir.

— Encore une ou deux séances, et tout est arrangé, lui dit-il le lundi suivant.

Ce jour-là, elle a un début de mal à l'épaule. Un vrai, cette fois.

— Maintenant que nous nous connaissons mieux, je peux vous poser une question ?

— Bien sûr, docteur.

C'est après la séance. Le médecin semble avoir un peu de temps devant lui.

— Je peux imaginer, d'après ce que vous m'avez dit, dans quelles conditions a eu lieu votre mariage. Ça explique très largement l'état physique dans lequel vous vous êtes trouvée. Mais j'ai l'impression qu'il y a autre chose. Une autre raison, que vous n'avez peut-être pas clairement analysée. Cherchez bien.

Elle n'a pas besoin de chercher.

— C'est exact, dit-elle.

Elle parle de son oncle Gilles et de sa tante Nicole. Elle raconte l'adoption de Noële, et tout ce qui s'est passé depuis que sa vraie famille a été retrouvée. S'il n'y avait pas eu tous ces bouleversements, elle n'aurait sans doute pas été tellement impatiente d'attendre un enfant. Elle s'était dit, malgré elle : « Je suis une Vaindrier. Moi aussi, comme mon oncle Gilles... » Elle n'avait pas pensé qu'il avait trois frères, et que chacun des trois avait plusieurs enfants. Elle n'avait songé qu'à lui. Elle s'était dit qu'il y avait comme une hérédité dans la famille.

— Et votre mari ? demande le médecin. Vous ne vous êtes jamais dit que cela pouvait venir de votre mari ?

— Non.

— Lui non plus ?

Comment répondre qu'ils n'en avaient jamais parlé ?

— C'est une étrange réaction masculine, continue le médecin, mais je l'ai très souvent vérifiée. Beaucoup d'hommes sont incapables de penser que la responsabilité peut leur revenir. Ils confondent stérilité et impuissance. C'est extrêmement difficile de le leur faire admettre. Pour eux, la femme est la seule coupable... Je peux vous donner un conseil ?

— Oui, docteur.

— N'attendez pas plus longtemps pour en discuter avec votre mari.

Elle obéit, le soir même. Elle raconte tout à Jean-François, longuement, par téléphone. Elle a vraiment l'impression qu'il est là, en face d'elle. Il ne parle pas. Il écoute. Mais elle l'entend respirer dans l'appareil. Une respiration toute proche. Il suffirait de tendre la main. Elle le fait. Son visage, dans l'ombre... Elle pose la main sur les joues, sur le front. Elle se délivre de toutes ces semaines de silence, qui étaient comme une trahison de son amour.

— Voilà, dit-elle enfin. Tu sais tout, maintenant. Il n'y a plus aucun secret en moi.

Il reste longtemps silencieux. Mais elle sait que la communication n'a pas été coupée.

— Ecoute..., dit-il.

Elle l'entend respirer plus vite. Il doit lutter contre lui-même. Elle a parlé si longtemps que la nuit est venue. Il fait nuit également dans le moulin, au bord de la Loire. Elle sait qu'il n'a pas allumé la lampe, qu'il est resté dans le noir, comme elle. Dans ce noir des chambres aux fenêtres ouvertes.

— Ecoute..., dit-il encore.

Elle revoit son visage, dans la voiture qui s'était arrêtée devant l'immeuble d'Odile. Son visage levé vers elle. Sa main levée vers elle. C'est comme ce soir-là. Exactement comme ce soir-là. Avec cette différence : maintenant, ils peuvent se parler. Elle sait ce qu'il va dire. Elle voit le mouvement des lèvres. Elle voudrait l'en empêcher, au dernier moment. Retenir les mots qu'il va prononcer, parce qu'elle les attend depuis trop longtemps. Elle ne sait pas si elle aura la force de les entendre. Mais il n'y aura plus jamais cette distance entre eux, et cette certitude en même temps d'être si proches. Il ne pourra plus jamais lui dire aussi simplement :

— Je t'aime.

Une semaine encore, la dernière. A la fin de la séance, le médecin n'a pas besoin de lui demander : « Avez-vous mal à l'épaule ? » Elle ne peut pas le cacher. Un mal violent. Son visage se crispe, mais elle rit, en même temps.

Elle croise le regard du médecin. Il paraît aussi heureux qu'elle.

— Voici la dernière courbe.

Il lui tend la feuille millimétrée.

— Absolument normale.

Après la séance, elle ne s'attarde pas. Elle remonte en voiture, s'engage sur l'autoroute. Il fait beau. Quelque chose semble se dénouer. Elle ne sait pas encore quoi. Elle freine, soudain. Elle n'a plus envie d'aller vite. Toute sa vie, depuis plusieurs semaines, s'inscrit entre ces quelques kilomètres, entre ces rangées d'arbres. Elle recommence à respirer.

Avant de regagner Asnières, elle décide de faire un petit détour, pénètre dans le Parc de Saint-Cloud, arrête sa voiture près d'un bassin, s'assied sur un banc. Elle est seule. Il y a des massifs bien dessinés, des bordures de buis, des vases de pierre sur de grands socles, un silence d'autrefois. Elle a envie d'attendre le soir dans ces étendues qui semblent faites pour elle. Il y a deux enfants, de l'autre côté du bassin. Elle ne les avait pas remarqués. Ils poussent un petit voilier avec une perche. Elle les regarde, et s'aperçoit qu'elle n'a plus honte. Elle peut recommencer à s'asseoir dans les jardins. Elle observe les deux enfants, un long moment, les yeux à moitié fermés, comme pour se protéger des reflets du soleil. Puis, elle remonte en voiture.

Le soir, au téléphone, Jean-François lui dit :

— J'arrive.

Il roule, de nouveau, toute la nuit, s'arrête de nouveau devant l'immeuble d'Odile. Cette fois, elle est prête.

— Montez au moins boire un café, crie Odile par la fenêtre.

Il fait signe qu'il n'a pas le temps, qu'il repart tout de suite. Il veut être au moulin, avec Marie-Hélène, le soir même. Ils s'échappent, comme deux prisonniers qu'on vient de délivrer. Pendant tout le trajet, Jean-François parle. De l'usine, de l'aviation, de ce qui appartient aux rêves, de ce qui appartient à la vérité. Il raconte la visite que lui a faite Gilles Vaindrier. Il avoue ce qu'il a découvert ce jour-là. Qu'une vie n'a de sens qu'à travers un amour partagé. Il explique qu'ils ont fait d'étranges maladies, l'un et l'autre, des maladies où les regrets, les obsessions, les idées fixes avaient joué un rôle dangereux. Mais qu'ils étaient guéris. Il dit que la volonté dont Marie-Hélène vient de faire preuve, son obstination à se battre, à aller jusqu'au bout de sa détermination, il voulait en faire preuve, à son tour. Il aurait la même volonté. La même détermination.

— Pour que tu sois heureuse.

Voilà le but de sa vie, désormais. Voilà ce qui lui tient lieu de rêves. Marie-Hélène regarde la route, les arbres. Elle entend déjà le bruit de la Loire.

Après Roanne, au moment de prendre la direction du moulin, elle dit brusquement :

— Faisons un détour par les Quatre Vents. Je voudrais embrasser Noële. Et peut-être Ugo, puisqu'elle l'attendait.

Ils arrêtent la voiture dans la cour de la maison. La porte est ouverte. Ils entrent. Nicole Vaindrier est assise devant la cheminée, son petit-fils dans les bras. Il dort.

Elle lève les yeux, les regarde avec étonnement.

— Non, dit-elle.

Elle secoue la tête.

— Non, Noële n'est pas là.

A voix basse, comme si elle avait peur de réveiller l'enfant.

— Son père... Oui, M. Karrassos est venu la chercher.

Nicole se penche vers l'enfant, murmure :

— Ugo...

Elle ferme les yeux. Elle pleure.

IX

Elle pense seulement : on me regarde. Elle s'accroche à cette idée. Le petit port est désert. Les volets des maisons fermés, comme les jours de grande chaleur. Mais elle sait. Derrière les volets, il y a des visages qui la regardent. Delpina descend du bateau derrière Noële. Elles empruntent le sentier qui monte vers la maison. Noële revoit le matin de son mariage. C'était le même silence de l'île, les mêmes volets fermés, les mêmes regards invisibles. Elle était sortie de la maison au bras de Gilles Vaindrier. La robe était lourde. M. Karrassos et Delpina marchaient loin derrière. Elle s'arrête. Tout ce chemin à faire, ces escaliers. Elle n'aura pas la force. Delpina lui prend doucement le bras.

— Viens, dit-elle.

Elles repartent. « On me regarde. » Il faut monter sans faire de faux pas. Lorsqu'elles seront entrées dans la maison, ce sera fini. Elle entend des bourdonnements. Des mouches, des abeilles. C'est l'été. La chaleur de l'été. Elles montent ensemble, se tenant l'une à l'autre. C'est toujours l'été à Lefkas, toujours la chaleur. Elle voudrait que les marches soient fraîches, qu'elle puisse y poser son pied nu. Elle songe à la neige. Tout serait blanc. Comme dans l'enfance de Ugo, au bord du Balaton, dans les forêts...

— Ils savent ? interroge-t-elle.

Jusqu'ici, c'était elle, et elle seule. Elle vient de penser aux parents de Ugo, à son frère Josef, à sa femme, à sa petite fille. Il faut les prévenir. Elizabeth, aussi. Il faut qu'elle sache. Il y avait Tomas, et Maria. Maintenant, il y a Ugo. Les familles se reforment ainsi, peu à peu, dans des maisons, comme sur la terre, où les chambres sont déjà préparées pour ceux qui viendront.

— Ils savent, répond Delpina. Yannis les a fait prévenir. Par ce couple, chez qui il était descendu à son second voyage.

La première terrasse. Noële s'appuie à la balustrade, regarde la mer. Elle cherche l'île, au large, leur île déserte. Mais la lumière efface tout. Elle entre dans la maison, s'assied.

— Je t'apporte à boire, dit Delpina.

Elle disparaît sans bruit. Noële s'endort. Depuis deux jours, elle est prise de sommeils très courts, qu'elle provoque, parce qu'elle espère y retrouver Ugo. Mais ce qu'elle voit, elle ne sait pas ce que c'est. Des trains. Une forêt. Des tours. Elle ouvre les yeux. Delpina, debout devant elle, lui tend un verre d'eau. Elle boit avidement.

— Maintenant, ordonne-t-elle.

— Tu ne veux pas attendre ?

— Non. Maintenant.

Elle se lève.

— Il faudra fermer les volets.

Les volets, les fenêtres, les portes. Tout verrouiller. Jeter le trousseau de clefs à la mer. Elles vont d'un couloir à l'autre, d'un palier à l'autre, à travers cette maison tout en hauteur, jusqu'à la dernière chambre qui ouvre sur la dernière terrasse. Delpina s'arrête. Noële la regarde.

— Oui, approuve-t-elle.

Elle préfère être seule. Elle sort sur la terrasse, longe le mur, atteint le petit bois de citronniers. Elle cherche dans l'ombre. Une pierre. Posée au hasard. Elle avance. Une longue pierre, au milieu des herbes, et ce n'est pas vrai. Elle s'agenouille, met une main sur la pierre. On l'a trompée. On lui a dit qu'il dormait là. Elle veut le voir. Elle veut le voir, avec son visage sur le côté, comme la nuit, elle sait, elle sait comment il dort. Elle se relève, revient vers la maison en courant. Delpina est debout, au bord de la terrasse.

— Où ? Où ? s'écrie Noële.

Elles retournent ensemble dans le bois.

— Là, montre Delpina.

Devant la pierre. Noële veut bien croire, puisque Delpina le lui affirme. Elle veut bien croire qu'il est là. Mais elle sait bien que non. Partout dans le monde, dans toutes les villes, sur toutes les mers, mais pas là. Elle se dit qu'il faudrait apporter des fleurs. Mais, sous ces arbres, avec les herbes qui vont grandir, ce sera très vite comme un jardin. Elle se dit que d'autres se mettraient à genoux. Elle se dit qu'elle n'a plus de cœur, plus rien, quelque chose de dur, cette pierre peut-être, oui, plus de cœur, tout est asséché. Les gestes qu'il faut faire, les mots qu'il faut dire, comment les connaître ? En elle, il n'y a qu'un refus : Ugo n'est pas là. Elle veut descendre vers les rochers rouges. Là, peut-être. Là, oui. Elle dit à Delpina :

— Je descends.

Elle part, très vite. Elle a envie d'appeler : *Ugo...* Si elle appelle : *Ugo...,* il va l'entendre. Il va répondre. Elle atteint les rochers, s'arrête. La mer est tout autour. Quelqu'un nage. Elle entend très distinctement le bruit. C'est derrière un rocher. Elle ne voit pas encore. Mais elle entend. Elle s'assied. Il va apparaître. Quelques brasses encore. Il sautera d'un bond, sur les rochers. Il s'ébrouera en riant. Il dira : « Vous aimez les oursins ?... » Elle guette toujours. Elle est sûre que c'est lui qui nage. Ugo. Elle parvient à prononcer son nom. Tout bas. C'est la première fois. Depuis qu'elle a vu son père arriver aux Quatre Vents, depuis qu'elle a découvert son visage... Mais non. Pas cette image-là. Ni ce voyage, ni le récit, ni...

Elle penche la tête. Ce n'est pas un nageur. C'est une barque. Blanche et verte, avec un seul rameur. Elle se relève. La mer brûle. Où est leur île ? Ugo doit être dans leur île. C'est là qu'il faut aller. Delpina accepte. Elles redescendent vers le petit port, reprennent le bateau. Noële reste debout à l'avant, pour voir plus vite. L'île se rapproche. Déjà, elle distingue les murs de la bergerie.

— Ugo !

Elle crie de toutes ses forces. Sa voix porte sur la mer.

— Ugo !

Le bateau se laisse glisser entre les rochers. Noële saute à terre, court jusqu'à la cabane, pousse la porte.

— Ugo !

Elle tombe. Elle se laisse aller de tout son long, à la renverse. Ce qu'ils lui ont dit, ce qu'ils ont fini par lui faire comprendre, et qu'elle ne voulait pas comprendre, cette mort, sa mort, la grue, le filin qui casse, le corps dans le vide, elle ne voulait pas le croire, puisque c'était déjà arrivé. Qu'il était déjà tombé. Qu'il s'était rattrapé à un hauban. Elle l'a vu, elle lui a parlé depuis, les choses ne recommencent pas. Mais si Ugo n'est pas dans l'île, tout ce qu'ils lui ont expliqué, son père et Delpina, c'est peut-être vrai. Elle est prise dans quelque chose qui est trop pour elle, une trop longue attente, où est-il ? C'était ici, mon amour, notre amour, enfermés tous les deux, seuls au monde...

Elle pleure enfin.

Elles ont tout fermé. Toutes les portes. Toutes les fenêtres. Plus personne ne viendra à Lefkas. Jusqu'au jour où le petit Yan devenu grand décidera de ce qu'il veut en faire. Ce que Noële ne veut pas, c'est qu'on laisse les jardins à l'abandon. Un jardinier viendra, taillera les arbres, soignera les fleurs. Elle ne veut pas que l'herbe envahisse tout. Lorsque la maison est fermée, elles reprennent le bateau pour rentrer à Athènes.

Noële regarde l'île s'éloigner. Elle se souvient du premier jour. Elle était également avec Delpina. Le bateau, pour entrer dans le port, avait longé les rochers de très près. En levant les yeux, Noële avait découvert une sorte de place forte, prise entre les replis de la pierre. Elle avait pensé à un nid d'aigle. Aujourd'hui, elle retrouve la même impression. C'est une maison qui ne s'apprivoise pas. Faite pour ceux qui attendent, et qui interrogent la mer. Delpina avait attendu. Yannis Karrassos avait attendu. Pendant vingt ans. Chaque matin, ils se disaient : peut-être aujourd'hui. Pour Noële... Ce qui commence, elle ne sait pas ce que c'est. La vie sans Ugo. Le matin, elle ne dira pas : peut-être aujourd'hui. Elle n'attendra rien.

— Ne te bats pas contre ton chagrin, dit Delpina.

Elles se sont enfermées dans une cabine. Il y a le soir dans les hublots, et la mer devient grise.

— Le chagrin est une maladie. Pour la guérir, il ne faut pas la combattre. Il faut qu'elle suive son cours de maladie.

Elle parle à mi-voix. Elle n'a plus la force. Tout en elle est dénoué, déchiré. Elle se retrouve sans âge, le dos voûté, avec seulement sur son visage l'aveu de sa tendresse.

— N'écoute pas les autres. Ils disent qu'il faut être digne. Ne les écoute pas. A quoi sert l'héroïsme ? Si tu refuses ton chagrin, il grandira à l'intérieur de toi, et dévorera tout.

Elle est vieille. Très vieille. Son visage s'est défait. En fermant la maison, à chaque porte, elle s'affaiblissait. Les Karrassos. La dignité des Karrassos. Elle écoutait la rumeur des temps d'autrefois. Elle se souvenait des familles. Et maintenant, ce désert. La mort, et les chambres fermées. Elle regardait Noële. Elle aurait voulu que ce soit une enfant, la prendre dans ses bras, la consoler.

— Yannis..., dit-elle.

Mais rien ne se compare. Lorsque, vingt ans plus tôt, Yannis, revenu des montagnes où il se cachait, avait trouvé la maison vide, et sa femme Ariana disparue, c'est Delpina qui l'attendait. La mort était près d'elle. Elle venait de l'apprendre. Ariana Karrassos était morte dans un couvent de Prato, en Italie. Il avait marché dans la maison pendant quatre jours. Par moments il levait le poing et frappait les murs. Puis il était parti pour Prato. A son retour, il avait seulement dit : « Ma fille reviendra. » Comme si, à Prato, l'assurance lui en avait été donnée. Peut-être par la morte elle-même, lorsqu'il s'était penché sur la tombe. Il s'était mis à voyager, à étendre son empire, à imposer partout sa puissance. Jamais, devant Delpina, il n'avait parlé de sa femme. Jamais prononcé le nom d'Ariana. Pendant toutes ces années, Delpina avait appris que la tendresse était une force, la seule qu'elle puisse offrir à son frère.

Aujourd'hui, où elle voudrait l'offrir à Noële, elle s'aperçoit qu'il est trop tard. La force est devenue faiblesse. Elle ne saurait plus que se plaindre.

— Vous l'avez vu ? demande Noële.

Elle fixe le hublot.

— Après l'accident, vous l'avez vu ?

— Non, répond Delpina.

Elle croise les mains.

— Yannis seul. Moi, il n'a pas voulu.

— Défiguré ?

Delpina ne peut pas répondre. Elle était sur le perron, lorsqu'ils avaient ramené Ugo. Elle s'était avancée. Mais Yannis l'avait fait rentrer de force dans la maison. Il ne voulait pas. Lui seul. Cette dernière image de Ugo, il voulait être seul à la connaître.

— Ce soir, dit Noële.

Elle parle tout haut.

— Il va rentrer, ce soir, comme les autres soirs. Il se plaindra du bruit.

Cette journée n'est pas une journée. Ce sont des instants à la suite, qui ne veulent rien dire. Elle a vu les volets fermés dans le village, le petit port désert, une pierre entre les arbres, les rochers rouges. Mais ce sont des images qui ne veulent rien dire. Elle va se retrouver à Athènes. Ce sera la nuit. Ugo rentrera. Elle entend la sirène qui annonce la fin du travail. Elle l'entend très distinctement. Les chantiers sont proches. Le voyage est fini. Cette journée est finie, qui n'était pas une journée. Ils s'endormiront ensemble. Ils se réveilleront à l'aube. Une journée nouvelle commencera.

— Demain...

Elle dit : demain. Mais comment traverser cette nuit, et atteindre demain, si elle est seule ?

— Restez avec moi.

Elle s'accroche aux mains de Delpina.

— Pas un instant. Ne me laissez pas seule un instant.

Elle glisse. Elle est à genoux, repliée, avec l'impression d'enfoncer, que c'est la mer et qu'elle s'enfonce, et si Delpina ne la tenait pas, s'il n'y avait pas ces deux mains pour la maintenir hors de l'eau, elle finirait par se noyer.

— Ce qui est vrai, dit Yannis Karrassos, ce qu'il faut que tu saches parce que c'est vrai : Ugo n'avait pas changé. Après ton départ, il m'a parlé de ses décisions. Il voulait vraiment aller voir maître Forestier à Paris. Il voulait vraiment refaire de la musique. Ce n'était pas un mensonge. Tu l'as peut-être pensé. Mais il faut que tu me croies.

Ils sont dans l'ombre. Avec seulement, par les portes-fenêtres restées ouvertes, la clarté de la lune.

— Tu me crois ?

Elle répond oui, d'un mouvement des lèvres.

— Il n'a pas lâché le hauban. Il n'a pas voulu tomber. C'était vraiment un accident. Tu me crois ?

De nouveau, elle répond oui. Elle tient toujours les mains de Delpina. Elle ne peut pas les lâcher. Sinon, elle s'enfonce.

— J'irai te voir, continue Yannis Karrassos. J'irai te voir souvent. Mon petit-fils aussi.

Il pense à la forêt de sapins, à toutes ces lumières de fête, à ce qu'il avait pris pour l'image du bonheur. Il suffisait d'envoyer des avions, et les arbres se mettaient à pousser sur les marches des escaliers, on se croyait dans les pays du Nord, et, en plissant les yeux, les étoiles avaient l'air d'être vraies.

— Là-bas, aux Quatre Vents, tu seras bien. Vous serez bien, tous les deux. Pour un temps. Après nous verrons.

Il va vers la fenêtre, regarde les jardins.

— C'est peut-être l'argent, dit-il à mi-voix. Je ne voulais pas le croire. Mais quelque chose me fait dire que c'est peut-être l'argent.

Il se retourne, observe Noële dans l'ombre, serrée contre Delpina.

— Je t'ai attendue. J'ai rêvé de toi. Avant même de savoir si tu étais vivante. Je disais tout bas : ma fille Alexandra va revenir. Demande à Delpina comme c'était long. Nous ne parlions jamais de toi. Mais, sans cesse, tu étais avec nous. Nous te regardions grandir. Il y a un jour où tu as su ouvrir les portes, un jour où tu as mis des chaussures de jeune fille, un jour où tu as eu vingt et un ans. Ce jour-là, tu es revenue. Tu étais plus belle que je ne l'espérais. Je me suis mis à croire aux rêves. Je t'ai offert le monde. Je l'avais asservi pour toi. Le monde entier. Et maintenant...

Après, il ne dira plus rien. Plus jamais rien. Mais, cette nuit, il a besoin de chercher à comprendre.

— Maintenant, dans le bois de citronniers...

Il sort, fait quelques pas sur la terrasse. Il appelle : Ugo..., à voix basse. Sa vie désormais. Penché sur la nuit, à prononcer des noms à voix basse : Alexandra...

— Tu dors ? demande-t-il lorsqu'il revient vers elle.

Elle secoue la tête.

— Je t'aime.

Il était dans la cour des Quatre Vents. Deux jours plus tôt. Il l'attendait dans la cour, debout avec M. Vaindrier. Alexandra était sortie avec sa mère. Il avait tout raconté à Gilles Vaindrier : l'accident, le corps de Ugo, le visage de Ugo, la blessure, et qu'ils n'avaient pas pu attendre, qu'il avait fallu l'emporter très vite à Lefkas, avant qu'Alexandra ne soit là. C'était préférable, elle ne l'aurait pas supporté, même à travers son amour, si grand que soit son amour. Déjà quelque chose en lui se demandait s'il était encore le père, si Alexandra s'appelait toujours Alexandra. Elle était arrivée. Elle l'avait aperçu, debout, au milieu de la cour. Elle avait dit : Ugo ?... Elle savait. Et Mme Vaindrier trouvait déjà les gestes qu'il fallait, les silences qu'il fallait, M. Vaindrier prenait les décisions qu'il fallait.

— Ma faute...

Il a écarté les bras. Il est toujours aussi grand, aussi fort, mais devant ses bras écartés, il semble que les murs reculent, que la maison s'efface.

— Le premier jour, lorsque je t'ai emmenée sur mes chantiers, du haut du ciel je t'ai dit : « Ils étaient morts et tu es la vie. Avec toi, c'est le sang qui bat. »

Peut-être est-ce là ma faute. D'avoir tout attendu de toi. M. Vaindrier est un homme qui n'attend rien de personne. Il fait son chemin seul. Dans quelques mois, il y aura les ouvriers partout, des murs qui s'élèveront, un chantier vivant, là-bas. Tu seras bien. Ton fils aussi.

Il se demande pourquoi le mot respect tourne en lui. Quel respect ? Du bonheur de chacun ? De la façon dont chacun le mérite ? Il lui semble que lorsqu'il aura compris le sens de ce mot, il aura fait une grande partie de sa route. Il va s'y efforcer, seul, dans cette maison vide. Et Delpina, de son côté, seule à Pisticci, sous ses arbres.

— L'enfant, dit-il...

A voix si basse que Noële se tourne vers lui pour entendre :

— Pour qu'il me protège, continue à l'appeler Yan.

X

L'enfant s'accroche aux barreaux du lit, réussit à se mettre debout, l'observe.

— Je viens, dit-elle.

Elle se lève. Chaque matin. Parce qu'il la regarde en attendant qu'elle se lève. Alors, elle obéit. Il n'appelle pas, ne pleure pas. Il attend, et elle se lève. Elle trouve la force de se lever. Sa seule force, c'est lui. Elle ouvre les volets. Le soleil est déjà haut. Elle prend l'enfant dans ses bras, le porte jusqu'à la fenêtre.

— Il fait beau, annonce-t-elle.

Elle a voulu qu'il dorme avec elle, dans sa chambre. Qu'elle l'entende respirer la nuit. Elle l'embrasse. Il a des odeurs de sommeil. Il se tient très droit. Il regarde les champs, les arbres. Il remue les jambes. Bientôt, il marchera. Il a beaucoup de force dans les jambes. Elles sont bien droites. Faites... C'est une phrase de Lisette, à propos de Ugo : des jambes faites pour marcher...

— Tu t'en iras toi aussi ? Quand tu sauras marcher seul, tu t'en iras ?

Il est bien réveillé maintenant, les yeux grands ouverts. Il a faim.

— Oui, dit Noële.

Elle descend, avec lui, dans la cuisine.

— Déjà levée, ma petite belle ?

Madame Marie saisit un torchon, le jette sur la table, comme si elle voulait cacher quelque chose.

— Vous êtes de vrais matinaux, tous les deux.

En apercevant madame Marie, l'enfant commence à parler. Des sons à la suite, avec un rire de loin en loin. C'est un langage qu'ils ont, tous les deux, et ils se comprennent.

— Ce n'est pas prêt, non, pas encore. Tu t'agites et tu t'agites, mais laisse-moi mon temps. Bientôt, il faudrait que tout le monde soit sur pied quand tu nous claironnes, comme à la caserne.

Elle lui parle, en prenant exprès une voix sévère, et l'enfant sait que c'est un jeu. Il renverse un peu la tête. Noële soulève le torchon.

— Qu'est-ce que tu nous prépares ?

— Ce sont mes surprises. Va dans le jardin. Je t'appelle quand notre petit monsieur est servi.

Elles ne se sont pas dit bonjour, pas embrassées. Ce qui les protège, l'une et l'autre, c'est cette réserve. En revenant d'Athènes, Noële s'était enfoncée dans une sorte de torpeur. Pendant une semaine, elle était restée seule, dans sa chambre, les yeux ouverts. Elle regardait les murs, la fenêtre, la lumière qui tournait avec le jour. Le soir venu, elle cachait son visage dans ses bras. Elle attendait le jour suivant. Nicole Vaindrier entrait dans la chambre, l'obligeait à manger. Elle se laissait faire, avalait avec peine, remerciait d'un mouvement des lèvres. Aux Quatre Vents, c'était le silence. Aucun bruit dans les escaliers, aucune porte ouverte. Malgré la chaleur, Brémont fermait la laiterie lorsqu'il mettait les moteurs en marche. Gilles Vaindrier ne pénétrait plus en voiture dans la cour. Il s'arrêtait avant l'allée de tilleuls.

Un après-midi, brusquement, Noële s'était redressée. Son fils. Elle n'entendait jamais son fils. Où était-il ?

— Maman...

Elle appelait, penchée sur la rampe. Personne. Une maison vide.

— Maman...

Elle était descendue, en courant. Dans le jardin. Il était dans le jardin. Il se traînait dans l'herbe. Il avait l'air de vouloir s'enfuir, avançant très vite, à quatre pattes, vers le portail.

— Tu t'en vas ? Tu veux déjà t'en aller ?

Elle l'avait serré si fort qu'il avait eu peur, s'était mis à crier, et c'était bon, ce cri, c'était le silence rompu. Il le fallait. Il fallait claquer les portes, marcher dans la maison, monter les escaliers en courant, se parler d'une pièce à l'autre. Il fallait que les voitures entrent et sortent, que les moteurs tournent. Il fallait que l'enfant dorme dans sa chambre, et qu'il se réveille le matin, en l'appelant. Pour être sans cesse bousculée, poussée aux épaules, obligée d'avancer. Ce qu'elle n'acceptait pas encore, c'était qu'on l'embrasse. Même sa mère. Si quelqu'un ouvrait les bras, elle allait retomber. Plus tard. Pour le moment, il n'y avait que son fils. Elle savait que ses parents comprendraient. Mais madame Marie ? Elle avait craint que ce soit difficile. Elle se trompait. Madame Marie avait tout de suite trouvé une façon de garder le silence qui laissait entendre qu'elle pensait sans cesse à Ugo, mais qu'elle attendrait ce qu'il faudrait de temps avant de prononcer son nom.

— Bonjour, madame.

— Bonjour, Brémont.

De loin, à la porte de la laiterie.

— Papa est avec vous ?

— M. Vaindrier est parti.

— Déjà ?

— Il est sur le terrain.

Les travaux ont commencé. Là aussi, c'était important. Il fallait continuer quand même. Il fallait avoir le courage. Gilles Vaindrier, pendant quelque temps, avait cru qu'il ne l'aurait pas. Il avait été pris par la même torpeur que Noële. Plus rien n'avait de sens. Lorsqu'on lui parlait, il avait l'impression de ne pas entendre. Souvent, il faisait répéter. Chaque fois qu'il remuait, il avait mal. Cette douleur effaçait tout. Il disait : « Noële » à mi-voix. Pendant cette semaine où elle n'avait pas quitté sa chambre, il était resté assis, dans le salon. Nicole faisait comme pour sa fille : elle l'obligeait à manger. Le soir, il ne remontait pas dans sa chambre. Il dormait, par à-coups, dans son fauteuil. Mais ce qu'il avait mis en route ne pouvait pas s'interrompre. François Gallart était arrivé, avec sa femme et son fils. Les entrepreneurs avaient leurs équipes d'ouvriers, leur matériel. Les emprunts des banques couraient. On ne pouvait retarder les échéances. On ne pouvait plus les annuler. Gilles Vaindrier avait repris sa place sur le terrain. Heureusement ceux qui travaillaient avec lui, Brémont, Gallart, étaient des amis. Ils ne posaient aucune question. Ils savaient, et ils comprenaient.

— Tu veux le voir, ce terrain ? demande Noële à son fils.

Chaque soir, quand il rentre, elle interroge son père. Elle veut savoir où il en est, ce qui se passe. Parce qu'elle se souvient de ce que lui a dit Yannis Karrassos, la dernière nuit : « M. Vaindrier est un homme qui fait son chemin seul. » C'est une force pour elle aussi. Mais elle n'a pas encore eu le courage d'aller voir sur place.

— On ira. Tous les deux. Un jour.

Un jour, oui. Pas tout de suite. Il doit y avoir des grues, comme sur tous les chantiers. Elle fait le tour du jardin. C'est un matin de forte chaleur. Elle tient son fils devant elle, assis sur ses bras repliés. Il est lourd. Elle aime ce poids. Ils respirent ensemble.

— C'est prêt, ma petite belle...

Madame Marie fait signe de la porte de la cuisine. Noële revient lentement, s'assied près de la table.

— Tu veux que je le fasse manger ?

— Non.

Elle montre le torchon sur la table.

— Continue plutôt tes surprises.

Madame Marie fait comme si elle n'entendait pas. Les fenêtres sont ouvertes. Le vent souffle à peine.

— On dirait que ça tourne à l'orage.

Elle parle du temps qu'il fait. Lorsque Noële est là, c'est une bonne façon de meubler le silence. Elle n'aime pas être seule avec elle. Elle a toujours peur de ne pas savoir retenir ce nom qui est en elle, qui l'accompagne partout, et qui est inscrit sur le visage du petit Yan. On n'a pas le droit de tant ressembler à son père ! Même à cet âge. Ce sont les yeux seulement qui n'ont pas la même couleur. Ceux de Ugo étaient clairs. Les siens sont très noirs. Mais sinon...

— Voilà, dit Noële. Il a tout mangé. Tu vois, même à cet âge, on apprécie ta cuisine.

Elle remonte.

— Maintenant, on se lave.

Elle prépare le bain. Nicole Vaindrier la rejoint.

— Tu as dormi ?

— J'ai dormi.

Elles se regardent. Chaque matin, pendant quelques secondes, c'est le plus difficile. S'interroger sans un mot. Tout se dire, et ne rien se dire. Avoir envie de tout abandonner, de s'asseoir, parce que c'est trop à supporter, trop de poids, pour l'une et pour l'autre. Parce que les chambres sont restées les mêmes, séparées par une seule cloison, et les lits à la même place, et que la nuit on entend tout, même si on se cache sous les draps pour se plaindre, et qu'il ne faut pas avoir l'air, le matin, d'avoir entendu.

— Tu es au courant d'une surprise que prépare madame Marie ?

— Oui, dit Nicole. Comment le sais-tu ?

— Je suis entrée dans la cuisine. Elle a caché quelque chose sous un torchon.

Elle assied son fils dans la baignoire. Tout de suite, il est comme un poisson, et l'eau jaillit partout.

— Elle ne savait pas si tu accepterais. Alors, elle a décidé de préparer quand même. Si tu dis non...

— De préparer quoi ?

Nicole montre le petit Yan.

— Tu ne sais pas qu'il a un an ?

— Aujourd'hui ?

— Le 4 août.

Les jours. Ne pas compter les jours. Regarder chaque matin, comme si c'était le même qui recommençait. Brusquement, elle mesure. Plus de deux mois. Elle a pu vivre sans Ugo plus de deux mois !

— J'ai pensé que tu dirais oui. On ne va pas faire une fête, bien sûr, ni inviter qui que ce soit. Mais il a le droit de souffler sa première bougie.

On se dit : je ne pourrai pas. Mais le cœur tient. Le corps tient. Les habitudes reviennent. Les jours s'ajoutent aux jours. On refuse de compter. Soudain, on mesure. Plus de deux mois. Le corps, ses sommeils, ses défenses, ses réflexes, tout a tenu deux mois.

— Tu veux bien t'occuper de lui, maman ?

Noële sort en courant, se réfugie dans sa chambre, s'adosse au mur. Quelque chose s'est déchiré, brusquement. Elle voit. Elle voit ce qu'on a refusé qu'elle voie jusqu'ici. Le corps. Le visage. Les membres rompus. C'est là, devant elle. Si proche qu'elle peut le toucher. Elle sent que ses jambes s'enfoncent. Elle glisse le long du mur, se laisse aller. Ugo... Elle est avec lui, contre lui. Il attendait depuis des jours. Elle refusait depuis des jours. Mais elle l'a rejoint, au fond de sa terre. Si profondément qu'elle perd connaissance.

Lorsqu'elle revient à elle, tout est clair dans la chambre.

— Ne bouge pas, conseille Nicole Vaindrier. J'ai appelé Berthelin.

Noële regarde la lumière sur les murs.

— Non, proteste-t-elle. Je ne veux pas voir Berthelin.

Elle se redresse.

— Je ne savais pas que Ugo était mort. Je viens

seulement de comprendre. C'est au-delà des médecins.

C'est la première fois qu'elle le dit. Parce qu'elle le sait à présent. Elle n'attendra plus. Elle ne pensera plus, en ouvrant la boîte aux lettres : peut-être m'a-t-il écrit. Elle se lève. Elle est seule maintenant, avec son fils à élever. Chef de famille.

— C'est fini, tu vois. Je ne tremble plus.

Elle serre la main de sa mère. Une main ouverte. C'est avec leurs mains qu'elles vont se parler. Comme des sourdes-muettes. Par gestes. Lorsque la force lui manquera — elle sait que la force finit toujours par manquer, certaines nuits, certaines images qu'on n'attendait pas, qui apparaissent brusquement, et c'est une blessure si violente que le souffle manque — alors, en silence, elle tendra la main à sa mère.

— Dis à madame Marie qu'elle attende ce soir pour l'anniversaire. Il faut lui apprendre à souffler. Il n'a jamais essayé.

— Mais si.

— Quand ?

— Après le déjeuner, quand son grand-père allume sa pipe il tend l'allumette et Yan souffle. Tu n'as jamais remarqué ?

Non. Elle ne remarquait rien. Elle avait le regard tourné vers cette minute où, apercevant M. Karrassos, debout dans la cour des Quatre Vents, elle avait demandé : « Ugo ?... » Depuis elle ne savait plus rien. Ni les dates, ni les jours, ni les heures. Elle refusait de vivre. Mais le temps la pousse, malgré elle. Elle va ouvrir les yeux. Elle va tout remarquer. Elle tient toujours la main de Nicole. Elle se penche, embrasse cette main. Maintenant, elle peut. Nicole, lentement, lui prend le visage. Elles restent un long moment immobiles, serrées l'une contre l'autre.

— Toute une promenade, oui.

Pour la première fois, Noële a emmené son fils à la découverte de la région. En voiture. Elle l'a attaché sur un petit fauteuil de toile, à côté d'elle, et ils sont partis. Elle a voulu lui montrer les mêmes lieux qu'à son père, l'an dernier : les lieux de son enfance. La vieille maison d'abord, dans la forêt, qui est toujours là, avec une porte neuve, des fenêtres neuves, un toit de tôle, si différente d'autrefois qu'elle a du mal à la reconnaître. Mais sur le chambranle de la porte, il y a toujours ses initiales gravées. Ensuite, l'école d'Ouches. Fermée parce que c'est l'été. Ils sont entrés dans la cour. Elle l'a fait asseoir sous le préau, à l'endroit où, la classe finie, elle attendait avec Denis que sa mère vienne les chercher. « Peut-être feras-tu tes classes ici », lui a-t-elle dit. Elle regardait les fenêtres du premier étage. Denis avait-il tout laissé ? Dans sa lettre, il lui avait écrit : « *Ce que j'emporte est en moi.* » Le nouvel instituteur, dont elle ne savait que le nom, Chataigneau, qu'elle n'avait jamais rencontré, aimait-il la musique, lui aussi ? Ecoutait-il les disques de Ugo ?

En quittant la cour de l'école, elle a eu envie d'aller jusqu'à l'usine Saulieu. Mais elle a craint de surprendre Jean-François et Marie-Hélène. Depuis son retour d'Athènes, elle ne les a pas vus. Parce qu'elle n'était pas assez forte. Elle a demandé à sa mère de le leur faire comprendre. Et ils ont compris. Maintenant, elle a la force. Mais il faut les prévenir avant. Alors, elle a dit à son fils :

— On va voir ton grand-père sur son terrain.

Ils découvrent un chantier immense, des hommes casqués de plastique rouge et jaune, des bulldozers creusant des tranchées en étoile. Elle demande si M. Vaindrier est là. On lui indique une cabane en planches, au fond du terrain. Sur le seuil, un petit garçon la regarde arriver.

— Tu as vu ma montre neuve ? dit-il.

Il doit avoir dix ans. Très bronzé, le regard vif, avec des cheveux coupés court. La montre est très grosse, en acier, plus grosse que le poignet du petit garçon.

— C'est une montre de plongée. Ce matin, je me suis baigné avec dans la piscine.

Un homme sort de la cabane.

— C'est papa qui me l'a donnée, précise le petit garçon.

Noële n'a jamais vu François Gallart. Mais elle est certaine que c'est lui. Avec son fils.

— Monsieur Gallart ? demande-t-elle.

Elle se présente. Elle ajoute que la montre est très belle, qu'elle voudrait que son fils ait déjà dix ans pour pouvoir lui en offrir une semblable. Elle les regarde, le père et le fils, avec la même façon de se tenir droits, les jambes un peu écartées, le même sourire qui plisse les yeux.

— Il faut qu'il vienne aux Quatre Vents, dit-elle. Il y a un jardin.

— J'aime bien le chantier, répond le petit garçon. Parce qu'en creusant, les bulldozers font sortir des pierres. Ce serait bien si on trouvait des fortifications d'une ville d'avant nous. Ça arrive. En Espagne...

Noële les observe toujours, le père et le fils. Je ne pourrais pas, se dit-elle. Un jour, lorsqu'il aura dix ans, Yan demandera où est son père. Elle lui expliquera. Mais il n'acceptera pas. Il cherchera quelqu'un, il partira peut-être avec quelqu'un.

— Comment ? Tu es là ?

Gilles Vaindrier est sorti de la cabane à son tour.

— Vous avez fait une promenade, aujourd'hui ?

— Toute une promenade, oui.

Gilles sent qu'il y a quelque chose. Il ne sait pas quoi. Mais Noële est différente. Elle regarde en face lorsqu'elle parle. Elle a recommencé à vivre.

— Tu veux visiter ?

— Il est trop tard, objecte-t-elle. Regarde. Il s'endort.

Yan s'abandonne contre sa mère, les yeux fermés, le poing dans la bouche.

— Il faut qu'il soit en forme, ce soir, pour souffler sa première bougie.

Elle dit au revoir à François Gallart et à son fils.

— Mais je reviendrai, promet-elle. Je reviendrai pour visiter vraiment, voir les plans, comprendre ce qui se prépare.

Elle attache de nouveau son fils sur le petit fauteuil de toile. Elle reprend la route des Quatre Vents.

— Je suis aussi fatiguée que toi, constate-t-elle. Cette nuit...

Elle parle tout haut. Comme elle le faisait à Athènes, depuis que Ugo travaillait sur les chantiers. Pour que son fils connaisse sa voix, qu'il s'habitue à elle, qu'il sache qu'il n'est pas seul.

— Cette nuit je vais peut-être dormir tout à fait.

XI

— Je voudrais voir Mme Luckas.

— Mme Luckas ?

— Oui.

— C'est que...

La femme de chambre, qui ne parle pas très bien français, ignore ce qu'il faut répondre. Cet homme, sur le perron, qui arrive sans prévenir, que personne n'attend...

— S'il vous plaît, dit-elle, je reviens.

Elle va chercher M. Karrassos. Elle est toute nouvelle dans la maison. Elle a peur de ne pas savoir. Et à qui demander ? Tout le monde est comme elle. Depuis deux mois, le personnel a été entièrement changé.

— Il vous a donné son nom ? interroge Yannis Karrassos.

— Non, monsieur.

C'est le soir. La maison est sombre. A la fin de l'été, les jours s'éteignent vite. Le ciel est rouge, avec de longues lignes dorées.

— Vous voulez parler à ma fille, monsieur ?

— Vous ne me reconnaissez pas, monsieur Karrassos ? Je suis Denis Maréchal.

Yannis Karrassos déchiffre ce visage. Jusqu'au regard, si bleu autrefois, si clair, avec des questions posées, toujours les mêmes, jusqu'au sourire, jusqu'à la voix, tout a été brûlé par les soleils d'Afrique.

— Denis...

— J'ai changé à ce point ?

— Oui.

Il le fait entrer. Depuis que sa fille est partie, c'est la première fois qu'il se trouve en face de quelqu'un qui va lui parler d'elle. Les rares visiteurs qu'il reçoit sont des gens d'affaires, qui ne savent rien de ce qui s'est passé. Et même s'ils le savent, ils ne se sentent pas le droit de l'évoquer.

— Pardonnez-moi de ne pas allumer les lampes, mais j'ai les yeux qui se fatiguent.

Il fait entrer Denis dans le salon. Les portes-fenêtres sont ouvertes.

— Vous ne saviez pas que Noële était aux Quatre Vents ?

— Non.

— Elle ne vous a pas écrit ?

— Je n'avais pas d'adresse. J'ai vécu au hasard, ne sachant jamais le matin où je serais le soir.

— Vous rentrez définitivement en France ?

— Je ne sais pas encore.

Après huit mois, il a senti le besoin de mesurer le chemin parcouru. Il est remonté le long de la mer Rouge, jusqu'au Caire, s'est embarqué sur un navire qui doit le conduire à Marseille.

Il hésite.

— A Marseille, je dois recevoir une lettre.

Il n'en dira pas davantage.

— Je ne savais pas, en m'embarquant, que le navire faisait escale au Pirée. Je l'ai appris trop tard pour vous prévenir. Nous repartons à l'aube.

Il s'étonne du silence de cette maison, de ce salon où les lampes ne s'allument plus.

— Noële est partie depuis longtemps ?

— Depuis le 5 juin.

Un long moment à ne rien dire, assis l'un en face de l'autre, dans l'ombre. Puis Yannis Karrassos se lève :

— Denis...

Il semble se replier sur lui-même, comme quelqu'un qui sent qu'un danger le menace.

— On croit que tout est fini, qu'il n'y a plus rien à craindre. Mais quelqu'un se met en route, quelqu'un qui était si loin, et depuis si longtemps, qu'on ne savait plus s'il reviendrait. Et tout recommence.

Il tourne le dos à la porte-fenêtre. Son visage est une tache d'ombre.

— Vous n'avez rien su ?

— Non.

Il faut tout raconter. Parce que Denis vient de dire qu'il retournait en France, qu'il irait peut-être interroger les paysages de son enfance, et qu'il ne peut pas arriver là-bas sans savoir.

— Ugo...

Yannis Karrassos s'appuie contre le mur. Il parle comme si Denis n'était pas là. Il parle pour lui seul. C'est la première fois qu'il raconte tout haut ce que ses nuits sans sommeil le condamnent à revivre sans cesse. Il revoit tout, réentend tout. Le cri, le bruit de la chute, le brusque silence. Le visage. Le sang. Les bras rompus, les jambes. Ce qu'il a caché à tout le monde. A Delpina. A Noële. Ce qu'il a voulu être le seul à voir. Parce qu'il savait que chaque nuit ces images reviendraient, il a voulu que sa fille en soit préservée. Il parle à mi-voix, sans regarder Denis. Il s'interrompt souvent. Il a besoin de reprendre souffle. Trois mois de silence. Il croyait être devenu muet.

— Ugo..., murmure Denis.

Il se lève à son tour, fait quelques pas, comme un homme blessé. Il cherche la terrasse, descend dans les jardins. Il ne pense pas à Noële. Il pense à lui. A ses longues soirées dans le grenier d'Ouches, avec les disques de Ugo. Avant même de savoir que Noële le connaîtrait. Cet ami, retrouvé soir après soir. La musique était en lui comme un langage. Il parlait avec la voix de ceux qui ont découvert d'autres mondes, et qui en reviennent délivrés. Denis avait un ami, avait un frère. Il n'a plus rien. Il reste immobile dans l'ombre. Il a mal. Ce ne sont pas des larmes. C'est une impossibilité de respirer. Comme une souffrance trop violente, et le cœur s'arrête. Lorsqu'il peut marcher de nouveau, il rejoint M. Karrassos dans le salon.

— Mon navire appareille à cinq heures. Je voudrais aller à Lefkas. Y a-t-il un moyen ?

— Oui, répond Yannis Karrassos.

Il est toujours adossé au mur.

— En hélicoptère vous avez le temps. Je vais donner les ordres. Mais ce n'est pas moi qui vous piloterai. La nuit, je ne distingue plus rien.

Denis monte jusqu'au bois de citronniers. La lune est très claire. La maison fermée, avec ses volets de bois, est tout entière comme une tombe. C'est là que Ugo doit se reposer, aller lentement d'une chambre à l'autre, à travers les couloirs. Sans bruit. On ne voit pas son ombre. Les fenêtres sont aveuglées. Autour de l'île, la mer s'est endormie. Elle soupire à peine, de loin en loin, et la lumière du phare au bout de la jetée éclaire, par instants, le flanc des rochers rouges. Denis entre dans le bois. Il sait où il va. M. Karrassos lui a expliqué le chemin. Il découvre la pierre. Les herbes sont hautes et la recouvrent.

— Il y a près d'un an, Ugo...

C'était en novembre. Ugo s'était arrêté aux Quatre Vents avant d'aller travailler à Paris avec maître Forestier. Il était chargé d'inviter tout le monde pour les fêtes de Noël. Il avait été voir Denis à Ouches.

— Je vous ai répondu non, ce jour-là. Je vous ai annoncé que j'allais au-devant de mes rêves. Vous vous souvenez ? Je vous ai dit : « Celui qui porte ses rêves en lui ne devient un homme que le jour où il les a rejoints. »

Il sait que Ugo écoute, qu'il ne répondra pas, mais qu'il est là et qu'il écoute.

— J'ai rejoint mes rêves, Ugo. Et je reviens. Tout à l'heure, lorsque je me suis présenté à la porte de sa maison, M. Karrassos ne m'a pas reconnu. Et vous, Ugo ? Me reconnaissez-vous ?

Denis se penche, cherche la clarté de la lune, pour que Ugo puisse voir son visage.

— Quand j'ai quitté Le Caire, il y avait une femme sur le quai. Elle s'appelle Claire. Je ne savais pas que mon bateau s'arrêterait à Athènes. Je savais seulement qu'à mon arrivée à Marseille, je trouverais une lettre de Claire. Mais je vous découvre en travers de ma route. Je pense que si le bateau s'est arrêté, c'est que vous aviez quelque chose à me dire. Je suis venu l'entendre.

Ce n'est pas comme la musique. La musique, lorsque Ugo la faisait naître, c'était l'univers d'avant la naissance ou d'après la mort. C'était au-delà de la terre, des portes qui s'entrouvraient sur des villes où des anges, peut-être, marchaient dans les rues. Mais là, c'est la terre, les arbres, la vérité d'une vie de tous les jours. Entre la main levée sur le quai du Caire, et la lettre qui attend à Marseille, il y a Ugo. La mort de Ugo.

— Je n'aime pas Claire, Ugo. Mais, par moments, je me dis que ce doit être bon de vivre avec elle. Parce que sa vie ressemble à ce que j'ai toujours refusé. J'ai vécu pour moi, attaché à mon banc, enfermé dans mon enfance, espérant que mon amour serait enfin reconnu. J'ai vécu dans le sentiment d'une injustice qu'on me faisait, dans l'attente d'une réparation qui m'était due. Il y avait les élèves de mon école, et c'était un alibi pour moi. Je me disais : « Je vis pour les autres, puisque je vis pour ces enfants. » Mais c'était faux. A travers ces enfants, c'est toujours moi que je cherchais, l'image de celui que j'étais, de l'enfant assis sur son banc, le même, toujours, qui attendait que l'injustice soit effacée. En regardant vivre Claire... Ce n'est pas pour se venger d'une injustice qu'elle soigne des enfants. C'est parce qu'elle aime ce pays, et les enfants de ce pays. Claire est sans arrière-pensée.

Il contemple le ciel, entre les feuillages. Il n'a plus beaucoup de temps. Son bateau l'attend dans le port du Pirée. Il faut qu'il reparte.

— Claire ce n'est pas encore une certitude pour

moi. C'est une question que je me pose, dont j'ignore la réponse. Mais vous m'en posez une, à votre tour, Ugo. Je suis un frère pour vous, je vous l'ai dit. Qu'attendez-vous de ce frère que je suis ?

Il interroge impatiemment.

— Que dois-je faire pour la femme et l'enfant de mon frère ?

Il attend un très long moment, puis il se redresse. Il a écouté. Il a espéré. Mais le silence est absolu.

XII

— Pardon de te recevoir ainsi. Mais je n'ai pas le droit de me lever avant un mois.

Elles s'embrassent.

— Tu es venue seule ? s'étonne Marie-Hélène.

— J'ai laissé Yan avec madame Marie. J'avais peur de te fatiguer.

— Je ne suis pas malade. C'est par prudence. Pour être sûr que tout se passera bien. La prochaine fois, viens avec lui. Je le connais à peine, cet enfant. Il doit marcher maintenant ?

— Depuis quelques jours. Une folie ! Il est tellement content qu'il ne s'arrête pas. J'essaie de le retenir. Mais je ne peux pas l'attacher tout le temps. Le soir, il est mort de fatigue.

Noële s'est assise près du lit de Marie-Hélène. Elle a hésité longtemps. Elle se disait : « Il faut que j'aille la voir. Maintenant il le faut... » Mais elle avait un peu peur d'elle-même. Ce matin, elle a fini par se décider.

— Tu ne m'en veux pas ?

— Oh ! Noële...

Marie-Hélène l'embrasse très vite. Elle voudrait

que tout ce qui est en elle soit apaisé, toute cette émotion, trop forte, depuis qu'elle sait que Noële va venir la voir.

— Tante Nicole nous a expliqué... J'aurais très bien compris que tu ne veuilles plus... que ce soit trop difficile...

Elles se regardent. Elles ont toujours tout partagé. A travers des chemins différents, elles n'ont pas cessé de se regarder, de se faire signe, de s'aimer avec une tendresse profonde. Comme deux sœurs. On le disait souvent lorsqu'elles étaient petites. C'est encore plus vrai aujourd'hui.

— Tu es heureuse ?

Noële s'est penchée.

— Tu ne peux pas savoir à quel point j'ai besoin que tu sois heureuse. A quel point ton bonheur et celui de Jean-François me sont nécessaires. Si j'étais sûre que tout n'est pas brûlé autour de moi... Si je découvrais des visages heureux... Montre-moi le tien.

Marie-Hélène voudrait sourire. Ses lèvres tremblent. Elle finit par dire, tout bas, comme un secret :

— Oui, nous sommes heureux.

Noële écoute ces mots qui tournent en elle, qui se répètent avec un bruit de source. Sa soif, peu à peu, s'y apaisera.

— Cet enfant, dit-elle. Maintenant, parle-moi de cet enfant.

— Pour le moment ce n'est qu'une espérance d'enfant. C'est pour ça que je reste couchée. Dans un mois, si tout va bien, je reprendrai une vie plus normale. Mais, s'il faut que je reste couchée jusqu'à la naissance, j'obéirai sans protester. N'importe quoi, je suis prête à n'importe quoi pour y arriver.

Elle ne veut pas raconter tout ce qui s'est passé, les angoisses, les idées fixes, les obsessions, parce qu'elle s'efforce de les oublier. Mais, parfois, lorsque certaines images reviennent, elle a un mouvement de frayeur.

— La chance que j'ai, c'est mon médecin de Versailles. Celui qui m'a soignée pendant que j'étais chez Odile. Un homme remarquable ! Je lui ai téléphoné pour lui apprendre ce qui se passait. Il est venu en voiture, pour le week-end. Il a prétendu que c'était un plaisir pour lui, car il ne connaissait pas le pays, qu'il a trouvé très beau. Moi, je suis rassurée. Il ne va pas venir tout le temps, bien sûr. Mais je sais que, si j'ai besoin de lui, il suffit que j'appelle au secours.

Elle a envie de parler beaucoup, parce qu'il y a toujours eu entre elles, depuis leur enfance, de longues conversations qui ressemblaient à des confidences.

— C'est à toi plutôt de me dire. De m'apprendre ce qui se passe au fur et à mesure.

— Moi ?

Noële sourit.

— Je crois que rien n'est pareil pour aucune femme. Les médecins te décriront des symptômes précis, qui se produisent à dates fixes, et sur le plan professionnel, ils ne se tromperont pas. Mais la vérité de ce qui va se passer entre cet enfant et toi, de ce qui s'est passé entre Yan et moi pendant le temps où je l'ai attendu, c'est comme l'amour. Une succession de secrets, de gestes découverts, de sommeils à deux.

Elle hésite une seconde.

— Le plus beau...

Elle a retrouvé sa voix d'autrefois, dans les greniers, sa voix lointaine.

— Le plus beau, c'est quand il bouge pour la première fois.

Elle se lève, va jusqu'à la fenêtre, pose son visage contre la vitre. La vie, plus forte que tout. S'il n'y avait pas cette vie devant elle, elle irait rejoindre Ugo. Elle le sait. Elle se dit que son fils est devenu son père, que c'est lui qui la met au monde chaque matin, en la regardant.

— Ugo..., prononce-t-elle à haute voix.

Marie-Hélène se redresse. Elle ne savait pas qu'il y aurait si vite Ugo dans la chambre.

— Ce que je vais te dire, tu ne l'accepteras pas. Mais cet enfant m'irrite. Je dis bien : il m'irrite. Il me tire sans cesse par le bras. Je voudrais être seule avec Ugo, seule, en silence. C'est la seule façon que j'ai de le rejoindre, la pensée, sa pensée, et son visage, et sa voix, et des souvenirs que je croyais perdus, qui reviennent, et je sens Ugo qui est là, derrière moi, si je me retourne, je vais le voir, il y a comme une main sur mon épaule, sa main oui. Et brusquement, je perds tout, parce que mon fils est là, parce qu'il a besoin de moi, parce qu'il faut que j'obéisse.

Elle entend, de l'autre côté de la fenêtre, le bruit monotone de la Loire, comme une réponse.

— C'est bon d'obéir. Il faut que j'obéisse. Il ne faut pas que je me laisse prendre avec les souvenirs de Ugo. Il faut que je vive. Que je sois debout. Je remercie mon fils de m'y obliger. Mais, par moments...

Cette pierre, sous les arbres, comme dans les après-midi d'été, avec le désir de s'allonger dans l'herbe.

— Depuis quelques jours surtout. Je ne peux pas expliquer pourquoi. Yan le sent. C'est pour ça qu'il pleure. Jamais il ne pleurait jusqu'ici, mais depuis quelques jours...

Elle a un mouvement d'épaule.

— Ma mère affirme que c'est parce qu'il marche, et qu'il se fatigue. Madame Marie dit la même chose. Moi, je sais. C'est à cause de moi. Il sent que je voudrais être seule. Quand il pleure, je ne sais plus le consoler.

Elle revient lentement vers le lit.

— C'est qu'il est seul aussi. Avec trop de grandes personnes autour de lui. Quand il aura un cousin, ce sera plus simple. Les enfants ont besoin d'autres enfants. Dépêche-toi de lui faire son petit cousin.

Elles se regardent encore. Elles sont presque étonnées que leur affection soit restée si profonde.

— Nous serons des dames. Nous promènerons nos enfants dans des poussettes. Nous les conduirons à l'école. Nous signerons leur carnet de notes. Et, si tu as une fille, peut-être qu'un jour nous les marierons.

Elles se sourient.

— Je te fatigue, dit Noële. Je parle trop.

A son tour, très vite, elle embrasse Marie-Hélène.

— Si tu veux, je m'en vais.

— Non.

— Alors, parle, toi. Raconte-moi Jean-François.

— Il est dans les travaux.

— Lui aussi ?

— Oui.

— Il transforme encore l'usine ?

— Non, c'est ici. Nous nous sommes aperçus qu'il n'y avait pas de chambre pour l'enfant. Nous avons arrangé ce moulin sans penser qu'un jour ça pouvait nous arriver.

— Mais il y a trois grandes pièces en bas.

— Jamais je ne pourrai dormir si l'enfant n'est pas au même étage que moi. Je passerais ma nuit dans les escaliers. Il faut qu'il couche ici. Mais pas dans notre chambre. Alors toutes ces cloisons qu'on avait abattues, on va les remettre. C'est incroyable...

Marie-Hélène secoue la tête. C'est vrai qu'ils n'y avaient pas pensé. Sur quels étranges silences avaient-ils construit leur vie commune ?

— Et l'usine ?

— Sans problèmes. Jean-François travaille beaucoup. Comme il a besoin de détente, il s'est inscrit à l'aéro-club de Lyon. De temps en temps, le samedi, il va voler quelques heures. Pour le moment, je ne peux pas l'accompagner. Mais, dès que notre enfant aura deux ou trois ans, on lui donnera son baptême de l'air. Si tu veux, on emmènera Yan.

— Yan ?

Elle essaie d'imaginer. Quatre ans, cinq ans, déjà un homme, avec son langage à lui, son intelligence à lui. C'est trop loin.

— Pour le moment..., dit-elle.

Quatre ans, cinq ans sans Ugo. Et l'oubli ? Que deviennent les souvenirs lorsque plus rien ne les fait revivre ?

— Pour le moment, je ne peux penser qu'un jour après l'autre.

— Qu'est-ce que j'en fais ? Mais qu'est-ce que j'en fais ?

Plus d'un quart d'heure qu'il hurle. Madame Marie a beau faire, le bercer, lui parler, le consoler, il ne s'arrête pas.

— Tu ne vas quand même pas nous faire croire que tu t'es fait mal ? C'est dans l'herbe que tu es tombé. Dans l'herbe, avec toutes sortes de coussins de fleurs tout autour. Tu n'as rien. Pas même une bosse. Pas même l'ombre d'une marque d'une bosse. Alors ?

C'est la peur, simplement. Ou la fatigue. Ou le soir qui vient et il a envie qu'on s'occupe de lui.

— Je le dis à ta mère que tu marches trop. Tous les jours, je le lui dis. Mais moi, quand je parle, c'est comme si je soufflais dans une trompette. Il faudrait t'attacher sur ta chaise, parfaitement. T'empêcher de partir vers tes découvertes. Qu'est-ce qu'elles ont tes jambes, pour te pousser en avant, comme si de l'autre côté du mur, il y avait quelqu'un qui fait signe ?

Plus il pleure, plus il a envie de pleurer. C'est devenu comme une machine qui se remonte elle-même, et madame Marie se dit qu'il faut le laisser crier jusqu'au bout, que c'est bon pour la voix, qu'il finira par se fatiguer lui-même. Mais elle voudrait bien aussi ne plus être seule avec lui. Monsieur et Madame sont sur leur terrain. Ils y passent leur vie désormais. Ils partent le matin, reviennent à la nuit tombée. Comme si les Quatre Vents n'étaient plus qu'une maison pour dormir. Et Noële, aujourd'hui, a filé tout de suite après le déjeuner. D'habitude, lorsqu'elle part se promener, elle attache son fils sur le siège de sa voiture. Mais non. Pour une fois, elle a dit : « Je te le laisse. Comme je vais voir une malade, il faut que je sois seule. » Et le temps passe ! Depuis un quart d'heure, madame Marie va et vient avec cet enfant dans les bras, d'un bout à l'autre du couloir, et elle se demande ce qu'elle va pouvoir en faire, parce que le dîner est loin d'être prêt.

— Tu me connais trop maintenant. Ma voix, tu ne l'écoutes même plus. Il y a un mois encore, c'était ton plaisir, quand je te parlais. Mais voilà que tu l'as trop souvent dans l'oreille, et que c'est déjà fini.

Elle le regarde, avec toutes ces larmes, tout ce rouge sur la figure et sa bouche ouverte, et elle ne sait plus si elle a envie de rire ou de se mettre en colère.

— Et si je criais, moi aussi ? On verra bien qui finira par se faire entendre de ta mère, et l'obligera à revenir.

Elle se tourne vers la porte.

— Ah !

Un bruit de moteur.

— La voilà.

Elle va jusqu'à la porte, l'ouvre. Un homme qu'elle ne connaît pas descend d'une motocyclette.

— Bonjour, madame Marie.

Elle dévisage l'homme, debout devant elle, qui a enlevé ses grosses lunettes.

— Monsieur...

Elle a envie de dire : « Je vous connais ? » Mais quelque chose l'arrête. L'impression que ce regard...

— Monsieur Denis...

C'est la motocyclette. Elle ne l'avouera jamais, mais c'est à cause de la motocyclette qu'elle a fini par le reconnaître. Et à cause des gants, qu'il a gardés, ceux qu'il avait dans les années d'avant, qu'elle lui a nettoyés plusieurs fois avec de l'essence, quand ils avaient des taches de cambouis.

— Vous nous débarquez d'où, monsieur Denis ?

— De très loin, madame Marie.

Denis regarde l'enfant.

— C'est le petit Yan ?

L'enfant ne crie plus. La voix de Denis lui a fait tourner la tête. Il a encore toutes sortes de soubresauts, de respirations hachées, de mouvements d'épaules, mais il s'est arrêté de crier.

— Qu'est-ce que vous lui avez fait ?

— Moi ? Ça fait des quarts d'heure que je le console, et je me perds la patience. Et vous, il suffit que vous descendiez de votre motocyclette, regardez-moi cet air intrigué ! Il ne sait plus où est son chagrin.

Denis se penche.

— Bonjour, toi.

L'enfant ferme les yeux, les ouvre de nouveau. Il voudrait y voir tout à fait bien.

— Si j'osais, je vous demanderais de me le prendre. Sa mère va revenir, et Monsieur et Madame, et mon dîner est en retard.

Denis tend les bras.

— Tu veux bien venir avec moi ?

L'enfant se laisse faire. Il se tient très droit. Il regarde madame Marie qui se dirige vers l'escalier.

— Je vais lui chercher un mouchoir.

— Je monte avec vous.

Ils arrivent au premier étage. Le soir vient. La chambre de Noële est dans la pénombre. Denis reste sur le pas de la porte.

— C'est toujours la même chambre, dit madame Marie.

Elle a ouvert une armoire.

— Avec le lit de celui-là en plus.

Elle prend un mouchoir, revient vers Yan, commence à lui essuyer le visage. L'enfant se débat.

— Tu ne vas pas nous recommencer tes comédies ?

— Donnez, madame Marie.

— Vous ne saurez pas, monsieur Denis. Vous n'allez pas vous mettre à jouer les nourrices.

— Et pendant la classe, madame Marie, vous vous imaginez que personne ne pleurait jamais ?

Elle regarde faire Denis. C'est vrai que l'enfant ne se débat plus, qu'il se contente de souffler un peu par le nez, comme pour se libérer de tout ce qui lui restait de chagrin.

— Vous ne m'avez toujours pas dit d'où vous débarquiez, si ce n'est pas indiscret. Monsieur et Madame, quand ils parlent de vous, disent que vous marchez à pied dans les déserts.

— C'est un peu vrai.

— Vous n'avez pas même un chameau pour monter dessus ?

— Ça arrive.

Il parle en regardant l'enfant. Il s'étonne de découvrir tant de gravité dans ses yeux très noirs. Les yeux qu'avait sa mère lorsqu'elle était enfant.

— Parfois un mulet, parfois un chameau. Parfois aussi une voiture. Il ne faut pas croire qu'il n'y a pas de route dans les déserts. Il y en a de très droites, bien tracées dans le sable, et toutes les voitures peuvent y rouler.

Il a remarqué que l'enfant écoutait sa voix.

— Si droites, si bien tracées, que les femmes elles-mêmes peuvent conduire sans difficulté. J'en ai vu au volant des camionnettes.

Il parle de plus en plus doucement, parce que Yan approche son visage du sien, pour mieux entendre.

— Ne restez pas debout, monsieur Denis. Installez-vous ici. Vous serez mieux pour attendre. Noële ne va sûrement pas tarder. Je vous laisse, si vous me permettez. Je vais dans ma cuisine. Vous restez dîner j'imagine ?

— Je ne sais pas, madame Marie.

Hier, il a débarqué à Marseille. Ce matin il a pris le train pour Roanne. Tout à l'heure, il est arrivé à l'école d'Ouches. Chataigneau était encore en vacances. Il a posé sa valise sous le préau. Il a pris sa motocyclette. Maintenant il est aux Quatre Vents, avec le fils de Ugo.

— Je vous dirai oui ou non quand Noële sera là.

Madame Marie s'éloigne. Ils sont seuls.

— J'ai vu ton père, dit Denis à mi-voix.

C'est un soir de septembre, très lent à descendre. Comme il est assis, il ne distingue pas les champs. Il n'y a que le haut des arbres et le ciel, avec des fumées qui sont peut-être des nuages.

— Je suis resté longtemps avec lui. Près de cette maison, au bord de la mer, que tu connais. Il m'attendait. Je ne comprenais pas pourquoi.

L'enfant le regarde.

— Tu crois peut-être que je te raconte une histoire pour t'endormir ? Mais non. Cette histoire-là est vraie. J'ai vraiment vu ton père, à Lefkas. Il avait quelque chose à me dire. Mais je n'arrivais pas à comprendre ce que c'était. Je me suis penché vers lui. J'ai écouté. Comme toi en ce moment. Mais je n'ai pas compris. C'est maintenant que je comprends.

La chambre paraît s'ouvrir. Les murs s'effacent. La nuit qui entre peu à peu les écarte, et le ciel, à travers les vitres, devient rouge et or.

— Ton père m'a parlé de toi...

Denis fait glisser l'enfant doucement, l'allonge sur lui, parce qu'il devient lourd, et qu'il a besoin de reposer sa tête.

— Ton père m'a dit que dans les familles, lorsqu'un homme mourait en laissant des enfants derrière lui, les frères prenaient ces enfants en charge. Ton père m'a dit aussi qu'il n'avait plus qu'un frère, et que ce frère était trop loin, derrière des frontières impossibles à franchir, pour pouvoir te prendre en charge. En écoutant ton père me parler, j'ai eu le sentiment qu'il me parlait comme si j'étais son frère, moi aussi.

Il écoute. Il y a une respiration légère, comme un silence dans le silence.

— Tu dors ? demande-t-il tout bas.

Il ne peut pas bouger. S'il bouge, il risque de réveiller l'enfant. Il sent seulement ce poids sur lui, ce poids qui se fait de plus en plus lourd. Le ciel est rouge sombre.

Denis continue :

— J'ai une lettre dans ma poche. Une lettre que j'ai trouvée à Marseille. J'ai ouvert cette lettre. Pas à Marseille, non. Tout à l'heure, à Ouches, avant de venir ici. Je ne pouvais pas l'ouvrir à Marseille. Il fallait que je sois dans mon pays à moi. Cette lettre...

L'enfant tourne la tête.

— Cette lettre aussi me parle de toi. Sans savoir qui tu es. Sans savoir que j'allais venir te voir. Cette lettre parle des enfants qui attendent, dans les villages, la petite camionnette de la Santé. Et ces enfants ont le droit de l'attendre, et ils ont le droit de la voir arriver. La lettre dit qu'il y a peut-être une façon de faire pour que l'attente des enfants et le plaisir de partager la vie de quelqu'un ne soient pas inconciliables. Qu'il faut du temps pour trouver cette façon de faire. Que, pour le moment, si le plaisir est vif, les enfants pèsent lourd. Pour le moment. C'est écrit dans la lettre. Pour le moment, la nuit est venue. Demain il fera jour.

Quatrième Partie

LE BRACELET D'HARRAR

I

Le petit Yan vient de s'endormir. Denis n'ose plus bouger. Immobile dans le fauteuil, il regarde le ciel à travers les vitres. Un ciel de pluie, de plus en plus noir avec la nuit qui vient. Il pense à ses mois d'Afrique, au soleil, aux terres desséchées. Il croyait s'être fait une autre mémoire. Mais il lui a suffi d'entrer dans la cour des Quatre Vents, de parler à madame Marie, pour retrouver brusquement les bruits, les images, les odeurs de son enfance. Il n'y manque plus que Noële. Elle va revenir, il le sait. Elle ne peut pas abandonner son fils bien longtemps. En l'attendant, il écoute cette respiration contre lui, si légère, ce silence dans le silence. Puis il entend quelqu'un monter l'escalier. Il reconnaît ce pas. Quelque chose s'éveille en lui, quelque chose qu'il ne contrôle pas — comme un ancien désir de nuits partagées.

— C'est toi, Denis ?

Noële s'est arrêtée sur le seuil de la chambre. Son ombre se détache sur la lumière du palier. Denis lève une main, doucement.

— Il dort, dit-il à voix basse.

Noële s'approche sur la pointe des pieds. Elle n'arrive pas à y croire. Denis vient de rester absent plus de huit mois. Sans jamais lui écrire. Il l'avait prévenue qu'il allait s'enfoncer dans les solitudes de l'Afrique, au fond des déserts, à la recherche des petits chevaux noirs. Elle avait souvent pensé à lui, en souhaitant qu'il retrouve la paix du cœur. Et, soudain, il réapparaît. Sans prévenir. Elle vient de reconnaître sa moto, dans la cour des Quatre Vents, appuyée contre un mur, à la même place qu'autrefois. Et le voilà assis dans le fauteuil de sa chambre, tenant le petit Yan contre lui. Comme un miracle.

— Madame Marie prétend qu'il hurlait, qu'elle a tout essayé, qu'elle n'arrivait à rien. Comment as-tu fait ?

— Je lui ai parlé.

Denis sourit. Ils sont ensemble, tous les trois, dans la nuit de la chambre, avec le bruit de la pluie sur les vitres, et un chien, très loin, qui aboie.

— Tu lui as raconté l'Afrique ?

— Je lui ai parlé de son père.

Noële est debout contre le fauteuil. Il ne la voit pas. Mais il sent qu'elle avance la main, qu'elle s'accroche au dossier, comme pour y prendre appui.

— Je me suis embarqué au Caire, il y a quelques jours. Je voulais regagner Marseille. Le bateau a fait escale au Pirée, pendant la nuit. J'ai eu le temps de descendre à terre, d'aller au palais Karrassos, à Athènes. Ton père m'a reçu. Il m'a dit pour Ugo...

Noële tient toujours le dossier du fauteuil. Au bout d'un temps très long, elle prononce d'une voix presque enfantine :

— Il faut le coucher, maintenant.

Elle saisit son fils à deux mains, avec une telle

brusquerie que l'enfant se réveille et commence à crier.

— Ah ! non ! dit Noële.

Elle le porte jusqu'à son lit, l'allonge, borde les couvertures.

— Non ! répète-t-elle.

Et Denis ne sait pas si c'est à l'enfant qu'elle parle, ou si c'est à lui, comme pour lui interdire de continuer. Elle reste penchée au-dessus du lit, surveillant l'enfant qui se débat un peu, grogne deux ou trois fois, finit par se rendormir. Denis n'a pas bougé.

— M. Karrassos m'a fait monter dans un hélicoptère, reprend-il à voix basse. Il m'a fait conduire à Lefkas. J'ai été jusqu'au petit bois de citronniers. Il fallait que je parle à Ugo.

Sa voix est si basse qu'on pourrait croire qu'il ne s'adresse qu'à lui-même. Et c'est vrai qu'en prononçant le mot Lefkas, il vient d'oublier brusquement le ciel des Quatre Vents, les nuages chargés de pluie. Il s'est retrouvé en Grèce, dans cette nuit de fin d'été. Comme si la lune brillait encore entre les arbres, comme si le phare tournait sur lui-même au bout de la jetée. Il vient d'entrer dans le petit bois. Il cherche Ugo. Comme il ne veut pas croire M. Karrassos, comme c'est impossible à admettre pour lui cette grue qui se bloque, cette cabine qui bascule, ce corps qui tombe dans le vide, il est sûr qu'en entrant dans le petit bois, il va découvrir Ugo debout, le long d'un sentier, levant la main pour lui faire signe. Il aperçoit une pierre. Il croit que c'est un corps allongé, qu'Ugo s'est endormi. Il s'approche. Il pense qu'Ugo va l'entendre et se relever sur un coude. Il touche la pierre. Il lui parle. Il est venu pour ça.

— Oui, dit-il. Il fallait que je parle à Ugo. De Yan et de toi. Je lui ai dit qu'il était comme un frère pour moi. Depuis toujours. Depuis que j'écoutais ses disques, dans mon grenier, bien avant que tu le connaisses. Je lui ai demandé ce qu'il attendait que je fasse pour sa femme et pour son enfant. Pour la femme et l'enfant de mon frère. J'ai attendu qu'il réponde. Mais c'était la nuit, le silence. Il n'a pas répondu. Et toi, Noële ? Qu'attends-tu de moi ?

Elle est toujours penchée au-dessus du lit. Elle semble regarder quelque chose dans l'ombre. Le visage de son fils, peut-être.

— Les herbes..., dit-elle.

Elle a de nouveau la voix très haute, presque enfantine.

— Elles ont dû beaucoup pousser. Elles ont dû tout recouvrir.

Ce n'est donc pas son fils qu'elle regarde, mais un autre visage, qui dort lui aussi, d'un tout autre sommeil, sans jamais respirer.

— Les fleurs, dit-elle encore. Il doit y en avoir beaucoup, maintenant. Denis sait qu'il ne doit pas rester là. Il pensait qu'il allait pouvoir tout raconter à Noële, pas seulement Lefkas et la pierre, mais cette jeune fille qui s'appelait Clara, et qu'il préférait appeler Claire parce que le nom est plus doux en français. Lui raconter qu'elle l'avait accompagné jusqu'au Caire, l'avait regardé s'embarquer, lui avait dit qu'elle allait lui écrire une lettre qu'il trouverait à Marseille, poste restante. Il avait tout de suite parlé de Claire à Ugo, pour qu'il sache qu'elle existait. Il lui avait dit qu'il ne se sentait pas attaché à Claire, qu'elle n'était pas une certitude pour lui, mais qu'il pensait que c'était bon d'être avec elle, d'arriver dans des villes d'Afrique où il savait la rencontrer. Il aurait voulu prononcer les mêmes phrases devant Noële, pour qu'elle sache les choses, elle aussi. Mais Noële ne savait même plus qu'il était là. Depuis qu'il avait prononcé le mot de Lefkas, elle avait rejoint Ugo. Elle était avec lui, contre la pierre, à l'ombre des citronniers.

Denis sort de la chambre, descend doucement l'escalier.

— Alors, monsieur Denis, demande madame Marie, qui le guette de sa cuisine, vous restez dîner, oui ou non ?

Il fait signe que non, sort très vite, reprend sa moto. Il reviendra un autre jour. Un jour où Noële pourra comprendre qu'il est vraiment revenu.

La lettre qui attendait Denis à Marseille, poste restante, disait ceci :

« *Denis, il y a dans les villages de ce pays d'Afrique des enfants qui attendent ma camionnette et qui ont besoin de moi. Le poids de ces enfants pèse lourd. Je leur ai donné le droit de m'attendre et le droit de me voir arriver. Mais, tout à l'heure, en regardant votre navire s'éloigner, j'ai découvert qu'il y avait un autre poids, tout aussi lourd, celui de ce bracelet que vous avez refermé sur mon poignet. Nous nous reverrons à Djerba, le 3 décembre, pour le mariage de mon frère. D'ici là, nous aurons cherché l'un et l'autre, et trouvé peut-être le moyen de concilier l'attente de mes enfants africains et le désir de partager la vie d'un seul être. Pour le moment, sachez que vous avez effacé en moi une blessure douloureuse. Vous m'avez rendu l'estime de moi-même. Quoi qu'il arrive pour vous et pour moi, c'est un lien qui ne se détachera plus. Je vous attends à Djerba, sur les rochers brun-rouge. Clara.* »

Pour le moment... Clara avait écrit : pour le moment... Ce qui voulait dire qu'elle remettait sa décision en décembre. D'ici là, Denis aurait peut-être compris, de son côté, ce que signifiait pour lui la mort de Ugo, et ce qu'il était de son devoir de faire vis-à-vis de Noële et du petit garçon.

Comme il ne peut se réinstaller à Ouches, puisqu'il a laissé son grenier à Chataigneau, il demande à sa tante de l'héberger dans le petit appartement de Roanne, où il a passé son enfance avec elle. C'est une femme très âgée, maintenant, qui regarde la télévision en pensant qu'un jour elle s'endormira et ne se réveillera plus. Elle ne s'étonne pas que Denis soit revenu. Elle se souvenait à peine qu'il était parti. Elle ne lui pose aucune question. Elle lui donne une clef pour qu'il entre et sorte comme il veut. Il fait froid, chez elle, parce qu'elle refuse de se chauffer. Elle a peur. Du gaz qui explose, du charbon qui fait trop de poussière. Elle préfère s'enrouler dans des châles. Elle en a de très grands, avec des franges, qu'elle met les uns par-dessus les autres. Elle ressemble à une grosse pomme de pin. Parfois, la nuit, elle appelle. Qui ? Denis n'en sait rien. Un chien, peut-être, qu'elle aurait eu dans son enfance, et qui dormait dans son lit. Chaque matin, il est réveillé de bonne heure. Par le froid. Il se lève, se prépare du café dans la petite cuisine, puis saute sur sa motocyclette et s'en va, au hasard. Il ne pénètre jamais dans la forêt. Il ne veut pas revoir la vieille maison. Il ne veut pas, non plus, s'approcher de l'école d'Ouches aux heures de récréation. En vérité, il tourne autour des Quatre Vents.

Deux ou trois fois, il y vient dîner. M. et Mme Vaindrier sont contents de le revoir. Ils lui posent des questions sur son voyage. Mais il répond maladroitement. Toute cette vie de soleil, ces longues marches, ces villages découverts semblent s'effacer au seuil des Quatre Vents, comme s'il n'avait pas le droit de les évoquer. Ce sont des images qui appartiennent à Clara. Et comment parler de Clara ? Il y a trop de silence. Oui. Trop de silence. C'est ce qu'il découvre peu à peu : l'étrange silence des Quatre Vents. On n'y entend plus aucune voix, aucun bruit. Même la pluie, même le vent. Au début, tout a l'air normal. M. et Mme Vaindrier ont l'air de parler à Noële et Noële a l'air de leur répondre. Madame Marie, dans sa cuisine, a l'air de remuer ses casseroles, de fouiller les cendres de son fourneau avec un pique-feu. En réalité, elle ne remue rien. Les Vaindrier se contentent de bouger les lèvres et Noële les imite. Si parfaitement qu'on s'y laisserait prendre, s'il n'y avait le petit Yan. C'est lui qui oblige à comprendre. Parce qu'il est vivant. Parce que lorsqu'il se met à crier, c'est un vrai cri qu'on entend, et à rire, c'est un vrai rire. Lorsqu'il tombe dans les escaliers, on l'entend vraiment tomber, il se fait vraiment mal, et lorsqu'il claque une porte, il n'a pas peur de faire du bruit. Il ne se demande pas s'il va réveiller quelqu'un. Qui pourrait dormir, du moment qu'il ne dort pas ? Il est la vie, la seule vie de cette maison silencieuse où

Denis n'ose plus entrer, car personne ne s'aperçoit qu'il est là.

Un soir, pourtant, où il a accepté une invitation, il s'entend dire :

— Je vais repartir.

Comme s'il venait de prendre sa décision. Pour la première fois, Noële a l'air d'avoir entendu.

— Où ? demande-t-elle. En Afrique ?

Ils sont assis devant la cheminée.

— A Djerba. Giorgio se marie. Il veut que j'assiste à son mariage.

Il se met à parler fort, exprès, pour lutter contre le silence.

— Tu ne sais pas qui est Giorgio. Tu ne sais pas qui sont les Riccardi. Tu ne sais rien. Je ne t'ai rien raconté ! Mais avant de repartir j'aurais voulu que tu saches. J'aurais voulu te parler de Clara.

— Clara ?

Noële paraît sortir d'une longue nuit. Elle regarde Denis, avec une sorte de sourire, qu'il reconnaît soudain — le sourire de leurs jeux complices, lorsqu'ils se disaient tout.

— Clara ? répète-t-elle. Il y a donc une Clara, pour toi ? Raconte...

— Quoi ?

— Tout ! Qui est-elle ? Comment est-elle ? Les cheveux ? Les yeux ?

— Elle est..

Il a envie de rire, parce qu'elle est là, enfin, entre eux, la jeune fille des rochers brun-rouge.

— Elle est mince. Elle a de longues jambes. Elle est comme beaucoup d'Italiennes, avec des cheveux très bruns, une peau très mate.

— Italienne ?

— D'origine, mais son père a été naturalisé français juste avant la guerre. Elle s'appelle Riccardi. Elle a deux frères, Giorgio et Luigi. Elle...

Il parle vite, les mots se bousculent, et il les cherche en même temps.

— Je ne sais pas par où commencer...

— Par le début, Denis. Par le début. Oh ! si tu savais...

Elle se serre contre lui.

— Denis, Denis, si tu savais comme c'est bien qu'il y ait Clara. J'ai eu si peur, si peur de toi, oui, de ce que tu m'as dit quand tu m'as parlé de Lefkas, le premier soir, de Ugo, de ce que tu avais dit à Ugo. Mais c'est bien, c'est bien maintenant, puisqu'il y a Clara.

Elle s'installe confortablement dans son fauteuil, étend les jambes.

— La vieille maison, tu te souviens ?

Elle a de nouveau ce sourire de leurs jeudis après-midi, lorsqu'ils se retrouvaient dans la forêt et s'enfermaient dans la vieille maison des bûcherons. Elle s'étendait sur un matelas de fougères séchées. Il sortait des livres de son tablier, tous ceux qu'il avait pu trouver, et il lui faisait la lecture à haute voix. Elle écoutait, les yeux grands ouverts, regardant à travers les murs ce qui ne bougeait que pour elle.

— Ce sera long.

— On a toute la nuit. Et demain. Et après-demain. Il y a des siècles que personne ne m'a raconté une histoire. Je veux tout savoir. Depuis le début. Mais, attends...

Elle se redresse.

— Oui, attends. C'est moi qui commence. Il y a cette lettre que tu m'as écrite le matin de ton départ, et que j'ai reçue à Athènes deux jours après. Cette lettre qui m'a appris que tu disparaissais. Je l'ai lue si souvent que je crois la savoir encore par cœur, ou presque. Tu veux bien que j'en relise quelques phrases de mémoire ?

Il fait signe que oui.

— Noële... Je pars dans un quart d'heure. Ce soir, je serai à Marseille. Après... Je n'en sais rien encore. Je sais seulement que je m'embarquerai pour l'Afrique... Ne t'étonne pas de mon silence. Accepte-le comme la seule marque de respect que je puisse te donner. Du respect pour ce que nous avons été dans notre enfance, et que rien ne doit détruire. Le plus lourd de ce que j'emporte est en moi.

Denis.

Noële ferme les yeux un instant. Son sourire, qui avait disparu pendant qu'elle se souvenait de cette lettre, revient lentement. Elle tend la main vers Denis.

— A toi !

II

— Le voyage lui-même, il n'y a pas grand-chose à en dire. J'ai pris le train jusqu'à Marseille. Je me suis embarqué pour Tunis. C'était un bateau comme tous les bateaux, avec des passagers qui se retrouvaient à la salle à manger pour les repas. A ma table, il y avait deux vieilles demoiselles très gentilles, deux sœurs, Marthe et Mathilde Bousquet. Je te parle d'elles parce qu'elles vont jouer un rôle dans mon histoire. Un très petit rôle, en apparence, mais quand on regarde les choses, une fois qu'elles sont achevées, on s'aperçoit qu'il n'y a pas de petits rôles, que c'est souvent ce qui n'a l'air de rien, un simple trait de crayon sur un papier vierge, qui permet au dessin d'apparaître. Tu sais ça aussi bien que moi. Je précise seulement que le premier soir, à table, comme les sœurs Bousquet voulaient savoir pourquoi je voyageais, et que je n'avais pas envie de leur dire la vérité, j'ai répondu la première chose qui me soit venue en tête : que j'étais prospecteur de gisements pétrolifères, et que la société qui m'employait m'envoyait en mission, pour trois mois, à Tunis.

— Elles t'ont cru ?

— Bien sûr ! Je fais très sérieux quand je veux. Et puis, sur ce bateau, j'étais comme quelqu'un qui a tout oublié, jusqu'à son nom, et qui joue à être un autre. J'ai donc joué les prospecteurs de pétrole, ce soir-là. Et j'ai dû les jouer très bien, puisque Giorgio, quelques jours plus tard...

Il s'interrompt.

— Mais je n'en suis pas encore à Giorgio. J'en suis au voyage, à Tunis. C'est là que quelque chose a vraiment commencé, quelque chose que j'ai mis un peu de temps à comprendre, et qui me rattachait à toi.

Oui, à toi. Je venais à peine de débarquer. J'avais laissé mes bagages à la consigne, et...

Denis a laissé ses bagages à la consigne du port. Il marche au hasard dans Tunis. Il n'a pas consulté le plan de la ville. Il essaie de se perdre. Parfois un passage s'ouvre entre deux maisons. Il s'y engouffre. Il se dit que peut-être de l'autre côté ce sera comme un pays nouveau. Mais chaque fois, il retrouve la même ville. Et chaque fois, il a l'impression de la reconnaître. Il a vu beaucoup de photographies de Tunis. Il en a parlé chaque année à ses élèves pendant les leçons de géographie. Mais c'est la première fois qu'il y vient. Pourtant, depuis qu'il marche dans ces rues, il a le sentiment de retrouver quelque chose. Une couleur, une lumière, il ne sait pas exactement... C'est lorsqu'il regagne le port, quelques heures plus tard, lorsqu'il revoit la mer qu'il comprend enfin.

— La Grèce, dit-il à mi-voix.

Face à lui se dressent les rochers rouges de Lefkas, le soleil sur les terrasses, les jardins du palais Karrassos. Deux ans plus tôt, aux grandes vacances, il avait emmené ses élèves en Grèce. Un avion spécial les avait pris à Lyon pour les transporter à Athènes. Un voyage de rêve, une sorte de tapis volant qui s'était mis à danser au-dessus de l'école d'Ouches, et tous les enfants en avaient perdu la tête. Denis le premier. De l'aéroport d'Athènes, un autocar les avait conduits au bateau qui les attendait pour les emmener dans l'île de Lefkas. Voilà l'image qui le poursuit depuis qu'il marche dans Tunis. Voilà pourquoi il a l'impression d'y être déjà venu. C'est un autre pays, avec d'autres habitants, qui parlent une autre langue et s'habillent d'une autre façon. Mais c'est la même mer. Les vagues qui dansent autour des débarcadères de Tunis dansaient quelques heures plus tôt dans le port d'Athènes. Noële les regardait peut-être. Son voyage est donc inutile. Il a voulu s'arracher à ses souvenirs, à sa terre et à son enfance. Mais déjà son amour l'a rejoint. Alors, il décide d'aller plus loin encore. Il entre dans la première agence de tourisme :

— Monsieur ?

La jeune hôtesse est blonde, avec des petits nœuds de velours au-dessus des oreilles.

— Je cherche une plage déserte. Avez-vous ça dans vos cartons ?

— Je crois, dit l'hôtesse.

Elle lui tend un dépliant. Il le feuillette. Il y a des plages immenses, bordées de palaces aux architectures futuristes, avec des façades de verre, des solariums, des parkings.

— C'est en Amérique ? demande-t-il.

— Non, monsieur. Tout près d'ici. Dans l'île de Djerba.

— Trouvez-moi une place dans le premier avion.

La plage est encore déserte. Le jeune Arabe qui loue les matelas et les parasols n'est pas arrivé. Mais son chien tourne sur lui-même, en aboyant. C'est un chien fou. Il regarde son ombre sur le sable et cherche à attraper sa queue.

— Bonjour, dit Denis.

Il ramasse un morceau de liège et le lance dans les vagues. Le chien file en courant, plonge et revient, le morceau de liège dans la gueule. Il est brun, le poil très ras, l'œil gauche à moitié fermé par une cicatrice.

— La clef, dit Denis.

Le chien le regarde. C'est un jeu entre eux chaque matin.

— La clef, répète Denis.

Il frappe du poing la porte d'une cabine. Le chien est immobile, les pattes écartées. Son œil blessé a l'air de faire signe.

— Là ? interroge Denis.

Il pose sa main sur le sable. Le chien gronde.

— Là ?

Denis se déplace lentement. Le chien le suit en grondant, de plus en plus fort. Brusquement, il ouvre la gueule, laisse tomber le morceau de liège et aboie à petits cris suraigus. Denis fouille le sable, trouve la clef. Il ouvre la cabine, en sort un matelas qu'il traîne à l'écart, du côté des rochers. Il s'y allonge sur le ventre et, le menton dans les mains, regarde la mer. Le jeune Arabe arrive un peu plus tard. Tout de suite il siffle son chien et part en courant vers la mer. Ils plongent ensemble, nagent ensemble, aussi fous l'un que l'autre, si parfaitement confondus qu'on ne sait plus, à les entendre, si c'est le chien qui parle ou le garçon qui aboie. En nageant ils se rapprochent de Denis. Lorsqu'ils parviennent à sa hauteur, ils sortent de l'eau.

— Bonjour, missié.

Denis extirpe un billet de sa poche, le tend au chien qui le prend dans sa gueule.

— Merci, missié...

Chaque matin le même « bonjour », le même « merci ». Déjà, ils repartent vers les cabines. Parfois le garçon se baisse, les mains aux genoux, crie : « Vaï ! » et le chien, d'un bond, passe au-dessus de lui, comme à saute-mouton. Denis se lève, plonge à son tour dans les vagues, nage longtemps, vers le large. Lorsqu'il n'en peut plus, il se renverse sur le dos, les yeux fermés, demeure immobile, flottant au hasard, comme le morceau de liège avec lequel jouait le chien fou tout à l'heure. Lorsqu'il regagne la plage, les baigneurs sont arrivés. En février, ils sont peu nombreux et restent groupés autour des parasols, lisant longuement leurs journaux. Ce sont des hommes un peu corpulents, avec des cheveux gris, et des épouses qui s'étonnent de ne plus avoir d'enfants à garder. Elles se retournent parfois, avec un sursaut, croyant les entendre. Mais ce n'est que le chien qui court après son ombre. Un peu après midi, la plage se vide. Les baigneurs vont déjeuner. La mer est comme une plaque de métal. Denis fait signe au jeune Arabe qui lui apporte un sandwich au fromage et un café. Puis il attend.

C'est l'heure de la jeune fille en brun-rouge. Elle vient se baigner tous les jours. Elle ne descend pas sur la plage. Elle s'assied sur les rochers, reste si parfaitement immobile qu'elle se confond avec. « Pourquoi ? » se demande Denis. Si elle porte un maillot de la couleur des rochers, c'est qu'elle veut se rendre invisible. « De qui se cache-t-elle ? » Il se retient d'ajouter : elle aussi.

Brusquement, la jeune fille se lève. Elle est fine, avec de longues jambes. Elle plonge, nage très vite et très loin, avec une sorte de colère, comme si cette immobilité lui était devenue insupportable. Puis elle revient vers les rochers et, sans prendre le temps de se sécher, secouant ses cheveux qu'elle porte très courts, elle disparaît en courant. Denis finit de boire son café, va lentement jusqu'aux rochers. Le soleil a déjà gommé les traces de pas. Rien ne permet de savoir qu'un moment plus tôt, une jeune fille en maillot brun-rouge était là. Il regagne son matelas, s'y allonge et s'endort.

Lorsqu'il se réveille les baigneurs sont revenus. Ils ont remplacé leurs peignoirs par des vestes de toile. Leurs épouses tricotent des chandails pour leurs petits-enfants. Vers cinq heures, il y a des mouvements de plateaux, avec des orangeades, des whiskies, des petites olives noires sur des soucoupes. Puis le vent se lève annonçant le soir. Le jeune Arabe replie ses parasols, enferme ses matelas dans une cabine. Lorsque le chien aboie, Denis comprend qu'on n'attend plus que lui. Il rapporte son matelas.

— Merci, missié.

Il achète un paquet de cacahuètes.

— Bonsoir, missié...

Il s'éloigne le long de la mer, en mangeant ses cacahuètes. Il a parfois l'impression d'être suivi.

Mais il ne se retourne pas. Peu à peu, la nuit vient, les voitures allument leurs phares. Denis reprend le chemin de l'hôtel, monte dans sa chambre, s'allonge sur son lit et s'endort aussitôt.

— Pardonnez-moi, monsieur...

Denis, surpris, lève la tête. Un homme est debout près de son matelas.

— Vous êtes bien Denis Maréchal ?

Un homme jeune, avec un regard clair et quelque chose dans le visage que Denis croit reconnaître.

— J'étais sur le même bateau que vous. Je m'appelle Giorgio Riccardi. Mais mon nom ne vous dit sûrement rien. Nous n'avons pas eu l'occasion de faire connaissance pendant la traversée. Si j'ai appris le vôtre...

Il sourit davantage :

— ... c'est par les demoiselles Bousquet. Marthe et Mathilde, vous savez ? On m'a placé à leur table quand vous avez cessé de venir à la salle à manger.

Denis rougit brusquement.

— Elles m'ont appris que vous étiez ingénieur dans une société pétrolière. C'est ce qui m'a poussé à venir vous parler. J'ai un jeune frère, Luigi, qui termine ses études d'ingénieur. Il souhaiterait beaucoup avoir une conversation avec vous. Si ça ne vous ennuie pas, bien sûr. Il est à Djerba jusqu'à demain soir. Mes parents tiennent une agence immobilière en ville, et...

Denis l'interrompt.

— Ecoutez... Je suis désolé pour votre frère, mais je ne suis pas ingénieur.

— Alors, pardonnez-moi. L'erreur vient des

demoiselles Bousquet. Elles semblaient pourtant certaines de ce qu'elles avançaient.

— Je le leur ai laissé croire, en effet, par jeu. Mais j'ai eu tort. Je suis instituteur dans un petit village de la Loire. J'ai demandé un congé d'un an. J'avais envie de connaître l'Afrique. Je rêvais autour des aventures de Rimbaud. Je me voyais déjà dans les hauts plateaux d'Ethiopie, mais en débarquant à Tunis, j'ai eu peur. J'ai voulu m'enfoncer quelque part, m'enterrer et rester immobile. Vous connaissez le chien du jeune garçon qui loue les parasols ?

— Oui.

— C'est un chien fou. Je commence à le devenir, moi aussi.

Les premiers baigneurs apparaissent. Ils serrent la ceinture de leurs peignoirs, s'installent sous les parasols et ouvrent leurs journaux.

— Moi, je suis ingénieur agronome, dit Giorgio. Je reviens de France où j'ai suivi un stage de perfectionnement. Je me suis arrêté à Djerba pour voir ma famille. Malgré mon nom italien, je suis Français. Mon père s'est fait naturaliser avant la guerre. A la fin de la semaine, je vais rejoindre deux camarades avec lesquels je travaille en équipe. A Fort-Lamy. C'est notre point d'attache. De là, nous rayonnons dans les terres. Au revoir.

Ils se serrent la main.

Ce jour-là, Denis attend en vain. Entre midi et deux heures, la plage pourtant se vide, comme les autres jours, mais la jeune fille en brun-rouge ne vient pas. L'après-midi, il y a des bateaux. Avec de hautes voiles orange. Une dizaine de bateaux qui sortent soudain de derrière les rochers, et se rapprochent de la plage. Denis a envie de lever la main.

Comme un naufragé sur une île déserte, qui appelle à l'aide. « Je suis vivant. Venez me chercher. » Il comprend qu'il ne peut pas rester plus longtemps à Djerba, que c'est absurde, complètement absurde. La plage, la chambre d'hôtel, de nouveau la plage, et puis quoi ? S'il a quitté Ouches et la France, est-ce seulement pour dormir au soleil ? Les bateaux sont tout près. Quelqu'un plonge et nage vers lui.

— Vous ne vous baignez pas ? demande Giorgio Riccardi en sortant de l'eau.

— Non.

— Elle est pourtant bonne.

— Je sais.

Il y a du soleil, une sorte d'allégresse dans l'air, avec ces voiles orange qui dansent sur la mer.

— Si vous aimez faire du bateau, venez nous rejoindre. Mon frère Luigi est avec moi.

Le chien fou est venu se planter devant Denis. Manifestement il ne comprend pas. Cet homme qui ne quitte jamais son matelas, qui est toujours seul, pourquoi est-il avec quelqu'un ? Et leurs jeux, le bouchon de liège, la clef dans le sable, est-ce déjà fini ? Denis se penche, lui caresse le dos.

— Fini, oui, dit-il à mi-voix.

Il vient de prendre sa décision.

— Je vous ai avoué, ce matin, que j'étais venu pour découvrir l'Afrique. Ici, c'est trop voisin de ce que je connais. Acceptez-vous que je vous accompagne à Fort-Lamy ? Vous n'aurez pas à vous charger de moi. Ce que je cherche simplement, c'est quelqu'un qui m'oblige à échapper au silence d'ici.

Il regarde rapidement vers les rochers brun-rouge. Si la jeune fille était là, même confondue avec eux, il saurait l'apercevoir.

— D'accord, déclare Giorgio Riccardi. Rendez-vous samedi matin, à l'aéroport.

En débarquant à Fort-Lamy, deux jeunes gens attendent Giorgio Riccardi. Le premier, petit, brun, très maigre, avec des yeux noirs et beaucoup de cheveux, s'appelle François. Le second, blond, presque roux, avec des joues rondes et des sourires d'enfant : Jérôme.

— Je vous présente un ami rencontré à Djerba, dit Giorgio.

Ils serrent la main de Denis, comme s'ils le connaissaient depuis toujours et, tout naturellement, lui font une place dans leur vieille 2 CV.

— Nous avons fait nos études ensemble, lui a expliqué Giorgio pendant le voyage. Je leur ai tellement parlé de l'Afrique qu'ils ont été fascinés. Quand nous avons obtenu notre diplôme d'ingénieur, nous avons décidé de venir y travailler tous les trois. Nous avons signé un contrat avec une compagnie qui a confiance en nous. On ne vient jamais surveiller ce que nous faisons. Notre liberté est presque totale.

Pendant deux jours, Denis marche autour de Fort-Lamy, découvre les savanes et leur immobilité de désert. Il a atteint un autre monde. Un monde où la pierre n'existe pas, où les murs d'enceinte, les maisons, les greniers à mil, les étables, tout est de terre sèche. Cette fragilité étonne Denis, l'impression que d'un revers de main tout peut s'effondrer. Mais la terre demeure. En une nuit, on élève de nouveaux murs, on construit de nouvelles maisons. Sans porte, sans serrures. Une sorte de respect retient l'étranger sur le seuil. Une sorte de crainte aussi. Car le silence de ces cases est un secret venu de si loin, gardé depuis si longtemps, qu'il se dresse plus haut que tous les murs de pierre, rompu seulement, de loin en loin, par la course des lézards entre les feuilles sèches. En attendant le soir, Denis vient s'asseoir sur la berge du fleuve. L'eau est immobile. « Un théâtre », pense Denis. Dans ces étendues vides, l'imagination plante ses décors. Ainsi s'expliquent les mirages. Il suffit de désirer la mer et la mer surgit. Avec ses vagues, ses rochers, ses mouettes. Mais Denis regarde sans rien désirer. La nuit vient. Les feux de brousse s'allument. Dans le ciel apparaît la première étoile. Alors il se lève, regagne sa chambre d'hôtel, et dort sans rêves.

Le second soir, Giorgio lui dit :

— Nous partons demain en brousse. Voulez-vous venir avec nous ?

— Préparez vos fusils, annonce Giorgio.

La 2 CV danse sur la piste. Jérôme et François se penchent aux portières.

— Tu aperçois quelque chose ?

— Ce petit animal à droite, qui galope, m'a tout l'air d'une gazelle.

Denis se penche à son tour, mais ne distingue rien. Tout est gris et beige. Il faut longtemps pour que les yeux s'habituent. Ils roulent en direction de Moussara, un village à trois cents kilomètres de Fort-Lamy. De loin en loin, ils rencontrent un homme vêtu de blanc, immense et droit sur son cheval, une lance à l'épaule.

— Ce ne sont pas des guerriers, lui a expliqué

Giorgio, mais des bergers. Ils défendent leurs troupeaux contre les fauves et les voleurs.

Il freine brusquement. La gazelle est au bord de la piste. François tire. Elle tombe. Ils sortent de la voiture en courant. La gazelle a des cornes fines et hautes, comme deux branches sur le front. Jérôme et Giorgio lui tiennent les sabots. François l'achève. Sa fourrure est beige, couleur sable.

— Nous aurons de quoi manger pour une semaine.

Ils chargent la bête dans la 2 CV et repartent. C'est le pays des chasses. Pour vivre, il faut tuer. A Moussara, ils ne trouveront que des piments, du fromage et des arachides. Un peu plus loin, ils s'arrêtent encore. François a aperçu des pintades. Elles sont grises, très lourdes, et courent maladroitement entre les herbes. Ils en tuent une dizaine et les jettent sur la gazelle à l'arrière de la voiture. Ils roulent une heure encore. Puis Jérôme touche l'épaule de Giorgio, prend le volant. Il est près de midi. L'odeur de sang séché est si forte que, malgré la poussière, Denis ouvre sa vitre.

— Vous voyez ce carrefour, Denis ? demande Jérôme. Si Giorgio avait gardé le volant, il n'aurait pas osé tourner à droite.

Il s'engage sur une piste semblable à la première.

— Vous devez avoir faim. Nous aussi. C'est pour ça que j'ai pris cette piste. Nous allons atteindre un village et nous nous ferons inviter à déjeuner par...

Il parle soudain à mi-voix. Derrière ses grosses lunettes, ses yeux se ferment presque.

— ... par Clara.

Alors Giorgio dit, d'une voix très calme :

— Clara est partie.

Jérôme sursaute, la voiture fait une embardée.

— Depuis quand ?

— Une semaine.

Quelque chose se rompt brusquement. Une même gaieté unissait jusque-là les trois garçons. Maintenant, il y a trois silences. Jérôme interroge enfin :

— S'il n'y a personne, pourquoi m'as-tu laissé prendre cette piste ?

— Madeleine est encore là.

Un village apparaît bientôt. Une poignée de cases rondes comme des nids, à l'abri d'une enceinte de feuilles tressées. Un peu à l'écart une case plus vaste. Jérôme klaxonne. Une jeune fille paraît.

— Vous ? dit-elle.

Elle est habillée de blanc, coiffée d'un chapeau de paille.

— Vous restez déjeuner ?

Giorgio lui tend deux pintades :

— Si tu veux bien de nous.

La jeune fille prend les oiseaux, appuie sa joue contre les plumes grises. Elle a un visage très doux. A travers la paille du chapeau, le soleil y dessine de petites taches claires.

— C'est une gazelle ? demande-t-elle en regardant par la portière.

Elle touche les cornes d'un geste rapide. L'odeur du sang la saisit.

Elle recule et découvre Denis, un peu à l'écart.

— Bonjour, dit-elle, en lui tendant la main. Je m'appelle Madeleine.

— Manières de Blancs ! dit François, avec un rire bref.

C'est la fin du repas. Madeleine vient d'apporter

le café. Ils ont déjeuné à l'ombre d'un toit de paille tendu entre quatre troncs d'arbre. Derrière eux, le village semble abandonné. Aucun bruit n'en vient sinon, parfois, dans une écurie, le bruit d'un cheval qui frappe le sol.

— Ils ont raison de dire : manières de Blancs. Au début ça m'irritait. Maintenant, j'ai compris. Ça ne veut pas dire que je ne crois plus à ce que nous faisons ici tous les trois. Au contraire. Je suis certain que notre travail est nécessaire. Mais en Afrique, monsieur Maréchal, tout obéit à cette loi : il faut du temps.

Il parle avec nervosité. Les autres écoutent en buvant leur café. Sur le seuil de la case, Madeleine plume les pintades. Sous le grand chapeau de paille, son visage est attentif.

— On n'impose pas, en un an, de nouvelles habitudes. Ni en dix, ni en vingt. En Afrique, on n'impose rien. On ne dit pas : vos manières de Noirs sont mauvaises, nos manières de Blancs sont meilleures. On montre simplement ce qu'on sait faire. Et on attend. Un jour, peut-être, ils auront envie d'essayer à leur tour, de comparer.

Il se lève si brusquement qu'il renverse sa tasse.

— Je vais faire la sieste.

Sur le seuil, il s'arrête :

— Tu devrais m'imiter, Jérôme. A Moussara, on n'aura pas le temps de se reposer.

Jérôme le rejoint. Ils entrent dans la case. Giorgio n'a pas bougé.

— Vous devez trouver François bien bavard, dit-il à Denis. Mais c'est rare de rencontrer quelqu'un comme vous, qui ne sait rien de ce pays, à qui on peut tout raconter. Parler, pour nous, c'est important. Dans nos déserts, le silence finit par devenir une maladie. Et puis...

Il ramasse la tasse tombée.

— Chaque fois que François vient ici...

Madeleine les rejoint.

— Depuis quand savent-ils pour Clara ? demande-t-elle, à mi-voix.

— Je le leur ai appris dans la voiture. C'est ce qui explique la nervosité de François, le silence de Jérôme.

— Tu l'as vue ?

— A Djerba.

— Comment était-elle ?

— Très calme. Elle attendait son affectation.

Madeleine ferme les yeux quelques secondes.

— Fatiguée ? demande Giorgio.

Elle secoue la tête.

— C'est la solitude. Parfois la nuit, j'ai beau connaître ce pays, je...

Elle s'éloigne rapidement, retourne à ses pintades.

— Je ne pouvais rien vous expliquer dans la voiture, dit Giorgio. Clara est ma sœur. Elle travaille pour un organisme international de santé. Quand je me suis installé à Fort-Lamy avec François et Jérôme, elle a voulu me rejoindre. Elle s'est fait envoyer dans ce village avec son amie Madeleine. A elles deux, elles ont ouvert un petit dispensaire. Elles ont commencé à rayonner d'un village à l'autre, à s'occuper des enfants et des femmes. Comme nous nous arrêtions dans les mêmes villages, nous nous rencontrions souvent. Tout allait très bien. Et puis, François et Jérôme...

Il boit son café lentement.

— Au début, c'était comme un jeu. Clara ne s'en

rendait pas compte. Moi-même j'en souriais. Mais j'avais tort. On rêve facilement dans ces pays. Tout est plat. Alors on s'invente une vie. Jérôme et François se sont inventé la même. Une vie avec Clara. Ils sont devenus rivaux. Je les ai vus se dresser l'un contre l'autre. Nous finissions par ne plus pouvoir travailler ensemble. Je me suis résigné à avertir Clara. Elle n'a pas hésité longtemps. Elle est partie. Très vite et sans les prévenir. Madeleine est obligée de rester. Elle ne peut pas tout abandonner. Et puis...

Denis a déjà compris. Le secret de Giorgio et de Madeleine n'est pas un secret. Il se lit sur leur visage, dans leurs regards.

— C'est une journée difficile..., dit Giorgio.

Denis a besoin d'être seul. Il fait le tour du village désert. Les hommes sont aux champs. Mais les femmes ? Quelle voix lointaine les a tirées hors de leurs cases ? Denis marche et son ombre est derrière lui. Il s'arrête bientôt, se laisse tomber au pied d'un arbre, seul dans le silence. Il lui semble pourtant que quelqu'un est là, quelqu'un qui se cache et retient sa respiration. A quelques mètres de lui, il y a une case en terre brune, percée d'une ouverture au ras du sol. Sur le seuil deux casseroles d'émail rouge, un van de paille, un escabeau. Denis fixe l'ouverture. Et soudain...

Deux petites lumières se sont allumées au ras du sol. Deux yeux. Fixés sur lui. Un long moment passe. C'est comme un combat. A qui se détournera le premier. Bientôt un visage entier apparaît. Puis un corps qui se glisse par l'ouverture. Une petite fille. Cinq ou six ans. Avec un gros ventre nu, un pagne bleu attaché par une ficelle, les cheveux déjà coiffés en tresses collées de sucre. Elle s'assied contre le mur de la case, sur l'escabeau, sans cesser de regarder Denis. Il prend dans sa poche un carnet et un crayon, commence à dessiner le visage de la petite fille. Lorsqu'il a terminé, il tourne le carnet vers elle, lui montre le dessin. Elle avance un peu la tête pour mieux voir. Denis pose le carnet assez loin devant lui, puis s'adosse à l'arbre et attend. Le regard de la petite fille ne quitte pas le dessin. Sur son visage, il y a comme une souffrance. Elle est prise entre une force qui l'attache à son escabeau, loin de cet homme blanc qu'elle ne connaît pas et une seconde force, plus grande encore, qui l'attire vers ce papier où elle s'est reconnue. Elle cède enfin, avance avec précaution, s'accroupit, regarde longtemps. Puis elle lève les yeux vers Denis et brusquement elle sourit.

— Bonjour, dit Denis.

Elle repart en courant vers la case, se penche à l'intérieur, prononce quelques mots, très vite. Alors, dans la petite ouverture, apparaissent d'autres visages, des enfants d'abord, puis une femme jeune, une seconde plus âgée, une troisième. La petite fille est venue chercher le carnet. Elle montre son portrait. Les rires éclatent, légers, aigus, tournant sur eux-mêmes, allant se perdre au fond de la case et revenant, comme une fontaine. Tout près, il y a un coup de Klaxon. Denis se lève. Il ne pensait plus à la voiture, à toute cette route qui reste à faire pour atteindre Moussara avant la nuit.

— Au revoir, dit-il.

D'une voix qui hésite, peut-être de plaisir, peut-être de crainte, la petite fille répète :

— Au revoir.

Elle le regarde s'éloigner, immobile, la main

ouverte et toute la famille se tient derrière elle, en silence.

— Je vous croyais perdu, reproche Giorgio.

— Pardonnez-moi.

Il rejoint la voiture. C'est François qui conduit.

— Madeleine n'est pas là ?

Giorgio désigne la case. Denis s'avance jusqu'au seuil. Madeleine a enlevé son chapeau. Elle a de beaux cheveux clairs.

— Je voulais vous remercier.

Soudain, il s'immobilise. Il n'avait pas remarqué cette photographie sur le mur.

— Qui est-ce ? demande-t-il.

— C'est Clara.

La jeune fille en brun-rouge de Djerba.

III

Il pose la main sur le bras de Noële.

— C'est comme ton fils, tout à l'heure, dit-il en souriant. En m'écoutant parler, tu t'endors !

— J'écoute, au contraire. J'écoute avec la plus grande attention. Mais je rêve. Ce que tu racontes est si différent d'ici. Si différent de notre vie, de nos saisons, de nos façons d'être. Je me perds à ta suite.

Elle a sa voix d'autrefois. Sa voix de petite fille dans la vieille maison des bûcherons, allongée sur son matelas de fougères. Elle lève un bras, comme en ce temps-là.

— Je n'ai pas de montre, dit-elle. Tu crois qu'on a le temps de continuer ?

— Moi, oui, mais toi ?

— Il faudra que je dorme un peu. Pour être en forme, demain matin, quand Yan se réveillera. Il est si exigeant le matin. Il faut que je me lève, que je m'occupe de lui dès qu'il ouvre les yeux. Mais...

Elle sourit.

— ... Mais je trouve que c'est trop peu, cette photo de Clara sur un mur. Il y a bien un jour où vous vous êtes rencontrés ?

— Un mois plus tard.

— Où ?

— En Ethiopie. Dans cette ville qui était comme une étoile, pour moi, l'Etoile des Rois Mages qui se serait mise à bouger. La ville de Rimbaud.

— Tu veux parler de Harrar ? demande-t-elle à mi-voix. Denis fait signe que oui.

— Oh ! dit-elle, voyageons encore. Je voudrais aller jusque-là.

Denis se lève, remet une bûche dans le feu. Il tombe une sorte de neige, un peu durcie déjà, qui glisse contre les carreaux avec d'étranges frottements. C'est difficile, dans tout ce blanc, de se souvenir du désert.

— Je suis resté un mois à Moussara, avec Giorgio, François et Jérôme. J'ai partagé leur vie. Je les ai accompagnés dans leurs tournées. Ils m'ont confié le rôle de photographe. Ils avaient besoin de clichés pour illustrer le rapport qu'ils devaient rédiger, après quatre ans d'activité. Il a même été question que je fasse un film pour eux. Un film sur la construction d'un puits cimenté, que François voulait projeter d'un village à l'autre, pour que les images se fixent dans les mémoires. Chaque année, à la saison des pluies, les puits s'effondrent. On voit alors, sur les pistes un incessant défilé de femmes qui portent une cruche sur la tête. Elles font parfois des kilomètres pour la remplir. Cimenter les puits, c'est la solution idéale. Mais suivant les principes que François m'avait exposés, ils ne voulaient pas imposer cette solution. Ils voulaient que les gens du pays la souhaitent d'eux-mêmes. D'où l'idée de ce film.

Il sourit.

— Tu te moquais de moi, tout à l'heure, parce

que les demoiselles Bousquet m'avaient pris pour un prospecteur de pétrole. Les amis de Giorgio m'ont pris pour un metteur en scène de cinéma. Mais cette fois, je n'ai pas menti. J'ai avoué que je n'avais jamais touché une caméra de ma vie. « Vos photos sont excellentes, m'a répondu François. Votre film le sera aussi. » J'étais bien avec eux. J'aimais ce pays. Comme je circulais sans arrêt sur les pistes je connaissais tous les villages d'alentour. Je m'étais fait des amis, surtout parmi les enfants. Le temps où je cherchais à oublier mon nom était loin. Sans m'en rendre compte, je finissais par me détacher de ce qui m'avait poussé à venir jusque-là.

Il s'interrompt. Comment dire à Noële qu'il avait cessé de penser à elle ? Sinon d'y penser, du moins de ne plus souffrir en pensant à elle ? C'est pourtant ce qui était arrivé. Plus vite qu'il ne l'aurait cru.

Elle sent qu'il hésite.

— On s'arrête en route ? demande-t-elle.

— Non, non. C'est...

Il regarde le feu dans la cheminée.

— C'est le bruit des bûches. Je n'ai plus l'habitude. Là-bas...

Il a un geste bref.

— Bon... Ça a donc duré tout un mois. Jusqu'au jour où Giorgio a reçu une lettre de Madeleine. Il n'a pas osé en parler aux deux autres, pour ne pas réveiller leur rivalité, leur espoir toujours aux aguets. Mais il fallait qu'il s'en ouvre à quelqu'un. Il est venu vers moi. Il m'a dit que Madeleine n'avait plus la force de rester seule au village. Qu'elle avait peur dès que le soir venait. Qu'elle avait résisté longtemps, mais qu'elle était sur le point de tout abandonner et de rentrer en France. Giorgio aurait voulu s'échapper pour la rejoindre. Il m'a longuement parlé, ce soir-là. Du contrat qui le liait à sa compagnie, qui l'empêchait de se marier avant deux ans. Je l'écoutais, sans pouvoir répondre. Je sentais que son rêve, son seul rêve, et celui de Madeleine aussi, c'était quelque chose d'incroyablement simple, et pourtant d'incroyablement difficile à atteindre. Quelque chose comme...

Denis regarde autour de lui.

— ... Comme ici. Oui, exactement comme ici. Une maison.

Il se tait de nouveau, et, cette fois, Noële ne dit rien. Parce que c'est un mot qui pèse sur elle. Un mot qui avait un sens et qui n'en a plus, et elle se demande s'il le retrouvera jamais.

— C'est ce soir-là que l'étoile s'est mise en route, reprend Denis, d'une voix plus sourde. A la fin de sa lettre, Madeleine annonçait à Giorgio que Clara avait reçu son affectation. Elle était nommée en Ethiopie. Elle devait rester quelques jours à Addis-Abeba, pour se mettre au courant des différents problèmes du pays. Puis elle gagnerait son point d'attache, qui était Harrar.

Il répète tout bas :

— Harrar...

Et tout lui revient des lettres de Rimbaud, qu'il avait lues si souvent. « *Il y a à peine une vingtaine d'Européens dans toute l'Ethiopie. A Harrar, c'est l'endroit où il y en a le plus : une dizaine. J'y suis le seul de nationalité française. Il y a aussi une mission catholique avec trois pères dont l'un est français comme moi, qui éduquent des négrillons.* »

— J'ai décidé de quitter Moussara dès le lendemain. Je me suis senti un peu honteux pour le film, mais je leur ai dit qu'ils trouveraient sûrement un meilleur opérateur. Ils ont compris et m'ont laissé partir. Curieusement, au lieu de me diriger vers l'Ethiopie, j'ai eu envie de flâner en route. Aujourd'hui, je ne sais pas très bien pourquoi. J'avais une extrême impatience de voir Harrar, et cette impatience, j'ai senti qu'elle m'abandonnait brusquement.

Oui, l'impatience qui habitait Denis l'abandonne. De Fort-Lamy, il aurait pu se rendre directement en Ethiopie. Mais au moment d'atteindre un pays dont il rêve depuis si longtemps, quelque chose le retient. Son avion le dépose à Bangui. Il passe une journée au bord du fleuve à regarder les pirogues. Le lendemain, il repart. Un autre avion descend sur Léopoldville. Cette façon d'avancer de biais l'amuse. Il pense aux crabes, sur les plages. Léopoldville l'ennuie. Il s'y retrouve en Europe. Il fait le tour du marché. Les ivoires l'attirent un instant. Très vite, il y renonce. A quoi bon s'embarrasser de souvenirs? Ce qu'il cherche là, c'est un jour de plus à attendre. Le soir, sur la terrasse de l'hôtel, il dresse l'oreille. A la table voisine, un groupe de touristes anglais parle avec un peu d'énervement d'un avion qui part le lendemain pour Nairobi, d'une expédition prévue à travers les réserves du Kenya, d'une place qui se trouve libre par suite d'une défection inattendue. Denis regarde mieux. Ce sont des cheveux plutôt gris, des tailles plutôt corpulentes. Un peu comme à Djerba. Il se renseigne à la réception de l'hôtel. Tout de suite, on alerte le chef du groupe qui accepte sa candidature avec soulagement. La nuit, accoudé au balcon de sa chambre, il guette longtemps vers l'est la petite lueur gris-rose qui annoncera l'aube. Dans les odeurs sourdes qui arrivent jusqu'à lui, il croit déjà reconnaître la respiration des fauves.

Nairobi, c'est un jardin anglais. Un étagement de pelouses trop vertes, d'arbres couverts d'oiseaux et de belles villas au milieu des fleurs. Il comprend que les animaux qui l'attendent dans les réserves sont les animaux de parade. Mais qu'importe ? Ce sera la dernière étape. A peine débarqué, il a retenu sa place dans l'avion d'Addis-Abeba. Dans deux jours, il sera en Ethiopie. Alors il peut se prendre pour un touriste anglais, se hisser avec les autres dans une camionnette vert bronze qui les emporte vers les réserves. Le conducteur ressemble à un major de l'armée des Indes, avec un petit béret sur l'oreille, un teint de brique, une moustache blonde. Très vite, ils sont dans les baobabs. Il y a des girafes qui tendent le cou, des autruches, des antilopes, des zèbres et soudain, au détour d'une piste, des éléphants. Le conducteur arrête sa camionnette. Tous les appareils de photos, toutes les caméras se braquent sur trois bêtes énormes, immobiles, couvertes de terre rouge et Denis comprend, à la fixité de leur petit œil noir, qu'elles savent encore arracher les arbres, mettre à sac une forêt, dresser brusquement leur trompe et charger. Le conducteur n'a pas lâché la clef de contact, prêt à remettre son moteur en route. Des singes viennent tourner autour de la voiture. Ils n'ont pas l'air de savoir pourquoi ils sont là. Ils bâillent. Le conducteur repart. Il parle d'une rivière proche où se baignent les hippopotames. Denis pense à Lamarche, le plus jeune de ses élèves. Celui qui a dit, à la fin de sa dernière classe : « Sans vous, l'école n'est plus l'école. » Il voudrait que Lamarche soit avec lui. Ils descendraient de la camionnette. Ensemble, ils avanceraient dans cette image de paradis terrestre. Ensemble, ils apprendraient à ne pas avoir peur des lions. Car les lions sont là. Fauves dans l'herbe fauve. Avec des lionceaux qui jouent entre leurs pattes. S'il tenait la main du petit Lamarche, Denis se laisserait prendre aux détours de ce trop grand jardin. Il marcherait sans crainte, vers cette ombre qu'il aperçoit, debout entre les arbres, depuis qu'il s'est mis en route, et qui est l'ombre de Clara.

— Mademoiselle Riccardi ?

Une femme, un peu sévère, à cheveux gris, regarde Denis par-dessus ses lunettes.

— Elle est en tournée.

— Pour longtemps ?

— Je ne sais pas, monsieur. Deux semaines, en principe. Mais il arrive que les tournées se prolongent.

Le bureau est très clair, avec des meubles de bois, des classeurs métalliques. La fenêtre donne sur un jardin d'eucalyptus.

— Je suis un ami de son frère Giorgio. J'arrive de Fort-Lamy. J'y suis resté plusieurs semaines et je pensais que Mlle Riccardi serait heureuse...

La dame aux cheveux gris a un geste d'impatience.

— Je regrette.

Sans doute, Clara, craignant d'être poursuivie par Jérôme ou François, a-t-elle mis cette femme en garde contre tout jeune Français, ami de son frère, arrivant de Fort-Lamy et cherchant à la joindre.

Denis sort du bureau. Le soleil est haut, le ciel très clair.

— Quinze jours...

Il n'a plus la patience de jouer les touristes. Addis-Abeba n'est pas une ville où se perdre. Il sait déjà qu'en quelques heures il aura tout vu de ce qui doit être vu, et qu'il se retrouvera dans sa chambre d'hôtel à ne savoir que faire. Alors, il revient aux images de Rimbaud.

— Harrar...

Ce n'est pas un voyage difficile. Il peut y être en une demi-journée.

— J'ai besoin d'une voiture, dit-il au patron de l'hôtel.

— Si Monsieur n'est pas trop pressé, je lui conseillerai de déjeuner tranquillement. Tout est fermé à cette heure-ci. Il faut attendre l'après-midi.

Denis va s'asseoir dans la salle à manger. L'hôtel est sur une colline et surplombe la ville. Le soleil joue sur les toits de tôle. Le garçon lui tend un menu. Il a une veste blanche et un nœud papillon noir. Comme en France. Denis commande au hasard. Il est seul dans la salle à manger. Brusquement la pluie frappe contre la vitre.

— Ce sont les petites pluies, dit le garçon.

Il s'approche de la fenêtre, montre l'autre côté de la ville, au-delà des toits.

— Là-bas, il fait beau.

Il y a comme une lassitude dans sa voix.

— Les petites pluies, pour nous, c'est le temps qui s'écoule. Elles tombent en fin de matinée. On attend qu'elles se terminent.

Il reste immobile quelques secondes. La pluie est un rideau léger devant la fenêtre, une sorte de cloison qui bouge. De l'autre côté, le soleil est immobile. « Je n'attendrai pas que les petites pluies se terminent, pense Denis. Je préfère traverser la cloison. »

La voiture n'est pas rapide. La boîte de vitesses grince un peu. Pour freiner, il faut s'y prendre longtemps à l'avance. Mais elle a le mérite de rouler. Denis a quitté Addis-Abeba très tôt dans la matinée. Il espère atteindre Harrar au début de l'après-midi. La route tourne entre les montagnes. Il respire avec avidité. Après tant de déserts, de sable, de savanes, il retrouve enfin le pays de la pierre, les failles verticales, la cassure des hauts plateaux. Il entend ses élèves réciter la leçon de géographie : « L'Ethiopie doit à son altitude une assez forte humidité, elle est la source du Nil bleu... » Il a l'impression d'être chez lui, dans ses montagnes à lui. Ce sont les mêmes roches grises, d'où l'eau jaillit en torrent. Le même écho qui saute d'une paroi à l'autre. Le même bruit de pierre dans les ravins. De temps en temps, il croise des femmes montées sur de petits ânes. Elles ont des voiles rouge et orange, des pantalons de velours brodés, bleu vif, vert, jaune, des colliers d'ambre autour du cou. Elles sont gaies. Elles rient entre elles. Les ânes trottent avec allégresse. Harrar ne doit plus être loin. Le vent porte avec lui des odeurs d'encens.

La route tourne toujours. Entre les rochers, il y a d'étroits sentiers. Ceux qu'empruntaient les caravanes. Brusquement, il freine. Une jeune fille vient vers lui en courant.

— *Please, sir...*

Elle fait de grands gestes.

— *Do you speak english?*

— *Very badly,* répond Denis. *I'am french.*

— Français !

C'est comme un cri.

— Et moi Française. Il faut que j'arrive à Harrar le plus vite possible. Je suis en panne.

Elle montre une petite camionnette arrêtée un peu plus loin.

— Je transporte un enfant malade.

Ils arrivent à la hauteur de la camionnette. La jeune fille se penche, en sort un enfant, enveloppé dans une couverture.

— Si vous n'avez jamais vu d'enfant variolique, ne regardez pas. C'est assez terrible.

Il découvre un visage tuméfié, couvert de cloques. Jusque sous les paupières.

— Si nous arrivons à temps, nous avons peut-être une chance de le sauver.

— Combien de kilomètres ?

— Deux.

Ils repartent. Denis conduit aussi vite que possible.

— On le leur dit. On le leur répète. On pose des affiches dans les villages : tel jour, à telle heure, vaccination. On prévient les notables. On fait tout ce qu'on peut. Mais quand on arrive, il n'y a personne.

Elle parle avec une sorte de colère.

— Elles ne comprennent pas qu'un vaccin c'est fait pour prévenir la maladie. Pour elles, on ne soigne un enfant que lorsqu'il est malade. Lui faire une piqûre avant, c'est impensable. Alors, elles se sauvent. Et voilà comment on les trouve.

L'enfant se plaint doucement.

— Je dis bien : on les trouve. Parce qu'il faut les

chercher. Celui-là, je l'ai découvert au fond d'une case. Les mères les cachent. C'est l'odeur qui m'a mise sur la voie.

La ville se rapproche. Les murailles sont brunes, percées de portes.

— Vous allez me conduire jusqu'à la place du marché. C'est là que nous avons installé notre dispensaire. Et puis...

Elle hésite une seconde.

— Vous allez trouver que j'exagère. Mais au point où j'en suis...

— Dites.

— Il y a un seul garagiste à Harrar. Il parle italien, comme beaucoup d'Ethiopiens depuis l'occupation italienne. Si vous pouviez le conduire jusqu'à ma camionnette, il me la réparerait avant ce soir. Sinon, j'attendrai demain.

Ils ne disent plus rien jusqu'aux portes de la ville.

— Tout droit, puis à gauche.

La jeune fille lui indique le chemin, d'une voix précise.

— C'est là, dit-elle enfin.

Ils sont arrivés sur une place. Denis arrête la voiture devant une maison très longue, avec un étage qui avance et un petit escalier.

— Vous trouverez le garagiste un peu plus loin, dans cette rue à droite...

Elle a ouvert la portière de la voiture. Elle monte l'escalier en courant, l'enfant serré contre elle.

Il faut toute la journée au garagiste pour réparer la camionnette. Il le fait avec une patience surprenante en fabriquant lui-même, sur une petite forge improvisée, les pièces de rechange. Lorsque la nuit vient, il demande à Denis de l'éclairer avec une lampe tempête. Il se met à chanter. Il est très maigre, cuivré de peau, coiffé d'un large turban. De temps en temps, il interrompt sa chanson, se retourne et semble interroger la nuit. Il y a des bêtes dans l'ombre. La lueur de la lampe les tient en respect. Alors l'homme chante plus fort et frappe de grands coups de marteau sur sa forge. Lorsqu'il tire enfin sur le démarreur, le moteur tousse un peu et finit par tourner. Il a un large sourire.

— *Andiamo,* dit-il.

Il passe devant, Denis suit. La nuit se ferme derrière eux. Le garagiste arrête la camionnette devant le dispensaire.

— *Camera ?* interroge Denis. Une chambre ?

Il n'a pas eu le temps de chercher à se loger. Le garagiste hoche la tête.

— *Si, si...*

Il lui fait comprendre par gestes que c'est tout près, qu'il n'a qu'à garer sa voiture à côté de la camionnette et prendre ses bagages. Ils s'enfoncent dans de petites ruelles pavées de cailloux.

— *Albergo,* dit enfin le garagiste en débouchant sur une place.

Avec un grand signe de la main, il s'éloigne. Denis va jusqu'à la porte vitrée de l'hôtel, regarde à l'intérieur. L'entrée est à peine éclairée. Une petite veilleuse brûle, au fond, sur un bureau. « Tout le monde doit dormir », pense-t-il. Il pousse la porte. Quelqu'un se lève. Quelqu'un qui était assis dans un fauteuil, contre le mur.

— Je voudrais vous remercier, monsieur.

C'est une jeune fille grande, mince. Dans l'ombre, Denis ne voit pas son visage.

— Parce que vous avez aidé Elisabeth à sauver cet enfant. Et parce que vous avez fait réparer notre voiture.

Une voix très claire, très animée, presque joyeuse.

— Nous pensions bien que vous descendriez dans cet hôtel. Elisabeth a alerté les patrons. Ils vous ont réservé une chambre. C'était bien le moins que nous puissions faire après tout le mal que vous vous êtes donné.

Elle tend la main :

— Clara Riccardi.

IV

— Maintenant, il faut que tu dormes, dit Denis à mi-voix.

Il se lève sans bruit, regarde le visage de Noële. Comme elle a changé, en huit mois. Tout ce qui restait d'enfance en elle s'est effacé. Le chagrin, la fatigue, le désespoir l'ont marquée à jamais. Et même si, de loin en loin, lorsqu'elle sourit, elle retrouve l'éclat d'autrefois, ce n'est que pour quelques secondes, une brève lueur qui s'éteint aussitôt. L'absence de Ugo s'est inscrite partout, dans les petites lignes qui se forment dès qu'elle ferme les yeux, dans les plis de la bouche. Si profondément que Denis a honte. Fallait-il vraiment lui parler de Clara ? Fallait-il qu'elle sache qu'un autre visage a remplacé le sien ? Sinon remplacé, du moins annexé une partie de l'espace qu'il occupait depuis toujours. Il voudrait s'éloigner sur la pointe des pieds, disparaître, mais elle lui prend le bras.

— Tu t'en vas déjà ?

— Il est tard.

— Et le reste, tout ce qui reste à dire ?

— Demain, si tu veux.

— En attendant...

Elle lui tend les mains pour qu'il l'aide à se lever.

— Juste une chose, en attendant. En dehors de Clara, que je découvre à peine, l'Afrique c'est quoi, pour toi ? Un décor ? Un passage ?

— Une maison.

— Comment ça ?

— Une maison à moi. Que j'ai construite avec de la terre, des branches, de l'herbe. Construite de mes mains. Les enfants du village l'appellent : la case du patron. Elle doit être tout à fait sèche, maintenant.

— Tu l'habiteras ?

— Qui sait ?

Il se détourne et sort très vite.

Il a repris sa moto. Il roule prudemment. A cause de cette neige verglacée qui est tombée depuis une heure. A cause de Clara, aussi. De ce qu'il préfère ne pas raconter à Noële : le vrai début de leur rencontre, cette étrange dispute qui a éclaté entre eux. Dans l'albergo d'Harrar, lorsque Clara lui avait tendu la main, en disant : « Clara Riccardi », il n'avait eu aucune réaction. Il ne lui avait pas dit qu'il arrivait de Moussara, qu'il connaissait son frère Giorgio. Il s'était contenté de serrer cette main tendue :

— Denis Maréchal.

La patronne de l'albergo lui avait donné la clef de sa chambre, et Clara avait regagné sa demeure, après lui avoir souhaité bonne nuit. Le lendemain matin, il était allé jusqu'au dispensaire...

Beaucoup de femmes qui attendent, assises sur les marches, d'enfants qui jouent en silence. Denis entre. Tout de suite, il aperçoit Elisabeth qui pèse un bébé dans une corbeille d'osier.

— Comment va le petit variolique ? demande-t-il.

— On ne sait pas encore, répond-elle.

Elle a posé le bébé sur une table et commence à lui nettoyer le bord des yeux. Il se met à crier. La mère sursaute et frappe le bras d'Elisabeth. Denis comprend qu'il vaut mieux revenir plus tard. Il arrive sur la place du marché. C'est une volière. Partout des femmes voilées, assises sur le sol, et leurs voix tournent dans la lumière, mêlées à des rires, qui sont de légers cris aigus. Denis avance entre les éventaires. Il aperçoit des tas de piments, des petits pots de lait rance. Ce n'est pas un marché « pour de vrai », comme disent les enfants. C'est un jeu de marché. Il a envie de s'asseoir au milieu de ces femmes-oiseaux et de jouer le même jeu qu'elles, le jeu de la ville où l'on est attendu, de la maison dont les portes s'ouvrent, de la chambre où l'on est chez soi. Dans un magasin, en bordure de la place, il découvre des bijoux d'argent ciselé. Il remarque un bracelet très large et très haut. Une lourde plaque de métal, sans ornement. Tout de suite, il pense à un piège, aux anneaux qui encerclaient les chevilles des galériens. Il a envie d'acheter ce bracelet. Il le voit déjà se fermer sur un poignet tendu. Il entend le petit bruit sec. Brusquement, il s'éloigne. Ce n'est pas sur le poignet de Noële qu'il a vu se fermer le bracelet : c'est sur celui de Clara.

Lorsqu'il revient au dispensaire, à une heure, Clara est seule. Elle a encore sa blouse d'infirmière. Assise devant un petit bureau, elle remplit des fiches. « Je suis contente de vous voir », dit-elle en refermant son fichier. « Elisabeth est déjà partie en tournée. Je dois aller faire quelques visites en ville, si vous n'avez pas peur de la chaleur... » Elle se lève, prend un grand chapeau de paille semblable à celui que portait Madeleine. « Si vous n'avez pas peur de la chaleur, j'aimerais marcher un peu. J'ai besoin de respirer autre chose que ces odeurs de médicaments. » Très vite, ils sortent de la ville, longent les remparts. Denis se décide à lui dire qu'il connaît son frère Giorgio.

— Je suis resté plus d'un mois avec lui. A Fort-Lamy d'abord, puis dans le village de Moussara que vous connaissez. Nous nous sommes occupés des puits en ciment. Quand je suis parti, la semaine dernière...

Il ne sait pas si Clara l'écoute. Elle marche, un peu penchée en avant, regardant devant elle, comme si elle cherchait un objet perdu.

— Quand je suis parti, il était question de réaliser un film qui montrerait les différentes étapes de la construction d'un puits. Je devais servir d'opérateur. Et puis...

Clara s'est arrêtée au bord d'un fossé. Entre les herbes, il y a de grandes fourmis rouges.

— Qui vous envoie ? dit-elle brusquement.

— Mais...

— Ce n'est pas Giorgio, je le sais. Ni Madeleine. Alors ?...

Elle parle d'une voix sèche.

— C'est François, n'est-ce pas ? ou Jérôme ? Ou les deux ? Je n'écouterai pas. Je me suis arrachée à un village que j'aimais. Je me suis séparée de mon frère et de Madeleine. Je suis venue ici, dans un pays où je suis seule. Pour tout réapprendre et d'abord l'estime de moi-même. Alors laissez-moi. J'ai le droit d'être tranquille.

Elle disparaît derrière les remparts. Denis n'a pas bougé. Il regarde les fourmis rouges. Elles avancent en lignes régulières, sur un chemin, toujours le même. Elles rongent, emportent, dévastent. On peut, d'un coup de talon, les éparpiller. Elles retrouvent toujours leur chemin.

Le soir même, il rentre à Addis-Abeba, rend la voiture louée, s'installe dans le même hôtel. En défaisant ses valises, il retrouve les lettres de Rimbaud. Il a été jusqu'à Harrar. Il n'a même pas cherché la maison de Rimbaud. Il n'a pensé qu'à un visage dans l'ombre, à une voix qui disait : « Clara Riccardi. » Claire. Il a décidé de l'appeler Claire. Clara, c'est comme un coup de fouet. Puisque les Riccardi sont naturalisés depuis plus de trente ans pourquoi ces prénoms italiens ? Luigi, Giorgio ? Clara ? L'envie le prend de parler haut, de poser des questions, de savoir. De tout savoir d'elle et de sa famille. Il pense : Djerba. Il se dit qu'il va retourner à Djerba, qu'il cherchera l'agence immobilière tenue par les parents de Claire. Il entrera. Il s'assiéra en face de M. Riccardi : « Parlez-moi de votre fille, lui dira-t-il. Parlez-moi de son enfance, de ce qu'elle aimait, de ce qu'elle faisait, de ses amies, de son école. Parlez-moi de Claire, parce que je l'appelle Claire. Dites-moi ce qu'un père pense de sa fille dans le secret de son cœur. » Mme Riccardi rejoindra son mari. Denis l'interrogera à son tour : « Parlez-moi de ce qu'une mère et une fille s'avouent en silence lorsqu'elles se regardent. »

Puis il marchera dans l'île de Djerba, à la

recherche des plages, des routes, des villages, où la petite fille Claire a grandi. Il interrogera cette terre où la petite fille Claire a plongé ses racines. Et, à la même seconde, il se dit qu'il va retourner à Fort-Lamy, pour y interroger Giorgio. « Parlez-moi de votre sœur, lui dira-t-il. Parlez-moi de votre enfance, des secrets qui enchaînent un frère et une sœur, des garçons qui étaient vos amis et qui devenaient amoureux de Claire, parce que je l'appelle Claire. Parlez-moi... » Il entraînera Giorgio dans les savanes, loin de Jérôme et de François, pour qu'ils n'entendent pas le nom de Claire, pour qu'ils ne viennent pas confondre l'image qu'ils en gardent avec celle que tracera Giorgio. Et à la même seconde encore, il pense : Harrar. Il se dit qu'il va retourner à Harrar. Que c'est absurde d'être parti si vite, qu'il a besoin de voir Claire. Qu'il ne supporte plus d'être seul.

Il renverse sa valise sur le lit. Un petit paquet en tombe. Le bracelet de Harrar. Il a été l'acheter avant de partir. Le bracelet-piège. Il le pose sur une table, près de la fenêtre. Puis il s'assied, prend une feuille de papier à lettres.

« *Clara, je n'aurais pas dû vous parler de Giorgio et de Fort-Lamy. J'aurais dû vous parler de Djerba. Fin janvier, j'étais à Djerba, j'y suis resté dix jours. Chaque matin, je venais m'allonger sur la plage. Je traînais mon matelas à l'écart, près des rochers brun-rouge. Chaque jour, à midi, vous veniez vous asseoir sur ces rochers. Vous restiez longtemps immobile. Puis vous vous dressiez d'un bond, vous plongiez, vous alliez en nageant jusqu'au large et vous reveniez. A peine sortie de l'eau, vous aviez un mouvement de la tête pour secouer vos che-*

veux très courts, et vous disparaissiez. Comme ce matin, derrière les portes de Harrar. Celui qui m'a envoyé vers vous, ce n'est pas François, ce n'est pas Jérôme. C'est ce jeune homme immobile de Djerba qui se levait après votre départ, allait lentement jusqu'aux rochers et se demandait s'il ne vous avait pas inventée, car le soleil avait déjà séché la trace de vos pas. Lorsque Giorgio est venu vers moi, un matin, je ne savais pas qu'il était votre frère. Il ne m'a pas parlé de vous. C'est beaucoup plus tard, dans le village de Madeleine, que j'ai découvert une photographie, et que je vous ai reconnue. Vous pouvez ne pas croire à cette histoire. Vous pouvez trouver que le hasard y joue un trop grand rôle. Je le trouve aussi. Mais l'histoire est vraie. A Moussara, j'ai longuement regardé le ciel, une nuit. J'ai compris ce qui avait poussé les Rois Mages à suivre l'étoile. Il y a des chemins secrets, des signes qu'il faut déchiffrer. Je viens de très loin, Clara. Mes caravanes se sont mises en route, il y a très longtemps, dans un petit village de France où je suis né. L'étoile que j'ai suivie, je ne voyais pas sa lumière. Elle brillait sans que je le sache. C'est sur la plage de Djerba que je l'ai reconnue. »

Il signe Denis, met la lettre dans une enveloppe, sort rapidement de sa chambre. Il va jusqu'au siège de l'organisme qui emploie Clara. Il est reçu par la même dame aux cheveux gris qui le regarde pardessus ses lunettes.

— C'est une lettre pour Mlle Riccardi.

Elle prend l'enveloppe, la soupèse, semble trouver qu'elle est bien lourde.

— Je la lui donnerai lorsqu'elle reviendra.

— Dans combien de temps ?

— Je vous l'ai déjà dit, monsieur. Avec les tournées, on ne peut pas savoir.

L'église orthodoxe de San Stefano est entourée d'un grand jardin. La foule s'y promène à Addis-Abeba. C'est le Jeudi saint. Les pèlerins prient, face contre terre. Le chant des prêtres monte jusqu'à l'aigu dans un ronflement de tambour. Denis regarde ces hommes, ces femmes, ces enfants, autour de lui, courbés vers le sol. Il voudrait leur ressembler. Il voudrait reconnaître sa terre, y poser les lèvres, en attendre la Résurrection. Il a décidé de rester une semaine encore à Addis-Abeba. Il y vit avec la foule, dans l'attente de Pâques. Le Vendredi saint, les pèlerins, plus nombreux, cernent les églises. Un moine se hisse parfois entre les branches d'un arbre, harangue la foule. Elle écoute et répond. Des enfants vêtus de blanc quêtent pour les moines prêcheurs et leur tiennent la main lorsqu'ils sont aveugles. Denis passe la nuit à se perdre dans le bruissement des prières. Le matin du Samedi saint, il croise le cortège des prêtres. Ils sont vêtus de blanc, s'appuient sur de longues cannes et s'abritent sous des parapluies de couleur vive. C'est un cortège de fête. Il semble que la pierre du tombeau soit déjà levée, que la lumière de Pâques en jaillisse déjà.

— Trois jours encore, pense Denis.

Il a décidé d'attendre le mardi pour aller voir la dame aux cheveux gris et lui demander si elle a des nouvelles de Clara. Le mardi, lorsqu'il frappe à la porte du bureau, elle est déjà là.

— Ah ! dit-elle. Si vous m'aviez laissé une adresse...

Elle prend une lettre sur son bureau.

— Mlle Riccardi est revenue hier. Mais elle est déjà repartie. Elle m'a remis ceci.

Denis remercie, ouvre l'enveloppe.

« *Denis,* lui écrit Clara, *je suis obligée de repartir en tournée. J'aurais voulu vous parler. Connaissez-vous Axoum ? C'est une belle ville au nord du pays. J'y serai dans une dizaine de jours.* » *Elle ajoute en post-scriptum :*

« *L'enfant variolique va mieux. Elisabeth pense qu'on le sauvera.* »

Axoum. Denis s'y rend aussitôt. En avion, cette fois. Un petit DC3, qui a l'air d'un jouet d'enfant et qui tourne au milieu des montagnes.

Il prend une chambre dans un hôtel et se met à faire le tour de la ville. Il attend Clara. Un matin, il reconnaît sa camionnette. Il fait signe. Elle s'arrête.

— Bonjour, lance Clara.

Elle ouvre la portière.

— Vous montez ?

Une heure plus tard, ils déjeunent ensemble dans la salle à manger de l'hôtel où s'est installé Denis.

— Djerba..., dit-elle. J'avais bien remarqué quelqu'un allongé sur la plage, quand je venais me baigner. J'avais bien entendu Giorgio parler d'un ingénieur qui s'était embarqué avec lui à Marseille et qu'il voulait faire connaître à Luigi, mais vous aviez raison. C'est une histoire qui n'a pas l'air vraie.

Son regard est grave.

— Je n'ai pas aimé Djerba cette année. Lorsque j'ai été obligée d'abandonner le Tchad, je ne savais pas où aller. J'ai tout de suite pensé à ma famille. Mon père et ma mère ne posent jamais de questions.

Je suis arrivée chez eux un matin. Je leur ai appris que j'avais quitté Fort-Lamy, que j'avais demandé ma mutation et qu'en attendant, je venais passer un moment avec eux. Ils ont compris que quelque chose n'allait pas, mais ils n'ont pas cherché à savoir quoi. Ma mère a simplement mis des draps à mon lit. Lorsque Giorgio est arrivé un peu après, ils ne lui ont rien demandé non plus.

La salle à manger est vide. Le garçon qui les observe a bien envie d'aller faire sa sieste. Clara a un petit rire.

— Vous allez croire que je suis très bavarde, comme toutes les Italiennes, mais non, c'est seulement que...

Elle hésite une seconde :

— ... que je n'ai parlé à personne depuis deux semaines.

Le garçon s'approche avec deux assiettes.

— Permesso, signora...

Il connaît quelques mots d'italien. Il explique que les brochettes d'agneau ne peuvent pas attendre plus longtemps, qu'elles vont brûler, que...

— Si, si..., répond Clara.

Le garçon pose les assiettes sur la table, dérange un peu le couvert, laisse tomber un couteau, pour marquer son irritation. Ils sont affamés, brusquement. La viande est parfumée d'herbes et de piments. Ils mangent, sans plus rien dire, commandent des fruits, du café. Le garçon trouve soudain que tout va trop vite.

— Momento, momento...

Il apporte le café, disparaît enfin. Clara et Denis boivent lentement.

— Pour Harrar, il ne faut pas m'en vouloir, dit-elle à mi-voix.

— J'ai très bien compris, répond Denis. Sauf une phrase que vous avez dite : « Je suis venue ici pour tout réapprendre, et d'abord l'estime de moi-même. »

— C'est un sentiment que vous ne pouvez pas comprendre. Un sentiment de culpabilité. Lorsque Giorgio m'a expliqué ce qui se passait pour Jérôme et pour François, je me suis sentie coupable. Et j'ai fui, comme une coupable. J'aurais dû m'expliquer avec eux. Je me le dis maintenant. En fuyant, je leur laissais croire qu'il y avait quelque chose de vrai. A Harrar, je n'ai pas voulu que vous me parliez d'eux. Maintenant, je vous le demande.

— A aucun moment, pendant toutes ces semaines où j'ai partagé leur vie, ils n'ont prononcé votre nom. Ni l'un ni l'autre. C'est Giorgio qui m'a raconté en quelques mots ce qui était arrivé. Puis Madeleine.

Clara garde le silence. Autour d'eux, la ville est endormie. C'est l'heure des volets fermés, des chiens couchés à l'ombre.

— Vous m'avez vue à Djerba, sur les rochers, vous m'avez vue, confondue avec eux, souhaitant que personne ne me remarque. Pendant tous ces jours, je me suis sentie comme une pestiférée. Comme quelqu'un dont il faut qu'on s'écarte. Vous pensez peut-être que je me suis amusée de Jérôme et de François. Si je l'ai fait, c'est sans le savoir. Il y avait Giorgio et j'étais la sœur de Giorgio. J'ai cru que je pouvais être aussi la sœur de François et de Jérôme puisqu'ils s'entendaient comme des frères. Je ne vois pas ma faute. Et pourtant je suis coupable.

Elle parle bas.

— Etre aimée, sans aimer, on croit que c'est l'orgueil des jeunes filles, mais non, c'est pour elles la plus grave blessure.

Denis se lève brusquement.

— Pardonnez-moi.

Il sort de la salle à manger. Clara le voit quitter l'hôtel, s'éloigner. Elle sort à son tour, le suit à quelques pas. Mais un appel de Klaxon l'arrête. Sa camionnette est stationnée devant l'hôtel. Un homme attend, debout, depuis longtemps sans doute. En voyant sortir Clara, il est monté sur le marchepied. Il a appuyé sur le Klaxon.

— J'arrive, dit Clara.

L'homme tient un enfant dans ses bras. Un enfant de quelques mois. Il le tend à Clara. Et il raconte. Sa femme vient de mourir. C'est elle qui nourrissait l'enfant. Maintenant qu'elle est morte, l'enfant a faim. Et l'homme ne sait pas comment le nourrir. Il habite un village éloigné, à la frontière du Soudan. Il a marché pendant deux jours et deux nuits. L'enfant criait sans arrêt. Maintenant qu'il a rencontré « la dame », c'est à elle de faire quelque chose. Quand il a fini de raconter, il s'assied contre la camionnette. L'enfant se plaint. Pendant une seconde, elle ne sait plus ce qu'il faut faire. Elle est perdue. Aussi perdue que cet homme qui a tant marché. Elle en a vu pourtant de plus malades, de plus terribles à regarder, qui mouraient, qu'elle tenait dans ses bras et qui mouraient sans qu'elle puisse rien pour les sauver. Et jamais elle n'a pleuré. Mais celui ci... Elle ouvre la porte de la camionnette, cherche dans ses réserves du lait en poudre et un biberon, retourne à l'hôtel, entre dans la cuisine, demande qu'on lui fasse chauffer de l'eau. Quand le biberon est prêt, elle commence à faire boire l'enfant, gorgée après gorgée, pour qu'il ne s'étouffe pas. Peu à peu, il commence à crier chaque fois que Clara lui enlève le biberon.

— Ne pleure pas, dit-elle, ne pleure pas...

Elle fait les cent pas dans l'entrée de l'hôtel en berçant l'enfant. Elle sait qu'il ne suffit pas de l'avoir nourri, qu'il faut maintenant le laver, l'habiller, le soigner. Elle sait qu'il y a d'autres enfants qui l'attendent à Axoum, tant d'autres, mais elle tire une chaise devant la fenêtre. Plus tard. Elle reprendra son travail plus tard. Pour le moment, il faut que cet enfant s'endorme.

Il y a eu cet homme à qui il a fallu tout expliquer. Qui ne parvenait pas à comprendre que cette poudre blanche enfermée dans une boîte de métal c'était du lait, qu'il suffisait de la dissoudre dans un peu d'eau pour que l'enfant ne crie plus. Il tenait la boîte d'une main, le biberon de l'autre. Il demandait : « Quand la boîte sera vide, il faudra que je revienne en chercher une autre ? » « Non, a répondu Clara, il y a une ville près de chez vous. Avec un pharmacien. Il vous en procurera. » « Il me les donnera ? » demandait-il. « Non », a répondu Clara. Elle aurait voulu répondre oui. Elle aurait voulu lui donner toutes les boîtes qu'elle avait dans sa camionnette, mais elle était obligée de répondre non. « Il faudra les lui acheter. » L'homme se taisait. Il avait envie de dire que c'était injuste, que le lait de sa femme ne lui coûtait rien. Il a repris le chemin de son village, en fin d'après-midi, dans la voiture d'un client de l'hôtel.

Il y a eu toutes ces heures de la soirée, jusqu'à la

nuit tombée. Et Denis ne revenait pas. Alors Clara est sortie de la ville. Elle a pris le chemin des stèles. Un chemin qui monte entre les rochers. Elle a atteint une sorte de plateau, entre les montagnes, où se dressent de hautes colonnes de pierre, qui parlent d'une ville d'il y a très longtemps. Sur chaque colonne sont sculptées des fenêtres, et des poutres de bois marquent les étages. Ce sont des images de maisons avec des portes et des serrures de pierre. Des images de tours, d'où les guetteurs montaient la garde. Des images de tombes aussi, de reines et d'oiseaux. Denis s'est dressé à l'approche de Clara.

— Je vous attendais, déclare-t-il.

Il lui prend la main.

— Quelqu'un est là entre nous. Si je dis qu'elle s'appelle Noële, vous ne distinguerez pas son visage. Si je dis que je l'aime, peut-être la verrez-vous.

— Cette blessure tout à l'heure dont vous avez souffert venait-elle de Noële ou de moi ?

— De Noële et de vous. Vous vous ressemblez.

Longtemps, ils se regardent.

— Je repars demain matin, annonce Clara. Je redescends sur Gondar et le lac Tana. Je serai à Addis-Abeba dans une quinzaine de jours.

Denis sourit. Il pense au bracelet caché dans le fond de sa valise.

— Je vais vous écrire une lettre. Il me faudra longtemps pour l'écrire. Quand vous l'aurez lue, vous comprendrez pourquoi je me suis levé si brusquement après le déjeuner, pourquoi je suis venu en Afrique, pourquoi je suis resté pareillement immobile sur la plage de Djerba, pourquoi en vous rencontrant, j'ai pensé aux Rois Mages.

V

Denis ne savait pas qu'il était resté si longtemps aux Quatre Vents. Tout le monde dort, à Roanne, dans l'immeuble qu'habite sa tante. Aucune lumière derrière les volets fermés. Il range sans bruit sa moto, monte l'escalier, pénètre dans l'appartement. Sa chambre est au fond d'un couloir. Elle donne sur la cour. Il s'approche de la fenêtre, regarde le mur gris, le reflet d'une lanterne sur la neige, les branches nues d'un châtaignier. Il sait qu'il ne dormira pas. Trop d'images ont bougé en lui pendant qu'il racontait à Noële les premiers temps de son voyage. Des images qu'il avait décidé de garder secrètes, mais qui sont là, autour de lui. Il reste longtemps devant la fenêtre. Il se souvient d'une autre chambre, à Addis-Abeba, la chambre d'hôtel où il s'est enfermé pendant trois jours pour écrire à Clara. Le temps avait changé. C'était le début de la saison des pluies. Il avait tiré sa table près de la fenêtre. Parfois, il levait les yeux, regardait l'étendue des toits, mesurait le mouvement des heures. Il ne voyait personne d'autre qu'une femme de chambre qui, de loin en loin, lui apportait du thé. Il était si complètement avec Noële, avec le souvenir et le visage de Noële, qu'en écrivant, d'une large écriture patiente, il relisait certaines phrases à haute voix, comme si elle était assise à côté de lui, comme si elle allait lui répondre.

« *Si j'écris que Noële n'était pas jolie, un peu lourde, surtout vers ses quatorze ans, avec quelque chose de maladroit dans la démarche, d'un peu "pataud" même, vous ne me croirez pas. Puisque cette lettre, c'est mon amour pour elle. Et pourtant... Le jeudi après-midi, lorsqu'elle venait me rejoindre dans la vieille maison de la forêt, je la regardais marcher entre les arbres. Elle était toujours habillée trop long. Des robes qui devaient durer plusieurs hivers. Ses parents adoptifs, les Vaindrier, ne lui refusaient rien, mais ils dépensaient avec sagesse. Quand je regarde mes élèves rangés dans la cour de mon école, à Ouches, je sais qu'à chaque rentrée les chandails ont des manches trop longues, les jupes des petites filles tombent au-dessous des genoux, les garçons flottent dans leur pantalon. "Je te referai les ourlets, dit la grand-mère, et ça t'ira encore l'année prochaine." Noële vivait ainsi, dans du trop grand pour elle. Elle s'y trouvait à l'aise. Ses rêves y prenaient leur vraie dimension. Mais je ne veux pas encore vous parler de ses rêves. Il faut d'abord que vous connaissiez son visage et sa démarche. Regardez-la venir de loin, entre les arbres, comme je la regardais, chaque jeudi après-midi, m'obligeant à croire que je ne savais rien d'elle, ni son nom, ni d'où elle venait, et me demandant pourquoi cette étrangère s'avançait ainsi vers moi. J'avais envie de ne pas ouvrir la porte et en même temps de courir au-devant d'elle. Déjà, à ce moment-là, je savais. J'avais dix ans, elle en avait huit, mais je savais. Je crois que j'ai su dès le premier jour...* »

On frappe à la porte. C'est la femme de chambre qui apporte le thé. Elle pose le plateau sur le lit et s'en va. Denis se lève, fait quelques pas. Il est comme engourdi. Il y a un timide rayon de soleil au-dessus des toits. Il le regarde fixement en buvant son thé, repose sa tasse, revient à sa lettre.

« *J'ai le sentiment de tout raconter en désordre. Peut-être faudrait-il commencer au début, mais quel est le début ? Et le début de quoi ? Rien ne changeait jamais. A six ans, déjà, lorsque Noële est arrivée à l'école d'Ouches pour la première fois, elle avait le même visage qu'aujourd'hui. C'était à la rentrée d'octobre. Elle tenait la main de sa mère. Elle portait des nattes. C'est à sa coiffure que je peux retrouver les dates. Il y a eu l'année des nattes, l'année de la frange, l'année des cheveux très courts, l'année des nœuds de ruban. A ses robes aussi : l'année rouge cerise, l'année du velours vert avec les poignets de dentelle, l'année des pois, l'année du manteau à capuchon. Mais dans ces robes, sous ces coiffures, Noële était toujours la même. Mon amour reconnu une fois pour toutes. Nous avons été élevés ensemble. Comme un frère et une sœur. Sa mère, le soir, venait nous attendre à la sortie de l'école et je faisais mes devoirs chez elle, dans sa maison des Quatre Vents. Je suis orphelin. J'ai été élevé par une de mes tantes. C'est une femme assez âgée, qui aurait eu le droit de se reposer. Très vite les Quatre Vents sont devenus ma vraie maison. L'hiver, quand il y avait de la neige ou du verglas, M. Vaindrier n'avait pas le courage de me reconduire chez ma tante. On me faisait un lit dans le salon.* »

Lorsque la nuit est tout à fait venue, Denis se lève, prend sa veste, quitte sa chambre. Il s'enfonce dans les rues d'Addis-Abeba, se trouve soudain devant l'ancien palais de l'Empereur. Il regarde à travers les grilles. Il y a des cages, au milieu des pelouses, où étaient enfermés les lions royaux. Il pense à des cérémonials, des rituels, des protocoles. Ecrire à Clara, tout lui dire de son enfance et de son amour pour Noële, n'est-ce pas trahir le plus secret des rituels ? Qu'en restera-t-il, lorsque tout sera dit ? Une main ne devrait jamais s'ouvrir, lorsqu'elle est fermée sur un trésor. Mais l'Empereur lui-même ne mettait-il pas ses lions en cage, pour que chacun puisse les approcher ?

Il regagne sa chambre, retrouve sa lettre sur la table, la relit lentement.

« *Claire... Je viens de tout relire. Je m'aperçois que rien n'est vrai. Il ne s'agit pas de mensonge, mais de ce qui n'est pas explicable. Tout prend de l'âge, et vieillit, même les souvenirs. Et l'amour qu'on croit immuable. La vieille maison de la forêt me paraissait très grande lorsque j'avais dix ans. C'était le palais de mes rêves. Les bûcherons y dormaient en automne. Ils abandonnaient sur le rebord des fenêtres des bougies presque consumées et des objets qui n'avaient plus de forme. Je suis entré de nouveau dans cette maison il y a quelques mois. Elle était devenue toute petite. Les bûcherons y avaient posé une porte neuve avec un cadenas. Ils avaient repeint les volets. Il y avait encore des bougies à moitié consumées, des quarts de fer-blanc. Mais ils n'avaient plus de mystère. J'ai cru qu'en remettant ainsi la maison à neuf, les bûcherons m'avaient délivré en détruisant ce que j'y enfermais de bonheur et de souffrance. Ce sont des croyances d'enfant. Quand vous lirez cette lettre, Claire, vous penserez qu'elle est écrite par un enfant. »*

Le lendemain matin, la femme de chambre allume du feu dans la cheminée. Les pluies se sont installées. En regardant fumer le bois, Denis pense à l'automne, aux chemins mouillés, à la vieille maison de la forêt. Il reste longtemps, assis devant le feu avec la tentation de brûler ces pages où il avoue tout de lui-même. Mais il se souvient de Clara à Axoum. Il faut qu'il tienne sa promesse.

« Claire...

Maintenant vous connaissez mes trois maisons. Celle de ma tante où j'avais un lit. Celle de Noële où j'étais chez moi. Celle de la forêt où j'enfermais mes rêves. C'est à celle-ci que je reviens. Je voudrais que vous compreniez. Nous ne nous quittions pas, Noële et moi. Nous étions dans la même école, dans la même classe, assis au même banc. L'un à côté de l'autre. Ce banc existe encore à l'école d'Ouches. J'y ai gravé ses deux initiales avec un couteau. N.V. Noële Vaindrier. Nous étions toujours ensemble. J'insiste. Nous partagions toutes nos journées de semaine. Mais le jeudi... C'est là ce qu'il faut comprendre. Le jeudi c'était l'aventure, le secret, un rendez-vous clandestin. Les autres enfants jouaient aux Peaux-Rouges, aux explorateurs, à tous les jeux que vous connaissez. Noële et moi, nous jouions au voyage à travers la forêt. J'arrivais le premier. Je préparais un tapis de fougères où elle allait s'asseoir. Je sortais de sous ma blouse les livres que j'y avais cachés. Je les posais sur l'appui de la fenêtre. Noële arrivait en retard. Exprès. Parce qu'elle jouait à croire qu'elle s'était perdue, qu'elle ne trouverait jamais la vieille maison. J'avais gravé sur la porte ses deux initiales comme sur le banc de l'école, avec le même couteau : N. V. Lorsqu'elle arrivait, elle touchait du doigt les deux lettres. C'était un signal qui me permettait d'ouvrir la porte. Noële entrait. Elle allait tout de suite vers les livres que j'avais apportés, en choisissait un qu'elle me tendait, puis s'allongeait dans les fougères. J'ouvrais le livre et j'en commençais la lecture. Jusqu'à ce que la nuit vienne et m'empêche de voir. Alors je refermais le livre. Nous sortions de la vieille maison, toujours sans nous parler et nous repartions chacun de notre côté.

Tels étaient nos jeudis, Claire. Sans doute attendiez-vous que je vous raconte des incidents, des scènes, des disputes. Il y en a eu. Nous étions des enfants comme les autres. Nous nous sommes disputés et battus, bien sûr, mais pendant la semaine. Le jeudi, jamais ! Le jeudi, c'était notre vie inventée, celle qui naissait des livres que je lisais. Mais un jour, je venais d'avoir dix-neuf ans...

Claire, vous m'avez dit à Axoum : "Etre aimé, pour qui n'aime pas, c'est la plus grave des blessures." Plus tard, dans l'ombre des stèles, je vous ai dit : "Noële vous ressemble." Déjà vous savez. Sans avoir fini de lire cette lettre. Dix ans, treize ans, quinze ans. Le frère et la sœur. Il faudrait ne jamais grandir. Mais le frère a eu dix-sept ans, dix-huit ans. Le frère a cessé d'être frère. Il a regardé cette jeune fille, qu'il trouvait belle, et qui était belle. Il a oublié tous les livres. Il a tendu les mains. Il était sûr de son amour. Pour lui, qui avait grandi sans maison, sans famille, ce qu'il découvrait était si simple, qu'il ne lui semblait pas nécessaire de l'exprimer. Une femme, des enfants, une terre, des arbres, des saisons. Si simple et si évident. Il a pourtant fallu qu'il parle. En septembre. Un jeudi, dans la vieille maison. Ce jeudi-là...

Oh ! Claire, je reprends les mots que vous avez prononcés : la plus grave des blessures. J'ai porté le coup. J'ai vu la blessure. Noële avait un frère. Et son frère est mort, ce jeudi-là. Elle ne comprenait pas pourquoi je venais de tuer ce frère qu'elle aimait. Je n'ajoute rien, Claire. Puisque Jérôme et François que vous aimiez comme des frères sont morts sous vos yeux de la même façon. Ce jeudi-là, j'aurais dû fuir ce pays qui n'était plus le mien. Me faire nommer à Paris. Mais j'ai été lâche. J'ai insisté pour qu'on m'affecte à Ouches, dans cette école où j'avais grandi avec elle, où j'avais gravé ses initiales. J'ai pensé que le temps jouerait pour moi, que nous avions tout partagé jusqu'ici et qu'un jour viendrait où nous partagerions aussi l'amour. Je ne savais pas encore que Noële n'était pas Noële. Je l'ai appris quatre ans plus tard, toujours dans la vieille maison. »

Au moment de dévoiler à Clara le secret de Noële, cette longue recherche d'identité qui a abouti à la découverte de la Grèce et de la famille Karrassos, Denis a froid. Le feu s'est éteint dans la cheminée. Il ne veut pas appeler la femme de chambre. Demain, peut-être... Pour ce soir, il va se couvrir de chandails. Etre venu jusqu'ici, dans ces pays d'Afrique où il s'est brûlé de soleil, et se retrouver soudain dans les couleurs d'automne, dans l'odeur des feux de bois. Il descend dîner dans la salle à manger de l'hôtel, mange en silence, dos à la fenêtre, remonte dans sa chambre et, sans chercher plus loin que sa brusque fatigue, se couche et s'endort aussitôt. Le lendemain, lorsqu'il ouvre les yeux, il a l'impression que le même matin recommence. Il attend que la femme de chambre ait remis du bois dans la cheminée et revient à sa table, décidé à aller jusqu'au bout de sa lettre.

« Claire,

« Noële a disparu un matin de septembre. Elle est allée se cacher à Paris chez sa cousine Marie-Hélène. Elle venait de découvrir qu'elle n'était pas la fille de ses parents. C'est ici l'histoire de Noële. La longue histoire de Noële. Je ne vous la raconterai pas. Seulement ceci. En rentrant de Paris, elle s'est arrêtée à Ouches. Elle a passé la nuit dans mon école. A trois heures du matin, elle m'a réveillé. "Allons à la vieille maison", m'a-t-elle dit. Nous sommes entrés dans la forêt. C'était une forêt de nuit, avec de grandes clairières qui nous surprenaient, car les bûcherons avaient fait de larges coupes, et les arbres étaient devenus de petites piles

de bois au bord des sentiers. C'est là, dans cet univers inconnu, que Noële m'a révélé ce qu'elle venait d'apprendre. Elle avait tout perdu. Tout ce qu'elle croyait vrai, ses parents, son enfance. Elle criait dans la nuit : "Je ne veux pas qu'on me prenne toutes ces années. Elles sont à moi. C'est mon enfance, ma seule enfance. Même si je ne suis pas la fille de M. et Mme Vaindrier, j'ai vécu ici, j'ai grandi ici, tu as grandi avec moi, et si tu me dis que j'existe, personne ne pourra rien contre moi." J'ai répondu : "Tu existes." Et j'ai compris ce que j'étais devenu pour elle. J'étais la preuve de son passé. La certitude de son passé. J'espérais d'elle un avenir, une vie partagée dans une maison à nous. Elle m'offrait ces vingt ans passés. Elle nie demandait de veiller sur eux.

Là encore, j'aurais dû dire non. Mais je me suis souvenu de la petite fille qui jouait à se perdre, le jeudi, dans la forêt. J'ai eu pour elle un grand mouvement de tendresse. L'image de la vieille maison cessait d'être une image.

C'était la maison qu'elle recherchait, la maison de sa vraie famille, la maison où elle était née. Alors j'ai refermé la main sur ces vingt ans qu'elle n'avait partagés qu'avec moi, qui étaient notre trésor, dont elle me confiait la garde. J'ai refermé la main et j'ai dit oui. Plus tard, Noële a su que son vrai nom était Alexandra, et son vrai père Yannis Karrassos, l'un des hommes les plus puissants du monde, dont vous avez certainement entendu parler car son nom est connu à Djerba comme ailleurs. Noële a fait le voyage de Grèce. Elle a découvert la maison Karrassos, dans l'île de Lefkas. Elle est entrée dans la chambre où elle est née.

A Lefkas, Noële a rencontré quelqu'un que vous devez connaître, car dans l'histoire de Noële, ou d'Alexandra, tous les noms désormais sont connus du monde entier, Ugo Luckas. Le pianiste hongrois. Celui qui a fui l'Europe de l'Est, qui a franchi le mur de Berlin. Les journaux l'ont beaucoup raconté à l'époque. Noële a épousé Ugo. Je n'en ai pas souffert. Ugo était un ami pour moi. Je suis passionné de musique. Je possède tous les enregistrements de Ugo Luckas. Noële l'a épousé. Elle s'est installée en Grèce, à Athènes l'hiver, à Lefkas l'été. Moi je suis resté à Ouches. Comme un chien fidèle. Les mois ont passé. Je ne les comptais plus. Il y avait la rentrée des classes. Mais, je vous l'ai déjà expliqué, c'étaient les mêmes robes trop longues, les mêmes pantalons trop larges. Il faisait froid. J'allumais le poêle. Toujours le même poêle. J'apprenais à mes élèves l'histoire et la géographie. Toujours les mêmes batailles, les mêmes pays. Et le calcul et l'orthographe, et la grammaire. Et pendant ce temps, Claire, dans vos villages d'Afrique, vous conduisiez votre camionnette, vous appreniez aux femmes et aux enfants des choses nouvelles. Vous étiez vivante, et moi...

Jusqu'à ce jour d'automne, le dernier. Un jour de pluie. Noële est revenue aux Quatre Vents. Elle est sans nouvelles de son mari. Il a disparu depuis plusieurs mois, après avoir donné un concert à Londres. On pense qu'il est retourné dans son pays, qu'un de ses frères est venu le chercher et qu'il l'a suivi. M. Karrassos met tout en œuvre pour le retrouver. Il va jusqu'en Hongrie. M. Vaindrier aussi. Ugo reste introuvable. Noële a un fils, qui naît au mois d'août.

Noële lui donne le prénom de Yannis, qui est celui de M. Karrassos, comme si elle voulait s'obliger à croire que tout ce qu'elle vient de vivre était vrai. Mais non. Je suis le seul à le savoir : c'était un rêve. Le plus beau de tous ceux qu'elle ait faits, chaque jeudi dans la vieille maison de la forêt, avec le soleil, les îles, l'amour, le plus exaltant, le plus merveilleux des rêves, mais rien d'autre qu'un rêve. Et le jeudi s'achève, la nuit vient. Une fois encore il faut qu'elle rentre chez elle, qu'elle oublie cette Alexandra pour n'être plus que Noële. Et moi, qui sais, j'attends. Ma vie, désormais, obéit à cette certitude : Ugo ne reviendra jamais. Les semaines, les mois passent. La certitude se confirme. Il y a l'automne, et puis... "Mon amour." Deux mots écrits de la main de Ugo, qui parviennent à Alexandra. "Mon amour." Ugo vivant. Et je m'enferme. C'est un geste absurde. Un geste fou. Je suis fou. Je m'enferme une nuit dans la vieille maison. Je m'allonge sur le sol. Je pense : "Je n'en sortirai plus." Riez de moi, Claire. Riez de ce faux mort. De cette fausse tombe. De ce faux enfant qui s'enterre dans sa fausse enfance. Riez. Mais regardez, une fois encore, Noële qui s'avance à travers la forêt, qui frappe à la porte, qui dit : "C'est moi, Denis. Ouvre." Les autres, je ne leur répondais pas. Mais Noële m'a dit : "Ouvre." Je lui ai ouvert. Elle m'a regardé. Elle ne m'a pas reconnu. Nous étions enfin étrangers l'un à l'autre. Alors j'ai su qu'il fallait partir. J'ai demandé un congé. J'ai regardé vers l'Afrique. Sans savoir que vous m'y attendiez.

Denis. »

Après avoir signé, Denis va ouvrir la fenêtre et respire longuement. C'est la nuit. Les rues sont silencieuses. Il voit la vieille maison brûler au cœur de la forêt. Un immense incendie, qui lui tient chaud, enfin. Il revient à sa table, glisse les feuillets de sa lettre dans une grande enveloppe, sur laquelle il écrit : « Clara Riccardi ». Il sort de sa chambre, descend l'escalier, quitte l'hôtel. Il marche vite. La lune l'accompagne. Il a hâte de ne plus tenir cette lettre, d'être vraiment délivré de ce poids d'images et de souvenirs. Il veut que le lendemain soit un jour neuf. En arrivant au siège de l'organisme qui emploie Clara, il s'aperçoit que la grille du jardin est fermée. Il s'accroche aux barreaux, la franchit. C'est un jeu pour lui. Il se retrouve sur la pelouse, court jusqu'au grand bâtiment, glisse l'enveloppe sous la porte. La directrice aux cheveux gris la découvrira dans quelques heures.

Le lendemain, très tôt, on frappe à sa porte. C'est Giorgio.

— La patronne de l'hôtel ne voulait pas me laisser monter. Il paraît qu'on n'a pas le droit de vous déranger.

Il a le visage fatigué de quelqu'un qui a marché longtemps.

— J'espérais retrouver Clara dans cette ville. On me dit qu'on ne sait pas encore la date de son retour. Alors je vous ai cherché.

Il s'assied sur le bord du lit.

— Jérôme et François n'ont pas tenu le coup. L'un après l'autre, à quelques jours d'intervalle, ils sont rentrés en France. Cette équipe que nous formions depuis trois ans n'existe plus. Comment vais-je continuer à travailler ? Je n'en sais rien encore. Mais c'est pour Madeleine que je viens. Il faut que Clara la rejoigne. Sinon, elle repartira elle aussi, et j'aurai tout perdu.

VI

Denis finit par s'endormir au petit jour. Lorsqu'il se réveille, assez tard dans la matinée, il trouve un billet glissé sous sa porte. C'est l'écriture de sa tante. « *Quelqu'un est venu pour toi. Il m'a dit s'appeler Chataigneau, et avoir pris ta place à Ouches. Je ne savais pas ça...* »

— Mais enfin..., dit Denis à mi-voix.

Sa tante savait parfaitement, lorsqu'il était parti huit mois plus tôt, qu'il s'était trouvé un remplaçant. Quelle étrange mémoire ont-ils tous, depuis que la neige s'est mise à tomber ? C'est à croire que tout s'efface dans ce silence blanc. « *Ce Chataigneau voulait absolument que je te réveille. J'ai refusé, mais je lui ai promis que tu irais le voir dès que tu aurais l'œil ouvert.* »

Un quart d'heure plus tard, il sort sa moto et prend la route d'Ouches. Il arrive à l'heure de la récréation. A cause de la neige, les enfants sont restés dans la salle de classe. Chataigneau les a réunis autour du poêle et leur fait la lecture. En apercevant Denis, il a un mouvement d'impatience.

— Ah ! Maréchal, enfin !

Il tend le livre au plus âgé, avec mission de continuer la lecture, et entraîne Denis sous le préau.

— Vous pourriez donner de vos nouvelles de temps en temps. Vous avez l'air d'oublier que je ne suis que remplaçant. J'ai accepté le poste pour un an. Il faudrait quand même que je sache si vous avez l'intention de revenir ou pas.

Denis se trouve embarrassé pour répondre.

— C'est que j'ai des problèmes, Chataigneau.

— Et moi ? J'ai peut-être des problèmes, moi aussi ! Vous n'y avez jamais pensé ? Essayez quand même de vous mettre à ma place. Il y a des limites à tout, même à la patience.

Denis sait qu'il ne peut pas s'engager à revenir à Ouches dans quelques mois, et à reprendre sa place. Il vient à peine d'entrevoir qu'une vie nouvelle pouvait commencer pour lui.

— Si je vous demandais de me remplacer encore un an, accepteriez-vous ?

— Encore un an ?

Au tour de Chataigneau d'être embarrassé. Il a besoin de réfléchir de son côté.

— Je ne dis pas non, mais...

Il y a déjà longtemps que l'élève chargé de continuer la lecture a fermé son livre, et qu'autour de lui on commence à chahuter ferme.

— Il faut que j'y aille, continue Chataigneau, avec un geste vers la salle de classe. Je vous en reparlerai dans une semaine.

En quittant Ouches, Denis prend la route des Quatre Vents. Il a besoin de voir le visage de Noële après cette nuit. De savoir ce qu'elle a accepté de Clara, maintenant qu'il lui en a parlé. De savoir aussi ce qu'elle attend de lui, puisqu'elle sait que

Clara existe. Il la trouve assise devant la cheminée, à la même place, dans le même fauteuil, comme si elle s'était endormie après son départ.

— La case du patron, dit-elle en le voyant entrer. C'est un nom si drôle. Je me le répète depuis ce matin. Qui l'a trouvé ?

— Les enfants du village.

— Quel village ?

— Celui qu'habitait Madeleine. J'ai fini par m'y installer, pour qu'elle ne soit plus seule. Giorgio ne me l'a pas vraiment demandé, mais je l'ai vu si inquiet après le départ de Jérôme et de François que...

Il s'interrompt brusquement.

— Je vais trop vite ! Comme si tu savais déjà tout ce que je ne t'ai pas raconté. On a le temps ?

— Tout le temps. Maman est allée voir le chantier de la future laiterie. Elle a emmené Yan. Je suis restée pour t'attendre. Tu m'avais dit : à demain.

Denis reprend sa place dans le fauteuil voisin.

— Où en étions-nous ?

— A Axoum. Dans l'entrée de l'*albergo*. Tu venais de rencontrer Clara.

Denis sait qu'il faut aller vite, maintenant, ne pas évoquer leur première dispute, ni leur première explication, encore moins la longue lettre qu'il a mis trois jours à écrire, enfermé dans sa chambre d'hôtel.

— Nous nous sommes très peu vus, à Axoum. Juste le temps de savoir si l'enfant variolique allait mieux. Les obligations de Clara l'appelaient ailleurs. Moi, je suis rentré à Addis-Abeba. J'y ai retrouvé Giorgio. Il était extrêmement inquiet. Il m'a appris que Jérôme et François étaient rentrés en France et que Madeleine menaçait de rentrer à son tour. Alors, j'ai proposé à Giorgio d'aller m'installer dans son village et d'y faire la classe aux enfants. J'ai proposé ça un peu comme un jeu, parce que je n'avais rien de précis à faire. Mais Giorgio a insisté pour que je prenne ce poste officiellement.

Oui, Giorgio insiste beaucoup. Et ses raisons sont extrêmement convaincantes.

— Vous êtes instituteur, Denis. Venez exercer votre métier dans le village de Madeleine. Mais faites-le officiellement. Contre un salaire. Non, ne dites pas que vous n'en avez pas besoin. Ces pays d'Afrique méritent qu'on les respecte.

Ils sont assis sur un banc, dans le jardin de l'organisme international qui emploie Clara.

— Demandez à Madeleine, demandez à Clara. Nous en avons trop connu de ces garçons et de ces filles qui venaient passer ici un an ou deux, pour se donner meilleure conscience. Entre leur fin d'études et leurs fiançailles. Pour pouvoir dire plus tard : « Je me suis dévoué aux bonnes causes. J'ai donné aux Noirs deux ans de ma vie. » Les Noirs ne mendient pas. Ils ont besoin de vrais professionnels, qui viennent chez eux en professionnels, et font leur métier.

C'est la première journée un peu claire dans cet automne d'Ethiopie. Il n'a pas plu depuis le matin.

— Je comprends, dit Denis.

Jamais encore il n'avait pensé à l'argent. Depuis des années, il en mettait de côté, en songeant à son mariage, et à tout ce qu'il faudrait offrir à Noële pour qu'elle ait une vie à ses mesures. Le jour où il avait décidé de partir pour l'Afrique, il s'était penché sur ses additions. Il avait découvert avec étonnement qu'elles étaient importantes. D'où ce voyage sans problème, ce palace de Djerba, ces avions, ces voitures. Cinq mois bientôt qu'il a quitté la France. Il pourrait continuer à vivre ainsi pendant longtemps. Mais Giorgio soudain lui parle d'argent.

— Ne méprisez pas l'argent, Denis. Donnez-lui son sens véritable, une compétence professionnelle estimée à sa juste valeur.

— D'accord, dit Denis.

Il n'hésite pas davantage.

— Je repars avec vous. Je m'installerai dans le village de Madeleine pour qu'elle ne soit plus seule. Et je ferai la classe aux enfants.

Il se souvient de la petite fille dont il a dessiné le visage, qui s'est laissé apprivoiser.

— Contre un salaire, ajoute-t-il en souriant.

Ce sont des enfants nus, avec des rangs de perles autour du ventre. Des enfants graves, avec des lèvres qui savent chanter de naissance. Des enfants seuls, qui se déplacent en bandes comme des oiseaux. Leur père est au champ, leur mère a trop de travail pour s'occuper d'eux. Il faut qu'ils se défendent seuls. A cinq ans, six ans, ils savent déjà pêcher et chasser, fabriquer des nasses pour les poissons de rivière, des collets et des pièges pour les animaux des savanes. Ils se nourrissent eux-mêmes, ne rentrent chez eux que pour dormir. Denis leur apprend la lecture et le calcul. Ce sont des sciences bien vaines à côté de celles qu'ils connaissent d'instinct : l'adresse, la force, le courage. Et le goût des jeux. Ils jouent sans cesse. Denis joue avec eux, rit avec eux. Il sait qu'il n'est là qu'en attente et que, d'une semaine à l'autre, il lui faudra peut-être partir. Mais il veut croire que la vie recommence. Il regarde ces enfants comme le noyau d'une école neuve, qui efface déjà l'école d'Ouches, avec son vieux poêle et ses platanes. Il met en chantier sa maison. Il en trace les fondations. Il en élève lentement les murs. C'est encore un jeu pour ses élèves. Ils l'appellent : la case du patron. Dans la journée, ils coupent des branchages et des herbes sèches pour la case du patron. Ils les chargent sur leur dos et les transportent jusqu'au village. Ils improvisent la chanson de la case du patron. Ils inventent la danse de la case du patron. Madeleine vient chaque soir mesurer l'avance des travaux.

— Vous vous installez définitivement ?

Il n'ose pas y croire encore. Mais il répond oui. Parce qu'il a envie d'habiter cette maison neuve. Les jours s'ajoutent aux jours. Bientôt les murs sont achevés. Il reste à poser le toit. Les enfants chantent de plus en plus haut, dansent de plus en plus vite. Les femmes du village viennent voir. Et les hommes, un peu plus tard. Ils regardent, touchent les murs. Ils ne disent rien. Ils sourient.

« Chez moi, pense Denis. Je suis peut-être ici chez moi. » Cela ne dépend pas seulement de Clara. L'administration a son mot à dire. Denis s'est nommé lui-même instituteur du village. Il faudra bien, un jour ou l'autre, régulariser cette situation. Giorgio avait raison d'insister le premier jour. Par respect pour ce pays et pour les gens du village, la nomination de Denis doit être officielle. Chaque soir, il se promet d'écrire au Recteur de son Académie. Chaque soir, il remet au lendemain.

Giorgio lui-même a disparu. Il n'est pas venu depuis deux semaines. Madeleine n'en est pas triste.

Au contraire. Il semble, aux dernières nouvelles, qu'une solution apparaisse, la meilleure de toutes, qui leur permettrait de se marier plus vite que prévu.

— Vous quitterez ce village ?

— Peut-être même ce pays, répond Madeleine.

— Vous le regretterez ?

— Oui.

C'est le soir. Ils sont assis sous les arbres.

— J'y ai vécu plus de quatre ans. Et j'y ai appris à aimer Giorgio.

Elle raconte. Elle a des souvenirs difficiles. Elle parle des femmes qui accouchaient dehors, allongées sur le sol, et toute la famille était en cercle autour d'elle. Lorsque l'enfant était né, on coupait le cordon avec un tesson de bouteille et on mettait de la terre par-dessus. Elle parle des petites filles que leurs parents promettent à un homme riche, contre de l'argent. Elles ont six ans à peine. On les envoie à l'école le plus loin possible, en espérant que le fiancé ne retrouvera pas leur trace. Mais la dot a coûté trop cher pour que le fiancé abandonne. Des années plus tard, il se présente à la porte de l'école. La petite fille a treize ou quatorze ans. Si elle refuse de suivre l'homme à qui elle a été vendue, on la bat. Elle parle des bébés qui dorment à même le sol. Parfois, la nuit, un serpent entre dans la case. Au matin, on trouve le bébé mort.

— Pour les mères, ce n'est jamais le serpent. C'est quelqu'un qui en voulait à la famille et qui a payé le sorcier pour que la mort obéisse.

Au début du mois de juillet la case du patron est achevée. Au village c'est une fête qui dure toute la nuit. Les tam-tams se déchaînent. Les joueurs de flûte lancent leurs petits cris et les femmes dansent en frappant dans leurs mains. Il y a partout des courses, des grondements de fauves, des feux qui appellent la protection des génies sur la maison nouvelle. Denis écoute. Denis regarde. Denis se demande qui il est. Un homme égorge une poule, et trace avec le sang des signes sur le seuil.

— Pour éloigner les esprits du mal, explique Madeleine.

Le sang sèche et devient noir. C'est une écriture sur le sol. De hautes lettres mystérieuses. Denis pense aux feuillets couverts de son écriture qu'il a remis à Clara, comme si c'était sa vie même.

— Claire !

Il a crié tout haut, mais le bruit des tam-tams a couvert sa voix.

— Claire ! dit-il encore.

Il franchit le seuil de sa case. Elle est vide.

— En décembre, oui. A Djerba.

Madeleine cache son visage dans ses mains.

— Tout a été si brusque ! Je n'arrive pas à y croire... Giorgio vous expliquera mieux que moi. C'est à la fois très simple et très compliqué. Il n'a pas le courage de recommencer avec d'autres le travail qu'il faisait avec Jérôme et François. Il dit qu'une équipe de cette sorte ne se reforme pas. Ses directeurs ont fini par comprendre. Et ils lui ont proposé quelque chose de tout à fait différent : la mise en route d'un département de culture sans sol en Provence.

Madeleine va et vient devant la case de Denis. C'est la fin du jour. Il fait doux. Elle voudrait s'asseoir et retrouver son calme, mais il faut qu'elle marche.

— Les serres seront construites sur des collines, un peu en retrait de la mer, près d'un village qui s'appelle Grimaud. Je connais mal cette région, mais il y a beaucoup de soleil et la Méditerranée toute proche. Pour Giorgio, ce sera un peu comme s'il retrouvait sa Tunisie. Et surtout...

Elle vient de l'apprendre, et tout de suite elle est venue voir Denis.

— Surtout rien ne nous empêche plus de nous marier. En décembre, Denis ! A Djerba.

Ce bonheur est venu trop vite. Elle part en courant. Denis la voit rentrer chez elle. Le soir est là, avec des ombres bleues. Le village vit sa vie secrète. Dans la savane, les premiers mouvements se font entendre. Bientôt la nuit couvrira des cris étranglés.

Denis s'assied sur le seuil de sa case.

— Ma solitude...

Il a l'âge d'être seul. Il regarde sa vie, posée devant lui, comme une carte où les routes sont bien tracées. Il y a eu cette longue enfance prisonnière d'un visage de petite fille. Il y a eu cet amour enfermé dans une maison de bûcherons. Maintenant il y a, dans un village d'Afrique, un homme qui a construit sa maison de ses mains et qui en a laissé la porte ouverte. Il y a une jeune femme qui ne sait pas encore que cette maison existe, et qui en franchira peut-être le seuil, un jour.

A la fin de la semaine, Giorgio les rejoint et confirme tout ce qu'a annoncé Madeleine.

— Je rentre en France dans un mois. Ce projet de culture sans sol n'est pas encore au point. Il faut plusieurs semaines d'essai, avant de commencer à y voir clair. Madeleine partira avec moi. Les semaines d'essai que je passerai en Provence, elle les passera en Touraine, dans sa famille. Puis, elle viendra m'aider à installer notre maison de Grimaud. En décembre, nous nous marierons à Djerba. La date est déjà fixée avec mes parents. Le 3 décembre. Vous êtes invité, Denis.

Denis cherche comment poser la question qui tourne en lui depuis trois jours : « Et Clara ? » Mais Giorgio reprend, comme s'il l'avait entendu :

— Clara y assistera. Pour le moment, elle est en Ethiopie. Au début septembre, elle doit aller en Egypte pour suivre les travaux d'un congrès international qui se tient au Caire.

Il regarde Denis.

— Vous êtes là depuis quelques mois à peine, et le groupe que nous formions se disperse. L'un après l'autre, nous nous en allons. Dans un mois, il ne restera plus personne.

Ce mois passe très vite. Un jour arrive où Madeleine boucle ses valises et les porte, l'une après l'autre, dans la 2 CV de Giorgio. Les adieux sont brefs.

— A Djerba, en décembre, dit Giorgio.

— En décembre, répète Madeleine.

Elle a son grand chapeau de paille, et le soleil dessine de petites taches sur son visage, comme le premier jour. Denis revoit brusquement la gazelle dans le fond de la voiture, ses cornes fragiles. Il attend que le rideau de poussière retombe. Lorsque la piste est de nouveau visible, il n'y a plus trace de la 2 CV.

— Voilà..., dit-il.

Personne n'a assisté au départ. Les adieux ont eu lieu la veille, à la nuit tombée. Madeleine était assise devant sa case. Les habitants du village sont venus en procession, avec des tam-tams. Les femmes avaient mis des boubous de couleur, les plus beaux qu'elles possédaient, et les hommes s'étaient fait de hautes coiffures qui leur donnaient des visages d'oiseaux. Ils ont dansé en chantant, avec des gestes très lents. Puis ils ont formé une longue file. L'un après l'autre, ils ont embrassé la main de Madeleine. Les femmes, les hommes, les enfants. Ils baissaient la tête, posaient leurs lèvres sur cette main blanche et, sans bruit, rentraient chez eux. La voiture, ils n'ont pas voulu la voir s'éloigner. Ils sont restés cachés dans leurs cases mais ils ont entendu le moteur. Maintenant c'est le silence. Il y a seulement dans une écurie un cheval qui piaffe.

— Voilà..., répète Denis.

Trois jours plus tard, un signe lui vient. Curieusement ce n'est pas de Clara. Un signe de France. De son Académie. On le presse de faire connaître ses intentions. Son congé vient à expiration dans quatre mois. Denis s'étonne. Il n'a donné son adresse à personne. Comment cette lettre lui est-elle parvenue ? Noële ? Les Vaindrier ? Denis finit par comprendre. C'est Chataigneau, son remplaçant à l'école d'Ouches. Denis lui a écrit lorsqu'il s'est installé au village pour lui demander quelques livres de classe. Cette lettre, c'est une façon de lui dire qu'il faut rentrer en France et mettre ses affaires en ordre. Il a vécu huit mois en Afrique. Il s'y est construit une maison. Maintenant, il faut refaire le voyage. Retrouver sa terre et savoir ce qui, de lui, s'en est séparé et ce qui l'y attache encore. A son tour, il fait ses valises. A son tour, il dit au revoir aux habitants du village. Il a décidé de rentrer en France par bateau. Ce bateau, il sait très bien où il ira le prendre. Au Caire. Clara y est. Avant de s'embarquer, il la cherchera et lui parlera.

Arrivé au Caire, il se fait indiquer le palais des congrès, laisse à l'hôtesse d'accueil un message pour Clara et se dirige vers le port. L'employé des Messageries Maritimes s'étonne de ce passager si matinal.

— Nous ne partons qu'à cinq heures, ce soir, monsieur.

— Je sais, mais j'ai ces bagages qui m'encombrent et puis...

Il ne va pas raconter à cet homme qu'il attend Clara. Un steward, un peu ensommeillé, le conduit jusqu'à sa cabine. Il dépose ses valises, redescend sur le quai. Le temps est beau. Il y a des bruits d'enclume et de poulies, des grues qui tournent, des voix qui se répondent, un marin suspendu sur une petite plate-forme qui peint un morceau de la coque au minium, des reflets de lumière sur les hublots, de grandes mouettes qui plongent vers des écorces de melon. La matinée passe. Les premiers passagers arrivent dans l'après-midi. Tout de suite c'est l'animation. Avec des porteurs, des petits Arabes qui demandent des pourboires, des malles qu'on traîne sur des chariots.

« Elle viendra », pense Denis.

A la dernière minute peut-être, mais elle viendra. On met les machines en route. Les hélices tournent lentement. Il y a des mouvements d'écume autour du navire. La plupart des passagers ont déjà embarqué. Un coup de sirène, très long, pour avertir les retardataires. Denis ne se décide pas à franchir la passerelle.

— Clara va venir, se dit-il.

Et elle vient. Comme si elle avait entendu la sirène. En courant. Essoufflée.

— La séance, le congrès, je n'ai pas pu venir plus tôt. Vous partez vraiment ?

Il a envie de poser la main sur ce visage.

— Il faut que j'aille régler mes affaires.

— Il le faut, en effet. Pour vous...

Elle hésite.

— Et pour moi.

Il fait enfin ce geste qu'il a retenu si longtemps, prend doucement le visage de Clara dans ses mains.

— Nous nous sommes très peu vus, et très vite. Pourtant, je sais tout de vous, comme vous savez tout de moi.

— En arrivant à Marseille, prévient-elle, allez à la poste restante. Vous y trouverez une lettre.

Ils se dirigent vers la passerelle.

— Donnez-moi votre poignet, dit Denis.

Il prend dans sa poche le bracelet d'argent acheté à Harrar, le passe autour du poignet de Clara. Elle regarde ce bijou, qui devient de plus en plus lourd à mesure que Denis monte la passerelle. Comme une main qui voudrait l'entraîner vers la France.

— Voilà, conclut Denis. Tu sais tout.

Il se lève, fait quelques pas vers la fenêtre. Il a parlé longtemps. Il n'ose pas regarder le visage de Noële. En parlant, c'est vers la cheminée qu'il tournait la tête, et le feu lui donnait la force d'aller jusqu'au bout.

— Tu me permets d'assister au mariage de Giorgio et de Madeleine ?

— Tu me demandes la permission ? A moi ?

Denis voudrait répondre car il y a cet enfant qui s'interrogera peut-être : pourquoi son père n'est jamais là quand il revient ?

— Il faut que tu ailles à Djerba, dit Noële. Et que tu rentres aux Quatre Vents, avec Clara. Je veux la connaître.

VII

Il faut prendre le chameau ! Il faut aller sur le désert avec le chameau, si, si ! Clara !...

La signora Riccardi est une femme petite, brune, avec des yeux très verts.

— Clara, mia cara ! M. Maréchal, il n'a jamais fait le chameau. Il faut qu'il grimpe là-dessus et qu'il voie. Le désert, monsieur Maréchal, c'est comme la mer, et le chameau, qui roule et qui tangue, c'est le navire.

Denis est à Djerba depuis trois jours. Chez les Riccardi. Une maison de pierre et de sable rose, avec des cours intérieures, un patio qui sent le laurier, une fontaine qui coule doucement. « La plus belle maison de l'île ! » dit Clara avec fierté. Il y a partout des lézards. Clara est comme eux. Denis l'a toujours vue entourée d'enfants, conduisant sa camionnette, active, décidée, faisant plusieurs choses à la fois. A Djerba, elle s'allonge. Le long des murs, sur les terrasses, sous l'auvent des fenêtres. La maison a été construite pour se défendre de la chaleur. Elle a des recoins d'ombre. Clara en profite mieux lorsqu'elle est allongée, le visage renversé, écoutant le rire de sa mère qui tourne longtemps, d'une pièce à l'autre, avant de s'échapper vers le ciel presque blanc. Personne, dans sa famille, ne se permet de déranger Clara lorsqu'elle est allongée. Denis moins que les autres. Il ne s'est pas encore trouvé seul avec elle. La famille est toujours là. Ils ont le temps. Tout le temps. A Djerba, les heures sont plus lentes.

— Connaissez-vous l'histoire d'Ulysse ? lui demande un soir M. Riccardi. Il a fait escale dans l'île de Djerba, avec ses marins. Elle s'appelait alors l'île des Lotophores, du nom d'un arbre, le lotos, qui porte des fruits savoureux. Les marins avaient faim. Ils ont mordu dans le fruit du lotos, qui a un goût de miel. Ils ont été ensorcelés. Ils n'ont plus voulu repartir. Ulysse les a fait remonter de force sur son navire et les a enchaînés à leur banc. Sinon, il n'aurait jamais revu Ithaque. On dit que les marins pleuraient beaucoup, en voyant Djerba s'éloigner.

C'est la fin du dîner. Il pousse vers Denis une petite corbeille :

— Voici les fruits du lotos, monsieur Maréchal. C'est notre micocoulier. Goûtez-en un. Peut-être n'aurez-vous plus envie de retourner chez vous.

C'est un homme grand, très calme, avec des cheveux blancs. Une lueur de gaieté danse dans son regard. Sauf lorsqu'il se tourne vers Clara. Il l'aime. Il la sait vulnérable. Il la voudrait heureuse. En janvier dernier, elle est restée plusieurs semaines à Djerba, en attendant sa nouvelle affectation. M. Riccardi ne lui a posé aucune question. Il ne savait rien de Jérôme et de François. Il n'en sait pas davantage aujourd'hui. Il sait seulement que Clara est de nouveau immobile. Qu'attend-elle ? Denis ? Suffit-il de faire goûter à Denis le fruit du lotos, pour que Clara s'apaise ? Il en parle parfois la nuit, avec sa femme, lorsque dans le silence de la maison un pas étouffé les réveille. Ils savent que Clara a quitté sa chambre, qu'elle attend le lever du soleil près de la fontaine du patio.

Au bout de trois jours, la signora Riccardi se décide. Sous un prétexte, le premier qu'elle trouve : Denis n'est jamais monté sur un chameau.

— Mia cara ? Où es-tu, mia cara ?

Sur une petite terrasse, la plus secrète, comme un repli du toit sur lui-même. Allongée, les yeux clos. Jamais personne ne s'était permis de la déranger dans cette retraite. Mais la signora Riccardi prend sur elle. Elle oblige sa fille à se lever, la conduit dans sa chambre, lui choisit elle-même une robe de toile blanche et la pousse dans l'escalier.

— En cinq minutes, il vous obéira.

Comme un navire. La signora Riccardi avait raison. Un navire qui tangue et qui roule. Perché sur sa selle, jeté d'un bord à l'autre, Denis se sent perdu. Mais Clara lui montre ce qu'il faut faire. Très vite, il parvient à être obéi du chameau. Alors, la promenade commence, le long de la mer, vers le village des potiers. Clara, toute blanche, ressemble à une statue. Elle guide sa monture sans en avoir l'air, comme reprise par le sommeil que sa mère a interrompu. Mais Denis la sent attentive, sachant que le moment est venu. Ils atteignent le village, descendent de leurs montures, s'avancent entre les maisons jaunes. Dans la pénombre des échoppes, les potiers actionnent leur tour avec une pédale de bois.

— Ils font des pots où l'eau reste fraîche. Les

chameliers les accrochent à leur selle. On les appelle des gargoulettes.

Ils marchent longtemps, sans presque parler, comme s'ils se connaissaient à peine. Ils semblent ne plus vouloir repartir. Ils retrouvent enfin leurs chameaux, agenouillés dans le sable.

— Après le mariage, demande Denis, viendrez-vous avec moi aux Quatre Vents ? Noële voudrait vous connaître.

— Pourquoi aux Quatre Vents ? Elle n'est plus en Grèce ?

— Non.

Il raconte. A partir du Caire. L'escale au Pirée, l'arrivée aux Quatre Vents, le petit Yan qui criait et qui s'était endormi, l'attente, qui pouvait se prolonger s'il n'y avait pas eu l'invitation au mariage de Giorgio.

— Dans votre lettre, vous parliez des enfants qui attendent votre camionnette, et n'ont pas le droit d'être déçus. A mon tour, je parle d'un enfant qui ne sait pas encore qu'il m'attend. Peut-être même n'aura-t-il jamais besoin de moi. Mais, si un jour...

Clara remue son poignet, ce bracelet qu'elle ne quitte plus, qui est lourd.

— Ce n'est pas grand Djerba, dit-elle. On a vite fait le tour. Pourtant, il y a ici toute mon enfance, mon école, mes robes, mes coiffures. Pour moi aussi on pourrait raconter ma vie, d'une année sur l'autre, par des étoffes qui changent, des cheveux plus ou moins courts, des sandales.

C'est la première fois qu'elle fait comprendre à Denis qu'elle a lu sa lettre.

— Ici même, quand j'avais dix ans, j'ai embrassé un garçon. Je dis bien : j'ai embrassé. C'est moi qui ai voulu. Il en avait dix, lui aussi. Il croyait que le diable était derrière ce palmier, et qu'il allait venir le prendre. Moi, j'avais envie de voir le diable. Beaucoup plus que d'embrasser le garçon. Mais il n'était pas derrière le palmier. Je me suis mise à rire. Le garçon est parti en courant. C'est peut-être pour ça...

Elle secoue encore son poignet.

— ... peut-être, oui, que Jérôme et François sont arrivés. Pour venger ce garçon.

— Viendrez-vous ? demande Denis.

Elle a hâte d'être rentrée, de se laisser tomber le long d'un mur, dans la maison de son enfance, dans la seule maison où l'ombre soit fraîche, et d'attendre le sommeil, immobile comme les petits lézards. Elle oblige son chameau à se redresser, redevient une statue blanche.

— Je viendrai.

VIII

Voici votre chambre, dit Noële en faisant entrer Clara. Quel dommage qu'il fasse si froid. Si vous étiez venue au printemps... Il y a des chandails dans l'armoire. Prenez tous ceux que vous voulez. Je vous attends en bas avec Denis. J'ai allumé un feu.

Elle descend rejoindre Denis. Il est assis devant la cheminée.

— Tu l'aimes ? demande-t-elle.

— J'aime être avec elle.

— Vivre avec elle ?

— Vivre de la même vie qu'elle.

— C'est-à-dire ?

— Etre dans un pays où je sais qu'elle est. L'attendre dans une ville où je sais qu'elle va venir.

— Ce n'est pas l'amour.

— Je n'ai pas parlé d'amour.

Ils se taisent longtemps.

— Ecoute-moi, Denis. Je ne connais pas Clara. Je lui ai à peine parlé. Mais elle attend.

— Ce n'est pas à toi de me le dire.

— Il n'y a que moi qui puisse te le dire.

Il se lève.

— Il faut que je parte. Dis à Clara que je reviendrai. Ce soir, peut-être. Qu'elle ne s'inquiète pas. Elle est bien ici. Elle est avec toi.

Un bruit de moto. Le silence. Les premières gouttes de pluie sur les vitres. Noële regarde le jardin. Dans quinze jours, ce sera le temps des fêtes, des arbres illuminés, des étoiles de papier doré.

Elle revoit la forêt de sapins qui avaient envahi l'an dernier le palais Karrassos, la joie de son père, les yeux du petit Yan lorsqu'il avait vu les bougies allumées. Ugo serrait son fils contre lui, lui parlait des forêts hongroises. Elle ne savait pas que les fêtes de Noël étaient si proches.

— Il est parti, n'est-ce pas ?

— Il va revenir.

Clara a mis un gros chandail de laine rouge. Un de ceux qui étaient dans l'armoire. « On nous prendrait l'une pour l'autre », pense Noële.

— Je suis une étrangère, dit Clara, et vous m'ouvrez votre maison. Vous me recevez comme si j'étais une amie.

— Vous êtes une amie.

— Pourtant Denis vous appartient.

Noële se penche un peu, comme si les mots n'étaient pas arrivés jusqu'à elle.

— Vous devez penser que je cherche à vous le prendre. Mais non. Il fallait que je vous l'annonce tout de suite. Je ne vous prendrai pas Denis.

— Mais, Clara...

— Permettez-moi d'aller jusqu'au bout. Je ne voulais pas venir en France. Je savais ce qui allait se passer. Je me disais : c'est en Afrique que tu dois attendre Denis. C'est là-bas seulement qu'il aura la force de te rejoindre.

Elle explique ce qui est en elle, depuis qu'elle a vu Denis se laisser reprendre par les images de son passé. Depuis qu'elle a croisé le regard de Noële.

— La pluie s'est arrêtée, constate Noële. Nous allons sortir. Nous allons marcher, pour que vous connaissiez ce pays. Nous ne parlerons de rien. Ni de vous, ni de moi, ni de lui. Je vais vous prêter une paire de bottes. Elles vous iront aussi bien que mes chandails. Nous reviendrons avec la nuit. Vous vous sentirez rassurée.

— Pourquoi m'as-tu raconté des imaginations ?

Le lendemain matin dans la cuisine. Il est tard. Clara dort toujours, et madame Marie, qui a gardé son petit déjeuner au chaud sur le coin du fourneau, se sent des humeurs de parler.

— Quelles imaginations ? demande Noële.

— A propos de cette demoiselle qui est là-haut. Tu m'as raconté que c'était une sauvage, qu'elle marchait pieds nus, qu'elle avait des pièces de monnaie autour de la tête, et qu'elle jouait du tambourin.

— Je ne t'ai jamais dit ça !

— Et moi, je me souvenais d'un soir de ma jeunesse, il y a des temps, où des dames étaient venues jouer à Roanne une sorte de théâtre avec des airs chantés, qui s'appelait *Les pêcheurs de perles,* et cette Clara de M. Denis, je m'attendais à la voir rouler de la hanche et se frotter la paupière avec du marron.

Elle a un geste avec son tablier, comme une danseuse.

— Tu crois qu'il va se décider ?

— Qui ?

— M. Denis. C'est tout à fait ce qu'il lui faut,

cette demoiselle-là. Bien élevée. Silencieuse. Toutes les qualités. S'il était dans ma cuisine, en ce moment, je sais bien ce que je lui dirais. Je lui dirais : attention, monsieur Denis, des perles comme ça, quand l'huître bâille pour vous les montrer, on ne laisse pas refermer la coquille.

Une porte s'ouvre au premier étage.

— Elle est réveillée.

Noële sort de la cuisine.

— Bonjour, Clara.

Penchée sur la rampe de l'escalier, le visage gonflé de sommeil, Clara sourit.

— Je ne sais pas ce qui m'a pris de dormir si longtemps.

— Cela prouve que vous vous sentez bien dans cette maison. Madame Marie a gardé votre petit déjeuner au chaud. C'est une faveur qu'elle accorde à très peu de gens.

La maison est vide. Nicole Vaindrier est partie très tôt, avec son mari, en emmenant le petit Yan, pour qu'il ne risque pas d'éveiller Clara. Il y a eu autour d'elle une conspiration amicale.

— Vous savez pourquoi je me réveille si tard? Parce que j'ai passé la nuit à écouter. Je ne savais pas que les maisons avaient un langage. Chez moi, en Afrique, le bois ne craque pas ainsi, les murs gardent le silence. Et puis, j'ai regardé le jour se lever.

Elles sont dans la salle à manger, près de la fenêtre.

— Chez moi, le jour ne se lève pas. Il saute d'un bond dans le ciel. Il n'y a pas ce que vous appelez l'aurore. Depuis ce matin, je comprends ce mot. Malgré les nuages, malgré le ciel de fin d'automne, j'ai vu la lumière venir de très loin, et monter lentement, et...

Madame Marie entre avec un plateau.

— Bonjour, mademoiselle. Ne craignez rien pour le café. Ce n'est pas du réchauffé. C'est du neuf que je viens de faire. Parce que je veux soutenir ma réputation. Si vous repartez dans vos Afriques, je ne veux pas que vous disiez partout : le café de madame Marie, c'est de la chansonnette.

— Qu'appelez-vous de la chansonnette ?

— Quelque chose qui ne se chante pas vraiment avec les poumons, qui se sifflote.

Elle regarde Clara attentivement.

— Je peux dire ce que je vois ?

— Où, madame Marie ?

— Sur ce visage. Les traces du sommeil. Je les déchiffre comme des lettres. Et je vois que la paix n'est pas encore signée.

— Quelle paix ?

— Entre M. Denis et Mademoiselle.

Elle paraît mécontente, et sort très vite, en frottant ses mains contre son tablier. Noële et Clara sont immobiles. Le silence est lourd. Puis, le téléphone sonne, Noële va répondre.

— C'est Denis. Il veut vous parler.

Clara prend l'appareil. Elle écoute. Elle dit : oui, oui, deux ou trois fois, puis : je comprends. Elle raccroche, revient dans la salle à manger.

— Il est à Lyon. Il ne sait pas quand il reviendra. Il prétend qu'il a des problèmes avec son remplaçant, que son dossier n'est pas complet. Mais c'est faux. Il a voulu que nous soyons seules. Il a fui. Je le dis. Et c'est vrai. Qui est ce Denis que je ne connais pas ? En Afrique, il vivait. Il avait les deux pieds sur terre. J'ai soigné des enfants avec lui. C'est un métier difficile. Il faut regarder les choses en face. Denis regardait. Il me regardait. Il n'avait pas peur de moi. C'est ce pays. C'est vous. Madame Marie se trompe. La paix, ce n'est pas entre Denis et moi qu'elle doit être signée. Mais entre vous et moi.

— Non, Clara.

Elles ont oublié leur promenade de la veille, dans les sentiers pleins d'eau, les champignons qu'elles ont ramassés, le soir qui les a rejointes à la lisière des bois, les premières lampes allumées dans les fermes.

— Hier, vous m'avez dit : Denis vous appartient. J'ai répondu : non. Je le répète aujourd'hui. Denis ne m'appartient pas.

— Il vous appartient.

— Oh ! Clara...

Noële a un geste vers le mur, comme si elle cherchait un appui.

— Oh ! Clara, j'avais un mari. J'avais un amour. Ce mari est mort il y a quelques mois. Mais l'amour est toujours en moi. Et son souvenir se prolonge dans l'image de son fils. Prenez Denis. Délivrez-le de moi. Je vis avec un mort. Denis a besoin de vous et vous avez besoin de lui. Moi, je n'ai besoin que de Ugo.

Elle va jusqu'à la fenêtre pour cacher son visage et ses larmes. Lorsqu'elle se retourne, Clara est remontée dans sa chambre. Elle va l'y rejoindre. Il y a une valise ouverte sur le lit.

— J'ai honte, dit Clara et je m'en vais. Vous m'avez reçue comme une amie, et je réponds si mal.

La valise est presque pleine.

— J'étais bien chez vous. Mais je n'ai pas le

droit de rester. Je regagne Djerba. J'y serai dans trois jours. D'ici là, je veux revoir Toulon, où nous avons passé des vacances, une année, lorsque j'étais petite. Ça n'est pas très loin de Grimaud, où mon frère s'est installé. Ça n'est pas très loin de Nice non plus, où je prendrai un avion pour rentrer chez moi. J'espère trouver une chambre dans une pension du Mourillon, la pension Nautilus, où mon père nous avait logés.

Elle regarde le bracelet d'argent, à son poignet.

— Je ne suis pas dans mon pays.

C'est le matin, très tôt. Denis a roulé toute la nuit. Dès qu'il a appris l'adresse de Clara, il a sauté sur sa moto. Il est arrivé à Toulon au petit jour. Les rues étaient désertes. Il a pris la route du Mourillon. Avec le sentiment d'être déjà venu, d'avoir déjà fait cette route. Il a découvert la mer, un vieux fort entouré de barques, et l'entrée de la pension Nautilus dont le nom l'a fait sourire, car il se souvenait des livres de Jules Verne et des jeudis de son enfance dans la maison des bûcherons. Il n'y avait pas encore de lumière aux fenêtres. Dans le petit port, les barques dansaient au bout de leurs amarres. Quelque part dans un jardin, malgré l'hiver, il y avait une odeur de figues.

Quelqu'un bouge enfin. La porte de la pension s'entrouvre. Denis entre.

— Mlle Riccardi, s'il vous plaît.

La patronne le regarde, un peu surprise.

— A cette heure-ci, monsieur? Je crois qu'elle dort encore. Il faut attendre qu'elle sonne pour demander son petit déjeuner.

— Dites-lui que M. Maréchal voudrait lui parler.

La patronne va jusqu'au standard, enfonce une fiche. Une petite lampe rouge s'allume. Elle prononce quelques mots à mi-voix, raccroche.

— Mlle Riccardi vient tout de suite.

A l'étage, un bruit de porte. Quelqu'un descend l'escalier.

— Bonjour, Clara.

— Bonjour, Denis.

Derrière le bureau, la patronne semble étonnée. Elle s'attendait à plus de chaleur. Clara demande s'il est possible d'avoir du café.

— Certainement, mademoiselle. Je vous le sers sur cette table, près de la fenêtre.

Ils s'asseyent. Ils se regardent. Denis a le visage gris de fatigue. Ils ne parlent pas. De l'autre côté de la cloison, il y a des bruits de tasses, de cuillers, de casseroles.

— Voici les cafés. Je vous ai fait griller du pain. S'il manque quoi que ce soit, vous m'appelez.

Clara verse le café dans les tasses. Elle se souvient du premier matin aux Quatre Vents, de madame Marie, de ses sourcils froncés. Est-ce pour signer la paix que Denis est venu ?

— Pourquoi avez-vous eu envie de passer quelques jours ici ? demande-t-il enfin.

— J'y ai des souvenirs de vacances. D'un été très beau.

— Et alors ?

— Je n'ai pas reconnu grand-chose.

— Ça vous a rendue triste ?

Elle prend sa tasse de café à deux mains, comme pour se réchauffer.

— Je ne suis pas comme vous. Je ne m'enferme pas dans mon enfance comme dans une forteresse.

Il se redresse. Il s'est demandé, toute la nuit, comment lui parler, par quels mots se faire entendre. C'est elle qui les prononce.

— J'avais cru que l'Afrique vous avait délivré. Vous me l'aviez écrit dans votre lettre. Et vous étiez sincère. Vous l'aviez cru, vous aussi. Mais dès que vous avez poussé la porte des Quatre Vents...

Elle parle sans le regarder.

— Les maisons de terre, qu'on construit soi-même dans les villages, il faut ne pas les quitter lorsque arrive la saison des pluies. Il faut être là, prêt à refaire le mur, à boucher le toit. Sinon, elles s'effondrent et le torrent les emporte.

Elle allonge son bras sur la table. Le bracelet d'argent brille à son poignet. Depuis que Denis l'a refermé sur elle, au Caire, elle ne l'a jamais enlevé. C'est un poids qu'elle aime sentir au bout de son bras. Elle avance la main, ôte la cheville. Le bracelet s'ouvre.

— Je rentre à Djerba.

Le bracelet reste sur la table.

— Vous vous trompez, Clara. Je ne m'enferme pas dans mes souvenirs. C'est à l'enfant que je pense. Au fils de Ugo. Qui aura peut-être un jour besoin de moi. Je vous l'ai dit, au village des potiers. Ce n'est plus mon passé qui m'attache aux Quatre Vents. C'est l'avenir de l'enfant.

Le jour est tout à fait levé. De l'autre côté de la vitre, les bateaux ont des couleurs vives.

— Pardon de vous faire mal, Denis. Mais vous vous mentez à vous-même. Cet enfant n'est pas à vous. Il ne sera jamais à vous ! Une fois encore, vous voulez vivre la vie de quelqu'un d'autre. Une fois encore, vous refusez la vôtre. A travers l'enfant, c'est votre amour pour Noële que vous retrouvez.

Elle revoit les remparts de Harrar. Une image s'impose. Les fourmis rouges dans le fossé, entre les herbes sèches. Pendant une seconde elle sent le soleil sur son visage, l'écrasante chaleur de midi, et cet homme qu'elle ne connaissait pas, debout à côté d'elle, qui avait pris des chemins détournés pour la rejoindre, et qui déjà ne disait rien. Un très long temps s'écoule. La pension s'éveille peu à peu. Il y a des sonnettes lointaines, des bruits de pas, des portes qu'on ferme.

— Vous m'en voulez ? demande Clara.

— Oui, rétorque Denis.

Il prend le bracelet, se lève.

— Encore un mot, Denis. Mais promettez-moi de partir sans répondre lorsque je l'aurai prononcé.

Elle le regarde bien en face.

— Dans le pays où vous m'avez connue, je vais d'un village à l'autre pour soigner des enfants. Depuis des années. Je soigne, j'essaie de guérir. Mais l'homme que j'aime...

Elle parvient à sourire, parce qu'elle a su lui dire qu'elle l'aimait.

— Je ne veux pas que l'homme que j'aime soit quelqu'un à soigner.

Cinquième Partie

L'OMBRE DE LA MÉMOIRE

I

Tu t'en vas déjà ?

— Je suis revenu déjeuner en coup de vent, pour être un peu avec vous. Mais j'ai une journée compliquée.

— Tu n'as pas le temps de boire ton café ?

— S'il est prêt tout de suite.

— Je vais demander à madame Marie.

Nicole Vaindrier sort de la salle à manger, va rapidement jusqu'à la cuisine. Pendant ce temps, Gilles Vaindrier prend sa pipe sur le coin du bureau, cherche sa blague à tabac.

— Je ne sais pas comment tu fais pour tenir un rythme pareil, dit Noële. Tu vas, tu viens, tu pars à l'aube, tu rentres tard. C'est à peine si on t'aperçoit entre deux portes. Tu viens de le dire toi-même : un coup de vent.

— J'ai beaucoup de travail, mon chéri.

— Quand je pense qu'il y a un an, tu buvais tranquillement ton café en lisant les journaux. Tu n'avais que la cour à traverser pour aller à ta laiterie. On l'apercevait de la fenêtre. Le soir, tu rentrais de bonne heure. Tu t'asseyais devant la cheminée pour allumer le feu.

La laiterie est toujours de l'autre côté de la cour : un grand hangar, fermé d'une porte de bois. Mais la porte ne s'ouvre plus. Depuis un mois, la nouvelle laiterie fonctionne. Elle s'élève sur la route de Pouilly, à quelques kilomètres des Quatre Vents. François Gallart, l'architecte, s'était promis de la terminer avant la fin de l'année. Il a tenu sa promesse. Les machines ont été mises en route le 26 décembre, à sept heures du matin. Antoine Brémont, l'ingénieur électronicien, exultait. Pour lui, c'était le plus beau cadeau de Noël qu'on pouvait lui faire. Gilles Vaindrier ne disait rien. Il écoutait l'étrange silence dans lequel il allait vivre désormais. Pendant plus de vingt ans, il avait dirigé une petite entreprise de famille que son père lui avait confiée, avec un peu de condescendance, parce qu'il « n'était pas bon à autre chose ». Soudain, sa vie avait complètement changé. Il se heurtait à toutes sortes de problèmes, n'était plus jamais chez lui, et se demandait parfois s'il n'avait pas été fou de se créer de pareilles responsabilités.

— Tu regrettes ce que j'ai fait ?

C'est une question qu'il se pose depuis un mois. Il pense à ses trois frères. Tous les trois ont brillamment réussi. Guillaume, l'aîné, est professeur de Faculté à Toulouse. Grégoire est médecin des hôpitaux de Paris. Georges, grand avocat international, représente pour l'Europe plusieurs grosses firmes américaines. Pendant vingt ans, lorsqu'il pensait à ses frères, Gilles se disait qu'ils gagnaient sûrement plus d'argent que lui, qu'ils avaient sûrement des vies plus passionnantes, mais que, dans leurs bureaux ou leurs salles de cours, ils n'avaient pas beaucoup le temps de respirer. Et celui qu'ils surnommaient « paysan », avec un petit sourire, avait sur eux l'avantage de se lever avant les coqs, d'ouvrir sans bruit la porte des Quatre Vents, et de faire quelques pas dans le jardin, en attendant le jour. Pendant vingt ans, il s'était senti plus libre qu'eux. Depuis un mois, sa vie avait basculé.

— Au contraire, répond Noële. Je te regarde et je vois que ton travail te plaît, que tu as rajeuni. Si, si. Tu as un autre visage, une autre voix. C'est comme si tu étais devenu quelqu'un d'autre. Et c'est ce qu'il fallait.

— Alors, pourquoi as-tu dit ça, tout à l'heure ?

C'est peut-être la première fois qu'ils se parlent, depuis... Difficile de penser : depuis la mort de Ugo. Gilles n'aborde jamais ces mots en face. Le matin du 26 décembre, lorsqu'il a mis ses machines en route pour la première fois, c'est à Ugo qu'il a songé. De façon très brusque. A ce garçon qui avait été se perdre sur des chantiers où il n'avait rien à faire, et les machines s'étaient vengées de lui.

— Certains jours, dit Noële sourdement, tu me manques. Certains jours, je voudrais que tu sois là, simplement, sans rien dire.

Nicole revient avec le plateau du café, qu'elle pose sur la table basse, devant la cheminée. Gilles prend sa tasse, se lève. Lui aussi, parfois, il aimerait rester assis, entre Noële et Nicole, sans rien dire. Par la fenêtre, il regarde le vieux hangar. Il aurait très bien pu ne pas construire la laiterie nouvelle, et continuer à faire tourner celle-là, en changeant deux ou trois moteurs, un peu trop usés.

— Tu rentres tard ?

— Sûrement.

Il boit son café. Noële est assise sur le canapé, les jambes repliées.

— Et Denis ? Tu as des nouvelles ?

On croirait qu'il n'a plus envie de partir, qu'il cherche quelque chose à dire, pour rester quelques minutes encore.

— Il est toujours à Toulon avec Clara ?

— Il ne m'a pas écrit.

— Ça fait plus d'un mois ?

— Oui.

Gilles repose sa tasse.

— Tu ne trouves pas qu'il est un peu compliqué ? Jamais je n'aurais cru ça, quand il était enfant. Il était secret, ça oui. Il avait des tas d'idées en tête, dont il ne parlait à personne. Mais il avait l'air de savoir ce qu'il voulait. Tandis que cette façon d'hésiter...

Il fait quelques pas.

— Je ne l'ai pas beaucoup vue, cette Clara. Mais elle a l'air tout à fait charmante.

— Je pense exactement comme toi, dit Nicole.

— J'ajoute qu'elle est jolie, séduisante et que ce doit être très agréable de se réveiller le matin dans la même chambre qu'elle. Je n'ai pas raison ?

Nicole sourit.

— C'est un point de vue d'homme.

— Peut-être, mais il a son importance ! Si Denis était là, je le coincerais contre une porte, et je lui expliquerais, d'homme à homme, qu'il fait une sottise. Parfaitement. Une très grave sottise. Parce que...

Il s'interrompt.

— Bon, je file. A ce soir.

Noële observe son père traverser la cour, sortir sa voiture du garage. Dans la fenêtre, les champs sont gris. Un brouillard monte entre les arbres. La nuit tombera vite. Nicole vient s'asseoir près d'elle.

— Je peux te laisser mon fils, cet après-midi ? demande Noële sans la regarder.

— Bien sûr.

— J'ai envie d'aller voir Marie-Hélène. Comme elle est couchée, Yan ferait trop de bruit.

Elle se penche brusquement, pose son visage contre les genoux de sa mère.

— C'est long, l'hiver, dit-elle à voix basse.

— Il est merveilleux, déclare Marie-Hélène. Il vient tous les mois. Il passe un week-end entier au moulin. Je ne suis pourtant pas sa seule cliente. Mais il met un point d'honneur à ce que tout aille bien jusqu'au bout.

Marie-Hélène rit. Elle est couchée depuis quatre mois. Elle n'a même pas le droit de poser un pied par terre. Le Dr Combelle, son médecin de Versailles, celui qui l'a si bien soignée lorsqu'elle était à Asnières, lui a imposé cette épreuve. Elle l'a acceptée avec courage. « Je suis prête à tout pour avoir cet enfant », a-t-elle dit.

— Tu ris, remarque Noële. Tu as la force de rire. C'est bien.

Il y a pourtant quelque chose. Noële l'a senti dès son arrivée. Quelque chose dont Marie-Hélène ne veut pas parler. Mais qui la tourmente. Son rire n'est pas un vrai rire.

— Dis-moi ce que tu as.

— Mais...

— Nous sommes deux sœurs. Tu le sais bien. Ce

qui se passe en toi, tu ne peux pas me le cacher. C'est grave ?

— Je ne sais pas.

Elle glisse une main sous son oreiller, y prend une lettre.

— Je l'ai reçue ce matin. Tu es la première à qui je la fais lire. Jean-François ne sait rien encore. C'est de Guillaume.

Elle a un petit sourire.

— Je devrais l'appeler : papa. Mais je n'ai pas l'habitude. C'est lui qui a voulu que je l'appelle Guillaume ! Depuis que je suis enfant.

Pendant seize ans, elle a vécu avec son père. Il était tout pour elle. Elle l'aimait. Elle rêvait de se marier avec lui. Elle le disait à ses petites amies. Et ses petites amies l'enviaient. Aucune n'avait un père aussi jeune que le sien. Grand, mince, toujours bronzé, jouant au tennis, faisant du ski. Elle ne savait rien de sa mère, sinon qu'elle s'appelait Marguerite, et qu'elle était morte à sa naissance. Elle ne connaissait même pas son visage. Son père ne lui avait jamais montré de photographie. Elle l'aimait, parce qu'il aurait pu la mettre en pension, ou la confier à ses grands-parents, comme le font souvent les pères, lorsqu'ils sont veufs et qu'ils ont la charge d'une petite fille. Mais Guillaume avait choisi de garder Marie-Hélène et de l'élever. Il était professeur de chimie à la Faculté de Toulouse. Il habitait un bel appartement. Malgré la différence d'âge, il traitait sa fille comme une grande personne.

Elle avait vite découvert qu'il aimait les femmes très blondes et très jeunes. Elles s'installaient dans l'appartement avec leurs valises et leurs flacons de parfum. Elles n'y restaient jamais longtemps. En partant, elles la regardaient avec un peu d'agacement, comme si elle était responsable de leur départ. Et sans doute était-ce vrai. Elle avait mis un peu de temps à le comprendre. Vers l'âge de treize ans. Lorsqu'il lui avait demandé de ne plus l'appeler papa, mais Guillaume. A cause des autres, justement. De ces petites demoiselles auxquelles il s'intéressait. Il avouait ainsi, pour la première fois, que la présence de sa fille le gênait. Quelque chose s'était rompu en elle. Puisqu'il cherchait à se débarrasser d'elle, elle allait lui fournir des prétextes. Elle était devenue agressive. Elle se plaignait des dames blondes. Elle les accusait de toutes sortes de choses : de fouiller dans ses affaires, d'entrer dans sa chambre sans frapper, de voler. Certains soirs, à table, elle laissait entendre qu'elle les avait surprises dans la rue, donnant le bras à quelqu'un qui n'était pas son père. Elle mentait. Volontairement. Elle avait quinze ans. Seize ans. Elle s'habillait de façon voyante. Guillaume avait fini par perdre patience.

Elle avait quitté Toulouse pour Paris, et trouvé du travail. Son père lui envoyait de l'argent. Elle le refusait. Pour qu'il sache qu'elle pouvait très bien se passer de lui. Elle se disait : « C'est lui qui n'aura pas la force. Je finirai par lui manquer. Il me suppliera de revenir. » Le silence s'était installé entre eux. Elle avait vécu un peu n'importe comment, allant d'une aventure à l'autre, par peur d'être seule et comme si c'était une façon de rejoindre son père. Lorsque la solitude était trop forte, elle se réfugiait aux Quatre Vents, s'y inventait une famille, où sa tante Nicole jouait le rôle de la mère et Noële celui de la sœur qui lui avaient toujours manqué. Gilles Vaindrier était tellement différent de Guillaume qu'elle s'en trouvait rassurée. Sans le savoir, elle avançait ainsi lentement vers Jean-François, vers celui qu'elle avait aimé tout de suite, et qui avait mis si longtemps à la reconnaître.

Depuis son mariage, elle pensait à Guillaume avec détachement. Il n'avait pas assisté à la cérémonie. Elle savait qu'il vivait toujours à Toulouse, qu'il était toujours professeur. Rien d'autre. Et brusquement, une lettre aimable, disant qu'il aimerait passer quelques jours chez sa fille, pour faire connaissance « *de cet homme charmant que tu as épousé. Quelle tristesse, pour moi, de ne pas connaître celui qui est un peu mon fils* ».

Le soir, en lisant cette phrase, Jean-François sursaute :

— Tu ne vas quand même pas te laisser prendre à cette comédie !

Marie-Hélène est plus calme. La visite de Noële lui a fait du bien. Elles ont longuement parlé de Guillaume, de ce qui se cachait derrière ces phrases trop aimables. Le sentiment d'une solitude difficile à supporter. Elle l'a senti tout de suite. C'est ce qui l'a si profondément troublée. « Je m'aperçois que je l'aime, a-t-elle dit à Noële. Autant qu'avant. Peut-être plus. J'oublie toutes ces années de silence parce qu'il est malheureux. » Noële a très bien saisi cette réaction. « J'ai beau me rappeler tout, depuis des années, son indifférence, sa froideur, son silence, c'est quand même mon père, et je suis quand même sa fille. » Mais Jean-François n'a pas l'air de comprendre.

— Cette comédie, parfaitement ! Il y a une chose

que je n'accepte pas. C'est l'hypocrisie. Si ton père t'écrivait : « *Ma petite amie vient de me plaquer, j'ai du mal à le supporter, je n'ai pas très bien agi envers toi, mais tu es ma seule fille, acceptes-tu de t'occuper de moi... ?* » Je dirais : voilà au moins qui est franc. Mais toutes ces phrases, du genre : « *Il paraît que tu as une jolie maison au bord de l'eau...* » ou « *Il paraît que tu as épousé un homme charmant...* », je n'accepte pas !

— Calme-toi, Jean-François.

— Il est peut-être charmant, lui aussi. Je ne le connais pas. Il n'a même pas daigné se déranger pour ton mariage. Si ton oncle Gilles n'avait pas été là, tu te serais mariée comme une orpheline. En vérité, c'est l'oncle Gilles que tu considères comme ton père. Le vrai, tu t'en passes très bien.

Elle sait qu'il a raison. Mais quelque chose, en même temps, lui dit qu'il ne devrait pas réagir ainsi.

— Il a besoin de moi !

Elle voudrait pouvoir se lever, prendre le premier train pour Toulouse, sonner chez son père, et lui déclarer : je suis là.

— Que t'a suggéré Noële, après avoir lu la lettre ?

— Qu'il fallait en parler à l'oncle Gilles.

Jean-François réfléchit un moment :

— Elle a raison. J'irai demain.

Gilles Vaindrier commence par hausser les épaules :

— Je connais mon frère Guillaume. Chaque fois qu'une de ses petites amies le laisse tomber, la terre s'arrête de tourner. Ça dure quelques jours, parfois quelques semaines. Un beau matin, il la remplace, et tout est oublié. Croyez-moi, Jean-François, inutile de vous inquiéter ! Je l'ai dit hier soir à Noële, lorsqu'elle m'a parlé de cette lettre. Ce qu'il faut, c'est que Marie-Hélène reste calme, qu'elle pense d'abord à son repos et à sa santé.

Mais Jean-François insiste :

— Tant qu'on ne connaît pas la vérité, on croit tout et n'importe quoi. Surtout Marie-Hélène. Immobile dans son lit, elle laisse travailler son imagination. J'ai bien envie de prendre le train pour Toulouse. En quarante-huit heures, je saurai à quoi m'en tenir.

— Vous êtes sincère ?

— Absolument.

Gilles Vaindrier va jusqu'à la fenêtre. La neige menace.

— Guillaume vous fera son numéro. Comme vous ne l'avez jamais vu, vous serez incapable de savoir s'il dit la vérité. Et votre voyage ne servira à rien.

Il se retourne.

— Si quelqu'un doit aller à Toulouse, c'est moi.

II

Il sonne. Deux fois. Un pas derrière la porte.

— Qui est là ?

— C'est moi, Guillaume. Ton frère Gilles.

Un long silence. Puis le bruit d'un verrou qu'on tire. La porte s'ouvre.

— Entre.

Le couloir est dans la pénombre. Gilles distingue la haute silhouette d'un homme en robe de chambre, avec une sorte de foulard autour du cou.

— Tu n'es jamais venu, c'est vrai. Par ici.

Gilles le suit jusqu'à une grande pièce aux murs blancs, meublée d'un divan rouge et de quelques sièges bas. Sur un des murs, face à la porte, une bibliothèque de bois noir, avec des livres en désordre.

— Il y a longtemps que le ménage n'a pas été fait. Ne regarde pas.

Guillaume écarte un rideau, reste immobile un long moment, le front contre la vitre, à fixer la rue. Gilles s'était trompé. Ce n'est pas un foulard qu'il porte autour du cou, mais une serviette de toilette. Il est pieds nus dans des pantoufles. De sa robe de chambre dépasse un pyjama.

— Guillaume. Ça sent le gaz chez toi.

— Ah ! C'est vrai !

Guillaume va jusqu'à la cuisine. Gilles l'entend remuer des casseroles.

— Heureusement que tu as un bon odorat, crie-t-il.

Il a une sorte de rire, très bref.

— Vivre à la campagne, ça permet de garder ses facultés intactes.

Il est revenu dans le salon. Les mains dans les poches de sa robe de chambre, il regarde Gilles.

— Je sais très bien ce que tu crois, mais tu te trompes. C'est le café. Simplement le café que j'avais laissé sur le feu, qui a versé, qui a éteint le gaz. Parce que je ne connais rien à tous ces fourneaux. Je ne m'en suis jamais occupé. Je n'ai jamais vécu seul.

De nouveau, ce petit rire bref que Gilles ne lui connaissait pas.

— Tu vois, je ne peux même pas t'offrir une tasse de café.

— Dommage. Parce que j'ai passé la nuit dans le train, et que j'ai bien besoin d'en boire une. Viens avec moi. Il y a sûrement un café tout près.

— Je ne peux pas sortir. Pardonne-moi. C'est le froid, peut-être. Dès que je suis dehors, j'ai la tête qui tourne.

— Il le faut, Guillaume. Il faut que tu sortes. Ne m'oblige pas à te traîner de force. Je suis plus fort que toi. Je l'ai toujours été, même quand on était gosses, et...

— Ah ! non !

Guillaume s'est redressé.

— Pas les souvenirs. Pas déjà les souvenirs ! N'essaie pas de m'avoir aux sentiments.

— Je n'essaie pas de t'avoir. Je te dis simplement qu'il faut que tu sortes. Ça fait des jours que tu es enfermé ici. Ça se sent. Je te le dis en toute franchise. Ça sent le renfermé chez toi, professeur.

Il ouvre la fenêtre, d'un geste brusque.

— Un peu d'air ! Ça te fera du bien. Je ne t'ai pas vu depuis longtemps. Mais tu es maigre ! Tu es gris ! Tu dois grignoter n'importe quoi, ce que tu trouves dans tes placards. C'est malsain. Tu vois, je te parle de choses toutes simples : manger, respirer, comme un paysan que je suis. J'ajoute que tu pourrais aussi te raser. Tu es sale.

Ils se regardent. Sont-ils frères encore ? L'absence n'existe pas pour deux frères. Ils peuvent rester vingt ans sans se voir, et se retrouver comme s'ils ne s'étaient jamais quittés. Mais, pour eux, ce n'est pas seulement l'absence. C'est tout ce silence qui les sépare. Et la rivalité d'autrefois qui réapparaît. Le plus brillant des quatre. Guillaume ! Le plus brillant, le plus intelligent. Celui qui travaillait le mieux et le plus rapidement. Il avait toujours terminé ses devoirs, appris ses leçons avant ses frères. Lorsque M. Vaindrier rentrait le soir, il trouvait Guillaume en train de jouer. Il disait : « Montre-moi tes cahiers. » Guillaume montrait ses cahiers. Jamais une faute. Le premier en classe, toujours. Tous les prix à la fin de l'année. Pour Grégoire et pour Georges, ce n'est pas grave, car ils travaillaient très bien, eux aussi. Mais pour Gilles... Il voudrait ne pas lui en vouloir. Mais ces images-là ne sont pas les plus faciles à oublier. Il s'en tirait par la force. La force physique. Gilles était toujours le plus fort.

— Je le savais, dit Guillaume à mi-voix.

Il s'allonge dans un fauteuil.

— Tu savais quoi ?

— Que tu allais faire du bruit, parler fort, t'agiter. Tu as toujours été comme ça. J'avais écrit à ma fille. Pourquoi est-ce toi qui es venu ?

— Parce que Marie-Hélène est couchée.

— Malade ?

— Elle attend un enfant. Elle est obligée de rester allongée jusqu'à la naissance.

Guillaume s'est redressé.

— Un enfant..., répète-t-il à voix basse.

Il se lève, va fermer la fenêtre, s'accroche au rideau d'une main. Gilles n'y avait pas pensé. C'est en voyant cette main qu'il comprend. Les images d'autrefois. La naissance de Marie-Hélène. Une femme qui attend un enfant. Son mari est mobilisé. Il connaît la date à quelques jours près. Il attend. Les jours passent. Avec le printemps, la « drôle de guerre » s'anime. Il y a des attaques, des mouvements de troupes. Le mari attend toujours. En mai, avec le soleil qui chauffe tout à blanc, il apprend qu'une petite fille est née, que sa femme est morte. Et de nouveau, après trente ans...

— Elle a un très bon médecin, dit Gilles. Il habite Versailles, mais il vient la voir chaque mois. Jean-François lui téléphone très souvent. Elle ne risque rien. Il faut seulement qu'elle ne pose pas le pied par terre.

Un long silence.

— Jean-François, c'est son mari ?

— Jean-François Saulieu, oui.

Guillaume fait quelques pas au hasard.

— Paysan, dit-il doucement, petit paysan, pourquoi es-tu venu ? J'ai hésité à ouvrir quand tu as sonné, j'ai voulu faire le mort. J'aurais dû. Je savais que tu m'obligerais à tout te dire...

Il s'adosse à la fenêtre, pour que son visage reste dans l'ombre. Il explique qu'elle s'appelle Caroline. Qu'elle a vingt-deux ans. Qu'elle était étudiante. Qu'elle suivait ses cours. Qu'il lui a fait passer son premier examen. Puis qu'elle s'est intéressée à ses travaux, qu'elle est devenue sa collaboratrice, et...

— Les autres, dit-il, car il y en a eu d'autres, tu le sais, ça durait plus ou moins longtemps, et puis elles s'en allaient. Mais Caroline...

Il cherche ses mots.

— Je l'ai épousée. Il y a deux ans. Je me suis marié en même temps que Marie-Hélène, à quelques jours près.

Il ne sait pas raconter la suite. Il a cru, il a rêvé, il s'est imaginé que... Il a oublié qu'il avait cinquante ans. Il a donné dans la culture physique, les massages, le traitement du cuir chevelu. Et puis... Les mots viennent mal. Et puis, un garçon est arrivé. Un étudiant. L'âge de Caroline. Elle n'a même pas fait ses valises. Tout est encore là, dans les armoires. Elle s'est installée avec ce garçon. Quelques rues plus loin. La ville entière est au courant. Au début, Guillaume a cru qu'il aurait la force. Il a continué à faire ses cours. Il a refusé de voir ces visages qui se détournaient, ces sourires qu'on dissimulait à peine. Mais plusieurs fois, en rentrant chez lui, il a aperçu Caroline qui sortait d'un magasin, qui descendait d'un autobus. Alors, il a compris qu'il ne pouvait plus rester à Toulouse. Il a écrit à sa fille. En attendant sa réponse, il s'est enfermé.

Gilles tend la main

— Donne-moi une clef.

— Pourquoi ?

— Je reviendrai te voir ce soir, ou demain. Si je n'ai pas de clef, tu es capable de ne pas m'ouvrir.

— Tu me connais bien, dit Guillaume.

— Guillaume !

Il n'a pas eu besoin de se servir de la clef. La porte du palier était entrouverte.

— Tu es là, Guillaume ?

Le salon est vide. Il entend du bruit dans la chambre. Une porte d'armoire qui se ferme. Il va voir. Quelqu'un est là, de dos. Une femme assez grande, avec des cheveux longs, un pantalon de velours noir. Sur le lit, une valise ouverte.

— Qui êtes-vous ? demande Gilles.

Elle se retourne. Elle est très jeune. Le visage en partie caché par une frange qui descend jusqu'aux yeux.

— Et vous ?

— Gilles Vaindrier, le frère de Guillaume.

Elle le regarde derrière sa frange de cheveux. Très blonds. Presque blancs.

— Vous êtes Caroline ?

— Oui.

Près de la valise, il y a quelques chandails, deux paires de chaussures, un blue-jean.

— Où est Guillaume ?

— Sur le trottoir d'en face. Vous pouvez le voir par la fenêtre. Il fait les cent pas.

En robe de chambre, comme la veille, la même

serviette de toilette autour du cou. Les gens se retournent, mais il n'y fait pas attention.

— Vous trouvez ça bien ?

— C'est lui qui l'a voulu. J'avais besoin de quelques affaires. Il a refusé de rester dans l'appartement pendant que j'y étais.

Elle met les chandails dans la valise, va jusqu'à la salle de bains, revient avec des petits flacons.

— Vous oubliez que toute la ville est au courant.

— Ecoutez. Plus vite cette valise sera terminée, plus vite Guillaume remontera. Alors, laissez-moi.

Elle parle d'un ton détaché, comme à quelqu'un qui s'est trompé de porte. Gilles rejoint son frère sur le trottoir.

— Ne reste pas là. Tout le monde te regarde.

Il cherche à l'entraîner vers l'entrée de l'immeuble. Mais Guillaume résiste.

— Sois patient, dit-il à mi-voix. Elle n'en a plus pour bien longtemps.

Ils sont debout, l'un à côté de l'autre, sur le trottoir.

— Tu savais que j'étais avec elle ? demande Gilles.

— Je t'ai vu arriver.

— Pourquoi ne m'as-tu pas averti ?

— Je voulais que tu la voies.

Il ferme les yeux une seconde.

— Elle est belle, n'est-ce pas ?

Il lève la tête vers les fenêtres.

— Que t'a-t-elle dit ?

— Rien.

— Tu es pourtant resté quelques minutes.

— Elle m'a expliqué ce qu'elle faisait là.

Ils attendent encore un moment. Puis Guillaume fait un geste vers la porte cochère.

— La voilà ! Elle n'a pas tout emporté. Elle n'a qu'une valise.

Ils traversent la rue, rentrent dans l'immeuble. Guillaume pousse son frère par l'épaule.

— Passe devant. Vérifie qu'elle a bien fermé les armoires. Je préfère ne pas savoir qu'elles sont à moitié vides.

Il monte lentement, en se tenant à la rampe. Il pense à sa fille. A ce moulin au bord de la Loire. Des arbres et le fleuve. Personne pour le dévisager. Personne pour se retourner sur lui. Rien d'autre que des arbres et le fleuve. Avec de longues journées à ne plus attendre, à ne plus soulever le rideau, à ne plus guetter la sonnerie du téléphone. Il va sans un mot jusqu'au salon, se laisse tomber dans un fauteuil.

— Viens embrasser Marie-Hélène, dit Gilles, faire la connaissance de Jean-François. J'ai téléphoné aux Quatre Vents. J'ai annoncé à Nicole que nous reprenions le train ensemble. Elle te prépare une chambre, avec madame Marie.

Ecoute-t-il ? Il semble dormir.

— Je ne te dis pas que je suis le plus fort, que je te ferai monter dans le train malgré toi. Je te laisse libre. Je t'attends à la gare. Tu connais l'heure du train.

Il s'en va très vite. A la gare, il attend. Il attend jusqu'à la dernière minute. Un long coup de sifflet. Le train s'ébranle. C'est à ce moment-là seulement, en enfonçant la main dans la poche de son manteau, qu'il s'aperçoit qu'il a gardé la clef.

III

— Raconte !

Madame Marie secoue la tête, prétend qu'elle ne se souvient de rien. Il faut que Noële insiste. On dirait que ces images d'autrefois lui font peur. C'est à contrecœur qu'elle se décide : « M. Guillaume... » Elle fouille dans son tablier, comme si quelque chose y était caché. « Ne le répète à personne, mais M. Guillaume, je crois bien que c'était mon préféré. » Pourquoi ? Elle ne sait pas. Peut-être parce qu'il était plus silencieux que les autres. Quatre garçons, dans une maison, et presque du même âge puisqu'ils se suivaient à un an chacun, on imagine le bruit que ça faisait. Ça courait partout, ça se battait. Et Guillaume autant que les autres. Mais lui, il ne criait jamais.

Elle se laisse aller peu à peu : « Ce garçon-là... » Elle regarde Noële, assise près du fourneau. « Ce garçon-là, je l'ai toujours pensé, il s'inventait des tendresses. » Les autres aussi, bien sûr, ils étaient tendres, ce n'est pas ce qu'elle veut dire, et M. Gilles plus encore que ses frères, mais un tendre bourru, un tendre qui ronchonne, qui ne cherche pas à donner le change, tandis que Guillaume c'est à l'intérieur, c'est tout à fait dans le secret. Elle lève une main, comme si elle essayait de retenir quelque chose qui lui échappe. « Ta tante Marguerite », dit-elle. Elle a été jusqu'à la vitre. Elle efface la buée, regarde au-dehors. Cette Marguerite, qu'il avait été chercher dans le Nord, quelque part du côté de Dunkerque, on se demande bien pourquoi, elle était plus silencieuse encore que lui. Lorsqu'elle parlait, il fallait tendre l'oreille. Elle ne parlait pas vraiment. Elle chantait plutôt. Et, dans leur maison, ça ne devait pas faire beaucoup de bruit, avec ces deux silences réunis. Jusqu'au dernier...

— Laisse-moi, maintenant. J'en ai assez dit.

Elle s'assied à son tour, ferme les yeux. Ce qui lui reste d'images, elle préfère les regarder seule.

— Et toi, papa ?

Gilles Vaindrier contemple les flammes dans la cheminée.

— C'est difficile à expliquer.

Parce qu'il y a plusieurs images, l'une sur l'autre. Les quatre garçons Vaindrier d'abord. Toujours tous les quatre ensemble. Pas une famille : une « bande ». Dans le pays, on en avait un peu peur. Ce n'est pas qu'ils mettaient tout à feu et à sang, non. Mais ils étaient les plus forts. Tout le monde le savait. Ils avaient fini par le croire eux-mêmes. Invincibles. Rien ne pouvait les séparer. Jamais rien. C'était entre eux, comme un pacte secret. Un jour, pourtant, Guillaume était arrivé aux Quatre Vents, accompagné d'une jeune fille silencieuse qui avait des yeux très clairs. En une seconde, le pacte avait été rompu, la « bande » dispersée. Ils avaient compris qu'il était temps de vivre chacun pour soi. Mais il y a autre chose.

Gilles se lève. Autre chose de plus difficile à expliquer. Il va jusqu'à la fenêtre. La nuit est venue. Dans le ciel d'hiver, très froid, la lune pose un reflet blanc. Il y a que la guerre menaçait. On refusait d'y croire, mais elle était là. Guillaume et Marguerite s'étaient mariés au mois de mai, dans ce jardin des Quatre Vents — un jardin fou, avec des rosiers qui ne savaient plus que faire de leurs fleurs — et pour les fils Vaindrier, le visage de Marguerite s'était confondu avec les dernières semaines de paix.

— Comprends-tu ce que je veux dire ? Sa mort s'est confondue pour nous avec la défaite et la fin de notre espérance.

— Et toi, maman, tu l'as connue ?

— Comment veux-tu ? J'ai épousé ton père bien plus tard.

Nicole Vaindrier est dans sa chambre, un carton de laines ouvert sur les genoux. Elle s'est aperçue que son petit-fils grandissait très vite, et qu'il fallait allonger les manches de ses chandails. Pourquoi parler de son beau-frère Guillaume ? Elle le connaît à peine. C'est un homme qui a toujours vécu en marge. Nicole ne l'a vu que deux ou trois fois. Elle a peut-être tort, c'est difficile d'être tout à fait juste, mais elle trouve qu'il a mal agi avec Marie-Hélène, quand il l'a mise à la porte de chez lui. Elle était vraiment très jeune. Et les raisons qui l'ont poussé n'étaient pas si bonnes que ça. Qu'en a-t-elle fait, de cette liberté ? Un peu n'importe quoi. S'il n'y avait pas eu les Quatre Vents pour remplacer de temps en temps sa famille, où en serait-elle aujourd'hui ?

C'est du passé, d'accord ! Mais on l'oublie un peu trop facilement, depuis quelques jours. On s'apitoie sur Guillaume, on le plaint, on voudrait l'aider. Ce qui lui arrive, il l'a bien cherché.

— Tu me trouves sévère ?

Elle ne voulait pas parler, mais au point où elle en est... Marguerite, c'était quelqu'un de remarquable, paraît-il. Gilles lui garde encore de la tendresse et du respect. Il a fait partager ses sentiments à Nicole. Alors, c'est un peu difficile d'admettre la vie qu'a eue Guillaume depuis la mort de sa femme. Tous ces changements. Toutes ces aventures. C'est peut-être un point de vue rigoriste, mais ne devait-il pas une sorte de fidélité à celle qu'il avait aimée ?

— Quand ton père m'a téléphoné de Toulouse, l'autre jour, pour m'annoncer que Guillaume revenait avec lui et qu'il fallait lui préparer une chambre, je n'ai pas pu dire non. Mais je suis contente qu'il ne soit pas venu. Parce que...

Elle hésite une seconde.

— Parce qu'à trente ans de distance, vous avez vécu le même drame. Et de façon si différente que tu ne l'aurais pas supporté.

Peu à peu l'image se précise. D'un souvenir à l'autre. D'une phrase à l'autre. Peu à peu le visage sort de l'ombre. Un regard très bleu qui se prend dans le reflet des vitres, un sourire qui se détourne, un bruit de pas, le soir, dans l'allée des tilleuls. La jeune femme avance. On entend grincer le portail entrouvert. Elle ne craint ni la pluie ni le froid. Le soleil est en elle, et toutes les fleurs d'un printemps trop beau. Elle lève une main comme on tient une ombrelle. « Marguerite... », dit Noële. Elle arrive du pays des morts, de l'autre côté du silence. Peut-être a-t-elle touché la main de Ugo. « Marguerite... », prononce-t-elle encore. Un volet qu'on croit attaché et que le vent repousse, une porte qui bat, la branche d'un arbre qui plie, sous quel poids ? Elle s'étonne. Pourquoi n'a-t-on jamais parlé de Marguerite, depuis tant d'années ? Quel est ce silence autour d'elle ? Elle finit par poser la question à Marie-Hélène, un jour où elle va la voir.

— Je ne sais pas.

Marie-Hélène est toujours immobile, dans son lit, soutenue par des oreillers.

— Moi-même, je n'ai jamais pensé à ma mère. Les autres petites filles en avaient une. Moi, je n'en avais pas. Je n'en souffrais pas. Je trouvais ça tout naturel. Parce que j'avais Guillaume. Le soir, avant que je m'endorme, il venait m'embrasser dans mon lit. Je ne l'attendais pas comme un père. Mais comme un mari. Au fond, ma mère c'était moi.

Elle se redresse. Il lui semble que quelqu'un vient de traverser le petit pont de bois qui surplombe la Loire. Depuis quelque temps, depuis que son père lui a écrit, elle croit voir une ombre, elle aussi, quelqu'un qui s'avance vers elle, qui appuie son visage contre la vitre, et qui la regarde.

— Je n'ai jamais vu de photographies. Mais je suis sûre que je lui ressemble.

Elle s'enfonce de nouveau dans ses oreillers.

— C'est pour ça que Guillaume ne vient pas me voir. Lorsqu'il m'a écrit, il ne savait pas que j'attendais un enfant. C'est l'oncle Gilles qui le lui a appris. Et tout a changé. Je l'ai bien compris, l'autre jour, lorsque je lui ai téléphoné.

Ce jour-là, elle avait obtenu du Dr Combelle la

permission de se lever, de se faire conduire à l'usine en voiture puisque le téléphone n'était toujours pas installé au moulin. En composant le numéro, elle se disait : « Peut-être ne va-t-il pas décrocher. » Elle avait envie de crier : « C'est moi, Guillaume. Décroche. C'est Marie-Hélène ! » Il avait fini par répondre. Pendant quelques secondes, elle avait cru qu'elle ne pourrait pas dire un mot. Et puis, elle s'était mise à parler, très vite : « Viens, Guillaume. Il faut que tu viennes. Je m'arrangerai. N'hésite pas. Non, non, ne m'interromps pas... Ecoute. Ma maison est ta maison. Tu es chez toi. Alors, ne préviens pas, c'est inutile. Viens quand tu veux. Je suis toujours là. Voilà. Maintenant, je... »

Elle avait été obligée de s'interrompre. Le silence avait été si grand qu'elle s'était dit : « La ligne a été coupée. Il n'a rien entendu. » Et puis Guillaume avait répondu doucement : « Je te remercie, ma petite fille. Mais je viendrai plus tard. Quand tout ira bien. »

Et il avait raccroché.

— Il m'a appelée : ma petite fille. C'est la première fois, depuis des années. Tu me trouves stupide. Tous ces sentiments, brusquement. C'est le contraire de moi. Mais c'est ça qui m'a fait tout comprendre. Ces mots-là, justement : ma petite fille. Il voulait dire : « En ce moment, tu ressembles trop à ta mère. Elle aussi attendait un enfant. Ce sont les dernières images que j'ai gardées d'elle. Alors, c'est peut-être lâche, mais je viendrai quand l'enfant sera né. »

Elle parle en hésitant, comme si elle avait peur d'aller plus loin.

— J'ai d'abord voulu demander au Dr Combelle

d'écrire à Guillaume, pour lui dire que j'allais aussi bien que possible. Mais Guillaume n'a pas confiance dans les médecins. Alors, c'est Jean-François qui va aller le voir.

— Tu vas rester seule au moulin ?

— J'attends mon amie Odile. Elle vient s'installer ici jusqu'à la naissance.

La nuit est entrée peu à peu dans la chambre. Marie-Hélène tend le bras vers la lampe. Mais elle s'immobilise. Cette fois, elle est certaine d'avoir vu quelqu'un. Une femme aux yeux très clairs, de l'autre côté de la vitre, qui appelle. Noële se lève :

— Il ne faut pas que tu aies peur...

Elle se met debout devant la fenêtre. Pour la masquer. Elle a vu, elle aussi. Elle a reconnu cette ombre. C'est celle qui tourne le soir autour des Quatre Vents, qui marche doucement entre les tilleuls.

— Tu auras ton enfant. Il vivra. Et tu vivras avec lui.

Elle parle d'une voix qui n'est pas seulement la sienne, qui est aussi celle de Ugo.

— Il y a des tributs qu'on est obligé de payer, dans les familles, pour avoir le droit d'être heureux. Dans la nôtre, ce tribut est déjà payé.

IV

— Monsieur Vaindrier, s'il vous plaît ?

La concierge entrebâille son carreau :

— Premier à droite. Mais ne vous donnez pas la peine de monter, il n'est pas là.

— Il a quitté Toulouse ?

— Non. Il donne son cours à la Faculté, comme tous les mercredis.

Elle regarde Jean-François derrière ses lunettes :

— Vous êtes un de ses étudiants ?

— Non, non, je...

A quoi bon expliquer à cette femme qui il est et ce qu'il vient faire à Toulouse ?

— Je vous remercie, madame.

Il se retrouve dans la rue, fait signe à un taxi.

— A la Faculté.

Des places, des jardins, des églises roses. On dirait un jour de printemps. Jean-François a envie de descendre du taxi, de continuer à pied, en flânant au hasard, en s'accoudant au premier pont pour regarder couler la Garonne. Comme si, au moment de faire la connaissance de son beau-père, il manquait de courage. L'oncle Gilles l'a prévenu : « Je connais mon frère. Il est capable de ne pas vous recevoir. » Il lui a remis la clef de l'appartement : « On ne sait jamais », a-t-il dit. Jean-François a mis la clef dans sa poche. Il espère ne pas avoir à s'en servir. Mais, s'il le faut, il n'hésitera pas. A cause de Marie-Hélène. Elle est dans un état nerveux assez grave. Le Dr Combelle n'a pas caché qu'il était inquiet. Sous prétexte d'accompagner Odile, il vient de passer deux jours au moulin. « Essayez de comprendre ce que veut son père, a-t-il dit à Jean-François, et de l'obliger à se décider une bonne fois. Qu'il dise : je viens, ou : je ne viens pas, mais qu'il dise quelque chose. Marie-Hélène ne peut pas attendre ainsi sans savoir. »

Le taxi s'arrête.

— C'est ici, monsieur.

— Le cours est terminé. M. Vaindrier va arriver. Mais je ne suis pas sûr qu'il vous reçoive. Il m'a bien recommandé de ne laisser attendre aucun étudiant.

— Je vous répète que je ne suis pas étudiant. Je suis son gendre.

L'appariteur lève les sourcils. Il est manifestement embarrassé.

— Je vous crois, monsieur, je vous crois...

Ils sont dans une petite salle qui sert de vestiaire aux professeurs. Des murs verts. Une haute fenêtre. Derrière un paravent, un lavabo. Debout près de la porte, l'appariteur guette les bruits du couloir.

— Ah ! dit-il enfin.

Il ouvre la porte. Guillaume Vaindrier entre. Grand, mince, vêtu de clair, un costume de lainage gris, une chemise bleu pâle, une cravate aux dessins vifs, le teint déjà bronzé, comme s'il revenait d'une plage ensoleillée. « Quel âge a-t-il ? » se demande Jean-François. Il se souvient de ce que disait Marie-Hélène : un frère aîné. Toute cette vivacité, qu'il a sentie depuis son arrivée à Toulouse, cette impatience du printemps, cette légèreté de l'air, son beau-père les porte en lui. L'appariteur s'est approché, lui a dit quelques mots à voix basse. Guillaume écoute. Une ombre passe sur son visage. Il vient rapidement vers Jean-François :

— C'est l'enfant ?...

— L'enfant ?

Ils se regardent.

— Il est arrivé quelque chose ?

— Non, dit Jean-François. Tout va bien.

Guillaume se redresse. Son visage se ferme.

— Alors ?

— Je suis venu.

— Je vois bien. Mais pourquoi ?

— Parce que Marie-Hélène s'inquiète de votre silence.

Guillaume cherche à comprendre. Derrière le sourire de Jean-François se cache une menace. Il ne sait pas encore laquelle. Mais il a l'intention de se défendre. D'un geste brusque, il écarte le paravent, ouvre les robinets du lavabo.

— Alors, vous allez tous venir, l'un après l'autre ? Il y a un mois, c'était mon frère. Aujourd'hui, c'est mon gendre. La prochaine fois, ce sera qui ? Ma belle-sœur Nicole ? Madame Marie ?

Il se lave les mains nerveusement, en regardant Jean-François dans le petit miroir fixé au mur.

— Pourquoi Marie-Hélène s'inquiète-t-elle de

mon silence? Il a duré pendant des années. Elle devrait en avoir l'habitude.

— Qui l'a rompu?

Guillaume cherche une serviette, s'essuie les mains longuement, vérifie son nœud de cravate.

— Ecoutez, monsieur...

Il se tient très droit, la tête un peu rejetée en arrière, comme lorsqu'il fait ses cours, devant ses étudiants, et qu'il veut qu'on l'entende jusqu'aux plus hauts gradins de l'amphithéâtre.

— Que vous ayez épousé ma fille, cela vous regarde. Je pense que vous l'aimez et que vous êtes heureux avec elle. Du reste, elle attend un enfant de vous, ce dont je vous félicite. Ceci étant, n'espérez pas que ma fibre paternelle s'émeuve à votre contact. Elle a toujours été muette, et ce n'est pas...

Il s'interrompit. La porte du vestiaire s'est ouverte. Quelqu'un est sur le seuil. Il y a un silence. Puis Guillaume dit à mi-voix :

— Non, Benoît.

La porte se referme.

— Il vient tous les jours. Il a quelque chose à me dire. Mais je ne veux pas l'entendre.

Il regarde par la fenêtre.

— Il m'attend devant l'entrée.

Il s'est voûté brusquement, sa voix est devenue très sourde.

— Sortez avant moi, dit-il à Jean-François. Allez lui dire que je ne veux pas lui parler.

— Qui est-ce?

— Benoît Lebreton. C'est chez lui que s'est installée Caroline. Depuis que j'ai repris mes cours, il y assiste chaque jour. Il entre après tout le monde, pour que je sache que c'est lui. Il vient s'asseoir en face de moi les bras croisés. Il ne prend pas de notes. Il me regarde. J'ai accepté le défi. Je le regarde, moi aussi. Je ne fais mon cours que pour lui. Mais, le cours terminé, il faut qu'il me laisse.

Jean-François sort rapidement de la salle, traverse les couloirs, rejoint devant la porte le jeune homme immobile.

— Ne restez pas là, dit-il.

Benoît Lebreton a le visage clair, des yeux gris.

— Qui êtes-vous ?

— Son gendre.

— M. Vaindrier a une fille ? On ne l'a jamais vue.

— Et après ?

Ils parlent vite, d'une voix sèche. Ils ont presque le même âge. Ils ne comprennent pas pourquoi ils sont ainsi dressés l'un en face de l'autre.

— Ecoutez, dit Jean-François. Je ne sais pas ce que vous avez en tête. Mais, de toute façon, ce n'est pas bien. Laissez cet homme tranquille. Que vous assistiez à ses cours, c'est déjà difficile à admettre. Mais les cours terminés, disparaissez.

Benoît Lebreton hésite.

— Vous êtes à Toulouse jusqu'à quand ?

— Je ne sais pas.

— Demain, vous serez là ?

— Pourquoi ?

— Venez chez moi, à trois heures. Caroline acceptera peut-être de vous parler.

Il sort un papier de sa poche, y écrit rapidement quelques mots et s'éloigne. Jean-François rejoint Guillaume dans la salle des professeurs.

— Que vous a-t-il écrit sur ce papier ?

— Son adresse. Caroline veut me parler demain.

Guillaume a un geste d'impatience.

— Je vous promets bien que vous n'irez pas.

— Je vous promets bien que j'irai.

C'est un petit studio, au rez-de-chaussée, avec une fenêtre qui ouvre sur une cour. Benoît Lebreton est parti tout de suite après lui avoir ouvert la porte. « Essayez de faire quelque chose », a-t-il dit. « Moi... » Il a haussé les épaules. « Depuis hier, je ne sais pas pourquoi, c'est devenu très difficile. »

Il y a des cartes postales sur les murs, représentant des temples grecs, des pyramides mexicaines, des églises baroques espagnoles. Elles semblent avoir été mises là, au fur et à mesure de leur arrivée, comme si le facteur les épinglait lui-même. Sur une table basse, contre le lit, quelques revues scientifiques américaines, un jeu d'échecs, des recueils de bandes dessinées.

— Vous êtes vraiment le gendre de Guillaume ?

Il se retourne. Il a l'impression que c'est Benoît qui est revenu. Caroline est habillée comme lui. Le même caban de pêcheur, le même pantalon noir. Sans ses cheveux très blonds, qui lui encadrent le visage et descendent en frange jusqu'à ses yeux, on la prendrait pour lui.

— Guillaume a vraiment une fille ?

Elle est debout contre la porte. Elle a de longues jambes, de petites bottes de cuir fauve.

— Comment s'appelle-t-elle ?

— Marie-Hélène.

— Je ne comprends pas que Guillaume ne me l'ait pas dit. Je savais qu'il avait eu une première femme, il y a longtemps, un peu avant la guerre. Mais sa fille...

— Sa fille n'a rien à voir dans cette affaire. C'est de votre mari que vous devez me parler. De cet homme que vous ridiculisez devant toute la ville. Ce qui s'est passé entre vous, je ne veux pas le savoir. Mais en arrivant à la Faculté, le premier garçon que je rencontre, c'est justement celui pour lequel vous avez quitté votre mari. Il assiste à tous ses cours. Il s'assied en face de lui. Pourquoi ? Il ne s'agit pas de morale. Vous vivez comme vous l'entendez. Il s'agit de dignité. Si vous avez épousé cet homme, il y a deux ans, c'est que vous aviez de l'estime pour lui. Aimez-en un autre. Vous avez le droit. Mais laissez le premier en paix.

Il aurait préféré qu'elle parle d'elle-même. Mais peut-être avait-elle besoin d'une voix qui la réveille.

— Je n'aime pas Benoît, dit-elle. Et Benoît ne m'aime pas. Nous faisons vie commune. C'est tout.

— Pourquoi ?

— Parce que nous avons le même âge.

Elle écarte sa frange.

— J'avais vingt ans lorsque j'ai épousé Guillaume. Il en avait cinquante. Je le savais. Je m'en moquais. Mes amies me parlaient de son âge. Je ne comprenais pas ce qu'elles voulaient dire.

Elle parle d'une voix un peu rauque.

— Quand je l'ai connu, c'était un savant. Il poursuivait des recherches importantes, avec un petit groupe d'étudiants. Je faisais partie de ce groupe. C'était un honneur qu'il fallait mériter. Après notre mariage, il a fermé son laboratoire. Il ne s'est plus occupé que de lui-même. De sa culture physique, de ses cheveux qui tombaient, de ses séances de massage. Vous m'avez dit que sa fille n'avait rien à voir dans cette affaire. Vous vous trompez. Depuis que je sais qu'il a une fille et qu'il me l'a caché, je commence à comprendre ce qui se passe en lui.

Elle enfonce les mains dans les poches de son caban.

— Il faut vous en aller, dit-elle. Je n'ai plus envie de parler de Guillaume.

— Il n'est pas rentré de la nuit.

Cette fois la concierge a ouvert sa porte. Elle parle avec tant de nervosité que ses lunettes tremblent.

— Ce qu'il fait dehors, ça ne me concerne pas. Il a passé l'âge de rendre des comptes, mais ce qui m'étonne...

Elle dévisage Jean-François. Elle le trouve un peu trop calme. Si vraiment ce garçon est le gendre de M. Guillaume, comme il le prétend, il pourrait marquer un peu plus d'inquiétude.

— Ce qui m'étonne, c'est qu'il n'ait pas mis un mot sur sa porte. Il le fait toujours quand il s'absente. Pour que je sache.

Elle observe le premier étage à travers les barreaux de la rampe.

— Et s'il était chez lui ? S'il lui était arrivé quelque chose ? Quand je dis qu'il n'est pas rentré, je n'en sais rien, au fond. C'est peut-être seulement que je ne l'ai pas entendu.

Elle regarde encore une fois la porte de Guillaume.

— Si je faisais venir un serrurier ?

— Pas la peine, dit Jean-François. J'ai une clef.

La concierge devient toute rouge.

— Mais, monsieur, vous ne pouviez pas le dire

plus tôt ? Depuis des heures que je me ronge les sangs, et vous avez un moyen d'entrer chez lui ?

Elle s'est emparée de la clef, monte déjà l'escalier.

— Il est peut-être asphyxié, là-haut, ou pris de malaise, et vous êtes là, tranquille, à cacher sa clef dans vos poches !

Elle glisse la clef dans la serrure, avec une adresse de cambrioleur, entrouvre la porte, renifle bruyamment.

— Vous ne sentez rien ? demande-t-elle à Jean-François qui l'a suivie. Une petite odeur de gaz ?

— Non.

Elle ouvre la porte en grand, appelle.

— Monsieur Vaindrier.

Elle fait prudemment le tour de l'appartement.

— Je savais bien qu'il avait passé la nuit dehors. J'aime mieux ça. Je regagne ma loge. Et vous ?

— J'attends ici.

Elle redescend. Jean-François entre dans le salon, s'assied dans un fauteuil. Il ne comprend pas ce qu'il est venu faire à Toulouse. Tout est absurde. Il pense à Marie-Hélène. Il aimerait mieux ne pas être obligé de lui annoncer que son père a disparu. Le téléphone sonne. Il hésite, laisse sonner longtemps. Finalement, il décroche.

— Allô ?

Tout de suite il reconnaît la voix d'Odile.

— Vous m'appelez de l'usine ?... Marie-Hélène s'inquiète ? Dites-lui que je vais rentrer. Ce soir, oui... Je ne sais pas l'heure exacte du train...

Il se demande s'il faut tout dire à Odile.

— Si vous me jurez de le garder pour vous... Mon beau-père a disparu, depuis hier soir. Pour l'instant, je n'ai alerté personne. Ce n'est sûrement pas grave. Mais je ne peux pas quitter Toulouse sans savoir ce qu'il est devenu. Vous comprenez ?

Il fait promettre une fois encore à Odile de ne rien dire à Marie-Hélène, raccroche, se retourne. Guillaume est devant la porte. Ce n'est plus le professeur élégant de la veille, rasé de près, parfaitement coiffé. Il a le visage fatigué de quelqu'un qui n'a pas dormi.

— J'ai marché, dit-il. Comme dans les faits divers de *France-Soir,* les jeunes gens qui font des fugues. J'avais envie d'arrêter un camion et de m'endormir au milieu des cageots de légumes, de me réveiller du côté de Limoges, de Nantes, de Cherbourg...

Il enlève son manteau, le jette sur le divan. Sa chemise est froissée, son nœud de cravate à moitié défait.

— Si vous avez besoin de quitter Toulouse, dit Jean-François, venez au moulin. Marie-Hélène vous attend. Elle a une amie maintenant qui s'occupe de tout.

Guillaume le regarde. Pour la première fois, avec une sorte de sourire. Puis il se lève, va dans sa chambre. Lorsqu'il revient, il tient une petite photographie.

— Qui est-ce ? demande-t-il à Jean-François.

Jean-François n'hésite pas :

— Marie-Hélène.

Guillaume cache la photographie entre ses mains.

— Sa mère, dit-il à mi-voix.

De nouveau, il a fermé les yeux. Il semble qu'il s'enfonce dans un étrange sommeil immobile, où les images du passé tournent comme des rêves. Toute la nuit, il a fui. Il entendait marcher derrière lui. Il avait envie de courir. Il se disait : « Je n'ai plus assez de souffle. Je suis trop vieux. Ils me rattraperont toujours. »

— Après, dit-il comme pour lui-même. Je viendrai après.

Sans bouger, sans ouvrir les yeux, les deux mains refermées sur le visage de celle qui portait la vie en elle, et qui n'a su que la donner.

— Vous comprenez pourquoi maintenant ?...

— Oui, acquiesce Jean-François.

Il va lentement jusqu'à la porte d'entrée, l'ouvre. La clef est restée à l'extérieur. Il l'enlève, la pose sur une petite table, dans l'entrée. Il n'en a plus besoin.

V

Noële regarde la petite boîte noire.

— La première bande est en place ?

— Oui, mon enfant.

— Il suffit d'appuyer sur ce bouton rouge ?

Elle ne pourra pas. Elle s'était préparée à cette épreuve. Mais depuis que maître Forestier a posé le magnétophone sur le bureau, quelque chose en elle dit non. Comme le premier jour. Dès qu'elle a su, elle a dit non. Elle était dans sa chambre. Yan dormait encore. Elle entendait, dans la salle à manger, son père et sa mère qui prenaient leur petit déjeuner. Bruits familiers, rassurants. Elle regardait le ciel de printemps. Elle se disait que Pâques approchait, qu'elle avait promis à M. Karrassos d'aller le rejoindre en Grèce pour les fêtes. Elle se disait qu'il y avait une pierre, à Lefkas, entre les herbes, dans le petit bois de citronniers.

Elle pensait à Denis qui était entré, une nuit, dans ce petit bois, à son retour d'Afrique, et qui avait parlé longtemps à Ugo. Elle pensait à Clara, aussi, dont elle était sans nouvelles. Elle se disait qu'à son retour de Grèce, elle ferait peut-être escale à Djerba.

Elle laissait ainsi, comme chaque matin, ses idées erreur un peu au hasard, en attendant que son fils se réveille, découvre qu'il avait besoin d'elle, et l'oblige à se mettre debout. On avait frappé à sa porte. « Oui ? » Gilles Vaindrier était entré, une lettre à la main. De maître Forestier. Une station de radio et de télévision avait retrouvé dans ses archives plusieurs interviews de Ugo. Elle en avait fait faire des copies, en supposant que Noële aimerait les garder. Ne sachant pas où la joindre, elle en avait averti maître Forestier, qui proposait de les apporter lui-même aux Quatre Vents.

« Non ! » Elle avait dit non, d'instinct. Cette voix, tout d'un coup, et... Ugo vivant, tout d'un coup, et... Des instants d'il y a deux ou trois ans, qui recommencent, comme si la vie revenait en arrière, parce qu'on met des machines en marche, et... Non ! Elle regardait la lettre, elle secouait la tête. « Sa voix, c'est... J'ai sa voix en moi. Je l'entends quand je veux. Je l'entends très bien. Elle me dit des choses qui n'ont jamais été dites. » Elle avait rendu la lettre à son père : « Tu me comprends ? » Il l'avait embrassée sans un mot.

Elle était restée seule, écoutant au fond d'elle-même la voix de Ugo qui prononçait son nom. Et soudain, sans qu'elle comprenne pourquoi, il lui avait semblé que le visage aux yeux très clairs de Marguerite s'approchait de la vitre et la regardait. Elle revenait des pays du silence, en remuant les lèvres. Elle essayait de se faire entendre. Au même instant, le petit Yan s'était réveillé et l'avait appelée d'une voix stridente : « Maman ! » Elle s'était levée. Elle venait de comprendre. Il ne fallait pas dire non. Pour lui. Pour Yan. Il avait le droit d'entendre la voix de son père. Les enregistrements que possédait maître Forestier, il avait le droit de les écouter. Si elle disait non, elle faisait comme son oncle Guillaume. Marie-Hélène avait dit : « Je n'ai jamais pensé à ma mère. » Si Noële répondait non à maître Forestier, Yan dirait un jour de la même façon : « Je n'ai jamais pensé à mon père. » Alors, elle avait accepté.

Maître Forestier avait pris le train. Il venait d'arriver aux Quatre Vents. Il avait sorti de sa valise une petite boîte noire qu'il avait posée sur le bureau, dans le salon. Il attendait que Noële appuie elle-même sur le bouton rouge. Mais elle hésite. Quelque chose en elle refuse de nouveau. Elle vient de s'asseoir aux pieds de maître Forestier. Il a toujours ce visage étonné, blanc et rose comme celui d'un enfant. Il est penché vers Noële. Il voudrait lui dire qu'il était comme elle, au début, qu'il avait eu peur d'entendre ces enregistrements, mais qu'il avait fini par y trouver de la douceur. Il n'y a pas d'autre mot. Cette voix, dans l'appareil, ce n'est pas quelqu'un qui ressuscite. C'est la mémoire qui recommence. La petite musique de la mémoire.

— Parlez-moi de vous, demande Noële.

— Ma vie est immobile. Je suis assis sur une chaise, près de ma porte. J'attends celle qui doit venir me chercher. En l'attendant, je lis de la musique. Des partitions que je n'ai jamais dirigées. Il me vient des regrets. J'aurais dû m'intéresser davantage aux œuvres lyriques. Les voix sont des instruments admirables. Le *Don Juan* de Mozart. Je l'étudié depuis quelques mois. Je ne savais pas que c'était si beau. Le trio des masques...

Noële se lève.

— J'ai tort d'attendre, dit-elle.

Elle va jusqu'à la petite boîte noire, appuie sur le bouton. Une voix s'élève. Ce n'est pas Ugo. Elle arrête la bande.

— Qui est-ce ?

— Le reporter. C'est une interview faite à Athènes, après son premier concert. Il venait de franchir le mur de Berlin quelques mois plus tôt. Il y a juste la voix qui pose une question. Et Ugo répond.

Elle remet la bande en marche. Ugo se dresse devant elle.

— Je veux dire que j'ai vingt ans...

Elle écoute. Brusquement elle écoute. Les mots lui parviennent.

— Tous les jours de ma vie, dit Ugo, depuis que je suis enfant, ont été consacrés à la musique. J'ai atteint le but que je souhaitais, puisque je viens de donner un concert. Mais cette vie de travail n'aurait pas de sens si elle n'atteignait pas une lumière qui s'appelle l'amour.

Dans la petite boîte noire, ce n'est plus le combat des ombres, c'est une musique, une vraie, parce qu'il a vingt ans, qu'il ne la connaît pas encore, qu'elle va venir, qu'il l'attend déjà.

— C'est un mot banal, dit Ugo. L'amour, oui. Mais je n'en sais pas d'autre. Aimer. Je dis : aimer. Pour moi, c'est un voyage. A la fin de ce voyage, je sais qu'il y aura quelqu'un qui me reconnaîtra.

Noële arrête la bande. Elle pense qu'il faut aller chercher son fils. Oui, Ugo. C'était l'amour. Je t'ai reconnu et tu m'as reconnue.

Yan joue dans sa chambre, avec des camions. Elle lui tend la main, l'oblige à se lever. Oui, Ugo. C'était vraiment l'amour.

— Il y a quelqu'un en bas. Quelqu'un qui parle. Je veux que tu l'entendes.

Elle redescend l'escalier avec lui. Le salon est vide. Maître Forestier a compris qu'il fallait qu'elle soit seule.

— Quelqu'un que tu appellerais papa, s'il était là avec nous. C'est un mot que tous les petits garçons de ton âge savent dire.

Elle met la bande en marche. Ugo parle. Yan écoute. Noële le serre contre lui. Ils sont enfin tous les trois.

— Viens que je te regarde.

Yannis Karrassos entraîne Noële vers la voiture qui attend devant l'aéroport. C'est l'après-midi du Vendredi saint. Un soleil dans tout son éclat. Le ciel au-dessus d'Athènes, comme une étoffe tendue, avec des oiseaux immobiles. Il ouvre la portière. Le chauffeur n'est pas encore revenu avec les bagages.

— Maintenant, je peux te regarder.

Il enlève ses lunettes noires.

— Dehors, il y a trop de soleil. Je ne supporte plus le soleil. Je ne supporte plus que toi.

Il tend la main vers le visage de Noële.

— Tu me manques. Si tu savais comme tu me manques.

Quelque chose, dans sa voix, se brise.

— Tout à l'heure, je me calmerai. C'est parce que tu es là. C'est parce que depuis ce matin, je sais que tu vas venir, je sais que je vais te voir, et je t'aime. Je n'ai pas dormi. J'ai voulu que tout soit beau, dans la maison. Tu verras les jardins. J'ai fait venir les jardiniers. Il y a trop de fleurs. Mais je voulais que tu aies toutes ces fleurs devant tes fenêtres, pour ne pas voir que...

Il écarte sa main.

— Ugo, ajoute-t-il encore. Ugo me manque. Toi, tu ne le diras jamais. Moi, je le dis... J'ai eu si mal en te voyant.

Le chauffeur revient. La voiture quitte l'aéroport. Ils ne prononcent plus un mot jusqu'au palais Karrassos. Les jardins sont beaux, toutes les fleurs ouvertes, les arbres, d'un vert presque noir, étages jusqu'au mur d'enceinte.

— C'est pour toi, précise encore Yannis Karrassos.

Noële pense à Lefkas. Elle se dit : demain. Ils vont passer cette nuit à Athènes. Demain, ils seront à Lefkas. Ce sera le Samedi saint, la promesse de la Résurrection.

Lorsqu'ils y arrivent, la maison est aveugle. En montant le sentier qui conduit aux terrasses, elle ne voit que des volets fermés, des portes retenues par des barres de fer, des serrures, des cadenas.

— Il faut ouvrir, déclare-t-elle.

Elle prend les clefs, déverrouille le premier cadenas.

— Aidez-moi.

Ils enlèvent la barre de fer. Noële repousse les vantaux de bois. La lumière saute à l'intérieur de la maison. En une seconde, tout se met à flamber : les murs, les plafonds, les vitres. Noële va d'une chambre à l'autre. La lumière la suit. Les serrures cèdent devant elle, les portes s'ouvrent.

— Voilà, conclut-elle enfin.

Elle a atteint la dernière terrasse, celle qui domine

le petit bois de citronniers. Elle regarde la mer devant elle, la minuscule tache noire à l'horizon, l'île déserte. Le soleil est juste au-dessus d'elle. Des jardins monte l'odeur des herbes neuves, que le printemps a réveillées. Yannis Karrassos a voulu que Lefkas soit comme un chant de Pâques, comme la voix des musiciens, qui annonce que la pierre du tombeau s'est ouverte. Ils descendent ensemble jusqu'au petit bois. De loin, autour de la pierre, ils aperçoivent des couronnes de fleurs.

— Ce sont les gens du village, dit Yannis Karrassos. Ils aimaient Ugo. Ils le prouvent.

Ils sont arrivés devant la pierre.

— J'ai tout ! crie soudain Yannis Karrassos. Absolument tout. La puissance, l'argent, le monde. Je dis un mot, tout devient possible. Et je suis ton père. J'ai pris le monde dans ma main pour toi. Pour que tu sois heureuse. Parce que c'est le désir de tous les pères, le rêve de tous les pères. La raison d'être de tous les pères, que leurs enfants soient heureux. Et tu es mon enfant, et l'homme que tu aimes...

La colère est en lui. Une colère qui le fait trembler.

— Je pourrais soulever cette pierre. Creuser avec mes mains. Me coucher à la place de celui que tu aimes. Ma vie pour la sienne. Je la donnerais. Je la donne. Mais l'homme que tu aimes, si je prends sa place, le verras-tu se relever ?

Noële passe un bras autour de sa taille.

— Venez, dit-elle.

Ils remontent lentement vers la maison. Le reflet du soleil incendie les fenêtres. Ils arrivent sur la terrasse, s'asseyent l'un à côté de l'autre, restent longtemps immobiles. Sans compter les heures. Il leur semble que le soir vient. Noële se redresse.

— Vous n'entendez pas ce silence ?

Elle se lève, va jusqu'à la porte du salon de musique. Tout à l'heure elle n'a pas osé l'ouvrir. Parce qu'elle savait que le piano de Ugo était encore là. Elle entre, soulève le couvercle, pose un doigt sur une touche. C'est comme le bouton rouge. Il suffit d'appuyer. Elle appuie. Doucement. La note sonne dans le silence, un long moment, puis s'éteint.

— Voilà ce que je cherchais à comprendre depuis que je suis arrivée.

Elle plaque un accord. Maladroitement. Mais il sonne à son tour.

Elle sourit à Yannis Karrassos qui l'a rejointe.

— Souvenez-vous, père. Quand Ugo était là, il y avait toujours de la musique. Par les fenêtres ouvertes, on entendait toujours de la musique. Je ne sais pas encore ce qu'il faut faire. Mais le jour où la musique habitera de nouveau cette maison, Ugo ne sera plus une pierre entre les arbres.

Elle frappe une note avec force.

— Vous entendez, père ? La vraie voix de Ugo, la voilà.

VI

Elle passe une semaine à Lefkas avec son père. Une semaine à parler de cette maison de la musique. Elle y revient sans cesse, impatiente de voir son projet prendre forme. Il faut consulter les gens de métier. Maître Forestier le premier. Elle lui écrit tout de suite, pour lui expliquer son idée, et lui demander d'y réfléchir de son côté. Une maison ouverte, voilà ce qu'elle veut. Une maison ouverte à tous les musiciens qui cherchent le silence et la solitude pour travailler. Elle n'en sait pas davantage. Mais, à partir de là, on peut construire.

Yannis Karrassos est aussi impatient qu'elle. Sa fille a enfin besoin de lui. Pour la première fois, elle lui demande de l'aider. Et il est là. Il peut répondre : oui. Quel que soit le projet auquel on s'arrêtera, les dimensions qu'il pourra prendre, il s'engage à le réaliser. Il s'est souvenu de Ugo. Après avoir franchi le mur de Berlin, c'est à Lefkas qu'il était venu se réfugier. Yannis Karrassos lui avait dit : « Si tu veux cette maison pour réapprendre à travailler, elle est à toi. » Ugo en avait fait le tour, en silence. Puis, il avait poussé une porte, il était entré. Yannis l'attendait sur la terrasse, avec Héléna Bonnelli. Ils avaient attendu longtemps. Soudain, ils avaient entendu quelques notes de piano, très légères. Ugo ne jouait pas. Il semblait écouter les notes qui résonnaient dans le silence. Un peu plus tard, il était revenu sur la terrasse : « Merci pour cette maison », avait-il seulement dit. Il s'y était installé tout de suite. Il y avait préparé son premier concert à Athènes, celui qui avait décidé de toute sa carrière. Ce que Yannis Karrassos avait fait pour Ugo, sa fille aujourd'hui voulait le faire pour d'autres. Il pouvait la comprendre. Il pouvait l'aider. Jamais encore ils ne s'étaient sentis aussi proches.

Une longue semaine à discuter de ce projet. Puis Noële quitte la Grèce, en promettant de revenir pour l'été. D'ici là, le projet aura pris forme. Ils commenceront à le réaliser ensemble.

Avant de regagner les Quatre Vents, elle fait ce qu'elle avait en tête depuis longtemps : elle s'arrête quelques heures à Djerba, entre deux avions. La signora Riccardi, à qui elle téléphone de l'aéroport, pousse un cri de surprise.

— Je viens vous chercher, si, si, attendez-moi !

Elle arrive un quart d'heure plus tard, embrasse Noële comme si elle la connaissait depuis toujours.

— Oh ! je vais croire que vous savez lire dans ma tête. Parce que la lettre, celle pour vous demander de venir nous voir, j'allais vous l'écrire aujourd'hui.

Elle parle tout en conduisant. Elle dit que Clara est très triste depuis son retour de France, qu'elle ne prononce plus un mot, qu'elle reste assise à l'ombre du patio, pendant des heures, à attendre quelqu'un qui ne vient pas, qui n'écrit pas.

Noële l'interrompt.

— Elle est sans nouvelles de Denis depuis tout ce temps-là ?

— Des nouvelles, *si, si,* elle en a. Par Giorgio et Madeleine, puisque M. Maréchal est chez eux, à Grimaud. Mais, moi, ce silence, je ne le comprends pas. Pourquoi elle ici, et lui là-bas ? Il faudrait quelqu'un qui parle à leur place. Quelqu'un qui les pousse dans le dos. Pendant longtemps, je me suis demandé : Qui ? J'ai fini par penser à vous.

Elles sont arrivées à la maison de sable rose des Riccardi. La voiture s'arrête dans le premier jardin. La signora Riccardi se penche vers Noële.

— Essayez, chuchote-t-elle très vite. Essayez par pitié pour moi. Une fille aussi malheureuse, je ne sais plus quoi faire pour elle.

Clara est assise à l'ombre. Elle se lève en apercevant Noële.

— Vous voyez, lui dit Noële. Je vous rends votre visite.

— J'espère que vous allez rester longtemps ?

— Malheureusement non. Mon fils m'attend. J'ai un avion dans l'après-midi.

— Si vite ?

Clara fait un geste vers les cours intérieures, les fontaines, les fenêtres grillagées.

— J'aurais voulu tout vous montrer.

— C'est vous que je viens voir, Clara. Vous, dans votre pays, comme vous m'avez vue dans le mien. Vous vous souvenez, quand vous êtes arrivée aux Quatre Vents ? Je vous ai prêté une paire de bottes, et nous sommes parties, au hasard. Faisons la même chose ici, voulez-vous ?

— D'accord, mais ici, on marche pieds nus.

Elles partent. Clara montre des routes, une école, deux ou trois magasins, des maisons au milieu des palmiers.

— C'est toute mon enfance.

Elle parle par petites phrases très brèves, comme si elle respirait mal. Sans en avoir l'air, elle attire doucement Noële vers la plage. Noële brusquement se souvient de ce que Denis lui a raconté, le premier soir, devant la cheminée des Quatre Vents. Elle reconnaît la plage déserte, les rochers brun-rouge, les cabines du jeune Arabe qui loue les matelas et les parasols. C'est ici que Denis a découvert Clara, de loin. Si Clara y est venue si vite, c'est qu'elle va enfin lui parler de Denis.

— C'est là que vous veniez, chaque jour, à midi ?

— Il vous l'a raconté ?

— Racontez-moi, à votre tour.

Elles s'asseyent dans le sable.

— Oui. Chaque jour à midi. J'attendais qu'il n'y ait plus personne pour venir me baigner. Je restais assise sur ces rochers. J'avais envie de devenir rocher à mon tour. Denis me regardait, de loin, sans que je le sache. Il était sur son matelas. Immobile, lui aussi. De temps en temps, le chien fou du petit Arabe venait tourner autour de lui. Comme pour l'obliger à se lever, et à me rejoindre.

— Le chien fou, aujourd'hui, c'est moi. Je suis venue tourner autour de vous. Et j'irai tourner autour de Denis. Je vous obligerai à vous lever, l'un et l'autre, et à vous rejoindre. Je ne comprends pas ce que vous attendez ici, Clara. D'être encore une fois transformée en rocher ?

— J'ai peur, dit-elle.

— Parce que vous l'aimez ?

Clara se lève d'un bond, enlève sa robe. Elle porte un maillot de bain. Elle court vers la mer, plonge. Très vite, elle est au large, frappant les vagues avec fureur, se retournant parfois pour reprendre souffle, les yeux fermés, rêvant de s'endormir, de n'être qu'une pierre, de se laisser tomber au fond.

Lorsqu'elle regagne la plage, elle s'agenouille près de Noële. Ses cheveux mouillés lui cachent le visage. Elle ne les a pas coupés depuis deux mois. Ils sont comme le voile que portent les femmes dans certains pays d'Afrique.

— Quand Denis est venu me rejoindre à Toulon, dit-elle, je lui ai rendu son bracelet. Et je lui ai avoué que je l'aimais. Maintenant, je ne veux plus me trouver devant lui. J'ai honte de ma faiblesse.

— Votre faiblesse ?

— Je croyais que l'amour était une force. Mais non. Regardez-moi. Si vous n'étiez pas venue, je serais encore à l'ombre du patio, comme une morte.

Noële se lève brusquement.

— Venez avec moi à l'aéroport. Prenons deux places dans le premier avion pour Nice, et télégraphions à votre frère de venir nous chercher. Ce que vous reprochez à Denis, vous êtes en train de le faire. Vous vous enfermez dans votre enfance. Comme une morte... Comment pouvez-vous dire ça ? Vous êtes vivante. Denis est vivant. Est-ce à moi de vous le rappeler ?

Giorgio est seul à l'aéroport de Nice. Clara espérait que Denis l'aurait accompagné. Elle masque mal sa déception. Giorgio s'en aperçoit, mais ne veut pas le laisser voir. Il fait monter Noële à côté de lui et tout de suite parle de son métier :

— La culture sans sol, c'est l'avenir.

La route longe la mer. Le soleil est chaud, mais les plages désertes. L'été est encore loin qui les transformera en villages de vacances.

— Quand vous étiez petite, vous avez déjà enfoncé dans la terre un noyau de pêche, pour le faire pousser ?

— Oui.

— Et il a poussé ?

— C'est arrivé une fois.

— S'il a poussé c'est que la terre l'a nourri. Grâce à un certain nombre de réactions chimiques, elle lui a apporté tout ce dont il avait besoin pour commencer à devenir un arbre. Jusque-là vous comprenez ?

— Parfaitement.

Les villas aux volets fermés dorment sous les lauriers-roses. La chaleur fait déjà craquer les aiguilles de pins.

— Imaginez maintenant qu'on étudie de façon très précise ces réactions chimiques, et qu'on soit capable de les reproduire en laboratoire. A ce moment-là, il n'y a plus besoin de terre. On peut nourrir le noyau directement, lui donner tout ce dont il a besoin et il poussera de la même façon. C'est un peu schématique, ce que je vous explique là. Mais quand vous visiterez mes serres, vous comprendrez.

— Et pourquoi dites-vous que c'est l'avenir ?

— Parce qu'on peut faire pousser ce qu'on veut où on veut. Même dans les pierrailles. On peut faire fleurir les déserts.

Il tourne dans une petite route qui grimpe à travers champs.

— Vous allez voir notre maison. C'est un vieux

mas qui avait bien besoin d'être remis en état. Nous sommes loin d'avoir fini. Mais nous avons un jardin magnifique. C'est Denis qui s'en occupe. Depuis qu'il est là, il bêche, il sarcle, il désherbe. Comme s'il voulait rétablir l'équilibre.

— Quel équilibre ? demande Noële.

Elle est contente que Giorgio ait parlé de Denis avant d'arriver à Grimaud.

— Moi, je suis un abominable alchimiste, un de ceux qu'on brûlait au Moyen Age, parce qu'avec ma science je cherche à transformer la Création. Alors, Denis venge le Créateur, et remet les choses en ordre en faisant simplement d'un jardin un jardin.

Ils sont entrés dans un village ramassé au pied d'un ancien château fort, dont les rues montent vers une petite place ombragée. Giorgio dépasse la place, monte toujours, atteint l'une des dernières maisons, un peu à l'écart, sur la colline, arrête la voiture. Madeleine est sur la porte.

— Clara...

Elles s'embrassent.

— Où est-il ? demande Clara.

— Dans le jardin, derrière la maison.

Madeleine vient vers Noële.

— Il y a si longtemps qu'on me parle de vous.

Elles entrent dans la maison. Il y a des murs épais, de hautes fenêtres, des tommettes aux teintes cuivrées sur le sol. Il y a des marches d'escalier, d'une pièce à l'autre, car aucune n'est de même niveau. Il y a des cheminées, où l'on fait la veillée en hiver, des celliers où l'on entrepose les jarres d'huile et les chapelets de poivrons.

— Comme cette maison est belle, dit Noële.

— Pour moi, c'est un rêve, répond Madeleine.

Dans nos villages du Tchad, la pierre n'existe pas. Les murs sont en terre. Les toits en feuillage séché. Des vraies maisons comme celle-ci, j'avais oublié que ça existait.

Elle s'est approchée d'une fenêtre. Elle regarde le jardin. Denis est au fond, penché vers la terre, comme s'il n'avait pas entendu arriver la voiture. Noële l'aperçoit à son tour. Elle échange avec Madeleine un bref sourire et sort de la maison. Clara aide Giorgio à porter les valises.

— Venez avec moi.

Elles traversent ensemble la maison, arrivent dans le jardin.

— Denis...

Il est très loin, un tablier bleu autour de la taille, un vrai tablier de jardinier, trop grand pour lui, avec une poche pour tout mettre en vrac : les sécateurs, les pelotes de raphia, les branches mortes, comme le père Victor, à l'usine Saulieu, Noële s'en souvient brusquement. Il y cachait même des œufs frais et de petites grenouilles. Elle pousse doucement Clara. Elle entend Madeleine, qui a des envies de rire. Et c'est vrai qu'il n'y a rien d'autre à faire. Parce que c'est le conte de celle qui s'est piqué le doigt au fuseau, qui s'est endormie, qui n'en finit plus d'attendre le prince.

— Denis...

C'est Clara, maintenant qui prononce son nom. Denis lit son nom sur ses lèvres. Il se souvient d'Axoum, de la nuit entre les stèles. Il se souvient d'avoir dit : « Je vous attendais... » Il le répète :

— Je vous attendais.

Il lui prend la main. Il se souvient de l'avoir fait dans la nuit d'Axoum. Il porte cette main à ses lèvres. Il se souvient d'avoir dit : « Quelqu'un est là, entre nous... » Il parlait de Noële. Maintenant, ils sont seuls. Leurs visages si près l'un de l'autre qu'ils n'ont même pas à bouger pour que leurs lèvres se joignent.

— Denis, et Denis, et Denis...

Clara parle tout bas, pour elle-même. Sur les murs de sa maison de Djerba, les lézards ont ainsi la gorge qui bat. C'est leur cœur.

VII

— Et maintenant ? Que vont-ils faire ?

— Pour l'instant, ils n'en savent rien Ils savent seulement qu'ils sont ensemble et qu'ils sont heureux. Ils ont tout le temps de penser à leur avenir.

— Peut-être. Mais je connais mon Denis. Tant qu'il n'aura pas épousé Clara, je ne serai pas tranquille.

Elles sont dans le jardin des Quatre Vents. Nicole Vaindrier, un petit sécateur à la main, tourne autour de ses rosiers, coupe les fleurs fanées, interroge les jeunes pousses, s'inquiète d'une menace de pucerons. Elle s'est prise d'une brusque passion pour le jardinage. Elle en plaisante elle-même : « Ce doit être l'âge. Regarder pousser les plantes, c'est l'occupation des vieilles dames. » Mais elle y voit comme une image de la vie qui reprend. Une image un peu simple, peut-être un peu naïve. Mais vraie.

— Et toi ? Que vas-tu faire ?

— Tout dépend de maître Forestier.

Noële ne pense qu'à sa maison de la musique. Elle a tout raconté à ses parents. Elle leur a fait partager son enthousiasme. Gilles aurait voulu l'aider. Dans ce domaine, il est incompétent.

— S'il s'agissait d'affaires plus courantes, je pourrais t'être d'un bon conseil. Mais en musique...

Il n'y a que maître Forestier. A chaque courrier, Noële guette une lettre. Elle voudrait qu'il accepte de prendre la maison en charge. C'est sûrement difficile, à son âge, d'envisager de quitter son appartement et ses habitudes, pour s'installer à Lefkas. S'il met si longtemps à répondre, c'est qu'il hésite. Et, malgré son impatience, Noële n'a pas le droit de forcer sa décision. Alors, elle attend. Elle fait le tour du jardin avec Nicole, se penche sur les rosiers, regarde pousser la vigne vierge qui tapisse le hangar de l'ancienne laiterie. Et surtout elle ne quitte plus son fils.

Comment a-t-elle pu rester si longtemps loin de lui ? Elle ne respire que s'il est là. La nuit, elle se lève. Elle va le regarder dormir. Il est vif, souple, un petit renard, très blond, qui court plus vite qu'elle. Il parle. Il s'est inventé un langage, des mots pour lui seul. Il sait tout. Elle apprend tout de lui : la franchise, l'obstination, le courage. Elle apprend l'amour. Il l'aime. Comme l'aimait Ugo. Pendant tout ce temps où elle était en Grèce, il l'a cherchée. Sans comprendre pourquoi elle ne répondait plus, le matin, lorsqu'il l'appelait. Il a appris à pousser une chaise contre la fenêtre, à grimper dessus. Debout, il s'est mis à attendre. Comme un jeu. Un jeu que sa mère avait inventé. Il était bien obligé d'y jouer. Mais il en connaissait d'autres, beaucoup plus amusants : se glisser hors de son lit, ouvrir les portes, descendre seul l'escalier. Puisque sa mère n'était pas là pour l'aider, il fallait bien qu'il apprenne. Il a appris. Depuis qu'elle est revenue, il lui montre ce qu'il sait faire. Quand Noële le voit descendre l'escalier, marche par marche, elle prend peur :

— Tu vas tomber !

— Qu'est-ce que ça peut faire qu'il tombe ? dit madame Marie, qui est au bas de l'escalier. De quoi as-tu peur, ma petite belle ? Moi, je l'encourage. Moi, je lui dis : casse-toi une bonne fois la figure, mon garçon, comme ça tu sauras comment ça se passe, et tu n'auras plus envie de recommencer.

— Mais s'il se fait mal ?

— Les enfants, ça ne se fait jamais mal. Tu n'as pas vu comme c'est rembourré ? Ça se fait des bosses, oui, des bleus, ça hurle comme si la terre était repartie en arrière, mais ça se calme et ça a compris. Comment veux-tu qu'il soit un homme si tu as toujours peur pour lui ?

Noële regarde Yan, bien droit sur ses jambes, si fier d'être arrivé en bas, le visage levé vers elle. Ugo. Le même regard. Le même sourire. Combien d'années encore, avant qu'il soit un homme ?

— Cet été, ton grand-père nous attend. Nous passerons trois mois avec lui. Dans une belle maison que tu ne connais pas encore. A Lefkas. Il y a des rochers, des bateaux, la mer.

Elle branche le pick-up, cherche un disque de Ugo.

— Tu seras heureux, tu verras. Tu pourras te baigner, jouer sur la plage, monter sur un bateau.

Elle pose le disque sur le plateau. Le petit Yan regarde.

— Ton père est là-bas, lui aussi. Il voudrait te connaître.

Le disque tourne. La musique s'élève. L'orchestre

d'abord, puis Ugo. Les premières notes du piano. Chaque fois qu'elle les entend, elle tourne la tête, elle croit que Ugo est près d'elle. Elle attire son fils contre elle.

— Cet été dans la maison de Lefkas, il y aura de la musique. Ce ne sera pas ton père qui jouera. Mais il sera heureux de l'entendre.

La lettre de maître Forestier arrive enfin. Tout ce que pensait Noële était vrai. Il a hésité longtemps. Diriger cette maison de la musique, s'installer à Lefkas, près de Ugo, ne travailler qu'en pensant à lui, c'est un rêve si beau qu'il n'a pas voulu dire non tout de suite. Il a envisagé tous les aspects du problème. S'il se résigne à dire non — car il dit non, avec infiniment de tristesse — ce n'est qu'à cause de son âge. Le projet de Noële engage l'avenir. Il n'a d'intérêt que s'il se développe d'année en année. C'est donc à un homme jeune qu'il faut en proposer la direction. Les candidats ne manqueront pas. Comment faire un choix parmi eux ? « *Ce sera le plus délicat,* écrit-il. *Puisque vous m'avez fait confiance jusqu'ici, voulez-vous que je m'en charge dans un premier temps ? Je contacterai les candidats l'un après l'autre. J'inviterai ceux qui me paraissent les plus intéressants à venir me voir. Dès que j'en aurai retenu quelques-uns, nous les reverrons ensemble. Car c'est à vous, bien entendu, qu'appartient la décision finale.* »

De nouveau, Noële attend. Et chacun autour d'elle. C'est un mois de mai immobile. A Grimaud, Denis et Clara prolongent leurs vacances. Ils ont déjà fixé la date de leurs fiançailles : le 30 juin. Giorgio et Madeleine insistent pour que la fête ait lieu chez eux. Ce sera donc facile aux Vaindrier d'y assister. Denis leur demande de prendre, dès maintenant, les dispositions nécessaires.

— On a bien le temps d'y penser, d'ici fin juin, dit Nicole. Pourquoi nous presse-t-il tellement ?

— C'est qu'il nous a toujours considérés comme ses parents, répond Gilles. Si nous ne venons pas, il se sentira très seul.

— C'est aussi qu'il compte se marier en Afrique, l'hiver prochain, précise Noële. Ce sera un peu loin pour y aller.

— Tu comptes assister aux fiançailles, toi ?

— Bien sûr ! Grimaud, c'est sur le chemin de Lefkas. J'ai promis à mon père de l'y rejoindre en juillet.

Au moulin, Marie-Hélène est toujours allongée. Jean-François a été obligé de partir pour la Suède. Un voyage d'affaires qu'il a essayé de retarder le plus longtemps possible, à cause de la naissance proche. Mais le Dr Combelle affirme qu'elle aura lieu à la date normale, entre le 20 et le 25 mai. Alors, pourquoi attendre ? Il est entendu qu'Odile téléphonera à Stockholm, très régulièrement, et que s'il se passe quelque chose il sautera dans le premier avion. Il a toute confiance en Odile. Un peu tête en l'air. S'imaginant qu'elle a produit sur le Dr Combelle une très forte impression. Mais trouvant aussi que le jeune Lapierre, qui travaille avec Jean-François, a bien du charme, et que la fabrication du papier mérite qu'on l'étudie de près. Vis-à-vis de Marie-Hélène, parfaite. Efficace. Dévouée. Le cœur sur la main.

— Mes roses..., objecte Nicole Vaindrier.

Même les roses ne fanent pas. On dit : l'espace d'un matin. Dans le jardin des Quatre Vents, en ce mois de mai, elles se réinventent, chaque nuit, une jeunesse, et leurs pétales ne se décident pas à tomber.

Et puis...

— Les Quatre Vents, c'est ici ?

La jeune fille a poussé la grille. Elle a de grandes lunettes de soleil.

— Je voudrais parler à M. Vaindrier.

Nicole s'est retournée, son petit sécateur à la main.

— M. Vaindrier est à son usine, mademoiselle.

— Son usine ?

La jeune fille se tient d'une main à la grille. Elle parle d'une voix sourde.

— C'est loin ?

— Assez loin, sur la route de Pouilly. Je ne sais pas si vous connaissez la région.

— Je trouverai. Expliquez-moi.

Nicole vient vers elle :

— Je suis sa femme, Nicole Vaindrier. Si je peux...

La jeune fille a un geste de la main, très bref, comme pour refuser.

— Je pensais, oui... Je me disais...

Elle tourne la tête brusquement, s'éloigne déjà.

— Venez ! dit Nicole.

Elle oblige la jeune fille à traverser le jardin, à entrer dans la maison, la fait asseoir devant la cheminée.

— Quand vous pourrez parler, vous parlerez.

— Je suis Caroline. Caroline Vaindrier.

Nicole la regarde. Si jeune ?

— Il était parti pour les vacances de Pâques. Il n'est pas revenu. Ça fait près d'un mois. J'ai voulu prévenir Jean-François Saulieu. On m'a répondu qu'il était en Suède. Alors, je suis venue.

— Comment ?
— En voiture.
— Vous avez conduit ? Dans l'état où vous êtes ?
— C'est Benoît.
Nicole perd patience.
— Vous ne croyez pas que vous l'avez un peu cherché ?... Vous arrivez ici, après avoir roulé toute la nuit, en disant : j'ai peur. C'est un peu facile ! Vous ne croyez pas que vous auriez pu...
Elle s'interrompt.
— Où est-il, votre Benoît ?
— Sur la route.
— Attendez-moi ici. Je vais lui demander de me conduire à l'usine. Ce sera plus simple.
— Je vais avec vous.
— Non !
La colère, de nouveau. Caroline cède aussitôt. Maintenant qu'elle est aux Quatre Vents, elle a envie que les autres décident pour elle. Nicole va rapidement jusqu'à la cuisine.
— J'ai besoin de vous, madame Marie. Caroline Vaindrier vient d'arriver, la femme de M. Guillaume, oui. Occupez-vous d'elle. Elle n'a sûrement rien mangé depuis longtemps. Obligez-la à se nourrir un peu. Et surveillez-la, en même temps. Qu'elle ne quitte pas la maison avant mon retour. Je vais voir Monsieur à l'usine.

Madame Marie était assise tranquillement sur sa chaise, contre le fourneau. Elle ne dormait pas. Elle se reposait. En rêvant un peu. Comme chaque après-midi, lorsqu'elle a terminé sa vaisselle, que le petit Yan fait sa sieste et qu'il n'y a que du silence dans la maison. Elle rêvait de quelque chose dont elle ne savait pas le nom, qui ressemblait à une boîte de chaussures, mais qui poussait de petits cris lorsqu'on soulevait le couvercle. Pendant quelques secondes, elle se sent perdue. Elle entend bien que Nicole Vaindrier lui parle, mais elle ne comprend pas ce qu'elle dit. Elle comprend seulement : Caroline. Elle dit : « Bien, madame, oui, madame. » Elle se lève. Elle suit Nicole jusqu'à la porte du salon. Elle aperçoit une sorte de jeune homme en pantalon, avec des cheveux comme une sirène.

— Qu'est-ce que Madame m'a dit ? Que M. Guillaume... ?

— Oui, madame Marie. C'est la femme de M. Guillaume.

Madame Marie a envie de rire. Elle se retient parce qu'elle devine quelque chose qui couve. Elle pense seulement : « Madame n'a pas toute sa tête. » Elle reste debout contre la porte. Nicole s'en va, très vite. Caroline s'appuie au dossier du fauteuil, ferme les yeux. Peut-être va-t-elle s'endormir. Madame Marie la regarde. Dans les vingt ans. Jolie. Elle s'en rend compte, maintenant. Mince et longue. Fragile. Elle se donne des airs. Elle veut qu'on la prenne pour quelqu'un de très fort. Mais madame Marie ne se laisse pas avoir. C'est de la tendresse, qui se cache là-dessous. Une vraie tendresse. Elle va sans bruit jusqu'à la cuisine, prend un morceau de gâteau dans son garde-manger, le pose sur une assiette, revient dans le salon. Caroline dort vraiment. Madame Marie se plante devant elle, l'assiette à la main.

— J'ai trouvé ça, dit-elle.

Caroline sursaute.

— Pardon ?

— Je dis : j'ai trouvé ça. C'est un biscuit que j'ai préparé pour le petit Yan. Il n'y a même pas besoin de remuer la bouche. Ça se pose sur la langue, et, hop c'est déjà fondu. Dans la finesse, c'est ce que j'ai réussi de mieux.

— Merci, non.

— Vous avez tort. Je ne sais pas ce qui vous arrive. Je sais seulement que vous avez l'air d'être dans les angoisses. Et les angoisses, il faut les nourrir. L'estomac plein, ça disparaît.

Elle se penche, avec une sorte de sourire.

— Il faudrait peut-être que j'aie du respect pour vous et que je vous parle à la troisième personne. Mais je ne sais même pas qui vous êtes. Il paraît que vous êtes la nouvelle madame Guillaume. Moi, je dis : ce n'est pas une femme qui nous est arrivée là. C'est une tortue. Vous savez bien : toujours enfermée dans sa carapace. De temps en temps, ça sort une patte, ça fait un pas, et puis ça se renfonce.

Caroline ferme les yeux une seconde.

— Guillaume me disait : toi, tu transportes toujours ta maison avec toi, comme les escargots.

Nicole Vaindrier revient dans la soirée. Gilles a décidé de partir pour Toulouse sans attendre. Il ne comprend pas pourquoi Caroline a mis si longtemps à le prévenir. Un mois, c'est beaucoup. Si Guillaume est en danger, c'est même trop. Il a confié la laiterie à Brémont et il a pris la route avec Benoît Lebreton. Ils vont se rendre d'abord au Pilat. Guillaume y a passé quelques jours de vacances, à Pâques, dans un hôtel où il a l'habitude de venir en week-end. Gilles a tout de suite téléphoné au patron, qui lui a confirmé que Guillaume avait quitté son hôtel le samedi de Quasimodo, vers trois heures, en disant qu'il rentrait à Toulouse. Il était en voiture. Un cabriolet sport rouge vif. Depuis on ne savait plus rien. C'est donc du Pilat qu'il faut repartir pour retrouver sa trace.

— Mon mari nous téléphonera le plus souvent possible, dit Nicole à Caroline. Mais, dès maintenant, il vous fait dire que, si dans trois jours il n'a rien trouvé, il alertera la gendarmerie.

Nicole pense à Marie-Hélène. Dans l'état où elle est, si elle apprend qu'on est sans nouvelles de son père, ça risque d'être grave. Il faut à tout prix empêcher qu'elle soit au courant.

— Vous me promettez d'être prudente ?

— Je vous le promets...

Caroline s'abandonne à ceux qui l'ont prise en charge. Elle n'est plus seule. Après le dîner, elle montera dans la chambre qu'on lui a préparée, elle s'allongera sur le lit, elle s'endormira. Veillée par quelqu'un qu'elle ne connaît pas. Qui est là derrière elle, dont elle sent la présence et qui la rassure. Noële écoute en même temps qu'elle. Elle a passé l'après-midi avec son fils, dans les bois, à inventer des mots. Lorsqu'elle est rentrée aux Quatre Vents, elle a aperçu Caroline. Tout de suite, elle a su. Elle a fait dîner son fils, elle l'a couché, l'a vu s'endormir, comme chaque soir. Puis elle est descendue. Caroline et Nicole Vaindrier, assises l'une en face de l'autre, attendaient, en parlant à peine, que le dîner soit servi. Noële a su que Marguerite était là. Silencieuse. Invisible. La première madame Guillaume, veillant sur la nouvelle madame Guillaume. Toutes deux du même âge. Toutes deux, malgré tant d'années passées, presque confondues.

VIII

Au Pilat, Gilles Vaindrier n'a rien découvert. Le patron de l'hôtel s'est contenté de confirmer ce qu'il avait dit par téléphone. Gilles est donc remonté sur Bordeaux, toujours avec Benoît Lebreton. De Bordeaux, si rien ne se présente, ils gagneront Toulouse. Caroline attend près du téléphone, pendant deux jours. Elle est étonnée de sa propre patience. Madame Marie insiste un peu, le soir, pour remplir son assiette et l'obliger à manger davantage. Mais Nicole et Noële respectent son silence. Le petit Yan tourne parfois autour d'elle, voudrait qu'elle joue avec lui. Mais elle est maladroite. Elle ne sait pas ce que c'est qu'un enfant.

Le second jour, Gilles Vaindrier téléphone de Toulouse. Il a longuement parlé avec la concierge de Guillaume. Elle prétend que Guillaume a l'habitude de disparaître ainsi, sans laisser d'adresse où faire suivre son courrier, et qu'il n'y a aucune raison de s'inquiéter. Gilles s'est ensuite rendu chez le Doyen de la Faculté. L'accueil a été plus réservé. L'attitude de Guillaume a été qualifiée de « déraisonnable ». Depuis quelques mois, il a découragé toutes les patiences, en interrompant ses cours au gré de son humeur, puis en les reprenant, et en adoptant, vis-à-vis de ses étudiants, une réserve hors de propos. Cette nouvelle absence laisse le Doyen indifférent. Il a pris les dispositions nécessaires pour que les cours soient assurés. Si Gilles Vaindrier tient à faire une enquête, que ce soit sous sa seule responsabilité.

Gilles s'est alors rendu à la gendarmerie. Il a obtenu qu'on vérifie les fiches de tous les accidents de la route survenus depuis le samedi de Quasimodo, et qu'on interroge les hôpitaux de la région. Il attend le résultat de cette vérification. Si elle ne donne rien, il est décidé à abandonner les recherches et à revenir aux Quatre Vents. Quelques heures plus tard, il rappelle, annonce son retour, demande à Nicole de venir le chercher à la gare. Il revient seul. Benoît Lebreton est resté à Toulouse.

C'est le soir, après le dîner. Caroline demeure longtemps immobile. Les fenêtres sont ouvertes sur la nuit de printemps. On entend encore les oiseaux.

— Je n'ai pas l'esprit de famille, dit-elle à mi-voix.

Elle regarde Nicole.

— Guillaume répétait cette phrase tout le temps. J'avais cru, jusqu'ici, qu'il avait des raisons de penser ça, que sa famille était... comment dire ?... qu'il valait mieux ne pas la connaître. Moi, je trouvais ça bien. Guillaume me suffisait. Je lui suffisais. Nous n'avions besoin de personne. Et puis...

Tous ces mots qu'elle retient depuis deux jours, qui se forment brusquement.

— Il y a deux mois, votre mari est venu à Toulouse. J'ai été étonnée. J'ai découvert que Guillaume avait un frère. Le mois dernier, Jean-François Saulieu est venu à son tour. J'ai découvert que Guillaume avait une fille. J'ai commencé à ne plus comprendre. Depuis que je suis ici, je comprends de moins en moins.

Au premier étage, le petit Yan appelle. Noële va voir. Il dit qu'il a soif. Il parle d'un cheval. Noële le fait boire. Il se rendort. Lorsqu'elle redescend Caroline est toujours assise. Nicole Vaindrier la regarde.

— J'étais en colère contre vous, lorsque vous êtes arrivée. Depuis, je vous observe. Je ne sais toujours rien de vous. Mais je crois...

Elle hésite.

— Ce n'est pas une question que je pose. Et je ne vous demande pas de répondre. Je le dis, parce que je viens de le comprendre. Je crois que vous aimez Guillaume. Vous vous battez, parce que vous l'aimez. D'une façon difficile à accepter. Mais ce sont vos armes.

Elle regarde sa montre.

— Il est l'heure d'aller chercher Gilles à la gare.

Dès qu'elles sont seules, Noële et Caroline se lèvent, d'un même mouvement. Elles sortent sans un mot, font le tour du jardin. La nuit est claire, avec des odeurs d'herbe. Les allées s'enfoncent entre les arbres. Elles vont s'asseoir sur un banc, du côté des ruches d'abeilles.

— C'est ici, dit Noële. Dans ce jardin-ci. Il y aura trente ans au mois de mai.

— Elle était belle ?

— Madame Marie l'affirme. Je l'ai interrogée. J'ai interrogé mon père aussi, et maman, et Marie-Hélène. On ne parlait jamais d'elle. Jusqu'au voyage de papa à Toulouse.

Noële raconte ce qu'elle sait : les quatre frères

Vaindrier, la « bande » qu'ils formaient, l'arrivée de Marguerite, le temps de l'enfance qui s'était achevé d'un coup, le mariage dans le jardin des Quatre Vents, avec trop de soleil, trop de fleurs, parce que la guerre menaçait déjà. Elle raconte aussi l'hiver qui a suivi, Guillaume mobilisé, l'attente de la naissance, la vie de Marie-Hélène échangée contre celle de sa mère, et Guillaume, au front, qui ne savait rien. Elle répète enfin les paroles de Gilles Vaindrier, sur cette mort qui annonçait la défaite et la fin de l'espérance.

Caroline a écouté.

— Quel âge avait-elle ?

— Dix-neuf ans, lorsqu'il l'a connue.

Elle approche. Avec son regard de printemps. Fragile et silencieuse. Noële la voit parfaitement. Elle pourrait toucher sa robe.

— Je n'ai jamais vu mon oncle Guillaume. Mais je sais qu'il s'est arrêté de vivre le jour où Marguerite est morte. Arrêté. Il s'est obligé à rester le même. Fidèle à l'image que sa femme avait de lui. S'il n'est jamais revenu aux Quatre Vents c'est pour ne pas mesurer le temps passé sur le visage des autres. S'il n'a pas gardé sa fille avec lui, c'est pour la même raison. Tant qu'elle était petite, c'était sans importance. Mais lorsqu'elle a commencé à trop ressembler à sa mère, il ne l'a pas supporté. Ne vous étonnez pas qu'il ne vous en ait jamais parlé. Vous dire un seul mot de Marguerite ou de Marie-Hélène, c'était reconnaître que trente ans étaient passés.

Caroline la voit à son tour. Une jeune femme qui vient vers elle.

— Comment savez-vous tout cela ? demande-t-elle.

— J'ai voulu moi aussi que le temps s'arrête à la mort de Ugo. Les jours passaient. Je me disais : c'est le même qui recommence. Mais madame Marie et maman m'ont ouvert les yeux. Pour un détail. Vous n'allez peut-être pas comprendre. Mon fils a eu un an. J'avais oublié sa date de naissance. Maman a estimé qu'il avait droit à son premier anniversaire. Parce que la mort de son père n'empêchait pas qu'il ait un an. Ce jour-là, j'ai compris que le temps avait continué malgré moi.

Elle ne sait pas à qui elle parle. Peut-être à Caroline. Peut-être à Marguerite. Peut-être à Ugo.

— Si Guillaume était là, je lui parlerais de la maison de Lefkas, où je viens de passer quelques jours à Pâques. Je lui dirais que j'ai ouvert la maison, que j'y ai fait entrer la lumière, que j'ai trouvé un moyen de la faire revivre.

Caroline se lève.

— Qu'avez-vous ?

— J'ai un peu mal.

La nuit est tombée brusquement.

— J'avais cru qu'il m'aimait pour moi. Mais non. Marguerite avait dix-neuf ans lorsqu'il l'a connue. Vous l'avez dit. J'avais le même âge. A travers moi, c'est elle qu'il retrouvait.

Elle cherche dans l'ombre celle qui est devenue son ennemie.

— Les autres aussi avaient cet âge, dit Noële. Toutes les autres. Mais, il ne les a pas épousées. Vous êtes la première qu'il ait accepté de voir vieillir.

— Il était en Espagne.

C'est Benoît Lebreton qui téléphone. Il vient de l'apprendre par la concierge de Guillaume.

— Il est furieux que nous ayons alerté la gendarmerie et les hôpitaux. Il prétend qu'il a le droit d'aller où il veut sans rendre de comptes à personne, et que sa famille devient encombrante.

En Espagne ? Caroline cherche à comprendre.

— C'est là qu'ils sont allés en voyage de noces, Marguerite et lui, explique Gilles Vaindrier.

De nouveau l'ombre sur la pelouse. Mais cette fois, il faut l'apprivoiser. Puisque Guillaume est revenu, il n'y a plus de raison de se cacher de Marie-Hélène.

— Je voudrais qu'elle sache que je suis là. Si elle en a la force, je voudrais la connaître.

Noële va voir sa cousine. Tout de suite, Marie-Hélène dit oui. Elle ne comprend pas qu'on ait attendu si longtemps pour lui en parler.

— Vous étiez tous inquiets pour Guillaume, et moi je ne savais rien ? J'étais là, au fond de mon lit, et personne n'avait le courage de me mettre au courant ? Comment voulez-vous que j'aie confiance en vous, maintenant ?

Elle insiste pour que Caroline vienne tout de suite. Gilles Vaindrier la conduit en voiture. Ils aperçoivent le moulin, entre les arbres, la Loire dans le soleil.

— Elle sera seule ? demande Caroline.

— Il y a une de ses amies, Odile, qui tient la maison. Mais telle que je connais Marie-Hélène, elle se sera arrangée pour qu'Odile ne reste pas là.

Marie-Hélène entend arriver la voiture. Elle a laissé la porte du moulin ouverte.

— Je suis ici ! crie-t-elle. Dans la chambre.

C'est le début de l'après-midi. La chaleur est déjà forte. Mais les murs du moulin sont épais. Dès qu'elle entre, c'est la fraîcheur et l'ombre.

— Ne faites pas attention. Tout est en désordre. Je suis couchée depuis des mois.

Marie-Hélène est assise dans son lit, appuyée à ses oreillers. Caroline s'approche. Les volets sont tirés à cause du soleil.

— Je ne savais pas que vous existiez. Il ne me l'avait jamais dit. Il ne m'a jamais parlé de vous, ni de votre mère, ni des Quatre Vents.

Elle se penche.

— Vous lui ressemblez. Tout le monde l'affirme. Tous ceux qui ont connu votre mère.

— Ne me regardez pas, prie Marie-Hélène. Je suis défigurée, difforme. Dans trois semaines, j'aurai retrouvé ma taille de jeune fille. Alors, je crois que...

Elle hésite un peu.

— Je crois qu'il viendra.

— Guillaume ?

— Oui.

Elles respirent ensemble. Derrière les volets, la Loire paresse entre les rives. Avec la chaleur, ses eaux ont baissé.

— Vous l'aimez ? demande Marie-Hélène.

— Je l'ai épousé, il y a deux ans. Je faisais partie d'une équipe d'étudiants qui travaillait avec lui. Je l'ai aimé d'abord pour la passion qu'il apportait à ses recherches. J'ai cru que l'homme avait la même générosité. Mais j'avais épousé un mort. Il ne faut pas me reprocher Benoît. C'était ma seule arme. Il fallait que je frappe. Pour que Guillaume se réveille. Je l'ai frappé dans sa vanité. Un garçon de vingt-deux ans. Nous avons l'air de deux monstres, parce que nous avons tout fait pour que toute la ville soit au courant. Je n'avais pas d'autre moyen.

Elle vient s'asseoir sur le bord du lit.

— Par moments, je pense que j'ai perdu la bataille.

Marie-Hélène lui prend la main, doucement. Elle a le regard bleu de sa mère. Elle parle au nom de sa mère.

— Je vous le rendrai, dit-elle. S'il m'a écrit en février, c'est à cause de vous. Tout ce passé qu'il refusait, lorsqu'il s'est trouvé seul, il a eu besoin de s'en souvenir. Il viendra vers moi d'abord. Puis vers vous.

Caroline se lève :

— Maintenant que je vous ai parlé, j'ai la force de rentrer à Toulouse. Je ne retournerai pas chez Benoît. J'irai à l'hôtel. Je vous écrirai pour vous donner l'adresse. Dès que votre enfant sera né, dites-le-moi.

Elle voudrait l'embrasser. Mais elle ne sait pas. Jamais elle ne s'est sentie aussi maladroite. C'est Marie-Hélène qui se redresse, l'oblige à se pencher et l'embrasse.

— Entre, dit Guillaume. Tu as mis longtemps à venir.

— Tu m'attendais ?

— J'ai su dès vendredi que tu étais revenue des Quatre Vents. Il t'a fallu une semaine...

Caroline s'appuie contre la porte d'entrée.

— Pourquoi, Guillaume ? Jamais un mot de ta première femme, de ta fille, de ta maison. Je suis venue te demander pourquoi.

— Tu tiens à rester dans le couloir ?

— Ne cherche pas de détour, Guillaume. Réponds.

Ils sont debout, l'un en face de l'autre, comme deux étrangers.

— Pourquoi t'en aurais-je parlé ? C'est un autre Guillaume. Ce n'est pas lui que tu as épousé.

— Tu es encore là-bas. Le vrai Guillaume est là-bas.

— Que t'ont-ils raconté ?

— Ils ne m'ont rien raconté. J'ai vu. Moi. Moi seule. J'ai vu ta fille. Elle a vingt-neuf ans. Elle ressemble à sa mère. Elle lui ressemble tellement qu'on pourrait s'y tromper, et croire que le temps s'est arrêté. Elle attend un enfant. Tu vas être grand-père.

Elle a un geste vers lui, parce qu'elle l'a blessé, mais elle se reprend. Il ne faut pas. Ce serait tout perdre trop vite.

— Maintenant, je m'en vais.

Elle voudrait dire : je reste. Ici, elle est chez elle. Il y a la voix de cet homme le matin, qui l'appelait par son nom. Il y a...

— Je m'en vais, répète-t-elle.

Elle ouvre la porte.

— Je t'attends, Guillaume. Je t'attends tout entier. Avec ta vie entière. Avec ton âge entier...

IX

— Je crois avoir trouvé celui que nous cherchons, dit maître Forestier.

Ce qu'attendait Noële est enfin arrivé. Maître Forestier lui a demandé de venir à Paris pour vingt-quatre heures. Il a un candidat à lui proposer pour la maison de la musique.

— Il s'appelle Mathieu Van den Berg. Il a été mon élève, autrefois, puis mon assistant. Il faisait répéter les différents pupitres de l'orchestre. J'ai dû me séparer de lui, parce qu'on lui proposait un engagement au Philharmonique de Boston. Pour un garçon de son âge, c'était un poste inespéré. J'ai été triste de le voir partir, mais je savais que j'allais peu à peu cesser mes activités, et que Mathieu devait continuer sa carrière tout seul.

Pendant qu'il parle, Noële remarque, au-dessus du piano, une photographie de Ugo qu'elle ne connaissait pas. Peut-être une de celles qu'Héléna gardait dans ses dossiers. Ugo a l'air d'un enfant. Des yeux très larges, très clairs, un sourire un peu hésitant. Il est en habit. Sans doute a-t-elle été prise avant un concert. Maître Forestier poursuit :

— J'ai eu un peu de mal à découvrir sa trace. Il n'est plus à Boston. On ne savait pas me renseigner. J'ai réussi pourtant à trouver quelqu'un qui m'a conseillé de chercher en Allemagne. C'est là que Mathieu travaille actuellement. Il se passionne pour la recherche. Je lui ai écrit. Je lui ai expliqué votre idée. Je ne connais pas encore ses réactions. Mais il m'a tout de suite télégraphié qu'il était prêt à vous rencontrer à Paris.

Noële a envie de dire : oui, avant même d'avoir rencontré cet homme. Parce qu'elle a trop attendu.

— Je lui ai proposé d'aller l'attendre à l'aéroport puisqu'il ne peut rester que quelques heures à Paris. Mais il a préféré venir jusqu'ici.

Noële s'approche de la petite porte qui conduit à la terrasse.

— De là-haut, on peut le voir arriver.

Elle monte jusqu'à la terrasse. C'était ici, avec Ugo, accoudés à la balustrade, qu'ils regardaient Paris et les routes qui s'ouvraient à leurs pieds. Il y a si longtemps. Si longtemps, et si peu de temps. Pourquoi est-ce aujourd'hui ? Justement aujourd'hui ? Elle se retourne. Les rosiers ont résisté à l'hiver.

— Oh ! maître, si vous saviez...

Malgré le gel et le froid. Ils sont éclatants. Elle cueille une fleur.

— Tout a refleuri, maître.

Elle redescend, tend la rose à maître Forestier.

— Non, proteste-t-il. Portez-la sur vous.

Il sait lui aussi. Il n'en a rien dit. Mais il sait. Le 20 mai, aujourd'hui. Un an. L'accident a eu lieu il y a un an. Noële tient la rose devant son visage.

— L'ascenseur ! annonce maître Forestier.

Sans attendre la sonnette, il ouvre. Un homme jeune est là, très grand, très mince, vêtu de sombre.

— Pardon de vous avoir fait attendre, maître. L'avion avait du retard. Malheureusement celui que je dois prendre pour repartir n'en aura pas.

Il parle avec une certaine lenteur, en hésitant, comme quelqu'un qui emploie une langue qui n'est pas la sienne.

— Noële, je vous présente Mathieu Van den Berg.

Ils se serrent la main.

— J'ai une première audition à Berlin, dans trois jours, ce qui m'oblige à repartir très vite. Mais je tenais à vous voir.

Ils s'asseyent. Mathieu Van den Berg ouvre un porte-documents de cuir noir qu'il tenait sous son bras, y prend un bloc-notes.

— J'ai préparé quelques questions.

Noële a envie d'écarter ce bloc-notes. A quoi bon des questions ? Ce qui compte, c'est la maison de Lefkas. C'est de savoir si cet homme a envie d'y vivre. C'est à Lefkas seulement qu'il pourra comprendre et se décider.

— Cette maison est-elle à vous ?

— A moi, oui.

— Vous pouvez en disposer à votre gré ?

— Oui.

— Vous n'avez sûrement pas apporté de papier officiel qui le prouve. Nous en reparlerons. Seconde question : de quel budget disposez-vous ?

Noële répond qu'elle n'en sait rien, que ce n'est pas encore décidé, qu'il faut d'abord... Elle essaie de garder son calme. Mathieu Van den Berg pose d'autres questions. Qui concernent toutes des points matériels : combien de chambres ? Combien de personnes peut-on recevoir ? Y a-t-il du personnel déjà engagé ? Qui se chargera des problèmes administratifs ? Celui qui acceptera la direction de la maison devra-t-il en assurer également l'économat ? Sur combien de mois...

— Mais, monsieur, comment voulez-vous que je réponde ? Je ne suis pas une femme d'affaires. J'ai été mariée pendant deux ans à Ugo Luckas. Mon mari est mort l'an dernier. Il est enterré à Lefkas. Près d'une maison où il a travaillé longtemps. J'ai décidé de rendre cette maison à la musique. Le reste, c'est à vous d'en décider. C'est à vous de me dire : il faut tant d'argent, il faut tant de personnel, il faut tant de chambres.

Elle a attendu tout ce temps ! Et voilà ce que maître Forestier lui propose : un comptable. Elle attendait la musique. Elle attendait Ugo. Oui. Sans vouloir se l'avouer. Elle attendait le regard de Ugo. Celui de la photographie sur le piano. Ce regard si large et si clair. Cette tendresse. Voilà ce qu'elle attendait avant tout.

Mathieu Van den Berg a remis son bloc-notes dans son porte-documents. Il s'adresse à maître Forestier.

— J'ai sans doute été maladroit, maître. Je respecte profondément les sentiments de Mme Luckas. Mais je n'ai pas le droit d'avoir les mêmes. Dans le sentiment, dans l'exaltation, dans l'imagination, tout est possible. J'ai cent idées, mille idées. Qui n'en aurait pas ? Cette maison de la musique, nous l'attendons depuis toujours. Une maison d'études, de recherches, de travail, où l'on pourrait vivre, sans souci de rien d'autre que de musique. Vous ne savez pas à quel point nous l'attendons, madame. A quel point nous en rêvons.

Il s'anime. Et en même temps, il parle à mi-voix, comme pour lui seul.

— Ce rêve, il faut être sûr, avant toute chose, que rien ne l'empêchera de se réaliser, que je ne me trouverai pas devant quelqu'un qui me dira : c'est trop cher, ou : la maison ne m'appartient pas.

Il lève les yeux vers Noële.

— Vous comprenez ?

Ce qui est dans son regard, elle le découvre enfin. C'est une brume. La couleur de ces pays du Nord, où l'hiver dure longtemps, où les terres sont plates, où celui qui est seul n'a que son imagination pour survivre.

— Rien ne sera trop cher, monsieur. Je demanderai à mon père de vous le confirmer par écrit.

Elle parle volontairement son langage. Pour qu'il sache qu'elle comprend. Très vite alors, il se met d'accord avec maître Forestier. Il propose de noter toutes les idées qu'il aura, au fur et à mesure qu'elles lui viendront, puis de les soumettre à maître Forestier. Celui-ci ne retiendra que les meilleures. Ils aboutiront ainsi à un premier projet dont Noële prendra connaissance. Cela ne devra pas demander plus d'un mois.

Il regarde sa montre :

— Mon avion, pardonnez-moi.

Avant de quitter l'appartement, il hésite. Son visage s'est refermé. Sa voix est redevenue précise.

— Je n'ai jamais assisté à un concert de votre mari, dit-il. Les musiques qu'il jouait ne m'intéressaient pas beaucoup. Ce sont des musiques du passé. Sauf Ravel. Mais je connais ses disques. Et j'ai de l'admiration pour ses qualités professionnelles. C'était un grand pianiste. L'un des plus grands...

— Il faut absolument prévenir Jean-François.

Depuis le matin, Mme Saulieu s'agite. Elle a été prendre des nouvelles de Marie-Hélène. Manifestement, la naissance est imminente. Et personne ne fait rien. Odile est sûrement charmante, mais elle n'a aucun sens de ces choses-là. Elle ne songe même pas à alerter le Dr Combelle. Depuis le matin, elle tente de convaincre son mari. Mais M. Saulieu garde un calme olympien.

— Ma chère amie, tu sais très bien que les médecins se trompent toujours. Je suis en train de relire Molière. Il avait parfaitement raison de tourner la Faculté en ridicule. Rien n'a changé. On nous greffe peut-être des cœurs en plastique, mais pour ce qui est du rhume de cerveau...

— Molière ! Molière ! Il ne s'agit pas de Molière. Il s'agit de Marie-Hélène, de Jean-François et de mon premier petit-enfant.

Elle finit par descendre elle-même à l'usine, par demander le numéro de Jean-François en Suède. C'est d'autant plus compliqué que c'est le lundi de Pentecôte. Elle l'obtient enfin. Il est à l'hôtel, dans sa chambre, assis près du téléphone.

— J'ai déjà retenu ma place d'avion, dit-il. Ma valise est faite. Je serai à Paris à une heure du matin. Je louerai une voiture à l'aéroport. Si j'attends le train, j'arriverai trop tard.

Mais Mme Saulieu ne veut pas qu'il conduise, dans l'état où il est.

— Je vais alerter le Dr Combelle. Il viendra t'attendre.

Maintenant qu'elle a commencé à agir, elle devient plus calme. Elle téléphone au Dr Combelle, qui consent à attendre Jean-François à sa descente d'avion.

Il est une heure du matin, lorsque l'avion se pose. Ils prennent la route aussitôt.

— A combien marchez-vous avec cette voiture ? demande Jean-François.

— A 160 sur l'autoroute, si vous n'avez pas peur.

— 160 seulement ? Accélérez, docteur ! Accélérez !

Dans l'avion qui le ramenait de Stockholm, il avait envie de bondir dans la cabine du pilote et de lui dire : « Donnez-moi votre place, mon vieux, vous pilotez à la papa ! » Et, en pensant : à la papa, il éclatait de rire si brusquement que les hôtesses le regardaient avec inquiétude.

— Tout ira bien, vous croyez ?

— Tout ira bien.

— Comment faites-vous pour être si calme ?

— C'est mon métier, cher monsieur. Depuis le temps que je mets des enfants au monde...

A l'aube, ils arrivent à Roanne.

— Que faites-vous, docteur ? Au moulin vite ! C'est cette route-là.

— A la clinique, cher monsieur. A la clinique de Berthelin. D'après ce que je sais, nous arrivons peut-être trop tard.

— Que dites-vous ?

— Je dis que l'enfant est sans doute déjà né.

— Vous voulez rire ?

Déjà né ? Sans attendre son père ? Et tout ce qu'il imaginait alors ? Les derniers moments, Marie-Hélène lui tenant la main, et lui très digne, refusant de laisser voir son émotion. Les infirmières qui voulaient l'écarter, et lui, très ferme, exigeant d'être là, et...

— Jean-François !

Ils sont arrivés à la clinique. Odile est sur le pas de la porte.

— Vite, Jean-François. C'est...

Il fait un geste. Il ne veut pas savoir. Marie-Hélène. Seulement Marie-Hélène. Il arrive devant la porte de la chambre. L'infirmière le fait entrer. C'est la pénombre. A peine une veilleuse. Il approche doucement.

— Comment es-tu ? dit-il tout bas.

— Folle de bonheur, répond Marie-Hélène.

Elle fait un geste. Il y a une sorte de petit abricot très rouge et très blanc avec elle.

— Notre fille, Jean-François. Notre fille Céline.

X

Tout de suite, elle le reconnaît. Pas seulement à son visage. A cette façon d'arriver sans faire de bruit.

— Pardonnez-moi de vous déranger...

Tout de suite, elle l'interrompt, parce qu'elle n'accepte pas cette façon de parler :

— Me déranger ? Un monsieur que j'ai élevé, à qui j'ai appris à marcher, à manger, à dire bonjour et bonsoir, qui disparaît pendant trente ans, qui revient frapper à la porte de cette maison qui est la sienne, et quand je viens lui ouvrir, il ose me dire que ça me « dérange » ? C'est avec un couteau qu'il arrive alors ? Et du premier mot, il me le plante dans le cœur ?

Guillaume Vaindrier retient mal un sourire. C'est la bonne voix. La voix qu'il aimait.

— Mais, madame Marie...

— Ah ! Monsieur se souvient quand même de mon nom. Ça ne lui écorche pas la bouche de le prononcer ?

— Je ne pensais pas que vous m'auriez reconnu.

— Moi ? Ne pas reconnaître M. Guillaume ? Si le

bon Dieu m'avait pris les yeux, je le reconnaîtrais à l'oreille. Et s'il m'avait pris les oreilles, je le reconnaîtrais à son souffle. Vous êtes l'aîné, monsieur Guillaume. Le premier souffle d'enfant qu'on ait respiré aux Quatre Vents. Et moi, c'est comme les bons chiens, dans l'affection je renifle.

Il s'était préparé à tout, d'avance. Il n'avait pas pensé à madame Marie.

— Je cherche le moulin de Marie-Hélène. Vous pouvez m'indiquer la route ?

— Monsieur n'entre pas une minute ?

— Une autre fois.

— Monsieur a peur que le plafond s'écroule ? J'ai le bras levé. Monsieur n'a rien à craindre.

Il sait qu'elle ne le laissera pas repartir sans qu'il ait franchi le seuil. Il espérait que Gilles aurait au moins changé les meubles de place. Mais non. C'est le même papier à fleurs sur les murs, le même carrelage, le même portemanteau dans le renfoncement de l'escalier. Il suit lentement le couloir, s'arrête devant la porte du salon. Les mêmes chaises, le même fauteuil près de la cheminée, les mêmes tableaux dans leur cadre. Il revient vers madame Marie.

— Je suis entré. Voilà.

Elle le regarde en souriant.

— Quand Mme Caroline est arrivée, c'était la même chose. Elle ne voulait pas...

Mais elle a eu tort de parler de Caroline. Guillaume la fait taire d'un geste brusque.

— Le chemin du moulin ?

Elle explique que c'est au bord de la Loire, sur la route de Villerest, avant d'arriver à l'usine Saulieu. Il remonte en voiture.

— Il y a une chambre préparée pour Monsieur. Depuis longtemps. Monsieur ne veut pas l'occuper ?

Mais il est déjà reparti.

Elle entend une voiture. Elle est en train de changer Céline, pendant qu'Odile fait chauffer un biberon. Elle va à la fenêtre.

— Odile ! Occupe-toi de Céline. Je reviens.

Elle ouvre. Il est devant la porte. Il la regarde en hésitant.

— Tu ne frappais pas ?

— Je n'étais pas sûr que ce soit ici.

— Il n'y a qu'un moulin sur cette route.

— Tu l'as fait transformer. Autrefois, je crois qu'il était en ruine.

Si jeune. Elle ne pensait pas qu'il était si jeune ! Si exactement semblable à celui qu'elle aimait lorsqu'elle était petite, qui entrait dans sa chambre, le soir, comme s'il était son mari. Mince. Bronzé. La regardant. Essayant de ne regarder qu'elle. De ne pas chercher de ressemblance.

— Tu as reçu mon télégramme ?

— Avant-hier.

— Tu as eu envie de connaître Céline ?

Il a un petit rire, très bref.

— Où as-tu été chercher ce prénom ?

— Je ne sais pas. Il m'a plu. A Jean-François aussi.

Ils sont debout, l'un en face de l'autre, Marie-Hélène sur le seuil de sa porte, Guillaume, à quelques pas, les yeux à demi fermés à cause du soleil.

— Entre, dit Marie-Hélène.

Elle tend la main.

— Bonjour, Guillaume.

— Bonjour, mon petit enfant.

Pendant deux jours, il ne quitte pas le moulin. Le plus souvent, il s'assied sur le balcon qui surplombe la Loire et lit ses journaux. Odile lui en achète beaucoup, tous ceux qu'elle trouve, lorsqu'elle descend faire son marché à Roanne. Il est silencieux. Marie-Hélène essaie de lui parler. Il répond à peine. Il semble attendre quelque chose. De temps en temps, il s'approche du berceau de Céline, la regarde avec curiosité. Les soirées sont longues. Odile joue aux cartes. Marie-Hélène se couche de bonne heure, par ordre des médecins. Jean-François a été obligé de repartir pour la Suède, tout de suite après la naissance. S'il était là, peut-être Guillaume s'animerait-il davantage ?

Aux Quatre Vents, les Vaindrier ne bougent pas. Gilles trouve curieux le silence de son frère, mais Nicole lui conseille d'attendre. Il ne faut pas forcer la volonté de Guillaume. S'il vient aux Quatre Vents, il faut que ce soit de lui-même. Au bout de deux jours, Gilles n'y tient plus. En quittant sa laiterie, il fait un détour par le moulin. Guillaume est sur le balcon.

— Tu te déranges encore une fois pour moi, paysan ?

Il a posé son journal près de lui.

— Je suis passé chez toi, avant de venir ici. Il n'y avait que madame Marie.

— Je pensais que tu reviendrais.

Guillaume se lève, s'accoude au balcon. C'est le soir. La lumière est oblique. Sur la droite, au milieu du fleuve, la petite île des pêcheurs semble rousse.

— Tu aurais pu changer les meubles. Ils étaient

déjà là du temps des grands-parents ! Tu n'en as pas un peu assez de les voir ?

— Ils sont très beaux.

— Ta femme et toi, vous n'avez jamais eu envie d'en acheter d'autres ?

— Jusqu'à cette année, je n'avais pas beaucoup d'argent.

— Profites-en.

Une barque se détache de la rive, à la hauteur de l'usine. Deux garçons rament. Gilles regarde lui aussi. Il n'a pas un goût particulier pour les souvenirs. Mais autrefois, les quatre frères Vaindrier venaient se baigner là. Ils traversaient en barque jusqu'à l'île. Un jour... Guillaume était fiancé, Marguerite était avec eux. Un jour, la barque avait versé. Marguerite nageait mal. Ils l'avaient soutenue tous les quatre.

— Quand viens-tu dîner ? demande Gilles.

— Marie-Hélène est très seule. Pour l'instant, je reste avec elle.

La barque a presque touché l'île.

— Je voulais te dire, Gilles...

Sa voix est brusquement irritée.

— Pourquoi as-tu pris toute cette peine, le mois dernier, pour me chercher ? C'était absurde.

— Absurde pour toi, peut-être. Mais tu n'y peux rien, moi non plus : tu es mon frère.

Depuis que Guillaume est arrivé, madame Marie s'enferme dans sa cuisine, avec un grand carton à chaussures, qu'elle n'ouvre que lorsqu'elle est seule, et qui contient de mystérieux documents dont elle dresse l'inventaire avec soin. Au bout d'une semaine, elle a terminé ses travaux.

— Si Madame avait des courses à faire à Roanne, elle me déposerait au moulin en passant. Il y a là-bas une petite Céline dont je n'ai pas encore vu la figure.

Nicole Vaindrier l'y conduit le jour même. Madame Marie a mis son chapeau de paille noire. Elle tient sur ses genoux le carton à chaussures.

— C'est un cadeau ?

— D'une certaine façon.

— Pour Céline ?

— Il n'y a pas que Céline.

On dirait que Guillaume l'entend venir. Ce jour-là, il va lire ses journaux au bord de la Loire. Il a même eu envie de prendre la barque, de se réfugier dans l'île. Nicole dépose madame Marie devant le moulin et repart.

Madame Marie a tout de suite aperçu Guillaume. Elle a l'habitude. Lorsqu'ils étaient enfants, ils se cachaient tous les quatre, par jeu, et elle les cherchait. Elle finissait toujours par les trouver. Elle s'approche lentement. Il fait comme s'il ne l'entendait pas venir.

— Monsieur ne devrait pas rester sans chapeau au soleil. Pour quelqu'un qui n'a plus le cheveu broussailleux, ça peut faire des étourdissements.

Il relève la tête, surpris de l'attaque.

— Mes cheveux ? Ils sont très bien, mes cheveux.

— Il en reste, bien sûr. Mais ce n'est plus comme autrefois. Il en poussait, si Monsieur se rappelle, on ne savait qu'en faire, une vraie prairie. Je disais : ce n'est pas le peigne qu'il faudrait, c'est le râteau.

Il sourit.

— Vous disiez aussi : un matin, en vous réveillant, il y aura une odeur d'herbes sur votre oreiller, vous vous apercevrez que vos cheveux sont verts, et qu'on y a lâché les vaches.

Elle s'assied sur la berge, à côté de lui. Elle a un peu de mal. Il y a longtemps qu'elle ne s'est pas assise ainsi, au soleil. Son carton à chaussures l'embarrasse.

— Si Monsieur voulait bien le prendre.

— Qu'est-ce que c'est ?

— Que Monsieur l'ouvre.

Guillaume soulève le couvercle. Ce sont des photographies, soigneusement rangées, avec les dates écrites au crayon, toutes les photographies de Guillaume depuis sa naissance jusqu'à celle de Marie-Hélène. Il se voit, avec ses cheveux comme une prairie, ses premiers pantalons longs, sa première bicyclette, et Marguerite enfin, qui apparaît sur les derniers clichés, avec une raquette de tennis d'abord, et, très vite, avec la robe blanche du mariage et le jardin des Quatre Vents autour d'elle. Il referme le couvercle.

— Dans une boîte, dit-il tout bas. Comme un mort.

Il rend le carton à Madame Marie.

— Merci d'y avoir pensé. Mais je n'en veux pas.

Elle se relève, rajuste son chapeau, fait tomber les brindilles de sa robe.

— Si Monsieur croit que j'aurais passé tous ces jours à mettre ces photographies en ordre pour rien, il me connaît mal. Je vais le donner à Marie-Hélène. Elle regardera. Et Monsieur finira bien par regarder avec elle. Et quand Monsieur aura tout regardé, il se souviendra qu'on l'attend aux Quatre Vents. Il se fera des élégances, avec la cravate à papillon, et il s'invitera.

Il y a un jour encore. Un jour de silence. Marie-Hélène est allée à l'usine. Elle a téléphoné à Jean-François. C'est la première fois, depuis bien longtemps qu'elle a pu le faire. Elle se sent libre enfin, après tant de mois d'immobilité, avec des envies de bouger, de sortir, de prendre Guillaume par le bras, de l'entraîner de force vers les petits chemins, où ils iront se perdre, respirer ensemble, et peut-être se taire ensemble, mais en sachant pourquoi.

— Viens, dit-elle.

— Où ?

— N'importe où. Il fait beau.

Il refuse. Il n'a pas envie de bouger.

— Tu regrettes que je sois venu, déplore-t-il. Tu vivais beaucoup mieux sans moi. Je ne fais rien d'autre que de lire les journaux. Il vaudrait mieux que je reparte.

Brusquement, elle a les larmes aux yeux.

— Pars si tu veux partir. Mais avant, dis-moi ce que tu espérais. Dis-moi ce que tu es venu chercher et que je n'ai pas su te donner.

Des mois à l'attendre. Depuis ce jour de février où il lui a écrit. Et il se décide à venir. Mais au bout de quelques jours, il a déjà envie de s'en aller.

— Tu ne vois pas que la naissance de ma fille m'a transformée ? Je l'ai attendue, cette naissance, tu ne sais pas à quel point. Pour Jean-François. Pour moi. Et pour toi, aussi. Oui, Guillaume, pour toi. Ma fille est née. Elle est vivante. Je suis vivante. Alors ? Je ne suis pas ma mère. Je suis moi. Tu entends ? Je vis ma vie à moi. Je suis ta fille, Guillaume. Ma mère, la voilà.

Elle prend le carton que madame Marie lui a laissé. Elle l'ouvre, en sort toutes les photographies, les éparpille devant la fenêtre. En plein soleil. Et dans le soleil, elles commencent à bouger. Les visages s'éclairent. On dirait qu'on les entend rire.

Guillaume se baisse, fasciné.

— Tu les as toutes regardées ? demande-t-il à mi-voix.

— Toutes.

— Même celles du mariage ?

— Oui.

Il avance une main, en hésitant. Il ne les touche pas encore. Mais la lumière vient d'atteindre son visage.

— Vous vous aimiez, dit Marie-Hélène.

Elle se baisse à son tour.

— Toutes ces photographies affirment que vous vous aimiez. Pour moi, qui suis votre fille, cet amour est ce que j'ai reçu de plus beau.

Puis elle se relève, sort sans bruit. Elle laisse son père et sa mère se rejoindre enfin. Guillaume reste longtemps devant la fenêtre. Il s'est mis à genoux. Il découvre avec étonnement que tous ces souvenirs sont encore en lui, aussi vivants qu'il y a trente ans. Il avait tout fait, avec acharnement, pour les repousser vers la nuit la plus profonde de sa mémoire, en allant d'une femme à l'autre, en en changeant sans cesse, interposant ainsi entre la jeune morte et lui le plus de visages possible, toujours nouveaux, comme on bâillonne une voix pour la faire taire. Il croyait avoir réussi. Brusquement le bâillon se dénoue. Marguerite est en lui. Son regard, sa voix, son sourire. Penché vers ces photographies, il lui parle. Elle lui répond. Et ce qui l'étonne davantage encore, c'est qu'il ne souffre pas. L'amour entre eux avait été si beau qu'il n'acceptait pas d'en souffrir. Ce printemps avait été si fou qu'il refusait le froid de l'hiver et de la solitude. Mais, après trente ans, c'est encore le soleil. Il est en paix avec son amour.

Le soir vient. Il sort du moulin, marche sans savoir, droit devant lui, donnant le bras à Marguerite, lui parlant de toutes ces années où il vivait loin d'elle, des erreurs qu'il a faites, et il a peur qu'elle ait froid, parce que la nuit les cerne, alors il se souvient d'une écharpe qu'elle portait, qui était verte. Il lui demande pourquoi elle ne l'a pas mise, puis il revient à son récit, lui parle de Marie-Hélène, de Jean-François, lui apprend que Céline est née, qu'elle a des yeux bleu clair, peut-être les gardera-t-elle, on ne sait jamais avec les enfants, car d'un jour à l'autre elle change, elle essaie son visage sur toute la famille sans savoir encore où s'arrêter. Lorsque la nuit est tout à fait noire, il s'immobilise. Il prononce tout bas le nom de Caroline. Il découvre que la paix de la nuit n'en est pas troublée.

Alors, dès le lendemain, il abandonne la lecture des journaux. Il prend une barque, traverse la Loire, passe un moment dans l'île à retrouver les gestes d'autrefois. Il se penche sur le berceau de Céline, la prend dans ses bras. Elle a une façon d'ouvrir la bouche qui est déjà un rire. Il dit : « Elle ne m'appellera pas grand-papa, quand même, ou pépé ? Tu lui apprendras à dire Guillaume ? » Il regarde autour de lui. Ce moulin dans lequel il est enfermé depuis une semaine, il ne l'a pas encore vu. Il trouve qu'il manque de meubles. Il fait le tour des antiquaires avec Marie-Hélène, lui offre des miroirs, des objets qui ne servent à rien, qui sont des pièges de lumière qu'on pose sur les tables. Il n'a pas encore pris la route des Quatre Vents. Mais il attend. Un hasard, un mouvement qu'il fera sans y penser, et il sera dans l'allée des tilleuls. Il va visiter l'usine de Jean-François. M. Saulieu le reçoit, lui montre les machines neuves, lui fait le récit des transformations entreprises, d'une voix un peu essoufflée, comme s'il s'agissait d'une bataille difficile à gagner. Mme Saulieu l'attend chez elle, avec des biscuits sur un plateau, et du madère. Elle parle de Marie-Hélène : « Je l'aime beaucoup. C'est très banal à dire. Pardonnez-moi. Mais c'est la vérité. Et je suis heureuse que son père le sache. » Ce soir-là, il la regarde. Il sourit.

— Pourquoi souris-tu ?

— Je ne pensais pas que j'avais une fille aussi...

Il cherche un mot.

— ... disons : aussi simple.

— Simple ? Moi ?

— Comme on dit : simple d'esprit. Mais toi, c'est dans les sentiments. Toute ta vie s'appuie sur de grands sentiments, l'amitié, la franchise, le dévouement, l'attachement à ses parents, l'amour...

Elle sourit avec lui :

— Il faut t'y faire. Tu aurais peut-être souhaité une fille plus affranchie. Mais je te l'ai déjà dit : mon bonheur c'est ma maison, mon mari, ma fille et toi.

Le lendemain, par téléphone, Jean-François annonce son retour pour le début de la semaine suivante. Guillaume sait déjà qu'il ne pourra plus reculer.

— La maison va être trop lourde pour cette pauvre Odile. Il est préférable que je m'en aille.

Debout près de la fenêtre, il regarde la Loire.

— Pourtant, je me sentais bien ici.

Il attend. C'est à Marie-Hélène de prononcer les derniers mots.

— Pourquoi ne vas-tu pas t'installer aux Quatre Vents ?

Il a envie de lui prendre le visage dans les mains et de l'embrasser, parce qu'elle est plus simple encore qu'il ne le croyait. Elle entend ce qu'il dit avant qu'il ne parle.

— Tu crois ?

Par jeu. Avec un sourire.

— Avant d'y transporter mes valises, il faudrait peut-être que j'aille demander la permission...

— Il vient seul ? demande Noële.

— Oui.

— Alors, je vous laisse. J'irai dîner avec Marie-Hélène.

Lorsqu'il sera installé aux Quatre Vents, Guillaume s'habituera à sa présence. Mais pour le premier soir, puisqu'il vient seulement dîner, elle préfère laisser ses parents le recevoir sans elle. Dès le début de l'après-midi, madame Marie s'enferme. Sa cuisine est une forteresse. Elle veut que son dîner soit un chef-d'œuvre.

— C'est le retour de l'enfant prodigue, dit Gilles en entrebâillant la porte. Vous avez tué le veau gras, madame Marie ?

— Que Monsieur ne vienne pas. Je module.

Il s'approche :

— Vous modulez ?

— Je croyais faire un lapin chasseur, puisque M. Guillaume en raffole. Mais de modulation en modulation, avec les accords de *J'ai du bon tabac* j'en arrive à la symphonie. Que Monsieur ne s'imagine pas que je me prends pour Mozart, mais, le génie, ce soir, il m'a sauté sur l'épaule.

Gilles rejoint Nicole dans sa chambre. Elle a sorti de son armoire une robe noire qu'elle ne met jamais.

— Tu veux m'aider à attacher ce collier ?

— Tu es d'une élégance...

— Ton frère me connaît à peine. Je ne veux pas qu'il rentre à Toulouse en disant : ma belle-sœur est gentille, mais elle vit dans un trou de campagne.

Une voiture s'est arrêtée dans la cour.

— Je vais l'accueillir, dit Nicole.

Elle descend. Guillaume est immobile, devant la porte.

— Bonsoir.

Il fait jour, encore. Au mois de mai les journées sont longues.

— Je suis contente que vous soyez venu.

Ils tournent la tête en même temps, vers un arbre, le plus proche, où semblent s'être cachés tous les oiseaux.

— C'est vous qui vous occupez du jardin ? Il est très beau.

— La terre est bonne ici. On plante. Tout pousse.

— La terre ne suffit pas. Il faut y penser.

Leurs voix traversent le soir.

— Il faut que je vous remercie, dit Guillaume. Pour Caroline. Vous l'avez reçue, logée...

Il a prononcé son nom. Il se l'était promis. Depuis qu'il est en route. Il s'était promis de le prononcer avant d'entrer dans la maison.

— Elle était ici chez elle, déclare Nicole.

XI

Ce n'est pas la première nuit qui est difficile. On dort quand même. On reste longtemps devant la fenêtre ouverte, penché vers l'ombre de la cour, à respirer l'odeur des tilleuls qui est exactement celle d'il y a trente ans, à écouter les bruits de la maison, à reconnaître le grincement d'une porte, d'une marche de l'escalier. On finit par se coucher. On croyait avoir oublié le lit. Mais non. La jambe, le rein, l'épaule, « ça s'épouse » avec le matelas, comme dit madame Marie. On craint de ne pas s'endormir. Mais on s'endort. La nuit passe. On se réveille tard. On ouvre les yeux. C'est là que tout commence. Au réveil. Parce qu'au grand jour tout a changé. On se lève. On va se regarder dans une glace. On s'aperçoit que trente ans ont passé.

— Monsieur Guillaume !

C'est madame Marie, qui était aux aguets, qui a entendu du bruit. On ouvre la porte.

— Je mets le café à chauffer ?

On se donne un coup de peigne, très vite, on passe une robe de chambre, on descend. En hésitant un peu. La maison est vide. Chacun a trouvé une bonne raison pour s'éloigner. Même l'enfant n'est pas là. Il n'y a que madame Marie, debout contre la table de la salle à manger, surveillant d'un œil la tasse de café bien chaud.

— Monsieur a bien dormi ?

— Vous voyez l'heure à laquelle je me réveille.

Le café. Le sucre. On boit une gorgée lentement. Madame Marie ne bouge pas. On soupire :

— La perfection !

Elle a l'air de ne pas entendre. Jusqu'à quand va-t-elle rester ainsi ? C'est un silence lourd. Le même que sur la berge de la Loire, l'autre jour, lorsqu'elle est venue avec son carton à chaussures. On beurre sa première tranche de pain grillé. Le regard de madame Marie est attentif.

— Et voilà ! dit-elle enfin.

Animée, brusquement. Satisfaite.

— Beurrer comme je l'ai appris à Monsieur quand il était petit. Ce n'est pas comme la pauvre Mme Caroline. Elle ne savait rien, avec les tartines ! Je ne sais pas ce que Monsieur faisait, lorsqu'il prenait le petit déjeuner avec elle, mais il aurait pu lui montrer la manière.

Et devant la réaction de Guillaume :

— Il ne faut pas en parler peut-être ? Monsieur ne l'a pas épousée peut-être ? Qu'est-ce que ça veut dire ces façons de donner son nom et d'oublier qu'on a donné son nom ? Je l'aime bien, cette Caroline-là. Et je ne vois pas pourquoi je me retiendrais de parler d'elle dans cette maison, puisqu'elle s'appelle Vaindrier, elle aussi.

Elle se penche vers Guillaume :

— Je n'ai pas raison ?

— Vous avez raison.

Caroline, oui. C'est elle qui l'attendait aux Quatre Vents. Il retardait le moment d'y revenir, à cause du passé, de ces images lointaines qui avaient été son trop court bonheur, ces quelques mois à ne vivre que d'un visage, à ne rien connaître du monde que le regard de deux yeux très clairs, la voix qui prononçait son nom si bas qu'il avait le sentiment de ne jamais l'avoir entendu. Il avait peur de comprendre enfin cette mort qu'il n'avait jamais comprise, et d'en souffrir pour la première fois. Depuis trente ans, chaque matin il disait : non ! et la journée se repliait sur elle-même, étrangement semblable à toutes celles qu'il avait vécues depuis qu'il était seul. Après trente ans il se décide à revenir aux Quatre Vents. Dès le premier matin, il s'aperçoit qu'il se trompait. Ce n'est pas le passé qui l'y attendait. C'est Caroline.

Gilles, à son tour. Qui insiste pour lui faire visiter sa laiterie. Qui ne lui fait grâce d'aucun détail sur le fonctionnement de ses machines et de ses programmateurs. Qui le conduit même dans une maison voisine, pour lui montrer un étrange appareil, baptisé alertoscope, que Brémont, son jeune ingénieur électronicien, a installé sur un mur de sa chambre. A l'aide de petites caméras de télévision, installées aux principaux points névralgiques des bâtiments, cela lui permet de surveiller le fonctionnement de la laiterie, même la nuit, et d'être brutalement réveillé par un rayon de lumière rouge dès qu'une panne menace.

Mais la visite terminée, lorsqu'ils se retrouvent dans le bureau de Gilles, pourquoi en viennent-ils à parler de Toulouse ?

— C'est curieux ce goût du combat que vous avez tous, dans la famille, dit Guillaume. Je l'ai trouvé chez Marie-Hélène, chez Jean-François, chez toi aujourd'hui. D'où cela vient-il ?

— Tu l'as, toi aussi.

— Non.

— Dans ton métier. Tu t'es battu pour devenir un grand professeur.

— Je ne suis pas un grand professeur. Je le laisse croire. Mais c'est une réputation usurpée, qui repose sur quelques ouvrages publiés il y a dix ans, complètement dépassés aujourd'hui.

— Tes élèves t'admirent pourtant.

— Qu'en sais-tu ?

— J'ai passé trois jours, le mois dernier, avec Benoît Lebreton.

Guillaume se lève. Il ne s'était pas méfié. D'une phrase à l'autre, on se laisse entraîner. Il regarde par la fenêtre. Tout est neuf. Les bâtiments, la route qu'on a élargie, goudronnée. Jusqu'à certains arbres qui ont été replantés.

— Je dormais si bien, dit-il. Pourquoi m'avez-vous réveillé ?

— Ce n'est pas nous, Guillaume. C'est Caroline.

Gilles à son tour. Gilles, si attentif à ne jamais intervenir dans la vie des autres.

— Pourquoi m'a-t-elle réveillé ?

— Parce qu'elle t'aime.

Il ne va plus au moulin. Il ne veut pas que Marie-Hélène lui parle, elle aussi, de Caroline. C'est un combat qu'il doit mener seul. Avec ses propres armes. Il fait le tour des Quatre Vents. Il s'en échappe, parfois, coupe à travers champs, va regarder la Loire de loin. Il aime cette image de fleuve qui a des paresses, qui semble s'attarder, mais qu'un mouvement secret pousse vers la mer. Il se dit : mes paresses à moi. Il se souvient de la jeune fille, au premier examen, qui paraissait tellement sûre d'elle-même, qui le regardait comme si c'était à elle d'interroger, à lui de répondre. Il ne la trouvait pas jolie. Elle avait de trop longs cheveux. Il aimait voir les visages. Il ne s'intéressait qu'aux femmes sans mystère, dont il savait tout, au premier regard, sans être obligé de chercher plus loin, de soulever des chevelures, de découvrir ce qu'elles cachaient. Caroline... Ce geste qu'il avait eu envie de faire, pour la première fois. Une main écartant la frange, libérant le regard...

Il revient par de petits sentiers. Dans ce pays, qui est celui de son enfance, il trouve à chaque pas les images de Caroline.

— Elle a des torts. Des torts graves. Je suis obligée de le reconnaître.

C'est Nicole qui intervient maintenant. Ils sont seuls, après le déjeuner, dans le jardin.

— Lorsqu'elle est arrivée ici avec Benoît Lebreton, je n'étais pas d'accord du tout. Mais nous avons fait connaissance. Aujourd'hui, je pense que vous avez autant de torts qu'elle.

Il n'a pas envie de se défendre.

— Le tribunal, dit-il seulement. La robe noire et la toque pour dresser l'acte d'accusation.

Nicole s'énerve un peu. Elle pense à Caroline dans sa chambre d'hôtel.

— Vous vous imaginez qu'il suffit de rester assis, pendant des jours, pour que tout s'arrange, comme par miracle ? Pour que tout s'arrange, il faut agir en conséquence.

— C'est-à-dire ?

— Décrocher le téléphone, l'appeler, lui dire de vous rejoindre ici.

Pas aux Quatre Vents. La rejoindre, oui. Mais dans un lieu anonyme. Un lieu de silence et de solitude, où ils pourront venir l'un vers l'autre sans qu'aucune ombre ne traverse leur chemin. Avec l'été qui approche, Guillaume pense à du sable, à des plages désertes. Il descend à Roanne, fait le tour des agences de voyage, ramasse quelques dépliants, où des paradis en couleurs fleurissent à chaque page. Comment savoir où est le vrai ?

— Ce que vous cherchez, dit Noële, qui le surprend à rêver sur ces images, c'est une île déserte.

— Comme dans les romans, oui.

— Un petit rocher au ras de l'eau. Avec une vieille maison plus ou moins en ruine, des mouettes, et parfois la barque d'un pêcheur qui s'arrête pour laver ses filets.

— Exactement.

— Pour l'atteindre, il faut prendre un bateau, sur lequel on a entassé toutes sortes de provisions : des bougies, des allumettes, de l'huile, des olives et des tonneaux d'eau douce, car il n'y a rien sur cette île, absolument rien. Seulement la mer, avec des langoustes et tous les poissons qu'on veut.

Elle semble lire en elle, et les mots viennent de très loin.

— De quoi parles-tu ?

— De mon île.

— Tu en as une ?

— A côté de Lefkas. Nous nous y sommes enfermés, Ugo et moi, après notre mariage. C'est mon père qui nous l'avait offerte.

Elle sourit à Guillaume.

— Je vous la donne.

Depuis qu'il est aux Quatre Vents, elle n'a pas cherché à lui parler. Elle est restée à l'écart. Guillaume a gardé la même réserve. Ils auraient trop à se dire. Ceux qui vivent avec les morts s'évitent. Ils n'échangent pas leurs secrets, puisque ces secrets sont les mêmes. Ils se regardent seulement, de loin, comme ceux d'une même famille que le moindre mot trahirait.

— Au début de juillet, je vais à Lefkas avec mon fils. J'y demeure tout l'été. Si vous avez envie de mon île, venez quand vous voudrez. Il y aura toujours un bateau dans le port, qui vous attendra. Mais ne venez pas seul. Sur une île déserte, il faut être deux.

XII

Après trois jours de chaleur, l'orage menace. Depuis le matin, il tourne au-dessus de Toulouse, sans se décider à éclater. Les arbres ont des reflets métalliques. Entre les grilles du jardin, Guillaume surveille les rues désertes. Un pigeon traverse le trottoir, à petits pas hésitants. Son bec est rouge vif. Avec leurs stores de paille baissés, les serres ressemblent à des maisons d'enfants, au bord de la mer. « Encore cinq minutes », pense Guillaume. La pluie attendra-t-elle jusque-là ? Le premier roulement de tonnerre se fait entendre du côté du fleuve. Une femme court dans les allées. Un chien la suit, en aboyant. « Ce n'est pas elle. » Ils se sont donné rendez-vous à midi. Un éclair très bref. Une sirène proche. Déjà la sortie des bureaux et des ateliers. Des visages apparaissent sous les portes cochères, interrogent le ciel. Les premières gouttes tombent. « Elle ne viendra pas. » Elle aime les orages. Elle est sûrement à sa fenêtre, le rideau levé, attentive à ce piétinement sourd, contre les vitres. Brusquement les rues sont pleines de gens qui courent, cherchent à s'abriter sous un journal déplié.

— Bonjour Guillaume.

Elle est arrivée, très vite, sans qu'il l'aperçoive.

— Pardon de t'avoir fait attendre.

Très pâle, serrée dans un imperméable, les pieds nus dans des sandales. Il y a de la crainte, en elle, une crainte que son regard ne sait pas cacher.

— Ne restons pas là.

L'orage est sur eux. Tout devient noir.

Ils partent en courant, vers les serres, finissent par s'abriter sous l'auvent d'une cabane de jardinier.

— Tu vas prendre froid avec tes pieds nus.

Ils sont l'un contre l'autre, isolés dans ce désert de pluie. Caroline relève le col de son imperméable. Elle a changé de coiffure. C'est maintenant seulement que Guillaume le remarque. Elle a les cheveux serrés en chignon sur la nuque.

— Si je te disais : partons tous les deux, en vacances, que répondrais-tu ?

Caroline voudrait comprendre. Elle attend, depuis des semaines, enfermée dans sa chambre d'hôtel, en se disant que Guillaume est aux Quatre Vents, que peut-être, à son tour, il aura envie de la revoir. Il revient. Il lui téléphone. Il lui donne rendez-vous au Jardin des Plantes. Elle arrive, en ayant peur de ce qu'il va dire. Et il parle de vacances.

— Je ne te propose pas quelques jours au Pilat, avec les promenades en bateau, les sourires du patron de l'hôtel et les boîtes de nuit. Je te propose une île. Une île déserte, où nous serons seuls. Toi et moi, au milieu de la mer. Comme si les tempêtes que nous venons de vivre nous avaient rejetés sur une pointe de rocher, en attendant que le beau temps revienne.

— Oh ! Guillaume...

Elle se révolte :

— Je t'attends dans une chambre d'hôtel sinistre ! J'attends que tu m'appelles. Et c'est pour me dire ça ?

Elle enfonce les mains dans les poches de son imperméable, part en courant.

— Caroline !

Elle atteint la grille. Elle va rentrer, s'enfermer dans sa chambre. Elle ne répondra pas au téléphone. Ce soir même, elle s'en ira. N'importe où. Dans une autre ville, où personne ne la connaît, où elle ne se demandera pas pourquoi elle est seule.

— Ecoute-moi, Caroline !

Guillaume la rejoint, lui saisit le bras.

— C'est en Grèce. Une île en Grèce qui appartient à Noële. Je te jure qu'elle existe ! Je te jure qu'elle est à nous. Il faut tout y apporter. Absolument tout. Même l'eau à boire. C'est l'image de notre vie. C'est le désert de notre vie. Tout ce qui me reste de force, de tendresse, d'amour pour toi, je suis prêt à l'y apporter. Mais toi ? Acceptes-tu d'y apporter ce qui te reste ?

— Seuls, dit-elle. Vraiment seuls ?

— Vraiment seuls.

— C'est une épreuve difficile. La supporteras-tu ?

— Moi, oui.

C'est le dernier moment de l'orage. Le ciel s'éclaircit. Il y a de l'autre côté du jardin un petit ruban bleu clair entre les nuages.

— Deux jours, réclame-t-elle. Donne-moi deux jours pour y penser. Retrouvons-nous ici, à la même heure. D'ici là ne cherche pas à me téléphoner.

Le même jour, à Paris, chez maître Forestier,

Noële retrouve Mathieu Van den Berg. Le délai d'un mois qui avait été fixé est respecté. Ils vont pouvoir étudier ensemble un premier projet concernant Lefkas.

Lorsqu'elle arrive à l'appartement, Mathieu Van den Berg est seul.

— Maître Forestier va revenir d'un moment à l'autre. Préférez-vous que nous l'attendions pour commencer à travailler ?

— Tout dépend de vous. L'autre jour, vous étiez pressé.

— J'ai un peu plus de temps aujourd'hui.

— Alors, attendons-le.

Il y a des fleurs partout. Les fenêtres sont ouvertes. Le ciel de printemps s'habitue déjà à l'été.

— Comment s'est passée votre première audition à Berlin ?

Il la regarde, étonné. Il ne se souvenait pas d'en avoir parlé devant elle.

— Assez mal.

— Pourquoi ?

Il est debout près de la porte, très grand, toujours vêtu de sombre.

— Rien n'était prêt. Ni l'orchestre. Ni les chœurs. Ni moi. J'aurais dû refuser. J'avais besoin d'encore deux mois de travail. Sur la partition surtout. Quand on fait de la recherche, il faut être exigeant.

Il la regarde.

— Vous ne croyez pas ?

— Je ne sais pas, répond Noële. C'est assez loin de moi.

— Pas du tout ! C'est un problème de langage. Il vous concerne aussi. En ce moment, nous parlons et nous nous comprenons, parce que nous employons un langage habituel, que nous connaissons l'un et l'autre. Une suite de signes sonores, qui ont le même sens pour nous deux. Je peux me permettre des erreurs, des négligences, des fautes. Mon français est loin d'être parfait. Vous vous en êtes aperçue. Mais ce n'est pas grave. Parce que vous corrigez ces fautes vous-mêmes, et que vous continuez à me comprendre. Mais si vous imaginez que j'ai inventé un nouveau langage, et que je m'efforce peu à peu de vous amener à le déchiffrer, alors je n'ai droit à aucune erreur. Il faut que ce soit parfait, rigoureux, absolu.

Il parle avec une passion dont elle ne le savait pas capable. Sa voix, impatiente, bute parfois sur un mot, s'en irrite, le force comme on force un obstacle, avec un grand geste de la main. Puis il reprend ses explications, le visage tendu. Mais il s'interrompt brusquement.

— Pardonnez-moi.

Il retourne s'adosser à la porte. Pendant un long moment, ils gardent le silence.

— Je n'ai pas encore demandé à mon père de vous écrire la lettre que vous attendiez, dit enfin Noële. Je le ferai cette semaine.

— Je n'en ai plus besoin.

— Pourquoi ?

— J'ai des amis en Grèce. Je me suis fait confirmer par eux que la maison était à vous, et que M. Karrassos était prêt à tout faire pour que le projet aboutisse.

— Ils sont bien renseignés.

— Très bien.

Il ajoute :

— J'avais également besoin de photographies de

la maison. Ils m'en ont envoyé. C'était pour aller plus vite.

Noële ne répond pas. Quelque chose, dans sa voix, l'étonne.

— Inutile d'attendre plus longtemps. Maître Forestier n'a pas été obligé de s'absenter. Il est parti de lui-même. Pour que nous soyons seuls. J'ai voulu le retenir. Mais il refuse d'intervenir entre nous.

Pendant une brève seconde, il semble chercher ses mots.

— Cette maison de la musique, j'y renonce.

— Un mois, dit Noële.

Si elle comprenait... Si elle pouvait comprendre...

— Il vous a fallu un mois pour me le dire ? Et pendant tout ce mois, vous avez demandé à vos amis de faire une enquête. Qu'ont-ils découvert ? Que vous ont-ils appris de si grave pour que vous refusiez ?

— Ce ne sont pas mes amis.

— Soyez franc. Au point où nous en sommes...

— Ce ne sont pas mes amis.

— Alors ? Qui ?

— Moi. Et cette maison. Elle n'est pas pour moi.

Ils restent longtemps immobiles. Où est le vrai Mathieu Van den Berg ? se demande Noële. Celui-ci, détaché, replié sur lui-même, le regard lointain ? Ou celui qui tout à l'heure lui parlait de ses recherches de langage, se passionnait pour son métier, cherchait à se faire entendre ? Elle se souvient de cette voix, de cette animation, de cette façon qu'il avait de fermer la main pour que les mots lui obéissent. Et de ce visage. Elle se souvient surtout de ce visage éclairé d'un sourire, penché vers elle, comme vers un monde à découvrir.

— C'est la maison, dit-il encore. Seulement la maison.

— Déchirez les photographies que vos amis vous ont envoyées, dit Noële. Elles ne représentent rien. Venez à Lefkas. Venez y vivre quelques jours. J'y serai au début de juillet. Je vous y attends.

Elle a senti qu'il n'avait pas renoncé encore, qu'il y avait un dernier espoir en lui.

— Avant de dire : cette maison n'est pas pour moi, il faut la connaître.

Elle en est maintenant certaine : le vrai visage de Mathieu Van den Berg, c'était celui de tout à l'heure.

— Aujourd'hui, c'est moi qui te fais attendre.

Midi. Le grand soleil de Toulouse. Les allées du Jardin des Plantes. Caroline sourit. Elle porte une robe très courte, en toile rouge. Elle a repris sa coiffure d'autrefois, avec la frange au bord des yeux.

— L'île déserte existe toujours ? demande-t-elle.

— Toujours.

— Tu souhaites toujours que je t'y accompagne ?

— Toujours.

Il a peur de ce qu'elle va dire. C'est pour ça qu'il est arrivé en retard. Depuis deux jours, il a parcouru un long chemin vers elle. Il a voulu tout effacer de sa vie d'autrefois. Il a commencé par donner congé à son propriétaire, par s'entendre avec un garde-meubles, pour qu'on déménage son appartement le plus vite possible. Puis il a été voir le doyen de la Faculté. Il lui a remis sa démission. Il a décidé de ne plus enseigner à Toulouse. Que fera-t-il à la rentrée ? Il n'en sait rien encore. Peut-être changera-t-il de ville. Peut-être même de pays. Il a le temps d'y réfléchir. Mais il a voulu que tout soit effacé avant de revoir Caroline. Pour bien lui prouver qu'il était décidé à changer de vie, quoi qu'il arrive, et quelle que soit la décision qu'elle avait prise.

— Si je viens, Guillaume, ce n'est pas comme une étrangère. C'est comme Caroline. Tu sais qui je suis, ce qui s'est passé entre nous, les erreurs que nous avons commises, le mal que nous nous sommes fait. Je viens, si tu m'acceptes comme je suis.

Il écarte doucement la frange de cheveux. Il retrouve ses yeux d'un bleu intense, presque violet.

— Et moi ? demande-t-il. M'acceptes-tu comme je suis ?

Elle cache son visage contre son épaule. Toute rouge, dans sa robe.

— Quittons cette ville, dit-elle. Quittons ce pays. Cette île, c'est notre seule chance.

Elle parle avec impatience, serrée contre lui, en remuant la tête.

— Quand partons-nous, Guillaume ? Quand allons-nous enfin être ensemble ?

Il se penche vers elle, lui parle à l'oreille. Ils sont debout, au milieu du jardin, et derrière les grilles les gens se retournent et sourient de les voir. Guillaume lui dit tout : l'appartement, la Faculté, la décision qu'il a prise, le vide de sa vie sans elle, le désir qu'il a de tout recommencer ailleurs. Non seulement pendant l'été et leur solitude dans l'île, mais après, lorsqu'il sera temps de rentrer dans le monde.

— Nous partons dans quelques jours, annonce-t-il enfin. Il faut attendre que Noële soit en Grèce. Auras-tu la patience ?

Elle relève la tête :

— Maintenant, j'aurai la patience.

XIII

Ce n'est pas seulement une journée. C'est une semaine. Toute une semaine à contempler le visage des fiancés, à paresser dans la maison de Giorgio et de Madeleine, à boire le pastis sous la tonnelle du jardin, à jouer à la pétanque, en fin d'après-midi, sur la petite place de Grimaud ombragée de platanes. A regarder le soir descendre sur la mer, du haut de la tour de l'ancien château fort. A n'avoir rien d'autre à faire qu'à être heureux.

Ils sont heureux. Les Riccardi. Les Vaindrier. Heureux sans y penser. Sans même le savoir. Comme on respire.

— Denis !

— Clara !

Toute la journée à s'appeler. Comme un jeu.

— Denis !

Parce qu'il s'éloigne vers la haute mer. Et Clara, sur le bord de la plage, se demande s'il va revenir.

— Il est fou d'aller si loin, dit Gilles Vaindrier qui rejoint Clara.

— Dites-le-lui ! Je sais qu'il nage comme un

poisson et qu'il a du souffle. Mais il suffit d'une crampe, d'un courant...

Elle crie encore :

— Denis !

Il revient. Il est devant elle, les yeux rouges, essoufflé.

— Tu avais peur ?

C'est un jour après l'autre, sans que personne sache mesurer le temps. Comme une fête qu'on croit achevée, et qui renaît avec le matin, lorsque tout le monde a dormi et que le goût du plaisir recommence. Il y a eu de vraies fiançailles, le premier jour, dans le jardin de la maison de Giorgio. Madeleine avait dressé un grand buffet. Denis avait une chemise blanche et une cravate. Les Riccardi étaient venus de Djerba. La signora Riccardi était si émue qu'en descendant de l'avion, elle avait embrassé les hôtesses. Les Vaindrier étaient arrivés par la route. Gilles avait décidé de prendre une semaine de vacances. Brémont était capable de faire tourner la laiterie. Son alertoscope fonctionnait à merveille. Noële avait fait ses bagages. De Grimaud, elle se rendait directement en Grèce, où M. Karrassos l'attendait. Le petit Yan aimait les voyages. Tout le long de la route, il était resté très sage dans le fond de la voiture, regardant par la portière, donnant des noms à tout ce qu'il voyait, inventant ceux qu'il ne connaissait pas encore.

Le soir des fiançailles, il n'avait pas été question de coucher Yan avant les grandes personnes. Il était resté dans le jardin, émerveillé par la lune. Gilles Vaindrier l'avait assis sur ses genoux et lui apprenait le nom des étoiles : la Grande Ourse, la Petite Ourse, la Polaire. Il les répétait fièrement.

— C'est bien vous qui étiez en Afrique avec Clara ? demandait Nicole Vaindrier à Madeleine.

Elles s'étaient retrouvées à la cuisine, où Madeleine préparait en toute hâte une salade de fruits, son buffet, qu'elle croyait suffisant, s'étant soudain trouvé vide. Nicole l'aidait à éplucher les mandarines.

— Vous avez dû avoir une vie passionnante ?

— Passionnante, oui !

— Vous ne la regrettez pas ? Entre vos villages du Tchad et Grimaud, il doit y avoir des différences.

— C'est vrai. Mais je suis stupidement sentimentale. Du moment que Giorgio est avec moi...

— Je vous comprends mieux que vous ne le pensez.

M. Riccardi se faisait expliquer le fonctionnement des serres de culture sans sol. Un peu à l'écart, Noële regardait Clara. Elle se souvenait de Djerba, de ce visage blême, de sa grande fatigue. Il avait fallu la conduire jusqu'à Denis, car elle n'avait pas la force de faire le voyage. Le soir de ses fiançailles, éclairée par la lune, elle semblait s'en souvenir elle aussi, et se demander si tout était vrai. Alors, elle buvait un peu de champagne, encore un peu de champagne, et sentait ses joues s'empourprer.

— Denis..., disait-elle tout bas.

C'était une soirée qui aurait pu ne jamais finir, tant elle était simple à vivre, et légère. Il avait pourtant fallu se décider à coucher Yan. La famille s'était séparée. Pour un moment seulement. Le lendemain, tout reprenait. On se réveillait tard. On se sentait heureux. On se retrouvait sur la plage. Gilles Vaindrier avait des humeurs de nager. Pas aussi loin que Denis, car il manquait d'habitude. Mais c'était une façon de se sentir en vacances. C'était la journée de fiançailles qui recommençait.

Une semaine. On visite les environs. On fait cuire des œufs, on achète du saucisson, on en remplit des paniers, on s'empile dans deux voitures, on se dirige vers l'abbaye du Thoronet. Denis et Clara suivent, à motocyclette. On s'enfonce dans les bois de pins. Il y a des cigales, des odeurs de terre chaude. La signora Riccardi mange des olives.

— Viendrez-vous à Djerba ?

M. Riccardi invite les Vaindrier.

— En avion, c'est tout près. J'aurais tant de plaisir à vous recevoir.

Nicole Vaindrier ramasse des pommes de pin pour le petit Yan.

— Je ne suis pas une voyageuse. Demandez à mon mari. Mon grand plaisir, c'est d'être chez moi, l'hiver au coin de ma cheminée, l'été à soigner mes rosiers.

— Venez à mon aide, monsieur Vaindrier. Comment convaincre votre femme ?

— Arrangez-vous pour que le mariage ait lieu chez vous. Je vous promets qu'elle viendra.

Le mariage. Où aura-t-il lieu ? Et quand ? C'est trop tôt pour le savoir. Denis et Clara n'ont pas encore décidé de leur avenir. Ils doivent passer l'été en Afrique et choisir entre plusieurs solutions. Ils se sont donné trois mois.

— Ce doit être facile pour Denis de trouver une place, dit Nicole. Il n'y a jamais assez d'instituteurs dans ces pays.

Mais Denis n'a plus envie d'enseigner. Faire la classe à des enfants, c'est un métier passionnant lorsqu'on y croit. A Ouches, il y croyait. En

Afrique... Il ne sait pas très bien expliquer. Lorsqu'il pense à l'Afrique, il a le sentiment que son rôle de professeur n'a plus de sens. Qu'il lui faut redevenir élève. Il a envie de remonter le temps, de creuser le sable des déserts, de s'aventurer à la recherche d'une civilisation si ancienne que personne ne la connaît plus.

— Vous avez entendu parler des peintures découvertes dans le plateau du Tassili ? Elles datent de 5000 à 6000 ans avant Jésus-Christ. C'était l'époque de ce buffle étrange qu'on appelle le bubale. A partir de ces peintures, on peut déjà esquisser une Histoire de l'Afrique. Je ne sais pas si je suis capable de faire partie des équipes de savants et d'archéologues qui cherchent à les déchiffrer. Mais c'est dans cette voie que j'aimerais travailler. Peut-être faudra-t-il que je fasse de nouvelles études.

— Et Clara ?

Tout dépendra du choix de Denis. Peut-être reprendra-t-elle ses activités d'infirmière. Peut-être travaillera-t-elle avec lui. Ce qui compte pour elle, c'est de ne pas être exilée d'Afrique. Elle sent que leur amour ne saurait en être détaché.

— C'est à partir des animaux que l'Histoire, peu à peu, se précise, continue Denis. Savez-vous que, sur les plus anciennes peintures, on découvre des hippopotames, des rhinocéros, des éléphants ? C'est donc que le Sahara était une plaine fertile, une forêt profonde.

Il a déjà la voix des conteurs de légende.

— Au fur et à mesure que la sécheresse gagne, ces animaux disparaissent. Le sable étouffe les forêts. Au début de l'ère chrétienne, on distingue encore des girafes et des chevaux. Mais ce qui marque la victoire absolue du désert, c'est l'apparition du chameau.

Il sourit. Il était dans ses rêves. Il a retrouvé Djerba. On revient avec le soir. L'enfant dort sur les genoux de Noële. Le ciel est rouge sur la mer.

— J'aime votre maison, dit M. Riccardi à Madeleine. Si toutes celles de ce pays lui ressemblent, j'ai bien envie de fermer mon agence immobilière de Djerba et d'en ouvrir une ici.

Il a le sentiment que sa femme y pense sans oser en parler.

— Au fond, les mères acceptent facilement de marier leurs fils. Regardez pour Giorgio, tout s'est très bien passé. Mais leurs filles, c'est autre chose. C'est comme si leur jeunesse les quittait.

Madeleine sourit. Elle voudrait avoir l'âge de la signora Riccardi et paraître aussi jeune.

— Nous sommes devenus des parents, continue M. Riccardi. A Djerba, nous le sentons vraiment. Ce qui était une maison de famille n'est plus que celle d'un couple déjà vieux. La tentation est forte de tout vendre, et de s'installer ailleurs.

— Et Luigi ?

— Luigi a vingt ans. Il ne sait même plus qui nous sommes. Il considère la maison comme un hôtel. Il y dort. Il y prend parfois un repas. Bientôt, il ira travailler en France. Ou en Amérique.

Mais il ne veut pas assombrir ces journées. Très vite, il parle d'autre chose. La semaine approche de sa fin.

— Viens voir, dit Gilles à Nicole.

Il l'entraîne vers la maison de l'antiquaire de Grimaud, pousse le portail, traverse un petit jardin planté d'orangers sauvages.

— Dis-moi ce qui te plaît.

Ils vont d'une pièce à l'autre. Les meubles sont beaux, avec des patines où la lumière joue doucement.

— C'est pour Denis et Clara ? demande Nicole.

— Non. Pour toi. Pour les Quatre Vents.

Tout de suite, elle refuse.

— Ça, c'est ton frère Guillaume ! La première fois qu'il est venu il t'a fait une réflexion. Tu n'as pas eu l'air d'y faire attention, mais tu y penses.

— Guillaume a peut-être raison. Les meubles que nous avons étaient déjà là du temps de mes grands-parents. Au bout d'un temps, ça fait un peu musée.

— Ecoute, Gilles...

Elle n'a pas envie de sourire.

— La maison est à toi, tu fais ce que tu veux. Change les meubles, si tu en as envie. Mais ne me demande pas mon avis.

— Qu'est-ce que ça veut dire : la maison est à toi ? Elle est à nous deux. Nous y avons vécu plus de vingt-cinq ans ensemble.

Nicole est toujours grave.

— Et je suis prête à y vivre vingt-cinq ans encore sans rien changer. Je sais bien que tout le monde a envie de recommencer sa vie en ce moment : ton frère Guillaume, et Denis, et Noële aussi d'une certaine façon. Ils ont des raisons de le faire. Mais nous deux...

Elle lui prend le bras.

— Notre rôle à nous deux, c'est de rester tels que nous sommes. Pour que ceux qui partent puissent penser à nous et se sentir rassurés. Il y a longtemps que les Quatre Vents sont comme une lanterne dans la nuit. Faisons en sorte qu'elle ne s'éteigne pas.

C'est le dernier jour. Déjà on pense aux valises. Déjà on regarde les horaires d'avions, on calcule le temps nécessaire pour la route de retour. Denis et Noële se sourient.

— Tu connais Gassin ?

— Non.

— C'est au haut d'une colline. On voit tout le pays. Allons-y ensemble.

Ils prennent la motocyclette. C'est comme autrefois, lorsqu'ils allaient vers la vieille maison. La journée est chaude. Ils montent jusqu'à Gassin, s'installent sur la terrasse, à l'ombre des platanes. Les collines s'étagent, plantées de vignes et de mimosas.

— Tu es heureux, Denis ?

— Oui.

Ils sont l'un à côté de l'autre, le regard posé sur le vert des feuillages.

— J'ai été faible. Tu as dû avoir honte de moi.

— Faible, oui. Mais je n'avais pas honte de toi. Je ne pouvais pas t'aider. Heureusement Clara est venue.

Ils se sourient.

— Je t'avais perdu, dit Noële. Je te retrouve. Tu étais mon frère, quand nous étions enfants. Nous sommes vieux maintenant, et tu redeviens mon frère.

— Vieux ?

— Moi, oui...

Il lui prend la main.

— Sois heureux, Denis, mon frère. Si je pense à toi, je voudrais penser que tu es heureux.

Sixième Partie

LA MAISON DE MUSIQUE

I

Ce qui est beau, c'est lorsque l'enfant saute à califourchon sur les épaules de son grand-père, s'agrippe des deux mains à ses cheveux, et qu'ils plongent ensemble du haut des rochers. Ce qui est beau, c'est l'animal fabuleux qu'ils forment ainsi, qui disparaît entre les algues et rejaillit soudain à la surface de la mer, avec un cri de triomphe. Ce qui est beau, c'est la passion qui les unit, l'impossibilité où ils sont de s'arracher l'un à l'autre, le petit-fils se jetant sans cesse à l'assaut du grand-père, par la jambe, le torse, la tête, le grand-père partant sans cesse à la recherche du petit-fils, le saisissant par le cou, par le pied, l'envoyant en l'air et levant les bras pour le rattraper, comme une image de lui-même. Ce qui est beau, c'est lorsqu'ils sortent de l'eau, qu'ils se laissent tomber sur le sable, visage contre visage, et qu'ils retrouvent peu à peu leur respiration, en se léchant à petits coups de langue, les yeux fermés, jusqu'à ce qu'ils s'endorment.

— *Imé...* Répète.

— *Imé...*

— Bien. *Micro...* Répète.

— *Micro.*

— Maintenant : *Imé micro.*

— *Imé micro.*

— Très bien. Ça veut dire : *je suis petit.*

Leurs secrets. Les leçons de grec. Les musiques. Les chansons du temps où le grand-père était enfant, qu'il retrouve dans sa mémoire, et qu'il chante à voix basse pour endormir son petit-fils. Les danses sur la terrasse. Tous les bateaux dans le port. L'hélicoptère dans le hangar. Les chèvres sur les collines, les mulets dans les rues du village, les poulpes au fond des barques, et, la nuit, entre les feuillages des oliviers, le regard doré des petites chouettes. Leurs secrets d'homme à homme, que Noële ne partage pas. Elle sait qu'il faut rester à l'écart. Elle regarde parfois l'île déserte, au loin, et pense à Guillaume Vaindrier. Elle entre quelquefois dans le salon de musique, s'approche du piano ouvert, pense à Mathieu Van den Berg. Les herbes ont poussé sous les citronniers. La pierre est presque invisible.

Le soir, lorsque Martha, la femme de chambre, allume les lampes, la maison de Lefkas est comme un fanal posé sur la mer.

— Tu connais Mme Brascova ?

Ils dînent sur la terrasse. Le petit Yan a écouté les chansons qu'a fredonnées pour lui son grand-père puis il s'est endormi. Sur la table, la flamme des lanternes tremble doucement.

— Qui est Mme Brascova ?

— Une antiquaire d'Athènes, spécialiste en icônes. Elle va à Paris de temps en temps. Je sais qu'elle connaît maître Forestier. Tu ne l'as pas rencontrée chez lui ?

— Non.

Les pêcheurs ont allumé un feu sur la plage. L'un d'eux gratte une mandoline, et la musique sautille entre les rochers.

— Messara la connaît aussi, continue Yannis Karrassos. Si je t'en parle, c'est que l'autre soir, à un dîner où ils étaient ensemble, il paraît qu'elle lui a posé toutes sortes de questions sur toi, sur tes projets concernant cette maison, sur les dispositions financières que j'avais l'intention de prendre. Elle avait l'air très au courant.

Il écoute la musique de la mandoline.

— Deux jours plus tard, quelqu'un est venu tourner autour de la maison, en prenant des photographies. Une femme, paraît-il. Je n'étais pas là, mais les pêcheurs qui l'ont remarquée m'ont dit qu'elle avait des cheveux roux. Comme Mme Brascova.

— Alors, je sais, dit Noële.

Elle raconte que Mathieu Van den Berg a eu besoin de renseignements, qu'il a des amis en Grèce, et qu'il s'est adressé à eux.

— C'est sûrement pour lui que cette femme est venue.

A la flamme des lanternes, elle voit le visage de son père se fermer.

— Tu le connais bien, ce Van den Berg ?

— Je l'ai vu deux fois. Maître Forestier a longtemps travaillé avec lui. Il pense que c'est l'homme que nous cherchons. Il est préoccupé par l'argent, c'est vrai. La première fois que je l'ai rencontré, il ne m'a posé que des questions matérielles. Mais lorsqu'il se laisse prendre par ses recherches musicales, lorsqu'il essaie d'expliquer ce qu'il fait, il y met une telle passion...

Elle voudrait que son père l'ait entendu comme elle.

— Pourquoi êtes-vous soucieux ?

— Parce que tu ne connais rien aux affaires, et qu'un projet comme le tien peut intéresser toutes sortes de gens...

Il garde le silence un moment, puis se lève.

— Puisque tu dis que cet homme va venir, attendons.

Se rendre à Athènes, c'est au-dessus de ses forces. Il le faut pourtant. Messara le réclame. Un matin, il est bien obligé de mettre une chemise blanche, de nouer une cravate. Il part très tôt. L'enfant dort encore. Yannis a mal aux yeux, de nouveau. Il est obligé de porter des lunettes noires.

Depuis que l'enfant est là, il s'y refusait : « Il se serait demandé qui était ce drôle de grand-père. Et puis, je veux le voir tel qu'il est. Lui aussi, c'est un soleil. Un soleil qui me guérit. » Mais, ce matin-là, il les cherche sur son bureau. Au bruit de l'hélicoptère, le petit Yan s'est réveillé. Il se dresse dans son lit, se lève, court vers la fenêtre. Cet avion-là, pourquoi s'envole-t-il sans l'attendre ? Noële l'a entendu se lever. Elle vient voir. Mais il la reconnaît à peine. Il se débat lorsqu'elle l'embrasse. Ce qu'il cherche, c'est ce double de lui-même, cet homme qui est là chaque matin, qui lui invente des jeux, et qui, ce matin, a disparu. Il tourne dans la maison, rôde sur les terrasses. Il dit des mots que Noële ne comprend pas : *andros, elinos, pateros.* Il les répète avec irritation, parce qu'elle ne sait pas lui répondre. Toute la matinée, il est ainsi hors de lui-même. Noële le conduit sur la plage. Il voudrait qu'elle saute, elle aussi, du haut des rochers. Il voudrait qu'elle l'emmène jusqu'au port, qu'elle grimpe avec lui sur les bateaux des pêcheurs, pour regarder les langoustes frotter leurs pinces contre la coque.

Elle finit par demander à Martha de le surveiller et remonte vers la maison, étonnée d'être malheureuse de ce qu'il ne la connaît plus.

— Madame !

Martha revient, effrayée. Elle ne sait pas ce qui s'est passé. Le petit Yan jouait sur la plage. Elle a parlé quelques minutes avec un pêcheur. Il n'était plus là. Elles redescendent en courant.

— Yan !

Il ne peut rien arriver. Il n'y a que la mer et le port et les maisons du village.

— Yan !

Il y a quelqu'un sur le port. Une femme qui tourne la tête, lorsqu'elle entend qu'on appelle, et fait un grand geste.

— Il est ici.

Elle a un visage qui s'ouvre, lorsqu'elle sourit, sur de petites dents très blanches, et des yeux immobiles, comme ceux d'un oiseau.

— Il voulait voir les bateaux, alors je lui ai dit : viens ! Je croyais que c'était l'enfant des pêcheurs.

Elle est vêtue de bleu. Un pantalon de toile légère, une blouse en soie, avec de grands colliers de cuivre. Noële prend la main de son fils. Le petit Yan la suit sans rien dire. Il ne sait pas ce qui se passe.

— Je connais mal cette île, dit encore la femme en bleu. Où y a-t-il une auberge ?

— Au village, derrière l'église.

Dans le port, les bateaux sont immobiles. Une cloche sonne midi.

Le lendemain, au petit jour, une barque s'approche de la plage, y dépose un homme et s'éloigne. L'homme relève le col de son imperméable. Il a passé la nuit en mer, cherchant à découvrir la masse sombre de l'île. Maintenant il marche dans le sable. Il regarde la maison et ses terrasses. Il voit mal. Il faudrait que le soleil soit levé. Une petite ligne verte danse à l'horizon. L'homme s'allonge sur le sable, les yeux ouverts. Il ne veut pas s'endormir. S'il s'endort, il sait vers quelles images le soleil l'emportera. La mer respire doucement. Tout à l'heure, pense-t-il, lorsqu'il fera jour. Il y a toujours un instant, à l'aube, même en été, où il fait froid. Il suffit d'attendre. Il repense à ce voyage dans la nuit. Très long et très calme. La barque avait un moteur qui toussait d'une voix rauque. Ils ont quitté Athènes à une heure du matin. Ils ont mis longtemps à sortir du port, louvoyant entre les grands navires amarrés. Les pêcheurs mordaient dans des oignons, buvaient un petit vin pourpre. Il avait le sentiment de glisser lentement hors du temps, de remonter jusqu'aux sources de sa mémoire, jusqu'au moment de son enfance où, dans la chambre de ses sœurs, derrière les volets fermés, le silence était fait de deux respirations égales.

Il se redresse. S'il reste allongé, tout le poids de la nuit s'accrochera à ses cheveux, et l'entraînera vers les jardins de Nimègue. Il traverse la plage, atteint la jetée. La ligne n'est plus verte à l'horizon. C'est un feu qui prend. Il y a, du côté du village, un grand mouvement de bras étendus, quelqu'un qui s'étire entre les maisons, une ombre blanche. Les chats fouillent le fond des barques à la recherche de têtes de poissons.

Le soleil jaillit hors de l'eau. C'est un plat de cuivre. Il résonne. Un long coup de gong qui vibre, qui fait s'écarter les rideaux, s'asseoir ses deux sœurs dans leur lit trop blanc, et sur le perron, tournant déjà comme des fous, les grands chiens aboient. Tout était bleu, tout était gris, la rosée brillait doucement. Les chemins s'étiraient sous les brumes. Un avion très haut, derrière les nuages...

— Mathieu !

Il sursaute.

— J'étais inquiète. J'ai appelé Athènes. On m'a dit que tu étais arrivé hier soir. Pourquoi as-tu mis si longtemps ?

Pendant quelques secondes, il ne la reconnaît pas. C'est une femme, au regard d'oiseau immobile, qui lui a posé une main sur l'épaule.

— Irina...

— Comment es-tu venu ?

— En barque. Avec des pêcheurs.

— Je t'ai réservé une chambre à l'auberge, dit-elle.

— Il faut d'abord que j'aille jusqu'à la maison. Je n'ai pas pu la voir. Il faisait nuit quand la barque m'a déposé sur la plage. J'ai essayé de tourner autour, mais c'est comme un nid, entre les rochers. Il faut entrer par les terrasses. Je l'avais compris d'après tes photographies.

Il fait quelques pas le long de la jetée, regarde vers la maison. Quelqu'un là-haut se penche par une fenêtre.

— C'est l'enfant, dit Irina qui regarde aussi. Il

attend M. Karrassos. Dès qu'ils sont levés, ils descendent ensemble se baigner.

Un peu plus tard, ils voient Yannis Karrassos sortir de la maison et courir vers la plage, avec son petit-fils.

— J'y vais, déclare Mathieu.

Il monte entre les rochers, atteint les premières marches de grès rouge.

— Monsieur Van den Berg...

Noële sortait de sa chambre. Elle se penchait du haut de la terrasse, pour voir nager son fils, et...

— Depuis quand êtes-vous là ?

Elle ne comprend pas. Pourquoi arrive-t-il sans prévenir ? C'était si simple de téléphoner.

— Je voulais arriver ici par mes propres moyens.

— Je vais vous faire préparer une chambre.

— Je me suis installé à l'auberge. Ne vous occupez pas de moi. Je voulais seulement vous dire que j'étais là. Je reviendrai ce soir ou demain.

Il enfonce les mains dans les poches de son imperméable et redescend vers le port.

— C'est ici qu'est descendu M. Van den Berg ?

— Oui, monsieur Karrassos.

La patronne de l'auberge a des joues rondes, un fichu rouge noué sous le menton. Elle frotte les marches de son escalier.

— Il est dans sa chambre ?

— Je crois, monsieur Karrassos.

— Allez lui dire que je veux lui parler.

Ce n'est pas l'orage encore. C'est un grondement sourd dans la voix. La patronne est montée au premier étage. Elle frappe à une porte, dit quelques mots. Mathieu Van den Berg sort de la chambre. Il s'était allongé sur son lit, tout habillé. Il s'était endormi. Il se penche sur la rampe.

— Vous êtes monsieur Van den Berg ?

— Oui.

— Qu'est-ce que vous faites dans cette auberge ?

— Mais...

— Vous ne savez pas que tout est à moi, ici ? Cette auberge comme le reste ? Ma fille vous offre une chambre chez elle. Vous refusez, et vous venez en prendre une ici. Vous ne savez pas que c'est la même chose ? Ici comme là-bas vous êtes chez les Karrassos. Alors, descendez. Ne vous occupez pas de vos bagages. Je les ferai prendre.

La patronne s'est réfugiée dans une petite pièce, à gauche de l'escalier. Elle connaît Yannis Karrassos. Elle sait qu'il est capable de vraies colères. Elle voudrait faire signe à cet homme qu'elle ne connaît pas, pour qu'il obéisse sans discuter. Elle a l'impression que quelqu'un se met à rire. Elle regarde par la porte entrouverte. C'est ce M. Van den Berg, penché sur la rampe.

— Vous traitez toutes vos affaires comme ça ? demande-t-il.

— Toutes.

— Et personne ne vous résiste ?

— Jamais.

Mathieu Van den Berg cesse de rire.

— J'aime beaucoup cette auberge, affirme-t-il. La chambre est confortable, le lit excellent. J'ai précisé à Mme Luckas que j'irai la voir ce soir ou demain. Pour le moment, j'ai beaucoup de sommeil en retard. Excusez-moi.

Il regagne sa chambre. Mais Yannis Karrassos monte l'escalier en courant.

— Ce n'est pas pour moi. C'est pour ma fille. Elle vous attend depuis des mois.

Ils se regardent, dans la pénombre.

— Bien, cède enfin Mathieu.

Il se dirige vers une porte, à l'autre bout du palier, frappe deux coups.

— Entre, dit Irina.

Il entrouvre la porte.

— M. Karrassos est venu me chercher. Ne t'inquiète pas. Je reviendrai ce soir.

Elle est assise devant une petite coiffeuse et se masse le visage avec une crème blanche. Elle regarde Mathieu dans le miroir.

— J'irai me baigner du côté des rochers rouges, annonce-t-elle. Viens me rejoindre, si tu as le temps.

Il sent le piège se refermer. Pendant longtemps, il se débat, il essaie de lutter, mais peu à peu ses forces l'abandonnent. Il monte d'une terrasse à l'autre. La maison est prise dans les rochers. Elle s'élève, par de longs escaliers, jusqu'au ciel. De la plage, on ne comprend pas. Elle ressemble à un nid d'aigle. Mais, de l'intérieur, on découvre qu'elle est ouverte, que l'air y circule de chambre en chambre, qu'elle respire au rythme de la mer. Mathieu voudrait dire non. Mais ses mains se posent malgré lui sur les murs. Il sent la pierre qui bouge comme un animal. « Une maison... », prononce-t-il à mi-voix. Il a demandé qu'on le laisse libre. Noële a accepté. Elle est descendue vers la plage, avec son fils. Elle lui a suggéré, avant de s'en aller :

— Poussez toutes les portes. Entrez partout. Il n'y a pas de secret.

Il voudrait s'échapper, mais c'est une maison vivante. Il l'entend respirer. Il dit : je rêve, je vais me réveiller. Il s'assied, dos au mur, ferme les yeux. Il se souvient de ses voyages. Des pays découverts. Des espoirs qui n'en étaient plus. Chaque fois, en ouvrant les yeux, son rêve s'effaçait. Mais là, pour la première fois... Il ouvre les yeux. Le rêve de maison ne s'efface pas. Il est adossé à un vrai mur. Il y pose la main. Le mur résiste.

— Je cède, constate-t-il tout haut.

Il se penche au-dessus des jardins. Il aperçoit le petit bois de citronniers. Il sait que la pierre est entre les herbes.

— Je cède, répète-t-il.

C'est à la pierre qu'il parle. Puis il descend vers la plage. Noële l'y attend.

— Il faut que je retourne en Allemagne, explique-t-il. Que je me libère de quelques travaux en retard. Dans une dizaine de jours, je reviens. Et nous commençons à travailler.

Il est debout, avec le costume sombre qu'il portait à Paris lorsqu'il a sonné chez maître Forestier. Un étranger. Egaré entre les rochers, le sable et la mer. Il faudra qu'il apprenne à ne plus avoir peur du soleil.

— C'est bien, approuve Noële.

Elle regarde la maison. Bientôt, pense-t-elle. Elle va bientôt retrouver sa voix. Une femme vient vers eux. Noële la reconnaît. C'est elle qui jouait la veille avec le petit Yan, sur le port. Elle a le même pantalon de toile bleue, les mêmes colliers de cuivre. Mathieu lui fait signe.

— Il faut partir, dit-il. Il faut que je retourne en Allemagne le plus vite possible.

Irina sourit à Noële.

— Nous nous connaissons. Je m'appelle Irina Brascova.

II

Le magasin semble fermé. Un store de toile écrue a été tiré devant la vitrine. Noële hésite à entrer. C'est le début de l'après-midi. Derrière ses volets clos, Athènes fait la sieste. Un marchand de pastèques somnole à l'ombre d'une porte cochère. Les mouches bourdonnent autour des tranches rouges. Dans une cour, derrière un mur, on entend un bruit de fontaine. Le bec-de-cane est sur la porte. Noële le fait jouer. La porte s'ouvre. Elle commence par ne rien voir. Elle sent seulement une bouffée de fraîcheur, comme si elle pénétrait dans une cave. Peu à peu, elle s'habitue à la pénombre. Il lui semble que des regards s'allument sur le mur, que des visages se tournent vers elle dans une sorte de nuit traversée d'éclats. Elle se souvient de la petite église de Lefkas, le jour de son mariage, de l'encens, des cierges, des couronnes de feuillages, tenues au-dessus d'eux par des jeunes filles, et, autour de l'autel, des flammes qui tremblaient devant les icônes.

Elle voit mieux maintenant. Le magasin est construit en longueur : une sorte de couloir aux murs tapissés d'étoffe bleu-vert. Les icônes y sont accrochées, en longue file. Des lampes à huile les éclairent comme dans une chapelle, suspendues au plafond par de petites chaînes de cuivre. Dans le fond du magasin, un rideau de perles masque un escalier qui semble tourner entre des vitraux de couleur. L'impression de fraîcheur n'a pas duré. L'atmosphère est pesante. Le rideau s'écarte. Irina Brascova reconnaît tout de suite Noële :

— Madame Luckas... Vous vous intéressez aux icônes ?

Elle est habillée de noir. Une longue robe, fermée au cou par une lourde broche en or.

— J'allais sortir. On vend aux enchères quelques belles pièces. Il faut que j'assiste à la vente. Avez-vous le temps de venir avec moi ?

— Non, répond Noële, qui explique qu'un de ses oncles arrive de France aujourd'hui, qu'elle est venue le chercher à l'aéroport. Comme elle était un peu en avance, elle a eu envie de pousser la porte du magasin. Mais elle reviendra. Un jour où elles auront plus de temps l'une et l'autre.

Mme Brascova regarde sa montre.

— Ce qu'on vend au début n'a aucun intérêt. J'ai un petit quart d'heure.

Elle prend, derrière le rideau, une chaise de paille.

— Asseyez-vous.

Elle va jusqu'à la porte, enlève le bec-de-cane.

— Vous avez des nouvelles de Mathieu ?

— Je l'attends dans une dizaine de jours, répond Noële.

— C'est par maître Forestier, je crois, que vous l'avez connu ?

— Oui.

— C'est un homme remarquable.

Il y a un bruit sourd dans l'escalier. Irina passe un bras à travers le rideau de perles.

— Ici, toi.

Elle a saisi un chat par la peau du cou, le jette sur son épaule.

— J'aimerais vous poser une question, dit Noële.

— Je vous en prie.

— M. Van den Berg m'a appris qu'il vous avait chargée de prendre des photographies de la maison et de vous renseigner sur les intentions de mon père. En lui envoyant ces renseignements, je pense que vous lui avez donné votre avis sur le projet ?

— Oui.

— C'était un avis favorable ?

Irina regarde Noële attentivement.

— Non, répond-elle.

Noële se lève.

— Je vous remercie de votre franchise. M. Van den Berg m'avait dit qu'il reviendrait. Mais je comprends que c'est inutile de l'attendre.

Irina Brascova n'a pas bougé.

— Je n'ai aucune influence sur les décisions de Mathieu, souligne-t-elle. Lorsqu'il me demande un avis, je le lui donne. C'est tout.

Le chat saute à terre d'un bond.

— Je peux vous assurer qu'il reviendra. L'autre jour, en quittant Lefkas il n'a parlé que de votre maison. Il était passionné. Jamais je ne l'avais vu ainsi. Les affaires qu'il doit régler en Allemagne sont un peu compliquées. Il lui faudra peut-être plus de dix jours. Mais il reviendra.

Elle regarde de nouveau sa montre.

— Je vais être en retard.

Elle ouvre la porte du magasin. Mais Noële a besoin de comprendre.

— Pourquoi lui avez-vous donné un avis défavorable ?

— Vous ne connaissez pas Mathieu. C'est un être qui va d'une passion à l'autre. Toujours avec le même enthousiasme. Un an, deux ans, on peut croire qu'il est enfin fixé. Mais quelque chose de nouveau se présente, et aussitôt il quitte tout. Je ne dis pas qu'il soit instable. Je dis que sa soif de connaître ne s'apaise jamais. Il veut tout savoir. Tout découvrir.

Elle parle d'une voix rapide.

— Maître Forestier ne vous a rien révélé de tout ça. Je le sais. C'est un homme d'âge. Mathieu l'inquiète. Il voudrait le voir établi. Dans votre projet, il n'a vu qu'un moyen de retenir Mathieu. Peut-être a-t-il vu juste. Mais...

Elle hésite.

— Rien jusqu'ici n'a pu retenir Mathieu.

Elle plisse les yeux une seconde.

— Ni personne.

Ils se sont assis à l'avant du bateau, regardant la mer devant eux. Chaque fois qu'un rocher apparaît, ils se disent : c'est peut-être l'île. Mais ils n'osent pas demander. Ils attendent que Noële le leur confirme. Ils sont habillés de la même façon. Comme Caroline a coupé ses cheveux, on pourrait les prendre pour deux frères. Elle a pensé que ce serait plus simple sur une île déserte d'être coiffée comme un garçon. Elle a pensé également que, s'ils avaient le courage de vivre isolés de tout, aussi longtemps qu'il le faudrait, elle verrait s'allonger ses cheveux, comme une promesse. Et Guillaume, en reconnaissant enfin son visage, comprendrait que l'épreuve était achevée. Le soir n'est plus très loin lorsqu'ils atteignent Lefkas. Ils ne montent pas jusqu'à la maison. Ils sont pressés d'être dans l'île. Ils changent seulement de bateau. Celui qui les attend est un petit hors-bord bleu vif. Noële y a fait transporter trois tonneaux d'eau douce, et toutes les provisions nécessaires pour les premiers jours.

— Quand vous n'aurez plus d'eau, il faudra revenir à Lefkas. Avec trois tonneaux, vous devez pouvoir tenir une semaine.

Guillaume met le moteur en route. Déjà, il se détache du ponton. Caroline lève la main.

— Merci !...

Le bruit du moteur couvre sa voix. Très vite, ils sont en pleine mer. Le soleil devient rouge sombre. L'île est devant eux, un point noir qui se rapproche. Caroline a fermé les yeux. Il n'y a plus à espérer de secours de personne. Seuls. Ils vont être seuls. Face à face. Avec la nuit qui vient. Cette première nuit, où il leur faudra réapprendre à dormir ensemble. Guillaume arrête le moteur. Le hors-bord continue sur sa lancée, atteint une étroite anfractuosité. Guillaume agrippe un rocher.

— Saute, dit-il.

Elle regarde la petite maison en ruine, les touffes d'herbes, la mer à l'infini. Guillaume est descendu à son tour. Il ne voudra pas, pense-t-elle. Ils roulent les tonneaux d'eau douce contre la cheminée, ouvrent les cartons que Noële a fait porter dans le hors-bord, font le compte de l'huile, du savon, du sucre. La nuit est venue. Ils vont s'asseoir sur le seuil de la maison, l'un à côté de l'autre. Ils regardent monter la lune. Ils ne savent pas qui décidera l'autre à rentrer.

III

— Il y en a encore une, déclare Mathieu. Rassurez-vous. C'est la dernière.

Il pose la petite caisse à côté des autres, sur la terrasse. Il est arrivé d'Athènes le matin, par bateau, transportant une cargaison de caisses de bois qu'il a alignées sur le port. Les marins se proposaient de l'aider. Il a refusé. « C'est trop fragile », a-t-il dit. Après les avoir toutes débarquées, il a commencé à les monter l'une après l'autre jusqu'à la maison. Certaines semblaient très lourdes. Noële ne le reconnaît pas. L'homme qui vient de descendre du bateau n'est pas celui qu'elle a rencontré à Paris, chez maître Forestier, n'est pas celui non plus qui, dix jours plus tôt, était monté vers elle, serré dans un imperméable. Il court sur le sentier, en regagnant le port. Il chantonne. Il a un pantalon de toile claire, une chemise bleue dont il a retroussé les manches. On dirait un autre Van den Berg, un frère jumeau qui se cachait en Allemagne, et qui aurait pris la place de Mathieu. Le visage surtout, la jeunesse inattendue de ce visage, la lumière qui brille dans son regard, comme si toute la brume s'était levée d'un coup.

— Voilà, dit-il.

Il est revenu avec la dernière caisse.

— Mon arsenal, s'exclame-t-il avec un sourire. Des magnétophones, des amplificateurs, des haut-parleurs, des micros, un synthétiseur. Un vrai laboratoire sonore qui me permet de faire ce que je veux avec la musique : la triturer, la déformer, la dédoubler, lui faire traverser des chambres d'échos, l'inverser, la couper en morceaux, la faire vivre.

Il sourit toujours.

— J'ai été obligé de tout déménager en Allemagne, du jour au lendemain, et je ne pouvais pas laisser mes appareils là-bas. Heureusement un de mes amis, mister Pickwick, m'a aidé à les mettre dans des caisses et à les transporter à l'aéroport. Comme excédent de bagages, ça nous a coûté une fortune.

Il regarde les petites boîtes noires, soigneusement alignées contre le mur.

— J'en ai laissé une partie à Athènes. Chez Mme Brascova. Elle a un grand hangar derrière son magasin. J'ai chargé mon ami Pickwick de la surveillance. Je vais porter tout ça dans ma chambre.

— Installez-vous dans le salon de musique. C'est plus grand. Il n'y a que le piano sur lequel travaillait mon mari.

Mathieu Van den Berg se baisse, soulève la première caisse :

— Je préfère les avoir avec moi. La nuit, si j'ai envie d'entendre de la musique, il suffit d'allonger le bras.

Il disparaît dans la maison. Noële reste un long

moment sur la terrasse. C'est la fin de la matinée. Yannis Karrassos est en mer, avec son petit-fils. Ils ont été pêcher des langoustes. Ils doivent revenir pour le déjeuner. Mais lorsqu'ils sont ensemble, ils oublient l'heure, et c'est en voyant l'enfant s'endormir brusquement dans le fond du bateau que son grand-père comprend qu'il faut rentrer. Elle cherche à la surface de la mer. La lumière est trop vive. Elle ne distingue pas le bateau. Elle ne distingue pas l'île, non plus, où Guillaume et Caroline sont enfermés depuis quatre jours. Il lui semble qu'elle est seule avec ces caisses qui contiennent un univers tout neuf, en pièces détachées, dont elle ignore encore si elle saura y respirer.

— Vous êtes chez vous, dit-elle à Mathieu, qui revient. Le rythme de cette maison est très souple. Chacun y vit comme il l'entend. S'il y a quoi que ce soit qui vous manque, appelez ma femme de chambre. Elle s'appelle Martha.

Elle descend vers la plage.

— Mon homme d'affaires, M. Messara, doit s'absenter dans quelques jours. Je souhaite qu'il vous voie le plus rapidement possible, et que nous ayons tous les trois une conversation sérieuse. Quand pouvez-vous m'accompagner à Athènes ?

— Quand vous le déciderez, monsieur.

— Demain ?

— Demain.

Yannis Karrassos est venu frapper à la porte de Mathieu. Par la porte entrouverte, il aperçoit les appareils que Mathieu a sortis des caisses, et qu'il a installés dans sa chambre.

— Vous dormez toujours avec des câbles électriques qui grimpent sur votre lit ?

— Toujours.

Yannis Karrassos sourit.

— On dirait la chambre de mon petit-fils, avec tous ses jouets en désordre.

Mathieu répond à son sourire :

— Des jouets, en effet.

— Vous êtes en train de penser : qu'est-ce que c'est que ce vieux fossile, qui ne comprend rien à rien, et qui se permet de ne pas me prendre au sérieux. Venez.

Il l'entraîne presque de force, le fait entrer dans le salon de musique. Le piano de Ugo est ouvert. Il s'approche du clavier, plaque un accord au hasard. Les notes s'élèvent dans le silence. Il les écoute résonner.

— La musique, pour moi, c'est ça, monsieur Van den Berg.

— Pour moi aussi, monsieur Karrassos.

Mathieu s'approche du piano à son tour, pose ses doigts sur les touches, plaque le même accord. Les notes se mettent à chanter de nouveau.

— Si j'enregistre avec mes appareils cet accord que nous avons joué l'un et l'autre, ce sera encore de la musique. Si je fais passer l'enregistrement à l'envers, ce sera toujours de la musique. Mais votre oreille le supportera moins bien. Parce que votre oreille n'est pas habituée à entendre les sons inversés. Par contre, l'oreille de votre petit-fils s'y habitue déjà.

Mathieu rejoue l'accord, doucement, puis un autre, qui semble naître du premier, puis un troisième. Peu à peu, une musique se forme sous ses doigts.

— Les anciens ont tout inventé, monsieur Karrassos. Nous ne pouvons pas refaire éternellement la même chose. Il faut bien chercher ailleurs.

Il joue, penché vers le piano. Une longue phrase se déroule, à laquelle répond bientôt une seconde, et les deux voix tracent leur chemin parallèle. C'est une invention de Bach, que Ugo travaillait souvent. Les yeux fermés, Mathieu déchiffre les secrets de ces temps d'autrefois, et ce qu'il y découvre l'emplit de respect. Il laisse résonner longtemps le dernier accord de l'invention, ouvre les yeux, et aperçoit Noële, immobile contre la porte.

— Le principe le plus simple est celui de la Fondation. Je vais lui affecter un certain capital, que nous fixerons avec Messara. Ce capital sera totalement indépendant. Je veux dire qu'il n'appartiendra ni à moi, ni à ma fille, ni à mon petit-fils, mais à une société qui aura son existence propre, et qui assurera son propre financement.

L'hélicoptère survole des champs ocre que le feuillage argenté des oliviers enveloppe comme une brume. A l'horizon apparaissent déjà les faubourgs d'Athènes. Penché en avant, Mathieu Van den Berg regarde ces terres brûlées de soleil, où les maisons ne se devinent qu'au noir des cyprès plantés devant les portes.

— Vous avez l'air passionné par le paysage, monsieur Van den Berg. Ce que je vous raconte ne vous intéresse pas ?

— Si. Mais ce pays est tellement beau...

Yannis Karrassos actionne les commandes.

L'appareil amorce un virage vers la gauche et s'élève.

— Etes-vous un idéaliste, monsieur Van den Berg ? Estimez-vous que les artistes doivent être délivrés de tout problème financier, et n'avoir aucune compromission d'aucune sorte avec le monde de l'argent ?

— Absolument pas. Je suis le premier à savoir que les musiciens d'autrefois étaient payés comme des domestiques, au même titre que les jardiniers et les maîtres d'armes, que Mozart lui-même portait une livrée et dînait aux cuisines.

— Alors ?

— Alors, vivent les mécènes, monsieur Karrassos ! Qu'ils nous donnent de l'argent. Mais qu'ils ne nous expliquent pas d'où il vient. Je connais le genre d'affaires que vous faites, et j'ai toute confiance en vous. Mais si vous m'appreniez que l'argent de la Fondation Luckas vient... disons : de la vente de canons, ou...

Il hésite.

— ... ou d'avions de bombardement, je serais obligé de repartir.

Ils ne disent plus rien jusqu'à Athènes. L'entrevue avec Messara se déroule dans un climat un peu tendu. Il est manifeste que Mathieu Van den Berg n'a pas encore d'idée précise sur la future maison de la musique. Aux questions qui lui sont posées, il répond avec maladresse. Cela finit par impatienter M. Karrassos.

— J'entends que la Fondation Ugo Luckas ait, dès aujourd'hui, une existence légale, dit-il. Nous ne quitterons pas ce bureau avant que les papiers officiels soient établis.

C'est ce que sa fille attend de lui. Il veut rentrer à Lefkas, lui montrer une photocopie du document et lui annoncer : « Ce que tu m'as demandé de faire, je l'ai fait. A toi, maintenant. » Cela dure une grande partie de la journée. Le soir, ils reprennent la direction de Lefkas, sans rien dire. L'hélicoptère vole dans un crépuscule rouge et or. La réverbération est si forte, que Yannis Karrassos porte parfois la main à ses yeux. Il a le sentiment d'avoir perdu sa route, atteint Lefkas presque par hasard, découvre à ses pieds la maison ouverte, où les lampes s'allument l'une après l'autre. A peine posé sur l'aire d'atterrissage, il rejoint Noële, l'entraîne vers son bureau, ferme la porte derrière elle.

— Regarde.

Il lui tend le document.

— La Fondation Ugo Luckas.

Noële prend les papiers. Elle essaie de lire, mais tout se trouble. Elle ne voit que le nom de Ugo.

— Merci, dit-elle doucement.

Elle se souvient du premier jour où elle est arrivée dans cette maison. Son père l'attendait dans la chambre où elle était née. Il l'avait regardée entrer. Il avait dit : merci. Elle entend encore sa voix : *ef karisto.* Parce qu'elle était venue rendre la vie à cette maison. Ce soir, c'est le même mot qui lui vient. Parce que son père est parvenu, à son tour, à rendre la vie à cette maison.

— Noële !

Guillaume et Caroline sont arrivés sur la première terrasse. Ils sont venus remplir les tonneaux d'eau douce. Un marin, qui semblait les guetter, a dit qu'il s'en chargeait. En attendant, ils ont décidé de monter embrasser Noële. Mais la maison semble vide.

— Elle n'était pas sur la plage, pourtant.

Ils ont l'impression d'entendre de la musique. Ils s'approchent. C'est dans une chambre éloignée, qui doit donner sur une autre terrasse. Ils montent encore. La musique se rapproche. Guillaume va jusqu'à une fenêtre aux volets entrouverts.

— Noële !

La musique s'interrompt brusquement. Une porte s'ouvre. Mathieu vient vers eux.

— Vous avez appelé ?

— Nous cherchons Mme Luckas. Je suis son oncle, Guillaume Vaindrier. Voici ma femme Caroline. Nous habitons l'île, je ne sais pas si vous êtes au courant...

Il parle en détachant chaque mot, car il a le sentiment que cet homme n'entend rien.

— Mme Luckas est en mer avec M. Karrassos.

— Quand doivent-ils rentrer ?

— Ce soir. Enfin, je pense...

Mathieu remue les lèvres deux ou trois fois, comme s'il cherchait sa respiration.

— Pardonnez-moi. Je travaillais. J'ai entendu votre voix, et... Je pourrais me présenter. Je m'appelle Mathieu Van den Berg. Mme Luckas m'a fait venir à Lefkas pour étudier un projet de maison de musique.

— J'étais aux Quatre Vents, le mois dernier, dit Guillaume. J'ai entendu parler de vous.

Il fait quelques pas vers l'escalier.

— Dites simplement à ma nièce que nous sommes venus. Au revoir, monsieur...

Mais Caroline s'approche de Mathieu.

— Cette musique que vous écoutiez, était-elle de vous ?

— Non.

— Celle que vous écrivez lui ressemble-t-elle ?

— Celle que je souhaite écrire, oui.

Il s'étonne de la gravité avec laquelle elle l'interroge.

— Vous êtes un homme de recherches ?

— Oui.

— Est-ce parce que vous n'aimez pas notre monde ? Pour lui trouver une nouvelle architecture ?

— Une nouvelle sonorité.

Guillaume écoute, immobile, un peu à l'écart.

— Par ambition ? Pour attacher votre nom à une découverte ? demande Caroline.

— Je suis sans ambition.

— Alors ?

— C'est une preuve que je voudrais me donner. La preuve que je suis en mouvement.

— Vous voulez dire : que je suis vivant ?

Mathieu hésite. Ce mot l'atteint de face.

— Oui, répond-il enfin à voix basse.

Caroline semble écouter ce oui, qui se débat et peu à peu s'apaise. Puis elle rejoint Guillaume et redescend avec lui.

— C'est l'heure pour les casiers à langoustes ?

— Peut-être.

— Tu ne regardes pas ta montre ?

— Elle est arrêtée.

Guillaume est près de la porte. Tout semble flamber à la surface de la mer.

— Alors, nous apprendrons à lire l'heure au soleil.

Depuis la veille, ils parlent à mi-voix comme s'ils avaient peur que quelqu'un soit à leur recherche.

— J'ai oublié d'acheter des bougies, dit Caroline.

Elle est debout devant la cheminée, le dos tourné.

— On peut retourner à Lefkas aujourd'hui.

Elle ne répond pas.

— Comme ça, tu reverras ce garçon. Tu recommenceras à lui parler musique.

Elle attendait. Depuis leur retour de Lefkas. Elle savait qu'il finirait par parler de Mathieu Van den Berg.

— Avoue que tu penses à lui depuis hier.

Elle se retourne.

— Oui.

— Pourquoi ?

Elle voudrait qu'ils aient la force de tout se dire, sans que cette tendresse qui les unit soit rompue. C'est ce qu'ils ont découvert depuis qu'ils sont dans cette île. La tendresse.

— A cause de sa voix.

Elle regarde Guillaume, comme elle a regardé Mathieu Van den Berg la veille.

— Tu l'as entendue comme moi. Une voix qui venait d'ailleurs. Lorsque nous sommes arrivés, lorsque nous l'avons arraché à ses recherches, il était comme un homme qui a posé son pied sur la lune, et ne reconnaît plus rien à son retour.

Guillaume ne sait pas encore où elle veut l'entraîner.

— Tu te souviens du premier examen que tu m'as fait passer, il y a trois ans ?

— Oui, répond-il.

— Toi aussi, à cette époque-là, tu avais une voix qui venait d'ailleurs. Tu étais quelqu'un qui se passionnait pour la recherche. Tu travaillais en laboratoire. Le jour de ce premier examen, j'étais assise en face de toi, et je te regardais.

C'est vrai qu'il faisait encore de la recherche, cette année-là, avec moins de passion que dans sa jeunesse, mais il avait pourtant une équipe d'étudiants autour de lui, et ils avançaient ensemble vers un but inconnu. Et puis, il y avait eu, en face de lui, cette jeune fille avec de longs cheveux qui cachaient son visage. Il avait eu envie d'avancer la main, d'écarter ces cheveux, de savoir ce qu'il y avait derrière. Il avait eu envie de partir à la découverte de ce visage. Il s'y était laissé prendre. Il avait déserté son laboratoire, abandonné son équipe d'étudiants.

— Ce jour-là, continue Caroline, toutes les questions que j'ai posées hier à ce jeune musicien, j'avais envie de te les poser à toi.

Guillaume détourne les yeux.

— Souviens-toi, Guillaume. Je lui ai demandé : pourquoi faites-vous ces recherches ? Il a répondu : C'est une preuve que je voudrais me donner. La preuve que je marche. Que je suis en mouvement. J'ai insisté. Vous voulez dire : la preuve que je suis vivant ? Il a hésité, Guillaume. Souviens-toi. Il a longtemps hésité. Mais il a fini par répondre : oui.

C'est la première fois qu'ils parlent ainsi, depuis qu'ils partagent cette solitude.

— Qu'attends-tu de moi ? demande Guillaume à voix basse.

— Que tu te remettes en marche. L'amour, c'est être en marche. C'est être vivant. Le jour de ce premier examen, tu étais vivant.

— C'est cet homme-là que tu aimais ?

— Que j'aime.

— Il n'existe plus.

— Il existe.

— Alors ?

— Il ne faut pas quitter cette île avant que tu l'aies rejoint. Ce musicien que nous avons vu hier a peut-être quinze ans de moins que toi. Mais, si tu retournes à ton laboratoire, chaque fois que tu en pousseras la porte tu seras plus jeune que lui.

Guillaume prend Caroline dans ses bras.

— Tu es belle, dit-il à voix basse.

IV

— Pour un jour Alexandra. Un seul jour...

Elle sait qu'elle ne peut pas refuser, que cette journée ne lui appartient pas. Mais, au moment de dire oui, elle craint de ne pas en avoir le courage.

— Cet enfant devait naître à Lefkas, continue Yannis. Quand il est né, tu étais aux Quatre Vents. L'an dernier, lorsqu'il a eu un an, tu étais également aux Quatre Vents. Il est ici, cette année. Alors, pour un jour, un seul jour, laisse-moi ouvrir les portes de la maison, et inviter les gens du village à fêter le deuxième anniversaire de mon petit-fils.

Le 4 août. Deux ans déjà.

— Tout le monde t'aime ici. Tout le monde aime Ugo. A Pâques, souviens-toi, il y avait des fleurs sur sa tombe. C'étaient les gens du village qui avaient pensé à lui.

Yannis Karrassos attend depuis longtemps cet anniversaire. Depuis que Noële est en Grèce avec son fils.

— J'ai tout prévu avec Martha. On dressera une table dans la cour, derrière la maison, avec de l'ouzo et des fruits confits. On ouvrira les portes à 5 heures.

Il y aura des musiciens. Mais ils ne joueront que si tu l'acceptes.

Elle a fermé les yeux.

— Tout ce qui mesure le temps... Tout ce qui m'oblige à compter... Yannis Karrassos savait qu'elle souffrirait. Mais, cette souffrance-là, l'enfant lui-même, chaque matin, lorsqu'il saute de son lit, ne la réveille-t-il pas ?

— Ne refuse pas, prie-t-il doucement.

— Je ne refuse pas.

Dans la journée, elle aide Martha qui dresse la table, sort les verres et les carafes, pose de chaque côté de la porte des candélabres d'argent ornés de rubans de couleurs. Le petit Yan comprend qu'un jeu se prépare.

— C'est ton anniversaire, lui explique Noële. Tu vas souffler ces deux grandes bougies.

A 5 heures, les musiciens arrivent et se groupent dans un coin de la cour, sous l'auvent de vigne vierge. Ils posent leurs instruments contre le mur, ne sachant pas encore s'ils auront la permission de jouer. Les mains jointes, ils attendent. Yannis Karrassos vient vers eux, leur dit quelques mots à voix basse. Le violoniste sort de sa poche le flot de rubans dont il a l'habitude de décorer son violon. Il l'attache, puis glisse son archet sur les cordes. Une note s'élève, très douce. La flûte s'y joint bientôt, puis les tambourins. Alors, les habitants du village, qui étaient massés derrière le portail, entrent tous ensemble. Les femmes ont apporté des bouquets de fleurs qu'elles déposent au pied des candélabres.

Noële est debout, à côté de son père. Elle tient son fils par la main. Il voudrait rejoindre les musiciens, et frapper sur un tambourin lui aussi. Mais Noële ne le laisse pas s'éloigner. L'un après l'autre, les hommes viennent s'incliner devant elle. Ils sont habillés de noir, et tiennent leur chapeau de la main gauche, posé contre leur poitrine. Puis Martha et la cuisinière versent l'ouzo dans les verres. Chacun en prend un. Yannis Karrassos boit le premier. Tous, aussitôt, l'imitent, et commencent à parler entre eux à mi-voix. Les musiciens jouent toujours. Le soir s'annonce. Noële s'avance vers les femmes. Elle leur présente l'enfant, qui semble comprendre, et se tient très droit à côté de sa mère. Les femmes poussent de petites plaintes étouffées en se penchant vers lui, et lui touchent rapidement les cheveux, comme un geste qui porte bonheur.

— Mes amis...

Yannis Karrassos écarte les bras. Les musiciens s'arrêtent.

— Mes amis, la nuit va tomber. Les deux cierges sont allumés.

Il a tenu à les allumer lui-même, à l'aide d'un brandon de bois d'olivier.

— Mon petit-fils va souffler ces deux cierges, et libérer l'âme de ses deux premières années, qui iront se poser sur le toit, comme deux colombes, rejoignant celles que tous les Karrassos ont libérées avant lui, et qui assurent la paix de cette maison.

Il parle d'une voix forte, presque chantante.

— Yan...

Il prend l'enfant dans ses bras.

— Voici la première flamme.

Il élève l'enfant à la hauteur du cierge.

— Souffle.

Le petit Yan souffle. La flamme s'éteint. Tous les

assistants lèvent la tête, et suivent le filet de fumée qui monte vers le ciel.

— Voici la seconde flamme.

De nouveau, l'enfant souffle. Il semble que la nuit tombe brusquement. Yannis Karrassos serre l'enfant contre lui.

— Tu as deux ans, Yan. Tu pèses sur la terre du poids de tes deux ans.

— J'étais dans ma chambre. Depuis le matin. Je réfléchissais à notre projet. En fin d'après-midi, j'ai entendu de la musique. Je me suis approché de la fenêtre. J'ai vu les gens du village, réunis autour de votre fils et de M. Karrassos. J'ai attendu. On a allumé les cierges. Votre fils a soufflé les deux flammes. Et j'ai compris pourquoi je me trompais.

Mathieu Van den Berg est assis sur la plage. Il vient de se baigner. Noële l'a aperçu du haut de la terrasse.

— Il ne faut plus attendre, monsieur Van den Berg, a-t-elle dit en le rejoignant. La Fondation Ugo Luckas existe. Mon père a fait ce qu'il fallait pour ça. A nous de travailler.

— Je voulais justement vous en parler.

Tout de suite il revient à l'anniversaire du petit Yan.

— J'ai compris que je ne cherchais pas dans la bonne direction.

— Expliquez-moi.

— Je peux parler longtemps ?

— Bien sûr.

— Il y a plusieurs façons de consacrer cette maison à la musique. La première serait d'en faire un hôtel, ouvert aux musiciens, qui, entre deux tournées de concerts, ont besoin de se reposer. La maison est idéale. Silence, soleil. Tout le monde aurait envie d'y venir. Cette solution demande simplement qu'on engage une personne chargée de la réception et plusieurs femmes de chambre. Je n'ai aucun rôle à y jouer. On peut également en faire une école, ouverte à des instrumentistes particulièrement doués, qui approfondiraient ici leurs connaissances. Ce qui pose le problème des professeurs. A mon sens, il est insoluble. Il y a très peu de bons professeurs dans le monde. Comment imaginer qu'ils abandonneraient tout pour venir ici ? Peut-être faudrait-il poser la question à maître Forestier, mais je pense qu'il répondra la même chose.

Cette voix, Noële la connaît. C'est celle qu'il avait à Paris, lorsqu'il lui a parlé du langage musical. Rapide, précise, butant parfois sur un mot. Alors il frappe ses mains l'une contre l'autre pour arriver à le prononcer.

— Reste une solution : transformer cette maison en laboratoire de recherches. Y accueillir une équipe de chercheurs, qui profiterait du silence et de la solitude pour aller jusqu'au bout de ses travaux. Je crois que c'est la vraie solution. Mais il y manquait quelque chose. Depuis hier je l'ai compris. Grâce à l'anniversaire de votre fils...

Après un silence il explique :

— Il faut que ces recherches aient un sens par rapport à cette maison.

Il se met à dessiner le plan dans le sable :

— Parce que c'est une vraie maison. Avec des escaliers, des terrasses, des fenêtres ouvertes, des jardins, la mer et le ciel. Une maison qui fait partie de l'île de Lefkas, et de la Grèce entière.

D'un geste large, il montre l'horizon.

— L'équipe de chercheurs qui s'installera ici devra tout oublier de ses précédentes recherches, et concevoir le plan d'une œuvre accordée à cette maison et qui en soit la voix. Comme la cérémonie d'hier l'était par rapport à votre fils. Je me fais bien comprendre ?

Noële ne sait pas encore. Ce qui compte, pour elle, c'est que quelque chose commence à naître.

— Vous connaissez Venise ? demande-t-il.

— Oui.

— Vous êtes entrée dans la basilique San Marco ?

— Oui.

— Je ne sais pas si vous avez remarqué les deux tribunes, de chaque côté du chœur, où étaient placés les choristes pendant les offices. Toute la musique que Monteverdi a écrite pour San Marco s'explique par ces deux tribunes. Il utilisait deux groupes d'instruments et de chanteurs, qui se répondaient. Aujourd'hui, pour jouer sa musique, on est obligé de revenir à cette architecture. C'est un exemple. Il faut faire la même chose à Lefkas. Il faut se servir des étagements de terrasses, des jardins, de la mer. Dépasser peut-être la musique, aller jusqu'au spectacle total, avec des comédiens, des danseurs, des jeux de lumière, des projections...

Il s'interrompt, soudain.

— Excusez-moi.

Quelqu'un vient vers eux. Un homme, vêtu de tweed épais. Il marche maladroitement dans le sable, avec des chaussures à fortes semelles. Sous une casquette à pompon couleur moutarde, il cache un long visage barré d'une moustache rousse. Mathieu l'a rejoint.

— Hello, mister Pickwick !

— Hello, mister Zee !

— Savez-vous que cette casquette est tout à fait déplacée sur une plage, mister Pickwick !

— Savez-vous que les Flamands ont tort de se montrer en maillot de bain, mister Zee ? La bière gonfle l'estomac.

— Ce n'est pas l'estomac qui est ici en jeu, délicat mister Pickwick.

— Quoi d'autre, imprudent mister Zee ?

C'est entre eux comme un langage chiffré qu'ils sont seuls à comprendre. Mais, au-delà des mots, une sorte de méfiance semble se faire jour. Après quelques secondes, Mathieu demande d'une voix rapide :

— Pourquoi viens-tu ?

Il a quitté le ton du jeu.

— Irina, répond Pickwick.

— Elle est ici ?

— A l'auberge. Elle veut te voir.

— Je travaille.

— Comme tu voudras. Mais je ne pourrais pas l'empêcher de tourner autour de la maison.

Il y a un silence. Puis Mathieu hausse les épaules à son tour.

— J'y vais.

Il revient vers Noële, entraînant Pickwick avec lui.

— Je vous ai déjà parlé de mon ami, mister Pickwick. Pardonnez sa tenue assez surprenante. Il n'avait jamais vu la mer.

— Monsieur...

— Il faut que j'aille m'habiller, dit Mathieu. On

m'attend à l'auberge. Je n'en ai pas pour longtemps. Nous recommencerons à travailler tout à l'heure.

Il remonte en courant vers la maison. Noële regarde cet homme, qui a enfoncé les mains dans ses poches.

— Je vous ai interrompus, pardonnez-moi, dit-il. Mais ce cher mister Zee est un personnage qu'on ne laisse jamais en paix bien longtemps.

— Comment l'appelez-vous ?

— Mister Zee.

Elle semble ne pas comprendre.

— Vous avez sûrement entendu parler de cette région de Hollande, qu'on appelle le Zuyderzee, qui était recouverte par la mer, mais qui a été asséchée patiemment, protégée par des digues, et qui est devenue une terre fertile. Je l'appelle *Zee* pour lui rappeler l'exemple de ses ancêtres et lui faire honte. Il y a en lui des terres qui ne demandent qu'à être cultivées, mais il n'a pas le courage d'élever des digues. Vous a-t-il parlé de sa maison de Nimègue ?

— Non.

Pickwick fait une petite grimace.

— Alors, vous ne le connaissez pas !

Il soulève d'un geste un peu trop large sa casquette moutarde et s'incline.

— Vous ne savez donc pas que je suis son double, le Castor de ce Pollux, qu'il me faut le suivre sans cesse, éteignant les incendies qu'il allume, murmurant les mots qu'il se refuse à prononcer, consolant lorsqu'il se détourne ?

Il s'incline une fois encore :

— Mes hommages, madame.

Il s'éloigne.

Irina Brascova est assise sur son lit, adossée à ses oreillers. Elle porte une djellaba blanche.

— Tu n'aimes pas que je sois venue, dit-elle.

La chambre donne sur une petite place du village, qui s'arrondit autour du perron de l'église. Debout près de la fenêtre, Mathieu regarde un nid qui se défait sous l'auvent du clocher.

— Il n'y a plus personne à Athènes. Inutile de laisser le magasin ouvert. Je prends des vacances.

— C'est ton droit.

Elle a un petit rire.

— Ne t'imagine pas que je te poursuis. Depuis quinze ans, si j'avais voulu te poursuivre, il aurait fallu que je fasse le tour du monde. M'as-tu beaucoup vue, en France, en Italie, en Amérique, en Allemagne ? Ce n'est pas de ma faute si j'habite la Grèce. Mme Luckas est venue me voir, à Athènes. Nous avons longuement parlé. J'ai beaucoup d'estime pour elle. Tu sais l'épreuve qu'elle a subie, il y a un an. Tu as vu comment elle l'a surmontée, et la force qui est en elle et qui lui permet d'élever son fils. J'ai envie de la défendre contre toi, Mathieu.

Mathieu se retourne avec vivacité.

— Tu n'as pas le droit de lui parler de mon passé !

— Ce n'est pas moi qui lui en parlerai.

— A qui penses-tu ?

Elle ne répond pas. Mais Mathieu voit le visage de sa tante Béatrix se lever doucement au fond du regard d'Irina. Il dit, à mi-voix :

— Tu irais jusqu'à Nimègue ?

— Si tu m'y forces.

Pendant un long moment, ils sont si près l'un de

l'autre que leurs lèvres se touchent presque. Puis Mathieu recule légèrement.

— J'accepte, Irina. Le moment venu, je te dirai d'aller chercher Béatrix. Mais...

Sa voix se brise soudain.

— C'est tellement nouveau pour moi, Irina. Laisse-moi le temps.

— Toute la nuit, j'y ai réfléchi. Je crois que nous sommes sur la bonne voie.

C'est de nouveau la plage, au grand soleil, après le bain du matin. Yannis et son petit-fils sont partis très tôt, avec les pêcheurs. L'enfant connaît déjà, en grec, le nom de tous les poissons. Les marins s'amusent de son accent. Lorsqu'il revient, épuisé de fatigue et de plaisir, il s'allonge n'importe où dans la maison, et s'endort avec un sourire émerveillé. « Que vais-je en faire aux Quatre Vents ? pense Noële. Il ne peut plus se passer de bateaux. » Il a retrouvé d'instinct la tradition des Karrassos, constructeurs de navires et maîtres de la mer. N'y a-t-il rien, en lui, de Ugo ?

— Moi aussi, j'y ai réfléchi, répond Noële. J'en ai parlé longuement avec mon père.

— Que dit M. Karrassos ?

— Il attend que nous ayons été jusqu'au bout de notre solution. Il a été très content d'apprendre que nous avions commencé à travailler.

— Rassuré surtout, rétorque Mathieu Van den Berg avec un sourire. Votre père n'a pas grande confiance en moi. Il a l'impression que je ne suis venu ici que pour me baigner et jouer avec mes magnétophones. J'espère que notre projet le-séduira.

Il parle avec la même animation que la veille,

comme s'il reprenait la discussion là où l'avait interrompue l'arrivée de mister Pickwick.

— Nous en étions à une équipe de chercheurs, qui travaillerait à construire une œuvre directement inspirée de cette maison, de son architecture, de sa situation dans l'île. Et je rêvais d'une sorte de spectacle total mettant en jeu, non seulement la musique, mais le théâtre, le cinéma, les lumières, la danse. C'est étrange que Pickwick soit arrivé à ce moment-là ! C'est un homme de théâtre. Il a beaucoup étudié les techniques nouvelles. Je suis sûr que notre projet le passionnerait. Je connais également à Hambourg un couple de jeunes danseurs, Elga et Frederik, qui comprendrait tout de suite ce qu'on peut faire à partir d'un lieu scénique aussi surprenant.

Il se met à rire.

— Rassurez-vous. Je ne suis pas en train de vous obliger à engager tous mes amis. Il y a beaucoup de gens qui auront envie de venir travailler ici. Et ils viendront ! Car, c'est là mon idée nouvelle, il faut changer d'équipe chaque année. La première équipe s'installe ici, au mois de septembre. Elle a jusqu'à la fin de l'année pour composer son ouvrage. Le jour de Noël, ou le 1er janvier, je veux dire à une date bien précise, cet ouvrage est joué ici, à Lefkas, en public, et retransmis par toutes les radios et toutes les chaînes de télévision qui en feront la demande. Puis, cette première équipe s'en va. Une seconde lui succède, en septembre de l'année suivante, pour travailler de la même façon. Grâce à la Fondation Ugo Luckas, une œuvre nouvelle prendra naissance ainsi d'année en année. Et ce sera un événement, attendu avec impatience par le monde entier.

Noële se laisse emporter. A quoi bon chercher à

mieux comprendre ? Il a raison. Elle sait qu'il a raison.

— Il faut tout mettre au point en détail, reprend Mathieu d'une voix plus calme. Mais cette ligne générale vous semble-t-elle bonne ?

— Oui, répond Noële.

Elle regarde longtemps la mer, cherchant des yeux la barque des pêcheurs. Elle voudrait que son père soit là, que Mathieu recommence à parler devant lui. Elle devrait dire : à rêver. Car c'est comme un rêve. Derrière cette voix elle devine une soif et une espérance.

— La cantate de Lefkas, murmure-t-il. Oh ! j'allais oublier. La composition des équipes. Là encore, tout est possible. On peut passer d'un pays à l'autre, accueillir une année des Japonais, l'année suivante des Américains, et ainsi de suite. Ou composer des équipes internationales qui soient ouvertes uniquement à des jeunes. Ou au contraire à un maître entouré de ses disciples. Il faut en parler. A maître Forestier d'abord. Il nous sera d'un grand secours.

Les idées semblent jaillir de lui et danser dans la lumière.

— Une chose, tout de suite, qui m'a frappée, dit Noële.

— Laquelle ?

— Ce délai que vous voulez imposer à chaque équipe. On peut vraiment obliger des musiciens à travailler dans un temps donné ?

— Pourquoi pas ?

— Un architecte, je comprends. Un menuisier, aussi. Mais un musicien...

— Vous n'allez pas me parler d'inspiration ?

— Pourquoi pas ?

— Ça n'existe pas. Ce n'est qu'une excuse commode pour les paresseux. Croyez-vous que Bach avait le temps d'attendre l'inspiration ? Son contrat de maître de chapelle l'obligeait à écrire, entre autres choses, une cantate nouvelle chaque dimanche. Bien sûr, il avait une équipe de chanteurs et d'instrumentistes habitués à son langage. Bien sûr, ce langage obéissait à des règles d'écriture extrêmement précises. Mais son génie inventait sans cesse, et...

Il se met à rire.

— A côté de lui, nous sommes tous des infirmes. S'il voyait mes magnétophones, il se moquerait de moi. Et il aurait raison...

Il reste longtemps silencieux

— Qu'avez-vous ? questionne Noële.

Il répond d'un geste, comme pour dire que c'est sans importance. Mais elle se souvient de mister Pickwick, la veille, disant : « Il y a en lui des terres qui ne demandent qu'à être cultivées. »

— Le soleil..., explique-t-il enfin. Je suis un homme du Nord. Cette lumière de Grèce m'aveugle. Je viens d'un pays de brumes, où toutes les images peuvent apparaître. Ici, c'est l'éclat.

— Pourtant..., objecte Noële.

Elle hésite à l'interroger.

— ... en vous écoutant parler tout à l'heure, j'ai eu le sentiment d'une soif en vous. Je me trompe peut-être. Comme si vous aviez la gorge sèche.

Il se tourne brusquement, la regarde avec une sorte de crainte.

— Venez, dit-il.

Il l'entraîne vers la maison. Il marche vite. On

dirait que quelqu'un l'attend, et qu'il a peur d'être en retard. Il entre dans sa chambre, fouille dans une valise de cuir noir, et sort une bande qu'il fixe sur son magnétophone. Une petite lampe rouge s'est allumée. Il met l'appareil en marche. Dans les haut-parleurs, posés devant la fenêtre, éclate soudain un rire d'enfant. Très clair. Un rire de fillette. Puis un autre, auquel se mêlent des aboiements de chiens. En dessous, comme un tissu encore fragile, montent des notes tenues, très sourdes, très graves, peut-être des instruments à cordes, peut-être des voix à bouche fermée, Noële ne sait pas reconnaître. Puis quelqu'un parle. Très près. Quelqu'un qui a l'air d'être dans la chambre, de se tenir debout à côté de Mathieu. Il dit : « Mai. Un matin. Un matin de mai. » La plainte chantée s'allonge toujours. On dirait des écharpes de brumes. Un autre son s'y mêle, peu à peu, quelque chose comme un bourdonnement d'abeille, lointain, aigu, qui se rapproche, qui s'amplifie, qui couvre bientôt les plaintes, qui envahit brusquement la chambre. Un avion.

D'un geste rapide, Mathieu arrête l'appareil.

— C'est ma cantate, dit-il. Celle que j'ai voulu faire jouer à Berlin, il y a trois mois.

Il fait repartir la bande en arrière, puis remet le magnétophone en marche. Dans les haut-parleurs, il n'y a plus que le silence.

— Que faites-vous ? demande Noële.

— J'efface, dit-il tout bas.

Il est debout devant son appareil, les bras écartés, comme s'il voulait empêcher Noële d'intervenir.

— Je savais que ce n'était rien. Mais pourquoi ? Je me demandais pourquoi ? Il a fallu que je vienne ici pour le comprendre. Que je vous regarde vivre. Vous.

La bande continue de tourner en silence.

— Cette familiarité que vous avez avec la mort. Dès le premier jour, à Paris, lorsque je vous ai vue chez maître Forestier, j'en ai été bouleversé. Vous m'avez parlé de votre mari. D'une voix si évidente, si naturelle...

Il regarde la bande où son œuvre se détruit elle-même.

— Un jour, je vous parlerai d'une maison où j'étais enfant. Il y avait des chiens sur le perron, de grands chiens très beaux, qui nous servaient de montures, à mes sœurs et à moi. Nous les enfourchions comme des chevaux. Il y avait des champs de tulipes tout autour, immenses, et qui bougeaient dans le vent. Il y avait...

Sa voix hésite.

— Vous voyez, je n'ai pas votre naturel. Pour la première fois, je parle de cette maison. Mais...

Il pose ses mains sur la bande magnétique, comme s'il voulait en arrêter le déroulement.

— J'efface tout, sans regret. Pour parler de cette maison d'autrefois, il faudrait avoir le cœur en paix.

La bande tourne toujours. C'était une œuvre longue, des mois de travail.

— Il y avait la mort dans cette maison ? demande Noële à mi-voix.

— Oui.

— C'était dans les pays du Nord ?

— En Hollande, près de Nimègue, à la frontière allemande.

— Qu'est-il arrivé ?

Il ne répond pas tout de suite.

— Quelque chose comme un orage.

— Quel âge aviez-vous ?

— Six ans.

— Et vos sœurs ?

Il baisse la tête, sans répondre.

— Méfiez-vous du silence, monsieur Van den Berg. C'est une maladie qu'on porte en soi, et qui finit par vous ronger.

Il pose de nouveau les mains sur la bande magnétique.

— C'est avec la musique que je sortirai de mon silence. C'est avec la musique que je parlerai. Mais ce langage que je cherche...

Il secoue la tête avec impatience.

— Si je savais où est l'amour...

Il arrête brutalement l'appareil, se tourne vers Noële, la regarde. Il a un mouvement de la main vers elle, très bref, très maladroit, comme s'il cherchait un point d'appui, quelque chose où se retenir. Puis il quitte la chambre, et s'éloigne très vite, en direction des collines.

La journée est immobile. Le petit Yan, qui s'est réveillé trop tôt, et que la pêche a rendu ivre de fatigue, dort jusqu'au soir. Dans son bureau, Yannis Karrassos travaille à des dossiers que lui a confiés Messara avant son départ en vacances. Noële écrit à maître Forestier pour lui faire part de toutes les idées que Mathieu Van den Berg vient d'avoir depuis deux jours. Mais Mathieu reste invisible. Noële ne s'en inquiète pas. Elle lui a dit, le jour de son arrivée, que chacun était libre de vivre comme il l'entendait.

Le lendemain matin, les volets de sa chambre sont

fermés. Noële sait qu'elle n'a pas le droit de frapper à la porte. Elle pense seulement à cette bande magnétique qui s'est effacée devant elle, et qui semble avoir emporté dans son silence la voix de Mathieu lui-même. Vers la fin de la matinée, quelqu'un demande à voir Noële.

— Pardonnez-moi de vous déranger...

C'est Mme Brascova.

— Il faut que je parle à Mathieu.

Elle est debout sur la terrasse, tournée vers la fenêtre aux volets fermés.

— C'est sa chambre ?

— Oui.

Elle va jusqu'aux volets, écoute.

— Quel silence. Vous permettez que j'aille voir ?

Elle pénètre dans la maison, longe le petit couloir, frappe à la porte de Mathieu, plusieurs fois. N'obtenant pas de réponse, elle ouvre. La chambre est vide. Tous les appareils ont été débranchés et remis dans les caisses qui sont rangées contre le mur. Irina revient sur la terrasse.

— Il s'en va ?

— Je n'en sais rien.

— Vous le savez. Pourquoi refusez-vous de me le dire ?

— J'ai travaillé avec M. Van den Berg, hier matin. Je ne l'ai pas revu de la journée. Ce matin, je l'ai attendu, car nous avions encore du travail. C'est tout ce que je sais.

Mme Brascova se penche vers les jardins.

— Il est arrivé quelque chose.

— Que peut-il être arrivé ?

— Tout. Avec ces rochers, cette mer...

— Vous m'avez avoué l'autre jour que vous

aviez déconseillé à M. Van den Berg de venir dans cette maison. Maintenant qu'il y est, malgré votre conseil, vous avez le sentiment qu'il est en danger. Pourquoi ?

Pendant un long moment Mme Brascova regarde Noële.

— Nous sommes des gens néfastes, dit-elle enfin. Ce qu'il y a en nous c'est la nuit. Seulement la nuit. Ecartez-vous de nous.

Elle parle avec tristesse. Avec douceur aussi. Noële se souvient de cette musique que Mathieu lui a fait entendre la veille, cette plainte sourde qui tissait des écharpes de brume.

— Vous êtes du côté de la lumière, du côté de ce qui vit. Nous sommes du côté de l'ombre, de ce qui meurt.

Ces mots sont en elle depuis longtemps. C'est avec gravité qu'elle s'en délivre.

— Mathieu est un être...

Mais elle s'interrompt. Mathieu est là, au bord de la terrasse.

— Continue, dit-il.

Immobile, le visage fermé.

— Tu disais : Mathieu est un être...

— Ne me mets pas au défi.

— Tu peux parler devant Mme Luckas. Elle m'a accueilli sans savoir qui j'étais. Elle a le droit de savoir...

Irina s'appuie au mur de la terrasse.

— Tu es un être qui détruit. Tout ce que tu vois, et qui a les apparences de la vie, tu le détruis. Ceux qui ont travaillé avec toi le savent. Maître Forestier le premier. Chaque fois qu'il a voulu t'attacher à quelque chose, à une œuvre à faire, à un orchestre à diriger, tu as rompu.

Sur le mur sa main se crispe.

— La musique elle-même... Oui, la musique elle-même, tu t'acharnes à la détruire. Tu la prends au piège dans tes appareils, tu la déformes, tu la tortures. Pour que tu aies la force d'entendre une note pure, un accord parfait, il faudrait que tu aies un cœur. Mais tu as détruit ton cœur, comme le reste ! Quand tu m'as parlé de cette maison, quand tu m'as demandé de venir la voir, quand tu m'as dit que tu avais rencontré Mme Luckas à Paris...

— Tais-toi, maintenant !

Mathieu a presque crié.

— Tu as voulu que Mme Luckas entende. Elle entendra. Quand il m'a dit qu'il vous avait vue à Paris, et que son cœur s'était ouvert, j'ai compris qu'il mentait. Quand il m'a dit qu'il voulait accepter votre offre, et entrer dans votre maison, et y vivre avec vous, j'ai compris qu'il voulait détruire une fois encore. Parce qu'il y a des moments où il n'en peut plus de ne pas aimer. Alors, en vous voyant, il s'est inventé un amour. Il s'est mis à croire à cet amour. Il attend que vous y croyiez à votre tour pour le détruire...

Noële court vers la maison.

— Père !

Comme un cri. Yannis Karrassos paraît aussitôt. Il ne sait pas ce qui se passe. Il a seulement entendu la voix de sa fille.

— Sortez tous les deux ! Sortez de cette maison ! Je ne veux pas savoir ce que vous lui avez fait. Je veux seulement que vous sortiez.

Irina et Mathieu ont disparu. Il n'y a plus que la lumière de midi. Yannis caresse le visage de Noële.

— C'est fini, mon enfant, il ne faut plus avoir peur. Ils sont partis. C'est fini...

V

En amarrant le hors-bord, Caroline et Guillaume aperçoivent des caisses, rangées les unes à côté des autres, sur la jetée du petit port. Le marin qui a l'habitude de s'occuper des réserves d'eau douce vient vers eux avec un large sourire.

— Ce sera prêt dans un quart d'heure, promet-il.

Il commence à décharger les tonneaux.

— J'ai quelques courses à faire à l'épicerie, explique Caroline. Va dire bonjour à Noële. Je te rejoins là-haut.

— N'oublie pas d'acheter des graines pour ton projet de jardin.

Depuis deux jours, c'est leur grand sujet de conversation. Caroline trouve que l'île est trop nue. Elle a décidé d'y faire pousser une plante, elle ne sait pas encore laquelle, pour obliger la terre à sortir de sa paresse et à faire son métier de terre. Elle a décidé également de relever un petit pan de mur, pour aménager une terrasse à l'ombre. Guillaume se dirige vers la maison Karrassos. Sur le sentier, il croise un homme qui descend vers le port, en portant une caisse sur l'épaule.

Guillaume le regarde avec curiosité.

— Rassurez-vous, monsieur. Je ne suis pas un cambrioleur. Je déménage les appareils de Mathieu Van den Berg.

Il soulève sa casquette à pompon couleur moutarde, et continue son chemin. Guillaume atteint la première terrasse. La maison est silencieuse. D'un étrange silence. Martha paraît.

— Monsieur ne sait pas ? Madame est en mer, avec M. Karrassos et son fils. Elle est partie brusquement vendredi dernier, sans dire où elle allait, ni pour combien de temps. Depuis, je ne sais rien. Madame n'a pas téléphoné. La maison est vide. Il y a seulement quelqu'un depuis ce matin qui déménage la chambre de M. Van den Berg.

— Il est parti, lui aussi ?

— Le même jour que Madame.

— Merci, Martha.

Il reste un moment face à la mer, regardant, très loin vers le large, ce petit point noir qui est devenu sa terre, et il sent que la vie revient, que peu à peu il se redresse. Un bruit de pas le fait se retourner.

— J'ai presque terminé, rassurez-vous, dit l'homme en soulevant de nouveau sa casquette. Encore deux petites caisses, et je disparais.

Guillaume vient vers lui rapidement.

— Je suis l'oncle de Mme Luckas. J'arrive ici, je trouve la maison vide. J'apprends par Martha que tout le monde est parti. Pouvez-vous m'expliquer ce qui s'est passé ?

L'homme sourit.

— Mon nom est Pickwick. Mister Pickwick. J'étais un ami de Mathieu. Le suis-je encore ? Comment savoir ? Avec Mathieu tout va et vient si vite.

J'aimerais pouvoir vous répondre, monsieur. Mais vous connaissez le rôle des déménageurs. On les convoque. On leur dit : embarquez tout ça pour Athènes. On ne leur explique pas la raison des départs. Et même si on la leur expliquait, n'est-il pas dans la nature de leur profession d'oublier ce qu'ils ont entendu ?

Il a un petit geste vers la maison.

— Puis-je me permettre...

— Oui ?

— ... de vous prier de me prêter la main ?

Guillaume le suit dans la chambre.

— Je prends cette première caisse. Si vous pouviez soulever la seconde et la poser sur la première, cela m'éviterait un voyage.

Lorsque mister Pickwick a les bras ainsi chargés, il sourit une fois encore à Guillaume, fait une sorte de coup d'œil complice, et dit, d'une voix volontairement parodique :

— Puisque vous voici déménageur à votre tour, je peux m'autoriser d'une confidence : on est bien triste à Athènes. On s'enferme. On refuse d'ouvrir sa porte. On ne se plaint pas, parce qu'on a de la dignité, mais le cœur...

Il pousse un profond soupir :

— Savez-vous, cher collègue, je crois que cette fois c'est vraiment le cœur qui est touché.

Il fait un petit salut de côté, sort de la chambre.

— Merci pour le coup de main.

Lorsque Caroline rejoint Guillaume, un instant plus tard, la chambre est vide. Il ne reste plus aucune trace du passage de Mathieu Van den Berg.

— Il s'est sûrement passé quelque chose de

grave. Il faut rester, Guillaume. Il faut attendre ici le retour de Noële.

Mais il l'entraîne vers le port.

— Si Noële avait besoin de nous, elle nous aurait envoyé un marin. Si elle ne l'a pas fait, c'est que nous n'avons rien à y voir. Dans quelques jours, lorsque nous reviendrons chercher de l'eau douce, Martha aura sûrement d'autres nouvelles.

Des jours en mer, avec le silence du navire, le soleil sur les îles, les plages désertes où l'enfant se baigne. Des jours, à ne voir que le ciel. Les marins respectent le silence de Noële. Son père et son fils la regardent de loin. Ils ont inventé des jeux pour eux seuls, avec des bouées de sauvetage, des filets de pêche, et leur langage est tellement secret qu'eux-mêmes parfois ne se comprennent plus.

Ugo. Elle se souvient. Pendant tous ces jours elle se souvient. C'était presque le même bateau. Ils allaient d'une ville à l'autre, d'un continent à l'autre, suivant l'itinéraire d'une tournée de concerts. Il travaillait dans sa cabine, sur un clavier muet. Elle était allongée sur le pont, à côté de son père. Derrière la porte de la cabine, elle savait qu'il travaillait. Jusqu'au soir, il s'acharnait sur des exercices que personne ne pouvait entendre. Mais il était là. S'aimaient-ils déjà ? Sans doute. C'étaient les premières marches de l'amour, les plus hésitantes, comme ces routes que trace le navire d'une île à l'autre. Il y avait eu des ports, des villes, des plages. Il y avait eu Beyrouth et Baalbek, Tel-Aviv et les lumières d'Aden. Ils ne parlaient ni l'un ni l'autre. Ugo, son travail fini, montait sur le pont, s'asseyait loin d'elle, ne parlait qu'à Yannis Karrassos. Jusqu'à un soir d'orage, où le ciel s'était ouvert, où il s'était mis à crier, et c'était son nom qu'il criait, son nom à elle, au milieu de la tempête. Ce jour-là, Yannis Karrassos les avait forcés à rentrer, car ils étaient sur le pont, debout contre un mât, et il disait : « Vous êtes fous ! Vous êtes fous, mes enfants ! » Fous, oui. Elle le reconnaît. Où est cette folie ?

— Tu te souviens de l'orage ? demande Yannis Karrassos, un jour où le ciel devient noir.

Elle est bouleversée.

— Vous aussi vous pensez à notre tour du monde d'il y a trois ans ?

— Je pense à Ugo. Depuis que nous sommes en mer, je pense à Ugo. L'autre jour, quand je suis arrivé sur la terrasse, quand tu m'as appelé à l'aide, je ne sais pas ce qui se passait, et je ne te demande pas de me l'apprendre, mais il y avait le nom de Ugo dans ta voix. C'est mon nom que tu prononçais, parce que j'étais là. Mais c'est Ugo que tu appelais.

— C'est vrai.

Depuis qu'elle est sur le bateau elle a compris que Ugo était avec elle. La mort sépare. Elle ne détache pas. Et devant lui, elle a honte de sa faiblesse. Honte d'avoir eu peur de Mathieu Van den Berg, et de ce que laissait entendre Mme Brascova. Cette faiblesse-là, il faut que Ugo la lui pardonne, parce qu'elle est seule, et que ce n'est pas facile d'être seule, de tout affronter seule, et d'abord la solitude. Après des jours de silence et d'immobilité, elle sent qu'elle a retrouvé l'amour de Ugo.

— C'est fini, dit-elle. Nous pouvons rentrer à Lefkas.

Elle a la force de se mettre debout, de regarder son père en face, de sourire à l'image de Ugo.

— Comment avez-vous su qu'il me fallait ce bateau ? Que c'était la seule chose qui pouvait me délivrer ?

— C'est l'instinct, dit-il. Tu as crié. J'ai cru que la maison s'effondrait. Je t'ai portée sur le bateau pour te sauver.

Le soir même, ils rentrent à Lefkas. Ils apprennent, par Martha, que la chambre de Mathieu Van den Berg a été déménagée, et tous ses appareils embarqués pour Athènes. « Comme avant », pense-t-elle. Quatre mois déjà depuis Pâques. Quatre mois à essayer de rendre une voix à cette maison. Et la maison est vide.

Le lendemain matin, Messara vient à Lefkas. Il apporte du courrier à Yannis Karrassos. Au milieu des lettres d'affaires, il y a un mot d'Irina Brascova. Il le lit, hésite, finit par le porter à Noële :

— J'aurais pu le déchirer, dit-il. C'est à moi qu'il est adressé. Mais je crois que tu dois le lire.

C'est un mot très court. Mathieu Van den Berg est encore à Athènes.

Il ne veut pas repartir pour l'Allemagne sans avoir revu Mme Luckas.

Il demande le droit de lui parler quelques instants.

— Je vais téléphoner chez Mme Brascova, prévient Noële. Pour que M. Van den Berg vienne à Lefkas.

— Je vous ai vu arriver, ce matin, dit Noële. Vous avez fait le même voyage que la première fois. J'ai vu la barque du pêcheur s'arrêter devant la plage. Je vous ai vu descendre et vous allonger sur le sable.

Cette lumière qu'il attendait, c'était sa voix. Il se

souvenait encore de ce cri sur la terrasse. Ce cri, lorsqu'il y pensait, lui revenait déformé, comme enregistré par ses appareils. Il tremblait qu'au premier mot ce soit cette voix qu'il entende. Mais non. Elle lui parle avec douceur.

— Ne restons pas là...

— Où aller?

— Marchons.

C'est le matin. Le ciel est encore vert au-dessus des toits. Les premières colombes s'éveillent.

— Pendant cette semaine, j'étais en mer. Je suis allée au hasard, d'une île à l'autre. Maintenant, tout s'est effacé. De la part de mon père et de moi, je vous dis : la maison ne vous est plus fermée.

— Pendant cette semaine, dit-il à son tour, je suis resté seul. Dans une chambre d'Athènes. Sans parler à personne sinon à travers la porte. Pickwick est reparti. Il voulait que je reparte avec lui. Mais je suis resté. Si vous aviez refusé de me revoir, je serais resté quand même. Sur la plage au pied de votre terrasse, aussi longtemps qu'il l'aurait fallu pour que vous vous décidiez à descendre.

Il fait un pas, maladroitement.

— Vous m'avez dit que je parlais avec la gorge sèche. C'est vrai. Tout est mort en moi depuis trente ans. Un jour de mai, tout ce qui était ma vie a été brûlé en quelques secondes. J'avais une maison. En quelques secondes je me suis retrouvé sans maison. Depuis, j'ai vécu avec cette mort en moi. Les autres croyaient que j'étais vivant. Je parlais, je travaillais, je gagnais de l'argent, je regardais les femmes, je leur disais que je les aimais, mais j'avais toujours la gorge sèche. Quand la sécheresse était trop forte, je traversais la mer. Je cherchais dans d'autres pays une source où ne plus avoir soif. Je croyais parfois la trouver. Je me forçais à y croire. Bien vite, elle tarissait. Ce n'était pas ma source. Alors, je repartais. Jusqu'au jour où je suis arrivé à Paris, où j'ai sonné chez maître Forestier, où je vous ai vue.

Sans le vouloir, ils sont arrivés sur le port. Ils sont allés jusqu'au bout de la jetée. Ils se sont assis, face à la mer.

— Ce que vous m'avez appris, c'est cette force-là.

Il montre le ciel devant lui, sans nuage.

— La lumière de la Grèce. Qui interdit tout mensonge.

Il regarde longtemps le soleil, comme s'il voulait s'aveugler. L'homme du Nord, en lui, se souvient de ses brumes et les voit monter lentement vers le ciel, tandis que la terre gagne peu à peu sur le vide.

— Chez maître Forestier, le premier jour, j'étais plongé dans mes notes. Je posais, exprès, toutes sortes de questions financières, matérielles, pour écarter de moi la tentation de dire oui. Je savais déjà que cette maison m'attirait, qu'il fallait que je m'en méfie. Un mois plus tard, lorsque nous nous sommes revus, je vous ai dit : « Cette maison n'est pas pour moi. » Je la connaissais déjà. J'avais demandé à Mme Brascova de prendre des photos. Je savais que c'était un piège pour moi, que si j'y entrais je me laisserais prendre. Et que je vous trahirais...

Il respire un peu difficilement.

— Oui, je vous trahirais. Car je ne vous apporterais pas ce que vous cherchez. Vous cherchez quelqu'un qui ne pense qu'à la musique, qui fasse de cette maison une vraie maison de la musique. Moi, je suis venu avec l'envie d'en faire une maison à moi. De remplacer celle que j'avais perdue. J'ai mis un peu de temps à comprendre que je n'en avais pas le droit...

Il serre ses mains l'une contre l'autre.

— Je quitte la Grèce demain. J'avais cru d'abord retourner en Allemagne. Mais les amis qui m'attendent là-bas ne sont plus ceux qu'il me faut. Ils connaissent un Mathieu assoiffé. Ils sont assoiffés, eux aussi. Ils refusent ce qui est. Ils jouent à ce qui pourrait être. Ils ressemblent un peu à mes appareils. Ce sont eux qui m'ont poussé à m'en servir, et à me laisser croire que c'était un langage. Ici, avec vous, j'ai compris qu'il fallait retrouver la voix nue, la vérité nue, employer les mots les plus simples : lumière, ciel, soleil...

Il répète, à mi-voix :

— Soleil...

Noële prend dans sa poche un petit étui de cuir rouge.

— Votre ami, M. Pickwick, a déménagé votre chambre. Mais il a oublié ceci.

La main de Mathieu hésite, en le saisissant.

— J'ai un portefeuille qui ressemble à cet étui, continue Noële. Le même cuir. La même couleur. J'ai cru qu'il était à moi. Je l'ai ouvert.

— Moi, je le porte sur moi depuis trente ans. Sans jamais l'ouvrir.

Il demande, après un silence :

— Les photographies y sont-elles toujours ?

— Oui.

— Très effacées ? Très jaunies ?

— Non.

Noële, à son tour, garde le silence un moment.

— Ce sont vos sœurs ? finit-elle par demander.

— Oui.

— Et vos parents ?

— Oui.

— C'est la maison, près de Nimègue ? Celle avec les grands chiens ?

— Oui.

— Elle a été détruite pendant la guerre ? Par une bombe ?

Il baisse la tête sans répondre.

— Il faut en parler.

— Je le ferai. Je vous promets que je le ferai. Cette bande que j'ai effacée l'autre jour, c'était ce que j'avais essayé de dire à propos de cette maison, de ces petites filles étouffées sous un bombardement. En l'effaçant, je vous ai dit : Si je savais où est l'amour. Maintenant, je le sais. Il est ici. Il va m'obliger à parler avec ma vraie voix. Je suis maladroit. Il faudra que j'apprenne. Ce sera long. Des mois, peut-être des années. Puis je reviendrai. Je vous ferai entendre ce que vous m'avez appris. Vous serez contente de moi.

Il se lève.

— La cantate de Lefkas, dit-il. Je n'ai pas le droit de l'écrire. Il faut d'abord que j'écrive la vraie cantate de Nimègue. Que je vive avec mes morts aussi naturellement que vous vivez avec les vôtres.

Il dit encore, doucement :

— Un homme sous les citronniers, un fils qui lui ressemble, une femme qui appartient à l'un et à l'autre...

Il se penche vers Noële, la regarde avec une tendresse si profonde qu'elle lève une main vers lui, pour qu'il s'apaise et que ce dernier instant ne soit pas seulement un départ mais une promesse.

Il appuie son visage contre cette main, une brève seconde, puis se redresse, et s'éloigne très vite.

VI

Ils sont devant le hangar.

— Si je laisse mes appareils ici, ça t'ennuie ?

— Non, Mathieu.

— Ils tiennent beaucoup de place.

— Ce n'est pas grave.

Irina Brascova regarde les caisses empilées les unes sur les autres.

— Ils risquent seulement de s'abîmer. Je me demande s'il ne faudrait pas les faire transporter dans un endroit fermé. Nous serons bientôt en septembre. Même à Athènes, les nuits sont froides.

— Ils sont fragiles, je sais. S'ils passent l'hiver sous ce hangar, ils se dérégleront. Ils ne pourront plus me servir. Mais à quoi me servaient-ils ? Tu l'as dit toi-même l'autre jour. Ils me servaient à détruire la musique. Maintenant...

Il parle ainsi depuis la veille, d'une voix très calme, comme s'il s'agissait de quelqu'un d'autre, ou d'une vie qu'il aurait vécue longtemps auparavant, et qu'il aurait oubliée. Chaque fois qu'il parvient au mot : maintenant..., il s'interrompt.

— Et ça, dit-il, qu'est-ce que c'est ?

Il montre une autre caisse, plus petite.

— Des icônes, que j'ai reçues ce matin.

— Tu n'ouvres pas ?

Irina va chercher un marteau dans le fond du hangar et fait sauter le couvercle. Il y a de la sciure de bois, des journaux. Elle les écarte, sort une petite icône enveloppée de papier.

— Un saint Georges avec un cheval rouge, présise-t-elle. Début XVIIe.

Mathieu la regarde longtemps.

— Elle me parle, dit-il. Elle me raconte pourquoi elle est arrivée jusqu'à moi, aujourd'hui. Un homme a pris ses pinceaux, il y a plus de trois cents ans. Sur ce morceau de bois il a peint un cheval rouge et un saint Georges. Il ne savait pas que ce morceau de bois serait enfermé dans une caisse, que cette caisse serait déposée sous ce hangar, que je serais là quand tu l'ouvrirais.

Il regarde toujours l'icône.

— Elle me demande aussi pourquoi il y a d'autres caisses sous ce hangar. Pourquoi j'ai besoin de tous ces appareils pour écrire mon œuvre, alors qu'un morceau de bois a suffi à ce peintre d'autrefois.

Sa voix devient grave.

— Avec quoi peignait-il, ce peintre ? Avec son cœur. Et pourquoi, depuis trois cents ans, sa peinture a-t-elle un pouvoir d'émotion aussi fort ? Parce que son cœur continue de battre dans le bois.

Il a un bref soupir.

— Pardon, pour toi et pour moi, Irina. Tu ne m'aimais pas et je ne t'aimais pas. Tu avais froid et j'avais froid. Tu étais seule et j'étais seul. Mais l'amour...

Irina détourne la tête.

— Ce qui est beau dans l'amour de Mme Luckas pour son mari, reprend Mathieu, plus bas, ce qui est beau sur son visage, c'est qu'on y voit la mort tenue en respect, qui s'incline, recule, reconnaît sa défaite.

— Voilà quelqu'un.

— Où ça ?

— Tu ne vois pas le hors-bord ?

Un hors-bord, c'est vrai. Pour la première fois, depuis qu'ils sont dans l'île, quelqu'un vient vers eux.

— C'est M. Karrassos.

Deux minutes plus tard, le hors-bord accoste.

— Pardon de troubler votre solitude, mais je ne pouvais pas faire autrement.

Il ne prend même pas la peine de sauter à terre. Il vient chercher Guillaume. Depuis trois jours, c'est une révolution. Tout le monde essaie de le joindre. Un télégramme est arrivé à Toulouse pour lui. Il faut qu'il vienne de toute urgence s'expliquer avec le doyen de la Faculté.

— J'y vais, tu crois ? demande Guillaume.

— Bien sûr, dit Caroline.

Elle s'assied sur un rocher pour attendre. Elle attend longtemps. Le soir vient. Elle se lève, regarde le petit carré de terre sèche qu'elle veut transformer en jardin. Il semble qu'une graine commence à germer. Elle n'ose pas gratter la terre. Mais c'est comme une promesse de feuille. La nuit est là, très vite. Elle finit par rentrer dans la maison, par s'allonger. Elle garde longtemps les yeux ouverts dans le noir, sans penser à rien. Elle finit par s'endormir brusquement. Lorsqu'elle se réveille, Guillaume est penché sur elle.

— Il est tard ? demande-t-elle.

— Une heure du matin.

Il n'y a pas de lumière. Seulement par la fenêtre la clarté de la lune.

— Alors ?

— Je te raconterai demain.

— C'est grave ?

— Je ne sais pas.

Il s'allonge près d'elle, la prend dans ses bras.

— C'est peut-être notre dernière nuit.

Quelque chose dans sa voix la surprend.

— Pourquoi la dernière ?

— Parce que l'été s'achève. Bientôt ce sera septembre. Il faudra rentrer.

Il la serre contre lui. Elle est sa petite statue de cuivre. Il se souvient de ce qu'elle lui a dit, quelques semaines plus tôt, après avoir rencontré Mathieu Van den Berg : « Je veux que tu te remettes en marche. L'amour, c'est être en marche. » Il va le faire. Pour elle et avec elle. Ils vont se remettre en marche. Ils s'endorment, l'un contre l'autre. Lorsqu'ils ouvrent les yeux, le soleil dessine une flèche sur le sol.

— Ne bouge pas, reprend Guillaume. Laisse cette flèche arriver jusqu'à toi. Il n'y en a que pour quelques minutes. Après, ce sera fini. Il faudra que je te parle de ce qui s'est passé hier. Il faudra que je te parle d'un monde où l'on n'a plus le temps de lire l'heure au soleil. Où il n'y a pas d'îles désertes.

Il l'embrasse tendrement.

— Bientôt..., constate-t-il. La flèche est déjà sur

ton cou. Avant qu'elle ne touche tes yeux laisse-moi te dire que je t'aime.

Caroline sourit.

— Voilà, annonce enfin Guillaume. Il faut se lever.

Elle est déjà debout.

— Tu veux ton petit déjeuner ?

Il a un rire amusé :

— A partir de maintenant il faut dire : ton breakfast.

Pendant qu'elle met le café à chauffer, il raconte ce qui s'est passé. Une véritable révolution à Toulouse, en effet. Le doyen de la Faculté a reçu un long télégramme de l'Université de Princeton, en Amérique, adressé à Guillaume. Ce télégramme, de plus de trois cents mots, signé du Trésorier de l'Université, écrivant au nom du Conseil d'Administration, proposait à Guillaume la direction d'un laboratoire de recherches, axées sur le problème des mutations chimiques. Après avoir joint le doyen de Toulouse, Guillaume a téléphoné à l'Université de Princeton. Le Trésorier lui a donné de plus amples détails sur la proposition qui lui était faite.

— Tu as répondu quoi ?

— Je ne peux pas me décider avant d'aller voir sur place. Ils nous attendent. Nous avons nos places d'avion retenues. Tu sais comment sont les Américains. Avec eux, tout va très vite.

Caroline a fini de préparer le petit déjeuner.

— Prenons-le dehors, propose-t-elle.

Ils s'installent sur la terrasse.

— Il faut que tu ailles seul à Princeton, déclare enfin Caroline. Il faut que tu prennes seul ta décision. Moi, je t'attends ici. Tout à l'heure, avant de nous lever, tu m'as dit : je t'aime. Je te le dis à mon tour. Ou plutôt...

Elle a un sourire très bref :

— ... ou plutôt : *I love you.*

Elle se penche vers le petit carré de jardin. Elle ne s'était pas trompée. C'est bien une feuille qui a germé. Pendant une seconde, elle se dit que c'est enfantin, qu'il ne faut pas lire des symboles partout. Mais elle ne peut s'empêcher d'être émue.

— C'est parce que je t'aime, explique-t-elle, parce que tu m'aimes, et que nous pouvons nous le répéter maintenant qu'il faut que tu ailles seul à Princeton.

Il n'a pas voulu qu'elle reste isolée ainsi, en haute mer. Il lui a demandé de s'installer à Lefkas. Elle a fini par accepter. Elle regrette un peu son jardin, cette feuille qu'elle n'a même pas vue s'ouvrir, et toutes celles qui vont suivre. Mais il a besoin de penser à elle avec calme, sinon la décision sera difficile à prendre. Et puis, il veut pouvoir lui téléphoner. Alors, ils ont fait leurs bagages ensemble, ils ont quitté l'île ensemble. S'ils ne s'étaient pas retrouvés, leur départ aurait été comme une défaite. Mais ils partent ensemble.

A Lefkas, Caroline apprend, à travers le petit Yan, ce que c'est qu'un enfant, la façon dont il vous regarde, l'impossibilité où l'on est de mentir devant lui. Elle observe surtout Noële. Sans l'avoir beaucoup vue, elle se souvient des Quatre Vents, de cette nuit dans le jardin où elles avaient évoqué le souvenir de la première femme de Guillaume. Noële n'est plus tout à fait la même. Elle ferme les yeux parfois, comme si la lumière la gênait.

— Je suis contente que vous soyez là, dit Noële un matin.

Elles sont sur la plage.

— Il y a une seule personne jusqu'ici, que j'avais considérée comme une sœur pour moi. C'est Marie-Hélène. Vous...

Elle sourit à Caroline.

— En ce moment, je ne sais pas pourquoi, mais c'est un peu la même chose. J'ai besoin d'une sœur et vous êtes là.

— Que puis-je faire ?

— Dites-moi d'aller téléphoner. Depuis deux jours, Mme Brascova cherche à me joindre. Je fais répondre par Martha que je n'y suis pas. Et je m'en veux.

— Voulez-vous que je téléphone à votre place ?

— Je m'en voudrais encore plus.

En quelques phrases, elle raconte ce qui s'est passé, jusqu'au départ de Mathieu Van den Berg. Elle ne dit pas tout. Elle raconte seulement le rêve qu'elle avait fait de cette maison qui reprenait vie, et qui de nouveau est silencieuse.

— Il faut savoir ce que vous veut Mme Brascova, insiste Caroline doucement. Allez lui téléphoner.

Noële obéit. Lorsqu'elle revient, Caroline sort de l'eau. Elle a le corps doré et roux.

— Alors ? demande-t-elle.

— Elle vient me voir demain.

Caroline s'allonge sur le sable.

— Je n'ai vu M. Van den Berg qu'une fois, dit-elle. Ici, un jour où vous n'étiez pas là. Il m'a parlé de ses recherches musicales. Cela m'a beaucoup frappée. Surtout par rapport à Guillaume. Au fond si Guillaume est à Princeton en ce moment, c'est un peu à cause de lui. Parce que son exemple nous a fait réfléchir l'un et l'autre.

Noële la regarde.

— Oui, reprend-elle. C'est la même histoire. Vous venez de me le faire comprendre. Guillaume a tourné autour des Quatre Vents, comme M. Van den Berg a tourné autour de cette maison. Pour l'un et l'autre, il y avait la mort à affronter. Guillaume y a réussi, grâce à vous. Mathieu...

Elle hésite. C'est la première fois qu'elle l'appelle ainsi, par son prénom.

— ... Mathieu y réussira-t-il ?

— Il a été perdu pendant une semaine. Lorsqu'il a quitté Athènes, il devait retourner en Allemagne, où Pickwick et ses amis l'attendaient. J'espérais avoir des nouvelles de son arrivée. Au bout de trois jours, j'ai télégraphié à Pickwick. Dans la nuit, il m'a rappelée. Pour me dire qu'il avait été chercher Mathieu à sa descente d'avion, mais qu'il ne l'avait pas trouvé. Nous avons continué d'attendre. Trois jours encore. Puis j'ai reçu cette lettre...

Mme Brascova tient dans son poing fermé une petite enveloppe.

— Lisez, dit-elle à Noële.

Ce n'est pas un visage. C'est une sorte de masque immobile, qui refuse d'accepter son âge. Les yeux dessinés au crayon sont plus larges qu'avant, avec des éclairs de brusque frayeur.

— Je ne suis pas votre ennemie, affirme Noële.

— Moi non plus.

— Prouvez-le-moi en lisant cette lettre vous-même.

Irina ouvre la petite enveloppe, en sort un papier carré.

« *Irina, je ne retournerai pas en Allemagne. Je ne rejoindrai pas Pickwick, Elga et Frederik, et tous ceux qui m'attendent, qui ont été ma vie d'autrefois, qui ne me sont plus rien. Tu vas dire une fois encore que je suis instable. Mais il faut un pays nouveau pour le Mathieu nouveau que je suis devenu. Depuis trois jours, je suis dans la maison de Nimègue, assis à côté de Béatrix. De temps en temps, elle approche une main de mon visage et elle le touche rapidement du bout des doigts, comme font les aveugles. Je lui ai parlé de Lefkas, de Mme Luckas, de cet homme sous les citronniers, de l'enfant qui grandit : et qui ressemble à son père. Béatrix voudrait connaître Mme Luckas. Va lui demander si elle accepte de faire le voyage de Nimègue. Qu'elle n'ait pas peur de moi. Je serai parti. Demain, je m'embarque à Amsterdam. Après-demain, je serai quelque part en mer. Je t'embrasse, Mathieu.* »

— Il y a un post-scriptum, ajoute Irina après un silence.

« *Tu peux vendre tous les appareils que j'ai laissés sous ton hangar. Ils ne me serviront plus.* »

Elle replie le papier, le remet dans l'enveloppe.

— Je pars pour la Hollande avec vous, dit Noële. Quand voulez-vous ? Mais Mme Brascova lève la tête. Le ciel est très clair au-dessus d'elle. C'est la lumière de midi, sans ombre.

— Béatrix est une femme âgée, précise-t-elle. Si Mathieu est reparti, je ne veux pas qu'elle soit seule. Je vais aller la chercher. Dès que je serai revenue, je vous préviendrai.

VII

— Elle dort. Lorsqu'elle se réveillera, elle frappera deux coups avec sa canne sur le plancher.

Le magasin d'Athènes est désert. Il n'y a plus d'icônes au mur. La lumière vient d'une petite verrière que Noële n'avait pas remarquée la première fois, au-dessus de la porte qui ouvre sur la cour.

— N'ayez pas peur d'elle, dit Irina après un silence. Ce n'est pas parce qu'elle est aveugle, son regard est encore très beau. Mais elle dit parfois des mots qui peuvent paraître durs. Elle vit seule. Elle a pris l'habitude de ne parler qu'à elle-même.

Elles sont assises l'une à côté de l'autre, près de l'escalier. Le rideau de perles est attaché par une chaîne. Ce que Noële avait pris pour des vitraux de couleur sont de grands tableaux qui représentent le même visage de femme aux yeux baissés.

— Lorsque j'ai connu Béatrix, elle voyait encore, dit Irina. Elle vivait dans une maison superbe avec des murs blancs. Elle y accrochait des icônes. C'est comme ça que je l'ai connue. Elle m'en a acheté plusieurs. A cette époque-là, elle marchait sans arrêt, dans sa maison, et autour de sa maison, dans les champs, des journées entières. Je ne savais pas pourquoi. Elle ne m'avait pas encore parlé de Mathieu.

Ce récit qu'elle se fait à elle-même, elle le connaît déjà trop bien, mais elle aime le réentendre, car c'est l'unique moment de sa vie où elle a eu le sentiment d'exister.

— Un jour, tout s'est éteint pour elle. Toutes les couleurs des icônes. Elle a perdu la vue. Alors, elle m'a parlé d'un neveu qui travaillait à Paris, avec un chef d'orchestre, maître Forestier. Elle m'a dit qui était ce neveu, le fils de son frère, et ce qui était arrivé au moment de l'invasion de la Hollande par les armées allemandes. Elle m'a demandé d'aller chercher ce neveu à Paris. Lorsqu'elle voyait, et qu'elle pouvait marcher, elle avait le sentiment d'aller au-devant de lui. Elle se disait qu'un jour elle finirait par le rejoindre. Maintenant qu'elle ne voyait plus, il fallait que quelqu'un fasse le voyage à sa place. Je suis partie pour Paris. Elle a attendu plus d'un an. Mathieu avait refusé de me suivre, et...

Un sourire très lointain monte vers son visage.

— ... et j'étais restée avec lui. Au bout d'un an, Mathieu a décidé de partir pour l'Amérique. Je suis revenue voir Béatrix.

Irina se lève. Elle a encore son manteau de voyage, comme si elle avait à peine pris le temps d'aider Béatrix à s'installer dans sa chambre. Pour attendre Noële, debout près de la porte, en soulevant parfois le store de toile qui masque les vitrines.

— Les icônes sont encore accrochées aux murs de la maison de Béatrix. Toujours aussi belles. Béatrix affirme qu'elle n'a pas besoin de les voir. Qu'elle sent leur lumière, comme une chaleur.

Irina ouvre la porte qui donne sur la cour, sort, et

revient très vite, avec une petite icône qu'elle tend à Noële. C'est le saint Georges au cheval rouge.

— Elle vient de Chypre, dit-elle. Mathieu était avec moi l'autre jour quand j'ai vidé la caisse. Il l'a beaucoup regardée.

Noële se penche vers le morceau de bois peint.

— Savez-vous comment elle a été faite ? demande Irina. Le peintre d'icônes commence toujours par poser les couleurs sombres. Peu à peu il se sert des plus claires. La dernière qu'il emploie est le blanc. Alors, l'icône est achevée.

Elle passe la main sur le bois, lentement.

— C'est le chemin que nous devrions suivre tous : des ténèbres vers la lumière, de la terre vers le ciel, de l'ignorance vers la connaissance. Béatrix elle-même, dans sa nuit, fait ce chemin. Et Mathieu, lorsqu'il est venu vers vous, lorsqu'il est entré dans votre maison...

Elle se rassied, l'icône sur les genoux. Le temps passe. Noële ne sait pas où elle est. Ni qui elle attend. Elle est venue parce que Mathieu Van den Berg le lui a demandé. Elle est très calme, avec l'image d'un homme qui serre dans ses mains un petit étui de cuir rouge et qui n'a pas la force de l'ouvrir. Peut-être, en ce moment même, sur le bateau qui le conduit vers des villes encore ignorées, commence-t-il à comprendre qu'il ne faut pas avoir peur des images. Que les morts n'en sont pas prisonniers. Qu'il faut penser à eux, comme font les peintres d'icônes, en allant de la nuit vers le jour, de la souffrance vers l'apaisement, de l'amour déchiré vers l'amour reconnu.

Une voix soudain :

— Irina...

Mme Brascova se lève.

— Je suis là.

Elle monte rapidement au premier étage.

— Tu es réveillée, Béa ?

Elle entre dans la chambre. Une femme est assise dans un grand fauteuil, une couverture autour des jambes.

— Où est ma canne ?

— Tu veux te lever ?

— Oui.

— Pourquoi ?

— Je n'aime pas cette chambre. Je n'aime pas Athènes.

Le chat est monté sans bruit derrière Mme Brascova.

— Qui est là ? demande Béatrix.

— Mme Luckas.

— Non. A la porte.

Irina se retourne.

— Seulement le chat.

Béatrix renverse la tête sur le dossier du fauteuil.

— Tu crois qu'elle peut venir jusqu'ici ?

— Oui, dit Irina.

Elle se penche sur l'escalier, appelle Noële à mi-voix.

Noële monte. D'abord, elle ne voit rien, sauf la tache blanche d'un oreiller. Et des mains. Des mains qui se tournent vers elle.

— Approche !

Elle approche vers ces mains qui semblent parler.

— Je te dis tu, parce que tu as réveillé Mathieu. Et tu l'accompagnes, maintenant, où qu'il aille, même si tu ne veux pas.

Irina s'est adossée au mur, immobile.

— Pourquoi as-tu deux noms ? demande Béatrix.

— Je porte celui que m'a donné ma mère : Alexandra. Et celui que m'a donné ma mère adoptive : Noële.

— Mathieu ne sait pas t'appeler. Lorsqu'il parle de toi, il dit Lefkas, ou l'île, ou la lumière. Tu es tout ça pour lui. Je voudrais toucher ton visage.

Noële se baisse, pose son front sur les doigts tendus. C'est le geste qu'a eu Mathieu le dernier jour, dans le port de Lefkas, avant de s'éloigner. Les doigts de Béatrix caressent lentement le front, descendent vers les paupières, s'arrêtent brusquement, comme si quelque chose les retenait.

— Autour des yeux, c'est le chagrin ?

— Oui.

Béatrix écarte les mains, les tient devant elle, immobiles.

— J'ai toute ma nuit encore avec moi. Mais tu es là. Tu la repousses. Viens contre moi. Que je te respire. Je ne connais pas cette chambre. Il doit bien y avoir une chaise quelque part. Tire-la contre mon fauteuil.

— Il y en a une, confirme Noële.

Une chaise basse. Elle s'assied.

— Bonjour, lumière, dit Béatrix doucement.

Sa voix n'est plus enfermée derrière les murs. C'est une voix légère, très haute, comme une musique.

— J'ai rêvé de toi. Je t'ai vue sur une plage, tenant par la main un petit garçon. Vous étiez debout, face à la mer. Vous attendiez un bateau. Tu souris ?

Elle a senti que le visage de Noële s'éclairait. D'un doigt rapide, elle vérifie que c'est un sourire.

— Comment savez-vous que mon fils aime les bateaux ?

— Je sais tout. Mathieu a demandé à maître Forestier de lui raconter ton histoire. Depuis le premier jour. Depuis cette fuite de ta vraie mère, et cette longue marche à travers l'Italie en guerre, et le chalet où tu as été perdue dans la neige, la gare de Grenoble. J'ai pleuré. Parce qu'il y avait la guerre autour de toi aussi. Comme autour de Mathieu. Mes enfants...

Noële lève les yeux. Elle voit un petit visage d'oiseau, très gris, et très doux, avec des rides qui racontent les jours passés à attendre.

— La guerre autour de vous tous. Vous ne pouvez pas vous en délivrer. Elle est votre enfance. Où que vous soyez nés. Toi en Grèce, Mathieu en Hollande, et tous les autres dans cette Europe qui est aujourd'hui votre amitié, qui est comme une promesse de jour après les ténèbres de la guerre. Prête-moi tes yeux. Dis-moi comment est Mathieu. La dernière fois que je l'ai vu, il avait vingt ans.

— Je ne sais pas dire, répond Noële. Cet homme qui est entré chez moi, je ne l'ai pas vu. Je n'ai jamais regardé son visage. Je ne connais que sa voix. Comme vous. Je sais seulement qu'il a la gorge sèche. Qu'en lui tout a été brûlé.

— Jusqu'à toi, lumière. Jusqu'à toi...

Béatrix tend la main, lui touche les cheveux. Si doucement, si tendrement que Noële tremble comme si c'était sa mère, sa vraie mère, qui du plus lointain de sa nuit lui faisait signe.

— Maintenant, je vais te dire.

Irina recule sans bruit, et sort de la chambre. Noële reste seule avec Béatrix. Est-ce le soir ? Y a-t-il longtemps qu'elles se parlent ? Béatrix a caché ses mains sous sa couverture. Elle commence par parler d'une maison, aux environs de Nimègue, tout près de la frontière allemande, au milieu des champs de tulipes. Cette maison appartient à la famille Van den Berg. Il y a le père et la mère, avec trois enfants : un garçon et deux petites filles, deux jumelles. C'est le bonheur. L'image la plus simple du bonheur. Une famille, dans une maison, des grands chiens, des arbres, tous les rires de toutes les voix ensemble, parce que le bonheur des familles, c'est le rire qui naît de l'un à l'autre. Et puis, la guerre. Au début, le bonheur de cette famille n'en est pas troublé, car la Hollande reste neutre. Béatrix vient chercher son neveu Mathieu, pour les vacances de Pâques. Elle vit à La Haye. Elle est seule. Elle aime beaucoup son neveu. Il a six ans. Mathieu est tellement heureux à La Haye qu'il y reste après la fin des vacances. A cet âge ce n'est pas bien grave de manquer les classes. C'est le printemps. Le dernier vrai printemps de Hollande.

— Comme sur les icônes. Toutes les couleurs. Et l'argent du ciel et l'or du soleil. Tu as déjà vu des icônes, lumière ?

— Oui.

Béatrix bouge un peu sa main sous sa couverture.

— Un matin, dit-elle, le matin du 10 mai...

Un matin brusquement les armées allemandes franchissent la frontière hollandaise. Les avions, les bombardements, les chars. En quelques instants tout brûle. La maison des Van den Berg et ceux qui l'habitaient. C'est le matin, très tôt. Les petites filles sont encore dans leur lit. En quelques instants, tout devient noir. La fumée des incendies cache le ciel.

La guerre ne dure que cinq jours. Mais il faut plus d'un mois à Béatrix pour apprendre ce qui est arrivé.

— Mathieu avait six ans, je te l'ai dit. Dès que je l'ai pu, j'ai quitté La Haye avec lui. Peut-être n'aurais-je pas dû le conduire jusque-là ? Mais il le demandait. Il voulait revoir ses parents, ses deux sœurs. Il l'aurait appris un jour ou l'autre, et il m'en aurait voulu de lui avoir menti. Lorsqu'il a vu ce qui restait de sa maison, il n'a pas dit un mot. Je tenais sa main. Sa main est devenue froide. Sa vie l'a quitté d'un coup, comme si son poignet s'était ouvert, comme si le sang s'était vidé. Le secret de Mathieu, le voilà : il a l'air de vivre. Ce n'est qu'une apparence. Il est mort depuis le mois de mai 40. Il s'est enfoncé dans les incendies. Il a cru qu'il ne s'en délivrerait jamais. Jusqu'à toi.

Béatrix se tourne vers Noële. Ce n'est plus avec les mains mais avec les yeux qu'elle cherche à la voir. De grands yeux presque blancs, qui bougent avec surprise.

— Mathieu n'a pas pleuré une fois depuis qu'il a six ans. Mes yeux...

Elle cherche ses mots.

— ... ce qui les a brûlés, ce sont toutes les larmes que j'ai versées à sa place.

Noële se penche, cherche une main sous la couverture.

— Béatrix..., dit-elle.

— Béatrix, oui. Qui veut dire : heureuse. Comment ai-je le droit de porter ce nom ?

Elle se redresse brusquement.

— Irina !

Elle tâtonne à la recherche de sa canne. Mme Brascova entre dans la chambre.

— Que fais-tu, Béa ?
— Je me lève. Ma canne.
— Pourquoi, Béa ?
— Dans la famille Van den Berg, quand la lumière nous a rejoints, nous savons nous mettre debout.

Elle est très droite, au milieu de la chambre, appuyée sur sa canne. Très grande. Noële ne savait pas. Dans son fauteuil, repliée sous sa couverture, elle avait l'air d'un oiseau.

— Descendons.

Irina Brascova lui donne le bras. Elles descendent l'escalier lentement. Lorsqu'elles sont arrivées dans le magasin, Béatrix se dégage.

— Je peux me tenir seule.

Les deux mains un peu écartées, le visage levé.

— Où es-tu, lumière ?
— En face de vous.
— Je ne te sens plus. C'est parce que tu vas t'en aller.

Elle bouge un peu les mains.

— Ecoute-moi : tu as ta vie à vivre. Ton fils. Ton mari, à qui tu as fait une promesse que tu dois tenir. Alors, n'attends pas Mathieu. Tu as espéré qu'il allait t'aider à tenir ta promesse. Tu as compté sur lui. Mais c'était un mort, lui aussi, comme ton mari ! Il avait besoin de réapprendre à vivre. Tu lui as ouvert ta maison. Il a volé le feu et il s'est enfui. N'attends pas qu'il revienne. Pense à ta promesse. C'est elle qui compte d'abord. Mathieu reviendra, quand il sera tout à fait vivant. Mais tu ne dois pas te sentir liée à lui. Tu ne dois pas l'attendre. Voilà ce que je suis venue te dire. J'ai fait le voyage pour ça. Pars, maintenant. Pars vite !

Noële regarde ce visage qui avoue tout à présent, toute sa fatigue, toute sa douleur.

— Je voudrais poser ma main sur votre visage, comme vous l'avez fait sur le mien.

Béatrix a un brusque frisson. Ses épaules se voûtent. Elle cherche cette main, cette caresse. Noële touche avec respect le front, les paupières, les joues, avec gravité aussi, et avec tendresse, parce qu'il y a les petites lignes qui sont la trace des larmes. D'une voix si haute, si étouffée, qu'elle semble venir du plus profond de son enfance, Béatrix murmure :

— Si j'étais Mathieu, si je parlais au nom de Mathieu je dirais : merci pour cette main, merci pour cette chaleur, merci pour cet amour.

Noële dessine une fois encore le contour des lèvres.

— Moi aussi, répond-elle, je vous aime.

Puis elle recule lentement et sort du magasin.

— Voilà, dit tout bas Béatrix. Il fait tout à fait nuit.

VIII

Guillaume Vaindrier reste une semaine en Amérique. A son retour, Caroline va l'attendre à l'aéroport d'Athènes. Dès qu'il débarque d'avion, il explique que tout est en ordre avec l'Université de Princeton, que le contrat est établi, qu'il ne reste plus qu'à télégraphier un oui définitif.

— Je n'ai pas voulu le faire sans t'en parler.

Avant de quitter l'aéroport, Caroline rédige elle-même le télégramme et l'expédie.

— J'ai simplement écrit : *yes*. Je fais des progrès en anglais.

Elle est heureuse. La vie commence. Ce qu'il y a en elle de mélancolie, c'est un simple reflet de cuivre sur sa peau que l'hiver effacera.

— Il y a une grande pelouse autour de la maison, explique Guillaume. Il faudra que j'achète une tondeuse à gazon. Pour les week-ends ce sera un excellent exercice. Tous les professeurs tondent leur gazon, le samedi après-midi, à la même heure, en fumant la pipe. Ils se disent bonjour d'une pelouse à l'autre : *How are you*, mister Vaindrier ?

Pendant tout le trajet en bateau il parle de Princeton, de l'accueil qui lui a été réservé, des conditions de travail, des possibilités offertes. Avec une gaieté, une jeunesse dans les yeux que Caroline reconnaît enfin. C'est l'homme qui lui a fait passer son premier examen. C'est aussi celui qui depuis deux mois la voit vivre sur une île déserte, et dort chaque nuit en la serrant dans ses bras.

— Les épouses jouent au bridge, ou regardent la télévision. Je te le dis tout de suite : tu seras la plus jeune. Les autres seront jalouses de toi. Elles croiront que tu es venue pour faire perdre la tête à leurs maris. Mais comme elles ont un grand besoin d'affection, elles te dorloteront comme si tu étais leur fille.

Ils arrivent en vue de Lefkas. Le bateau ralentit. C'est le soir. Le phare de la jetée est déjà allumé. Noële et son fils sont venus les attendre. Caroline... Le petit Yan ne sait prononcer que les trois premières syllabes de son nom. Lorsqu'il arrive sur le *i,* il est tellement heureux qu'il ne veut pas s'interrompre, et le transforme en un cri de plaisir.

— Alors ? demande Noële.

— Nous nous embarquons au Havre le 29 septembre. Nous préférons faire la traversée en bateau. C'est une façon de s'arracher à l'Europe moins brutalement. D'ici là, il faut que nous retournions à Toulouse. Et puis, nous voulons passer quelques jours ensemble aux Quatre Vents.

Guillaume et Caroline, sur le banc, à l'ombre des arbres, regardent s'avancer vers eux l'ombre souriante de Marguerite.

— C'est bien, dit Noële.

Elle ne veut pas compter les jours. Deux ou trois à peine. Et elle se retrouvera seule.

Le lendemain, ils vont dans l'île déserte, une dernière fois. Pour ne pas partir sans savoir si les feuilles ont poussé.

— C'est bien notre île ? demande Guillaume.

Il fait comme s'il ne la reconnaissait pas.

— Il n'y en a pas une autre sur la mer ?

Caroline va jusqu'à la maison, ouvre la porte. Depuis leur départ, les oiseaux ont repris leurs habitudes. Ils sont revenus vers leurs nids. L'un d'eux la regarde, l'œil fixe, serré contre la cheminée.

— Tu as vu ? dit-elle.

Le jardin est presque un jardin. Les feuilles ne sont pas encore bien grandes, mais elles s'ouvrent. Caroline s'agenouille. L'an prochain, pense-t-elle. Il faudra revenir l'an prochain. Ce sera peut-être une forêt.

— Si tu veux, propose Guillaume, on reste ici.

Elle se redresse.

— Pourquoi ?

— Là-bas, nous aurons une grande maison, avec une grande pelouse, mais il y aura d'autres maisons à côté de la nôtre. Réfléchis bien. Ici, c'était toi et moi, le temps arrêté, une vie que nous inventions au fur et à mesure. Jamais plus, nous ne serons seuls. J'ai deux fois ton âge. Ici, tu ne le savais pas. Là-bas, tu seras obligée de le savoir. Les autres t'y obligeront. Regarde-moi bien.

Il l'attire vers lui.

— Je travaillerai beaucoup. Je ne serai pas avec toi nuit et jour, comme ici, dormant et me réveillant à n'importe quelle heure, allant ramasser les casiers de langoustes, mangeant quand j'avais faim. Es-tu sûre de toi ?

— Rentrons.

Elle monte dans le bateau la première, met elle-même le moteur en marche. Il manœuvre pour s'écarter des rochers.

— Ce qui est important, pour nous, c'est demain.

Le soir, ils dînent à Lefkas pour la dernière fois. Yannis Karrassos voudrait que Guillaume lui explique ce qu'on entend par mutation chimique. Mais Guillaume se dérobe. Il n'a pas envie de faire un cours. Il préfère regarder la lune sur la mer, respirer les odeurs qui montent des jardins. Sur les pelouses de Princeton, le thym, le laurier et la menthe amère ne s'acclimatent pas facilement. Ils sortent sur la terrasse. Caroline s'approche de Noële, qui est restée silencieuse.

— Que faut-il dire à votre mère, lorsque je serai aux Quatre Vents ?

— Que je vais rentrer, moi aussi. Je ne sais pas encore quand. Mais je vais rentrer.

C'est la nuit, et, très vite, le matin. Les bagages sont dans le couloir. L'hélicoptère tourne déjà. Pendant qu'on emporte les valises, Guillaume cherche Noële pour lui dire au revoir. Yannis Karrassos reste seul avec Caroline.

— Je peux vous charger d'un message pour Mme Vaindrier ?

— Oui.

— Cet été n'a pas apporté à Lefkas ce que ma fille en espérait. Je suis maladroit devant elle. Je ne sais que lui dire et comment l'apaiser. Je me demande...

Il parle en regardant les dalles rouges de la terrasse.

— Je me demande si Mme Vaindrier ne devrait pas venir la chercher. Je le dis avec tristesse. J'aimerais que ma fille reste longtemps encore avec moi, et mon petit-fils. Mais ce serait plus simple si Mme Vaindrier venait nous rejoindre.

Guillaume n'a pas trouvé Noële. Martha lui a appris qu'elle était partie très tôt, avec son fils, faire une promenade en mer.

— Elle a raison, dit-il. A quoi bon les adieux ? Il suffit de savoir que nous pensons l'un à l'autre.

Il regarde Yannis Karrassos :

— Nous partons ?

Lorsque Yannis Karrassos revient d'Athènes, le soir, après les avoir accompagnés jusqu'à l'aéroport, il trouve Noële dans le salon de musique, assise près du piano de Ugo, contemplant le feu qui brûle dans la cheminée. C'est la première fois qu'elle allume du feu.

— Ils sont partis ? demande-t-elle.

Il s'assied loin d'elle, sans répondre. Une fois encore, il s'est trompé. Une fois encore il a cru que l'argent suffisait à tout. Il a voulu que la Fondation Ugo Luckas existe juridiquement et financièrement, que les statuts soient déposés, les actes signés, les accords conclus. Et voilà qu'il se retrouve avec sa fille dans une maison silencieuse, devant un feu, parce qu'ils commencent à avoir froid.

— Je songe à Guillaume et à Caroline, dit Noële. Ils ont rendu la vie à notre île. Il n'y avait plus que des pierres, des ruines, des nids d'oiseaux. Maintenant, il y a une promesse de plante. Caroline me l'a dit.

Elle avance une main vers le feu.

— Ce soir, je suis bien, parce que je pense à cette promesse de plante...

Toulouse leur paraît une ville étrangère. Ils y marchent avec hésitation, comme s'ils ne savaient plus le nom des rues. Ils ont pris une chambre à l'hôtel. Guillaume a quelques démarches à faire. Caroline l'attend devant la fenêtre, regardant les gens dans la rue, s'étonnant de ne reconnaître personne. Elle pense au Jardin des Plantes. Elle a envie d'y aller, à l'heure de midi, pour se souvenir qu'il pleuvait ce jour-là et qu'elle ne savait pas encore si la pluie s'arrêterait, si l'île déserte dont Guillaume lui parlait n'était pas une image avec laquelle il croyait l'endormir. Au bout de trois jours, Guillaume lui annonce :

— Tout est en ordre. Nous pouvons partir.

Elle se lève.

— Pour moi, tout n'est pas en ordre, dit-elle.

Elle sait qu'il peut entendre ce qu'elle a à lui révéler, et qu'il l'acceptera.

— Il faut que j'aille voir Benoît.

Guillaume la regarde un moment.

— Bien.

Elle sort de l'hôtel. Après de grandes pluies inattendues, l'été semble avoir un remords et s'attarde. Elle ne cherche plus son chemin. Elle atteint le Grand Rond, s'arrête un instant devant les grilles du Jardin des Plantes. Arrivée dans l'allée des Demoiselles, elle tourne à droite. Très vite elle pénètre dans un immeuble, sonne à une porte du rez-de-chaussée. Quelqu'un ouvre.

— Bonjour, Benoît.

Il a un geste de la main comme s'il voulait refermer la porte. Mais il se reprend. Son regard s'éclaire.

— Tu as coupé tes cheveux ? dit-il doucement.

— Tu vois.

Il y a longtemps. Très longtemps. Il croyait ne pas se souvenir.

— Tu entres ?

Il ne sait pas pourquoi elle est venue. Il voudrait que ce soit pour quelque chose de facile à apprendre. Caroline est entrée. Il y a toujours les cartes postales sur les murs du studio : temples grecs, pyramides du Mexique, églises baroques, et le jeu d'échecs sur la petite table contre le lit.

— Je viens te dire au revoir, Benoît. Guillaume a signé un contrat avec l'Université de Princeton. Il va diriger un laboratoire de recherches. Il est redevenu celui que tu connaissais. Celui que tu admirais. Je ne voulais pas quitter la France sans t'avoir demandé pardon.

Il lève une main.

— Parce que je me suis servie de toi, et que je t'ai fait du mal.

Il a toujours la main levée.

— Je voulais que tu saches que ce mal n'a pas été inutile. Ce que je dis est cruel. Je sais. Mais tu comprends pourquoi je le dis.

— Je comprends, approuve Benoît.

Il baisse la main. C'est bien qu'elle soit venue lui apprendre ça. Ils se regardent. Ils ne se souviennent pas. Ce n'était pas l'amour. Ils n'en étaient pas dupes. C'étaient seulement des nuits.

— Tu es heureuse ?

— Très.

Elle a vingt ans. Il ne veut pas se souvenir, mais

elle était belle. Cette voix, dans ce studio, lorsqu'il rentrait...

— Je vais penser à toi avec amitié maintenant, dit-elle.

Elle fait un pas vers la porte. Il voudrait, une dernière fois, l'embrasser.

— Moi aussi, maintenant, je vais penser à toi avec amitié.

Il pose rapidement ses lèvres sur les siennes, et se redresse. Caroline ouvre la porte, reprend le chemin de l'hôtel. Guillaume l'attend.

— Voilà, déclare-t-elle. Pour moi aussi, tout est en ordre.

IX

— Venez à la lumière, que je vous voie mieux.

Madame Marie pousse Caroline vers la fenêtre.

— Ah ! c'est bien, dit-elle. Ma petite tortue s'est bien déplissé le visage.

Elle regarde encore.

— Toute cette peau, qui est bien lisse autour des yeux... Il en aura fallu des orages et des nuits sans dormir, mais ça y est. Et ça tient.

Elle cherche ses lunettes dans la poche de son tablier.

— Vous êtes contente de moi ? demande Caroline.

— De M. Guillaume aussi. Je l'ai bien vu lorsqu'il est arrivé. Il n'a plus rien du hérisson.

Elle a mis ses lunettes, regarde toujours.

— Alors, maintenant, vous allez vivre chez les Peaux-Rouges ? Vous allez vous mettre des plumes dans les cheveux et jongler avec des haches ?

Elles rient toutes les deux. Caroline est heureuse. Ce qu'elle a trouvé aux Quatre Vents, dès la première minute, c'est la tendresse d'une maison où elle a cessé d'être une étrangère.

— Ils disent que c'est trop loin, que vous avez tort d'aller jusque là-bas. Mais moi je pense que, pour des gens comme vous, il faut des voyages. Vous êtes restés trop longtemps immobiles. Le bonheur, vous allez l'inventer en marchant.

Elle se retourne vers le fourneau.

— Mon café !...

Il fait encore beau. On peut le servir dans le jardin. Nicole a sorti des chaises de paille. Ses rosiers sont toujours fleuris. Les premières feuilles rousses apparaissent. L'automne, une fois encore, sera un incendie. Gilles interroge Guillaume avec insistance sur le problème des mutations chimiques. Il voudrait comprendre pourquoi l'Université de Princeton met en œuvre des moyens aussi importants pour l'étudier. C'est difficile de résister à Gilles. Pas plus qu'à Lefkas, Guillaume n'a envie de faire un cours. Mais si Yannis Karrassos a très vite cessé de l'interroger, Gilles ne désarme pas.

— Tu me crois trop bête pour comprendre ?

Il va chercher une boîte de cigares dans le salon.

— Voilà pour t'amadouer. Ils viennent directement du Brésil. C'est Lisette Andrieux qui nous les envoie.

Guillaume renverse la tête en arrière.

— Lisette Andrieux... Attends... Mais je l'ai connue ! Une petite brune qui venait aux vacances, qui ne disait jamais rien et qui te dévorait des yeux ?

Nicole sert le café.

— C'est la marraine de Noële.

— Que fait-elle au Brésil ?

— Du cheval ! Elle a épousé un homme qui possède des hectares de pierrailles où il élève des moutons. Elle galope d'un troupeau à l'autre, un fusil en travers de la selle, suivie de ses deux fils qui jouent de la guitare.

Gilles secoue la tête :

— Trêve de digressions, Guillaume. Tu n'y échapperas pas. Allume ton cigare et parle-moi de tes recherches.

Caroline fait quelques pas dans le jardin. Elle aperçoit le banc entre les arbres, où elle s'est assise une nuit avec Noële et, d'une phrase à l'autre, tout était devenu simple. Pourquoi, là-bas, à Lefkas, la route est-elle encore si difficile à découvrir ?

— Triste de partir ? demande Nicole, qui la rejoint.

— Non.

Caroline hésite. Comment dire les choses sans faire de peine ?

— Je crois...

Elle se décide brusquement.

— Il faut que vous alliez en Grèce. Noële vous attend. M. Karrassos aussi. C'est lui qui m'a chargée de vous le dire.

Nicole Vaindrier met quelques secondes à comprendre. Ces mots, elle se les répète depuis des semaines, sans y croire. Elle espérait que Caroline apaiserait son inquiétude. Mais elle vient de préciser : Noële vous attend.

— Est-ce grave ? demande-t-elle.

— Noële avait fondé de grands espoirs sur un musicien hollandais, Mathieu Van den Berg, qui devait l'aider à réaliser ses projets. Il est resté quelques semaines. Puis il est reparti. De nouveau, elle est seule, et ses projets n'avancent pas. Alors, elle a besoin de quelqu'un qui lui permette d'y voir clair.

— M. Karrassos ne l'aide pas ?

— Il est perdu, comme elle. Quelque chose s'est rompu chez lui. Je ne peux pas vous expliquer mieux. Ils ne sont pas tristes. Ils ne sont pas blessés. Ils sont immobiles.

— Mais je ne connais rien à la musique, dit Nicole. Ce n'est pas moi qui peut leur donner un conseil.

— Il ne s'agit pas de conseil. Il s'agit d'espoir.

Les jours sont trop courts. La nuit vient trop vite. Caroline et Guillaume n'ont pourtant rien de précis à faire, seulement marcher, découvrir ensemble le pays, s'arrêter près des rivières à truites, ramasser des champignons, savoir qu'ils sont ensemble. Que l'île déserte est loin maintenant, mais qu'ils continuent à respirer ensemble, au milieu des autres, et que c'est plus beau encore que lorsqu'ils étaient seuls. Les jours passent. Ils ne les comptent pas. Il y a, dans le lointain, l'image d'un navire amarré dans le port du Havre. Quoi qu'il arrive, la date de son départ ne sera pas changée. Il faudra bientôt se mettre en route pour le rejoindre. Ils profitent des dernières vacances. Ce ne sont pas des vacances. Ce sont des enrichissements. Des heures passées au moulin, avec Marie-Hélène et Céline. Guillaume ne savait pas. Un enfant, ce n'était rien pour lui. Sa fille, il l'avait trop mal aimée, comme si ce n'était pas sa fille. En regardant Céline, il sent quelque chose qui bouge en lui, quelque chose de tout à fait nouveau, qui est peut-être la mesure de son âge. Pour la première fois, il n'en souffre pas. Il aime se dire : Je suis son grand-père. C'est la fille de ma fille. Une expression anglaise lui revient, qui l'amuse : *A chip of an old block*. Cela veut dire : Un morceau d'écorce du vieil arbre. C'est parfois bon d'être un vieil arbre.

— Donne-la-moi, dit-il à Marie-Hélène. Je la cacherai dans ma valise et je l'emporterai à Princeton. Les douaniers n'y verront rien.

— Non, Guillaume.

Marie-Hélène est heureuse qu'il aille vivre une vie faite pour lui. Mais elle pense qu'il sera bien loin.

— Je lui parlerai de toi, je te le promets. Et de Caroline. Quand vous reviendrez, elle saura qui vous êtes. Elle vous reconnaîtra.

Quand vous reviendrez... C'est une certitude. L'Amérique ne sera qu'une étape. Ils s'en détacheront dans quelques années. « Quand tu auras le Prix Nobel », dit Caroline en riant. Tout le monde rit avec elle. Mais elle y croit. Dans le fond d'elle-même, elle y croit. Le premier jour, elle a voulu aller voir Jean-François à l'usine. Marie-Hélène l'a accompagnée.

— Nous nous sommes vus une seule fois, dit-elle en entrant dans son bureau. A Toulouse. Chez Benoît Lebreton. Je sais que vous y pensez.

Ce qu'elle aime, c'est dire ce qu'il faut dire, en sachant qu'on en souffre moins que du silence.

— Ce jour-là, continue-t-elle, je vous ai à peine vu. Je ne pensais qu'à Marie-Hélène. Je venais d'apprendre qu'elle existait. Je me souviens seulement que vous étiez en colère.

— C'est vrai.

— Vous me jugiez très mal.

— Je ne vous jugeais pas. Je ne comprenais pas ce que vous cherchiez.

— Je ne suis pas venue vous demander d'oublier cette Caroline-là. C'était moi aussi.

Ils sont debout tous les trois.

— Je ne pourrais pas oublier cette Caroline-là, répond Jean-François. Même si vous me le demandiez. Ce serait trop facile si l'on pouvait faire un choix, et ne garder que les images rassurantes. Marie-Hélène et moi...

Il a conscience de parler un peu gravement. Mais cette longue histoire, où il était à peine concerné, l'a touché.

— Demandez-lui. Nous savons qu'il y a eu un moment où j'ai voulu partir. C'est ce qui donne son prix à notre entente d'aujourd'hui.

Ils montent ensuite voir M. et Mme Saulieu. On parle de Princeton. On parle de Céline. Derrière les vitres, la Loire coule avec paresse. Les premières pluies l'ont gonflée. Elle poursuit son mouvement de fleuve, entre ses rives toujours les mêmes, vers un océan où elle se perd depuis si longtemps que ses eaux, peut-être, ont atteint déjà l'Amérique. En y débarquant, Caroline et Guillaume les reconnaîtront.

Ils sont partis. Mais les Quatre Vents ne se referment pas sur leur absence. Il y a ces quelques phrases que Caroline a dites à Nicole, et qui continuent de tourner dans le jardin. Elle hésite pendant deux jours. Finalement, elle se décide.

— Je pars, dit-elle à Gilles.

— Pour Lefkas ?

— Oui.

— Quand ?

— Demain.

Elle a déjà retenu une place d'avion. Elle a déjà

prévenu Noële. Curieusement, pendant les quelques heures qui la séparent de son départ, ce n'est pas à Noële qu'elle pense, mais au petit Yan. La reconnaîtra-t-il ? Trois mois. Pour un enfant si jeune, c'est la mémoire qui s'efface. Faudra-t-il tout recommencer ? Dans l'avion, elle reste immobile. C'est ce qu'elle désire. Qu'il n'y ait rien de passionnel en elle, rien de violent. Seulement l'esprit en éveil et le cœur disponible, et qu'elle n'ait rien à demander, pas même la tendresse, puisqu'elle vient pour tout donner. Athènes. L'avion se pose. C'est toujours l'été. La lumière toujours la même. Dans le hall d'arrivée, quelqu'un est là, qui ressemble à Noële, qui s'approche d'elle, qui l'embrasse comme l'embrassait Noële. Mais elle ne veut pas regarder ce visage.

— Parle-moi de ton fils.

Tout de suite. Parce qu'il sera comme un autre visage entre elles.

— Il ne vit que pour son grand-père. Même le matin, quand il se réveille, ce n'est plus moi qu'il appelle. Il crie : *Yaniiii.*

Noële parle très vite, en bougeant une main, parce que...

— Maman...

Tout bas. Sans la regarder.

— J'avais besoin que tu viennes. Si tu savais comme j'en avais besoin...

Ne pas laisser voir ce qui bouleverse. Parler aussi calmement que possible. Répondre calmement.

— Je suis là.

X

— Vous, d'abord !

Nicole Vaindrier s'est enfermée avec Yannis Karrassos, le soir même de son arrivée. Elle veut commencer son enquête par lui, apprendre de lui ce qui s'est passé, et l'explication qu'il en donne.

— Caroline m'a dit quelques mots, un soir, avant son départ, mais trop vagues pour que je comprenne. Vous, d'abord, racontez-moi !

Yannis Karrassos s'est assis derrière son bureau, la main sur les yeux. Bien qu'il fasse sombre, il a refusé d'allumer les lampes. Il a dit à Nicole que c'était pour mieux profiter du calme de la nuit. Mais elle a l'impression que c'est une façon de se défendre, ou plutôt de se protéger. Contre les questions qu'elle vient lui poser ? Peut-être. Peut-être aussi contre une fatigue tellement visible qu'elle en a été effrayée.

— Raconter quoi, madame Vaindrier ? Mon été ? Mon premier été avec ma fille et mon petit-fils ? C'est un été perdu.

— Pour qui ?

— Pour nous trois.

— Vous aviez pourtant votre petit-fils tout à vous. Noële m'a dit qu'il ne pensait qu'à vous, qu'il n'aimait que vous, que vous étiez toujours ensemble, du matin au soir, toujours en mer, ou sur la plage, à nager, à pêcher, à parler grec.

— Mon petit-fils tout à moi, c'est vrai. Mais... comment dire ?

Il se renverse en arrière, les yeux fermés.

— Derrière tous nos jeux, tous nos rires, toutes nos virées en mer, il y avait constamment le silence d'Alexandra. Elle a peut-être cru que je me désintéressais d'elle, que j'ignorais volontairement ce silence. C'était pour éviter de peser sur elle. J'aurais préféré laisser de temps en temps le petit Yan jouer avec les enfants des pêcheurs et vivre davantage avec ma fille. Mais elle paraissait si désemparée après le passage de Mathieu Van den Berg...

— Justement, dit Nicole. Parlez-moi de ce Van den Berg. Qu'est-il arrivé exactement ?

Yannis Karrassos tourne lentement la tête vers elle.

— Nous avons une étrange fille, madame Vaindrier. Qu'ont-ils tous à venir vers elle, à lui demander de les éclairer ? Qui lui a donné ce pouvoir ? Ce n'est pas un pouvoir. C'est quelque chose dont elle n'est pas consciente. Une force, qui oblige ceux qui la rencontrent à sortir de leur propre nuit. Faites le compte, madame Vaindrier. Je ne parle pas de Ugo. Je ne veux pas parler de Ugo, puisqu'il est retourné dans sa nuit. Mais les autres ? Votre beau-frère Guillaume, Denis Maréchal, Mathieu avec le poids de ses morts. Qu'ont-ils à tout attendre d'elle ? Alors qu'elle est si profondément blessée elle-même, qu'elle a tellement besoin qu'on la prenne en charge.

Il vient s'asseoir à côté de Nicole.

— Comment l'expliquez-vous, madame Vaindrier ? Et que pouvons-nous faire, vous et moi, pour l'en délivrer ?

Nicole s'oblige à garder le calme absolu qu'elle s'est imposé, à rester ce qu'elle était dans l'avion, sans passion, sans violence, l'esprit en éveil.

— Nous n'avons pas à délivrer Noële de quoi que ce soit, monsieur Karrassos. Elle est telle qu'elle est. Nous devons l'aimer telle qu'elle est. Ce que je demande, c'est ce que vous avez fait, vous, oui vous, pratiquement, pour elle ?

— Vous m'accusez de n'avoir rien fait ?

— Je n'accuse pas. Je pose une question.

— Mais, madame Vaindrier, la terre entière, si je le pouvais ! Je lui donnerais la terre entière !

— Des mots, monsieur Karrassos ! Pardonnez-moi si je le dis brutalement, mais ce sont des mots. Je pose de nouveau ma question : qu'avez-vous fait, pratiquement, pour elle ?

— Mais...

Il écarte les mains.

— Mais j'ai créé la Fondation Ugo Luckas. J'ai établi les statuts, signé les actes nécessaires, prévu le financement.

— Et puis ?

— Mais...

Il se sent comme pris en faute.

— Mais j'ai remis le tout à Alexandra, en lui disant : à toi, maintenant. Ce n'est pas ce qu'il fallait faire ?

— Je ne suis pas venue juger, mais comprendre. Qu'est-il arrivé ensuite ?

— Eh bien, mais... mais ce Mathieu Van den

Berg, avec tout ce passé en lui, toutes ces images de maison détruite, et...

Nicole l'interrompt d'un geste.

— Restons sur le plan de la Fondation Luckas, voulez-vous. Ce Mathieu avait-il des idées par rapport à cette Fondation ?

— Oui.

— Bonnes ?

— Très bonnes, au départ. Il aurait fallu les creuser, les développer, les faire aboutir. Il est parti trop vite pour qu'Alexandra en ait le temps.

— Quelqu'un d'autre peut-il reprendre ces idées ?

— Pourquoi pas ?

— Donc contrairement à ce que vous disiez tout à l'heure, cet été n'est pas un été perdu.

Elle se lève. Elle commence à apercevoir, dans cette pénombre, l'amorce d'un petit sentier qui devrait conduire à l'apaisement.

— Vous n'êtes pas resté aux Quatre Vents assez longtemps, monsieur Karrassos. Vous ignorez la patience. Rien ne vous résiste jamais ! Quand vous voulez quelque chose, vous avez l'habitude de dire : « Je veux », et elle se réalise. Cette forêt de sapins, pour le premier Noël que nous avons passé ici. Vous avez dit « Je veux », et la forêt a poussé d'un coup. Aux Quatre Vents, pour qu'un arbre pousse, inutile de dire : « Je veux. » Il prendra le temps qu'il lui faut.

Elle parle avec gravité, parce que, derrière les vitres, elle voit bouger le visage qu'avait Noële à l'aéroport.

— Je ne connais rien à la musique, reprend-elle, et rien aux affaires. Je sais seulement que si la Fondation Ugo Luckas a besoin de temps pour mûrir, ce n'est pas grave. Au contraire. Elle ne pourra qu'y gagner en solidité et en efficacité. Ce qui est grave, c'est de rester sur un échec.

Elle se retourne et, d'un geste rapide, allume une lampe sur le bureau de Yannis Karrassos. La pièce éclate soudain de tous ses murs blancs, de tous ses bois cirés, de toutes ses glaces.

— Je n'aime pas l'atmosphère que j'ai trouvée ici. On a le sentiment, à vous entendre, que tout est perdu ! C'est le premier mot que vous avez employé. Rien n'est perdu, si vous le voulez. Oui, vous... Rien n'est perdu si vous vous décidez à dire : « Je veux », et, pour une fois, vous aurez raison de le dire.

Yannis Karrassos la regarde avec étonnement.

— Savez-vous que M. Vaindrier a toutes les chances ? Vous lui parlez toujours avec cette autorité-là ?

Nicole reste immobile quelques secondes, interrompue dans son élan, ne sachant comment réagir. Elle finit par rire, un peu maladroitement.

— Vous ne m'écoutez pas !

— Vous ne pouvez pas savoir à quel point je vous écoute, au contraire. A quel point je regrette que vous ne soyez pas venue plus tôt m'expliquer ce qu'il fallait faire. La sagesse des Quatre Vents... Je croyais qu'elle appartenait à madame Marie. Je vois qu'elle vous appartient à vous aussi. A vous d'abord. Parce que, chez vous, ce n'est pas une sagesse d'âge, mais de cœur.

Il la rejoint dans la clarté de la lampe.

— Je suis prêt à dire « Je veux ». Dites-moi ce qu'il faut vouloir.

— Qu'il se passe quelque chose ici. Quelque chose de simple et de beau, dans cette maison de la musique. Qu'elle le devienne vraiment, pour un soir. Pour un premier soir, quelque chose comme un concert, comme Ugo pouvait en donner. Mais ne laissez plus Noële s'en occuper! Prenez tout sur vous. Offrez-le-lui, avant que l'été s'achève. C'est la seule façon d'effacer l'échec de Mathieu Van den Berg. Je ne connais rien à tout ça, je le répète, mais je suis sûre que c'est possible. Si vous le voulez, c'est possible.

Yannis Karrassos lui prend les mains.

— Je veux.

— Toi, maintenant.

Elles sont descendues sur la plage. Elles se sont assises sur les rochers.

— Tu veux que je parle à ta place?

Noële baisse la tête.

— Hier, je ne t'ai pas reconnue.

— A l'aéroport?

— Oui.

Noële regarde la mer, au bord de la plage, qui s'efface et revient.

— Ce n'est pas la musique, dit Nicole. Les idées de Van den Berg étaient bonnes. Je le sais. J'ai interrogé M. Karrassos. Vous avez travaillé ensemble et votre projet avançait comme tu le souhaitais.

— C'est vrai, concède Noële. Ce n'est pas la musique.

— Alors?

Un peu de bleu, un peu de vert. Et lorsque le sable s'assèche, une sorte de cerne doré.

— Je vais te dire, reprend Nicole. Il y a un an que Ugo est mort. Cet homme qui est venu, qui est entré dans ta maison, était un homme jeune. Il a vécu ici comme on vit en vacances, au soleil, à se baigner, à s'allonger sur la terrasse. Tu ne l'as pas supporté. Tu as mesuré tes jours. Tu as mesuré tes nuits. Il ne faut pas en avoir honte. Je suis ta mère. Quelle honte peut-il exister entre nous ?

— Tu sais tout sans que je parle.

Nicole avance une main vers cette enfant qui n'a pas encore vingt-quatre ans et dont personne jamais plus ne touche les cheveux. Qui ne connaît d'autre chaleur que celle de son fils, lorsqu'il consent à se laisser attraper.

— Ugo le comprendrait, dit encore Nicole.

Elle voit un mouvement d'épaules, quelque chose comme un sursaut.

— Il n'y a pas de faute en toi. Il n'y a pas d'infidélité à Ugo. Il y a eu des mouvements dont tu ne peux pas te défendre. Il y a eu surtout des confusions graves. Regarde-moi et raconte-moi tout.

Noële parle. C'est un long récit. Elle commence à la première rencontre à Paris, chez maître Forestier. Elle raconte tout, comme Nicole le lui a demandé. Et c'est vrai qu'en le racontant, elle a le sentiment que tout est confondu : la musique, la maison détruite de Nimègue, la Fondation Luckas, les appareils à capter le son, la voix de Mme Brascova, la tombe de Ugo sous les citronniers. Elle va jusqu'au bout, jusqu'au récit de Béatrix dans la chambre d'Athènes, jusqu'au bruit de sa canne lorsqu'elle a voulu descendre l'escalier.

Nicole a écouté sans jamais réagir. Elle a voulu être comme une absence, comme l'ombre d'un rocher. Et maintenant qu'il faut répondre, elle s'efforce de retrouver le ton de voix qu'elle avait la veille, lorsqu'elle parlait à M. Karrassos, un ton détaché, presque dur, pour que, là encore, la lumière finisse par se faire.

— J'ai parlé de confusions graves. Ce que tu viens de me dire le confirme. Essayons d'être claires. Il y a d'abord cette maison de Lefkas, et ton désir d'en faire une maison de la musique. Sur ce plan-là, les idées de M. Van den Berg sont bonnes. Il suffit de les creuser et de les développer. Tu as tout le temps devant toi, un an, deux ans, rien ne presse. L'important, c'est de savoir déjà dans quelle direction orienter tes recherches.

Noële s'étonne que les mots viennent si simplement, et qu'elle n'ait pas su les prononcer elle-même.

— Il y a ensuite le drame personnel de M. Van den Berg. Là encore, fais ce que t'a dit Béatrix. N'attends pas son retour. Continue de vivre de ton côté. Dis-toi seulement que tu l'as aidé à se mettre en route. Dans quelques mois, dans quelques années, tu entendras sûrement parler de lui. A ce moment-là, tu sauras qu'il a gagné son combat et trouvé son langage. Tu pourras te dire que Lefkas l'a exorcisé.

Elle tend la main à Noële.

— Ne m'en veux pas de trop parler. J'aimerais passer des heures à te serrer simplement contre moi, sans un mot. Mais n'est-ce pas ce que tu attendais ?

— Oui, dit Noëlle.

— Il y a enfin cette soif d'amour qui est en toi. C'est le dernier point. Le plus difficile. Isole-le des deux autres. Ne pense qu'à Ugo. Dis-toi que c'est aimer Ugo que de regretter son amour. De sentir ce manque dans tout ton corps. Dis-toi que c'est être fidèle à Ugo que d'éprouver cette attirance pour un autre, de donner son vrai nom à cette attirance, et de savoir la dominer. Maintenant, réconcilie-toi avec cette maison et avec cette île, baigne-toi, puisqu'il fait encore beau, et oblige ton fils à jouer avec toi, pour qu'il se souvienne que tu es sa mère.

— Regardez ! dit Yannis Karrassos.

Il tend à Nicole Vaindrier une coupure de journal, encadrée de crayon rouge. On y parle d'un jeune pianiste qui vient de se classer premier au concours Tchaïkovski de Moscou.

— Je crois que nous tenons ce « quelque chose » dont vous parlez.

Il téléphone aussitôt à maître Forestier. Celui-ci, qui connaît un peu le lauréat, le convoque chez lui, à Paris. C'est un jeune homme de vingt ans. Il s'appelle Marchand. Vincent Marchand.

— Un concert en Grèce ! Dans l'île de Lefkas ?... Là où est enterré Ugo Luckas ? Comment oserai-je jouer devant lui ?

— Vous jouerez pour lui. C'est en son nom que je vous le demande.

Vincent Marchand regarde ses mains. Très longues. Très blanches. Depuis qu'il a sept ans. Tous les jours pendant des heures. Ce n'était pas de la fatigue. Ce n'était même pas du travail. C'était sa source où boire, son air à respirer.

— Cécile ! dit-il.

Elle a vingt ans comme lui. Elle est violoniste. Il n'ose pas demander. Mais que jouer d'autre, à Lefkas, que la musique de l'amour ? Il finit par avouer qu'il aimerait donner un concert avec Cécile Arnaga, qu'elle joue du violon beaucoup mieux qu'il ne joue du piano. Qu'elle aurait pu gagner tous les concours, mais qu'elle ne s'y présente jamais car elle a le goût de la perfection et s'imagine toujours qu'elle n'est pas prête. Elle jouera s'il joue.

— Il faut que je l'entende, dit maître Forestier.

Cécile Arnaga vient le lendemain. Elle est rose et bleue, avec de petits rubans sur les manches de son manteau. Elle tient sa boîte à violon comme si c'était un enfant, dans ses deux bras repliés.

— J'ai encore tout à apprendre, dit-elle.

Elle sort le violon de sa boîte, l'accorde. Déjà ses mains sont d'autres mains. Déjà son visage se transforme. Il n'y a plus de petits rubans. Il y a quelque chose de tendre et de grave qui se noue bientôt entre Vincent Marchand et elle, entre le piano et le violon. Un amour de deux voix qui commencent à parler ensemble, mais qui ont le temps, car c'est aussi dans l'âge mûr, et jusqu'à l'instant de sa mort, qu'on apprend à aimer. Ils jouent une sonate de Mozart. Maître Forestier pense à Régine Strinasacchi, violoniste de Mantoue, pour qui Mozart l'avait écrite et dont Leopold Mozart, le père, disait : Personne ne peut jouer les adagios avec plus de sentiment qu'elle. Elle met tout son cœur dans la mélodie qu'elle exécute. Le cœur de Cécile est au bout de ses doigts. Lorsqu'ils ont achevé la sonate, maître Forestier reste immobile un long moment. La musique tourne encore entre les murs. Cécile et Vincent le regardent. Il cherche que leur dire. A son âge, après tant d'années passées à tout découvrir, à tout dépasser, la jeunesse lui apprend qu'il n'a jamais rien su.

— Merci, dit-il enfin.

Il voudrait que Ugo soit là.

Le concert aura lieu en octobre avec Cécile

Arnaga et Vincent Marchand. Six sonates de Mozart pour violon et piano. Yannis Karrassos engage aussitôt Sandro Zilekis, un petit homme au teint foncé, cousin de Messara, qu'il charge de tout organiser sur le plan financier et administratif. Très vite le concert s'annonce comme un événement. D'un pays à l'autre, télévisions et stations de radio demandent le relais.

— Vous jouerez pour le monde entier !

— Ne le dites pas à Cécile. Elle est capable de ne plus vouloir, s'inquiète Vincent.

Quelques jours avant le concert, ils viennent s'installer à Lefkas, pour les dernières répétitions. Noële les attend sur le port. Elle voit descendre du bateau deux très jeunes gens qui n'avaient encore jamais vu la Grèce et qui ont un regard ébloui. Noële leur propose le tour de l'île, mais Cécile refuse.

— Après le concert, peut-être. Maintenant, il faut travailler.

Les bagages à peine posés dans leurs chambres, ils se précipitent vers le salon de musique. Cécile accorde son violon. Vincent frappe les premières notes. Noële est debout dans le jardin, le visage levé vers les fenêtres. Déjà tout bouge, tout résonne. Le temps bascule sur lui-même, et Ugo semble ouvrir les yeux.

XI

— Le maquillage ! Il faut le maquillage. Comment voulez-vous que la télévision travaille si vous refusez le maquillage ?

Très calmement, Cécile fait non de la tête. Depuis trois jours les équipes de télévision ont envahi Lefkas. Il y a partout des câbles, des projecteurs, des caméras, des rails pour les mouvements d'appareils. Et partout aussi des techniciens, des électriciens, des scripts, des assistants qui parlent, crient, s'agitent, grimpent les escaliers, envahissent les terrasses comme si l'avenir du monde était entre leurs mains. C'est le jeu de leur profession — dont ils ne sont pas vraiment dupes — de se prendre pour des chefs d'Etat. A Lefkas, le jeu est d'autant plus poussé que Sandro Zilekis a obtenu l'accord de quinze pays différents, et que l'image de Cécile et de Vincent va faire le tour du monde. Mais, contrairement à ce qu'on pouvait craindre, plus l'agitation se développe autour de Cécile et plus elle reste calme.

— Vous refusez le maquillage ?

Sandro Zilekis lève les bras au ciel. Lui aussi joue à trop en faire. Il pousse vers la caricature son personnage d'imprésario oriental, petit et basané, habillé d'alpaga, le cigare aux lèvres.

— Et le coiffeur ? Vous me concédez au moins le coiffeur ?

Cécile a de beaux cheveux.

— Pourquoi ? dit-elle. Le plus grand coiffeur d'Athènes ne peut pas faire que je joue mieux Mozart.

Elle se tourne vers Vincent.

— Si nous répétions ?

Ils n'ont pas cessé de travailler, de jour comme de nuit. Parfois, au matin, Noële les découvre endormis dans le salon de musique, couchés à même le sol, comme le petit Yan lorsqu'il revient de la pêche et que sa fatigue l'empêche d'aller jusqu'à sa chambre. Maître Forestier a assisté à chaque répétition. Parce qu'ils le lui ont demandé. Mais il ne sait rien leur dire. Ils savent tout, malgré leur vingt ans. Ils ont tout découvert. Jusqu'au secret de Mozart. Jusqu'à cette fêlure dans la voix, presque imperceptible, cette sorte d'enrouement qui ne cesse jamais, même dans la gaieté, même dans le plaisir, qui n'est pas le regret de la fragilité des choses, mais simplement sa marque, comme la petite ride du temps.

Le matin du concert une lettre arrive. Denis et Clara.

« *Nous serons avec toi ce soir, écrit Denis. Tous les journaux ici parlent de Lefkas et de Ugo. Cette petite image que nous regardons ensemble ne sera pas le reflet d'un souvenir, mais un moment de vie partagé avec toi.* »

Il y a ensuite quelques lignes de Clara :

« *Noële, si je vous dis que je suis heureuse, en*

serez-vous heureuse ? Nous nous sommes mariés il y a un mois. Sans faire-part, sans réception, sans cérémonie. Dans le village d'Afrique où Denis s'était construit lui-même une maison. Il a fallu la remettre en état. Nous l'avons fait ensemble, Le jour de notre mariage, tous les habitants du village étaient là, les hommes, les femmes, les enfants, qui nous connaissaient tous et qui dansaient pour nous les danses du bonheur et celles de l'amour. Nous avons vécu un mois avec eux, comme en vacances. Ces vacances, aujourd'hui, sont finies. Denis rejoint l'équipe d'ethnologues qui travaille sur les fresques du Tassili. Je l'accompagne. Je m'occuperai de la vie matérielle de l'équipe. Si vous pensez à nous, sachez que nous sommes dans le soleil. Un soleil qui ressemble à celui des pays du nord. Je veux dire qu'il nous éclaire jour et nuit. Je vous remercie de me l'avoir fait découvrir. Clara. »

Et plus tard, dans l'après-midi, un télégramme : « *C'est bien d'avoir écarté les volets si vite.* » Signé : *Delpina.*

A la nuit tombée, on ouvre à deux battants le portail de la maison. Tous ceux qui le désirent ont le droit d'entrer et d'assister au concert. Il y a bientôt foule dans les jardins, dans les sentiers et jusque sur la plage. La nuit est claire. Une nuit d'automne assez fraîche, avec des couleurs de petit jour. Le piano a été installé sur la plus haute terrasse. Les équipes de télévision l'entourent. Les projecteurs sont allumés. On procède aux derniers essais de caméras.

— Etes-vous contente ? demande Yannis Karrassos.

Il vient d'entrer dans son bureau. Nicole Vaindrier l'y attend, assise devant un récepteur de télévision dont la lueur bleutée joue sur son visage.

— De vous, oui. Je suis très contente. Vous avez fait ce qu'il fallait, dans le temps qu'il fallait. Je vous avais demandé quelque chose de simple et de beau. Ça risque d'être encore plus beau que je ne le pensais.

— Et d'Alexandra ?

— Je suis très contente d'elle, aussi. J'ai eu peur qu'elle renonce, au dernier moment, qu'elle ait envie de fuir ou de se cacher... Mais non. Elle est dans sa chambre, elle s'habille. Quand elle a su qu'il y avait tant de monde dans les jardins, elle a sorti d'une armoire sa plus belle robe. Je ne lui ai rien dit. C'est une décision qu'elle a prise elle-même. Elle a voulu faire honneur à Ugo, montrer publiquement qu'elle était sortie de son deuil. Je ne sais pas ce qui est prévu par M. Zilekis, et si les journalistes ont l'intention de l'interviewer, mais ce serait bien qu'elle accepte. Qu'elle aille jusqu'au bout.

— C'est prévu, dit Yannis Karrassos. Elle doit dire quelques mots à l'entracte. Elle a seulement refusé qu'on montre la tombe. Le petit bois de citronniers est interdit aux caméras.

— Alors tout serait bien si...

Nicole Vaindrier détourne les yeux.

— Si j'étais contente de moi.

Elle a un geste vers l'écran.

— Ces images de Ugo, qu'on montre en ce moment, j'ai beau faire, je suis incapable de les regarder.

Avant le début du concert, on projette, en effet, un hommage à Ugo Luckas, réalisé à partir de photographies, de documents d'archives, de pochettes de disques. Mais Nicole a mal réglé l'image, exprès, pour que tout soit flou. Et elle a coupé le son, pour ne pas entendre le commentaire.

— Je vous comprends, approuve Yannis Karrassos à mi-voix. Ce genre d'hommage est nécessaire pour ceux qui ne l'ont pas connu, qui n'ont jamais assisté à ses concerts. Mais pour nous...

Il renverse la tête contre le dossier de son fauteuil.

— Moi non plus, je ne regarde pas ! Je me dis que ce sont mes yeux, qu'ils supportent mal le scintillement du téléviseur. En fait, je suis comme vous. Je préfère regarder les images de ma mémoire.

Ils sont assis l'un à côté de l'autre, immobiles.

— Quelle est celle qui revient, pour vous ? demande Yannis.

— Venise. Le jour où nous l'attendions, Gilles et moi, sur la place Saint-Marc, pour faire sa connaissance. Il portait une chemise rouge. Noële s'est précipitée vers nous pour nous embrasser. Quand elle a voulu nous présenter Ugo, il avait disparu. J'ai aperçu sa chemise rouge, qui fuyait entre les arcades. Gilles en a été profondément blessé. Il ne comprenait pas cette fuite. Le lendemain Ugo lui a expliqué qu'il avait voulu laisser Noële s'expliquer seule avec nous, parce qu'il y avait eu cette rupture avec Jean-François, et que nous ne l'avions pas revue depuis. Je me souviens très exactement de ce qu'il a dit à Gilles, ce jour-là : « Si j'apercevais ma mère, dans la rue, ma mère que je n'ai pas vue depuis deux ans, je suis sûr que Noële préférerait que j'aille la rejoindre seul. » Voilà ce que j'aimais chez lui, cette tendresse, l'étrange force de ses sentiments.

Elle demande, après un silence :

— Votre image à vous ?

— Il est tout en blanc. Ici, à Lefkas. Devant la porte de la chambre où Alexandra finit de s'habiller. C'est le matin du mariage. Il donne de grands coups de poings dans la porte. Je suis obligé de le saisir par les épaules, de l'entraîner de force. Voilà ce que j'aimais chez lui, cette soif d'être heureux, cette impatience à l'être, après tant d'années de souffrances.

Il tend la main vers Nicole Vaindrier.

— Si peu de temps, pour l'un et l'autre.

Nicole prend cette main.

— Ne comptons pas. Ne cherchons pas ce qui est juste et ce qui est injuste. Vous, vous avez perdu votre femme à la naissance de Noële. Moi, je n'ai jamais été séparée de Gilles, mais je n'ai pas d'enfant. Qui compense quoi ? Et pourquoi faire jouer des balances ? Aucun poids n'a de sens, dans aucun plateau. Regardons seulement ce qui vient. Cet hiver, devant nous, où Noële et Yan seront aux Quatre Vents. Cet été prochain, où ils seront ici. Et ce que vous ferez pour elle, entre-temps. Ce que vous ferez pour que le concert de ce soir ne soit pas un concert unique, qu'il soit suivi de beaucoup d'autres, de plus en plus beaux.

Elle se redresse, ouvre les yeux et se penche, soudain.

— Regardez !

Le visage de maître Forestier vient d'apparaître sur l'écran. D'un geste rapide, elle règle le récepteur pour que l'image devienne nette, augmente le volume du son.

La voix de maître Forestier les rejoint dans le bureau :

— ... rien de précis, ce soir. Non. C'est encore trop tôt et tout est à l'étude... Ce que je peux dire, c'est que la maison où nous sommes est définitivement vouée à la musique, sous le patronage de Ugo Luckas. Il faut donc considérer ce concert comme un baptême.

La caméra tourne autour de ce visage si étrangement jeune sous la couronne de cheveux blancs. Le présentateur voudrait le pousser davantage, l'obliger à donner d'autres précisions.

— Vous savez le nombre considérable de téléspectateurs qui vous écoutent, en ce moment, maître. Vous ne pouvez vraiment pas leur dire ce qui va se passer, dans les mois qui viennent ?

Maître Forestier sourit, d'un sourire secret qui l'oblige à plisser les yeux.

— S'ils aiment les histoires, je vais simplement leur en raconter une. Libre à eux de l'interpréter comme ils l'entendent.

Il se tourne vers le présentateur.

— Vous voulez bien ?

— Bien sûr, bien sûr, maître, répond le présentateur, qui essaie de ne pas avoir l'air trop désappointé.

— Voilà. J'habite un appartement avec une petite terrasse. J'y ai planté quelques rosiers, que je soigne depuis des années. L'an dernier, quelque chose a bloqué la porte de l'escalier qui conduit à ma terrasse. Pendant des mois, je n'ai rien pu faire pour mes pauvres rosiers. Il a fait très froid, cet hiver-là, neige, verglas, rappelez-vous ! J'étais sûr que mes rosiers n'avaient pas survécu. Un jour, par hasard, quelqu'un a réussi à débloquer ma porte. Je suis monté, un peu inquiet. Aussi incroyable que ce soit, mes rosiers n'avaient jamais été si fleuris, et si beaux ! Ce sera la même chose dans cette maison de la musique.

Il fait un geste vers la caméra.

— Si vos cameramen voulaient bien oublier que je suis là, et se tourner vers la terrasse où va avoir lieu le concert, les téléspectateurs comprendraient à quel point mon histoire est vraie. Tournez ! Tournez donc !

Il fait des gestes tellement impératifs que le réalisateur est obligé d'obéir. L'image du piano apparaît sur l'écran, dans l'éclat des projecteurs. La voix de maître Forestier se fait toujours entendre :

— Vous allez voir arriver Vincent Marchand et Cécile Arnaga. Vous allez comprendre qu'ils sont pour moi l'image même de ce qui refleurit. Le printemps d'une jeune carrière, que le vieillard que je suis se permet de prédire, avec certitude, des plus exceptionnelles.

Ils entrent. Ils viennent du fond de la terrasse et marchent lentement vers le piano. Cécile serre son violon dans ses bras. Vincent est à côté d'elle. Ils sont en blanc, l'un et l'autre, et c'est comme le jour qui vient.

Elle s'est habillée. Elle s'est coiffée. Elle a passé un long moment à se maquiller les paupières. Elle a voulu être très belle, parce qu'elle a rendez-vous avec Ugo, et qu'elle souhaite, s'il peut la voir, qu'il ait envie de l'embrasser. Elle se regarde dans une glace, rectifie le pli de sa robe, sourit tranquillement. Puis elle entre sans bruit dans la chambre de son fils. Il a joué toute la journée autour des caméras de télévision.

Elle a cru qu'il ne s'endormirait jamais. Mais il dort. Le visage paisible, le souffle régulier. Elle se souvient de Ugo. Des sommeils de Ugo. C'était son enfant secret. Elle se penche :

— Garçon, je te parlerai de ton père quand tu seras plus grand. Ce soir, dans ton sommeil, c'est lui que tu vas entendre parler.

Elle fait un geste pour remonter le drap, puis s'immobilise. La voix. Elle vient d'entendre la voix. Une phrase, la première, que le violon prononce, que le piano reprend. Le concert est commencé. Elle va jusqu'à la fenêtre, l'ouvre. La musique entre dans la chambre. C'est la nuit et ce n'est pas la nuit. C'est comme une lampe allumée. Elle ne voit plus rien de la maison, ni les murs, ni les jardins, ni la mer tout autour. Elle ne voit que des visages levés vers la plus haute terrasse. Elle a soif. Elle écarte les lèvres. C'est la petite eau. La rivière sous les arbres. Elle avance une main. C'est... Elle ne sait plus. Elle ne cherche plus. Il y a seulement le dessin de la musique, cette ligne double, ce reflet de deux notes, comme si, parmi cette foule attentive, deux visages se tournaient l'un vers l'autre, et découvraient qu'ils se connaissent.

Elle ne veut pas quitter la chambre. Elle ne veut pas voir Vincent et Cécile. Ni leur image sur les écrans. Le monde entier. Elle s'oblige à penser que le monde entier en cet instant regarde leur image. Mais elle veut être seule à entendre. Ces deux voix ne sont que pour Ugo et elle. Elles disent ce qu'ils se disaient chaque nuit, ce qu'ils continuent de se dire depuis que le silence est leur maison commune.

Ugo... Elle ne peut pas attendre plus longtemps. Elle veut le rejoindre. Mais il ne faut pas qu'on la voie. Elle s'échappe par une petite porte, fait un long détour à travers les collines. Dans la nuit, la lumière des projecteurs fait de la maison une île dans l'île, une étoile suspendue. Elle finit par atteindre le bois de citronniers. Il est là. Elle le sait. Elle sait qu'il l'entend. Elle avance entre les arbres. La musique est lointaine, mais si pure qu'elle paraît reflétée par la lune.

Noële se penche, touche la pierre.

— Tu es content ?

XII

Il y a tout. Les odeurs, le silence, les ombres de l'après-midi, avec la nuit qui vient, les petites haies toujours vertes, tous les champs qui s'emboîtent, et, derrière les vitres, avant qu'on ferme les rideaux, les premières lueurs du feu. Il y a tout, comme autrefois. Mais ce n'est plus comme autrefois. Ce n'est plus un plaisir d'enfance, des retours de classe, des bruits de galoches, et madame Marie qui criait : « Veux-tu bien ne pas me tremper ma cire, avec tes semelles ! », quand il pleuvait à verse. Non. C'est une jeune femme, avec un enfant trop petit pour dire ce qu'il pense, qui a du mal à comprendre pourquoi on le change toujours de maison.

— Il faut que tu t'habitues, dit Noële. Ta vraie maison, c'est ici, pour longtemps.

Elle le sait. Comme Gilles et Nicole Vaindrier le savent. Comme Yannis Karrassos a fini par le savoir. Avec un enfant de cet âge, le palais d'Athènes n'est habitable que par moments. Il lui faut des racines et un équilibre. Il lui faut une chambre où il se sente en paix, des repas réguliers, une discipline. A Athènes, avec un grand-père qui voyage sans cesse, rien ne serait à sa mesure. Il n'aurait que des pièces vides, des couloirs trop grands, un silence qui finirait par lui faire peur. Sa mesure est aux Quatre Vents. C'est exactement le jardin qu'il lui faut, le rythme de vie qu'il lui faut.

— La mer, tu la retrouveras, je te le promets. Tu plongeras de nouveau avec ton grand-père. Tu feras de nouveau du bateau. Mais quand il fera beau. Ici, il pleut, tu vois. C'est bientôt l'hiver. L'hiver, pour les enfants comme toi, c'est de gros pantalons et des bottes.

Elle l'habille avec des chandails, des cirés en plastique, des capuchons. Il avait l'habitude de vivre tout nu, en sauvage. Ces costumes l'amusent. Les bottes surtout. Il patauge avec entrain dans les chemins détrempés, il apprend à sauter au milieu des flaques d'eau, et il a des rires incroyables. Quand il rit, tout le monde s'arrête pour l'écouter.

— Encore ! a envie de crier Noële.

Elle aime ce plaisir qu'il a, cette joie ouverte, sans rien qui la freine, tout ce bruit pour qu'on sache qu'il est content. Elle s'oblige à rire avec lui. Il y a droit. Elle ne veut pas qu'il puisse dire, plus tard : « Moi, ma mère, elle ne riait jamais. » Elle patauge avec lui. Elle joue avec lui. Mais elle comprend vite que ça ne suffit pas, qu'il a besoin d'autres enfants. Elle s'est entendue avec Chataigneau, le remplaçant de Denis à l'école d'Ouches, pour qu'il prenne Yan dans sa classe dès qu'il aura trois ans. Chaque fois qu'elle le peut, elle l'emmène au moulin de Marie-Hélène, pour qu'il apprenne à connaître Céline. Elle veut aller plus loin.

— Je peux inviter ?

— Qui tu veux, répond Nicole Vaindrier. Tu es chez toi.

Elle fait le tour du voisinage. Elle retrouve d'anciennes amies de classe, des garçons avec qui elle jouait au tennis, qui sont pères de famille, maintenant, qui ne demandent qu'à renouer des amitiés. Ils savent, bien sûr, mais ne disent rien. Ils ont simplement une façon de la regarder, d'interrompre leurs phrases. Alors, ce qui lui manque, Ugo, son visage tourné vers elle, tout est là brusquement, pour quelques secondes. Ils enchaînent très vite, parlent de Yan, de leurs enfants, de ce qu'on peut faire pour qu'ils se connaissent. Et voilà qu'il y a des « bandes », comme autrefois. Des bandes d'enfants, qui courent partout dans la maison, à qui il faut réserver une vaste pièce, au deuxième étage, où tout leur est permis. Madame Marie lève les yeux vers le plafond :

— Me voilà comme une gourgandine, avec des cheveux qui vont me repousser jaunes, d'un seul coup, parce que j'ai quarante ans de moins ! Toi, tu ne faisais pas beaucoup de bruit, et M. Denis encore moins, mais M. Gilles et ses frères... Si tu les avais entendus. Des chenapans. Mais toujours à cheval sur la pendule. Dès que je criais : « C'est prêt pour le dîner, qu'on se lave les mains ! », ils avaient beau être en plein milieu de leurs folies, ils s'interrompaient d'un seul coup, et je les voyais se glisser dans la salle à manger, avec des mines à dévorer le coin d'un drap.

Tout en parlant, elle surveille son four, où elle a mis à cuire une brioche pour le goûter. Noële prépare, sur un plateau, le beurre et la confiture.

— Laisse-moi faire tout ça, ma petite belle. Tant

que j'ai la cheville à danser la gavotte et à grimper les escaliers, profitons-en. Je vais leur monter le tout, dès que c'est doré à merveille. Toi, tu as autre chose à faire.

— Moi ?

— Ne fais pas l'étonnée.

Madame Marie lui prend le menton, comme si elle avait quatre ans.

— S'occuper des enfants, c'est bien pour un temps. Ça te permet de moins penser. Mais lui, là-bas, sous ses arbres, tu ne vas quand même pas le faire trop attendre.

— Qu'est-ce que tu racontes ?

— Je raconte ce que j'ai vu à la télévision, l'autre soir. Je raconte ce que ton maître Forestier, avec ses cheveux blancs, nous a dit du gel et de ses rosiers. Je n'ai pas l'air, tu sais, mais le piano, moi ça m'entre par l'oreille et ça me descend jusqu'au cœur. Alors, j'en veux d'autre, et qui vienne encore de ta maison de Grèce. N'attends pas trop longtemps.

Noële se le dit chaque jour. Pour elle, plus encore que pour le petit Yan, cette coupure de l'année en deux, trois mois d'été à Lefkas, le reste aux Quatre Vents, impose un nouvel équilibre. Elle se sent vraiment chez elle entre ces murs, entre ces arbres, vraiment rassurée, protégée, et dès le premier jour elle a eu envie de se laisser reprendre. Ce serait si simple. S'allonger, elle aussi, s'endormir, comme ces petits animaux qui hibernent, au fond de leurs terriers. Mais il ne faut pas. Elle revient constamment à la nuit du concert, cette nuit d'un si grand bonheur, l'aboutissement d'un si long rêve. Elle repense aux visages de Cécile et de Vincent, à cet amour qui se levait entre eux. Elle réentend surtout ce bruit qui montait des jardins, à la fin du concert, ce bruit sourd et violent, comme une pluie sur la mer : le brusque tonnerre des applaudissements, des ovations à pleine voix, qui gagnait la plus haute terrasse. Comme autrefois, comme après chacun des concerts de Ugo, les mêmes vagues, l'une après l'autre, qui n'en finissaient pas de renaître. C'est cette nuit-là que Noële s'était mise à marcher, pour avancer vers la lumière. Elle ne veut pas y renoncer. Madame Marie se trompe lorsqu'elle prétend que s'occuper du petit Yan, c'est une façon de ne pas penser. Au contraire. Le fils compte autant que le père, pour elle. Parce qu'il a toutes ces années devant lui, cette longue suite à parcourir, avant de pouvoir se tourner vers elle en disant : « C'est bien. » Alors, elle refuse le piège des terriers. Elle continue d'avancer, sans savoir exactement dans quelle direction. Elle fait des pas.

Curieusement, ils la conduisent un matin vers l'ancienne laiterie, de l'autre côté du jardin. Depuis que la neuve fonctionne, elle ne sert plus à rien. On l'a vidée de tous ses appareils, on l'a nettoyée à grande eau, on a fixé à la porte un petit cadenas, et le vent et la pluie s'attardent sur ses murs.

Noële commence par tourner autour, par essuyer la poussière des carreaux pour essayer de voir à l'intérieur, par tirer sur le cadenas, à petits coups, pour vérifier qu'il est solide. Elle demande la clef à Nicole Vaindrier.

— Qu'est-ce qui t'attire, là-bas ?

— Je ne sais pas.

Elle ouvre la porte. C'est comme un trou immense. Le local est vide. C'est peut-être ça qui l'attire, ce vide à combler. Elle fait quelques pas. Rien ne vient des années d'avant. Elle s'attendait à voir surgir des images d'enfance, mais tout a été emporté. Elle fait le tour, lentement ; elle a l'air de compter ses pas. En réalité, elle écoute le bruit qu'ils font. Lorsqu'elle se retrouve à la porte, elle sort et referme à clef.

Mais elle revient le lendemain. Cette fois, elle s'assied, dos au mur, regarde longtemps le plâtre qui s'effrite, les canalisations rouillées, une lampe qu'on a oublié de décrocher, qui pend d'une poutre. Gilles Vaindrier la surprend ainsi. Il a su par Nicole qu'elle avait demandé la clef.

— Tu vas prendre froid, dit-il.

Elle sursaute. Elle ne l'avait pas entendu venir.

— Non. Je...

Elle a soudain envie de lui parler. A lui, oui, qui est resté son père, envie de lui dire tout ce qui est en elle, en désordre.

— Je cherche.

— Tu cherches quoi ?

— Je ne sais pas. Je sais seulement que je cherche.

Elle n'a pas besoin de lui faire signe. Il comprend de lui-même et vient s'asseoir à côté d'elle.

— Je peux te prendre cinq minutes ? demande-t-elle.

— Toutes celles que tu voudras.

— Alors, lis ça.

Elle sort une lettre de sa poche. Elle l'a reçue trois jours plus tôt. Une lettre qui vient de Norvège. Gilles la déplie, regarde la signature : *Mathieu Van den Berg.*

— C'est lui qui était à Lefkas, cet été ? L'ancien assistant de maître Forestier ?

— Oui, dit Noële. Maman t'en a sûrement parlé.

Gilles lit :

« *Le soir du concert, en regardant à la télévision la maison de Lefkas et en écoutant Mozart, j'ai ouvert l'étui de cuir rouge. Vous m'avez donné la force de regarder les photographies qu'il contient. Je suis venu m'enfermer dans ce pays de neige pour y réapprendre à parler. Bientôt, je retournerai vers Nimègue et vers mon enfance. Béatrix ne sera plus seule. C'est dans sa maison blanche, au milieu des icônes, que je recommencerai à écrire de la musique. Un jour, si vous le voulez bien, je viendrai vous la faire entendre.* »

Gilles replie la lettre, la rend à Noële, sans un mot.

— Lefkas, c'est dangereux, dit-elle, en remettant la lettre dans sa poche. Personne n'y résiste. Il faut n'y habiter qu'un temps. Ici...

Elle montre les murs.

— Ici, c'est la terre. C'est... Je ne sais pas comment expliquer.

— Tu veux que j'essaie à ta place ?

— Tu saurais ?

— Peut-être. Parce que j'ai regardé le concert, moi aussi. J'ai vu les images. J'ai entendu la musique. Et je me suis dit la même chose que toi. Que Lefkas, c'était un piège ! Ton Mathieu s'y est laissé prendre. Il s'y est blessé. Toi aussi, tu t'y es blessée. De la même façon, je crois, parce que tu as cru qu'il suffisait d'un geste pour que tout soit possible. Exactement comme M. Karrassos. Et c'est vrai que tout est possible pour lui, qu'il peut tout y faire naître en une heure. Mais ce qui naît là-bas reste toujours plus ou moins menacé. Ici, en revanche...

Noële écoute avec une attention surprenante.

— Ici ?

— Tu viens de le dire : c'est la terre. Je regrette que ton Mathieu n'ait pas eu le temps d'y passer quelques jours, avant de te rejoindre à Lefkas. Il aurait peut-être découvert ce que nous savons tous, depuis que tu as retrouvé ta vraie famille.

Gilles a un sourire hésitant.

— Ça va te paraître un peu solennel, mais puisque tu m'as demandé d'expliquer à ta place, il faut bien aller jusqu'au bout des mots. Ton Mathieu aurait découvert que ce n'est pas un lieu de féerie, les Quatre Vents. Que c'est sans mystère, sans recoin, sans secret. Il aurait découvert qu'il faut les Quatre Vents, dans une vie, comme il faut la maison de Lefkas, comme il faut l'envol, l'imagination, la démesure. Et qu'en trouvant un équilibre entre l'un et l'autre, on finit par se sentir vivant. C'est un peu ça que tu cherchais à expliquer ?

— Tu ne peux pas savoir à quel point...

Elle fait face à Gilles Vaindrier, le regarde de tout près.

— Tu me la vends ?

— Quoi ?

— Ton ancienne laiterie.

— Pour quoi faire ?

— Créer la Fondation Luckas. Voilà les mots que je me répète depuis des jours. Il a suffi d'un geste, c'est vrai, pour faire naître cette Fondation. Pour qu'elle existe légalement, juridiquement, financièrement. Mais ça s'est fait à travers des papiers, uniquement des actes notariés, couverts de signatures, qu'on peut plier en quatre et glisser dans une enveloppe. Pour le moment, la Fondation Luckas, elle tient dans ma poche. Il faut qu'elle trouve ses fondations.

Elle rit, brusquement.

— Ça veut tout dire, non ?

Elle se lève, commence à marcher de long en large, et ce n'est plus le bruit de ses pas qu'elle écoute, mais sa voix qui sonne d'un mur à l'autre.

— Là-bas, tu viens de le dire, on s'envole. On fait jaillir de la nuit des images et des musiques que les gens reçoivent chez eux et qui les font rêver. Il y aura d'autres concerts, dans les années à venir. Et pas seulement des concerts. Il faut reprendre les idées de Mathieu Van den Berg, organiser des voyages, des séjours, des festivals. Mais j'ai voulu aller trop vite. Les choses doivent se faire l'une après l'autre, humblement, calmement, en gardant les deux pieds sur terre, en constituant une équipe de travail, composée de spécialistes et de professionnels. Et c'est dans un endroit comme celui-ci qu'on peut y travailler.

Elle s'arrête devant Gilles Vaindrier, toujours assis, dos au mur.

— En quelques jours, on repeint les murs, on dresse des cloisons légères, on fait livrer des bureaux, des classeurs, une ou deux machines à écrire. On fait installer une ligne de téléphone, peut-être un télex, pourquoi pas ? Et on peut se mettre au travail. Bien sûr, il faudra une secrétaire, un comptable, mais on verra plus tard. Ce que je veux savoir avant tout, c'est si oui ou non tu me vends ce bâtiment ?

Gilles la regarde. Elle a un visage qu'il ne lui connaissait plus, animé, heureux, les yeux brillants.

— Ecoutez-moi bien, Alexandra Karrassos, dit-il, en essayant de sourire pour ne pas laisser voir à quel point il est bouleversé. Vous avez de l'argent, je sais. Beaucoup d'argent ! Mais vous n'en aurez jamais assez pour acheter ce bâtiment. Il représente pour moi trop de choses. Alors, je vous le donne.

Quand la nuit est tout à fait venue, quand on entend le bruit des volets qui se ferment et que la lanterne s'allume au-dessus de la porte d'entrée, il y a toujours un moment où la maison semble se replier sur elle-même, resserrer l'ombre de ses murs et rabattre son toit, comme un capuchon de dormeur. On aperçoit, derrière les fenêtres du premier étage, des amorces de gestes, quelqu'un qui soulève un rideau, le laisse retomber, une lampe un instant reflétée par les vitres qui s'éteint.

— Il dort ? demande une voix au pied de l'escalier.

— A poings fermés.

De la cuisine arrive le bruit des couverts qu'on range dans leur tiroir. Dans le salon, le feu parle tout bas.

— Qu'est-ce que j'ai bien pu faire de ma pipe ? soupire Gilles Vaindrier, en fouillant ses poches.

Assise à son petit bureau, Nicole Vaindrier met son courrier en ordre.

C'est qu'elle est restée absente plusieurs semaines et, d'un jour à l'autre, les lettres s'accumulent. A genoux sur le tapis, devant la cheminée, armée d'un rouleau de Scotch et d'une paire de ciseaux, Noële colle sur de grands cartons les coupures de presse consacrées au concert de Lefkas, que Sandro Zilekis lui envoie au fur et à mesure qu'elles lui parviennent. Il y en a du monde entier.

— Tu en reçois toujours ? demande Gilles.

Noële montre l'enveloppe posée à côté d'elle.

— J'espère que les classeurs que j'ai commandés seront suffisants.

Le jardin est comme un tapis effrangé. Les pluies d'automne lui donnent une odeur de fougère. Au loin, derrière la rangée de tilleuls, on distingue parfois les phares d'une voiture, sur la route qui conduit à Ouches. Certains soirs, le téléphone sonne. C'est Yannis Karrassos qui appelle de là où il est, de si loin parfois qu'il ne sait plus très bien, à travers les fuseaux horaires, s'il fait jour ou nuit quand il parle.

Gilles frappe sa pipe contre le manteau de la cheminée.

— J'ai une dure journée, demain, dit-il. Je vais me coucher.

— Je te suis dans un instant, répond Nicole.

Elles restent toutes deux auprès du feu qui s'éteint. Noële écoute cet étrange silence. Elle s'oblige à respirer lentement, comme si le sommeil la rejoignait déjà. Puis elle se lève sans bruit, va jusqu'à la fenêtre. A travers la fente des volets, la nuit est noire.

— Tu crois qu'il reviendra, Mathieu ? demande-t-elle brusquement.

— J'en suis sûre, affirme Nicole, avant d'embrasser sa fille et de quitter la pièce.

Après avoir éteint la lampe, Noële monte dans sa chambre, se penche sur le sommeil de son fils, se couche à son tour et s'endort. Et les Quatre Vents se reposent en attendant l'aube nouvelle.

www.pocket.fr
Le site qui se lit comme un bon livre
POCKET
Informer
Toute l'actualité de Pocket, les dernières parutions collection par collection, les auteurs, des articles, des interviews, des exclusivités.
Découvrir
Des 1ers chapitres et extraits à lire.
Choisissez vos livres selon vos envies :
thriller, policier, roman, terroir, science-fiction...
POCKET
Il y a toujours un Pocket à découvrir
sur www.pocket.fr

Impression réalisée sur Presse Offset par

BRODARD & TAUPIN

GROUPE CPI

29577 – La Flèche (Sarthe), le 02-05-2005
Dépôt légal : mai 2005

POCKET – 12, avenue d'Italie - 75627 Paris cedex 13
Tél. : 01.44.16.05.00

Imprimé en France